Besser: Ernte bereits im März, bevor sich die Blüten vollständig geöffnet haben, da sie sich dann leichter zerreiben lassen

W0470574

Juniperblatt gehört zu den weniger verbreiteten Pflanzen Südgands und wird vorwiegend in schattigen und feuchten Wäldern gefunden. Die Blüten öffnen sich meist zwischen April und Juni, weshalb dies der beste Zeitpunkt für eine Ernte ist.

Aufpassen bei der Dosierung! Paste wirkt brennend wenn zu viele Blüten gemischt werden! Nicht mehr als vier Blüten pro Tiegel!

Die blassblauen Blüten lassen sich hervorragend zu einer Paste verarbeiten, die in der richtigen Dosierung die Blutung kleinerer Wunden stillt.

Am besten Uferkraut nutzen! Einfacher zu ernten und leichter zu dosieren!

Midnight Princess
Wie der Tag so dunkel

Alle Titel von Asuka Lionera bei Planet!:

Midnight Princess
Bd. 1: Wie die Nacht so hell

Midnight Princess
Bd. 2: Wie der Tag so dunkel

Frozen Crowns
Bd. 1: Ein Kuss aus Eis und Schnee

Frozen Crowns
Bd. 2: Eine Krone aus Erde und Feuer

Für mehr Informationen über Asuka Lionera folgt der Autorin auf:
www.asuka-lionera.de
de-de.facebook.com/AsukaLionera
www.instagram.com/asuka.lionera

Mehr über unsere Bücher, Autor*innen und Illustrator*innen auf:
www.planet-verlag.de

ASUKA LIONERA

MIDNIGHT PRINCESS

WIE DER TAG SO DUNKEL

PLANET!

Für meinen Seelenhund Hera,
die wundervolle Inspiration all meiner tierischen Charaktere.
Eines Tages sehen wir uns wieder.

Prolog

✦

KENRIC

Etwa 24 Jahre zuvor ...

Noch bevor ich die Augen aufschlage, spüre ich die Ruhe und den Frieden, die mein Innerstes durchströmen.

Als ich in Evenor, der Hauptstadt Nordgands, ankam, brauchte ich eine Weile, um meinen Platz zu finden. Ich musste mich erst an meine Rolle gewöhnen, ebenso wie an den Beinamen, den ich vom ersten Moment an trug.

Erlöser.

All diese mir fremden Fae sehen mich als ihren Erlöser an. Für sie bin ich derjenige, der den uralten Fluch von diesem Reich nehmen kann. Zwar weiß ich nicht, wie genau mir das gelingen soll, doch das ist nur eine unbedeutende Nebensächlichkeit.

Ich werde geachtet und geschätzt. Gewürdigt, nachdem ich unzählige Jahre nicht wirklich existiert habe und im Verborgenen bleiben musste. Bis auf Turon kannte ich niemanden. Dann traf ich Paleia, die Turon, der nun ein Hund war, und mich auflas und nach Evenor brachte.

Das ist noch nicht lange her, trotzdem weiß ich mit Sicherheit, dass ich genau an diesen Ort gehöre. Dass ich etwas bewegen kann. Dass ich zu Höherem bestimmt bin, als mein Leben unbeachtet im Verborgenen zu verbringen.

Das hat auch eine Südganderin erkannt, die mit der letzten Auswahl hier in Nordgand eintraf und von der ich seither nicht den Blick nehmen kann.

Den Sinn der Auswahl habe ich noch nicht ganz verstanden, aber er kümmert mich auch nicht. Wichtig ist nur, dass sie hier ist. Lorienne, die wohl schönste Frau, die je existiert hat. Selbst die mächtigen Fae-Frauen verblassen neben ihr.

Und diese wunderschöne Frau schenkt ihre Aufmerksamkeit *mir.* Wie könnte ich da nicht der glücklichste Fae der Welt sein?

Das latent wunde Ziehen an meinem linken Handgelenk erinnert mich daran, dass es nicht lange her ist, seit wir den letzten Schritt getan haben. Ihr Name steht dort in acht geschwungenen Buchstaben, und meiner ziert ihr linkes Handgelenk. Zwischen uns ist es nicht mehr nur bloßes Interesse. Es ist *mehr.* Sehr viel mehr. Sie wurde zu meinem *meraelior* – dem Licht meines Herzens, sowie ich zu ihrem wurde.

Und heute werde ich ihren Namen auf meinem Handgelenk jedem zeigen. Lorienne hatte mich um eine Weile Zurückhaltung gebeten, doch ich halte es keinen Moment länger aus. Ich will, dass jeder weiß, dass sie und ich zusammengehören. Danach, wenn es jeder begriffen hat, werde ich mich um die Sache mit der Fluchauflösung kümmern.

Noch mit geschlossenen Augen taste ich im Bett neben mich, finde allerdings nur kalte, leere Laken vor. Ich runzele die Stirn und drehe den Kopf zur Seite, ehe ich die Augen öffne.

Sie ist weg.

Diese Erkenntnis versetzt meiner Freude einen Dämpfer, doch ich sage mir, dass sie wahrscheinlich lediglich etwas zu essen sucht. Als Südganderin ist sie auf regelmäßige Nahrungsaufnahme angewiesen, während mir das Prinzip des

Essens fremd ist. Nur für Turon muss ich etwas zubereiten, aber in letzter Zeit lasse ich ihn nicht in die Wohnung, weil er Lorienne ständig anknurrt. Einmal hat er sogar versucht, sie zu beißen. Ich war außer mir und beförderte ihn mit einem Tritt vor die Tür. Allgemein benimmt er sich seltsam, seit wir hier in Evenor sind. Vielleicht liegt es auch einfach daran, dass er nun ein Hund ist.

Ich stehe auf und suche meine Kleidung, die wild verstreut auf dem Boden liegt. Beim Gedanken daran, wie ich sie ausgezogen habe und was danach geschehen ist, spüre ich ein Lächeln auf meinen Lippen. Sogar ich war diesmal müde und wurde von Schlaf übermannt. Trotzdem hätte ich nichts gegen eine Wiederholung einzuwenden, doch Lorienne ist nicht hier. Auch im Rest der Wohnung, die ich nur zum Übergang bewohne, finde ich sie nicht. Ebenso wenig wie eine Nachricht von ihr.

»Das hat nichts zu bedeuten«, murmele ich mir selbst zu.

Ich bin der Erlöser! Wahrscheinlich stehe ich in der Hierarchie sogar über König Zahid.

Dennoch verschwindet das Ziepen in meiner Brust nicht.

♦♦♦

Als ich nichts mehr mit mir anzufangen weiß, verlasse ich meine Wohnung und schlendere durch die Stadt.

Normalerweise begegne ich einigen Fae, die sich vor mir verneigen und mir huldigen, doch irgendetwas ist heute anders. Die wenigen Einwohner, denen ich begegne, tun so, als würden sie mich nicht sehen. Im ersten Moment stößt mich dieses Verhalten vor den Kopf und ich habe keine Ahnung, wie ich darauf reagieren soll.

Seit meiner Ankunft galt ich als etwas Besonderes. Nun

scheine ich einer von vielen zu sein. Oder unsichtbar. Oder beides. Diese Form der Nichtachtung ist mir völlig fremd.

Unsicher blicke ich mich um, bis ich ein bekanntes Gesicht entdecke.

»Der Göttin zum Gruß«, sage ich zu dem Fae, dessen Namen ich zwar nicht kenne, dem ich allerdings bereits mehrere Male begegnet bin. Ich glaube, er handelt mit Waren aus Südgand, die ich ein paar Mal für Turon gekauft habe.

Beim Gedanken an Turon wird das seltsame Gefühl in meiner Brust stärker. Normalerweise lag er vor meiner Wohnungstür, aber vorhin war er nicht da. Ich habe ihn auch nicht in der Nähe des Hauses entdeckt.

Wie um diesen Gedanken zu vertreiben, zucke ich mit den Schultern. Sicher sucht er bloß etwas zu fressen, weil ich anderes im Sinn hatte, als ihn zu bekochen.

Der Fae hat nicht mehr als einen flüchtigen Blick für mich übrig, ehe er wieder seiner Arbeit nachgeht und mich nicht weiter beachtet.

Habe ich etwas im Gesicht? Oder hätte ich duschen sollen, bevor ich die Wohnung verließ? Verstohlen schnüffele ich an meinem Hemd, bemerke aber keinen unangenehmen Geruch.

»Erkennt Ihr mich?«, frage ich den Fae. Es gelingt mir nicht, eine Spur Bitterkeit in meiner Stimme zu unterdrücken.

»Ja«, brummt der Mann, »leider kenne ich dich.«

Ich mache einen Schritt zurück. Es fühlt sich an, als hätte er mir eine Ohrfeige verpasst, ohne zu wissen, womit ich sie verdient habe.

»Was meint Ihr damit?«, zwinge ich mich zu fragen, auch wenn ein Teil von mir sich vor der Antwort fürchtet.

Er spuckt vor mir aus. »Scher dich fort, Bengel! Geh dorthin zurück, wo du hergekommen bist! Einen Hochstapler und Widerling wie dich wollen wir hier nicht haben.«

Stocksteif stehe ich da und starre ihn an, unfähig auch nur einen Muskel zu rühren. Wieder und wieder hallen seine Worte in meinem Kopf nach.

Bengel. Hochstapler. Widerling.

Niemand hat je gewagt, mich so zu nennen. Ich bin doch ... ihr *Erlöser.*

Ein eisiger Knoten bildet sich in meinem Magen, als der Blick des Faes zu meiner Stirn huscht, wo ein hässliches, violett glühendes Geburtsmal prangt. Schnell wendet er den Kopf ab, nicht ohne angewidert den Mund zu verziehen.

»Bitte entschuldigt mich«, bringe ich mühsam hervor.

Irgendwie gelingt es mir, meine Restwürde zusammenzukratzen und mich langsam von dem Fae zu entfernen. Langsam genug, dass es nicht wie eine Flucht aussieht. Auch wenn ich gerade nichts lieber täte, als mich an einem noch dunkleren Ort als diesem zu verstecken und mich nie wieder hervorzuwagen.

Meine Gedanken rasen; ich kriege jedoch nicht einen einzigen davon zu fassen.

Was ist nur geschehen, dass der Fae sich so merkwürdig mir gegenüber verhalten hat und die übrigen mich mit Nichtachtung strafen, nachdem sie schier den Boden angebetet haben, über den ich wandele? Geht ihnen die Fluchaufhebung zu langsam? Ich würde es lieber gestern als heute hinter mich bringen, wenn ich bloß wüsste, was ich dazu tun muss. Dann wäre ich für sie ein Held. Sie würden mich für den Rest ihres Lebens mit Respekt behandeln.

Nicht nur das: Einige von ihnen würden sicher meine Freunde werden. Fae, mit denen ich reden kann.

Das konnte ich über die lange Zeit meiner Existenz nicht. Ich konnte nur zuhören. Immer wieder derselben Stimme. Aber ich konnte nie antworten oder Fragen stellen. Ich war stumm. Auch jetzt fühle ich mich stumm, dabei hatte ich gehofft, dieses Gefühl nie wieder zu spüren. Ich reibe mir mit beiden Händen über die Arme, als könnte ich es auf diese Weise vertreiben. Es gelingt mir jedoch nicht. Zu dem bekannten Gefühl, stumm zu sein, gesellt sich ein weiteres, das ich nur zu gut kenne: Einsamkeit.

Dabei will ich doch nur ... *dazugehören.*

♦♦♦

Ich beschließe, eine Sache nach der anderen anzugehen. Zunächst muss ich Lorienne finden. Danach werde ich mit Zahid reden. Vielleicht weiß er, wie ich den Fluch aufheben kann.

Aber ohne Lorienne an meiner Seite wird es mir nicht gelingen, dieses Wunder zu vollbringen. In der kurzen Zeit, die wir uns kennen, ist sie mir eine wichtigere Stütze geworden als jeder andere. Sogar wichtiger als Turon. Sie versteht mich, redet mit mir und gibt mir die nötige Kraft, um mich in dieser mir fremden Welt zurechtzufinden. Ihre Nähe wird mich die abweisende Haltung der Fae vergessen lassen.

Keiner von ihnen wird erneut wagen, mein Mal anzustarren. Ich reibe mir mit der Hand über die Stirn. Ganz genau spüre ich, wo es sitzt, weil die Haut dort kühler ist als gewöhnlich. Ich täte alles dafür, wenn ich dieses verdammte Ding nicht mehr hätte ... Vielleicht sollte ich es mir herausschneiden ...

Hier in Evenor sind alle Bewohner perfekt – vom einfachen Händler bis zum Adligen. Sie sind schön, mächtig und kultiviert. Ich steche zwischen ihnen heraus wie ein krummer Nagel, und dieses schreckliche Mal macht alles nur noch schlimmer. Ich bereue es, nicht meinen Umhang mit Kapuze mitgenommen zu haben; damit könnte ich das Mal verdecken. Doch da ich beinahe beim Hof der Ewigen Mitternacht angelangt bin, macht es keinen Sinn umzudrehen.

Meine Schritte werden langsamer, als ich daran zurückdenke, wie Lorienne das Mal auf meiner Stirn angesehen hat, als wir uns begegnet sind. Auch sie war ... verwirrt, denke ich. Und danach ... Wenn sie mich auf die Wange geküsst hat, hat sie stets die andere, die linke Seite gewählt, als hätte sie Angst, sich die Lippen zu versengen, wenn sie sich meinem Makel zu weit nähert. In Gedanken gehe ich die Augenblicke durch, in denen sie bewusst meine linke Seite gewählt hat: wenn sie sich neben mich auf das Sofa gesetzt hat, zum Beispiel, oder wenn sie sich im Bett an mich schmiegte. Erst jetzt, wo ich viel zu viel Zeit habe, mir Gedanken zu machen, kommt es mir in den Sinn.

Die restliche Zeit über war ich nur glücklich und verschwendete mein neu gewonnenes Glück nicht mit zu vielen Fragen.

Unsicher spähe ich nach links und rechts. Einige Fae, die über den großen Platz vor dem Schloss eilen, bleiben stehen, beobachten mich und tuscheln mit ihrem Nebenmann. Ihre Mienen sind finster, wann immer sie zu mir schauen.

Diese unverhohlene Abneigung, die mir geballt entgegenschlägt, zusammen mit den Dingen, die mir eben durch den Sinn jagten, verunsichern mich so sehr, dass ich beinahe doch zurück in meine Wohnung flüchte und die Tür hinter mir verriegele.

Obwohl sie mich noch vor Kurzem ihren Erlöser genannt haben, fühle ich mich jetzt wie ein verängstigter Junge, der von allen verlassen wurde, die er kennt, und der inmitten einer undurchdringlichen Dunkelheit steht. Als dieser Junge weiß ich nicht, in welche Richtung ich mich wenden oder wem ich mich anvertrauen kann. Wenn ich auf einen der umstehenden Fae zugehe, wird er nur vor mir zurückweichen oder mein Mal anstarren.

Ich wünschte, Paleia wäre hier, aber ihr bin ich seit meiner Ankunft in Evenor nur flüchtig begegnet, und Turon ... Wo ist Turon hingegangen? Ich habe ihn rausgeworfen, weil er Lorienne angeknurrt hat. Und ich habe einige Dinge zu ihm gesagt, die ich niemals hätte aussprechen dürfen.

Ich presse mir eine Hand gegen die Brust, als das schlechte Gewissen mich zu verschlingen droht.

Sobald ich Lorienne gefunden habe, wird alles wieder gut werden. Es wird sich aufklären, warum die Fae mich derart seltsam behandeln. Ich werde mich dafür entschuldigen, dass ich den Fluch noch nicht gebrochen habe, und versprechen, dass ich mich mit Feuereifer darum kümmern werde.

Und danach werde ich Turon suchen und ihm sagen, wie leid mir alles tut.

♦♦♦

Meine Suche nach Lorienne führt mich schließlich ins Schloss hinein.

Hier habe ich mich die letzte Zeit über oft aufgehalten. Die adligen Fae konnten gar nicht genug von meiner Gegenwart bekommen. Sie überhäuften mich mit Geschenken und ihrer Gunst, ebenso wie mit Versprechen darüber, was ich noch alles erhalten werde, wenn es mir gelingt, den Fluch zu lösen. Sie priesen ihre Töchter an, unter denen ich frei wählen könnte. Aber ich habe meine Wahl bereits getroffen. Ich will nur eine Frau; ihr Name steht bereits auf meinem Handgelenk.

Vorsichtig fahre ich mit den Fingern der rechten Hand

über die leichten Vertiefungen in meiner Haut, direkt unter dem linken Handballen, während zwei Wachen das Tor zum Schloss für mich öffnen. Befühle die Buchstaben ihres Namens und suche nach der Verbindung, die ich während der Zeremonie gespürt habe. Ich finde sie nicht. Dabei hatte ich gedacht, dass sie nun für immer ein Teil von mir wäre. Dass ich sie spüren könnte – ihre Gedanken und Gefühle. Das habe ich anfangs auch, nachdem die ersten Schmerzen abgeklungen waren. Es war, als wären wir zu einer Person geworden. Ich liebte diesen Zustand.

Und ich will ihn wieder zurück.

Die Wachen richten kein Wort an mich; auch mir ist nicht nach Reden zumute. Vielleicht könnten sie mir sagen, ob Lorienne überhaupt im Schloss ist, aber ich finde es lieber selbst heraus. Um nichts in der Welt will ich, dass sie mich genauso herablassend behandeln wie der andere Fae vorhin.

Ich bedenke sie mit einem knappen Nicken, ehe ich das Schloss betrete.

Als ich das erste Mal hier war, verspürte ich nichts als Neid. Während ich Jahrhunderte lang im Nirgendwo zubrachte, lebte Zahid in diesem prächtigen Schloss. Er besaß alles – Reichtum, ein Heim, Freunde, Rückhalt –, während ich nichts hatte. Dabei sind wir gar nicht so verschieden.

Der Neid legte sich etwas, als ich Lorienne begegnete und sie sich zu mir hingezogen fühlte, anstatt zum König Nordgands. Zum ersten Mal kam ich mir ihm überlegen vor und kostete dieses Gefühl in vollen Zügen aus. Es bedurfte nicht viel Überwindung, denn Lorienne wusste, was sie tat. Ihren Versprechen, geflüstert in mein Ohr, ließ sie stets Taten folgen. Auch diese genoss ich, und wäre es nach mir gegangen, würde ich sie auch jetzt genießen.

Wäre sie nicht aus meinem Bett verschwunden.

Ein Stimmengewirr leitet mich zum großen Saal. Hier fand ich mich vor geraumer Zeit wieder, nachdem Paleia mich herbrachte. Von oben bis unten wurde ich von den Fae begutachtet, während ein einziges Wort wie ein raunendes Versprechen durch den Saal huschte.

Erlöser.

Sie werden es auch jetzt wieder sagen, sobald sie mich sehen. Ich habe mich nicht verändert. Ich tue alles dafür, um ihre Erwartungen zu erfüllen, damit mein Leben, das ich endlich habe, weiterhin so verläuft wie die letzte Zeit.

Sobald ich das Tor zum Saal öffne, verstummen die Gespräche. Mehrere Dutzend Fae sind anwesend, die sich allesamt zu mir umdrehen. Zahid sitzt auf seinem Thron und beäugt mein Eintreten mit undurchsichtiger Miene.

Die Luft hier im Saal ist zu dick zum Atmen, und die Blicke der Fae scheinen mich zu durchbohren. Sie starren mich aus verengten, leuchtenden Augen an, als sei ich Abschaum.

Die Menge teilt sich vor mir und gibt mir den Weg hin zum Thron frei. Am liebsten würde ich auf dem Absatz kehrtmachen und aus dem Saal flüchten. Weg von dieser erdrückenden Stimmung, weg von dem abschätzigen Starren, das ich nicht einordnen kann und das ich nicht verdiene.

Doch ich bleibe, nicht zuletzt weil mein Blick auf eine Frau fällt, die zusammengekauert vor dem Thron kniet und weint.

Lorienne.

Ich stürze nach vorn, dränge mich an Fae vorbei, die mir nicht schnell genug Platz machen, um zu Lorienne zu gelangen. Neben ihr gehe ich sofort in die Hocke und strecke die Hand nach ihr aus. Ehe ich sie jedoch berühren kann, weicht sie mit einem Aufschrei vor mir zurück.

Es fühlt sich an, als würde mir in diesem Moment das Herz von einer mit Krallen bewehrten Hand herausgerissen und auf den kalten Marmorboden geworfen werden.

Mit vor Schreck geweiteten und von Tränen verquollenen lichtlosen Augen schaut Lorienne mich an, als würde sie mich zum ersten Mal sehen. Oder als hätte ich mich plötzlich in ebendieses Ungeheuer mit den Krallen bewehrten Händen verwandelt.

Ich öffne den Mund, doch ich schaffe es nicht, Worte zu bilden. Mehrmals bewege ich die Lippen, ohne dass ein Ton herauskommt.

Als es mir schließlich gelingt, ist es nur ein einziger Laut, kaum ein Wort, nicht mehr als ein Krächzen. »Was ...?«

Obwohl es bloß ein heiseres Flüstern ist, habe ich das Gefühl, als würde das Wort von den hohen Decken des Saals wie Spott zurückgeworfen werden.

»Du wagst es«, knurrt Zahid, »hier zu erscheinen?«

Ich blinzele verwirrt und muss mich dazu zwingen, meine Aufmerksamkeit von der verzweifelt schluchzenden Lorienne zu nehmen, damit ich Zahid ansehen kann. Seine blau leuchtenden Augen scheinen Blitze zu schießen. Ich kann die Macht und Wut, die er ausstrahlt, förmlich auf der Haut spüren.

»Ich ...« Ich räuspere mich. »Ich war auf der Suche nach Lorienne.«

Zahids Blick verfinstert sich. Nun zucken tatsächlich Blitze um seine Finger, die er um die Lehne seines prunkvollen Throns gekrallt hat. »Damit du dem armen Ding noch mehr Abscheuliches antun kannst?«

Ich spüre, wie mein Kiefer nach unten sackt. »Was?«

»Und uns alle hast du ebenfalls getäuscht«, fährt Zahid mit donnernder Stimme fort. »Du hast dich als Erlöser ausgegeben, aber du bist nicht mehr als ein Betrüger. Ich hätte dich früher durchschauen sollen. Vielleicht wären der Ausgewählten dann der Schmerz und die Schande erspart geblieben, die du verursacht hast.«

Ich atme nicht mehr. Ich habe von einem Moment auf den anderen verlernt zu sprechen. Also stehe ich nur mit offenem Mund da, während ich zwischen Zahid und der weinenden Lorienne hin- und herschaue. Krampfhaft versuche ich zu begreifen, was gerade vor sich geht, doch in meinem Kopf herrscht eine gähnende Leere.

»Meine Liebe«, murmelt Zahid an Lorienne gewandt, die zögerlich den Kopf hebt. »Ich weiß, dass es schwer für dich ist, aber ich muss es aus deinem Mund hören. Sonst kann ich dir nicht helfen.«

Lorienne schnieft und fährt sich mit dem Handrücken über die Nase, ehe sie den Arm ausstreckt und auf mich zeigt. »Er war es. Er hat sich mir aufgedrängt. Hat gesagt, er sei der Erlöser und ich müsse ihm zu Willen sein. Ich ... Ich bin noch nicht lange hier und kenne die Gebräuche nicht. Deshalb ... habe ich ihm geglaubt. Aber es war furchtbar. Er ... Er verlangte Dinge, die ...« Sie schluchzt erneut. »Verzeiht, mein König, doch ich kann es unmöglich laut aussprechen.«

Aus den Augenwinkeln sehe ich Zahid nachsichtig nicken. »Hat er verlangt, dass du ihm beiliegst?«

»Ja«, antwortet Lorienne mit dünner Stimme. »Mehrmals. Er ... nahm sich einfach alles, was er wollte. Auch meine ... Unschuld.«

Ein empörtes Raunen geht durch die Menge hinter mir, die ich bis eben ausgeblendet habe. Noch immer bin ich unfähig, irgendeine Regung zu zeigen.

Loriennes Anschuldigungen sind erfunden und erlogen,

das weiß ich. Sie war es, die mich ins Bett gezerrt hat. Ich war der Unschuldige von uns beiden, denn ich wusste nichts über körperliche Liebe. Sie hingegen hatte einiges an Erfahrung zu bieten – von wegen geraubte Unschuld!

Meine Hände ballen sich zu Fäusten und ich beginne am ganzen Körper zu zittern. Schatten kriechen aus mir hervor, und es fehlt nicht viel und ich hätte sie auf Lorienne losgelassen.

Ich habe ihr meine Magie ein einziges Mal gezeigt, weil sie mich darum gebeten hat. Nie werde ich die Angst und die Abscheu in ihrem Gesicht vergessen, als sie meine Schatten erblickt hat. Seitdem halte ich sie unter Verschluss, aber nun brechen sie aus mir hervor.

Doch sie verbleiben lediglich einen Moment, ehe Zahid die Hand ausstreckt und meine Magie versiegelt. Ihrer Kraft beraubt geben meine Knie beinahe unter mir nach, trotzdem hefte ich den Blick fest auf die am Boden kauernde Frau.

»Warum?«, grolle ich. »Warum tust du das, Lorienne?«

»Du redest nur mit mir.« Zahids schneidende Stimme durchbricht das Raunen. »Und auch bloß dann, wenn du gefragt wirst. Du hast bereits genug Schaden angerichtet.«

»Ich habe nichts getan!«, begehre ich auf. »Nichts, was sie nicht ebenfalls gewollt hätte.«

Loriennes falsches Schluchzen zerrt an meinen Nerven. »Das ist eine Lüge! I-Ich musste sogar ...«

Sie zieht den linken Ärmel ihres Kleides zurück und entblößt meinen Namen, eingeritzt in ihre Haut. Die Fae, die in der vordersten Reihe stehen, schnappen hörbar nach Luft.

Schützend legt Lorienne ihre rechte Hand über das linke Handgelenk. »Er sagte, ich müsse das tun ... Dass ich mich danach ... noch besser fühlen würde.«

Nein!, will ich schreien, doch das Wort verlässt meinen Mund nicht. Es hängt in meinem Hals fest und droht mich zu ersticken.

Sie war es ... Sie war diejenige, die den Pakt wollte. Sie wollte die Verbindung mit dem Erlöser, die sie hier in Nordgand überleben lässt. Ich wusste nur vom Hörensagen von diesem Pakt und hätte ihn niemals zur Sprache gebracht. Er ist etwas Besonderes und jenen vorbehalten, die bereit sind, den Rest ihres Lebens miteinander zu verbringen. Aber als sie davon anfing, setzte sich der Gedanke in mir fest. Ich *wollte* es, genauso wie ich sie wollte. Ich wollte für immer mit ihr verbunden sein.

Denn ich dachte ... ich wäre in sie verliebt.

Ich dachte, dass es dieses Gefühl wäre, das in meiner Brust tobte, wann immer sie in meiner Nähe war. Wenn sie mich berührte, schlug mein Herz schneller. Wenn sie mir ins Ohr flüsterte, was wir tun könnten, spannte sich mein ganzer Körper mit einem Mal an.

Wie konnte ich so falschliegen? Wie konnte ich blind für das sein, was wirklich vor sich ging?

Ich könnte es auf meine Unwissenheit oder die Tatsache schieben, dass ich zu jung bin, um die Wahrheit erkennen zu können. Aber das wäre nicht genug. Es würde mir nicht gegen die zerbrochene Leere helfen, die nun in meinem Inneren herrscht und mich zu Boden zu ziehen droht.

Nur mein Stolz hält mich aufrecht. Ich darf diesen – im Gegensatz zu mir – uralten Fae keinen Anflug von Schwäche zeigen, denn sonst würden sie mich hier und jetzt zerfleischen und jede Sekunde meiner Qual genießen.

So gut es mir in meiner Situation möglich ist, sperre ich die verletzten Gefühle, die Wut und den Hass auf die Frau, die ich dachte zu lieben, in mir ein und zeige nach außen hin eine Maske, die sich nicht wie ich anfühlt. Doch ich stelle sie weiterhin zur Schau, weil mir keine andere Wahl bleibt.

»Was hast du zu deiner Verteidigung zu sagen?«, verlangt Zahid zu wissen, nachdem die Stille im Saal beinahe ohrenbetäubend wird.

Ich stoße ein Schnauben aus. »Würde mir denn irgendwer ein Wort glauben?«

Lässig lehnt Zahid sich auf seinem Thron zur Seite. »Also ist es wahr, was sie sagt?«

»Nein«, presse ich zwischen zusammengebissenen Zähnen hervor.

Zahid zieht eine Augenbraue in die Höhe. »Du behauptest demnach, du hättest ihr nicht beigelegen und wärst nicht den Pakt mit ihr eingegangen?«

Ich schlucke angestrengt. »Doch, schon, aber ... nichts davon geschah gegen ihren Willen.«

»Kannst du das beweisen?«

Jeder Fae hinter mir hält den Atem an, um meine Antwort nicht zu verpassen.

Ich klammere mich an eine dumme Hoffnung und schaue zu Lorienne. Der Frau, mit der ich den Großteil meines Lebens verbracht habe, seit ich hier in Evenor ankam. Der Frau, der ich meine Liebe schenkte. Und von der ich dachte, dass sie mich ebenfalls liebt. Ich vertraue darauf, dass sie die Stimme erhebt und sagt, sie hätte sich geirrt. Stumm flehe ich sie an, die Sache richtigzustellen.

Doch sie wendet sich schniefend ab.

Wie konnte ich nur für eine Sekunde hoffen? Wie konnte ich ihr vertrauen?

Hoffnung ist etwas Grausames.

»Nein«, sage ich laut genug, dass es alle Anwesenden hören. »Ich kann es nicht beweisen.«

Noch während ich stocksteif vor Zahids Thron stehe und seinen Urteilsspruch erwarte, schwöre ich mir, nie wieder zu hoffen oder zu lieben. Ich werde nie wieder so dumm sein.

»Es gibt lediglich einen Weg, diese schändliche Verfehlung wiedergutzumachen.«

Ich hebe den Blick und begegne Zahids. Noch während ich ihn ansehe, dämmert mir, worauf er hinauswill. Abermals schaue ich zu Lorienne.

»Du musst hier und jetzt den Fluch aufheben«, höre ich Zahid sagen. Seine Stimme klingt in meinem Kopf voll wirrer Gedanken undeutlich. »Dann werde ich dich von all deinen Verfehlungen freisprechen.«

Mein Mund ist wie ausgedörrt, während ich Lorienne anstarre. Ihr gegenüber habe ich zugegeben, dass ich vielleicht nicht der Erlöser bin. Ihr habe ich meine Zweifel anvertraut, im Glauben, sie könnte sie zerstreuen. Doch als ich mich jetzt an unser Gespräch zurückerinnere, hat sie danach geschwiegen und mich mit leisen Versprechen ins Schlafzimmer gelockt. Und als ich aufwachte … war sie weg.

Sobald sie erkannte, dass ich womöglich nicht der Erlöser bin, hat sie sich dem nächstmächtigeren Fae zugewandt: dem König persönlich.

Dieser Verrat trifft mich noch härter als ihre falschen Anschuldigungen.

Diesmal ist meine Stimme leiser, mutloser, als ich zugebe: »Ich weiß nicht, wie ich den Fluch aufheben kann.«

Hinter mir höre ich die Worte »Scharlatan«, »Betrüger« und einiges Schlimmeres. Sie haben recht. Ich bin ein Betrüger. Ich hätte mich von Anfang an dazu bekennen sollen, dass ich keine Ahnung von der Aufhebung des Fluchs habe. Dass es nur ein Zufall ist, dass ich erst jetzt geboren wurde, nachdem ich schon viel länger existiere.

Ich hätte ihnen sagen sollen, dass ich nicht der Erlöser bin, nach dem sie sich sehnen.

Aber ich konnte es nicht. Nachdem ich eine endlose Zeit lang fast allein war, stand ich plötzlich im Mittelpunkt der Aufmerksamkeit. Ich wurde geachtet. Ich hatte Freunde – auch wenn ich jetzt begreife, dass es nie Freunde waren. Für einen Moment hat es sich so angefühlt, als wären sie Freunde ... Ich *wollte*, dass sie welche wären.

Wahrscheinlich hätte ich ihnen sogar vorgelogen, dass ich ein Gott sei, nur damit sie mich weiterhin beachten und mich wohlgesonnen ansehen.

Jetzt möchte ich mich vor Scham über dieses Verhalten am liebsten irgendwo verkriechen. Aber es gibt keinen Ort, an den ich gehen kann. Ich habe kein Zuhause. Keine Familie. Keine Freunde.

Dieses Gefühl, vom Wohlwollen anderer abhängig zu sein, ist schlimmer als die Scham, die in mir wütet.

Es kostet mich all meine Kraft, den Kopf oben zu halten und an Ort und Stelle zu verharren. Unverhohlene Wut und Hass schwappt aus allen Richtungen über mich hinweg, doch ich besitze nichts, um mich dagegen zu wehren. Ich muss es ertragen, auch wenn es mich schier zerreißt.

»Es gibt nur einen Grund, warum ich dich nicht über die Stadtmauern werfen lasse«, sagt Zahid nach einer langen Weile des Schweigens.

Ich wage nicht aufzuatmen. Ich werde eine Strafe erhalten, das ist sicher, und es könnte sein, dass der Tod die gnädigere Strafe wäre. Auch weiß ich, auf welchen Grund er anspielt.

Ich bin froh, dass er ihn nicht laut ausspricht. Wahrscheinlich wissen lediglich seine engsten Vertrauten von dem Grund, warum er nicht einfach kurzen Prozess mit mir macht. Und die übrigen Gaffer im Saal müssen es nicht erfahren.

»Deine Vergehen wiegen schwer«, fährt Zahid fort. »Aber ich halte mich an die Gesetze meines Vaters und werde ein letztes Mal Milde walten lassen. Du darfst in Evenor bleiben, aber nur, wenn du dich als hilfreiches Mitglied unserer Stadt herausstellst. Schmarotzer haben bei mir keinen Platz.«

Es gibt nichts, was ich gut kann. Oder ich habe es noch nicht herausgefunden. Doch ich nicke, als Zeichen dafür, dass ich verstanden habe.

»Dir wird ab jetzt außerdem die Aufgabe zuteil, die Ausgewählten an der Grenze abzuholen und zu mir zu bringen. Danach wirst du dich von ihnen fernhalten. Wenn ich noch ein Mal erlebe, dass du dich einer meiner Ausgewählten näherst, wirst du mich kennenlernen.«

Wieder nicke ich. Am liebsten hätte ich geantwortet: »Keine Sorge, dass wird garantiert nie wieder passieren«, doch ich bin klug genug, den Mund zu halten.

»Deine widernatürliche Magie wirst du hier nicht mehr zeigen, ist das klar?«

Er entlässt meine Schatten aus seinem magischen Klammergriff und ich ziehe sie hastig in mich zurück. Zahid ist bereits der Zweite, der meine Magie abstoßend findet.

Vielleicht ist sie das auch ... Bestimmt halten sie auch alle anderen Anwesenden für widerlich. Ich schwöre mir, dass ich meine Magie nie wieder offenbaren werde, es sei denn, ich muss sie nutzen, um mich selbst zu verteidigen. Aber bis dahin werde ich so tun, als würde sie nicht in mir existieren.

»Mein König«, wispert Lorienne.

Beim Klang ihrer Stimme stellen sich mir die Nackenhaare auf. Ich kenne diesen Tonfall. Noch bis vor Kurzem löste er ein kaum zu bändigendes Kribbeln in meinem Bauch aus. Jetzt möchte ich mich am liebsten übergeben.

»Bitte.« Sie streckt den linken Arm aus, als ihr die Aufmerksamkeit des Königs und der anderen Anwesenden sicher ist. »Könnt Ihr mich davon befreien?«

Ich spüre, wie mir sämtliches Blut aus dem Gesicht weicht. Zwar weiß ich nicht viel über den Pakt, aber eine so tiefgreifende Verbindung wird nicht einfach gekappt werden können. Und falls doch … zu welchen Konsequenzen?

Fassungslos sehe ich dabei zu, wie Zahid großmütig nickt.

»Ich werde dich nicht nur von diesem Schandfleck auf deinem Arm befreien«, sagt er, »sondern dir auch einen Pakt mit mir anbieten. Du hast uns vor dem großen Fehler bewahrt, unsere Hoffnungen auf einen Betrüger zu setzen. Deine Unschuld kann ich dir nicht zurückgeben, ich kann dir allerdings ein sorgenfreies Leben hier in Nordgand ermöglichen. Wenn das dein Wunsch ist.«

»Ja«, haucht sie glücklich.

Mir dreht sich fast der Magen um, als sie sich erhebt und auf Zahid zuschwebt. Als wäre nichts gewesen.

»Haltet ihn fest«, befiehlt der König.

Ehe ich weiß, wie mir geschieht, drücken mich Hände zu Boden. Unsanft schlage ich auf den Knien auf. Ich spüre, wie Zahids Magie mich umgibt, um meine Schatten in mir einzuschließen. Er winkt Lorienne näher zu sich und fährt mit dem Daumen über meinen Namen, der in ihr Handgelenk geritzt ist. Ich wage nicht mehr zu atmen.

Im nächsten Moment schreie ich.

Wild kämpfen meine Schatten gegen Zahids Barriere an,

während ich mich gegen die Klammergriffe wehre, doch wir erreichen nichts.

Es fühlt sich an, als würde meine linke Hand abgetrennt werden. Einen solchen körperlichen Schmerz habe ich noch nie empfunden. Das Knüpfen des Paktes ist alles andere als schmerzfrei, aber das hier, die Aufhebung, stellt jegliche Qualen in den Schatten.

Meine Schreie werden lauter, hallen von den hohen Decken des Saales wider und erfüllen die Luft mit meiner Pein.

Es dauert eine Ewigkeit.

Als ich auf mein Handgelenk starre, erkenne ich eine Linie, die sich durch Magie Stück für Stück über Loriennes Namen legt, als wolle sie ihn durchstreichen. Buchstabe für Buchstabe. Bereits beim I meine ich, es keine Sekunde länger aushalten zu können. Blut quillt aus der Linie; sehr viel mehr Blut, als während des Paktes geflossen ist. Es tropft zu Boden und hebt sich leuchtend vom Weiß des Marmors ab.

Beim zweiten N schwinden mir fast die Sinne. Ich habe aufgehört, mich zu wehren. Stattdessen kämpfe ich gegen ein Schluchzen an, das sich in meiner Brust zusammenbraut. Ich will Zahid anflehen aufzuhören. Er kann Lorienne haben. Sie kümmert mich nicht. Aber diese Schmerzen halte ich keinen Moment länger aus, ohne daran zu zerbrechen.

Als das zweite E und somit der letzte Buchstabe ihres Namens schließlich durchgestrichen ist, wird mir schwarz vor Augen. Die Hände, die mich eben noch zu Boden drückten, verschwinden, und ich sacke zur Seite. Den zweifelsohne harten Aufprall bemerke ich kaum; ich heiße lediglich die Kühle des Marmors willkommen.

Zitternd krümme ich mich zusammen, während ich die rechte Hand schützend auf die pulsierende und blutende

Wunde an meinem Handgelenk lege. So bleibe ich liegen und schere mich nicht um die unzähligen Augenpaare, die mich in diesem Zustand sehen.

»Werft ihn raus.«

Zahids Stimme scheint von ganz weit weg zu kommen. Wieder werde ich gepackt und unsanft nach oben gehievt. Meine Beine versagen mir den Dienst, deshalb werde ich wie ein lebloser Sack aus dem Saal geschleift. Genauso fühle ich mich auch.

Am Ausgang hebe ich kraftlos den Kopf und finde Loriennes Blick.

Mit einem schiefen Lächeln zwinkert sie mir zu, ehe die Tür zum Saal zugeworfen wird und sie aus meinem Sichtfeld verschwindet.

♦♦♦

»Hier bist du, Junge.«

Undeutlich dringt eine bekannte Stimme in mein Bewusstsein, das bisher völlig schwarz war. Ich will zurück in diese Schwärze und nichts um mich herum wahrnehmen. Ich weiß nicht einmal, wo ich bin, und es kümmert mich auch nicht. Jeder Ort ist mir zum Sterben gut genug.

Warme Hände legen sich um mein Gesicht und heben meinen Kopf an. Ich bin zu schwach, um mich dagegen zu wehren. An meinem Arm spüre ich etwas Kühles, Nasses.

»Wir haben dich überall gesucht, als wir es gehört haben.«

Mein Blick klärt sich, ohne dass ich es verhindern kann. Mit mehr Klarheit kommen die Schmerzen zurück, ebenso wie die Gefühle, die die Schwärze von mir abgeschirmt hat.

Vor mir kniet Paleia. Die Frau, die mich gefunden hat, als ich verloren in der Nähe der Grenze umherwanderte und nicht wusste, wohin ich gehen soll. Ihr herbes, schönes Gesicht wirkt sorgenvoll, während sie mich betrachtet.

Ich wünschte, ich hätte die Kraft, mich ihrer Berührung und ihren Blicken zu entziehen. Sie werden sich in Abscheu wandeln, sobald sie erfährt, was geschehen ist. Paleia wird sich wünschen, mir niemals begegnet zu sein. Mich nie hierhergebracht zu haben. Ich kann es ihr nicht verdenken. Auch ich würde nichts mit mir zu tun haben wollen.

Ich schaue zur Seite, wo Turon seine Schnauze gegen meinen Arm drückt. Auch in seinen goldenen Augen schimmert Sorge.

Ihn hätte ich am wenigsten hier erwartet. Ich habe ihn schrecklich behandelt. Habe ihn angeschrien. Getreten. Vernachlässigt und vor die Tür gesetzt. Alles wegen Lorienne, gegen die Turon von Anfang an eine Abneigung hegte.

Hätte ich nur auf ihn gehört … Doch ich war blind und taub für alle Anzeichen, die mich vor diesem Schrecken hätten bewahren können.

Tränen brennen in meinen Augen, als ich Turons Blick erwidere und mich mit jedem Atemzug furchtbarer fühle. Es ist das erste Mal, dass ich weine. Das erste Mal, dass ich dieses schreckliche Brennen in den Augen spüre.

Als Fae sollte ich nicht weinen. Ich sollte diese Form von Schwäche nicht zulassen. Und noch schlimmer: Nie sollte mich jemand in diesem erbärmlichen Zustand sehen.

Doch hier sitze ich, nachdem die Welt, wie ich sie kannte, auseinandergebrochen ist, und mir bloß zwei echte Freunde geblieben sind.

»Es tut mir leid«, krächze ich. »So, so leid.«

Turon schmiegt den Kopf an meine Seite. Heiße Tränen fließen meine Wange hinunter.

»Das muss behandelt werden«, murmelt Paleia, die mein Handgelenk untersucht.

»Nein.« Meine Stimme ist brüchig, aber dieses Wort kommt mir klar über die Lippen. »Ich weiß, dass du wahrscheinlich nichts mehr mit mir zu tun haben willst, trotzdem ... muss ich dich um einen Gefallen bitten.«

Paleia legt mir einen Finger unters Kinn und drückt es ein Stück nach oben. »Red keinen Unsinn, Junge. Ich bin für dich verantwortlich. Ich hätte dich besser auf den ganzen Wahnsinn hier vorbereiten sollen. Glaub also nicht, dass ich mich einfach von dir abwende. Wir kriegen das wieder hin, versprochen.«

Gar nichts werden wir wieder hinkriegen, hätte ich am liebsten geknurrt, doch ich beherrsche mich. Ich kann froh sein, dass sie überhaupt hier ist.

»Der Gefallen, Paleia.«

Sie verzieht den Mund. »Was brauchst du?«

»Einen Fae, der noch über Feuermagie verfügt.«

♦♦♦

Durch ihre Arbeit als Schneiderin kennt Paleia so ziemlich jeden Einwohner Evenors und darüber hinaus; aus Orten, deren Namen ich noch nie gehört, geschweige denn mit eigenen Augen gesehen habe. Deshalb dauert es nicht lange, bis sie mit einem Fae zurückkommt, der das Feuer beherrscht.

Ich habe mich nicht bewegt, seit sie gegangen ist, und Turon ist nicht von meiner Seite gewichen. Ohne sich zu regen, liegt er neben mir und drückt seine Flanke gegen mich. Seine Wärme und Nähe sind mehr Trost, als ich verdiene. Doch ich bin derart bedürftig, dass ich ihn nicht von mir schiebe.

Später werde ich mich für diese Schwäche hassen. Wenn

ich hier in Evenor überleben will, muss ich aufhören, schwach zu sein. Ich muss gnadenlos und rücksichtslos werden und ich darf niemandem außer Paleia und Turon vertrauen. Und ich darf niemanden je wieder an mich heranlassen.

Eine solche Dummheit werde ich nicht erneut begehen. Sonst wird es mein Untergang sein.

Der Feuer-Fae stößt ein abschätziges Grunzen aus, als er mich auf dem Boden sitzen sieht. »Was soll ich hier?«, fragt er Paleia barsch.

Er ist drauf und dran, auf dem Absatz kehrtzumachen, würde ich ihn nicht zurückhalten.

Knapp erkläre ich dem fremden Fae, was ich von ihm will. Er wirkt alles andere als begeistert, mir zu helfen. Wahrscheinlich hat sich der Klatsch über mich wie ein Lauffeuer verbreitet. Wieder tritt Paleia für mich ein und erinnert den Fae mit Nachdruck daran, dass er ihr einen Gefallen schuldet. Zähneknirschend entzündet er daraufhin eine Fackel, die Paleia von wer weiß wo mitgebracht hat, und verschwindet ohne ein weiteres Wort.

Ich starre eine Weile in die zuckenden Flammen, ehe ich Paleia bitte, sie zu löschen.

»Willst du das wirklich tun?«, fragt sie.

Ich schaue auf den durchgestrichenen Namen, der auf meinem Handgelenk prangt.

»Ja«, sage ich. Dann drücke ich die glühende Fackel gegen meine Haut und brenne mir jeden Rest von Lorienne aus dem Leib.

Kapitel 1

✦

VANYA

Heute

Ich musste gehen.

Noch nie fiel mir etwas so schwer, wie Kenrics Wohnung zu verlassen. Vor allem, nachdem ich endlich den Mut hatte, ihm meine Gefühle zu gestehen.

Nichts ist daraufhin passiert. Der südgander Fluch hat nicht zugeschlagen. Darüber bin ich heilfroh, rechnete ich doch jede Sekunde damit, dass er oder ich tot umfallen.

Im Nachhinein wünschte ich, ich hätte nichts gesagt. Ich hätte nie laut aussprechen dürfen, was ich für ihn empfinde … Ich habe uns beide in große Gefahr gebracht. Nicht auszudenken, wenn meine Selbstsucht ihm geschadet hätte …

Aber vielleicht spielt das keine Rolle.

Kenric hat nichts auf mein Geständnis erwidert … Stumm hat er dabei zugesehen, wie ich den Wachen des Königs gefolgt bin. Er hat nicht versucht, mich zurückzuhalten.

Ich sage mir, dass es besser so ist. Dass der Fluch vielleicht nur zuschlägt, wenn beide dasselbe empfinden. Dass es – wie Kenric auch meinte – irgendwann leichter werden wird, wenn ich ihm nicht ständig begegne.

Ich glaube nicht daran, doch ich habe keine andere Wahl, als mich an diese Möglichkeiten zu klammern.

Bei König Zahid melde ich mich bloß kurz, um ihn wissen zu lassen, dass ich zurück bin, und schließe mich danach in meinem Zimmer im Schloss ein. Seine angepriesenen Heiler, die sich um die Kratzer kümmern sollen, die der Verlorene mir beigebracht hat, schicke ich alle weg. Keiner könnte meine Verletzungen so gut versorgen wie Kenric und seine Schatten. Die Wunden sind sowieso so gut wie verheilt und behindern mich nicht mehr in meinen Bewegungen. Lediglich die Bisswunde an der Schulter ziept hin und wieder, wenn ich den Arm zu schnell bewege, und sofort wünsche ich mir Kenrics kühlend lindernde Schatten herbei.

Ziellos wandere ich in meinem Zimmer umher, während ich verbissen gegen die Tränen ankämpfe, die mir in den Augen brennen.

Ich weiß, dass es so am besten für Kenric und mich ist. Dass unsere Trennung unausweichlich war und Zahid uns mit seinem Befehl im Grunde einen Gefallen getan hat. Warum fühle ich mich dann, als würde mir jemand gewaltsam die Brust aufbrechen und mein Herz herausreißen?

Nur meine Vernunft hält mich davon ab, zu Zahid zu marschieren und ihm klipp und klar zu sagen, dass ich nicht mehr seine Favoritin sein will und er sich zwischen Aleria und Katinka entscheiden soll. Die beiden sind wenigstens Ausgewählte; ich bin zwar aus freien Stücken nach Nordgand gekommen, wollte allerdings nie seine Favoritin werden. Oder Zahid soll sich meinetwegen drei neue Ausgewählte aus Südgand holen.

An die beiden Ausgewählten Katinka und Aleria, die mit mir hier in Nordgand ankamen, habe ich seit dem Eröffnungsfest nicht mehr gedacht. Ob sie einen Fae gefunden haben, der sich für sie interessiert, so wie Marthel es gelungen ist? Ich gönne es ihnen. Ich gönne ihnen auch Zahid.

Ich wünschte, für mich wäre es so einfach wie für die Ausgewählten. Sie haben es hier gut, auf jeden Fall besser als in ihrem früheren Leben. Sie müssen nur darauf warten, jemanden zu finden, der sie anständig behandelt.

Ich hingegen bin zerrissen zwischen meiner Sehnsucht nach Kenric, der ich nicht nachgeben darf, und meinen Fluchtplänen zurück nach Südgand, die an der Umsetzung scheitern. Bei meinem letzten Versuch endete ich beinahe als Verlorenenhäppchen – und dabei ist es mir nicht einmal gelungen, die Stadt Evenor und ihre schützenden Mauern zu verlassen. Ich will mir nicht vorstellen, was mich dahinter erwartet …

Ich bin also dazu verdammt hierzubleiben. Zumindest vorerst.

Das hat mir in der Vergangenheit nichts ausgemacht, denn da hatte ich Kenric und unsere gemeinsamen Forschungen. Zum ersten Mal in meinem Leben habe ich jemanden kennengelernt, der dieselben Interessen hat wie ich. Mit dem ich reden konnte, ohne seltsam angesehen zu werden. Wenn ich Zeit mit ihm verbrachte, dachte ich nicht an mein Zuhause oder eine Flucht. Ich lebte im Hier und Jetzt und ich genoss jede Sekunde davon.

Ohne die gemeinsamen Forschungen mit Kenric weiß ich nichts mit mir anzufangen, deshalb werde ich weiter über einem Fluchtplan brüten. Es ist allemal besser, als ständig in Tränen auszubrechen oder Trübsal zu blasen. Denn mit der Zeit wurde Kenric so viel mehr für mich als nur jemand, mit dem ich fachsimpeln konnte.

Ich schlinge die Arme um mich und verdränge verbissen die Gedanken an ihn. Sie bringen mich nicht weiter, sondern führen mir nur das vor Augen, was ich niemals werde haben können.

Zunächst brauche ich eine ungefähre Ahnung davon, wie weit die Grenze, eine hohe Mauer aus schwarzem Gestein, die die beiden Reiche Nord- und Südgand voneinander trennt, vom Hof der Ewigen Mitternacht entfernt ist. Dann muss ich mir über das Fortkommen Gedanken machen. Als ich während des Festes fliehen wollte, ging ich davon aus, dass jenseits der Stadtmauern keine Gefahren lauern und dass sie nichts weiter als alte Relikte aus den Zeiten des Großes Krieges sind.

Nun weiß ich es besser. Wenn Kenric recht hat und es tatsächlich Hunderte von diesen Viechern – den Verlorenen – da draußen gibt, kann ich meinen ursprünglichen Plan, zu Fuß zu gehen, begraben.

Doch wie soll ich stattdessen zur Grenze gelangen? Bei der Herfahrt hatten wir eine Kutsche, doch Zahid wird nicht so dumm sein und mir eine für eine Vergnügungsfahrt zur Verfügung stellen. Selbst dann bleibt die Gefahr der Verlorenen bestehen. Das letzte Mal beschützte uns Kenric mit seiner Schattenmagie vor ihnen.

Und schon wieder landen meine Gedanken bei ihm.

Seufzend werfe ich mich aufs Bett, das ich sofort mit Kenrics vergleiche, welches viel weicher ist und obendrein nach ihm riecht.

Ich muss damit aufhören oder ich zerstöre mich über kurz oder lang selbst.

Mit den Handballen drücke ich mir gegen die Augen. *Fang jetzt bloß nicht wieder an zu weinen!*

Ein Klopfen an der Tür rettet mich davor, erneut in Selbstmitleid zu zerfließen.

»Wer ist da?«, frage ich, als ich mich aufsetze.

»Paleia, Kindchen.«

Zum Glück nicht Zahid, huscht es mir durch den Kopf, als ich zur Tür schreite, den Riegel zurückschiebe und öffne. Auf ihn hätte ich nach seinem Befehl, mich notfalls mit Gewalt aus Kenrics Wohnung zu zerren, überhaupt keine Lust. Selbst bei unserem kurzen Gespräch vorhin musste ich mich krampfhaft davon abhalten, ihm die Augen auszukratzen.

Paleia, die hoch gewachsene Fae-Schneiderin, begrüßt mich mit einem Nicken, während sie innerhalb eines Wimpernschlags meine Erscheinung in sich aufnimmt. Da ich weiß, dass sie mich sowieso durchschauen wird, gebe ich mir gar nicht erst die Mühe, ihr etwas vorzuspielen. Ihre grün leuchtenden Fae-Augen können hinter jede Fassade blicken.

»Du siehst furchtbar aus«, sagt sie, nachdem ihr Blick zu lange an meinen vermutlich rot geränderten Augen und den noch geschwollenen Lippen hängen geblieben ist.

Schnaubend trete ich zur Seite, um sie einzulassen. »Danke, ich freue mich auch, dass du mich besuchst.«

Sie betritt mein Zimmer mit einem Kleidersack über dem Arm, und sofort wird mir klar, dass dies kein Höflichkeitsbesuch ist. »Ich bin überrascht, dass du wieder hier bist.«

»Ja, das bin ich auch.« Mit dem Rücken lehne ich mich gegen die geschlossene Tür. »Aber es ist besser so.«

Egal, wie oft ich diese Tatsache ausspreche, sie wird nicht wahrer. Die Worte schmecken bitter auf meiner Zunge.

Paleia scheint es zu bemerken. »Warum sollte es besser sein, wenn du offensichtlich nicht hier sein willst?«

Ich schaue schnell zur Seite. »Weil ich dann niemandem schaden kann, der mir wichtig ist.«

»Ah, wir reden von Kenric.« Sie legt den Kleidersack aufs Bett und setzt sich anschließend auf die Matratze, das Gesicht zu mir. »Ich bin ganz Ohr.«

Ein Muskel zuckt unter meinem rechten Auge, als ich seinen Namen höre. »Ich möchte nicht über ihn reden.«

»Wieso nicht? Habt ihr euch wieder gestritten?«

»Nein.«

»Was dann?«

Ich stoße geräuschvoll den Atem aus. »Ich empfinde mehr für ihn, als ich sollte.«

Zögerlich streicht Paleia sich eine Strähne ihres dunkelbraunen Haares, das sich aus ihrer ansonsten akkuraten Hochsteckfrisur gelöst hat, hinter das spitze Ohr. »Und das ist … schlecht?«

»Für eine Südganderin wie mich, ja.«

»Ich verstehe immer noch nicht.«

»Unser Fluch«, presse ich hervor. »Ich werde Kenric und mir schaden, wenn ich mich nicht von ihm fernhalte. Ich werde … ihn vielleicht sogar töten.«

Paleia neigt fragend den Kopf, während sie mich mustert. »Du glaubst das wirklich, oder?«

Ich nicke. »Ich habe selbst mit ansehen müssen, wozu der Fluch fähig ist.«

Ihre grünen Augen leuchten eine Spur heller. »Erzähl mir davon.«

Ein Zittern erfasst mich, als die leblose Gestalt meines Bruders vor meinem inneren Auge erscheint, und ich schlinge beide Arme um mich. »Nein.«

»Du bist die erste Südganderin, die sich wegen ihres Fluchs Gedanken macht. Und ich habe schon sehr viele Südganderinnen eingekleidet. Mehr, als ich zählen möchte. Aber sie alle waren … sorglos. Vielleicht auch einfältig.«

Ich bin dankbar, dass sie mich nicht mit den einfältigen Südganderinnen in einen Topf wirft, obwohl ich es wahrscheinlich verdient hätte. Ich hätte Kenric von Anfang an nicht so nah an mich heranlassen dürfen. Meine Situation, ebenso wie der Schmerz, der in meiner Brust wütet, sind meine eigene Schuld. Trotzdem horche ich bei ihren Worten auf.

»Gab es keine Ausgewählte, die sich verliebt hat?«, frage ich.

»Die gab es durchaus«, antwortet Paleia. »Sie waren selten, weil sie wie die meisten Südganderinnen dieses Gefühl vergessen haben, wie wir Nordgander vergessen haben, wie sich Sonnenstrahlen auf unserer Haut anfühlen, aber es kam vor. Und ihnen ist nichts geschehen.«

Ich ziehe scharf die Luft ein. »Was?«

Bisher hatte ich nichts als vage Vermutungen. Theorien, wie Kenric sie nannte, und an die ich mich mit aller Kraft klammern wollte. Aber die Angst, ihm dadurch schaden zu können, war größer als meine Hoffnung.

Nun von Paleia zu hören, dass sie offenbar Südganderinnen kannte, die sich verliebt haben und nicht daran gestorben sind, lässt meine Hoffnung stärker werden, nachdem ich sie beinahe verdrängt habe.

Ich hänge förmlich an ihren Lippen, doch die Fae-Schneiderin schenkt mir nur ein katzenhaftes Grinsen. »Weißt du, wenn man so lange wie ich existiert und dieses Reich nie verlassen kann, sehnt man sich nach Geschichten aus fremden Ländern. Von mir aus auch nach etwas Klatsch. Aber den bekomme ich viel zu selten zu hören, weil Zahid normalerweise die Ausgewählten mit einem Zauber unter Kontrolle und ihre Gedanken auf Spur hält. Sie drehen sich einzig und allein darum, den nordgander König oder einen seiner Untergebenen zu beeindrucken.« Ihre grün-glühenden Augen funkeln heller und ihre Miene nimmt lauernde Züge an. »Doch bei dir ist das anders.«

Ich verspanne mich aus Angst, dass sie zu viel sehen könnte, wenn sie mich anschaut. Ich befürchte, dass der Grund, warum Zahids Zauber bei mir nicht wirkt, mir direkt auf der Stirn geschrieben steht: meine Magie, die ich als Südganderin nicht besitzen dürfte und von der niemand etwas erfahren darf, solange ich hier bin. Die Magie der hundertsten Prinzessin, die die Gabe haben soll, Flüche zu brechen.

»Neben Gold nehme ich auch andere Zahlungsmittel an«, stellt Paleia in Aussicht. »Wenn du wissen willst, wie es diesen wenigen Ausgewählten ergangen ist, die sich hier verliebt haben, wirst du mir zuvor etwas geben müssen. Über dich habe ich noch nicht viel gehört. Vieles habe ich mir zusammengereimt, aber trotzdem ... ist mein Wissen über dich recht dürftig. Fangen wir also damit an, wieso du dich so sehr vor dem südgander Fluch fürchtest.«

Mein Hals ist wie zugeschnürt. »Warum kümmert dich das?«

»Wissen«, sagt sie, »ist in einer Welt, in der bloß noch die Starken und Mächtigen und Reichen am Leben sind, ein noch besseres Zahlungsmittel als Gold.«

Auffordernd klopft sie auf das Bett neben sich.

Ich verstehe nicht, was sie mit meinen Erinnerungen an meinen toten Bruder anfangen will. Alles in mir sträubt sich dagegen, ihr davon zu erzählen. Nicht weil ich Paleia nicht traue, sondern weil ich seit seinem Tod mit niemandem darüber gesprochen habe. Auch nicht mit meinen Eltern oder meiner Schwester. Sie hatten selbst genug damit zu tun, den Verlust zu verkraften; vor allem meine Eltern, denn Jasper sollte ihr Nachfolger werden. Wir alle waren gefangen in unserer eigenen Art von Trauer, die keiner von uns in Worte fassen konnte.

Und einem Fremden wollte ich mich nicht anvertrauen, schließlich starb der junge Südgander-Prinz offiziell bei einem Unfall während des Reittrainings.

Aber ich weiß es besser, wie auch meine Eltern und meine ältere Schwester Emillia es besser wissen. Doch als königliche Familie konnten wir nicht öffentlich zugeben, dass ausgerechnet einer von uns gegen die uralten Regeln verstoßen und sich verliebt hat.

Jahrelang habe ich den Verlust meines Bruders in mich hineingefressen, habe versucht, so wenig wie möglich an ihn zu denken, damit mich nicht erneut diese Leere heimsucht, die sein Tod hinterlassen hat. Er war der Einzige aus meiner Familie, mit dem ich reden konnte und der mich verstand.

Jasper zu verlieren, fühlte sich für mich wie das Ende der Welt an.

Ein Gefühl, das ich unter keinen Umständen jemals wieder empfinden will.

Tief in mir weiß ich, dass Kenric zu verlieren tausendmal schlimmer wäre. Allein der Gedanke versetzt mich in Angst und Schrecken. Deshalb habe ich mich mit aller Kraft gegen die Gefühle in meiner Brust gestemmt, die jedes Mal stärker wurden, wenn ich in seiner Nähe war. Ich habe mich geweigert, ihnen einen Namen zu geben, denn erst dadurch würden sie real werden, dachte ich. Ich lag falsch.

Aber wenn es einen Weg für uns geben könnte … Wenn es eine Möglichkeit gibt, dass meine Gefühle ihm wegen des Fluchs nicht schaden … Was würde ich dann tun? Könnte ich die Ängste vor dem Fluch, die mir zeit meines Lebens eingepflanzt wurden, einfach vergessen?

Zögerlich gehe ich hinüber zum Bett und lasse mich neben Paleia auf der Kante nieder. »Ich weiß nicht, was du von mir hören willst.«

»Was ist dir zugestoßen, dass du solche Angst vor dem Fluch hast?«, fragt Paleia. »Die Ausgewählten haben nie ein Wort darüber verloren.«

»Wie du vorhin schon sagtest, sie haben ihn vergessen«, wispere ich.

Es ist die Wahrheit. Für uns Südgander ist der Fluch seit Generationen allgegenwärtig. Wir wachsen mit dem Wissen auf, uns niemals verlieben zu dürfen. Sollte es doch geschehen, werden umgehend Vorkehrungen getroffen. Die meisten Südgander, mit denen ich zu tun hatte, haben sich damit arrangiert. Sie denken nicht an den Fluch oder an Liebe, sondern leben ihr Leben so, wie es ihnen möglich ist. Ich kenne niemanden außer mir, der eine merkwürdige Besessenheit bezüglich des Fluchs entwickelt hat. Ich dachte, ich könnte mich besser vor ihm schützen, wenn ich verstand, warum sich Menschen früher verliebt haben. Deswegen sammelte ich heimlich die verbotenen Schriften und Bücher, in denen Liebe eine große Rolle spielte. Während ich sie las, schüttelte ich nicht nur einmal den Kopf über die Männer und Frauen darin. Ich konnte nicht verstehen, wie ein Gefühl einen Menschen zu solchen Dummheiten verleiten konnte. Niemals wollte ich so enden. Dadurch hoffte ich, dass es mir leichter fiele, mit meinem Schicksal zurechtzukommen und den Mann zu akzeptieren, den meine Eltern für mich aussuchten, wie es Tradition ist.

Ich würde nie so enden wie mein Bruder.

Ich brauche eine Weile, um jemandem wie Paleia, die den südgander Fluch lediglich vom Hörensagen kennt, begreiflich zu machen, wie es uns mit ihm ergeht. »Wir leben seit Ewigkeiten mit dem Fluch, doch im Vergleich zu euch Fae ist unser Leben nicht mehr als ein Augenblick. Wir werden geboren und wachsen mit dem Wissen auf, dass Liebe etwas Schreckliches ist und dass wir uns niemals verlieben dürfen. Wir vertrauen darauf, dass unsere Eltern uns den perfekten Ehepartner aussuchen, den wir an unserer Seite ertragen, für den wir aber höchstens Wohlwollen empfinden. In Südgand ... haben wir uns damit abgefunden. Es ist eben unser Schicksal.«

»Und wenn es doch vorkommt, dass sich jemand verliebt?«

Ich kralle die Hände in den Rock meines Kleides. »Dann sollten die beiden Betroffenen so schnell wie möglich voneinander getrennt werden. Bleiben sie zusammen und werden ihre Gefühle stärker, schlägt der Fluch zu.«

»Was bedeutet das?«

»Es bedeutet, dass beide sterben.«

»Wie muss ich mir das vorstellen? Fallen sie einfach tot um?«

Ich schüttele den Kopf. »Es ist ein schleichender Prozess, heißt es in den Aufzeichnungen. Ein Stechen in der Brust, Schwindelgefühl, Appetitlosigkeit.«

Paleia schürzt die Lippen. »Klingt für mich nach einer ganz gewöhnlichen Verliebtheit.«

»Zunächst vielleicht, aber die Symptome verschlimmern sich. So lange, bis das Herz aufhört zu schlagen.«

»Ist das jemandem passiert, den du kennst?«

»Meinem großen Bruder«, wispere ich.

Paleia sieht mich an, als warte sie darauf, dass ich weiterspreche, aber sie drängt mich nicht. Verbissen schlucke ich gegen die Enge in meinem Hals an, und als ich wieder halbwegs normal atmen kann, sprudeln die Worte von ganz allein aus mir heraus.

»Meine Familie und ich ... Wir wussten es nicht. Wir haben uns nichts dabei gedacht, als er öfters länger wegblieb. Jasper war bei allen beliebt. Jeder schaute zu ihm auf. Er war ...«

Ich breche ab und presse die Lippen zusammen. Beinahe hätte ich gesagt, dass unser aller Hoffnung in ihm als zukünftigem König ruhte und ich stolz darauf gewesen wäre, einer seiner Untertanen zu sein. Doch diese Wahrheit darf Paleia niemals erfahren.

»Sein Tod traf uns völlig unvorbereitet«, sage ich stattdessen. »Es war einer der wenigen Tage, an denen meine Familie mich besuchen kam. Wir saßen gerade beim Essen, als uns jemand nach draußen rief. Ich kann mich heute nicht mehr daran erinnern, wer es war. Ich weiß aber noch, dass wir panisch nach draußen stürzten, weil wir spürten, dass etwas Furchtbares geschehen war.«

Ich brauche einen Moment, um die Erinnerungen an damals so weit zurückzudrängen, dass ich nicht in Tränen ausbreche. Das darf keinesfalls geschehen, sonst würde Paleia die Blütenblätter sehen, die ich statt Tränen weine.

»Jemand ... hatte ihn gebracht. Auf einem Karren. Sein Gesicht war noch leicht rosig, doch sein Bauch ... Meine Mutter brach weinend zusammen. Nur undeutlich hörte ich die Erklärung des Mannes, der ihn gebracht hatte. Ich verstand nicht, was geschehen war. Wie konnte mein Bruder, der das Schwert wie kein Zweiter führen konnte, bei einem Duell sterben?«

Manchmal frage ich mich, ob der Mann, der ihn brachte, ihn zuvor bedeckt hatte und die Decke während der Fahrt heruntergefallen ist, oder ob ... er ihn einfach so auf seinen

Karren gehievt hat. Jaspers Bauch war so tief aufgeschlitzt, dass ich die Gedärme erkennen konnte. Emillia erbrach sich neben mir auf die Straße, aber ich konnte meinen toten Bruder nur anstarren. Sosehr ich es auch wollte, ich konnte nicht wegsehen. Sein Anblick brannte sich in mein Gedächtnis.

»Erst nach und nach erfuhren wir, was passiert war«, murmele ich. »Jasper hatte sich verliebt. Seine Angebetete war jedoch bereits verheiratet, also forderte er ihren Ehemann zum Duell. Der Unparteiische, der den Ausgang des Duells bezeugen sollte, sagte, Jasper habe sich während des Kampfs an die Brust gefasst, ehe er zusammengebrochen ist.«

»Aber du sagtest, es wäre etwas mit seinem Bauch gewesen«, wirft Paleia ein.

Ich schlucke angestrengt. »Sein Gegner ... Der Ehemann wollte nicht akzeptieren, dass Jasper einfach so während des Duells starb. Er ließ seine Wut darüber an ihm aus.«

Paleia verzieht das Gesicht und murmelt etwas von »barbarischen Sitten«.

Ich kann es ihr nicht verdenken. Noch nie habe ich einen Sinn in solchen Duellen gesehen. Aber wenn Jasper an einem teilnahm, hätte ich meine letzte Münze auf ihn gesetzt, genau wie der Rest meiner Familie. Ausgeschlossen, dass er auf normalem Weg gegen diesen feisten Ehemann hätte verlieren können!

»Was ist mir der Frau geschehen, um die es ging?«, fragt Paleia.

»Es heißt, sie stürzte sich aus dem höchsten Zimmer ihres Hauses, aus Schamgefühl«, sage ich. »Ich gehe davon aus, dass ihr Mann sie tot vorfand und eigenhändig aus dem Fenster geworfen hat, um die ganze Sache zu vertuschen.«

»Warum sollte er das tun?«

»Am Fluch zu sterben, ist in Südgand ein gesellschaftlicher Todesstoß. Es bedeutet, dass die Eltern ihre Kinder nicht gut genug erzogen und unter Kontrolle hätten, oder dass die Erwachsenen nicht genug Willen haben, um sich ihrer Begierden zu entziehen.«

Monoton bete ich die Worte herunter, die meine Mutter mir von klein auf eingetrichtert hat. Jene, die am Fluch sterben, sind selbst schuld. Sie haben sich nicht unter Kontrolle. Sie denken bloß an sich. Sie sind nicht besser als Tiere. Ein solches Verhalten wäre unserer Linie unwürdig.

Nach Jaspers Tod suchte Mutter schleunigst nach einem Ehemann für Emillia. Einem, dem sie keinesfalls verfallen würde, um noch mehr Schande über unsere Familie zu bringen.

»Der Tod durch den Fluch ist selten«, sage ich. »Bücher, Lieder und Theaterstücke, die die Liebe zum Thema haben, wurden schon vor Ewigkeiten verboten. Jedem Kind wird von klein auf klargemacht, dass Liebe etwas Schlimmes ist, dass sie den Tod bringt. Wenn du mit diesem Wissen aufwächst und es nicht anders kennst, hältst du dich an die Regeln.«

»Aber du hast dich nicht an die Regeln gehalten.« Diesmal stellt Paleia keine Frage, sondern macht eine Feststellung.

»Es war nicht geplant.«

»Das ist Liebe selten.«

Vehement schüttele ich den Kopf. »Ich will nicht über Kenric reden.«

Sie seufzt. »Eigentlich wollte ich dich für das heutige Fest fertig machen, doch jetzt möchte ich mit dir ausgehen.«

Perplex drehe ich mich zu ihr um. »Was?«

Sie lächelt. »Ich möchte dir jemanden vorstellen. Und wir werden pünktlich zum Fest zurück sein.«

Mir steht der Sinn weder nach Ausgehen noch nach dem Fest, aber ich wage nicht, Paleia das direkt zu sagen. Vielleicht wird es mir guttun, eine Weile dieses triste Zimmer verlassen zu können.

Kapitel 2

✦

VANYA

An Paleias Seite schlendere ich durch die Stadt. Sie führt mich in Bereiche von Evenor, die ich bisher nicht betreten habe. Beinahe bin ich darüber enttäuscht, dass wir nicht in die Richtung von Kenrics Wohnung gehen, doch ich verbanne ihn aus meinen Gedanken. Er wird mich noch genug quälen, wenn ich wieder allein in meinem Zimmer sitze.

Fünkchen, der violett glühende Lichtzauber, den Kenric mir geschenkt hat, zieht einige neugierige Blicke auf sich, als wir den Stadtteil betreten, in dem offenbar die wohlhabenderen Fae leben. Die Häuser sind etwas größer und nicht so dicht an dicht gebaut, wie ich es in Paleias Viertel oder bei Kenric gesehen habe. Auch gibt es einige in den dunklen Stein gehauene Reliefs, die die Häuser trotz weniger Fenster aufwerten.

Zielsicher steuert Paleia ein Haus an und klopft an die Tür. Ehe ich fragen kann, wo wir sind und was wir hier wollen, wird die Tür geöffnet.

Vor uns steht eine junge Frau, etwa in meinem Alter, die über beide Ohren strahlt, als sie die Schneiderin erkennt.

»Paleia! Dich habe ich ja eine Ewigkeit nicht zu Gesicht bekommen. Was führt dich zu uns?«

Erst jetzt nehme ich den Kerzenschein wahr, der aus dem Inneren des Hauses dringt, und meine Aufmerksamkeit huscht zu den Ohren der Frau. Sie sind rund, nicht spitz wie die der Fae.

Paleia weist mit einer Armbewegung auf mich. »Ich wollte dir jemanden vorstellen.«

Die Frau wendet sich mir zu, ihr Lächeln bleibt bestehen. »Dann kommt gern herein. Darf ich dir etwas zu essen anbieten?«

Da die letzte Frage nur an mich gerichtet sein kann, nicke ich. Seit ich Kenric verlassen musste, habe ich mich in meinem Zimmer verkrochen und nichts gegessen. Erst jetzt merke ich, wie hungrig ich bin, als ein köstlicher Duft nach frisch gebackenen Plätzchen zu mir herüberweht.

Wann habe ich zuletzt frisch gebackene Plätzchen gegessen? Ich kann mich nicht erinnern. Anders als bei vielen Kindern weckt dieser Geruch keine warmen Erinnerungen bei mir, trotzdem läuft mir das Wasser im Mund zusammen.

Die Frau nimmt meinen und Paleias Umhang entgegen und deutet auf einen angrenzenden Raum. »Ich sage schnell Eruk Bescheid, dass wir Besuch haben.« Damit huscht sie davon.

»Wer ist sie?«, wispere ich Paleia zu.

»Eine Südganderin.«

Ich verdrehe die Augen. »Ich bin nicht blind.«

Ein neckisches Grinsen erscheint auf ihren Lippen. »Ich weiß. Merill kam …« Sie tippt sich gegen das Kinn. »Es müsste um die zweihundertzehn Jahre her sein, dass sie ausgewählt wurde. Ungefähr. Ich bin schlecht im Schätzen von Zeitabständen.«

»Zwei…*hundert*…«, stammele ich.

Paleia weidet sich sichtlich an meinem überrumpelten Gesichtsausdruck. »Sie hat sich für südgander Maßstäbe ganz gut gehalten, was?«

Ich kann nichts anderes tun, als zu nicken. Ich hätte Merill auf zweiundzwanzig, höchstens fünfundzwanzig geschätzt – aber definitiv nicht auf über zweihundert!

Kurz darauf taucht Merill wieder auf. An ihrer Seite ist ein Fae, der uns lächelnd bittet, doch im Wohnzimmer Platz zu nehmen. Wir folgen seiner Einladung. Dabei fällt mir auf, wie er Paleia eine Spur zu lange mustert.

Das Haus ist hell und freundlich eingerichtet, ganz anders, als sein düsteres Äußeres vermuten lässt. Als Vergleich habe ich lediglich das Schloss und Kenrics vor Büchern überquellende Wohnung, doch dieses Haus ist heimelig. Sogar ich fühle mich wohl, obwohl ich erst ein paar Minuten hier bin. Überall stehen Kerzen, einige Leuchter hängen an den Wänden oder von der Decke. Ein Haus, das eindeutig auf die Bedürfnisse einer Südganderin zugeschnitten ist.

Ich mustere Merill und Eruk aus den Augenwinkeln. Merill ist zierlich und scheint ein sanftes Wesen zu haben. Ihr Lächeln wirkt ehrlich und offen und sie strahlt eine solche Zufriedenheit aus, dass ihre bloße Gegenwart meine dunklen Gedanken vertreibt. Der Fae, Eruk, ist groß gewachsen und stattlich. Anders als die meisten Fae, denen ich begegnet bin, wirkt er nicht unnahbar, was mich überrascht. Aber ich habe auch noch nicht viele Fae-Männer kennengelernt. Und die, denen ich begegnet bin, haben einen bleibenden Eindruck hinterlassen – sowohl im positiven als auch negativen Sinn. Eruk allerdings ist eine dieser Personen, die man zwar wahrnimmt, aber gleich wieder vergisst, sobald man sie nicht mehr direkt vor sich hat.

Ständig schenken die beiden sich kleine alltäglich wirkende Berührungen, während sie die Teller aus dem Schrank vor uns hinstellen oder Merill die Plätzchen aus dem Ofen der angrenzenden Küche holen will, Eruk allerdings anbietet, dies zu übernehmen, damit sie sich nicht verbrennt.

So etwas habe ich noch nie gesehen, daher kann ich nicht anders, als die beiden ungeniert anzustarren. Ich spüre ihre tiefe Verbundenheit, ohne sie näher zu kennen. Ich spüre sie in ihren Berührungen, ihren Blicken, den Worten, die sie tauschen. Sie klingen anders als die Gespräche, die zwischen meinen Eltern stattfinden, oder alle andere Gespräche, die ich je in einem südgander Haushalt gehört habe.

Merill und Eruk gehen innig miteinander um. Liebevoll. Ohne irgendetwas zurückhalten zu müssen.

»Überrascht?«, murmelt Paleia neben mir.

Ohne den Blick von Merill und Eruk zu nehmen, nicke ich. »Einen solchen Umgang miteinander kenne ich bloß aus Büchern. Aus verbotenen Geschichten.«

Paleia, die neben mir auf einem gepolsterten Sofa mit buntem Muster sitzt, nippt an einer Tasse Tee, dem einzigen Nahrungsmittel, dem sie zugestimmt hat. »Ich habe dich nicht hergebracht, damit du sie nur anstarrst. Du kannst dich mit ihnen unterhalten und ihnen Fragen stellen. Bestimmt wird Merill sich freuen, sich mit dir auszutauschen. Sie hat nicht viele Freunde hier.«

»Warum?«

»Weil sie ist, was sie ist – eine Südganderin.«

»Aber sie ... wirkt glücklich.«

Paleia nickt. »Es gibt viele Arten von Glück. Nicht immer brauchst du viele Freunde, um zufrieden zu sein. Manchmal reicht ein einziger. Und wenn sich dieser auch noch als der Mann herausstellt, dem dein Herz gehört, sollte dir alles andere egal sein.«

Ich drehe den Kopf zu ihr, bekomme jedoch keinen Ton heraus.

Sie schmunzelt in ihre Tasse. »Wir wollten nicht über

Kenric reden, ich weiß, aber wenn er der Erste ist, an den du dabei denkst, ist das nicht meine Schuld. Ich hab ihn mit keinem Wort erwähnt.«

Ich schnaube, doch ehe ich etwas erwidern kann, kommen Merill und Eruk zu uns und nehmen auf dem gegenüberliegenden Sofa Platz. Merill stellt einen Teller mit noch leicht dampfenden Keksen auf dem niedrigen Tisch zwischen uns ab.

»Bitte, bedien dich«, sagt sie mit einem Lächeln zu mir und deutet auf den Teller.

Sofort bleibt mein Interesse an dem breiten, mit floralen Mustern verzierten Lederarmband an ihrem linken Handgelenk hängen. *Der Pakt.* Sie sind einen Pakt eingegangen. Das würde auch erklären, wie sie zweihundert Jahre alt sein kann, ohne wie ein Skelett auszusehen.

Kenric hat mir von dieser Art von Pakt erzählt. Es gibt mehrere Arten, aber nur dieser ist Partnern vorbehalten. Er nannte ihn *meraelior.* Während einer Zeremonie wird durch Magie der Name des jeweils anderen ins linke Handgelenk des Partners geritzt. Ab diesem Zeitpunkt sind die beiden miteinander verbunden – das gilt ebenso für ihre Lebensenergie. Für Südganderinnen ist dies die einzige Möglichkeit, in Nordgand nicht zu altern.

»Wie lange bist du schon hier in Nordgand?«, frage ich Merill, als ich nach einem Plätzchen greife.

Ihr Blick huscht durch den Raum, während sie nachdenkt. »Ich kann es nicht genau sagen. Ohne Tag und Nacht verliert man schnell das Zeitgefühl.«

»Ich weiß.«

Ich knabbere an dem Plätzchen, das köstlich schmeckt. Fast so gut wie die Gerichte, die Kenric immer für mich gekocht hat.

»Es fanden seit meiner Ankunft um die achtundsechzig Auswahlen statt, wenn mich nicht alles irrt«, sagt Merill. »Mehr oder weniger.«

Wenn das stimmt, lag Paleia mit ihrer Schätzung nicht weit daneben. Noch immer kann ich diese Zahl, diese Lebensdauer nicht begreifen. Natürlich habe ich verstanden, dass es mit dem Pakt zusammenhängt, doch ich traue mich nicht, direkt nachzufragen. Ich kenne diese Leute erst seit wenigen Minuten.

»Und du?«, fragt Merill. »Seit wann bist du hier?«

»Ich kam mit der aktuellen Auswahl hier an.«

»Also bist du eine Ausgewählte.«

»Nein«, gebe ich zu.

Neben mir nehme ich für einen Moment Paleias Überraschung wahr, ehe sie sich wieder ihrer Tasse Tee zuwendet. Selbst ihr gegenüber habe ich nie erwähnt, warum ich hier bin. Ich habe sie im Glauben gelassen, dass ich eine Ausgewählte sei, und da Marthel bereits einem Fae versprochen ist, fiel es nie auf, dass wir eine zu viel waren.

Merill neigt interessiert den Kopf. »Du bist keine Ausgewählte?«

»Bin ich nicht. Aber irgendwie bin ich trotzdem König Zahids Favoritin geworden.«

»Darüber solltest du dich freuen«, sagt Merill. »Seinen Favoritinnen bietet er einen Pakt an. Sie teilen sich fortan seine Lebensdauer und führen ein herrschaftliches Leben.«

Ich schlucke angestrengt. Nichts von dem, was sie sagt, lockt mich. Weder dass ich mit Zahid einen Pakt eingehe, noch dass ich dank ihm endlos lebe. An seiner Seite. Gänsehaut breitet sich bei dieser Vorstellung auf meinen Armen aus.

»Du warst nicht seine Favoritin, oder?«, frage ich. »Damals, während deiner Auswahl.«

Sie schüttelt den Kopf. »Ich war froh darüber, dass er mich meist übersehen hat. Er hat mir ... Angst gemacht. Ich konnte seine Macht spüren und habe mich daneben klein und unbedeutend gefühlt. Mein Glück war, dass Zahid ... sich wohl eher zu den Frauen hingezogen fühlt, die sich nicht so leicht einschüchtern lassen.«

Am liebsten hätte ich laut geseufzt. *Das* soll der Grund sein, warum ich Eindruck auf ihn gemacht habe? Weil ich mir nicht von ihm den Mund verbieten lasse und sage, was ich denke? Irgendwie bedrückt es mich, dass es kein anderer Grund war. Nicht mein umfangreiches Wissen, mein tadelloses Benehmen, mein Äußeres – das zwar bestenfalls gewöhnlich ist, aber trotzdem!

Merills musternder Blick geht mir durch und durch. Ich täte fast alles dafür, um mit dem bunten Muster des Sofas verschmelzen und ihm damit entgehen zu können.

»Du scheinst dich nicht darüber zu freuen, die aktuelle Favoritin zu sein«, sagt Merill.

»Zahid macht mir keine Angst wie dir.« Ich zucke mit den Schultern. »Natürlich weiß ich, dass er mich mit seiner Magie pulverisieren kann, wenn ihm danach ist, aber das ist es nicht.«

»Was dann?«, hakt Merill nach.

»Ich finde ihn langweilig.«

Eruk gibt einen prustenden Laut von sich und dämpft ihn schnell mit einer Hand. Ich kann nicht sagen, ob es ein Lachen oder ein Laut des Protests war, weil ich seinen König beleidigt habe.

Unwohl winde ich mich auf dem Sofa, während alle Augen

auf mich gerichtet sind. Ich habe es schon immer gehasst, im Mittelpunkt der Aufmerksamkeit zu stehen.

Paleia stößt ein Seufzen aus. »Da unsere Vanya hier den Mund offenbar nicht mehr aufkriegt, übernehme ich das. Wir sind nicht gekommen, um unsere Vorlieben oder Abneigungen bezüglich Zahid auszutauschen, sondern weil Vanya sich wegen ihres Fluchs sorgt.«

Merill runzelt die Stirn. »Warum sollte sie das, wenn sie Zahid …? Ah, es geht nicht um Zahid.« Ein sanftes Lächeln umspielt ihre Lippen. »Sondern um einen anderen Fae.«

Ich nicke zögerlich. »Ich bin mit dem Wissen aufgewachsen, dass Liebe etwas Schlimmes ist. Ein Gefühl, das man auf jeden Fall vermeiden sollte. Nicht nur das: Es bringt den Tod, wenn man es trotz aller Warnungen zulässt.«

»Und du hast Angst, dass der Fluch sich dich und deinen Geliebten holt«, sagt Merill.

»Mehr als bloß Angst«, gebe ich leise zu. »Ich bin bereit, ihn nie wiederzusehen, um ihn vor diesem Schicksal zu bewahren.«

»Ich hatte am Anfang auch Angst.« Merill nimmt Eruks Hand und verschränkt die Finger mit seinen. »Ich wusste nicht, was mit mir los war, aber wie jeder Südgander kannte ich die ersten Anzeichen des Fluchs. Das Herzrasen, die Appetitlosigkeit, das Tagträumen. Ich geriet in Panik und konnte mich nicht dagegen wehren. Es war – wenn ich es nicht besser wüsste, würde ich sagen, es war wie Magie. Einerseits wollte ich Eruk nicht in Gefahr bringen, andererseits habe ich es nicht ausgehalten, von ihm getrennt zu sein.«

»Ich erinnere mich noch genau, wie wir uns das erste Mal begegnet sind«, sagt Eruk. Seine Stimme ist tief, aber sanft, während er mit dem Daumen über den Handrücken seiner Frau streichelt. »Ich gehörte damals zu den Wachen im Schloss, war allerdings nie sonderlich gut darin. Mir fehlte der Biss, sagten sie. Im Klartext bedeutet das, dass ich nicht skrupellos genug war. Jedenfalls hatte ich Dienst, als die Ausgewählten zum ersten Mal dem König vorgestellt werden sollten. Da sah ich sie.« Er wirft einen solch verliebten Blick auf Merill, dass selbst mir das Herz schneller schlägt. »Verängstigt und zitternd standest du in der hintersten Ecke des Saals. Bevor die Götter den Fluch über unser Land verhängten, gab es hier eine Menge Rehe, und genau daran erinnertest du mich. An ein Reh.«

Merill schmiegt den Kopf an Eruks Schulter. »So hast du mich anfangs sogar immer genannt.«

Er haucht ihr einen Kuss auf den Scheitel. »Noch nie wollte ich etwas so sehr beschützen wie dich. Ich wollte dir zeigen, dass du keine Angst zu haben brauchtest.«

Merill schmunzelt. »Irgendwie hast du es geschafft, deinen Vorgesetzten davon zu überzeugen, der Leibwächter der Ausgewählten zu werden. Und von dem Moment an bist du mir nicht mehr von der Seite gewichen. Noch nie habe ich mich so sicher gefühlt, wie wenn du in der Nähe warst.«

»Ich musste ein Jahr auf dich warten. Aber das habe ich gern getan.«

»Stimmt. Ich erinnere mich kaum an dieses Jahr. Für mich verging es wie im Flug. Weil ich wusste, dass du da sein würdest, wenn ich zurückkehre.«

»Und der Fluch?«, hake ich vorsichtig nach, um die beiden nicht in diesem innigen Moment zu stören.

Merills sanftmütiger Blick richtet sich auf mich. »Er hat sich nie gezeigt. Er hat sich weder mich noch Eruk geholt. Vielleicht wird er das irgendwann, aber dann sterbe ich glücklich. Als eine der wenigen Südganderinnen war es mir vergönnt, mehr als ein Leben an der Seite des Mannes zu verbringen, den ich von ganzem Herzen liebe.«

Ich stoße den angehaltenen Atem aus. In mir tobt eine solche Vielzahl von Empfindungen, dass ich sie unmöglich greifen kann. Hoffnung ist wohl die Stärkste von ihnen. Bisher konnte sie sich nicht gegen die Angst durchsetzen, doch bald könnte es ihr möglich sein.

Aber was soll ich dann tun? Ich kann nicht einfach zu Kenric gehen und ihm mitteilen, dass ich plötzlich an seine Theorie glaube. Nicht, nachdem ich ihm Lebewohl gesagt habe. Außerdem schwebt nach wie vor Zahids Drohung über uns, deren Wortlaut ich nicht kenne. Doch Kenric wird nicht wegen heißer Luft klein beigegeben haben.

Auch darf ich nicht vergessen, dass Merill und Eruk einfach nur Glück gehabt haben könnten. Glück, das Kenric und mir möglicherweise nicht vergönnt ist.

Ich nehme ihnen ihre tiefen Gefühle ab, trotzdem kann ich mich nicht völlig darauf verlassen. Ich wünschte, ich könnte es. Alles in mir schreit nach der Hoffnung, die sich in mir ausbreitet. Aber wenn ich sie zulasse und falschliege … Wenn Kenric meinetwegen etwas zustößt …

Das wäre mein Ende. Wie Jaspers Geliebte könnte ich mit dieser Schuld und diesem Verlust nicht leben und würde meinem Leiden ein Ende setzen, sollte der Fluch mich verschonen und lediglich Kenrics Leben fordern.

»Es gab jedoch einen Vorfall«, reißt mich Merill aus meinen Gedanken. »Nachdem ich eine Weile hier war, wollte ich zurück nach Südgand, um mich von meinen Eltern zu verabschieden. Sie mussten mittlerweile Greise sein, während ich um keinen Tag gealtert bin. Ich wollte ihnen sagen, dass es mir gut geht und sie sich um mich keine Sorgen machen müssen. Eruk erlaubte es und brachte mich zur Grenze. Als ich sie überqueren wollte …« Sie verzieht das Gesicht und greift sich mit der freien Hand an die Brust. »Als ich einen Fuß auf südgander Boden setzte, fühlte es sich an, als würde mir jemand das Herz bei lebendigem Leib herausreißen.«

Ich schnappe nach Luft. Kenrics Vermutung, dass die Flüche sich auf die jeweiligen Reiche und nicht auf deren Bewohner beziehen, scheint zu stimmen.

»Als ich sah, dass sie Schmerzen hatte«, murmelt Eruk, »zog ich sie sofort wieder zurück über die Grenze.«

Merill gibt ein leises Schniefen von sich. »Ich habe seitdem nicht mehr versucht, nach Südgand zu gelangen, und meinen Eltern nur geschrieben. Ich teilte ihnen in meinen Briefen mit, dass ich wohlauf war, aber ich befürchte, sie haben mir nicht geglaubt. Wie gern hätte ich es ihnen selbst gezeigt … Irgendwann erhielt ich einen Brief unseres damaligen Nachbarn, in dem stand, dass meine Eltern in kurzem Abstand verstorben seien.«

»Das tut mir leid«, sage ich.

Merill winkt ab. »Das ist das Los des Pakts. Ich hatte ein sehr gutes Verhältnis zu meinen Eltern und Geschwistern, und es riss mir den Boden unter den Füßen weg, als mein Name während der Auswahl verkündet wurde. Ich dachte sogar daran, mir das Leben zu nehmen, um nicht nach Nordgand zu müssen. Nie hätte ich mir träumen lassen, dass ich hier mein Glück finde. Aber ein langes Leben, das ich dank Eruk führen darf, hat auch seine Schattenseiten. Du überlebst all jene, die dir in deinem alten Leben wichtig waren.«

Der Einzige, der mir wichtig war, ist bereits tot, hätte ich am liebsten geantwortet. Ich habe kein gutes Verhältnis zu meiner Familie, Jasper ausgenommen, und Freunde hatte ich in Korinth ebenfalls nicht. Es würde mich nicht wundern, wenn meine Eltern mein Verschwinden einfach als weiteres Aufbegehren ihrer rebellischen Tochter hinnähmen. Ich kann mir nicht vorstellen, dass sie nach mir suchen, schließlich hielten sie mich fast mein ganzes Leben versteckt. Ihnen wird es bloß recht sein, dass ich tatsächlich verschwunden bin.

»War es schwer für dich?«, frage ich. »Die Entscheidung zu treffen, hierzubleiben, meine ich. In diesem dunklen Reich.«

Merill überlegt einen Moment. »Natürlich gibt es Dinge, die ich aus Südgand vermisse, allem voran die Sonne. Aber«, sie breitet die Arme aus, »mein Mann hat alles dafür getan, es mir hier so angenehm wie möglich zu machen. Ich habe überall Licht. Wir unterhalten gute Beziehungen zu den Händlern, die mit südgander Lebensmitteln handeln, sodass ich auf nichts verzichten muss. Und ich habe Eruk.« Plötzlich verblasst ihr Lächeln ein wenig. »Ich bin nicht in der Position, mir noch mehr zu wünschen. Aber falls doch ...«

»Was wäre es?«, hake ich nach.

»Ein Kind«, wispert sie und legt die freie Hand auf ihren Bauch. »Ich wünschte, ich könnte ein Kind bekommen, um unsere Familie komplett zu machen.«

Eruk führt die Hand seiner Frau, die er die ganze Zeit über nicht losgelassen hat, zu seinen Lippen und küsst den Handrücken. Er sagt nichts zum Wunsch seiner Frau, sondern ist einfach für sie da.

♦♦♦

Eine Tasse Tee und ein paar weitere Plätzchen später unterbricht Paleia die Stille und lenkt das Gespräch auf erfreulichere Themen. Merill und ich tauschen unsere Erinnerungen an Südgand aus. Ich gerate nur ins Stocken, als sie fragt, wie viele Prinzessinnen seit dem Fluch bereits geboren wurden. Ich murmele etwas davon, dass ich es nicht genau wüsste, weil ich am südlichsten Zipfel des Reiches in einem abgeschiedenen Dorf gelebt habe. Merill nickt verständnisvoll und fragt mich nach alltäglichen Dingen wie, welches Gericht ich am meisten aus Südgand vermisse. Mit einem Augenzwinkern fügt sie hinzu, dass sie sich noch gut daran erinnere, dass die Köche am Hof der Ewigen Mitternacht nichts taugen.

Ab und an kriege ich am Rande mit, wie Paleia Eruk starr mustert, bis dieser sich unruhig auf dem Sofa windet. Ich werde das Gefühl nicht los, dass wir nicht bloß hier sind, weil Paleia mir Merill vorstellen wollte. Doch schnell verflüchtigt sich dieser Gedanke, als Merill lächelnd auf mich einredet.

Bei unserer Verabschiedung zieht Merill mich in eine Umarmung, die ich zögerlich erwidere.

»Bitte komm mich bald wieder besuchen«, sagt sie, nachdem sie mich losgelassen hat. »Und bring das nächste Mal deinen Fae mit.«

Hitze kriecht mir in die Wangen, doch ich zwinge mich zu einem Nicken. *Mein Fae.* Werde ich je genug Hoffnung und Mut haben, um diesen Schritt zu wagen?

»Du bist natürlich auch jederzeit willkommen, Paleia«, sagt Merill, die von meinem Zwiespalt nichts mitbekommen hat.

Wohl aber Eruk. Sein aufmerksamer Blick ruht auf mir. Als Paleia schon an der Tür ist, sagt er: »Zahid ist mächtig. Niemand bei klarem Verstand sollte sich mit ihm anlegen.«

Ich weiß sofort, worauf er hinauswill.

»Merill war damals nicht seine Favoritin, dennoch war es nicht einfach«, fährt er fort. »Normalerweise verspricht er die

Ausgewählten, die er nicht zu seinen Favoritinnen auserkoren hat, seinen engsten Vertrauten, nicht an einen stümperhaften Soldaten wie mich.«

»Wie habt ihr es trotzdem geschafft?«, frage ich.

»Er mag seit langer Zeit König sein und viele Verbrechen begangen haben, aber Zahid ist nicht herzlos. Er erkannte die Liebe zwischen Merill und mir und ließ sie schließlich gehen.« Eruk neigt den Kopf. »Allerdings bin ich mir nicht sicher, ob er bei dir ebenso nachsichtig sein wird. Zumal du dir deine Gefühle noch nicht vollständig eingestanden hast. Ich spüre eine gewisse Zurückhaltung bei dir.«

Ich nestele an meinem Umhang. »Alte Ängste kann man nicht von jetzt auf gleich ablegen.«

»Das stimmt«, eilt mir Merill zu Hilfe. »Aber man kann es schaffen, wenn man fest genug daran glaubt.«

»Mit Glaube hat das wenig zu tun«, murmele ich.

»Ich frage mich«, sagt Eruk, »vor wem du mehr Angst hast. Vor Zahid und dem, was er tun könnte? Oder vor der Reaktion deines Fae? Denn offenbar hast du eine Entscheidung über seinen Kopf hinweg getroffen, sonst fällt mir kein anderer Grund ein, warum du nicht sofort zu ihm aufbrechen solltest.«

Etwas Ähnliches hat Kenric zu mir gesagt. *Schließlich hast du bereits die Wahl für uns beide getroffen, ohne mich nach meiner Meinung zu fragen.* Und es stimmt. Er hat mir von seiner Theorie erzählt, ich war allerdings zu feige, sie zu glauben. Ich dachte, wenn ich die Hoffnung erst gar nicht zuließe, würde es einfacher werden. Aber das war ein Irrtum. Zwar versuche ich krampfhaft, nicht an ihn zu denken, doch er beherrscht meinen Kopf und mein Herz.

Wie wird er reagieren, wenn ich vor seiner Tür auftauche

und gestehe, dass ich ihm nun doch glaube? Dass ich ... gern mit ihm zusammen wäre?

Ich kann mir seine wunderschöne, gleichzeitig abweisende Miene regelrecht vorstellen ...

Ich habe mich wie eine Idiotin ihm gegenüber verhalten. Nach diesem wundervollen Kuss während des Festes der Tanzenden Sterne habe ich ihn einfach stehen lassen, nur um anschließend seine Theorie als Wunschdenken abzutun und ihm Lebewohl zu sagen.

Ich habe ... ihn einfach aufgegeben.

Ich weiß nicht, ob ich irgendetwas davon wiedergutmachen kann. Wären unsere Rollen vertauscht ... Ich würde ihn nicht hassen, dennoch wäre ich stets auf der Hut. Ich würde mein Herz vor weiterem Schaden schützen wollen und könnte es niemals gänzlich öffnen. Erst recht nicht für denjenigen, wegen dem ich es schützen muss.

»Es war etwas viel auf einmal«, meint Paleia hinter mir. »Ich habe sie hergebracht, damit sie euch beide sehen kann und begreift, dass es nicht der Fluch ist, der ihr Angst machen sollte. Sondern das, was sie sagt und tut.«

Ich stoße geräuschvoll den Atem aus und wende mich an Merill. »Wie konntest du es? Wir haben von klein auf gelernt, dass wir uns unter gar keinen Umständen verlieben dürfen. Wie konntest du das überwinden und dich ...?«

»Fallen lassen?«, hilft sie mir aus.

Ich nicke.

Merill nimmt Eruks Hand. »Weil ich wusste, dass er da ist, um mich aufzufangen.«

Die Enge in meinem Hals erschwert mir das Atmen. »Und ... wenn er das nicht gewesen wäre?«

Merill zuckt mit der Schulter. »Ich *wusste* es. Nachdem ich gemerkt hatte, dass ich mich verliebte und dass der Fluch nicht zuschlug, hatte ich genug Zeit, um in mich hineinzuhorchen. Ich fand vieles, was mir trotz allem Angst machte, aber keine Zweifel. Hast du Zweifel?«

»Nein«, gebe ich zu. »Nur Angst, dass er mir nicht verzeiht.«

»Wenn ihm genauso viel an dir liegt, wie du für ihn empfindest, wird er dir verzeihen. Vielleicht nicht sofort, doch ihr habt eine Menge Zeit, wenn du dich für ihn entscheidest.«

»Zumindest«, wirft Paleia trocken ein, »wenn sie bis dahin nicht an einen dieser Giftmischer bei Hofe gerät.«

Ich runzele die Stirn über diesen Kommentar, verkneife mir allerdings jedes Wort dazu. Offenbar hat der Giftmörder wieder zugeschlagen, während ich mich bei Kenric erholt habe. Oder danach, während ich im Schloss von dunklen Gedanken geplagt wurde.

Kenric und ich waren so kurz davor, eine heiße Spur zu finden. Wenn der Giftmörder sich nicht durch einen dummen Fehler selbst enttarnt, können bloß wir ihm auf die Schliche kommen.

♦♦♦

Nachdem wir Merill und Eruks Haus verlassen haben, muss ich Fünkchen bitten, heller zu leuchten. Meine Augen haben sich zu schnell an all das Licht in ihrem Haus gewöhnt und finden sich nun nicht mehr in der ständigen Dunkelheit Nordgands zurecht.

»Danke«, murmele ich zu Paleia, während wir uns Seite an Seite auf den Rückweg zum Schloss machen, »dass du mich zu ihnen gebracht hast.«

Sie nickt. »Nichts zu danken. Ich konnte dir und Kenric nicht länger dabei zusehen, wie ihr euch im Kreis dreht.«

»Das haben wir nicht getan.« Ich muss ein Grummeln unterdrücken. »Ich habe ihm gesagt, was ich empfinde, aber er ... hat es nie erwidert. Deshalb habe ich Angst, dass er mir nicht verzeihen wird. Vielleicht sind seine Gefühle nicht so stark wie meine. Vielleicht bin ich für ihn nichts anderes als ein netter Zeitvertreib. Schließlich ... hat er mich einfach gehen lassen, als Zahid nach mir verlangte.«

Weder er noch ich haben uns gegen Zahids Befehl gestellt, sondern uns einfach gefügt.

Paleia greift nach meiner Hand. Ich bleibe stehen und drehe mich zu ihr um. »Es gibt einiges, das du nicht über Kenric weißt. Aber glaub mir, ich habe ihn noch nie so verwirrt und durch den Wind erlebt. Seit er dich kennt, vernachlässigt er sogar seine Forschungen.«

Ich stoße den Atem aus. Er darf seine Forschungen nicht vernachlässigen. Sie sind wichtig und könnten Fae-Leben retten. Und vielleicht gelingt ihm sogar das Unmögliche.

Möglicherweise findet er einen Weg, den Fluch zu brechen, ohne dass es dazu die hundertste Prinzessin benötigt.

Doch es ist etwas anderes, was meine Neugier weckt. »Wie lange kennst du Kenric schon?«

»Ich war es, die ihn hierher in die Stadt gebracht hat.«

Ich runzele die Stirn. »Wo war er denn vorher?«

»Das soll er dir selbst erzählen. Jedenfalls fand ich ihn und Turon, als ich auf dem Weg zur Grenze war, um eine Lieferung neuer Stoffe abzuholen. Ich dachte bis zu dem Zeitpunkt, jeden Fae zu kennen oder zumindest gesehen zu haben, doch Kenrics Gesicht war neu. Er war etwas, was es nicht geben dürfte.«

Ich nicke. »So etwas Ähnliches hat er mir gegenüber erwähnt. Anfangs glaubten alle, er wäre derjenige, der den Fluch brechen könnte. Neues Leben.«

»Sie glaubten es nicht nur«, widerspricht Paleia. »Für die Fae war Kenric ein Erlöser. Und genauso behandelten sie ihn. Sie setzten solch immense Hoffnungen in ihn, dass der Junge darunter zusammenbrach, als sich herausstellte, dass er nicht der erhoffte Erlöser war.«

Mein Herz zieht sich bei ihren Worten zusammen. »Was?«

»Kenric mag stark sein, aber verwechsele niemals physische mit geistiger Stärke. Seine magische Kraft ist nicht von dieser Welt. Vielleicht hätte nicht einmal Zahid eine Chance gegen ihn, wenn Kenric es darauf anlegen würde. Doch jenseits dieser ungewöhnlichen Magie ist Kenric bloß ein Junge. Viel jünger als wir übrigen Fae, fehlt es ihm an Erfahrung – in jedweder Hinsicht. Von uns anderen leben nur noch diejenigen, die einen starken Geist und Willen haben. Alle anderen haben einen Weg gefunden, ihr Leiden zu beenden, oder ein anderer hat es für sie getan. In unserer Welt gibt es lediglich Platz für die Starken. Aber zu denen gehört Kenric nicht.«

»Nicht?«, wispere ich. »Mir kam er immer ... sehr willensstark und kalt vor.«

»Weil es das ist, was er andere glauben lassen will. Als alle Fae sich von ihm abwandten, brach seine Welt zusammen. Er glaubte, uns alle enttäuscht zu haben, und wollte es wiedergutmachen. Dabei hat er sich selbst aus dem Blick verloren.« Ihre Miene verdüstert sich. »Und Lorienne machte alles noch schlimmer.«

Diese Geschichte kenne ich zum Teil von Kenric.

»Nach der Sache mit ihr stürzte er sich in seine Forschungen und lebte einzig und allein dafür.« Paleia verzieht den

Mund. »Er verschloss sich vor allen. Nicht mal ich drang noch zu ihm durch. Es tat mir weh, ihn so zu sehen, denn irgendwie war er für mich so etwas wie mein Sohn. Ich hatte ihn gefunden und in die Stadt gebracht, und nun musste ich bezeugen, wie er litt. Und das tat er, auch wenn er es niemandem zeigte. Die Fae haben seinen Stolz zerschmettert und Lorienne sein Herz. Von dem jungen Fae, den ich in der Nähe der Grenze aufgelesen und der so viel Lebensfreude in sich hatte, wie ich sie seit Äonen nicht mehr gespürt hatte, war nichts mehr übrig.« Mit sanftem Druck zieht sie mich zu sich. »Aber dann kamst du.«

Mein Hals fühlt sich an wie zugeschnürt, als ich zu der Schneiderin aufschaue.

»Als er dich zu mir brachte, sah ich zum ersten Mal seit Langem den wahren Kenric. Den Teil, der irgendwie in ihm überlebt hatte, trotz allem, was er erdulden musste. Und auch danach war er wie ausgewechselt. Er redete nicht nur über seine Forschungen, sondern über dich. Dabei war er sehr zurückhaltend, das kann ich ihm nicht verdenken. Deshalb mischte ich mich ein und zwang ihn dazu, am Fest der Tanzenden Sterne teilzunehmen. Glaube mir, wenn ich dir sage, dass er mindestens genauso viel für dich empfindet wie du für ihn, auch wenn er noch nicht den Mut hatte, es dir zu gestehen.«

Sie nimmt meine andere Hand und drückt beide.

»Du musst nachsichtig mit ihm sein«, murmelt sie. »Ich will seine Schroffheit nicht schönreden, aber das ist der einzige Schutz, über den er verfügt. Noch hast du die Wahl, und wenn du dich für ihn entscheidest, sei sanft zu ihm, denn sein Herz ist zerbrochener, als er es jemals zugeben würde.«

Am liebsten würde ich jetzt gleich zu ihm rennen und ihn um Verzeihung anflehen. Ich habe Entscheidungen über seinen Kopf hinweg getroffen und seine Gefühle als nicht ernst genug betrachtet. Und das alles, nachdem er in der Vergangenheit bereits so sehr leiden musste. Ich kann mir kaum vorstellen, wie es ihm ergangen sein muss, als er hierherkam und von allen bejubelt und als Erlöser gefeiert wurde. Er wird es selbst geglaubt haben – bis sich die Fae von ihm abwandten. Kenric sagte, sie fürchteten seine Magie, seine Schatten, was ich beim besten Willen nicht nachvollziehen kann. Und zu allem Überfluss geriet er zur selben Zeit an Lorienne, die ihn für Zahid verließ – nachdem sie mit Kenric den Pakt eingegangen war.

Allein beim Gedanken daran, wie viel Schmerz und Rückschläge er ertragen musste, zieht sich meine Brust qualvoll zusammen. Ich weiß nicht, ob ich so viel ausgehalten hätte wie er. Ob ich so viel hätte aushalten *wollen.*

Und dann komme ich daher und verletze ihn erneut. Ich könnte mich dafür ohrfeigen.

»Ich muss mich bei ihm entschuldigen«, presse ich hervor. »Sofort.«

Als ich mich von ihr losmachen will, verstärkt Paleia ihren Griff. »Das geht nicht. Man erwartet dich auf dem Fest.«

»Fest?«, echoe ich.

»Das Fest der Tanzenden Sterne erstreckt sich über einen längeren Zeitraum. Wenn du als Favoritin nicht anwesend bist, wird das auf Zahid zurückfallen. Und wir wissen beide, an wem er es auslassen wird.«

Ich knirsche mit den Zähnen. Mir steht nicht im Entferntesten der Sinn nach Tanzen, erst recht nicht mit Zahid, doch mir bleibt keine Wahl. Zahid hat Kenric in der Hand. Wenn ich etwas tue, was den König verärgert, wird Kenric die Konsequenzen zu spüren bekommen.

»Wird Kenric da sein?«, frage ich mit einem Anflug von Hoffnung.

Dieser Anflug löst sich jedoch sofort auf, als Paleia den Kopf schüttelt. »Er wird sich dem Schloss für eine Weile nicht nähern. Es sei denn, jemand verlangt nach ihm. Aber das solltest nicht du sein. Zahid wird dich beobachten lassen.«

Ich nicke widerstrebend. Ich muss darauf achten, dass Kenric eine Weile aus Zahids Blick verschwindet. Also muss ich eine Rolle spielen. Das sollte mir nicht schwerfallen, denn ich bin es gewohnt.

Aber diesmal ist es anders. Diesmal werde ich auf all meine Erfahrung und meine gesamte Ausbildung als Prinzessin zurückgreifen müssen, um zu lächeln und mich so zu verhalten, wie es von mir erwartet wird.

Kapitel 3

✦

KENRIC

Ich ignoriere Turons anklagende Blicke. Ich ignoriere alles. Phasenweise weiß ich nicht einmal, wo ich bin.

Und ich begrüße diesen Zustand.

In Gedanken spiele ich immer wieder mein Zusammentreffen mit Zahid durch, als ich Vanyas Kleid geholt habe, und frage mich, ob ich etwas anders hätte machen sollen. Wenn er nicht sofort die richtigen Schlüsse gezogen hätte ... Vielleicht wäre Vanya dann noch hier. Doch Zahid ist zu alt und zu mächtig, als dass jemand wie ich ihn täuschen könnte. Trotzdem hätte ich mir mehr Mühe geben müssen.

Vanya gehen zu lassen, fiel mir schwerer als alles, was ich bisher tun musste. Seit sie einen Fuß aus meiner Wohnung gesetzt hat, denke ich fieberhaft darüber nach, wie ich sie zurückholen kann. Aber jeder Plan endet entweder mit meinem Tod oder mit einer Vanya, die mir sagt, dass sie mich nicht mehr sehen will, weil sie sich vor ihrem Fluch fürchtet.

Ich bin mittlerweile an einem Punkt angelangt, wo ich die Folgen des Fluchs, sofern es ihn hier in Nordgand gibt, in Kauf nähme, wenn ich sie nur noch ein paar Momente bei mir haben könnte.

Seufzend reibe ich mir über die Stirn. War ich nach der Sache mit Lorienne auch so dermaßen bemitleidenswert? Ich schäme mich für meine Gedanken, denn sie lassen mich schwach erscheinen.

Im nächsten Augenblick ist es mir gleichgültig, ob ich schwach erscheine, wenn ich nur das bekomme, wonach ich mich sehne. Vanya gab mir nie das Gefühl, dass sie mich für schwach hielt, auch nicht, als ich ihr von meiner Vergangenheit erzählt habe. Von den Anforderungen, die ich nicht erfüllen konnte. Von meinem Versagen. Von meinen einseitigen Gefühlen. Von meiner Dummheit. Dafür sollte ich dankbar sein.

Aber ich bin es nicht. Es ist nicht genug. Ich will sie hier bei mir haben. Ich will nicht daran denken, dass sie Zahids Favoritin ist, oder daran, dass es ihm vielleicht gelingen könnte, sie um den Finger zu wickeln.

Immer wieder blitzt die Vorstellung ihres Handgelenks vor mir auf. Zahids Name, eingeritzt in ihre Haut.

Ich möchte schreien, meinen Frust in die Welt hinausbrüllen, doch ich beiße die Zähne zusammen.

Keine Schwäche. Ich darf keine Schwäche zeigen.

Dass Vanya bei Zahid ist, ist besser so. Für sie und für mich. Als seine Favoritin wird es ihr an nichts mangeln. Sie kann in einem Schloss leben und schöne Kleider tragen, die sie leuchten lassen wie die Sonne, deren Strahlen ich noch nie auf der Haut gespürt habe.

Ich könnte ihr nichts davon bieten.

Als ich Schritte im Flur höre, halte ich die Luft an. Auch Turon hebt den Kopf. Ich hasse diese verdammte Hoffnung, die es nicht geben dürfte. Ich wünschte, ich könnte sie mit Stumpf und Stiel aus mir herausreißen, damit sie nie wieder in mir keimt.

Doch sie zieht sich von ganz allein zurück, als ich bemerke, dass die Schritte zu schwer und laut für Vanyas sind.

Ich weiß allerdings, dass die Hoffnung bloß auf eine Gelegenheit wartet, erneut hervorzukommen und mich mit Versprechungen zu locken, die sich niemals erfüllen werden. Trotzdem werde ich ihr Gehör schenken, weil ich nicht anders kann.

Hoffnung ist etwas Grausames. Ein nutzloses Gefühl, das nichts als Ärger bringt.

Ein polterndes Klopfen ertönt an meiner Tür. Ich stoße ein Knurren aus. Kann ich nicht ein Mal meine Ruhe haben?

Ich tue, als wäre ich nicht da. Egal, wer vor der Tür steht, ich will niemanden sehen.

Ein weiteres Klopfen, noch lauter als das erste, gefolgt von einer tiefen Stimme. Wahrscheinlich die eines Wachmanns. »Ihr müsst sofort ins Schloss kommen, Kenric.«

Ich gebe ein gepresstes Lachen von mir. »Ganz bestimmt nicht. Der König selbst hat mir verboten, mich dem Schloss auch nur zu nähern.«

»Er war es, der nach Euch verlangt hat«, erhalte ich zur Antwort. »Es gab einen weiteren Anschlag.«

Ich versteife mich, stehe jedoch nicht auf. »Wen hat es diesmal erwischt?«

Bestimmt wieder einen der Fae, die sich offen gegen Zahids Machenschaften ausgesprochen haben. Seit den Giftanschlägen wird ihre Zahl kleiner und kleiner, und ich kann es ihnen nicht verdenken. Sie haben Angst, der oder die Nächste zu sein. Solange niemand weiß, wer für die Morde verantwortlich ist, halten sie sich lieber bedeckt.

Ich hätte mich in letzter Zeit mehr auf die Aufklärung der Anschläge konzentrieren sollen. Dank Vanya bin ich einen riesigen Schritt vorwärtsgekommen. Aber meine Gedanken kreisten danach einzig und allein um sie. Die Anschläge habe ich völlig vergessen. Sie waren mir egal, ebenso wie die Ideale, für die auch ich einst stand. Ein vom Fluch befreites Nordgand. Fae, die nicht mehr auf Zahids Machenschaften angewiesen sind.

Die Stimme des Fae holt mich zurück in die Gegenwart. »Es heißt, eine der Ausgewählten ist das Opfer.«

Ich bin bei der Tür, kaum dass er fertig gesprochen hat, und reiße sie mit aller Kraft auf.

»Was?«, presse ich hervor, während meine Schatten wütend aus mir hervorbrechen.

Der Wachmann weitet erschrocken die Augen und taumelt zwei Schritte rückwärts, wo er mit dem Rücken gegen eine Wand prallt.

Ich kann nichts weiter tun, als ihn anzustarren. Meine gesamte Kraft verschwende ich darauf, meine außer Kontrolle geratene Magie halbwegs unter Verschluss zu halten. Aber lange gelingt mir das nicht mehr.

»Heilige Götter.« Die Stimme des Wachmanns zittert und ist so leise, dass ich sie über das Rauschen meines Blutes in den Ohren kaum verstehe.

Es gab nicht viele Situationen, in denen ich vollends die Kontrolle verloren habe und meiner Magie freien Lauf ließ – aus gutem Grund. Aber jetzt ist es mir egal, dass er das Ungeheuer sehen könnte, das sich in meinem Inneren verbirgt.

»Welche Ausgewählte?«

Ich erkenne kaum meine eigene Stimme. Sie ist dunkel und rau und hart. Als der Wachmann mir nicht sofort antwortet, schicke ich meine Schatten zu ihm. Betont langsam kriechen sie über den Dielenboden.

»I-Ich weiß es nicht«, würgt er hastig hervor. »Ich s-sollte Euch nur umgehend holen.«

Ich ziehe meine Schatten zurück, schnappe mir meinen Umhang und eile die Stufen hinunter. Hinter mir höre ich, wie Turon mir folgt.

Nicht Vanya. Bitte nicht Vanya.

Das ist alles, woran ich denken kann, als ich über den Marktplatz haste. Doch die Angst krallt sich in mir fest. Sie lässt sich auch nicht abschütteln, als ich mir vor Augen führe, dass Vanya den Geruch der Giftmischung erkennen würde. Sie würde nichts zu sich nehmen, das im Entferntesten so riechen würde wie die gemischten Kräuter, deren Zusammensetzung wir gemeinsam herausgefunden haben.

Aber was, wenn der Mörder seine Mischung in der Zwischenzeit verändert hat?

Ich kann kaum noch atmen. Immer wieder schleicht sich die Möglichkeit, dass es Vanya getroffen haben könnte, in meinen Kopf, und egal, wie vehement ich versuche, sie abzuschütteln, es gelingt mir nicht.

Noch nie kam mir der Weg zum Schloss so endlos vor. Dabei sind es von meiner Wohnung aus bloß wenige Abzweigungen und einige Schritte über den verwaisten Platz vor den Stufen, die zum Schloss hinaufführen. Jetzt fühlt sich jeder Schritt wie ein halbes Leben an. Als würde ich nie dort ankommen, ganz gleich wie sehr ich mich beeile. Und eigentlich will ich auch gar nicht dort ankommen.

Wenn es tatsächlich ... Selbst der Gedanke verursacht mir körperliche Schmerzen, aber ... wenn tatsächlich Vanya das Opfer ist, dann weiß ich nicht, was passieren wird. Ich werde die Kontrolle verlieren, so viel steht fest. Ich werde für jeden in meinem Umfeld zu einer tödlichen Gefahr werden. Zahid wird auf das alte Gebot pfeifen und mich töten.

Aber davor habe ich keine Angst. Viel schlimmer wäre es,

wenn das Bild einer leblosen Vanya mich bis zu meinem letzten Tag verfolgen würde.

♦♦♦

Die Wachen am Schlosstor machen mir eilig Platz, als sie die aus mir herauspeitschenden Schatten sehen. Inzwischen bin ich es gewohnt, dass andere Fae meine Magie fürchten. Früher hingegen hat es mir etwas ausgemacht. Viel lieber wollte ich die Macht über Feuer oder Wasser oder Wind haben – alltägliche magische Gaben –, doch ich beherrsche als einziger Fae die Dunkelheit, die seit dem Fluch auf unserem Land liegt.

Nun bin ich froh über diese Gabe, denn sie bewahrt mich vor lästigen Fragen. Niemand hält mich auf oder will wissen, wohin ich will. Sie rücken eilig so weit von mir ab, dass ich mit keinem von ihnen etwas zu tun haben muss.

Vor Angst zitternd weisen die Wachen mir den Weg zum Saal, nachdem ich fragen musste, wo sich der jüngste Anschlag ereignet hat.

Als ich den Saal betrete, verstummen sofort alle Gespräche. Es sind nicht viele Fae anwesend, hauptsächlich Wachen und Diener, aber sie alle starren mich an. Normalerweise würde ich mit den Schatten verschmelzen und dadurch für die Blicke der meisten unsichtbar werden, jetzt allerdings ist es mir egal.

Ich schaue nur auf die junge Frau, die nahe dem Podest liegt, auf dem Zahids Thron steht. Sie liegt auf dem Bauch, sodass ich ihr Gesicht nicht erkennen kann. Mein Verstand weiß, dass ihr Haar zu hell für Vanyas ist und dass auch die Körperform nicht stimmt. Trotzdem entlässt mich die Panik nicht aus ihrem Klammergriff.

»Wie oft muss ich dir noch sagen«, grollt Zahid, den ich

bis dahin nicht bemerkt habe, »dass du an meinem Hof deine widernatürliche Magie nicht zu zeigen hast?«

Ich ignoriere ihn, während ich wankend auf die tote Ausgewählte zugehe.

»Und dieses Vieh hat hier auch nichts verloren!«, donnert Zahid.

Ich schaue zur Seite und entdecke Turon, der sich eng neben mir hält und unverwandt das Starren des Königs erwidert.

Ich halte mich nicht mit falschen Entschuldigungen oder Erklärungen auf, sondern knie mich neben die am Boden liegende Südganderin.

Es ist nicht Vanya. Du weißt, dass es nicht Vanya ist.

Trotzdem zittern meine Hände, als ich sie nach ihr ausstrecke. Ich zögere, den leblosen Körper zu berühren oder ihr das Haar zurückzustreichen, das ihr wild ins Gesicht fällt und es verdeckt. Der Geruch der Giftmischung steigt mir zusammen mit dem säuerlichen Gestank von Erbrochenem in die Nase.

Doch es ist etwas anderes, was meine ganze Aufmerksamkeit fesselt: eine unvergleichliche Schrittfolge, die ich unter Hunderten wiedererkennen würde. Aber erst, als ein Kleidsaum mit aufgestickten Sternen vor meinem Sichtfeld auftaucht, zusammen mit Fünkchens sanftem Licht, stoße ich voller Erleichterung den angehaltenen Atem aus.

Zeitgleich ziehen meine Schatten sich in mich zurück. Turon gibt neben mir ein erfreutes Kläffen von sich, das laut im ansonsten mucksmäuschenstillen Saal widerhallt.

Langsam hebe ich den Blick und begegne Vanyas. Im Stillen danke ich allen Göttern, die mir gerade einfallen, dafür, dass sie sie verschont und mir diese kleine Gnade gewährt haben.

Noch nie habe ich mich derart erleichtert gefühlt wie in diesem Moment.

Vanya scheint es zu bemerken, denn sie geht mir gegenüber in die Hocke. Unter Zahids wachsamen Augen wagt keiner von uns, ein Wort zu sagen, doch das müssen wir nicht. Unsere Blicke sprechen Bände. In ihrem erkenne ich alles, was ich wissen muss.

Wie zufällig streift ihre Hand meine, als sie sie auf die Schulter des Opfers legt, um es umzudrehen. Sobald die tote Südganderin auf dem Rücken liegt, gibt Vanya ein Keuchen von sich.

»Das ist Aleria«, murmelt sie.

Ein Raunen geht durch den Saal, als nun offiziell bestätigt ist, dass es sich bei dem Opfer um eine Ausgewählte handelt.

Vanya ist blass um die Nase, als sie die Tote betrachtet. Ich weiß mittlerweile, dass unsere Rückschlüsse ähnlich funktionieren, also wird auch sie sich zwei Dinge fragen: Warum hat es diesmal eine Ausgewählte getroffen und wieso hat sie seitdem niemand angerührt?

Ich bin es gewohnt, dass ich zu den Giftmorden hinzugezogen werde, weil ich im Umgang mit Kräutern bewandert bin. Aber diesmal ist eine Ausgewählte das Opfer. Das kam bisher nie vor und erklärt die angespannte Stimmung, die in der Luft liegt.

Ich wende mich an die versammelten Fae. »Wer hat sie gefunden?«

»Das war ich«, meldet sich schüchtern eine Dienerin.

Ich winke sie näher. »Lag sie bereits auf dem Boden, als du sie gefunden hast?«

Die Dienerin nickt. »Ich kam hierher, um die letzten Vorbereitungen für das Fest zu treffen. Da habe ich sie dort liegen gesehen.«

»Was hast du dann getan?«, fragt Vanya.

Verwirrt schaut die Dienerin zwischen Vanya und mir hin und her.

»Antworte ihr!«, knurre ich.

»I-Ich ...« Sie ringt die Hände. »Ich habe geschrien, glaube ich.«

Schnell tausche ich einen Blick mit Vanya, die die Augenbrauen zusammengezogen hat.

»Und danach?«, hakt Vanya nach.

»Dann ... kamen die Wachen und ... es ging alles so schnell.«

»Du hast nicht versucht, ihr zu helfen?«, frage ich.

Die Haltung der Dienerin wirkt mit einem Mal angespannt. »Nein, ich ... ich wusste ja, dass sie tot ist.«

»Woher?« Vanyas Stimme klingt schneidend kalt. »Sie hätte auch nur ohnmächtig oder gestürzt sein können. Woher wusstest du, dass sie tot ist?«

»Ich ...«

Die Dienerin macht einen Schritt zurück. Dann wirbelt sie auf dem Absatz herum und sucht ihr Heil in der Flucht. Meine Schatten reagieren schneller als alle anwesenden Wachen zusammen. Sie strecken sich nach ihr aus, packen sie und zerren sie zurück zu uns. Ihr panisches Kreischen wird zunehmend lauter, bis ich fürchte, meine Ohren würden gleich zu bluten beginnen.

»Nimm sie weg!«, schreit sie. »Nimm diese Dinger von mir weg!«

Erbarmungslos ziehe ich sie näher und gebe mir Mühe, ihre Worte nicht zu sehr an mich heranzulassen. Doch auch ohne hinzusehen, spüre ich den Ekel der übrigen Fae. Obwohl ich mir sage, dass mich ihre Meinung nicht kümmert, verletzt mich ihre Abneigung. Ihre Angst. Ihr Tuscheln. All das erinnert mich wieder daran, dass ich nicht so bin wie sie. Dass ich nie dazugehören werde.

Als die Dienerin fast bei uns ist, steht Vanya auf und durchschreitet ohne eine Spur von Zurückhaltung meine Schatten. Mit den Fingern streicht sie über sie und ruft dadurch das wohlige Prickeln in meinem Nacken hervor, von dem ich schon fürchtete, es nie wieder spüren zu dürfen.

Als ich sie stumm dabei beobachte, wie sie sich ohne Angst durch meine Schatten bewegt und sie dabei noch freiwillig berührt, wird mir zum ersten Mal richtig bewusst, dass es völlig egal ist, was alle anderen über meine Magie denken. Es gibt nur Eine, die sich nicht vor ihr fürchten muss und sie vielleicht sogar mag.

Und das tut sie. Das vernehme ich deutlich in jedem freudigen Prickeln, das meine Magie an mich weiterleitet, sobald sie mit Vanya in Kontakt kommt.

Mit gerecktem Kinn starrt sie die Dienerin nieder, wobei meine Schatten sie umtosen und teilweise an ihr emporkriechen. Während ich Vanya betrachte, kommen mir die Überlieferungen über Nyx in den Sinn. Sie ist die Göttin der Nacht, der jedoch ein Leuchten innewohnt, das Verstorbenen den Weg ins nächste Reich weist. Viele Fae verehren sie als unnachgiebig, aber gerecht. Genauso wie Vanya stelle ich mir die Göttin vor. Ich brenne mir diesen Anblick fest ins Gedächtnis.

Vanya greift nach den Händen der Dienerin und ich lockere meine Schatten ein wenig, ohne sie entkommen zu lassen. Nacheinander betrachtet Vanya die Finger der Bediensteten und riecht an ihnen.

»Was meinst du?«, fragt sie mich, als sie fertig ist, und tritt ein Stück zur Seite, um mir Platz zu machen.

Als ich näher komme, versucht die Dienerin mit einem Aufschrei zurückzuweichen. Vor wenigen Minuten noch hätte mich ihre Panik vor mir getroffen, schließlich kennt sie mich nicht. Doch jetzt prallt sie an mir ab. Soll sie sich doch fürchten! Von mir aus können sie alle sich fürchten!

Auch ich rieche an ihren Händen. Über die Jahre habe ich mir einen herausragenden Geruchssinn antrainiert, mithilfe dessen ich verschiedenste Kräuter erkennen kann. Schwach nehme ich den Geruch von Falbnelken und allerlei anderen Gerüchen wahr. Zu schwach, als dass sie das Gift tatsächlich zusammengerührt hat, trotzdem hatte sie es eindeutig in Händen, ja, vielleicht sogar der toten Ausgewählten gegeben. Es kann jedoch auch sein, dass sie bloß zufällig damit in Berührung kam, beispielsweise weil sie einen Tiegel in der Küche, in dem die Giftmischung lagert, von einem Ort an den anderen geräumt hat.

»Ist sie die Schuldige?«, verlangt Zahid zu wissen.

Ich habe beinahe vergessen, dass er anwesend ist.

»Nein«, sagen Vanya und ich aus einem Mund und tauschen ein flüchtiges, verschwörerisches Lächeln.

»Aber sie kam mit dem Gift in Berührung«, füge ich an. »Ich kann es schwach an ihr riechen. Wann und wo das war, müssen wir herausfinden, indem ...«

»Sie hat das Gift also verabreicht«, fällt mir Zahid ins Wort.

»Das wissen wir nicht«, sagt Vanya. »Sie könnte genauso gut ...«

Doch Zahid hebt bereits die Hand. Da ich seine Magie schon das eine oder andere Mal erlebt habe, reagiere ich sofort, ziehe Vanya an mich und mache mit ihr ein paar Schritte von der Dienerin weg.

»Sieh nicht hin«, flüstere ich ihr zu.

Als das Flehen der Dienerin in ein Gurgeln und Röcheln übergeht, presst Vanya das Gesicht gegen meine Brust. Ein Zittern hat ihren Körper erfasst. Ich schaue bis zum letzten Augenblick hin. Mit meinen Schatten versuche ich, den Gestank nach verbranntem Fleisch von uns abzuschirmen, doch ein wenig dringt trotzdem zu uns durch.

Als König besitzt Zahid eine mannigfaltige magische Kraft, die sich in verschiedensten Elementen zeigt. Eine besondere Vorliebe hat er für Blitze entwickelt, eine Mischung aus Feuer, Wasser und Wind. Mittels einer Handbewegung gelingt es ihm, den Blitzfunken ins Innere des Opfers zu pflanzen, von wo aus es schließlich unter Schmerzen verendet. Zurück bleibt der Gestank nach verbranntem Fleisch.

Es heißt, während des Großen Krieges hat er einen Hagel aus Blitzen vom Himmel beschworen und sie auf seine Gegner niedergehen lassen, für einen einzelnen Gegner hingegen bedient er sich dieser grausamen Technik.

»Ist es vorbei?«, wispert Vanya undeutlich gegen meine Brust.

Unter dem Schutz meiner Schatten streiche ich ihr eine Haarsträhne hinters Ohr und halte sie noch einen Moment länger fest. »Ja.«

Sie stößt den Atem aus, ehe sie sich von mir losmacht. Widerstrebend gebe ich sie frei, bringe etwas Abstand zwischen uns und rufe meine Schatten zurück. Erneut schüttelt ein Zittern Vanyas Körper, als sie in Richtung der toten Dienerin schaut. Ihre einst leuchtenden Fae-Augen sind nun nichts weiter als dunkle Höhlen, aus denen winzige Rauchfähnchen aufsteigen. Ihr Haar ist angesengt und auch ihre Haut ist stellenweise verkohlt.

Vanya reißt ihren Blick los und richtet ihn auf Zahid, der in gelangweilter Pose auf seinem Thron sitzt.

»Wie konntet Ihr sie einfach töten?«, zischt sie Zahid an. »Was seid Ihr für ein König?«

Mehrere Anwesende schnappen bei ihrem Tonfall nach Luft.

»Sie hat eine meiner Ausgewählten umgebracht«, gibt Zahid nach außen hin ruhig zurück. Aber ich erkenne am Muskelzucken unter seinem Auge, dass seine Geduld lediglich an einem seidenen Faden hängt.

Vanya gibt sich mit dieser Erklärung nicht zufrieden. »Das wissen wir nicht mit Sicherheit. Wir hatten eine Menge Fragen, die sie uns hätte beantworten sollen, aber das kann sie in diesem Zustand nicht mehr.«

Zahid verengt die golden leuchtenden Augen zu Schlitzen, während er den Kopf neigt. *»Wir?«*

Ich stelle mich neben Vanya. »Wir«, wiederhole ich.

Zahids Miene verfinstert sich, als er zu mir gleitet. »War ich nicht deutlich genug, als ich dir gesagt habe, dass du nicht einmal in ihre Richtung sehen sollst?«

Ich hasse ihn dafür, dass wir dieses Gespräch vor all diesen fremden Fae führen müssen. Besonders um Vanyas willen. Ich weiß, dass ich keinen guten Stand bei ihnen habe, aber meinetwegen werden sie nun auch von Vanya schlechter denken, weil sie sich mit mir abgibt.

»Ihr mögt ein König sein«, sagt Vanya und fesselt damit meine volle Aufmerksamkeit, »doch auch Ihr könnt niemandem verbieten, wohin er sehen soll. Außerdem bin ich Kenrics Gehilfin. Es ist nur logisch, dass wir gemeinsam arbeiten. Und gemeinsam wäre es uns gelungen, Antworten aus der Dienerin herauszukriegen. Antworten, die uns auf die Spur des Mörders gebracht hätten.«

»Seine Gehilfin?«, echot Zahid. »Ich kann mich nicht daran erinnern, so etwas erlaubt zu haben.«

Vanya reckt das Kinn. »Und ich kann mich nicht daran erinnern, Euch nach Eurer Erlaubnis gefragt zu haben.«

Eine ohrenbetäubende Stille senkt sich über den Saal, sodass mein eigener Herzschlag unnatürlich laut in meinen Ohren dröhnt.

In mir kämpfen der Drang, Vanya zurückzuhalten oder ihr zu applaudieren, um die Oberhand. Noch nie habe ich einen solch schockierten Ausdruck auf Zahids Gesicht bezeugt. Wahrscheinlich weil noch nie jemand gewagt hat, ihm Kontra zu bieten.

Und nun tut es eine Südganderin. Seine Favoritin.

Ich kann nicht beschreiben, was es in mir auslöst, dass Vanya sich vor den versammelten Fae auf meine Seite stellt und sich nicht den Drohungen des mächtigen Königs beugt. Das ist noch nie geschehen. Es ist zu viel, als dass ich es begreifen oder fassen könnte.

Zu wundervoll, als dass ich diese Gefühle je wieder loslassen will.

Halb verborgen unter meinem Umhang schicke ich einige Schatten nach Vanyas Hand aus, die sie sofort mit ihren Fingern umschließt. Neben dem Kribbeln spüre ich das leichte Zittern ihrer Finger. Auch wenn sie nach außen hin unnachgiebig wie die Göttin Nyx wirkt, tobt in ihrem Inneren ein Aufruhr. Ich weiß aus eigener Erfahrung, wie viel Mut und Kampfesgeist es erfordert, einem mächtigen Gegner wie Zahid die Stirn zu bieten. Die meisten Fae hätten schon lange den Blick gesenkt und ihn auf Knien um Gnade angefleht.

Aber Vanya und ich tun nichts dergleichen. Sehr zum Unmut der Anwesenden.

Schließlich ist es Zahid, der den Bann bricht. Er lacht. Laut und hell. Verwundert blinzelnd wendet Vanya sich mir zu, aber ich kann nichts anderes tun, als mit den Schultern zu zucken.

»Ich weiß schon«, raunt Zahid, ohne seinen durchdringenden Blick von Vanya zu nehmen, »warum ich dich zu meiner Favoritin ernannt habe.«

Vanya schnaubt. Mehr Schatten treten aus mir hervor. Zahids Worte stacheln sie offenbar an, die Sache zu klären. Ich habe noch nie versucht, in einem fairen Kampf gegen Zahid anzutreten, aus Angst, so zu enden wie die Dienerin. Zahid liebt es, vor Zeugen ein Exempel zu statuieren, und unter normalen Umständen würde ich mich nicht freiwillig dafür zur Verfügung stellen.

Aber hierbei geht es um Vanya.

»Ich habe nie darum gebeten, Eure Favoritin zu werden«, gibt sie zurück. »Alles, was ich wollte, war ein Brief, der Eure Unterschrift trägt.«

Zahid stützt einen Arm auf der Lehne seines Throns ab und legt seinen Kopf in die Hand. »Und was hättest du mit einem solchen Brief anfangen wollen?«

»Das geht Euch nichts an. Aber ich möchte Euch daran erinnern, dass ich freiwillig nach Nordgand gekommen bin. Und genauso freiwillig möchte ich es auch wieder verlassen.«

Ich verbiete mir, eine Reaktion auf das Gesagte zu zeigen. Es ist nicht das erste Mal, dass ich von ihrer geplanten Rückkehr nach Südgand höre; das bedeutet allerdings nicht, dass mich der bloße Gedanke nicht in Angst und Schrecken versetzt. Vanyas Finger schließen sich fester um meine Schatten, als würde sie meine innere Zerrissenheit spüren.

»Nun«, sagt Zahid gedehnt, »so leid es mir tut, dir das mitteilen zu müssen, aber dir steht es *nicht* frei zu gehen.«

Vanya schnappt geräuschvoll nach Luft. »Wie bitte?«

Mit der freien Hand deutet Zahid beinahe gelangweilt auf die tote Ausgewählte. »Durch einen feigen Giftmörder wurde mir eine Ausgewählte genommen. Es ist nur recht und billig, dass du ihren Platz einnimmst, wenn du schon mal hier bist.«

In dem Moment, als Vanya scharf den Atem einzieht, um zu einer Erwiderung auszuholen, befehle ich meinen Schatten, sie ein Stück zu mir zu holen.

»Nicht«, flüstere ich ihr zu. »Mach ihn nicht noch wütender.«

»Ich habe keine Angst vor ihm«, wispert sie zurück.

»Ich auch nicht, aber jetzt ist nicht die Zeit dafür.«

Nachdem sie tief durchgeatmet hat, wirkt sie nicht mehr ganz so angespannt. Auch der Klammergriff um meine Schatten lockert sich ein wenig.

Eine Diskussion vor versammeltem Publikum mit dem Herrscher eines Reiches ist niemals eine gute Idee. Das werde ich Vanya nachher erklären, wenn wir unter uns sind. Es geht nicht darum, wer eine einzelne Schlacht, sondern wer den Krieg gewinnt. Diesmal glaubt Zahid, den Sieg davongetragen zu haben, wie mir sein selbstgefälliges Lächeln beweist, aber das ist nicht wichtig. Vielmehr sollten wir uns um den Giftmörder kümmern und danach um Vanyas Wunsch, wieder in ihre Heimat zurückzukehren. Zahid spielt bei keiner dieser Aufgaben eine Rolle, deshalb ist es besser, ihn zu vernachlässigen.

Turon gibt neben mir ein warnendes Knurren von sich. Mein Kopf ruckt nach rechts. Und ich erstarre.

»Meine Güte«, schnurrt Lorienne gedehnt und mit gespielter Betroffenheit, während sie den Blick über die tote Dienerin und die Ausgewählte gleiten lässt. »Da bin ich mal kurz nicht da und verpasse alles.«

Ein Schauer durchfährt mich, als ihr Interesse sich schließlich auf mich richtet.

In den Jahren meiner Existenz hatte ich schon einige Male die zweifelhafte Ehre, die Ausgewählten von der Grenze in die Hauptstadt Evenor zu bringen. Lorienne ist mit Abstand die schönste Ausgewählte, der ich je begegnet bin. Sie stellt mit ihrem goldblonden Haar und den bodenlos blauen Augen sogar die ätherische Schönheit vieler Fae in den Schatten. Diese Erkenntnis trifft mich erneut, als ich es nicht schaffe, ihr aus dem Weg zu gehen.

In mir gibt es einen Teil, der noch nicht gänzlich begriffen hat, dass ihre Schönheit bloß eine nett anzusehende Hülle für ihr durch und durch hässliches Innere ist. Vielleicht wird dieser Teil es nie verstehen und sich immer auf eine Weise zu ihr hingezogen fühlen, für den der Rest von mir ihn verabscheut – vor allem mein Herz, das sie mit einem Lächeln und einem Augenzwinkern zerschmettert hat.

»Wir haben uns lange nicht gesehen.« Gemächlich begutachtet Lorienne mich von oben bis unten. »Kenric.«

Mein Körper erbebt bei der Art, wie sie meinen Namen ausspricht. Willig erinnert mich dieser verdammte Teil in mir daran, in welch anderen Situationen sie meinen Namen auf eine ähnliche Weise ausgesprochen hat. Es ist – für meine Maßstäbe – ewig her, trotzdem steigen die Erinnerungen in mir auf, ohne dass ich sie daran hindern kann.

Erst ein Rempler von Turon gegen meinen Oberschenkel und eine warme Hand, die sich unnachgiebig um meinen Unterarm schließt, bringen mich wieder zur Besinnung.

Blinzelnd schaue ich auf meine Hand, die ich ohne mein bewusstes Zutun nach Lorienne ausstrecken wollte. Dann huscht mein Blick zu Vanyas Hand, die sie um meinen Arm, knapp über dem ledernen Armband gelegt hat. Ihre Aufmerksamkeit gilt jedoch völlig Lorienne.

Noch nie habe ich Vanyas braune Augen so dunkel vor Zorn erlebt; auch nicht als sie wütend auf mich war.

Ein spöttelndes Lächeln umspielt Loriennes volle Lippen. »Wie niedlich«, gurrt sie, ehe sie sich Turon zuwendet. »Hat dich noch immer niemand vergiftet?«

Mein Hund fletscht knurrend die Zähne. Dadurch gelingt es mir endlich, diesen Teil in mir zurückzudrängen und Loriennes wahres Gesicht zu sehen. Denn ich bin einer der wenigen, der es kennt. Alle anderen täuscht sie mit einer Maske aus Schönheit und Kultiviertheit.

»Lass ihn da raus«, grolle ich.

Turon war in der Vergangenheit der Einzige, der Lorienne sofort durchschaute. Dumm und naiv, wie ich war, nahm ich nur ihr umwerfendes Lächeln wahr und hörte die Worte, die sie mir ins Ohr flüsterte, wenn wir allein waren. Turon versuchte, mich zu warnen, aber ich war taub für seine Warnungen und blind für die Abneigung, die er Lorienne von der ersten Sekunde an entgegenbrachte. Dabei hätte ich es besser wissen sollen. Wenn es ein Geschöpf auf dieser Welt gibt, auf das ich mich bedingungslos verlassen kann, dann ist es Turon.

Und ich werde nicht stumm danebenstehen, wenn Lorienne ihn bedroht.

Lorienne gibt ein Schnauben von sich, bevor ihr Blick auf Vanya fällt, die mich nach wie vor nicht losgelassen hat. Sie lächelt, als sie Fünkchen entdeckt, und ruft mit einer Handbewegung ihrerseits die Lichtkugel hervor, die ich ihr vor gefühlten Ewigkeiten geschenkt habe. Vanyas Finger graben sich fester in meinen Arm und ich meine, ihr Zähneknirschen bis zu mir zu hören.

Während die beiden Südganderinnen sich niederstarren, wünschte ich, ich könnte in meinen Schatten unsichtbar werden.

»Du kommst spät, Lorienne.«

Am liebsten würde ich Zahid auf Knien dafür danken, dass er die Situation – und mich – mit seinem Tadel rettet.

Mit einer geschmeidigen Armbewegung wirft Lorienne sich das blonde Haar über die Schulter und wendet sich ab. Als sie in Zahids Richtung schaut, sinkt sie in einen anmutigen Knicks. »Vergib mir, mein König. Ich wurde aufgehalten.« Nachdem sie sich aufgerichtet hat, deutet sie auf die beiden toten Frauen. »Sollten die nicht weggebracht werden, bevor das Fest beginnt?«

Diener setzen sich eilig in Bewegung, um Loriennes Aufforderung nachzukommen, während sie auf das Podest zuschreitet und sich auf dem gepolsterten Stuhl neben Zahids Thron niederlässt.

Vanya löst ihre Hand von meinem Arm. Ich spüre trotzdem genau, wo ihre Finger gelegen haben. Als ich mich zu ihr drehe, weicht sie meinem Blick aus. Krampfhaft suche ich nach etwas, was ich sagen kann. *Irgendetwas.* Doch mir fällt nichts ein.

»Komm, Kindchen«, sagt Paleia, die scheinbar aus dem Nichts hinter mir erschienen ist und sich abseits meiner

Schatten hält. Sie streckt die Hand nach Vanya aus. »Wir müssen dich fertig machen.«

Vanya nickt und ergreift ohne ein Wort des Abschieds Paleias dargebotene Hand. Ich öffne den Mund, um etwas zu sagen, doch kein Wort kommt über meine Lippen. Traurig darüber, dass Vanya verschwindet, ziehen sich meine Schatten zurück, während ich an Ort und Stelle verharre.

Ich weiß, dass ich ihr nachgehen und es erklären sollte. Für sie muss es ausgesehen haben, als würde ich mich noch zu Lorienne hingezogen fühlen. Das stimmt nicht, zumindest nicht völlig. Aber wie soll ich Vanya das begreiflich machen?

Vor Loriennes Auftauchen im Saal war alles perfekt. Vanya stand neben mir und bot Zahid die Stirn. Wir agierten als Einheit. Ich spürte unsere Verbundenheit, auch wenn wir sie nach außen hin nicht zeigen durften. Ich spürte sie, und das war alles, was zählte.

Doch als Lorienne neben mir auftauchte, geriet alles ins Wanken. Und es ist meine Schuld.

Kapitel 4

✦

VANYA

Ich gebe mir die größte Mühe, das Zittern zu unterdrücken, das meinen Körper erfasst hat. Ich hoffe, dass es mir gelingt, während ich an Paleias Seite den Saal verlasse. Hinter mir höre ich Zahids tiefe Stimme, nehme seine Worte aber nicht bewusst wahr. Ich kann nicht einmal sagen, mit wem er spricht. In meinem Kopf spielt sich ohne Unterlass der Moment ab, als Lorienne neben Kenric und mir erschien, elegant ihr makelloses Haar zurückwarf und Kenric mit einem Blick bedachte, den ich nicht anders als *hungrig* beschreiben kann.

Ich musste nichts weiter als diesen Blick sehen, um mir vorstellen zu können, was zwischen den beiden abgelaufen ist, bevor alles den Bach runterging.

Mir wurde schlagartig schlecht. Es wurde besser, als sie ihr falsches Fünkchen rief, denn dann wandelten sich dieses Brennen in meiner Brust und die Übelkeit in Wut. Auf wen, weiß ich nicht.

»Lass uns in dein Zimmer gehen«, sagt Paleia, als wir es heil aus dem Saal geschafft haben.

Ich hatte die Hoffnung, dass hier draußen die unerklärliche Spannung von mir abfällt, nun da ich mich nicht mehr in direkter Nähe von Kenric, Zahid und Lorienne befinde, aber nichts dergleichen geschieht. Mehr als zu nicken, schaffe ich nicht. Zum Glück scheint Paleia mir meinen Zustand anzusehen, denn sie hakt sich bei mir unter und führt mich sicher durch die Gänge.

In meinem Zimmer angelangt, schließt sie die Tür hinter uns. Ich bin froh darüber, dass ihre Assistentinnen nicht hier sind. Ihren Tatendrang und ihre wuselige Energie hätte ich gerade nicht ertragen.

Während Paleia mich stumm mustert, schlinge ich beide Arme um mich und beginne, ziellos im Zimmer auf und ab zu laufen.

»Was ist los?«, fragt sie nach einer Weile überraschend sanft.

»Ich weiß es nicht«, antworte ich wahrheitsgemäß, ohne meinen gehetzten Gang durchs Zimmer zu unterbrechen.

»Willst du darüber reden?«

Ich will nicken und gleichzeitig den Kopf schütteln. Nichts, was ich gerade denke und fühle, ergibt einen Sinn. Dabei ist mir bewusst, dass Paleia nicht lockerlassen wird, und außer ihr habe ich niemanden, mit dem ich reden könnte. Also zucke ich mit den Schultern.

»Du standest kurz davor, den König gegen dich aufzubringen«, murmelt Paleia, während sie zum Bett geht und sich auf der Kante niederlässt. Ihr langes grünes Kleid, das fast die gleiche Farbe wie ihre Augen hat, raschelt bei jedem Schritt. »Das ist dir klar, oder?«

»Und wenn schon«, murre ich.

Zahid ist mir im Augenblick völlig egal. Ich bin schockiert darüber, dass er die Dienerin, ohne mit der Wimper zu zucken, getötet hat, dennoch bevölkert er gerade nicht meine Gedanken. Um ihn und die Frage, wie ich Nordgand verlassen soll, kümmere ich mich später. Ebenso um die Suche nach dem Giftmörder.

Über mich selbst genervt stoße ich lang gezogen den Atem aus. Sollten diese Themen nicht die sein, die ich zuerst angehen müsste? Es stehen Leben auf dem Spiel – nicht zuletzt mein eigenes –, doch in meinem Kopf dreht sich alles um Kenric und Lorienne und die Schlafzimmerblicke, die sie sich zuwarfen, während ich danebenstand.

Ich habe genug verbotene Bücher gelesen, um mir vorstellen zu können, dass es nicht bloß bei diesen Blicken geblieben ist. Und leider ist meine Fantasie ausgeprägt genug, um mich mit Einzelheiten zu versorgen, um die ich sie nicht gebeten habe.

»Loriennes Auftauchen hat dich vor Zahids Zorn bewahrt. Und Kenric ebenso.«

Ich kralle die Finger so fest in meine Oberarme, dass es wehtut. Am liebsten würde ich Paleia sagen, dass sie verschwinden soll. Ich will nicht hören, dass ich Lorienne dankbar sein sollte, während ich ihr die Augen auskratzen will, damit sie Kenric nie wieder auf diese Weise betrachtet.

Was ist nur los mit mir? Dieses Gefühlschaos ist mir völlig fremd. Ich habe keine Ahnung, was ich tun, wie ich reagieren soll. Was ich fühlen soll. Abgesehen von Alerias Tod war ich so froh, Kenric zu begegnen, nachdem ich mich damit abgefunden hatte, eine Weile auf ihn verzichten zu müssen. Als ich ihn im Saal entdeckt habe, trugen mich meine Füße in Windeseile zu ihm. Und sobald er zu mir aufsah und ich dieser puren Erleichterung in seinen violett glühenden Augen begegnete, deren Leuchten leicht flackerte, quoll mir beinahe das Herz vor Empfindungen über. Ich musste mich dazu zwingen, mich ihm gegenüber hinzuknien und ihm nicht sofort um den Hals zu fallen.

Als wir gemeinsam die gleichen Rückschlüsse zogen, fühlte

ich mich ihm auf eine Weise verbunden, die ich nicht in Worte fassen kann. Eine, die über bloße Gefühle hinausgeht. Etwas Einzigartiges.

Doch es verschwand schnell. Dafür sorgte eine blonde Südganderin.

Lorienne nur in meiner Nähe zu wissen, ließ die alten Komplexe in mir hochkochen, die auch meine Schwester Emillia und meine Mutter stets in mir auslösen. Ich weiß, dass ich – wie Merill – Hunderte von Jahre alt sein könnte, trotzdem würde ich nie an Loriennes Grazie und Schönheit heranreichen. Auch Kenric muss das aufgefallen sein.

Jedem muss es aufgefallen sein.

Ich kam mir bereits früher gewöhnlich und unbedeutend vor, aber diesmal gesellte sich das Gefühl, minderwertig zu sein, hinzu.

Doch irgendwie hätte ich über all das hinwegsehen und mein Gesicht wahren können – hätte Kenric nicht die Hand nach ihr ausgestreckt, anstatt nach mir. In seiner Fae-Art hat er schon einige Dinge zu mir gesagt, die mich verletzt haben, aber nichts davon hat mich im Entferntesten so sehr zerstört wie seine ausgestreckte Hand.

»Wenn du nicht damit aufhörst«, murrt Paleia, »läufst du noch ein Loch in den Boden.«

»Du hast es nicht gesehen, oder?«, presse ich heiser hervor, ohne innezuhalten.

Ich kann mich nicht erinnern, ob Paleia den Saal mit mir betreten hat. Als ich Kenric entdeckte, hatte ich nur Augen für ihn, dann für die tote Aleria. Ob Paleia anwesend war, war mir gleichgültig. Aber jetzt wünschte ich, sie wäre da gewesen. Dann könnte sie verstehen, warum ich völlig neben mir stehe.

»Ich war ganz in eurer Nähe«, sagt sie.

Ich hebe den Kopf und schaue zu ihr. »Also hast du es gesehen.«

Seufzend lehnt sie sich ein Stück auf dem Bett zurück und stützt sich mit beiden Händen ab. »Lass mich dir eine Frage stellen. Wie viel Erfahrung hast du mit Männern?«

Abrupt halte ich an. »Keine. Das weißt du. Unser Fluch ...«

Paleia winkt ab. »Um euren Fluch geht es gerade nicht. Ich spreche von Erfahrung abseits von Verliebtheit.«

»Was meinst du mit ... *oh.*« Ich schlucke angestrengt. »Ich kenne die Theorie. Ich habe mehr oder weniger freiwillig einige Gespräche von Gleichaltrigen mitangehört, die sich darüber unterhalten haben, und einige ... recht detaillierte verbotene Bücher gelesen.«

»Aber du selbst hast noch nie bei einem Mann gelegen.«

Ich spüre, wie Hitze in meine Wangen kriecht, und schüttele den Kopf. »Es ... gab nie jemanden, mit dem ich ...«

»Das hab ich mir gedacht«, sagt Paleia, als ich nicht weiß, wie ich meinen Satz beenden soll. »Ist es dir unangenehm, darüber zu reden?«

Ich lockere den Griff um mich selbst, lasse mich aber nicht völlig los. »Mit dir könnte es gehen.«

Paleia schürzt die Lippen. »Ich habe keine Ahnung, wie ich anfangen soll, wenn ich ehrlich bin. Ein solches Gespräch musste ich noch nie führen.«

»Wahrscheinlich musst du das auch jetzt nicht«, murmele ich ausweichend. »Das hat schließlich nichts damit zu tun, was im Saal geschehen ist.«

»Doch«, erwidert die Fae-Schneiderin kühl. »Das hat damit zu tun. Paleia richtet sich wieder auf und zupft am Rock ihres Kleides herum. »Aus Erfahrung kann ich dir sagen, dass man den oder die Erste niemals vergisst. Das gilt auch für mich. Ich erinnere mich an ihn, obwohl es bestimmt fünftausend Jahre her sein muss. Diejenigen, die ich seitdem hatte, verkommen während all der Zeit zu gesichtslosen Niemanden, aber nicht der Erste. Er wird dir immer im Gedächtnis bleiben.«

Meine Finger verkrampfen sich wieder um meine Oberarme. »Du willst mir also sagen, dass er Lorienne niemals vergessen wird und sich jede unweigerlich an ihr messen muss? Dann ist die Sache ja geklärt. Da ich nie gegen sie bestehen kann, werde ich mir auch um meinen Fluch keine Gedanken mehr machen müssen.«

Paleia seufzt. »Dafür, dass Kenric meinte, du seist so klug, verhältst du dich manchmal unglaublich dumm.«

Ich knirsche mit den Zähnen und bin drauf und dran, Paleia aus meinem Zimmer zu werfen. Erst sagt sie mir, dass Kenric Lorienne niemals vergessen wird, und nun beleidigt sie mich. Ich weiß selbst, dass ich gerade ein nervliches Wrack voller Gegensätze bin. Ich brauche niemanden, der mir das noch unter die Nase reibt.

Doch letztendlich fehlt mir der Mut, sie wegzuschicken. Allein zu sein mit all meinen wirren Gedanken macht mir Angst. Ich befürchte, dass ich jede Hoffnung verliere, wenn ich einsam in meinem dunklen Zimmer zurückbleibe. Hoffnung, die Merill in mir bestärkt hat. Ich wollte es versuchen … Ich wollte mich anstrengen und alles vergessen, was mir bisher über Liebe eingetrichtert wurde. Ich wollte vertrauen und mir von Kenric zeigen lassen, was abseits des Fluchs möglich ist.

Aber nichts davon kann ich mehr tun. Wahrscheinlich will er das sowieso nicht. Er hat mir nie gesagt, was er für mich empfindet.

Nachdem ich ihn vorhin mit Lorienne gesehen habe, kenne

ich die Antwort: *nicht genug*. Ich war nur die nächste Südganderin, die ihm in die Arme gelaufen ist und die ihn eine Weile von seiner verflossenen Liebe abgelenkt hat.

»Ich bin nicht mit eurem Fluch aufgewachsen«, sagt Paleia. Sie klingt versöhnlich. »Und da du nicht mit mir redest, weiß ich nicht, was in deinem Kopf vorgeht. Aber ich bin mir sicher, dass du die falschen Schlüsse ziehst.«

Ich gebe einen abschätzigen Laut von mir. »Das glaube ich kaum. Es gibt nichts, was ich falsch verstehen könnte.«

»Wirklich?«

Ich nicke.

»Ich habe dir gesagt, dass man den Ersten nie vergisst. Aber das bedeutet nicht, dass man andere an ihm misst. Kenric hat verstanden, dass du nicht Lorienne bist, und er ist heilfroh darüber.«

Eine abfällige Bemerkung liegt mir bereits auf der Zunge, doch ich schlucke sie hinunter. Ich habe genug davon: von Paleias Ratschlägen, von dieser Unterhaltung – von allem.

»Lorienne«, sagt Paleia vorsichtig, »war die denkbar schlechteste Frau für Kenric. Sie hat ihn nach Strich und Faden ausgenutzt, um ihre eigenen Ziele zu verfolgen. Er hat es damals nicht bemerkt, aber jetzt weiß er es.«

Meine Fingernägel graben sich durch den Stoff meines Kleides hindurch in meinen Oberarm. »Warum hat er dann seine verdammte Hand nach ihr ausgestreckt?«

Ohne dass ich es wollte, habe ich die Stimme erhoben, die nun dumpf im Zimmer widerhallt. Erschrocken über mich reiße ich die Augen auf, doch Paleia verzieht keine Miene angesichts meines Ausbruchs.

»Das Gefühl, das du gerade empfindest, nennt man Eifersucht.«

Ich wende den Blick ab. *Eifersucht.* Ich habe von diesem Gefühl gelesen, es aber nie verstanden. Nun wütet es wie ein blutrünstiges Tier in meiner Brust und lässt mich kaum einen klaren Gedanken fassen.

In den verbotenen Geschichten habe ich über die Helden den Kopf geschüttelt, wenn sie aus sogenannter Eifersucht eine Dummheit begingen und alles aufs Spiel setzten. Ich begriff ihre Handlungen und Gefühle nicht.

Jetzt tue ich es. Es ist, als würde ich von innen heraus aufgefressen werden. Gemeinsam mit meinen Selbstzweifeln zwingt mich diese Eifersucht beinahe in die Knie. Ich spüre, wie ich daran zerbrechen könnte, sollte ich ihr diese Macht über mich zugestehen.

»Müsstest du nicht am besten begreifen, wie schwer es ist, Altes abzustreifen?«, fragt die Fae-Schneiderin.

Ich starre sie an, ohne einen Muskel zu rühren.

Sie neigt den Kopf. Keine Strähne ihres dunkelbraunen Haares hat sich aus ihrer akkuraten Hochsteckfrisur gelöst, wohingegen ich bestimmt ein Bild des Jammers abgebe. Noch immer klingt ihre Stimme sanfter und verständnisvoller, als ich es je zuvor bei ihr gehört habe. »Nicht nur Altes abzustreifen. Es ist mindestens genauso schwer, Neues zuzulassen. Wie lange hast du gebraucht, um dir darüber klarzuwerden, dass du gegen deine Gefühle machtlos bist?«

Kraftlos rutschen meine Hände an meinen Armen hinab. »Heißt das, dass er sie trotz allem noch liebt?«

Paleia braucht lange, bis sie den Kopf schüttelt. Als wollte sie die Spannung so weit steigern, bis ich sie um eine Antwort anflehe. Ich hätte es vermutlich getan, wenn sie noch weitere Sekunden gezögert hätte, und ich hasse mich dafür.

»Du hast mir von deinem Bruder erzählt«, sagt sie schließlich.

Ich blinzele, verwirrt über den Themenwechsel.

»Wenn du dich an ihn erinnerst, denkst du dann bloß an den Moment, als du ihn tot auf dem Karren hast liegen sehen? Oder sind es eher die schönen Momente, die dir in den Sinn kommen?«

Mit jedem Atemzug weicht die Spannung aus meinem Körper, bis ich beinahe in mich zusammensacke. Erinnerungen fluten meinen Geist. Jasper, wie er mir Blumen aus einem entfernten Ort Südgands mitbringt, damit ich sie mir anschauen kann. Jasper, wie er nachts Steinchen gegen mein Fenster im Schloss wirft und mich mit einem verschwörerischen Grinsen nach draußen lockt, damit ich nicht ständig eingesperrt bin. Jasper, der meine Begeisterung für die verbotenen Bücher geweckt hat.

Mein großer Bruder war stets für mich da. Egal, wo meine Eltern mich versteckten. Wann immer es seine Zeit zuließ, kam er mich besuchen und machte mir mein Leben erträglich. Er verstand mich, ohne dass ich einen Ton sagen musste. Er sah in mir nicht bloß die hundertste Prinzessin, sondern ein Mädchen, das unter den enormen Anforderungen an sie beinahe zerbrach.

»An die schönen«, wispere ich. »Ich erinnere mich hauptsächlich an die schönen Momente mit ihm.«

Paleia nickt. »Kenric hat Lorienne seit damals nicht gesehen. Seit sie den Pakt mit Zahid eingegangen ist, lebt sie auf einem extra für sie erbauten Landgut und beehrt uns nur während der Auswahlen mit ihrer Anwesenheit. Kenric ging ihr all die Jahre aus dem Weg, aber heute stand er ihr gegenüber.«

Ich kann nicht sagen, dass ich verstehe, was in ihm vorgegangen sein muss. Vielleicht werde ich das nie. Aber meine Wut auf ihn verraucht zusehends.

Was bleibt, sind die Zweifel.

»Sie ist so schön«, murmele ich. »Und ich bin ...« Mit einer hilflosen Handbewegung deute ich auf mich. »Ich weiß nicht, wie ich gegen sie bestehen kann.«

Paleia runzelt die Stirn. »Was redest du da, Kind?«

»Ich war ... den Großteil meines Lebens von Frauen umgeben, die anmutiger und schöner sind als ich.«

Es ist, als könnte ich die Stimme meiner Mutter hören, die mir vorwirft, dass ich nicht vornehm genug sei. Nicht hübsch genug. Nicht *gut* genug.

All das habe ich mein Leben lang gehört. Und irgendwann habe ich es geglaubt. Mein einziger Schutz bestand darin, mich nicht mehr mit Emillia oder meiner Mutter zu vergleichen. Das klappte so lange, wie ich in Korinth lebte und mich keine der beiden besuchen kam. In dieser Zeit konnte ich ich selbst sein, aber sobald eine von ihnen in meiner Nähe war, schrumpfte ich wieder zu dem kleinen, unsicheren Mädchen zusammen, das bloß darauf wartete, mit Vorwürfen und Tadel überhäuft zu werden.

Als ich jünger war, strengte ich mich an. Ich tat alles, um meiner Mutter zu gefallen, aber nichts davon reichte in ihren Augen aus.

Ich sollte es gewohnt sein, nicht gut genug zu sein, denn ich war es nie, außer im Umgang mit Kräutern und Behandeln von Patienten – Tätigkeiten, die sich, meiner Mutter nach, nicht für eine Prinzessin geziemen. Die weit unterhalb meiner Würde waren und mich für sie nur noch unwürdiger werden ließen.

Neben Lorienne würde sogar meine schöne Schwester Emillia belanglos wirken. Wie sehe *ich* dann erst neben ihr aus?

Ich bin kurz davor, in Panik zu verfallen. Das ist mir schon lange nicht mehr passiert. Über die Jahre habe ich gelernt, das Gefühl, nicht gut genug zu sein, abzublocken. Es gelang mir nicht immer, aber meistens. Oft half es, wenn ich mir in Erinnerung rief, dass Emillia am Ende des Tages wieder in ihr liebloses Zuhause zurückkehren und ich für die nächsten Wochen meine Ruhe haben würde. Das ließ mich die kommenden Stunden durchhalten.

Aber jetzt kann ich mir nichts dergleichen sagen. Jetzt geht es um Kenric. Allein der Gedanke, dass ich in seinen Augen weniger wert bin als Lorienne, lässt mich kaum noch Luft holen.

Erst als Paleia sanft mit beiden Händen mein Gesicht umschließt und mich zwingt, sie anzusehen, lande ich halbwegs wieder in der Realität. Ihr Blick wirkt fragend, gleichzeitig verständnisvoll. Mein Atem normalisiert sich ein Stück weit.

»Ich weiß nicht, was dir passiert ist, dass du so denkst«, sagt sie ruhig, und das ist genau das, was ich brauche. »Genauso wenig wie ich weiß, wie ich dir begreiflich machen soll, dass es Blödsinn ist. Deshalb sage ich dir etwas anderes.« Geduldig wartet Paleia, bis sich meine Atmung normalisiert hat. »Wir Fae leben so lange, dass es an die Ewigkeit grenzt. Wir wären sehr dumm, würden wir unsere Partner nur nach dem Aussehen auswählen. Viel wichtiger ist doch die Tatsache, dass wir uns bei ihnen wohl und sicher fühlen. Denn nur unserem Partner gegenüber zeigen wir, wer wir wirklich sind.«

»Was meinst du damit?«, frage ich mit dünner Stimme.

»Da lediglich die Starken und Grausamen von uns in dieser Dunkelheit überleben, mussten wir uns einen Schutz zulegen.«

Als es mir dämmert, sage ich: »Kenric hat mir davon erzählt.«

Mehrmals verletzten mich seine scharfen Worte. Wäre ich eine Fae, hätten sie mir vermutlich nichts angehabt, weil es die Art ist, wie Fae miteinander umgehen: erbarmungs- und rücksichtslos.

Paleias Mundwinkel heben sich zu einem Lächeln. »Aber dir gegenüber verhielt Kenric sich irgendwann nicht mehr unnahbar, oder?«

Ich stoße den Atem aus. »Nein.«

»Er hat dir einen Blick auf den wahren Kenric gewährt und du hast ihn akzeptiert. Ihn, seine Art, seine Magie – alles von ihm. Dir gegenüber brauchte er seinen Schutz nicht mehr. Und glaub mir, er hat jeden Moment genossen, in dem er nicht vorgeben musste, stark zu sein. Ein solches Gefühl der Sicherheit und Geborgenheit ist tausendmal mehr wert als jedes hübsche Antlitz.«

»Ich verstehe.«

Und das tue ich wirklich. Zu sagen, dass nun alles in Ordnung ist, wäre falsch. Aber ich verstehe ihn und ich werde mich bemühen, ihn weiterhin zu verstehen. Ebenso wie ich hoffe, dass er mich versteht. Ich werde meine Ängste und Komplexe nicht von Jetzt auf Gleich abstreifen können. Ich werde Zeit brauchen, genau wie Kenric Zeit brauchte, um sich mir gegenüber zu öffnen.

In den verbotenen Büchern verliebten die Protagonisten sich oft in Aussehen oder Heldentaten. Nun, da ich mich selbst mit diesem verbotenen Gefühl konfrontiert sehe, begreife ich, dass viel mehr dahintersteckt. Natürlich sind es oft Äußerlichkeiten, die wir zuerst wahrnehmen. Genau wie ich eine Blume nach ihren schönen Blüten beurteile und erst im Anschluss nach ihren heilenden Eigenschaften – ihren inneren Werten. Im Endeffekt sind es aber diese inneren Werte, auf die es ankommt.

Und oft sind es die Blumen mit den schönsten Blüten, die am giftigsten sind.

Paleia lächelt mich zufrieden an. »Wir müssen dich jetzt fertig machen.«

Sie lässt mein Gesicht los und macht sich daran, ein neues Kleid aus der Hülle zu befreien, die bis eben auf meinem Bett lag.

Das verdammte Fest habe ich völlig vergessen. Nach Tanzen ist mir gerade nicht wirklich zumute, trotzdem bleibt mir keine Wahl. Paleia hat recht damit, dass Zahids Zorn uns beinahe in Schwierigkeiten gebracht hätte, weil ich meinen Mund nicht halten konnte. Hätte Kenric mich nicht zurückgehalten – und wäre Lorienne nicht aufgetaucht –, hätte ich mich vermutlich um Kopf und Kragen geredet. Das muss ich wiedergutmachen. Also muss ich lächeln und scherzen und so anmutig tanzen, wie es mir möglich ist. Alles, um Zahids Laune zu verbessern und ihn von Kenric abzulenken. Vielleicht kriege ich aus dem König noch ein paar Einzelheiten darüber heraus, wie sich Alerias Unglück zugetragen hat. Irgendwer muss schließlich etwas gesehen haben.

Und ich sollte ihn fragen, was er von mir als seiner Favoritin erwartet. Was *alle* zu erwarten scheinen; nur ich werde im Dunkeln gelassen.

Das Kleid, das Paleia diesmal für mich angefertigt hat, ist in einem schillernd dunklen Türkis gehalten. Auf dem

Rockteil funkeln unzählige winzige Steinchen in Fünkchens Licht.

»Es ist wunderschön«, hauche ich.

»Hoffentlich gehst du besser mit ihm um als mit dem letzten Kleid«, entgegnet Paleia angesäuert.

Ich ziehe den Kopf ein. »Tut mir leid.«

Das letzte Kleid besaß eine bronzene Farbe und war aus einem Stoff gefertigt, den ich noch nie zuvor unter den Fingern gespürt hatte. Mittels dieses Stoffes wollte ich beweisen, dass ich nach Nordgand gereist und sicher zurückgekommen bin. Dann, so dachte ich, würden meine Eltern verstehen, dass ich weder ihren noch den Schutz eines unfreiwilligen Ehemannes brauche. Doch als ich aus Evenor fliehen wollte, wurde ich von einem Verlorenen angegriffen, und Paleias schönes Kleid endete in Fetzen.

Paleia hilft mir beim Anziehen. Beim Anblick meiner Verletzungen, die ich dem Verlorenen zu verdanken habe, schnappt sie nach Luft. Ich bin ihr dankbar, dass sie mich nicht nach Details ausquetscht, sondern lediglich sagt: »Wir brauchen ein Tuch, um die Schulter zu verdecken.«

Willenlos lasse ich mich von ihr einkleiden.

»Wie war er?«, frage ich irgendwann. »Dein erster Fae, meine ich.«

Paleias Hände halten inne. »Er war ... etwas Besonderes. Vielleicht hätten wir eine gemeinsame Zukunft gehabt, doch das Schicksal hatte etwas anderes mit uns vor.«

»Inwiefern?«

Ihre Hände bewegen sich wieder. »Er wählte seine Familie anstatt mich und verließ mich. Über eine sehr, sehr lange Zeit habe ich ihn nicht mehr gesehen. Und als wir uns wieder gegenüberstanden, war es ... zu spät.«

Ich würde sie gern noch mehr dazu fragen, aber ihre Stimme klingt so traurig und gebrochen, dass ich mir jedes weitere Wort verkneife. Es ist, als würde sie ihre Trauer in die Bewegungen ihrer Hände legen, denn ich spüre sie nach kurzer Zeit auf mich überspringen.

Nachdem sie mein dunkelblondes Haar zu einer lockeren Hochsteckfrisur zusammengefasst hat, entlässt sie mich mit einem Wink.

Kapitel 5

✦

KENRIC

Die Verlockung, an der Tür zu lauschen, um herauszufinden, worüber Vanya mit Paleia redet, ist riesig. Mit jedem noch so kleinen Geräusch aus dem Zimmer lockt sie mich weiter, doch ich widerstehe ihr. *Irgendwie.* Stattdessen verberge ich mich zusammen mit Turon hinter einer Ecke auf dem Korridor.

Zahid war deutlich: Er will mich so schnell nicht wieder im Schloss sehen, es sei denn, es gibt einen Notfall.

Als ob ich freiwillig einen Fuß in seinen verdammten Hof setzen würde ...

Aber ich konnte auch nicht einfach gehen. Nicht nach der Sache im Saal. Nicht nach Vanyas Blick.

Ich will mich bei ihr entschuldigen, obwohl das gegen all meine hart erarbeiteten Fae-Instinkte geht. Eine Entschuldigung bedeutet Schwäche. Schwache Fae haben in dieser dunklen, verfluchten Welt keinen Platz. Das habe ich früh zu spüren bekommen und mir geschworen, nie wieder schwach und dumm zu sein.

Trotzdem verharre ich hier und suche krampfhaft nach den richtigen Worten, um mein Verhalten zu erklären. Um es ... irgendwie verständlich für sie zu machen.

Ich finde die Worte nicht.

Wahrscheinlich wäre es das Beste, wenn ich verschwinde. Vanya wird mich nicht sehen wollen. Wären unsere Rollen vertauscht, hätte ich meine Wohnungstür verriegelt und sie nie wieder für sie geöffnet. Ich hätte das eine Weile durchgehalten, aber nicht für immer. Dafür genieße ich ihre Gegenwart zu sehr. Sobald ich ihre vertrauten Schritte gehört hätte, wäre ich zur Tür gerannt und hätte sie aufgerissen, ganz gleich, ob ich mir über alles im Klaren wäre oder nicht.

Wenn Vanya in meiner Nähe ist, weiß ich nicht, was ich tun oder sagen soll. Manchmal vergesse ich sogar die einfachsten Dinge, vor allem meinen Schutz, der mir gegenüber anderen Fae in Fleisch und Blut übergegangen ist. Bei Vanya habe ich nicht das Gefühl, dass ich ihn brauche. Bei ihr kann ich die schwere Rüstung, die ich bereits mein ganzes Leben tragen und immer wieder verstärken muss, abstreifen, ohne dass ich mir schutzlos und verwundbar vorkomme.

Ich spähe um die Ecke des Ganges, als ich Vanyas Stimme im Flur höre. Leise redet sie mit Paleia. Ich hasse mich dafür, dass ich mich nicht sofort zu erkennen gebe, sondern mich weiterhin verstecke, in der Hoffnung, ein paar Wortfetzen aufzuschnappen, doch ich stehe zu weit entfernt.

Es widerstrebt mir, es zuzugeben, aber ich verhalte mich feige. Nach vorhin … kann ich Vanya nicht einschätzen. Ich kann nur hoffen, dass sie mir zuhört. Mehr verlange ich nicht.

Erst als ich Vanyas Schritte vernehme, verlasse ich mein Versteck.

Paleia entdeckt mich zuerst und hält Vanya zurück, die offenbar gerade in den Saal treten wollte. Die Schneiderin schenkt mir ein verschwörerisches Augenzwinkern, das ich nicht deuten kann, ehe sie sich abwendet.

»Ich muss noch die andere Ausgewählte einkleiden«, sagt sie, bevor sie Vanya und mich allein lässt.

Selbst Turon macht einige Schritte von mir weg, als wolle er mir Raum geben. Nur Vanya und ich bleiben an Ort und

Stelle, beide unfähig, einen Muskel zu rühren, und schauen uns an.

Wie bereits bei der Eröffnung des Festes der Tanzenden Sterne sieht sie atemberaubend aus. In einigen Büchern habe ich von Flüssen und Meeren gelesen, die es in Südgand geben soll und die im Schein der Sonne glitzern. Deren Farbe wurde beschrieben wie die Farbe von Vanyas Kleid, das sich wie eine zweite Haut an ihre Kurven schmiegt. Kurven, die ich für einen kurzen Moment unter den Fingern und meiner Magie spüren konnte, bevor ich sie gehen lassen musste, weil Zahids verdammte Wachen sonst meine Wohnungstür eingetreten hätten. Ich würde so gern die Hände nach ihr ausstrecken, um eine erneute Kostprobe zu erhalten, doch ich kann mich nicht bewegen. Zu gefangen bin ich von ihrer Erscheinung und ihrer Nähe, in der ich mich sicher und geborgen fühle, obwohl *ich* derjenige sein müsste, der diese Gefühle vermittelt.

Was mir jedoch Sorgen bereitet, ist ihr Schweigen.

Normalerweise steht Vanyas Mund niemals still, es sei denn, sie isst, liest oder schläft. Oder wenn ich sie küsse. Das würde ich jetzt am liebsten tun; dann hätte ihr Schweigen zumindest einen Sinn. Und ich könnte mir sicher sein, dass nicht so viel Kälte in ihr herrscht, wie mir ihr unnahbarer Blick glauben machen will.

Als ich die Stille zwischen uns nicht mehr aushalte, öffne ich den Mund.

»Du …« *Sag etwas Nettes. Sag etwas Nettes.* »Du solltest auf dem Fest nichts trinken. Du weißt schon … wegen dem … Gift.«

Irgendwo hinter mir gibt Turon ein mitleidig klingendes Wimmern von sich, für das ich ihm später das Fell über die

Ohren ziehen werde. Verdammt, ich brauche ihn nicht, um zu wissen, dass ich besser den Mund gehalten hätte!

Vanyas Lippen heben sich zu einem traurig wirkenden Lächeln, bei dem sich mir das Herz zusammenzieht. »Ich werde aufpassen.«

»Gut.«

Ich will zu ihr. Ich verfluche die wenigen Meter, die uns trennen, die sich aber wie eine endlose Kluft anfühlen. Genauso gut könnte sie in Südgand sein; es würde ähnlich schmerzen.

Südgand. Sie wollte zurück nach Hause, während der Eröffnungsfeier. Direkt nach unserem ersten Kuss. Bestimmt will sie immer noch zurück nach Hause – sie hat es vorhin kurz erwähnt –, und ich kann es ihr nicht verdenken. Wenn ich die Wahl hätte, würde ich auch das Reich mit der Sonne und dem Wind und dem Leben wählen.

Es gibt einen kleinen Teil im hinteren Winkel meines Herzens, der nicht zerbrochen ist. Der sich gegen Loriennes Machenschaften behauptet hat. Und der sich krampfhaft an die Hoffnung klammert, die ich nicht gänzlich aus meinem Inneren tilgen konnte. Dieser Teil hofft, dass Vanya nicht gehen wollte, um wieder nach Hause zu kommen und der Dunkelheit Nordgands zu entfliehen.

Sondern um mich vor ihrem Fluch zu schützen.

Nach meiner »Geburt« wäre es das erste Mal, dass jemand etwas *für* mich tut, anstatt etwas von mir zu erwarten.

Nicht dass ich will, dass Vanya geht. Keinesfalls. Dazu bin ich viel zu egoistisch. Solange Vanya bei mir bleibt, nehme ich jeden möglichen Fluch in Kauf.

Mein Blick gleitet über sie und ich erinnere mich daran, wie sie ein ähnliches Kleid in der Farbe der Sonne während der Eröffnungsfeier getragen hat. Wie ich mit ihr – äußerst stümperhaft – getanzt habe. Dennoch war es einer der schönsten Momente, die ich je erlebt habe.

Mit Freuden würde ich meine Seele an jeden beliebigen Gott verkaufen, wenn ich noch ein letztes Mal mit Vanya für die Sterne tanzen dürfte.

»Es tut mir leid«, sagen wir beide gleichzeitig und sehen uns danach verdutzt an.

»Wofür entschuldigst du dich?«, frage ich. »Du hast nichts falsch gemacht.«

Nun wirkt Vanyas Lächeln ehrlicher. »Doch. Ich habe es nicht verstanden. Vielleicht tue ich das immer noch nicht völlig, aber ich ...« Sie krallt die Hände in den Rock ihres Kleides. »Ich gebe mir Mühe.«

Meine Brust zieht sich bei ihren Worten zusammen.

»Ich will nicht, dass du dir Mühe gibst.« Mit drei großen Schritten bin ich bei ihr, löse sanft ihre Hände vom Stoff und halte sie fest. »Ich will, dass du mir sagst, was du denkst. So wie immer. Bei dir will ich niemals das Gefühl haben, dass du ... mir bloß etwas vormachst. Bitte lächle nie, wenn dir nicht nach lächeln zumute ist. Schrei mich an, wenn du das willst. Ich halte es aus.«

Sie erwidert den Druck meiner Finger. »Etwas Ähnliches hast du beim letzten Fest zu mir gesagt. Dass ich nie wieder etwas tun soll, was ich nicht will.«

»Und genau wie damals meine ich, was ich gesagt habe.« Ihr Duft nach Blumen lockt mich zu sich, und ich neige den Kopf ein Stück zu ihr hinab. »Ich will mich nicht fragen müssen, was in dir vorgeht. Was du denkst. Was du fühlst. Das muss ich schon bei allen anderen, aber bei dir ... will ich es auf keinen Fall.«

Vanya reckt sich mir entgegen, bis unsere Nasenspitzen sich beinahe berühren. »Im Moment ist der Drang, dir deine wunderschön leuchtenden Augen auszukratzen, noch ziemlich groß. Danach würde ich mich um Lorienne kümmern und ihre Überreste so gut verstecken, dass sie nie jemand findet. Keine Ahnung, woher dieses Verlangen plötzlich kommt.«

Ich schmunzele. Natürlich weiß ich, dass sie scherzt. Aber auch ihre makabren Scherze sind mir tausendmal lieber als ihr Schweigen. Und ich verstehe sie. Ich kenne dieses Verlangen, von dem sie spricht, zur Genüge. Die Eifersucht. Auf Zahid und alle anderen Fae, nicht nur wegen Lorienne, sondern weil sie ... vollkommen sind.

Im Gegensatz zu mir.

Als ich jünger war, hätte ich alles dafür getan, so zu sein wie sie. Ich hätte die ständige Sucht nach Mana hingenommen, die ohne Licht und Leben nie befriedigt werden kann, bloß um nicht mehr anders zu sein.

In Lorienne dachte ich, eine Verbündete gefunden zu haben. Jemanden, der mich versteht und mich so akzeptiert, wie ich bin.

Wie naiv ich doch war.

Und auch jetzt laufe ich Gefahr, wieder naiv zu sein. Denn Vanya wird sich ebenfalls von mir abwenden, wenn sie das volle Ausmaß meiner Kraft begreift. Nichts wird sie hier in Nordgand halten können. Sobald sie die Möglichkeit hat, nach Hause zu gelangen, wird sie gehen.

Und mich zurücklassen.

Obwohl ich all das weiß, bin ich außerstande, mich von ihr fernzuhalten. Ich werde von ihr angezogen, als würde eine unsichtbare Magie zwischen uns flirren, die mir jeglichen klaren Gedanken versagt. Ich genieße diesen Zustand.

Bei Vanya fühle ich mich wie ich selbst. Sicher. Und akzeptiert. Auch wenn mir klar ist, dass dieser Zustand nicht ewig anhalten wird.

»Vielleicht würde ich dir bei deinem Vorhaben, Loriennes Überreste zu verscharren, helfen«, stelle ich in Aussicht. »Zumindest solange du mir nicht doch die Augen auskratzen willst.«

Behutsam führe ich ihre Hand an meine Brust. Einen Moment lang genieße ich diese zarte Berührung an meiner größten Wunde, die nie ganz verheilt ist und mich heute noch plagt. Eine Berührung an dieser Stelle ist für mich von größerer Bedeutung, als Vanya klar ist.

»Es fällt mir schwer, das zuzugeben, aber Lorienne ... hat mich zerstört. Ganz abgesehen von deinem Fluch weiß ich nicht, ob ich ... je wieder in der Lage sein werde, einem anderen völlig zu vertrauen.«

Mit den Fingern streicht Vanya über mein Hemd auf Höhe meines Herzens. Ich spüre die Wärme ihrer Berührung durch den Stoff hindurch.

»Ich will dich nicht heilen oder den Schaden reparieren, den Lorienne angerichtet hat«, sagt sie, während ihr Blick die Bewegungen ihrer Finger verfolgt.

Bei ihren Worten halte ich die Luft an. Ich weiß nicht, was ich denken soll. Was ich fühlen soll. Erst als sie den Blick hebt und meinem erneut begegnet, finde ich die Antwort. Jeder Zweifel, jede Angst löst sich für diesen einen Moment auf.

»Du magst denken, dass du zerbrochen bist«, murmelt sie, »aber das ist mir egal. Ich habe mich trotzdem in dich verliebt. Ich weiß noch nicht, was ich mit diesem Gefühl anfangen soll. *Ob* ich etwas damit anfangen soll. Denn trotz allem, was ich erfahren habe, ist die Angst, dir mit meinen Gefühlen zu schaden, viel zu groß.«

Ich lege meine Hand über ihre, um sie an Ort und Stelle zu halten. Unter ihren Fingern schlägt mein Herz schneller, als ich es für möglich gehalten hätte. Schneller, als es in seinem zerschmetterten Zustand dürfte. Vanyas Berührungen und Worte sind alles, was ich brauche, um mich vollständig zu fühlen.

Dass sie denkt, mir damit schaden zu können, schmerzt mich. Das Gegenteil ist der Fall.

Sie ist die Heilung, nach der ich mein ganzes Leben lang gesucht habe.

»Du weißt, wie ich über deinen Fluch denke«, sage ich leise. »Ich glaube nicht daran, dass er mir etwas anhaben kann. Nicht hier in Nordgand. Aber selbst wenn ...« Ich lehne die Stirn gegen ihre. »Ich nehme jeden Fluch in Kauf, solange du bei mir bist.«

Sie schließt die Augen und stößt mit einem erleichtert klingenden Seufzen den Atem aus. »Du hast keine Ahnung, wie glücklich mich das macht.«

Doch, ich habe eine Ahnung. Aber das sage ich nicht. Ich will diesen Moment nicht mit Worten zerstören, die nicht ansatzweise ausdrücken könnten, was ich empfinde. Vielmehr genieße ich ihre Nähe, ihren Duft, ihren Atem, der mir beruhigend übers Gesicht streicht.

»Aber wenn ...« Vanya bricht ab und wartet, bis ich mich ein Stück zurückziehe, um sie betrachten zu können. »Wenn mein Fluch sich doch zeigt ... Wenn auch nur die kleinste Chance besteht, dass ich dir schade ... Dann werde ich gehen. Ich könnte mit dieser Schuld nicht leben.«

Ich öffne den Mund, um ihr dieses Vorhaben auszureden.

Ich will ihr sagen, dass es niemals einen Grund zu gehen für sie geben wird. Doch ich schließe den Mund wieder. Wären unsere Rollen vertauscht, würde ich genauso handeln. Ich würde kein Risiko eingehen. Also nicke ich und werde mit einem umwerfenden Lächeln belohnt.

»Danke«, wispert sie.

Ich schlinge beide Arme um ihre Mitte und ziehe sie zu mir. Sofort verschränkt sie die Hände in meinem Nacken und schmiegt sich an mich. Dieses mir bisher unbekannte Glücksgefühl in meiner Brust ist so stark, dass ich am liebsten jauchzen will. Doch ich halte sie nur fest, weil ich weiß, dass sie bald gehen muss, um mit einem anderen zu tanzen.

Vor Kurzem hätte mich dieser Gedanke rasend vor Zorn gemacht und neue Zweifel in mir gesät.

Aber jetzt ist es in meinem Inneren ruhig. Fast beängstigend ruhig. Ein Zustand, den ich nicht kenne, an den ich mich jedoch durchaus gewöhnen könnte.

»Kommst du mich nach dem Fest besuchen?«, flüstere ich in ihr Ohr.

Vanyas Körper erschauert in meinen Armen. »Nichts wird mich davon abhalten.« Sie stellt sich auf die Zehenspitzen und reckt sich so weit, dass ihre Lippen ebenfalls mein Ohr erreichen. »Die Sache, die wir auf deinem Schreibtisch gemacht haben … Das hat mir gefallen. Ich hätte nichts gegen eine Wiederholung.«

Ein heißer Schauer rinnt bei ihren Worten und den Erinnerungen, die sie heraufbeschwören, mein Rückgrat hinab. Vanya, die auf meinem Schreibtisch sitzt. Ich über ihr, während ich sie mit meinen Händen und Schatten gleichermaßen berühre. Die Laute, die sie von sich gegeben hat und die mir schier den Verstand geraubt haben.

Ich unterdrücke ein heiseres »Ja, bitte!« und raune stattdessen: »Das hat dir gefallen?« Mit den Lippen streiche ich über die empfindliche Haut knapp unter ihrem Ohr und entlocke ihr damit ein Keuchen, während sich ihr Körper unter meinen Händen erwartungsvoll anspannt. »Dabei hatten wir noch gar nicht richtig angefangen.«

Ein Wimmern entringt sich ihrer Kehle, das mir direkt in den Bauch fährt und mein eigenes Verlangen weiter anfacht.

»Wo sind deine Schatten?«, fragt Vanya.

Ich blinzele, verwirrt über die Frage. »Ich unterdrücke sie.«

»Wieso?«

»Weil …«

Weil sich die andere Frau, mit der ich an diesem Punkt war, vor meinen Schatten gefürchtet hat und sie abstoßend fand.

Ich weiß, dass Vanya sich nicht vor ihnen fürchtet, aber ich schaffe es nicht, die alten Ängste komplett abzulegen. Ich versuche, alles zu vermeiden, was Vanya von mir entfernen könnte.

»Lass sie raus«, bittet sie kaum hörbar.

Selbst wenn ich es wollte, könnte ich meine Magie keinen Moment länger zurückhalten. Sie kratzt sowieso die ganze Zeit über direkt unter meiner Haut, erbost darüber, dass nur ich Vanya berühren darf.

Schatten kriechen aus mir hervor und schlängeln sich Vanyas Arme hinauf. Einige bleiben an ihrer Schulter zurück, wo ihre Verletzung gut verheilt ist, andere streichen ihr über die Wange. Wieder andere liebkosen ihren Nacken und den Rücken, der durch den Schnitt des Kleides fast vollständig unbedeckt ist.

Mit einem zufriedenen Summen schließt Vanya die Augen.

»Wie fühlt es sich für dich an?«, frage ich.

Ihre Mundwinkel heben sich zu einem sanften Lächeln, während sie die Augen weiterhin geschlossen lässt. »Anders als deine Berührungen. Deine Hände sind immer warm, die Fingerspitzen leicht rau von der Arbeit mit den Kräutern. Deine Schatten hingegen ... Sie sind weich. Genauso würde ich mir die Berührung einer Wolke vorstellen.«

Wolken. Ich habe noch nie welche mit eigenen Augen gesehen, aber von ihnen gelesen. Es heißt, sie tragen Regen in sich und schirmen die harschen Strahlen der Sonne ab.

»Und sie sind kühl«, murmelt Vanya. »Selbst mit geschlossenen Lidern kann ich immer sagen, ob es deine Hände oder die Schatten sind, die über meine Haut streichen. Dieser Unterschied ist ...« Sie öffnet die Augen. Das Braun ihrer Iriden strahlt heller als gewöhnlich. »Ich glaube, man nennt es ›prickelnd‹.«

Götter, diese Frau!

Mit beiden Händen umschließe ich ihr Gesicht, ehe ich sie nach einer gefühlten Ewigkeit wieder küsse. Ich habe mich so sehr nach der Weichheit ihres Mundes und ihrem Geschmack gesehnt, doch nach dem, was vorhin im Saal geschehen ist, dachte ich, lange darauf verzichten zu müssen. Aber sie lässt es zu, reckt sich mir entgegen und verschränkt die Arme in meinem Nacken, bevor sie dazu übergeht, mit den Fingern die spitze Form meines Ohres nachzufahren.

»Wie fühlt es sich für dich an?«, wispert sie, als sie sich wenige Millimeter von mir löst. Ich spüre die Bewegungen ihrer Lippen bei jeder Silbe. »Wenn deine Schatten mich berühren, meine ich.«

»Sie senden die Berührung an mich weiter«, murmele ich. »Aber anders. Es ist wie ... ein heißes Kribbeln, das sich ausgehend von meinem Nacken über mein komplettes Rückgrat ausbreitet. Als könnte ich die Freude meiner Schatten, wenn sie dich berühren, in meinen Nerven spüren.« Ich stehle mir einen weiteren Kuss. »Und wenn ich die Augen dabei schließe, kann ich mir fast vorstellen, dass es meine Hände wären.«

Gerade als ich sie erneut küssen will, ertönen Schritte im Gang. Ich reagiere sofort und werfe einen Verschleierungszauber über uns.

Jenseits meines Zaubers ertönt ein Seufzen. »Ich weiß, dass ihr beide hier seid.« Es ist Paleias Stimme. »Ich hoffe, ihr konntet alles klären, denn Vanya muss jetzt in den Saal. Sie wird bereits erwartet.«

Vanya versteift sich in meinen Armen. »Ich will nicht gehen«, wispert sie, wobei sie sich an meine Seite schmiegt und das Gesicht gegen meine Brust drückt.

»Und ich will dich nicht gehen lassen«, flüstere ich und verstärke den Griff meines Armes um ihre Taille.

»Uns bleibt keine Zeit«, murrt Paleia jenseits meiner schützenden Schatten.

Vanya stößt lang gezogen den Atem aus, bevor sie sich von mir losmacht.

Ich greife nach ihrer Hand. »Du kommst nachher zu mir, nicht wahr?«

Lächelnd haucht sie mir einen Kuss auf die Wange. »Auf jeden Fall.«

Erst nach diesem Versprechen senke ich die Schattenwand.

Paleias aufmerksamem Blick entgeht nichts. Sie nickt zufrieden, ehe sie die Hand nach Vanya ausstreckt. »Die andere Ausgewählte ist bereits im Saal. Zahid hat schon nach dir gefragt.«

»Ich bin unterwegs.«

Vanya macht sich widerstrebend von mir los und tritt zu

Paleia, die sie sofort den Gang entlangscheucht. Ein paar meiner Schatten schlingen sich um ihren Unterarm und bleiben noch einige Schritte bei ihr, als wollten auch sie die Verbindung nicht verlieren.

Lediglich das Wissen, dass Vanya nachher zu mir kommen wird, lässt mich ruhig bleiben, während ich sie ziehen lasse. In mir herrscht auch jetzt ein Zustand völliger Ruhe. Keine Spur mehr von der Getriebenheit, die mich sonst bevölkert.

Wenn wir später meine Bücher durchgehen und meine Forschungen vorantreiben, werde ich es zum ersten Mal nicht tun, um die Fae zufriedenzustellen, die mich für etwas gehalten haben, was ich nicht bin. Auch nicht, um in ihren Augen etwas wert zu sein.

Sondern ich werde es für Vanya tun. Um ihr das Leben hier so angenehm wie möglich zu machen. Wenn der Fluch gebrochen ist, wird die Sonne, die sie sicherlich vermisst, zurückkehren. Und erst wenn mir das gelungen ist, werde ich sie fragen, ob sie in Nordgand bleiben möchte.

Bei mir.

Die Haut unter dem Lederband an meinem linken Arm prickelt bei dem Gedanken. Ich lege die rechte Hand darüber, um das Gefühl einzudämmen. Die Brandnarben sind das Resultat meiner Dummheit, und ich werde sie bis an mein Lebensende tragen. Aber vielleicht ... könnte ein Name, durch Magie in sie eingeritzt, ihren schrecklichen Anblick erträglicher machen.

Turon setzt sich neben mich. Ähnlich wie Paleia entgeht auch ihm nichts. Der Blick aus seinen golden glühenden Augen ist fest auf meinen linken Unterarm gerichtet, den ich mit der anderen Hand umklammert halte.

»Ich weiß«, murmele ich. »Es ist zu früh.«

Beim letzten Mal habe ich alles überstürzt, weil ich der ganzen verdammten Welt zeigen wollte, welch schöne Frau sich für mich interessiert. Das war es, was mich dazu bewog, einen Pakt mit Lorienne einzugehen. Das und das Wissen, dass ich Zahid damit zur Weißglut bringen konnte.

Heute bin ich mir nicht sicher, ob ich Lorienne geliebt habe. Ich war verliebt in ihr Aussehen – so wie nahezu jeder männliche ungebundene Fae – und die geheuchelte Macht, die sie mir für einige flüchtige Momente gab. Aber in sie als Person war ich nicht verliebt.

Das wird mir mehr und mehr klar, je stärker die Gefühle werden, die ich für Vanya empfinde. Sie liebe ich als Person. Ihren klugen Verstand. Ihr reines Herz. Ihre sanften Berührungen. Ihre spitze Zunge. Ihre Furchtlosigkeit.

Lorienne war dafür da, um mich in den Augen anderer besser dastehen zu lassen.

Bei Vanya verspüre ich dieses Bedürfnis nicht. Bloß in ihren Augen will ich die bestmögliche Person sein. Jemand, auf den sie stolz sein kann. Und dabei habe ich nicht das Gefühl, mich verbiegen zu müssen. Wahrscheinlich rührt daher meine innere Zufriedenheit.

»Lass uns nach Hause gehen«, sage ich zu Turon. »Zahid hat bestimmt wieder vergessen, dass seine Südganderinnen regelmäßig etwas zu essen brauchen. Ich will etwas gekocht haben, wenn Vanya uns nachher besuchen kommt. Und du hast sicherlich auch Hunger.«

Er gibt ein zustimmendes Brummen von sich.

Wir verlassen das Schloss, ohne behelligt zu werden.

Kapitel 6

✦

VANYA

Paleia verabschiedet sich noch vor der doppelflügeligen Tür von mir.

Mutterseelenallein bleibe ich zurück. Als ich im Turm in Korinth lebte, liebte ich es, allein zu sein. Dann gab es niemanden, dessen Erwartungen ich erfüllen musste. Jetzt fühle ich mich verloren in einer fremden Welt, in der ein falscher Schritt meinen Untergang bedeuten könnte.

Trotzdem bin ich noch hier. Der Gedanke, zurück nach Südgand zu gehen, schleicht sich auch jetzt nicht in meinen Kopf. Stattdessen denke ich flüchtig darüber nach, wie ich mir hier ein Leben aufbauen könnte.

Doch zunächst muss ich meine Rolle als Zahids Favoritin spielen – was auch immer das heißt.

Ein Diener kündigt mein Erscheinen an, als ich den ersten Fuß in den Saal setze, der durch verschiedene Lichtkugeln hell erleuchtet ist, deshalb lasse ich Fünkchen verschwinden. Zum Glück hören die Musiker nicht auf zu spielen; dennoch spüre ich die unzähligen glimmenden Augenpaare, die auf mich gerichtet sind, während ich so würdevoll wie möglich auf den Thron zuschreite und vor Zahid in einen Knicks sinke.

Lorienne kann ich dabei nirgends entdecken. Ich werte das nicht als gutes Zeichen. Lieber weiß ich, wo sie ist, als mich ständig umzudrehen, weil ich einen Hinterhalt befürchte.

»Du hast mich warten lassen«, brummt Zahid, als er sich

erhebt, die zwei Stufen des Podests hinabsteigt und mir die Hand hinhält.

Ich schlage den Blick nieder, ehe ich seine Hand ergreife. »Verzeiht, mein König. Paleia musste ein paar Änderungen an meinem Kleid vornehmen.«

Hoffentlich fallen ihm nicht meine geröteten Lippen auf, denke ich, doch Zahid schenkt mir nur flüchtig seine Aufmerksamkeit. Ich bin froh darüber, dass er mich nicht auf eine Weise wahrnimmt, die ich weder erwidern kann noch möchte. Zu gut erinnere ich mich daran, was das letzte Mal geschehen ist, als ein Mann sich mir gegen meinen Willen aufdrängen wollte. Meine Magie griff ein und erschuf mit Dornen besetzte Ranken, die sich um meine Arme und Hände schlängelten.

Wenn es hier, inmitten eines Festsaals voll magisch begabter Fae geschähe, wäre das mein Todesurteil.

»Und ich dachte schon, es wäre wegen der toten Ausgewählten.«

Zahids Stimme klingt beiläufig, dennoch trifft sie mich. An Aleria habe ich die letzte Zeit nicht gedacht. Wir waren keine Freundinnen, trotzdem habe ich ihr nicht den Tod gewünscht. Der Frage, warum es diesmal eine Ausgewählte getroffen hat, werde ich nachher mit Kenric auf den Grund gehen. Vielleicht weiß er Näheres. Und auch jetzt sollte ich so viel wie möglich in Erfahrung bringen.

»Alerias Tod«, zwinge ich mich zu sagen, »muss für Euch ein herber Verlust sein.«

Als der König nicht antwortet, schaue ich ihn direkt an. Das beste Wort, um seine Miene zu beschreiben, wäre »gelangweilt«.

»Ein Verlust mag ihr Tod sein«, murmelt er, »jedoch keiner, der sich nicht ausgleichen lässt.«

Ich beiße so fest die Zähne zusammen, dass ich meinen Kiefer knacken höre. Vorhin habe ich mich beinahe um Kopf und Kragen geredet. Nun ist Kenric nicht bei mir, der mich notfalls zurückhalten kann. Ich muss aufpassen, was ich sage. Also nicke ich lieber nur, obwohl mir klar ist, dass Zahid mit seiner Aussage auf mich anspielt. Dass ich Alerias Platz einnehmen soll. Seine Favoritin bin ich ja sowieso bereits. Nach meiner Meinung wurde ich dabei nicht gefragt.

Zahid führt mich in die Mitte des Saals und wir beginnen zu tanzen. Da ich die Schritte immer noch nicht kenne, stolpere ich eher, was aber durch die ausladenden Röcke niemand bemerkt.

Seine Berührungen sind alles andere als schicklich, doch sie sind auszuhalten. Trotzdem sind sie ganz anders als Kenrics. Zahid zieht mich zu nah an sich, seine linke Hand ruht zu tief an meinem unteren Rücken auf blanker Haut. Wäre er nicht der König und hätte ich nicht noch vor Kurzem gesehen, wie er ein Leben mit einem Fingerzeig ausgelöscht hat, würde ich vielleicht protestieren. Doch ich schlucke meinen Widerwillen hinunter und tanze für die Sterne, wie es von mir erwartet wird.

Mit einer Kopfbewegung deutet er auf einen durchschnittlich großen Fae mit gelb leuchtenden Augen, den ich zuvor nicht wahrgenommen habe.

»Das ist Jeontin, einer meiner engsten Vertrauten«, sagt Zahid, ohne unseren Tanz zu unterbrechen.

Nach einer Drehung nehme ich den Fae genauer in Augenschein. Ich meine, er war bei der kleinen Versammlung dabei, als Zahid verkündete, dass ich seine Favoritin sei. Aber ich habe ihn nie weiter beachtet, geschweige denn ein Wort mit ihm gewechselt.

»Ihm wollte ich die tote Ausgewählte zur Frau geben, da seine vorherige erst kürzlich verstorben ist«, lässt Zahid mich wissen.

»Verstorben?«, hake ich nach. »Woran?«

Er zuckt mit den Schultern, ehe er mich in eine neue Drehung führt. »Am Alter, nehme ich an. Ihr Südgander altert so schnell, dass wir es kaum wahrnehmen.«

Ich runzele die Stirn. »Hatte sie keinen Pakt?«

Zahid gibt ein glucksendes Lachen von sich. »Wo denkst du hin? Kaum ein Fae geht mit einer Südganderin einen Pakt ein. Das ist unter unserer Würde.«

Meine Finger verkrampfen sich. Am liebsten hätte ich ihn wegen seiner Herablassung von mir gestoßen, doch ich beherrsche mich im letzten Moment. Stattdessen denke ich an Merill und Eruk zurück, die gemeinsam ein Glück erfahren haben, das Zahid in all seinen Lebensjahren nicht einmal ansatzweise gespürt haben wird.

»Jeontin ist sicher betrübt, dass er nun ohne neue Frau nach Hause gehen muss«, sage ich in möglichst neutralem Tonfall.

Selbst in Südgand wissen wir, dass die Nordgander die Ausgewählten zur Frau nehmen. Für die meisten Mädchen ist das die größte Motivation – und wohl der einzige Grund, warum sie nicht gänzlich in Panik verfallen, wenn ihr Name während der Auswahl verkündet wird.

Aber ich habe es mir ... anders vorgestellt. Nicht unbedingt romantisch, denn mit diesem Wort konnte ich bis vor Kurzem nichts anfangen, jedoch ... inniger. Anders als bei uns in Südgand, wo die Eltern den bestmöglichen Ehepartner auswählen, für den das Kind niemals gefährliche Gefühle entwickeln wird. Offenbar ist die Ehe hier in Nordgand auch bloß ein Kuhhandel, der von jenen mit Macht geschlossen wird, ohne dass die Betroffenen viel mitzureden haben. Das gilt ebenso für Jeontin: Er hat höchstens ein paar Blicke auf Aleria geworfen und bloß wenige Sätze mit ihr gewechselt – wenn überhaupt. Trotzdem sollte er sie zur Frau nehmen. Wurde Aleria überhaupt nach ihrer Meinung gefragt? Wurde Marthel, die dritte Ausgewählte, die hier mit mir ankam, gefragt, ehe sie einem fremden Fae als Frau überreicht wurde? Oder traf sie bewusst ihre Wahl?

Aber das spielt keine Rolle mehr. Aleria ist tot und Jeontin wird hier keine neue Braut finden.

»Jeontin wird nicht ohne Frau nach Hause gehen«, sagt Zahid unvermittelt.

Ich erstarre mitten in der Bewegung. »Was meint Ihr damit?«

Er zuckt mit den breiten Schultern. »Noch habe ich eine andere Ausgewählte.«

Katinka. Er redet von Katinka. Ich kann ein erleichtertes Seufzen nicht unterdrücken. Denn für einen kurzen Moment dachte ich, er redet von mir.

»Es stimmt.« Zahid tut so, als würde er meine Erleichterung nicht bemerken, und bringt mich mit mehr Druck seiner Hand als nötig dazu, unseren Tanz fortzusetzen. Doch ich bin mir sicher, dass er mein Seufzen gehört hat. »Heute wird Jeontin ohne Frau gehen müssen. Aber wir Nordgander haben Zeit. Wenn uns der Fluch eines gelehrt hat, dann geduldig zu sein.«

Ich presse die Lippen zusammen, kann aber die nächste Frage nicht daran hindern, meinem Mund zu entschlüpfen. »Nur geduldig zu sein? Etwas anderes habt ihr Fae nicht gelernt? Euch anzupassen, vielleicht? Oder mit dem zufrieden zu sein, was ihr habt?«

Zahid verengt die blau glühenden Augen. »Wir haben keinen Grund, uns anzupassen. Wenn dieser Fluch gebrochen wird, werden wir endlich das Leben zurückhaben, das wir kannten. Außerdem«, er senkt die Stimme, »ist es sehr schwer, sich anzupassen, wenn kein neues Leben entstehen kann. Ausnahmen bestätigen die Regel.«

Seine letzten Worte lassen mich aufhorchen. Dabei werde ich das Gefühl nicht los, dass er damit auf Kenric anspielt. An Zahids steifer Haltung bemerke ich, dass ich mich auf gefährlichem Terrain bewege, deshalb lenke ich das Gesprächsthema schnell weg von meinem Fae.

»Darf ich Euch noch eine Frage stellen?«

Meine Stimme kommt kaum gegen die zahlreichen Musikinstrumente an, die eine Weise nach der anderen zum Besten geben und den Saal mit freudigen Klängen erfüllen.

Zahid hebt eine dunkelblonde Augenbraue und mustert mich eindringlich. »Tust du das nicht ständig? Aber nur zu.«

Er wirkt einschüchternd auf mich. Oder unzufrieden mit mir, weil ich es gewagt habe, ihn anzusprechen. Ich kann ihn beim besten Willen nicht einschätzen, und am liebsten würde ich meine Frage zurückziehen. Doch ich tue es nicht.

»Was genau erwartet Ihr … erwarten die Fae von mir als Eurer Favoritin?«

Zahid wirbelt mich herum, ehe er mich wieder an sich zieht. »Du bist eine Repräsentantin deines Volkes für die Ausgewählten, die noch folgen werden.«

Ich runzele die Stirn. »Ich verstehe nicht …«

»Es geschieht nicht oft, dass ich eine Favoritin wähle«, sagt er leise genug, dass nur ich ihn verstehen kann. »Meist sind die Ausgewählten zu ängstlich, um sich hier zurechtzufinden. Sie fürchten sich vor mir und allen anderen Fae. Und vor der allgegenwärtigen Dunkelheit. Deshalb brauche ich jemanden, der einerseits wie sie aus Südgand stammt, aber sich nicht vor den Gegebenheiten in Nordgand fürchtet. Jemanden, an dem sie sich orientieren und an den sie sich wenden können.«

Ich starre ihn an. »Das ... ist alles?«

Tatsächlich habe ich mit einer ganzen Palette von Aufgaben gerechnet, die ich niemals würde erfüllen können. Aufgaben, die mich an meine Grenzen gebracht hätten. Aufgaben, zu denen ich mich niemals hätte überwinden können.

Zwar bin ich nicht sonderlich gesellig und finde schwer Freunde, aber ich könnte mir vorstellen, für kommende Ausgewählte eine Vertrauensperson zu werden.

Doch Zahid macht meine aufkommende Euphorie zunichte. »Nein, das ist nicht alles.«

Sofort bin ich auf der Hut, denn etwas verändert sich in seinem Blick. »Was würde noch zu meinen Aufgaben zählen?«

»Nicht ›würde‹. Du *bist* meine Favoritin. Das ist kein Posten, den du annehmen oder ablehnen kannst.«

Die Muskeln in meinem Rücken verspannen sich, als wären sie bereit dafür, meinen Armen den Befehl zu geben, Zahid von mir zu stoßen. Und ich will es tun.

»Was erwartet Ihr noch von mir?«, presse ich hervor.

Seit er mich unerwartet zu seiner Favoritin auserkoren hat, trage ich die Frage mit mir herum, was das bedeutet. Eine Vertrauensperson hätte ich sein können, denn die Ausgewählten werden nur alle drei Jahre nach Nordgand gebracht. In der Zwischenzeit hätte ich mir – abseits des Hofes der Ewigen Mitternacht – ein Leben aufbauen können. So wie Lorienne. Paleia meinte, sie kommt nur während der

Auswahlen her und lebt ansonsten auf einem Landgut außerhalb der Hauptstadt Evenor.

»Du wirst der Göttin Nyx geweiht werden«, sagt Zahid, ohne unseren Tanz zu unterbrechen. »Meine Blutlinie geht auf die Göttin selbst zurück. Durch die Weihe unterstehst du direkt mir. Andere Ausgewählte gebe ich an meine Untergebenen, wenn ich sie nicht mehr brauche, aber nie meine Favoritin. Niemand außer mir wird nach deiner Weihe je wieder einen Finger an dich legen dürfen.«

Abrupt mache ich mich von ihm los. »Nein.«

Die Musik verklingt. Ein Ton hängt noch sterbend in der Luft, während ich spüre, wie wir angestarrt werden, ohne dass ich mich von Zahid abwende.

»Nein«, wiederhole ich.

Doch genau wie damals, als ich wieder und wieder Nein zu Casimir sagte, bleibt mein Protest abermals ungehört.

Als Zahid meine Hand greifen will, mache ich eilig einen Schritt von ihm weg. Zu groß ist die Gefahr, dass meine Magie, die ich bereits wie das Summen unzähliger Bienen unter meiner Haut spüre, eingreift.

Ich recke das Kinn. »Ich danke Euch für Euer Vertrauen in mich, aber ich muss den Posten als Eure Favoritin ablehnen.«

Um uns herum ist es so still, dass man ein Blütenblatt fallen hören könnte.

»Dann mache ich es«, sagt Katinka, die plötzlich neben mich tritt.

Sie habe ich während der ganzen Aufregung völlig vergessen. Ob sie schon weiß, dass Aleria tot ist? Nachdem Marthel bereits einen Fae-Ehemann gefunden hat, ist nur noch sie als Ausgewählte übrig. Und sie soll an diesen Jeontin verheiratet werden. Ob sie das will? Ob sie ihn überhaupt kennt?

Für Katinka wäre es vermutlich das Beste, wenn sie meinen Posten übernimmt, und ich gönne ihr diesen Aufstieg zur Favoritin.

Ich würde ihn jedem gönnen, solange ich davon verschont bleibe.

»Sie würde eine viel bessere Favoritin abgeben als ich«, bekräftige ich ihren Vorschlag.

Zahid wischt das Angebot mit einer abwertenden Handbewegung beiseite. »Sie ist zu schwach. Das habe ich bereits gemerkt, als sie unter den Nachwirkungen meines Zaubers gelitten hat. Aber du«, sein durchdringender Blick richtet sich wieder auf mich, »hattest keinerlei Nachwirkungen. Dein Blut ist stark. Und nur die Starken überleben in Nordgand. Die Schwachen fallen früher oder später der Finsternis anheim.«

Ich bin nicht stark. Ohne ein Licht, mein Fünkchen, wäre ich schon längst zitternd zusammengebrochen. Ich würde ebenfalls von der Dunkelheit verschlungen werden, wenn es niemanden gibt, an dem ich mich festhalten kann. An Zahid halte ich mich garantiert nicht fest. Sollte er mich allerdings weihen lassen, bliebe mir keine andere Wahl.

Wir Südgander mögen dank des Überflusses, in dem wir aufwachsen, kein sonderlich götterfürchtiges Volk sein, doch ich bin nicht so dumm und erzürne eine Göttin, nachdem ich ihre Weihe empfangen habe.

Ich hätte nur die Möglichkeit, so zu werden wie Lorienne: skrupellos und falsch. Dass sie es all die Jahre geschafft hat, ihren Platz als Favoritin zu verteidigen, wundert mich nicht. Sie wird es auch nicht gestört haben, dass Zahid der einzige Mann ist, den sie seitdem berühren darf. Mich würde es *gewaltig* stören. Allein bei der Vorstellung durchfährt mich ein eisiger Schauer.

»Nein«, wiederhole ich. »Nehmt Katinka. Ich bin sicher, dass sie die Anforderungen erfüllen wird, wenn sie genug Zeit hat, um ...«

Zahid schneidet mir mit einem Grollen das Wort ab. »Sie muss eine andere Aufgabe erfüllen.«

»Welche?«, hake ich nach. »Jeontin?«

Zu meiner Verwunderung schüttelt er beim Namen seines Vertrauten den Kopf. »Noch nicht. Zunächst hat sie eine Aufgabe, die auch du ausführen musst, wenn du dich weiterhin weigerst.« Er blinzelt mehrmals, als würde ihm etwas Wichtiges einfallen. »Wobei du sowieso einen Teil der Aufgaben der toten Ausgewählten übernehmen musst. Deine Weihe hat also noch etwas Zeit. Genug Zeit, in der du hoffentlich zur Besinnung kommst.«

Zahid tritt so nah an mich heran, wie es die ausladenden Röcke meines türkisfarbenen Kleides zulassen. Ich weiche keinen Zentimeter zurück, sondern begegne seinem wütenden Blick nach außen hin unerschrocken. Im Inneren möchte ich mich jedoch irgendwo verkriechen, wo sein Zorn und seine Blitze, die nun auch in seinen leuchtenden Augen zu zucken scheinen, mich niemals treffen können.

»Als meine geweihte Favoritin biete ich dir einen Pakt an«, raunt er verschwörerisch. »Ewiges Leben. Ewige Jugend. Meine Gunst. In *jeder* Hinsicht.«

Ich recke das Kinn. »Danke, aber nein, danke. Ich verzichte.«

Seine Augen leuchten eine Spur weniger hell. Nun bin ich mir sicher, die zuckenden Blitze darin zu erkennen. »Noch nie hat sich eine Ausgewählte der Weihe widersetzt.«

»Da ich keine offizielle Ausgewählte bin, bleibt Eure Statistik unberührt. Ich möchte Euch daran erinnern, dass ich aus freien Stücken hier bin.«

»Du wirst ...«

Zahids zweifelsohne folgender Ausbruch wird von einem Diener unterbrochen, der beinahe schüchtern an uns herantritt. Erst jetzt werde ich wieder der versammelten Fae gewahr, die wegen des Festes hier sind und uns ausnahmslos anstarren. In einigen Mienen meine ich Mitleid mit mir oder meinem Geisteszustand zu erkennen. Keinen scheint der Grund für meine Ablehnung zu interessieren.

»Verzeihung«, bringt der Diener mühsam hervor, als Zahids Zorn sich auf ihn richtet. »Aber es gibt ... ein Problem mit ... dem Wein.«

Augenblicklich verpufft Zahids Wut. »Ich kümmere mich sofort darum.«

Mit langen Schritten stürmt er aus dem Saal und lässt mich wie bestellt und nicht abgeholt zurück. Außer mir über diese Behandlung kralle ich die Hände in meinen Rock. Dass er mitten in unserem Gespräch verschwindet wegen des verdammten Weins, macht mich rasend vor Zorn. Genau wie die Tatsache, dass erneut ein Mann versucht, sich über meinen klaren Willen hinwegzusetzen.

Das werde ich nicht hinnehmen.

Das letzte Mal bin ich fortgelaufen. Diesmal werde ich das nicht tun, denn hier habe ich etwas – jemanden – gefunden, für den es sich zu bleiben und zu kämpfen lohnt.

Wütend stapfe ich Zahid hinterher.

Kapitel 7

✦

KENRIC

»Was meinst du damit, es gibt nichts, was du mir verkaufen kannst?«

Langsam schwindet meine Geduld. Der Händler vor mir ringt entschuldigend die Hände. Er ist schon der zweite, den ich aufsuche.

»Es tut mir leid, Kenric«, sagt er. »Aber ich habe keine Lieferung erhalten. Alles, was ich noch an Vorräten hatte, musste ich an den Hof abgeben – weit unter Wert. Glaub mir, ich hätte es lieber an dich verkauft. Du weißt, ich schätze dich als einen meiner besten Kunden.«

Ich winke ab. »Schon gut. Gib mir Bescheid, wenn du eine neue Lieferung erhalten hast.«

»Dein Hund scheint in letzter Zeit großen Hunger zu haben«, merkt der Händler an, als ich mich bereits abgewandt habe.

»Ja«, sage ich vage.

Bis auf den Kräuterhändler kenne ich keinen anderen der ansässigen Händler näher. Meistens musste ich bei ihnen nur das Essen für Turon kaufen und habe kaum ein Wort mit ihnen gewechselt. Dass nun auffällt, dass ich mehr südgander Nahrung als zuvor kaufe, lässt mich auf der Hut sein.

Begleitet von Turon mache ich mich auf den Weg zum letzten Händler für südgander Waren in der Hauptstadt. Die Nachfrage nach Essen ist verschwindend gering; meist wird sie nur für die Ausgewählten oder die Südganderinnen gebraucht, die nach der Auswahl hiergeblieben sind. Für Waren abseits von Nahrung sind andere Händler zuständig. So holt Paleia ihre Stofflieferungen selbst an der Grenze ab.

Aber dass keine Nahrung mehr aufzutreiben ist, macht mich stutzig. Südgand ist ein Land des Überflusses. Mir kam es stets so vor, als seien die dortigen Händler froh, ihre Waren auch nach Nordgand verkaufen zu können, ehe sie vergammeln.

»Lass uns hoffen, dass wir beim nächsten Händler mehr Glück haben«, sage ich zu Turon.

Doch auch ohne dass ich mit dem Händler gesprochen habe, weiß ich, dass auch er nichts zu verkaufen haben wird.

Ein paar Vorräte habe ich noch zu Hause. Genug, um Vanya und Turon für einige Zeit zu versorgen.

Trotzdem lässt mich die Frage, warum es offenbar keine Handelsbeziehungen mehr zwischen Süd- und Nordgand gibt, nicht los.

Kapitel 8

✦

VANYA

Zahid hat einen ziemlichen Vorsprung, denn auf dem Korridor entdecke ich ihn nirgends. Oder ich bin irgendwo falsch abgebogen ...

Nachdem ich Fünkchen herbeigerufen habe, frage ich mich bei den Wachen nach dem König durch und lande kurz darauf in den Kellergewölben des Schlosses. Hier war ich vor einiger Zeit mit Kenric, als wir nach dem gelagerten Gift gesucht, aber nichts gefunden haben. Als er mich zum ersten Mal im Arm gehalten hat.

Diese wunderschönen Momente werde ich mir von Zahid nicht nehmen lassen, nur weil er meint, in mir seine Favoritin gefunden zu haben! Soll er doch weiter Lorienne diese Aufgabe verrichten lassen. Sie ist als Repräsentantin zwar ungeeignet, doch das kümmert mich nicht.

Mein Herz klopft so fest, dass ich Mühe habe, weiterzugehen. Ich spüre, wie mein Kleid rechts und links gegen die steinernen Wände streift, trotzdem zwinge ich mich vorwärts. Kalter Schweiß rinnt mir den Nacken hinab.

Als ich jünger war, verstand ich nicht, woher die Dornenranken kamen, wenn ich einen Trotzanfall hatte, oder die Blüten neben meinen aufgeschürften Knien, wenn ich zu schnell gerannt und hingefallen war. Je älter ich wurde, desto mehr begriff ich, dass ich mit einer magischen Gabe geboren wurde. Eine Gabe, die ich nicht haben wollte und die ich nicht immer kontrollieren konnte. Besonders wenn der Druck, den meine Mutter mit ihren Regeln und Erwartungen auf mich ausübte, zu groß wurde, war ich machtlos gegen die Dornenranken, die wie zum Schutz aus mir hervorbrachen. Nicht nur einmal sperrte meine Mutter mich deswegen in eine fensterlose, enge Kammer und drehte den Schlüssel herum. Sie ließ mich erst raus, als meine Tränen getrocknet und meine Gefühle fest in mir eingeschlossen waren und ich gelobte, mich mehr anzustrengen.

Seit diesen Vorfällen fürchte ich mich vor engen Räumen und Gängen. Sie beschwören meine alten Ängste herauf, die mich beinahe wieder zu dem weinenden kleinen Mädchen werden lassen, das alles versprochen hat, um aus der engen, stockfinsteren Kammer gelassen zu werden.

Aber so bin ich nicht mehr. Diese Ängste mögen zwar noch in mir sein, genau wie die Komplexe, die meine Familie über Jahre hinweg in mich gepflanzt hat, doch ich bin an einem Punkt, wo ich über all das hinauswachsen kann. Ich bin auf eigene Faust ins Reich des Feindes gereist, habe mich gegen die allgegenwärtige Dunkelheit behauptet und konnte mich aus eigener Kraft gegen ein furchtbares Wesen behaupten, das mich auffressen wollte.

Und ich habe Freunde gefunden. Etwas, was mir in meinem bisherigen Leben verwehrt geblieben ist. Ich habe sogar noch mehr als Freunde gefunden.

Dieser verdammte Kellergang wird mich also nicht daran hindern weiterzugehen.

Daher schiebe ich mich weiter, auch wenn Paleia mich dafür einen Kopf kürzer machen wird, dass ich das zweite Kleid ruiniert habe.

◆◆◆

Ich kann nicht sagen, wie lange ich im Kellergewölbe unterwegs bin. Es scheint sich unter dem gesamten Schloss zu erstrecken. Vielleicht auch unter einem Teil der Stadt.

Irgendwann höre ich das Quietschen einer Tür und erstarre. Schnell reduziere ich Fünkchens Strahlen und halte die Luft an, während ich angestrengt nach weiteren Geräuschen lausche. Kurz darauf ertönen Schritte, eindeutig die eines Mannes. Bestimmt ist es Zahid. Doch anstatt auf mich zuzukommen, entfernt sich das Geräusch der Schritte.

Als es verklungen ist, trete ich aus dem Gang hervor und befinde mich nun auf einer Art Kreuzung, von der mehrere Gänge wegführen. Neben drei Gängen entdecke ich eine Tür, die lediglich angelehnt ist und aus der ein leichter Lichtstrahl fällt.

Überrascht davon runzele ich die Stirn. Nordgander können dank ihrer leuchtenden Augen auch in völliger Dunkelheit sehen; nur wir Südgander sind auf Licht angewiesen. Aber warum sollte eine Südganderin hier unten sein? Bis auf Merill und Lorienne bin ich seit meiner Ankunft noch keiner weiteren über den Weg gelaufen.

Sobald ich sicher bin, dass niemand mehr in der Nähe ist, gehe ich auf die Tür zu und drücke sie vorsichtig auf. Neben der Tür nehme ich einen Schemel mit einer Kerze wahr, die für das Licht verantwortlich ist. Wieso sollte eine Kerze hier unten im Keller brennen, wo niemand ist?

Ich drücke die Tür weiter auf.

Scharf ziehe ich die Luft ein und taumele zwei Schritte zurück, als ich das Innere des Raumes sehe.

An der gegenüberliegenden Wand ist eine Person mit eisernen Ketten befestigt. Ihre Füße berühren nicht den Boden. Eine Frau. Ihr Kopf hängt so weit herab, dass er fast auf ihrer Brust liegt, während sie schlaff zwischen den Ketten baumelt, die um ihre Hände geschlungen sind. Eine befindet sich auch um ihre Taille; wahrscheinlich um sie in dieser Position zu halten.

Sogleich fällt mein Blick auf ihre Handgelenke, aus denen ein stetiges Rinnsal Blut fließt und in Eimer tropft, die direkt darunter stehen. Der schwere, metallische Geruch, der mir entgegenschlägt, lässt mich beinahe würgen.

Ich nehme all meinen Mut zusammen und betrete den Raum. Ich zittere so sehr, dass es eine schiere Ewigkeit dauert, bis ich ihn durchquert habe und vor der Gefesselten stoppe. Vorsichtig lege ich eine Hand unter das Kinn der Frau und drücke ihren Kopf nach oben.

»Marthel«, keuche ich.

Marthel gehört zu den Ausgewählten, die mit mir nach Nordgand gekommen sind. Irgendwann war sie wie vom Erdboden verschluckt. Ich ging davon aus, dass ihr das gelungen war, wovon die anderen Ausgewählten noch träumten: Ein heiratswilliger Fae interessierte sich für sie.

Doch das war offenbar ein Irrtum.

»Marthel.« Ich klatsche mit der Hand gegen ihre Wangen, im verzweifelten Versuch, sie aufzuwecken, doch ihre Lider bleiben geschlossen. »Marthel, komm zu dir!«

Als sie sich immer noch nicht regt, lehne ich mich vor, um zu prüfen, ob sie überhaupt noch atmet. Das tut sie, auch ihr Herzschlag ist kräftig, was mich angesichts der halb mit Blut gefüllten Eimer verwundert. An ihren Händen und Handgelenken entdecke ich keine Abschürfungen; sie scheint sich nicht dagegen gewehrt zu haben, dass man sie hier aufgehängt hat.

All das erfasse ich mit dem klaren Blick einer Heilerin, die gelernt hat, sämtliche Gefühle abzuschotten, sobald sie Patienten behandelt.

Für Marthels Zustand gibt es bloß eine Erklärung: Sie wurde mittels eines Zaubers ruhiggestellt. Wahrscheinlich einem ähnlichen Zauber wie dem, den Zahid bei unserer Ankunft angewandt hat.

In Anbetracht ihres Blutverlusts ist es allerdings nur eine Frage der Zeit, bis sie sterben wird.

»Keine Sorge«, sage ich. »Ich hole dich hier raus.«

»Das würde ich an deiner Stelle lassen.«

Ich erstarre, als ich die tiefe Stimme des Königs hinter mir vernehme. Mich umzudrehen, wage ich nicht, sondern halte weiter Marthels Gesicht umschlossen.

»Warum?«, presse ich hervor.

»Wenn du sie befreist, wirst du ihren Platz für das nächste Jahr einnehmen.«

Nun wirbele ich doch herum. Beinahe gelangweilt steht Zahid in der Tür und versperrt mir damit meinen Fluchtweg. Doch ich lasse mich von ihm nicht beeindrucken, stapfe stattdessen auf ihn zu, um mich vor ihm aufzubauen. Er überragt mich um mehr als eine Kopfeslänge, und das macht mich noch wütender.

»Wie könnt Ihr Marthel so etwas Grausames antun? Sie wird sterben, wenn sie nicht sofort ...«

Zahid schüttelt den Kopf. »Das wird sie nicht. Dafür sorge ich.«

Als Heilerin kenne ich mich mit Blutverlust aus. Ich weiß, ab wann ein kritischer Zustand eintritt. Und angesichts der halb gefüllten Eimer müsste dieser Zustand bei Marthel bereits eingetreten sein. Ihr Herz müsste langsamer schlagen.

Ihr Gesicht müsste blass sein. Doch sie sieht aus, als würde sie nur schlafen. Offenbar scheint Zahids Magie zu wirken. Das bedeutet aber nicht, dass er einfach damit weitermachen kann!

»Warum tut Ihr das?«, zische ich. »Was habt Ihr davon, sie derart zu quälen?«

Ein gehässiges Lächeln erscheint auf seinen Lippen. »Hat er dir das nicht erzählt?«

Gänsehaut kriecht meine Arme hinauf. »Wer?«

»Der Fae, bei dem du dich ständig aufhältst, sobald du das Schloss verlässt. Die Missgeburt, wegen der du es ausgeschlagen hast, meine Favoritin zu …«

Das Klatschen der Ohrfeige hallt von den Steinwänden wider und bringt ihn endlich zum Verstummen. Mit einer Mischung aus Wut und Erstaunen dreht er den Kopf erneut zu mir, während er sich mit einer Hand die Wange hält.

»Redet nie wieder so von Kenric«, knurre ich.

Unvermittelt packt er mich am Arm, wirbelt mich herum und presst mich mit dem Rücken gegen die nächstbeste Wand. Er ist mir so nah, dass das glühende Blau seiner Fae-Augen mich beinahe versengt. Verbissen kämpfe ich gegen seinen Klammergriff, doch ich komme nicht gegen seine Kraft an.

»Es könnte ganz einfach sein«, raunt er. »Vergiss Kenric. Er ist es nicht wert, dass du dich mit ihm abgibst. Wende dich mir zu und du bekommst alles, wovon du je geträumt hast.«

»Niemals«, presse ich hervor. »Ihr könnt mir nichts geben, was ich haben will.«

»Kenric kann das auch nicht«, hält er dagegen. »Er ist mittellos. Ein Niemand. Geschlagen mit einer unnatürlichen

Dunkelheit. Aber an meiner Seite könntest du reich sein. Ewig jung. Einflussreich. Du wärst fast eine Königin.«

Mir entgeht seine Wortwahl nicht. Ich schnaube. »So lange, bis Ihr eine echte Königin erwählt, meint Ihr? Wie schon gesagt, ich verzichte. Ich bin nicht hier, um einen reichen Fae um den Finger zu wickeln. Ich liebe Kenrics Schatten und fürchte mich nicht vor ihnen.«

»Auch jetzt nicht?« Er deutet mit einer Kopfbewegung auf die reglose Marthel hinter ihm. »Auch nicht, nachdem du das gesehen hast?«

Ich will ihm sagen, dass das nichts mit Kenric zu tun hat. Dass er nicht an dieser Sache beteiligt ist, doch kein Ton kommt über meine Lippen.

Kenric ist dafür verantwortlich, die Ausgewählten sicher von der Grenze in die Hauptstadt Evenor zu bringen. Er wird wissen, warum Zahid alle drei Jahre nach ihnen verlangt. Aber das würde bedeuten ... Er ist ein Teil dieser Machenschaften.

»Wie es scheint«, raunt Zahid, »gibt es eine Menge, was du nicht über ihn weißt. Was er dir niemals freiwillig erzählen wird. Und auch einen Teil, den er dir niemals freiwillig zeigen wird. Als ich die Dienerin tötete, hast du mich als Ungeheuer bezeichnet. Doch er ist das wahre Ungeheuer. In ihm lebt etwas, was niemals entfesselt werden darf.«

Mein Körper versteift sich. Nicht weil Zahid sich gegen mich presst und sich mir aufdrängt. Sondern wegen seinen Worten, die alte Ängste in mir wecken. Ich muss zugeben, dass er recht hat. Ich weiß so gut wie nichts über Kenric.

Zahid gibt mich frei, indem er einen Schritt zurück macht. »Mein Angebot steht weiterhin. Stelle meine Geduld aber nicht zu lange auf die Probe. Und jetzt hinaus mit dir!«

»Was ist mit Marthel?«, zwinge ich mich zu fragen.

Zahid zuckt mit den Schultern. »Was soll mit ihr sein? Sie bleibt noch eine Weile dort hängen. Sorge dich nicht um sie; sie wird nicht sterben. Sie hat schöne Träume, und wenn sie aufwacht, wird sie sich an nichts erinnern können.«

Hat Merill nicht etwas Ähnliches gesagt? Dass sie ein Jahr auf ihren Fae warten musste, sich aber nicht genau an dieses Jahr erinnern kann? Wahrscheinlich war auch sie für ein Jahr an diese Wand gefesselt.

Drei Ausgewählte alle drei Jahre. Eine für jedes Jahr. Warum ist mir das nicht früher aufgefallen? Schon als ich erfuhr, dass kein neues Leben in Nordgand geboren werden kann, hätte mir klar sein müssen, dass es einen anderen Grund für die Auswahl gibt. Doch auch jetzt bleibt mir dieser Grund ein Rätsel.

»Warum tut Ihr ihr das an?«, will ich wissen.

Doch Zahid winkt ab. »Von mir erhältst du erst Antworten, wenn du einwilligst, voll und ganz meine Favoritin zu werden. Bis dahin kannst du ja versuchen, Antworten aus Kenric herauszukriegen. Wobei er von all dem nichts hat. Vielleicht spricht er deshalb nicht gern darüber.«

Ich verstehe nichts von dem, was er von sich gibt. Doch ich versuche, Kenric fürs Erste aus meinen Gedanken zu verbannen. Marthel ist diejenige, um die es geht und die jetzt meine Hilfe braucht.

Ich will mir gar nicht ausmalen, die wievielte Ausgewählte Marthel ist, die dort gefesselt ist. Ihre Zahl muss so hoch sein, dass ich sie mir kaum vorstellen kann. Angestrengt suche ich in ihrem Gesicht nach Anzeichen dafür, dass sie leidet, finde allerdings keine.

»Bitte«, murmele ich dennoch. »Nehmt sie runter.«

»Das kann ich nicht«, erwidert Zahid. »Sie ist wichtig für uns.«

»Habt Ihr keinen Funken Mitleid in Euch?«

Das Blau seiner Augen wird kalt wie Eis. »Ich tue das nicht, weil ich Gefallen daran habe. Sondern für mein Volk. Es ist meine Pflicht.«

Ich runzele die Stirn. »Ich verstehe nicht ...«

Mit einer Handbewegung deutet er auf die Tür. »Geh doch zu deinem Fae und frag ihn! Ob er es dir erzählt? Oder ob er dich mit irgendeiner Halbwahrheit abspeisen wird?«

Mein Hals fühlt sich an wie zugeschnürt. Bisher musste ich Kenric gefühlt jedes Wort aus der Nase ziehen. Nachfragen zu seiner Herkunft erstickte er im Keim. Wie wird er reagieren, wenn ich ihn nach den gefesselten und blutenden Ausgewählten frage? Oder nach dem Ungeheuer, das er laut Zahid sein soll? Will ich die Antworten auf diese Fragen überhaupt wissen – kurz nachdem ich dachte, dass zwischen uns alles geklärt ist?

Zahid bemerkt mein Zögern und hält mir die Hand hin.

Es wäre einfach, sie zu ergreifen. Ein Teil von mir will es. Dieser Teil ist nicht sehr groß, trotzdem drängt er sich in den Vordergrund. Er sagt mir, dass ich mein ganzes Leben ohne Gefühle wie Liebe zurechtgekommen bin und es weiterhin schaffen kann. Dass ich dieses verfluchte Gefühl und die Angst, die mit ihm einhergeht, nicht brauche.

Dass ich es ... *einfacher* haben könnte. Wenn ich, ähnlich wie Lorienne, irgendwo einen Landsitz erhalte, könnte ich ihn mir einrichten, wie ich will. Ich müsste mich um niemanden kümmern und niemandem Rechenschaft ablegen.

Ich könnte mein Leben führen, wie ich es für richtig halte. Fast wie die Prinzessin, die ich bin und nie sein durfte.

Doch der bloße Gedanke, Kenric aufzugeben, versetzt mir einen solch heftigen Stich, dass die Stimme verstummt und ich den Blick von Zahids dargebotener Hand abwende.

»Ich will Euer Wort«, knurre ich, »dass Marthel kein Leid geschieht. Dass sie keine Schäden von … was auch immer davonträgt.«

»Du hast mein Wort«, sagt Zahid. »Sie wird sich an nichts erinnern, wenn ihr Jahr vorbei ist. Danach kann sie sich einen Fae suchen. Oder irgendwo in Nordgand leben, bis ihre Zeit gekommen ist.«

Ich nicke abgehackt. Ob sein Wort irgendein Gewicht hat, kann ich nicht sagen, aber es ist im Moment alles, was ich erhalte.

»Komm, ich bringe dich zurück nach oben«, bietet der König an.

Für einen Augenblick scheint es, als wäre er mit der Situation genauso unzufrieden wie ich. Er täte es für sein Volk, meinte er.

Während ich ihm durch die Gänge zurück nach oben folge, arbeitet es in meinem Kopf. Der Diener, der uns vorhin während des Tanzes unterbrach, sagte, es gäbe ein Problem mit dem Wein. Er wird damit hoffentlich nicht Marthels Blut gemeint haben …

Ich gehe die Treffen mit anderen Fae durch. Während der Eröffnungsfeier tranken fast alle Wein. Auch während der Zusammenkunft, als Zahid mich zu seiner Favoritin erklärte. Sie aßen nie, aber tranken etwas, was ich für Wein hielt.

»Findest du den Weg zu Kenric?«, fragt Zahid, nachdem er mich zum Tor gebracht hat.

Mit einer Handbewegung rufe ich Fünkchen herbei. »Ich würde ihn auch ohne Licht finden.«

Zahid nickt. »Frag ihn auch, wie weit er mit seinen Forschungen ist.«

Ich habe viele Fragen an Kenric. Die nach seinen Forschungen steht sehr weit unten auf der Liste, doch ich murmele eine Zustimmung, ehe ich mich auf den Weg zu seiner Wohnung mache.

Kapitel 9

✦

KENRIC

Die ganze Zeit über lausche ich den Geräuschen jenseits meiner Wohnungstür. Die meisten werden von den anderen Bewohnern des Hauses verursacht, dennoch bete ich bei jedem, dass es sich um Vanya handelt.

Zwar hat sie mir versprochen, dass sie nach dem Fest zu mir kommen wird, aber die Anspannung kann ich nicht abschütteln. Nach dem letzten Fest wollte sie aus der Stadt verschwinden – ohne ein Wort, ohne Abschied.

Offenbar fürchtet ein Teil von mir, dass es wieder so laufen könnte. Dass sie es diesmal schafft und ich vergeblich hier auf sie warte.

Ich stecke dermaßen in meinen Gedanken fest, dass ich das Essen beinahe anbrennen lasse, das ich aus den mir noch verbliebenen Vorräten gezaubert habe. Nur dank Turons Bellen lande ich wieder in der Wirklichkeit und muss ihn und Vanya nicht hungrig einschlafen lassen.

Ich bin gerade fertig mit Kochen, als ich eindeutig ihre Schritte im Flur vernehme, gefolgt vom Knarzen der Dielen. Noch bevor sie anklopfen kann, haste ich zur Tür und öffne sie.

»Du kommst gerade richtig«, sage ich. »Es gibt –«

Ich verstumme, als mir ihr blasses Gesicht und der harte Zug um ihren Mund auffallen. Sofort suche ich ihren Körper nach Verletzungen ab, finde aber zum Glück keine.

»Was ist passiert?«, frage ich.

»Wir müssen reden«, sagt sie, als sie sich an mir vorbei in die Wohnung schiebt. Mit ihrem ausladenden Kleid stößt sie an mehrere Bücherstapel und Seiten voller Notizen. Seufzend entfährt ihr der Atem. »Hast du etwas anderes für mich zum Anziehen?«

Ich schließe die Tür. »Ja, natürlich.« Ohne sie aus den Augen zu lassen, gehe ich in Richtung Schlafzimmer. »Warte kurz.«

Ich weiß nicht, warum ich das sage. Aber die Art, wie sie angespannt in meiner Wohnung steht, lässt mich denken, dass sie verschwinden könnte, sobald ich mich von ihr abwende. Hastig krame ich ein Hemd von mir aus der Kommode hervor und lege es aufs Bett.

»Du kannst dich hier drin umziehen.«

Sie hebt den Kopf und sieht mich an. Wieder geht mir ihr Blick, den ich nicht deuten kann, durch und durch. »Ich brauche dazu deine Hilfe. Paleia reißt mir den Kopf ab, wenn ich dieses Kleid weiter ruiniere. Und allein kann ich die Hakenverschlüsse am Rücken nicht öffnen, ohne sie zu zerstören.«

Mein Herz macht einen Satz, doch ich mahne es zur Ruhe. Es will nicht gehorchen. Ebenso wenig wie meine Finger, die schon jetzt zittern. Von meinen Schatten, die danach brüllen, endlich aus mir befreit zu werden, will ich gar nicht erst anfangen. Ich stehe völlig neben mir, auch ohne Vanyas Ankündigung, dass wir reden müssen. Ich wüsste nicht, worüber, und das verunsichert mich bloß noch mehr.

Ich will anbieten, eine der Fae zu holen, die hier am Haus leben, obwohl ich noch nie ein Wort mit einer von ihnen gewechselt habe.

Umgehend schimpfe ich mich einen Narren für diese Gedanken. Nachdem ich meine Zweifel hinuntergeschluckt habe, schließe ich die Schlafzimmertür. Sofort scheint die Luft im Raum zu flirren und ich habe Mühe, gleichmäßig zu atmen.

Doch Vanya bemerkt davon nichts; sie dreht mir den Rücken zu und wartet darauf, dass ich die unzähligen Häkchen löse, die sich seitlich befinden und unter einem dünnen Streifen Stoff so geschickt versteckt sind, dass ich sie kaum bemerke.

»Wie war das Fest?«, zwinge ich mich zu fragen, während ich meine zitternden Hände zu Fäusten balle und wieder lockere, bis mir meine Finger gehorchen.

»Eine Katastrophe, wie schon das letzte«, antwortet sie. »Ich bezweifele, dass sich die Sterne diesmal zeigen, denn getanzt wurde wenig.«

Ich habe erst ein Häkchen geöffnet, erstarre aber. Zahid würde nicht zulassen, dass wenig getanzt wird. Dafür hängt er zu sehr an den alten Traditionen. Zur Not würde er Mittel und Wege finden, die Anwesenden zum Tanzen zu zwingen. Wenn die Sterne sich diesmal nicht offenbaren ... Ich will mir gar nicht ausmalen, was das bedeuten könnte.

Wir Fae sind ein götterfürchtiges Volk, besonders diejenigen, die bereits seit Jahrtausenden leben und alle Wunder dieser Welt gesehen haben. Die alten Fae würden einen Schuldigen für das Ausbleiben des einzigen natürlichen Lichts in zehn Jahren suchen.

Und ihre Wahl könnte auf eine Südganderin fallen, die nicht hier sein dürfte.

»Was ist passiert?«, wiederhole ich meine Frage von vorhin.

Vanyas Atem geht abgehackt. »Es hat damit begonnen, dass ich Zahid gesagt habe, ich wolle nicht seine Favoritin sein. Nicht, wenn das bedeutet, dass ich einer Göttin geweiht werde, an die ich nicht glaube, und mich ... kein anderer ...« Sie bricht ab und stößt die Luft aus. »Jedenfalls hat er das nicht gut aufgenommen.«

Ich verkneife mir ein »Was du nicht sagst«. Wie ich Vanya kenne, hat sie Zahid schonungslos inmitten anderer Fae ihre Meinung um die Ohren gehauen, ohne dabei ein Blatt vor den Mund zu nehmen.

»Hat er dir etwas getan?«, grolle ich, als Vanya weiterhin schweigt.

Sie neigt den Kopf zur Seite. »Nein. Er hat nur versucht, mich mit Versprechungen zu ködern.«

Ich kenne mindestens eine Südganderin, die sich auf diese Versprechungen eingelassen hat. Doch Vanya ist hier – bei mir –, ungeachtet dessen, was Zahid ihr angeboten hat. Wann immer mich die Erinnerungen an Lorienne heimsuchen, rufe ich mir Paleias Worte ins Gedächtnis: Vanya ist nicht Lorienne. Es gibt nichts, worin sich die beiden ähneln. Dieses Wissen bringt mir die Ruhe zurück, die sich befreiend in mir ausbreitet.

»Was ist dann geschehen?«, frage ich, als ich das letzte Häkchen öffne.

Kaum dass es offen ist, rutscht Vanya das Kleid von den Schultern und bauscht sich um ihre Beine.

Ich habe ihren entblößten Rücken bereits gesehen – verunstaltet mit den Kratzspuren des Verlorenen, die sehr gut verheilen. Doch im Moment habe ich keinen Blick für die verblassenden Kratzer, sondern nur für ihre Haut, die in Fünkchens schwach violettem Licht zu schimmern scheint, ebenso wie für ihre Kurven. Meine Fingerspitzen kribbeln vor Verlangen. Meine Hände wollen sich nach ihr ausstrecken. Und das

Brüllen meiner Schatten wird beinahe ohrenbetäubend. Ich bin froh, dass Vanya es nicht hören kann.

Unter ihrem Kleid trägt sie lediglich eine Unterhose, die gerade so ihren Po bedeckt.

Hastig drehe ich ihr den Rücken zu. Meine Selbstbeherrschung hängt an einem seidenen Faden, der selbst durch zu langen Blickkontakt reißen könnte. Am liebsten würde ich ihn reißen lassen und abwarten, was dann geschieht. Was sie tun oder sagen würde. Wie sie mich ansehen würde.

»Dann«, sagt Vanya unvermittelt, »kam ein Diener und hat uns unterbrochen.«

Ich kann mich nicht erinnern, worüber wir geredet haben. Jeder klare Gedanke hat sich in dem Moment verflüchtigt, als ihr Kleid zu Boden gefallen ist.

Als ich hinter mir das Rascheln von Stoff vernehme, gebe ich einen Laut von mir, der sie hoffentlich dazu bewegt, weiterzusprechen. Ganze Sätze zu bilden, versuche ich gar nicht erst.

»Er holte Zahid weg, weil es ein Problem mit dem Wein gab.«

Es dauert mehrere Sekunden, in denen Vanya die Luft anhält, bis mein Gehirn ihre Worte verarbeitet hat und ich begreife, von welchem Wein sie redet.

»Du weißt es, nicht wahr?«

Ihre Stimme klingt mit einem Mal leiser. Beinahe niedergeschlagen.

Verflogen ist jedes Gefühl der Leichtigkeit und des Sehnens. »Ich kenne die Gerüchte«, gebe ich zu.

»Gerüchte?« Sie stößt dieses einzelne Wort regelrecht aus. »Wenn eine Ausgewählte blutend an einer Wand hängt, ist das mehr als ein Gerücht!«

Mein Magen verkrampft sich. Sie hat es gesehen – mit eigenen Augen. *Zahid, wie konntest du das zulassen? Ich hätte dich für klüger gehalten.*

»Lass uns im Wohnzimmer darüber reden«, biete ich an.

»Nein. Ich will jetzt wissen, ob du davon wusstest. Und ob … du das gutheißt.«

Ich drehe mich wieder zu ihr um und begegne ihrem Funken sprühenden Blick. Mein Hemd reicht ihr bis etwa zur Mitte ihrer Oberschenkel. Ich reiße mich von ihren nackten Beinen los und schaue ihr ins Gesicht. »Wie schon gesagt, ich habe Gerüchte gehört. Und mir ist klar, dass Zahid einen Weg gefunden haben muss, um sein Volk zu retten.«

Vanya runzelt die Stirn und das wütende Funkeln wird schwächer. »Er hat etwas Ähnliches gesagt, aber ich habe es nicht verstanden. Zahid meinte, du müsstest es mir erklären.«

Ich stoße ein Grollen aus. Das sieht diesem Mistkerl ähnlich! Alle unbequemen Angelegenheiten wälzt er auf andere ab. Selbst auf Unbeteiligte wie mich.

Ich öffne die Tür. »Wir sollten uns setzen.«

»Kenric«, murmelt sie. Ein Ruck geht bei der Art, wie sie meinen Namen ausspricht, durch mich hindurch. »Zahid hat … mir nichts gesagt, sondern bloß Zweifel in mir gesät. Ich will nicht zweifeln. Nicht, nachdem wir …« Sie drückt beide Hände gegen ihren Brustkorb. »Ich hatte keine Ahnung, was ich erwidern sollte. Aber er hat recht: Ich weiß so gut wie nichts über dich. Ich weiß nichts von dem, was hier vorgeht. Wie weit du darin verstrickt bist. Wie ich … dir gegenübertreten sollte. Aber ich wollte … *musste* … mit dir reden. Ich will nicht mehr kopflos davonlaufen. Dafür bist du mir zu wichtig.«

Ich greife nach ihrer Hand und warte, bis sie sich so weit

entspannt, dass sie die Finger mit meinen verschränkt. »Ich werde es dir erklären. Und wenn ich dich frage, ob du mir noch vertraust, erwarte ich eine ehrliche Antwort von dir.«

Sie zieht die Augenbrauen zusammen. »Warum sollte ich dir nicht vertrauen?«

»Weil du zweifelst.«

Ich mache ihr keinen Vorwurf deswegen, schließlich bin auch ich nicht frei von Zweifeln. Mit ihren Zweifeln kann ich umgehen, aber nicht mit mangelndem Vertrauen.

Und sie wird mir nicht mehr vertrauen, wenn sie die Wahrheit kennt. Wenn sie begreift, unter welchen Ungeheuern sie sich befindet.

Ich bin das Schlimmste von ihnen.

Kapitel 10

✦

VANYA

Ich lasse mich von Kenric zurück ins Wohnzimmer führen, wo Turon bereits auf uns wartet und uns nicht aus den Augen lässt, als könnte er die angespannte Stimmung zwischen uns spüren. Ich weiß selbst nicht, woher sie stammt; es kann nicht nur an den Themen liegen, über die wir reden wollen. *Müssen.*

Aber umgeben von Kenrics herbem und mit Kräutern versetztem Duft, der dem Hemd anhaftet, und zusammen mit der warmen Berührung seiner Hand, schweigen die Zweifel größtenteils, ebenso wie die Gründe, weshalb ich dringend mit ihm reden muss. Oder wie es Zahid gelingen konnte, überhaupt diese Zweifel in mir zu wecken. Hier, in Kenrics unmittelbarer Umgebung, schimpfe ich mit mir, wie ich überhaupt eine Sekunde zweifeln konnte. Ja, ich mag kaum etwas über ihn wissen, aber auch er weiß längst nicht alles über mich. Trotzdem haben wir Gefühle füreinander entwickelt, die über alles hinausgehen, was ich je empfunden habe.

Hier, in seiner Nähe und mit seinen Berührungen, fühle ich mich sicher und geborgen.

Ich kann mir nicht vorstellen, dass es etwas gibt, was dieses Gefühl zerstören könnte.

Dennoch bin ich innerlich angespannt. Marthel an der Wand hängen zu sehen, war ein Schock für mich. Ganz egal, wie sehr Zahid betont hat, sie würde nichts merken, es war furchtbar. Wenn ich gekonnt hätte, hätte ich sie sofort befreit.

»Willst du etwas essen?«, fragt Kenric, nachdem ich mich aufs Sofa gesetzt habe.

Ich schüttele den Kopf. »Ich kann gerade nichts essen.«

Zu sehr hat mir Marthels Anblick auf den Magen geschlagen; gemeinsam mit dem Wissen, dass ich das gesamte Ausmaß noch nicht begreife.

Etwas nicht zu verstehen, ist für mich nahezu unerträglich. Mein Verstand malt sich die abstrusesten Dinge aus, solange ich die Wahrheit nicht kenne, und es gibt nichts, was ich dagegen tun kann.

Wenn es lediglich Zahid und mir unbekannte Fae betroffen hätte, wäre es vielleicht nicht so schlimm gewesen. Selbstverständlich hätte ich dann trotzdem versucht, Marthel zu helfen, aber ich würde nicht derart neben mir stehen.

Nicht zu wissen jedoch, ob Kenric da mit drinsteckt ... Ob er vielleicht sogar geholfen hat, Marthel an diese Wand zu hängen und ihre Pulsadern aufzuschneiden ... Das ist pure Folter.

Die Hände im Schoß verkrampft, schaue ich zu Kenric auf, der gut einen Meter vom Sofa entfernt verharrt und meinen Blick mit undurchdringlicher Miene erwidert. Diese Miene habe ich schon lange nicht mehr bei ihm gesehen, zumindest nicht, wenn wir unter uns waren. Anfangs hat er sie unentwegt gezeigt, und ich wusste nie, was in ihm vorging – genau wie jetzt, und das lässt meine Nerven verrücktspielen.

»Was hast du gesehen?«, fragt Kenric nach einer Weile.

Ich schlucke angestrengt, ehe ich es ihm erzähle. Die Erinnerung erneut bis ins kleinste Detail heraufzubeschwören, ist fast noch schlimmer, als es mit eigenen Augen zu betrachten.

»Ich war noch nie dort unten«, gibt Kenric zu, nachdem ich fertig bin.

Ich stoße den angehaltenen Atem aus. Im ersten Moment bin ich erleichtert. Er war nicht dabei. Er hat nicht geholfen, sie dort zu befestigen. Doch er wirkt nicht erschrocken über das, was ich ihm berichtet habe. Das lässt nur einen Schluss zu.

»Aber du wusstest davon.«

Es ist keine Frage, sondern eine Feststellung.

»Ich wusste, dass Zahid einen Weg gefunden hat, der Dunkelheit zu trotzen.«

Ich runzele die Stirn. »Ich verstehe nicht ...«

Kenric fährt sich mit beiden Händen durch sein rabenschwarzes Haar, bis es nach allen Seiten absteht. Fest kralle ich die Finger in den Saum seines geborgten Hemdes, um mich davon abzuhalten, ebenfalls hindurchzustreichen. Ich kann nie sagen, ob ich es glätten oder noch weiter durcheinanderbringen will. Selbst jetzt, in diesem angespannten Moment, wirkt sein zerzaustes Haar unerklärlich anziehend auf mich.

Er nimmt neben mir Platz, ohne mich zu berühren, als hätte er Angst davor. Ich hasse jede Sekunde, die wir uns nah sind, uns aber nicht berühren. Ich habe sie schon immer gehasst. Doch jetzt bringe ich nicht den Mut auf, die Hand nach ihm auszustrecken, obwohl er so nah neben mir sitzt, dass ich seine Körperwärme an meinen nackten Beinen spüren kann.

»Ich habe dir erzählt«, murmelt er schließlich, »dass die Fae ihr Mana aus allem Leben um sich herum aufnehmen konnten. Dass dieses Mana lebensnotwendig für sie ist. Erinnerst du dich?«

Ich nicke.

Sein Blick gleitet ins Leere und huscht unruhig im Zimmer umher. »Nur gibt es kein Leben mehr, aus dem die Fae ihr Mana aufnehmen könnten. Jedes andere Leben musste sich der Dunkelheit geschlagen geben. Auch das Volk der Fae wäre beinahe am Fluch zugrunde gegangen.«

Es ist für mich schwer vorstellbar, dass es etwas geben soll, was dieses starke, nahezu ewig lebende Volk in die Knie zwingen könnte. Doch wenn die Fae tatsächlich derart abhängig von Mana waren …

Auch das ist für mich fast unbegreiflich. Ich trage zwar ebenfalls Magie in mir, trotzdem bin ich auf keine Ressource angewiesen, um sie zu wirken. Im Gegensatz zu den Fae. Und da sie nicht essen, werden sie über endlose Generationen hinweg ihren gesamten Organismus auf Mana ausgerichtet haben, lange vor dem Fluch und dem Großen Krieg. Sie brauchen Mana nicht bloß für ihre Magie, sondern sie ernähren sich auch davon.

Und plötzlich versiegte ihre Lebensquelle.

Kenric schenkt mir ein flüchtiges Lächeln. »Ich sehe dir an, dass du die richtigen Schlüsse gezogen hast.«

Vorsichtig streckt er die Hand nach mir aus und streicht mir eine wirre Haarsträhne hinters Ohr. Normalerweise würden seine Schatten diese Aufgabe übernehmen, doch von denen fehlt weit und breit jede Spur. Ich wünschte, sie wären hier. Ich sehne mich nach ihren kühlen Berührungen. Sie sind eine stetige Verbindung zu Kenric, der endlos weit entfernt von mir zu sitzen scheint.

Ich wage nicht, näher an ihn heranzurücken. Zwischen uns herrscht eine seltsam angespannte Stimmung aus Zweifel und Ängsten und all den unausgesprochenen Dingen, die nun ans Licht treten.

Vielleicht hätte ich nicht herkommen sollen. Vielleicht wäre es besser gewesen, die Sache auf sich beruhen zu lassen. Irgendwann wären die verdammten Zweifel schon verflogen.

Kenrics Ankündigung, mich zu fragen, ob ich ihm noch vertraue, trägt nicht gerade dazu bei, dass sie verschwinden.

»Wie du ebenfalls weißt«, fährt er fort, nachdem er seine Hand zurückgezogen hat, »können wir dieses Reich nicht verlassen. Die Fae haben also nicht die Möglichkeit, sich woanders niederzulassen, um Mana zu finden.«

Mir entgeht nicht, dass er zuletzt von »den Fae« spricht, als wolle er sich aus der Gleichung nehmen. Dabei ist er ebenfalls ein Fae, wie mir die leuchtenden Augen und die spitzen Ohren beweisen.

»Sie brauchten also einen anderen Weg, um an Mana zu gelangen.«

»Was ist mit dir?«, hake ich nach.

Nach kurzem Zögern streckt er die Hand aus und ich sehe einen Teil seiner Schatten um seine Finger zucken. »Ich bin nicht wie sie. Ich ziehe meine Energie nicht aus anderem Leben, sondern aus der Dunkelheit, die uns überall umgibt.«

Ich erinnere mich, dass er mir zuvor bereits gesagt hat, er wäre der einzig wahre Nachtfae. Wir Südgander bezeichnen die Fae allesamt als Nachtfae, weil ihr Reich finster ist und sie ihren Hof nach der ewigen Mitternacht benannt haben. Doch während ich Kenrics Schatten dabei zusehe, wie sie sich um seine Finger schlängeln und sich anschließend nach mir ausstrecken, wird mir klar, dass für jemanden wie Zahid die Bezeichnung »Nachtfae« nicht richtig ist. Für Kenric ist sie das. *Nur* für ihn.

»Aber alle anderen Fae brauchen Leben, um zu bestehen«, sagt er und klingt dabei so niedergeschlagen, dass ich nun doch zu ihm rutsche und die Hand auf seine lege. Seine Schatten winden sich für einen herrlich kühlen Moment um meine Finger, ehe Kenric sie zurückruft und sie verschwinden, als wären sie nie da gewesen. Stattdessen konzentriert er sich erneut auf unser Gespräch. »Also mussten sie einen Weg finden, um an neues Leben zu gelangen.«

»Die Auswahl«, murmele ich. »Hat sie dadurch ihren Ursprung?«

»Wahrscheinlich. Es gibt sie bereits seit dem Ende des Krieges – also viel länger, als wir beide leben.«

Die Eimer, die unter Marthels Handgelenken befestigt waren, kommen mir wieder in den Sinn. »Sie nutzen das Blut der Ausgewählten ... Aber wie?«

Kenric zuckt mit den Schultern. »Wie genau Zahid es anstellt, kann ich dir nicht sagen. Er wird mittels Magie das Blut strecken und es als Wein verabreichen. Vielleicht sogar durch die Luft, damit auch jene davon profitieren, die keinen Zugang zum Hof haben. Ich habe ihn nie danach gefragt. Es hat mich nicht betroffen. Und er schätzt es nicht, wenn ich meine Nase in seine Angelegenheiten stecke. Außerdem fragt niemand nach, solange etwas funktioniert.«

Mein Hals wird eng, während ich mir vorstelle, dass all diese Fae während des Festes Marthels Blut getrunken haben. Wahrscheinlich haben sie auch Katinka, Aleria und mich als nichts anderes als wandelndes Mana betrachtet.

Ich drücke Kenrics Hand und warte, bis er mich ansieht. »Was würde passieren, wenn keine Ausgewählten mehr nach Nordgand kämen? Oder wenn nicht genügend bis zur nächsten Auswahl da sind?«

Alerias Tod war nicht geplant. Wäre ich nicht zufällig hier, würde Zahid eine Ausgewählte fehlen. Er müsste Marthel und Katinka, die noch nichts davon weiß, länger als ein Jahr gefesselt im Kellergewölbe lassen. Würden sie das überleben?

»Wenn es keine Ausgewählten mehr gäbe«, murmelt Kenric. »Oder wenn Zahid keinen Weg gefunden hätte, Mana für seine Untertanen zu erzeugen, würden die Fae wahnsinnig werden. Ihr Bedürfnis nach Mana würde sich zu einer Sucht wandeln, für die es keine Heilung gibt. Wie das aussieht, weißt du bereits.«

Ich runzele die Stirn. »Tue ich das?«

Kenric nickt. »Du bist einem Fae begegnet, der den Kampf gegen seine Sucht verloren hat.«

Verloren. Verlorene. Es fällt mir wie Schuppen von den Augen. »Das Ungeheuer in der Gasse ... Das war ... einst ein Fae?«

Nun klingt es logisch. Es wollte mein Blut, aus dem es Mana hätte ziehen können, um zu überleben. Und es hätte meinen Tod dafür in Kauf genommen. Wie in einem Rausch versenkte es seine spitzen Zähne in mir. Unwillkürlich reibe ich mit der Hand über die Verletzung an meiner Schulter, die mir bis eben keine Probleme bereitet hat. Jetzt meine ich, den Schmerz erneut zu spüren.

Kenrics Blick folgt meiner Handbewegung. »Niemand kann sagen, wie lange die Wandlung eines Fae in einen Verlorenen dauert. Wahrscheinlich spielen viele Faktoren eine Rolle, und es ist bei jedem verschieden. All jene, die sich zu Verlorenen wandeln oder kurz davorstehen, werden über die Stadtmauern geworfen.«

»Der Verlorene, dem ich in der Gasse begegnet bin ... Kam er irgendwie über die Mauer oder ...?«

Kenric wiegt den Kopf hin und her. »Das weiß ich nicht. Er könnte genauso gut bis vor Kurzem ein Fae gewesen sein. Jemand, der allein lebte, wodurch niemand seine Veränderung bemerkt und sie gemeldet hat. Er hätte ... großen Schaden anrichten können. Aber das kann er nicht mehr. Er wird nie wieder jemandem schaden.«

Mein Blick findet seinen. Die Entschlossenheit darin lässt eine Welle der Erleichterung über mich hinwegschwappen. Kenric hat sich um den Verlorenen gekümmert. Ich bin froh darüber. Andererseits habe ich Mitleid. Der Fae wird nicht freiwillig zu einem Verlorenen geworden sein, genauso wenig wie sich jemand freiwillig mit einer unheilbaren Krankheit ansteckt.

»Gibt es einen Weg, diesen Prozess aufzuhalten?«, frage ich.

Kenric wendet sich ab. »Nein, er kann bloß verlangsamt werden. Zahid hat schon vor Ewigkeiten verboten, dass die Fae Magie wirken. Nur noch wenigen, wie seinen Heilern, ist es gestattet.«

Ich nicke. Deshalb habe ich – abgesehen von den Lichtkugeln und Zahids Blitzzauber – keine andere Magie hier in Nordgand bemerkt. Wenn Zahid auf die Ausgewählten als Mana-Ressource zurückgreifen muss, wird er die Verteilung kontrollieren. Er wird nur so viel verteilen, wie die Fae zum Überleben brauchen – und keinen Tropfen mehr. Magie zu wirken, würde den geringen Vorrat an Mana zusätzlich schwinden lassen.

Nur Kenric kann unentwegt auf seine Ressource zurückgreifen.

»Sollten aber irgendwann keine Ausgewählten mehr nach Nordgand gelangen«, sagt er, »oder sollten es nicht genug sein, um die drei Jahre bis zur nächsten Auswahl zu überbrücken, könnte es zu einer Verlorenen-Epidemie kommen. Das vorhandene Mana müsste rationiert werden. Es müssten Entscheidungen getroffen werden, die wahrscheinlich nicht einmal Zahid treffen will.«

Meine Finger graben sich in den Saum des geborgten Hemdes. Als Heilerin stand ich noch nie vor der Entscheidung, wen ich retten und wen ich sterben lassen muss. Während des Großen Krieges wird diese Entscheidung oft gefällt worden sein, aber seitdem herrscht in Südgand Frieden und Wohlstand, während hier ein ganzes Volk ums Überleben kämpft.

Alerias Tod ist ein herber Rückschlag für die Nordgander. Ich will Zahids Verhalten nicht gutheißen, ein Teil von mir versteht allerdings, warum er an der Dienerin im Saal vor Publikum ein Exempel statuieren musste. Er kann es sich nicht leisten, eine weitere Ausgewählte an den Giftmörder zu verlieren. Das hätte weitere Opfer zur Folge. Wahrscheinlich mehr, als ich mir vorstellen kann.

Über all die Jahre wird Zahid herausgefunden haben, dass das Blut der Ausgewählten nur für eine Weile reicht; länger als ein Jahr wird er sie nicht benutzen können, ohne bleibende Schäden zu riskieren.

»Die Ausgewählten«, murmele ich. »Spüren sie wirklich nichts?«

»Ich habe nichts mit ihnen zu tun, wie du weißt. Aber ich habe noch nie irgendwo aufgeschnappt, dass sie sich ... danach an etwas erinnern konnten. Zahids Zauber sind mächtig. Er wird ihren Geist schützen. Auch weil es so am sichersten ist.«

Ich nicke abwesend. Das klingt logisch. Würden die Ausgewählten sich gegen die Fesseln wehren, könnte Blut verloren gehen. Und so, wie es aussieht, scheinen die Nordgander jeden Tropfen zu brauchen.

Alle Nordgander – bis auf einen.

Nichtsdestotrotz würde ich am liebsten zurück zum Hof rennen und Marthel befreien, damit sie keine Sekunde länger an der Wand in diesem eisigen Kellergewölbe gefesselt sein muss.

Wie viele Opfer würde es zur Folge haben, wenn ich Marthel befreite und es mir irgendwie gelänge, mit ihr und Katinka aus Nordgand zu fliehen? Wahrscheinlich unzählige. Unter ihnen könnte Paleia sein. Oder Eruk, Merills gewählter Fae. Auch sie muss diese Prozedur erduldet haben, ohne sich daran zu erinnern. Soweit ich das in der kurzen Zeit, in der ich bei ihr war, beurteilen kann, scheint sie keine bleibenden Schäden davongetragen zu haben. Könnte ich also darüber hinwegsehen? So tun, als wüsste ich von nichts, während ich darauf warte, dass Katinka die Nächste ist?

Und danach vielleicht ich?

»Gibt es keinen anderen Weg?«, frage ich.

Kenrics Miene verhärtet sich. »Die Aufhebung des Fluchs ist der einzig andere Weg.«

Ich erinnere mich, dass seine eigentlichen Forschungen in diese Richtung liefen. Allerdings ohne Erfolg. Bisher dachte ich, es ginge ihm darum, in den Augen der anderen Fae doch zum Teil der Erlöser zu sein, für den sie ihn anfangs hielten. Doch nun begreife ich, dass mehr dahintersteckt. Würde der Fluch aufgehoben werden, würde die Sonne zurückkehren. Neues Leben könnte entstehen und die Fae würden auf eine natürliche Mana-Ressource zurückgreifen können.

Alle Fae – bis auf einen.

Kenrics Ressource ist die allgegenwärtige Dunkelheit in Nordgand.

»Wenn es dir oder jemand anderem gelänge, den Fluch aufzuheben ... Was würde mit dir geschehen?«

Er weicht meinem Blick aus. »Das weiß niemand. Jemand ... *Etwas* wie mich gab es bisher nicht.«

Bei seinen Worten, der Art, wie er von sich selbst redet, wird mir ganz eng in der Brust. Sofort greife ich nach seiner Hand und halte sie fest. Es dauert mehrere Herzschläge, bis er den Druck vorsichtig erwidert.

»Du magst anders sein«, sage ich, »aber das bedeutet nicht, dass du weniger wert bist. Du hast einen Weg gefunden, dich dieser Welt anzupassen. Das ist etwas Erstrebenswertes. Ich habe es nie geschafft, mich anzupassen. Ich gehörte nie dazu.«

Das Leuchten seiner violetten Augen flackert. Beinahe wie eine aufglimmende Hoffnung. Doch sie erlischt schnell.

»Es geht nicht um mich«, sagt Kenric. »Ich gebe mein Leben mit Freuden, wenn ich alle anderen dadurch retten kann.«

»Das lasse ich aber nicht zu.«

Ohne eine Sekunde darüber nachzudenken, klettere ich auf seinen Schoß und umschließe sein Gesicht mit beiden Händen, sodass ihm keine andere Wahl bleibt, als mich anzuschauen. Er hat die Augen weit aufgerissen und in seiner Miene tanzt eine solche Vielzahl an Emotionen, dass ich sie unmöglich alle begreifen kann.

»Sollte der Fluch gebrochen werden«, sage ich, »werde ich nicht tatenlos danebenstehen, wenn deine Ressource verschwindet. Ich würde dich nicht zu einem Verlorenen werden lassen. Nicht solange noch ein Tropfen Blut in mir ist.«

Kapitel 11

✦

KENRIC

Ich kann nichts anderes tun, als Vanya anzustarren. Ihr Gesicht ist nur wenige Zentimeter von mir entfernt; ihre warmen Händen umschließen sanft meines.

Ich spüre sie – überall.

Ihr Gewicht auf meinem Schoß. Ihre Berührungen. Ihr Atem. Die Entschlossenheit, die ihren Worten innewohnt.

Ich weiß, dass sie nicht bloß dahergesagt sind. Doch sie sind mir unbegreiflich. Nie hätte ich mir träumen lassen, dass jemand so weit für mich gehen würde. Nicht, nachdem ich alles verloren habe.

»Du …«, presse ich mühsam hervor, »du würdest … mir … dein Blut geben?«

Sie nickt, ohne einen Moment zu zögern. Ihre Stirn streift sacht bei der Bewegung gegen meine. »Du müsstest nicht einmal darum bitten. Ich würde es dir geben, ob du es wollen würdest oder nicht. Hauptsache, dir würde nichts geschehen.«

Durch die Umstände meiner »Geburt« wurde ich der Möglichkeit beraubt, heranzuwachsen und mich in dieser Welt zurechtzufinden. Ich musste mich innerhalb kürzester Zeit anpassen – oder untergehen. Zu überleben gelang mir lediglich, indem ich eine undurchdringliche Mauer erschuf, hinter die ich seit Lorienne niemanden mehr blicken ließ; nicht einmal Paleia oder Turon. Wann immer ich Gefahr lief, an dieser grausamen, dunklen Welt zu zerbrechen, zog ich mich hinter diese Mauer zurück und kam erst hervor, wenn ich genug Kraft gesammelt hatte, um mich den neuen Anfeindungen und Gemeinheiten zu stellen.

Jedes Mal ließ ich einen Teil von mir hinter der Mauer zurück. Güte und Freundlichkeit wurden zu Fremdwörtern für mich, ebenso wie Liebe. Nach allem, was mir widerfahren ist, war mir klar, dass diese Gefühle keinen Platz in dieser Welt – und somit auch nicht in mir – haben.

Und nun sitze ich hier und starre das wohl liebenswürdigste und gütigste Wesen an, das mir je begegnet ist. Diesem Wesen gelingt es, meine schützende Mauer Stück für Stück niederzureißen. Ich habe mich dagegen gewehrt. Habe sie hastig neu aufgebaut, weil ich nicht riskieren wollte, dass sie all das von mir sieht, was ich über die Jahre hinter ihr zurückgelassen habe. Ich wollte keine Schwäche zeigen. Ich *durfte* es nicht, denn ich habe früh gelernt, was Schwäche mit einem anstellt.

Sie ist fast so zerstörerisch wie Hoffnung.

»Ich war bereit zu gehen«, wispert Vanya schließlich. »Als ich merkte, dass ich mehr für dich empfinde als für einen Freund oder Kollegen, war ich bereit, mich umzudrehen und zu verschwinden, damit mein Fluch dir nichts anhaben kann. Es hätte mich zerstört. Ich wäre nicht mehr dieselbe gewesen. Aber ich hätte mich damit getröstet, dass du lebst. Das wäre es mir wert gewesen. Dagegen ist mein Blut ein kleiner Preis.«

Bereits zweimal habe ich ihr Blut gerochen. Das erste Mal, als sie über Turon gestolpert und anschließend in Scherben gelandet ist. Es war nur ein winziger Schnitt in ihrer Handfläche, dennoch spürte ich die Wirkung, die allein der Geruch ihres Blutes auf mich ausübte. Weit schlimmer war es, als sie vor meiner Tür stand, nachdem der Verlorene sie gejagt und verletzt hat. Da war ich kurz davor, die Kontrolle zu verlieren.

In mir schlummert etwas, was niemals geweckt werden sollte. Ein Ungeheuer, das den Verlorenen in nichts nachsteht. Nicht nur einmal habe ich gedacht, dass ich ihnen ähnlicher bin als den übrigen Fae.

Obwohl ich von Dunkelheit umgeben bin, verzehre ich mich nach der Lebenskraft, die dem Blut der Ausgewählten innewohnt. Das ist unendlich viel schlimmer als die Sucht, die die übrigen Fae verspüren. Ich kann jederzeit auf meine benötigte Ressource zurückgreifen und will trotzdem mehr.

Ich bin wahrlich keinen Deut besser als ein Verlorener.

Zahid hat sichergestellt, dass ich – bis auf eine einzige Ausnahme – nie einen Tropfen Südganderblut erhalte. Stattdessen lässt er mich die Ausgewählten bloß an der Grenze abholen – um mir alle drei Jahre aufs Neue vor Augen zu führen, was ich niemals haben kann. Sollte er mittels Magie einen Teil des Blutes durch die Luft verteilen, so spüre ich davon nichts. Es würde mich nicht wundern, wenn ihm auch dafür eine Lösung eingefallen wäre, nur um mich zu quälen.

»Ich will dein Blut nicht«, zwinge ich mich zu sagen.

Vanyas Augenbrauen zucken. »Warum?« Ihre Stimme klingt verletzt, und am liebsten würde ich mich für meinen harschen Tonfall ohrfeigen. »Ist es ... zu schwach?«

Bin ich nicht gut genug? Überdeutlich hängen diese Worte in der Luft, ohne dass sie sie aussprechen muss.

Ich schlinge beide Arme um sie und drücke sie fest an mich, während ich das Gesicht gegen ihre Schulter presse. Sie gibt einen überraschten Laut von sich, unternimmt aber nichts, um sich von mir zu lösen.

Diese Sorglosigkeit ... Dieses Vertrauen ... Keine Nordganderin würde sich so verhalten. Nach wie vor rechne ich damit, dass auch Vanya sich so verhält, wie ich es gewohnt bin, doch sie überrascht mich immer wieder.

Und meine Mauer bekommt neue Risse.

»Das Gegenteil ist der Fall«, bringe ich undeutlich hervor. »Ich habe Angst, dass ich nicht aufhören kann, sobald ich davon gekostet habe. Dann würde ich mich kein Stück von den Verlorenen unterscheiden.«

Sanft fährt Vanya mir durchs Haar. Ihre Berührungen, ihr gleichmäßiger, fester Herzschlag geben auch mir die dringend benötigte Ruhe.

Als sie vorhin vor meiner Tür stand und meinte, wir müssten reden, befürchtete ich, dass nun alles vorbei sei. Dass sie sich von mir abwenden würde, sobald sie die Wahrheit kennt, und zurück nach Südgand flieht, so schnell sie ihre Füße tragen. Doch ich wollte sie nicht mit einer weiteren Lüge oder Halbwahrheit abspeisen. Nicht, nachdem sie es bereits mit eigenen Augen bezeugt hat. Vanya ist zu klug, um sich mit weniger als der Wahrheit zufriedenzugeben.

»Mach dir keine Sorgen«, murmelt sie, ohne die sanften Bewegungen ihrer Finger zu unterbrechen. »Ich verstehe, dass die Fae im Augenblick auf die Ausgewählten angewiesen sind. Das bedeutet nicht, dass ich es gutheiße. Aber ich verstehe es. Und ich vertraue dir. Sollte der Moment kommen, in dem du mein Blut brauchst, erwarte ich, dass du es nimmst.«

Meine Hände zittern, während ich Vanya umklammert halte. »Ich könnte nicht aufhören«, raune ich. »Ich weiß, dass ich es nicht könnte.«

»Du könntest«, sagt sie.

Ihre Finger gleiten über die Wirbel in meinem Nacken und

rufen ein ähnliches Gefühl hervor wie meine Schatten. Mein gesamter Körper erschaudert wohlig.

»Wie kannst du mir vertrauen?«, bringe ich mühsam hervor. »Nachdem du ... die Wahrheit kennst?«

»Ganz einfach.« Mit dem Zeigefinger fährt sie die spitze Form meines Ohres nach. »Wenn du wie ein Verlorener wärst, hättest du bereits Hunderte Gelegenheiten gehabt, dir mein Blut zu nehmen. Während ich hier geschlafen habe. Während ich nach dem Angriff in der Gasse besinnungslos war. Es wäre einfach gewesen. Trotzdem hast du es nicht getan. Warum sollte ich also an dir zweifeln? Du gibst mir keinen Grund dazu.«

Sie hat recht: Es wäre einfach gewesen. Sie hätte nicht einmal bemerkt, was ihr widerfahren wäre. Mein Blick richtet sich auf ihren Hals. Auch jetzt wäre es leicht. Unter der dünnen, hellen Haut kann ich deutlich den Verlauf ihrer Adern erkennen. Ich bräuchte keine spitzen Zähne wie die Verlorenen, um die Haut dort zu verletzen.

Es wäre ein Kinderspiel.

Ich lehne mich vor und drücke meinen Mund an die Seite ihres Halses. Fest schlägt ihr Puls gegen meine Lippen. Es ist, als würde mich sein stetiges Hämmern locken, nur einen winzigen Schluck zu kosten.

Voller Vertrauen neigt Vanya den Kopf zurück, um mir besseren Zugang zu gewähren. Ihr Körper in meinen Armen ist weich und anschmiegsam – keine Spur von auf Flucht getrimmten Muskeln.

Meine Mauer zerbirst in dem Moment, als ich mich gegen das dunkle Sehnen nach ihrem Blut entscheide. Stattdessen brechen meine Schatten aus mir hervor und hüllen uns ein, während ich sanft an dem Stück Haut in meinem Mund sauge.

Ich spüre Vanyas Laute, die ihr dabei entweichen, als leichte Vibration an meinen Lippen.

Hinter meinen geschlossenen Lidern explodieren Farben, die ich nie zuvor gesehen habe. Ich habe keine Bezeichnung für sie, ebenso wenig wie für Vanyas Augenfarbe. So gern würde ich sie benennen können, um sie niemals zu vergessen.

Als ich fester an ihrem Hals sauge, windet Vanya sich auf meinem Schoß. Nicht um sich mir zu entziehen, sondern um sich enger an mich zu drängen.

Nachdem ich mich fast mein ganzes Leben von allem und jedem abgeschottet habe, ist es mir nun fast zu viel. Vanya ist überall; meine Sinne sind voll von ihr. Zusätzlich leiten meine Schatten jede noch so kleine Berührung an mich weiter.

Und ich spüre, wie mir mehr und mehr die Kontrolle entgleitet.

Noch nie ist mir etwas so schwergefallen, wie mich jetzt zurückzulehnen. Ein dunkellila Bluterguss prangt nun an ihrer Halsseite.

Vanya neigt den Kopf. Ihr Blick ist verschleiert, aber grüblerisch. Sie beißt sich auf die Unterlippe. Ich kann ihr förmlich ansehen, dass sie mit sich hadert, ob sie ihre nächste Frage stellen soll oder nicht.

Als sie schließlich den Mund öffnet, kommen ihre Worte stockend hervor. »Habe ich ... etwas ... falsch gemacht?«

Ich lege eine Hand an ihre Wange. »Nein. Wie kommst du darauf?«

»Weil du aufgehört hast.«

»Ja, das habe ich. Aber nicht, weil du etwas falsch gemacht hast.«

»Sondern?«

Ich stoße den angehaltenen Atem aus. »Ich fürchte mich davor, dass du mich irgendwann anders sehen könntest. Dass du … das Ungeheuer in mir erblickst und dich von mir abwendest.«

Sie runzelt die Stirn. »Kenric, was redest du da? Du hast eben aus freien Stücken aufgehört. Wahrscheinlich hätte ich mich nicht einmal gewehrt, wenn das nicht der Fall gewesen wäre. Aber du *hast* aufgehört. Ein Verlorener hätte das nicht gekonnt. Er hätte meine Haut zerfetzt und sich mein Blut gewaltsam genommen. Du bist kein Ungeheuer. Das warst du nie. In meinen Augen sind weder du noch deine Magie schrecklich. Ich liebe euch beide.«

Ich schließe die Augen und atme tief ein und aus. Jeder Atemzug fühlt sich befreiender an als der vorherige. »Du kannst dir nicht vorstellen«, sage ich heiser, »wie viel mir das bedeutet. Aber trotzdem …« Ich öffne die Augen. »Was du am Hof gesehen und erfahren hast … Das muss furchtbar für dich gewesen sein. Ich verstehe, wenn …«

Vanya verzieht den Mund, und ich verstumme, weil ich über ihre entrüstete Grimasse beinahe lachen muss. Andere Frauen wären wimmernd zusammengebrochen und hätten sich die Ohren zugehalten, um keine weitere schreckliche Erklärung mehr hören zu müssen. Aber nicht Vanya.

Sie blinzelt mehrmals, ehe sie den Kopf neigt. »Am Hof hast du mir gesagt, dass du dich für zerbrochen hältst. Hat es damit zu tun? Dass du eben aufgehört hast, meine ich.«

Ich schließe für einen Moment die Augen. Die Vorstellung, dass Lorienne selbst jetzt zwischen uns steht, obwohl sie nicht im selben Raum ist, versetzt mir einen Stich. Trotzdem hängt die Erinnerung an sie wie ein drohender Schatten über mir. Ich könnte es mir nie verzeihen, wenn ich bei Vanya die gleichen Fehler begehe und sie dadurch verliere.

Sanft umschließt sie mit beiden Händen mein Gesicht und wartet, bis ich sie wieder anschaue. »Rede mit mir«, wispert sie, als hätte sie Angst, dass ein zu lautes Wort ausreicht, damit ich hinter meine hastig errichtete Mauer flüchte. »Ich will dich verstehen.«

Loriennes drohende Präsenz verschwindet, ebenso wie das Stechen in meiner Brust. Ich lege eine Hand auf Vanyas. »Ich habe Angst«, gebe ich zu. »Angst, etwas falsch zu machen. Angst, dass es zu schnell geht und du es bereuen könntest. Und auch Angst davor, dir wehzutun.«

Mit Vanya fühlt sich alles richtig an, egal ob wir weitergehen oder für immer an dieser Stelle bleiben. Ich wäre mit allem zufrieden. Aber für sie soll es perfekt sein. Ich will nicht, dass sie es hinterher bereut oder es nicht für den richtigen Zeitpunkt hielt.

Vanya lehnt sich vor und murmelt: »Du hast gesagt, dass wir es wiederholen. Die Sache auf dem Schreibtisch. Dass wir noch gar nicht richtig angefangen hätten. Kannst du dir vorstellen, wie sehr ich diese Wiederholung will? Wie sehr ich wissen will, wie es weitergehen könnte?«

Ein heißer Schauder fährt bei ihren Worten durch mich hindurch und nistet sich schließlich in meinem Unterleib ein. Da befand er sich eben schon, doch dank meiner Vernunft gelang es mir, ihn von dort zu vertreiben. Jetzt hält er sich hartnäckig fest und wächst mit jeder Sekunde, die ich Vanyas dunklen Blick erwidere.

Sie lehnt die Stirn gegen meine. »Verstehst du, wie dringend ich deine Hände und Schatten wieder an Stellen spüren will, die noch nie ein Mann zuvor berührt hat?«

Ein Ruck geht durch mich hindurch. Es ist, als hätte mein Körper von jemand anderem als mir den Befehl erhalten, sich zu bewegen. Ein Befehl, dem er sich weder entziehen kann noch will. Meine Vernunft existiert ab dem Augenblick, als meine Hände über ihre nackten, angewinkelten Beine streichen und sich langsam unter das geborgte Hemd schieben, nicht mehr. Mein Verstand löst sich in dem Moment auf, als meine Schatten jede Berührung ungefiltert an mich weiterleiten.

»Du brauchst keine Angst zu haben«, murmelt sie, während sie mit den Händen durch mein Haar fährt. »Ich vertraue dir. Alles an mir vertraut dir – mein Herz, mein Körper und meine Seele. Ich weiß, dass du nie etwas gegen meinen Willen tun würdest.«

»Niemals«, flüstere ich und werde mit einem Lächeln belohnt.

Mein Mund findet erneut den Weg zu ihrem Hals und verteilt kleine Küsse, während Vanya den Kopf in den Nacken legt.

»Ich will dich«, raune ich gegen ihre Haut. »So sehr.«

Langsam arbeite ich mich tiefer. Sie reckt sich mir in atemloser Erwartung entgegen.

»Ich wollte dich schon«, wispert sie heiser, »als ich dich das zweite Mal besuchen kam. Nur wusste ich damals nichts mit meinen Gefühlen und den Gedanken anzufangen, die sich immer wieder in meinen Kopf schlichen.«

Kurz halte ich inne, um ihr Geständnis zu begreifen. Das zweite Mal kam sie mich besuchen, nachdem sie Zeuge eines Giftmordes am Hof wurde. Ich war zu dieser Zeit völlig überarbeitet und – ich gebe es zu – auch etwas überfordert mit meinen Forschungen. So überfordert, dass ich mir den dringend benötigten Schlaf verweigerte, bis Vanya mich ins Bett schickte. Damals sah ich sicher furchtbar aus – müde, abgekämpft und war obendrein schlecht gelaunt.

Und trotzdem sagt sie, dass sie bereits da *mehr* in mir gesehen hat.

Nicht während ich im feinsten Anzug, den ich je am Leib hatte, mit ihr getanzt habe. Sondern zu einem Zeitpunkt, zu dem ich mich vielleicht nicht einmal selbst leiden konnte.

Ich hebe den Kopf und begegne ihrem Blick aus schweren Lidern. Sie ist mir so nah, dass ich mich nur ein winziges Stück vorlehnen muss, um sie zu küssen.

»Ich liebe dich«, flüstere ich gegen ihre Lippen.

Kapitel 12

✦

VANYA

»Ich liebe dich.«

Ich bin in einer Welt aufgewachsen, in der es keine Liebe gibt. Sollte sie sich doch zeigen, musste man sich schleunigst von ihr abwenden. Allerdings übte das Verbotene schon immer einen Reiz auf mich aus, weil ich lange Zeit nichts mit mir anzufangen wusste. Ich sammelte heimlich die verbotenen Bücher und hortete sie wie einen Schatz unter meinem Bett.

Daran, dass ich selbst irgendwann wie die Heldinnen und Helden der Geschichte mein Herz verlieren würde, glaubte ich zu keiner Sekunde.

Und doch ist es geschehen.

Gefühle sind hinterhältig, habe ich gelernt. Sie schleichen sich aus dem Nichts an und krallen sich in dir fest, ohne dass du es sofort bemerkst. Dann werden sie größer, mächtiger, bis du dich nicht mehr gegen sie behaupten kannst. Oder es nicht mehr willst.

Ich habe mich mit meinen Gefühlen abgefunden und sie nach anfänglichem Kampf akzeptiert.

Nun den Mann, dem diese neuen und wundervollen Gefühle gelten, sagen zu hören, dass er genauso für mich empfindet ... Ich habe keine Worte, um das, was in mir vorgeht, zu beschreiben. Es ist so viel mehr, als ich begreifen kann. So viel mehr, als ich je für mich zu hoffen gewagt habe.

Ich schlinge beide Arme um Kenrics Hals. »Du kannst dir nicht vorstellen«, hauche ich, während ich verbissen gegen die Tränen in meinen Augen anblinzele, »wie glücklich ich bin.«

»Doch«, wispert er nah an meinem Ohr. »Ich denke, ich habe eine ungefähre Ahnung.«

Sanft streichelt er über meinen nackten Oberschenkel und schickt damit eine solche Vielzahl an Empfindungen durch meinen Körper, dass mir der Kopf schwirrt. Es ist, als würden sich all meine Sinne nur noch auf ihn ausrichten und nichts anderes um mich herum mehr wahrnehmen. An diesen Zustand könnte ich mich durchaus gewöhnen, wäre da nicht diese Stimme, die ohrenbetäubend laut nach mehr schreit.

Mehr von seinen Berührungen. Von seiner Nähe. Von *ihm*.

Nun, da alle Zweifel über seine Gefühle und Ängste wegen meines Fluchs ausgerottet sind, überstehe ich keine weitere Sekunde, in der wir uns nicht nahe sein können.

Ich bewege die Hüften, dränge mich an ihn und werde mit einem keuchenden Raunen belohnt. Dieser Laut reicht aus, um verrückte Dinge mit mir anzustellen. Ein heißes Kribbeln in meinem Bauch zwingt mich dazu, die Bewegung zu wiederholen, nur um ihm diesen Laut erneut zu entlocken. Diesmal klingt er noch tiefer und kehliger und bringt mich schier um den Verstand. Ebenso wie der ständige Wechsel seiner heißen Hände und kühlen Schatten. Meine Nerven sind zum Zerreißen gespannt, weil sie nicht wissen, was sie als Nächstes zu fühlen kriegen.

»Du musst mir sagen, wenn ich etwas tue, was du nicht willst.« Kenrics Stimme klingt so rau und kehlig wie nie zuvor, während er seine Hände unter dem Hemd an meiner Taille emporwandern lässt.

»Dasselbe gilt für dich«, flüstere ich.

Mit einem überraschten Ausdruck im Gesicht hält Kenric inne und sieht mich an. Offenbar hat er damit gerechnet, dass ich bloß zitternd daliege und alles über mich ergehen lasse. Diese Annahme könnte nicht weiter von der Wahrheit entfernt sein. Ich habe zwar keine praktische Erfahrung, sondern verfüge nur über theoretisches Wissen, aber ich werde meine Hände nicht bei mir behalten können. Nicht wenn sich alles in mir danach sehnt, ihn ebenso zu berühren, wie er mich berührt. Ich will, dass auch er vor Verlangen nicht mehr weiß, wo ihm der Kopf steht.

Hungrig presse ich den Mund auf seinen, wobei ich ihn stumm anflehe, dass er die Hände schneller nach oben bewegen möge. Als er mit dem Daumen knapp unter meiner Brust entlangstreicht, ziehe ich scharf die Luft ein.

Diese süße Folter macht mich wahnsinnig. So wahnsinnig, dass ich Dinge tue, die mir sonst nie in den Sinn gekommen wären. Kurzerhand greife ich mir in den Nacken und ziehe mir das Hemd über den Kopf.

Es liegt mehrere donnernde Herzschläge lang auf dem Boden, in denen sich keiner von uns regt. Kenrics violette Augen leuchten heller denn je, als er den Blick quälend langsam von meinem Gesicht über meinen Hals weiter hinabwandern lässt. Weil meine Hände so sehr zittern, balle ich sie zu Fäusten, die Kenrics Schatten durch ein sanftes Streicheln wieder lösen. Auch vertreiben sie den Anflug von Nervosität, der in mir Fuß fassen wollte, während mich Kenric, ohne eine Miene zu verziehen, betrachtet. Doch letztendlich ist es das liebevolle Lächeln auf seinen Lippen, als sein Blick zu meinem Gesicht zurückkehrt, das mich all die Komplexe vergessen lässt, die mich mein ganzes Leben über begleitet haben.

»Festhalten«, murmelt er, während er meine Hände zu seinem Nacken führt.

Noch ehe ich sie dort verschränken kann, steht er mit mir in den Armen auf, manövriert uns an den ganzen Bücherstapeln vorbei und trägt mich ins Schlafzimmer. Die Tür schließt er mit einem Tritt, ehe er mich unendlich vorsichtig aufs Bett legt.

Ich lag schon oft in seinem Bett, auch ein Mal mit ihm zusammen. Aber diesmal ist es anders. Diesmal spüre ich das Gewicht seines festen Körpers auf mir, das mich auf köstliche Weise in die Laken drückt. Seine Schatten huschen über meine Arme und fahren mir durchs Haar, bis es sich ungebändigt um meinen Kopf ausbreitet.

Kenrics Aufmerksamkeit richtet sich auf Fünkchen, der einzigen Lichtquelle im Zimmer, und er hebt fragend eine Augenbraue.

»Fünkchen bleibt«, stelle ich klar. »Es wäre unfair, wenn nur du mich siehst, weil ich keine Fae-Augen habe.«

Er schmunzelt. »Wie du wünschst.«

»Darf ich noch einen Wunsch äußern?«

»Jeden.«

Ich hake den Zeigefinger in sein Hemd. »Weg damit.«

Sein Schmunzeln wird breiter. »Zu Befehl.«

Mit einer fließenden Bewegung zieht er sich das Hemd über den Kopf und wirft es achtlos hinter sich auf den Boden. Nun kniet er über mir und schaut mit leuchtenden Augen zu mir herab, während ich mich kaum an seinem entblößten Oberkörper sattsehen kann. An seiner fein definierten Brust, den leicht erhabenen Muskeln seines Bauches und denen, die unter dem Bund seiner Hose verschwinden.

»Und was soll ich jetzt tun?«, fragt er neckend, nachdem

er mir genügend Zeit gegeben hat, um ihn zu betrachten. Ich hätte noch ewig weitermachen können.

Beim raunenden Klang seiner Stimme beginnt meine Haut zu prickeln. Unwillkürlich spannen sich die Muskeln in meinem Unterleib an.

»Jetzt«, wispere ich, als ich meine Stimme und den Mut von vorhin wiedergefunden habe, »machst du da weiter, wo du eben aufgehört hast.« Ich greife nach seiner Hand und führe sie zu meiner Taille. »Ich meine mich zu erinnern, dass deine Hände in etwa hier waren.«

Als er federleicht mit dem Daumen an der Form meiner Brust entlangstreicht, reagiert mein Körper von ganz allein und wölbt sich ihm entgegen. Nur kurz treffen Kenrics Lippen auf meine, bevor sie eine heiße Spur über mein Kinn, den Hals und tiefer hinabziehen. Eine Hand kralle ich in sein tintenschwarzes Haar, die andere in seine Schatten, die uns umgeben und die den Druck sogleich erwidern. Jeder kleine heiße Kuss, den Kenric auf meinem Hals, dem Schlüsselbein und der Haut darunter verteilt, veranlasst meinen klaren Verstand dazu, sich zu verflüchtigen.

Doch er kehrt zurück, als die Küsse ausbleiben. Stumm verfluche ich Kenric dafür, dass er kurz vor meiner Brust innehält und zu mir aufschaut. Im ersten Moment will ich den Griff in seinem Haar verstärken, doch dann erwidere ich seinen Blick, in dem nichts als Liebe und Vertrauen liegt, und entspanne mich. Als ich ihn anlächele, senkt er den Kopf erneut.

Schlagartig ist es mit meiner Entspannung vorbei, als er mit den Lippen meine Brustwarze umschließt und sanft daran saugt.

Feuer scheint statt Blut durch meine Adern zu fließen. Es

ist, als würde ich von innen heraus verglühen. Etwas Vergleichbares habe ich noch nie gefühlt und nicht für möglich gehalten. Mein Körper windet sich unter ihm, drängt sich ihm entgegen, bietet sich flehend an, doch Kenric konzentriert sich ausschließlich und ausgiebig auf diesen einen empfindlichen Teil von mir.

Und damit raubt er mir den Verstand. Ich weiß gar nichts mehr. In meinem Zustand sind mir nicht einmal die Laute peinlich, die ich von mir gebe.

Auch mit geschlossenen Augen spüre ich, dass Kenric meine Reaktionen genau beobachtet. Von ihm betrachtet zu werden, wie ich mich völlig gehen lasse, facht das Brennen unter meiner Haut noch weiter an. Es sammelt sich in meinem Bauch, frisst sich tiefer und tiefer und wütet dort mit einer Intensität, die mir beinahe Angst macht.

Protestierend schnappe ich nach Luft, als Kenric von meiner Brust ablässt und zu mir nach oben rutscht. Doch meine Frustration darüber währt nur kurz. Während er mich küsst, gleitet seine Hand über meinen Bauch und nähert sich der Stelle, wo das Brennen am verzehrendsten ist. Als er mit den Fingern über meinen Schoß streicht, stöhne ich. Helle Punkte tanzen vor meinen weit aufgerissenen Augen. Die Muskeln in meinen Beinen und dem Bauch sind zum Zerreißen angespannt, während sich in mir alles zusammenzuziehen scheint. Meine Hüften heben und senken sich, kommen den Bewegungen seiner Finger entgegen. Wieder und wieder. Bis das Feuer in mir mit einem unhörbaren Knall explodiert. Noch einmal verkrampfen sich meine Muskeln, nur um Sekunden später zu erschlaffen und mich kraftlos und mit wild klopfendem Herzen auf dem Bett liegen zu lassen.

Mein Atem geht abgehackt, während ich träge die Augen öffne und Kenrics Blick begegne, ehe er sich vorlehnt und sanft meine Stirn, meine Wange und mein Ohr küsst. Beruhigend huschen seine kühlen Schatten über meine heiße, verschwitzte Haut. In meinem Kopf dreht sich alles, dennoch bemühe ich mich, einen halbwegs klaren Satz zu formulieren.

»Bitte nicht aufhören.«

Ich merke, wie er an meiner Wange schmunzelt. »Du willst mehr?«

Ich wende mich zu ihm, sodass wir seitlich liegen und uns ansehen. Bedächtig lasse ich meine Hand über seine Brust gleiten, fahre ausgiebig die feinen Erhebungen seiner Muskeln nach und verweile kurz am Bund seiner Hose, bis ich genug Mut gesammelt habe, um meine Hand tiefer gleiten zu lassen. Unter den Fingern spüre ich seine Härte. Die sachte Berührung wird mit einem tiefen Stöhnen belohnt, das sich seiner Kehle entringt und ein erneutes Brennen in mir entfacht. Seine Schatten zucken aufgeregt auf meiner Haut.

»Ich will nicht nur mehr«, wispere ich. »Ich will alles von dir.«

Kapitel 13

✦

KENRIC

Ich danke den Göttern dafür, dass ich nicht auf Schlaf angewiesen bin.

Vanya muss irgendwann schlafen, aber selbst dann langweile ich mich keinen Augenblick, in dem ich sie im Arm halte und über sie wache.

Weder ich noch meine Schatten konnten die Finger von ihr lassen. Erst als ich bemerkt habe, wie ihr die Lider schwerer und schwerer wurden, überredete ich sie dazu, sich auszuruhen.

Vertrauensvoll ruht ihr Kopf an meiner Brust, während sich ihr nackter Körper perfekt an meinen schmiegt. Die Decke hat sie im Schlaf von sich gestrampelt, woraufhin meine Schatten sich über sie gelegt haben, ohne dass ich ihnen den Befehl dazu gegeben habe. Ein zufriedenes Lächeln umspielte dabei ihre Lippen.

Wenn es nach mir ginge, würden weder Vanya noch ich dieses Bett je wieder verlassen. Doch es ist ihr Magenknurren, das mich schließlich aus dem Schlafzimmer treibt, während sie sich unruhig hin und her wirft. Es wird nicht mehr lange dauern, bis sie aufwacht. Also suche ich meine Hose, die am anderen Ende des Raumes liegt, und schlüpfe hinein.

Als sie zu mir kam, war sie so durch den Wind, dass sie nichts gegessen hat, und wie ich Zahid kenne, hat er sich nicht darum gekümmert, dass sie genügend isst. Bei mir muss sie nicht hungern.

Turon begrüßt mich mit einem schelmisch schief gelegten Kopf, als ich das Schlafzimmer verlasse. Ich schwöre, dass ich ein wissendes Grinsen auf seinem Hundegesicht erkennen kann.

»Was?«, grummele ich, während ich an ihm vorbeigehe.

Er verdreht die golden glühenden Augen, lässt aber die Zunge seitlich aus dem Maul hängen.

Ich schüttele den Kopf und mache mich daran, das Essen aufzuwärmen.

Es dauert nicht lange, bis ich das Tapsen nackter Füße hinter mir höre.

»Das riecht köstlich«, murmelt Vanya mit herrlich rauer Stimme.

Ich drehe mich zu ihr um und bete, dass sie sich etwas angezogen hat. Nicht wegen mir – meinetwegen könnte sie die ganze Zeit ohne Kleidung herumlaufen –, sondern wegen Turon. Sie mag ihn für einen normalen Hund halten, aber das ist er nicht.

Erleichtert stoße ich den Atem aus, als ich sehe, dass Vanya wieder mein Hemd übergezogen hat. Ihr dunkelblondes Haar ist offen und auf eine wunderbare Weise zerzaust, die meine Gedanken abdriften lässt. Verschlafen reibt sie sich die Augen, während sie in die Küche kommt, um mir über die Schulter zu sehen. Fünkchen schwirrt brav hinter seiner Herrin her.

Ich mache ihr Platz und lehne mich mit der Schulter gegen die Wand. »Gut geschlafen?«

»Hmm-hmm«, macht sie, wobei sie einen Blick in die Töpfe wirft. »Zumindest bis ich dachte, dass ich mich gleich selbst verdaue.«

»Dagegen kann ich was unternehmen«, sage ich lächelnd. »Und sonst? Geht es … dir gut?«

Sie dreht den Kopf zu mir und zieht eine Augenbraue nach oben. »Das fragst du jetzt? Als ich dich wieder und wieder um mehr angefleht habe, ist dir die Frage nicht in den Sinn gekommen.«

Ich beiße mir auf die Unterlippe. Am liebsten würde ich sie schnappen, auf die Arme nehmen und zurück ins Schlafzimmer tragen. Nur ihr Bauchgrummeln hält mich davon ab, weil ich befürchte, dass sie mich verspeist, wenn ich ihr nicht schnell etwas zu essen serviere.

Vanya macht einen Schritt auf mich zu und lässt ihre Hand über meine nackte Brust gleiten. »Kenric.« Bei der Art, wie sie meinen Namen ausspricht, geht ein heißer Ruck durch mich hindurch. »Ich habe einen Bärenhunger, bin noch etwas müde und hätte nichts gegen eine Dusche einzuwenden. Aber abgesehen davon …« Sie schenkt mir das bezauberndste Lächeln, das ich je gesehen habe. »… geht es mir blendend.«

Ich schlinge beide Arme um sie und küsse sie auf die Stirn. Vanya gibt ein Summen von sich, während sie sich an meine Brust kuschelt.

»Ich könnte ewig so mit dir hier stehen bleiben und wäre der glücklichste Mann der Welt.«

Ein helles Lachen perlt von ihren Lippen. »Erst brauche ich etwas zu essen. Dann müsstest du deine Schatten noch freilassen. Und danach könnte ich mich als die glücklichste Frau der Welt bezeichnen. Aber mit leerem Bauch ist das leider unmöglich.«

»Dann sollte ich mit der Fütterung beginnen.«

Vanya macht sich mit einem gespielt empörten Gesichtsausdruck von mir los, schlendert zu Turon und tätschelt ihm über den Kopf. »Komm, Turon, wir werden gefüttert.«

♦♦♦

Nachdem ich meine beiden Raubtiere versorgt habe und mir von ihnen keine Gefahr mehr droht, fällt mir Vanyas in sich gekehrte Miene auf. Mit angezogenen Beinen sitzt sie auf dem Sofa und starrt ins Leere.

Ich will nicht fragen. Ich will nicht die gelöste Stimmung verlieren, die endlich zwischen uns herrscht. Eine Stimmung, in der ich mir keine Sorgen oder Gedanken machen muss. Aber je länger ich Vanya betrachte, desto mehr begreife ich, dass ich nicht drum herumkomme. Und es auch nicht will.

Zum ersten Mal projiziere ich ihr Grübeln nicht auf mich. Ich weiß, dass sie etwas anderes beschäftigt. Etwas, wobei ich ihr vielleicht helfen kann.

»Was ist los?«, frage ich, als ich mich zu ihr setze.

»Marthel«, murmelt sie. »Mir geht nicht aus dem Kopf, wie sie an dieser Wand hing. Ich habe das Gefühl, etwas dagegen tun zu müssen, aber …« Geräuschvoll stößt sie den Atem aus. »Das würde ein Problem für alle Fae, außer dir, bedeuten, nicht wahr?«

Ich lege einen Arm um sie und ziehe sie an mich, bis sie den Kopf an meiner Schulter bettet. »Wenn du einfach in die Katakomben marschieren und die Ausgewählte retten würdest, würde Zahid die andere dorthin bringen.«

»Katinka.«

Ich nicke. »Und wenn es dir gelänge, sie ebenfalls zu retten, wärst du die Nächste. Die Ausgewählten, die diese Prozedur bereits ein Mal durchlaufen haben, kann er nicht erneut benutzen. Aber für Zahid gibt es keinen anderen Weg, um sein Volk zu retten.«

»Irgendwie verstehe ich das sogar. Trotzdem bin ich damit nicht einverstanden. Ich muss einfach etwas tun.«

Ich hatte nie den Eindruck, dass sie den beiden noch lebenden Ausgewählten sonderlich nahesteht, aber ich könnte auch nicht ruhig bleiben, wenn es umgekehrt wäre. Wenn ein Fae dort hängen würde, egal ob ich ihn leiden könnte oder nicht. Doch ich muss Vanya davon abhalten, voreilig zu handeln. Damit würde sie sich bloß in Schwierigkeiten bringen.

»Ich habe dir erzählt, dass meine Studien sich damit befassen, wie der Fluch ohne die Geburt der hundertsten Prinzessin Südgands gebrochen werden kann«, sage ich.

Vanya verspannt sich in meinen Armen, ehe sie zu mir aufschaut. »Ohne den Fluch würde es neues Leben geben können und somit auch Mana für die Fae.« Sie runzelt die Stirn. »Aber nicht für dich.«

Ich zwinge meine Mundwinkel dazu, sich zu heben. »Ich komme schon irgendwie zurecht. Dunkelheit wird es schließlich auch ohne den Fluch noch geben.«

Sie scheint mit der Erklärung zufrieden zu sein, trotzdem arbeitet es hinter ihrer Stirn. Das erkenne ich deutlich an ihrem Gesichtsausdruck und dem Funkeln in ihren Augen, das sich dort stets ausbreitet, wenn sie angestrengt über etwas nachdenkt.

»Wie weit bist du mit deinen Studien?«, fragt sie schließlich.

»Nicht sehr weit«, gebe ich zu. »Ich gehe fast jedem Gerücht nach, das halbwegs glaubwürdig klingt, und wälze jede alte Schrift, wie du weißt. Aber bisher hat sich jeder Hinweis als Fehlschlag entpuppt.«

Vanya zieht die Beine noch näher an sich und schlingt einen Arm darum. »Also müsst ihr auf die Prinzessin warten.«

Ich stoße den Atem aus. »Das will ich nicht hoffen. Niemand kann sagen, wie lange es noch dauern wird. Über südgander Generationen hinweg könnten nur männliche Nachkommen geboren werden.«

»Aber sobald sie geboren ist … Die hundertste Prinzessin, meine ich. Was würde dann mit ihr geschehen müssen, um den Fluch zu brechen?«

»Diese Überlieferungen habe ich nicht«, gebe ich zu. »Alles, was mit dem Tag des Fluches und dem unmittelbaren Ende des Großes Krieges zu tun hat, ist allein den königlichen Historikern vorbehalten. Sämtliche Schriftstücke unterliegen Zahids Schutzzauber. Niemand gelangt an sie heran.« Ich deute auf die Bücher um uns herum. »Das ist alles, was ich zur Verfügung habe. Alte Bücher von jenen, die mit Zahids Vorgehen nicht einverstanden sind. Von Fae, die sich eine Veränderung wünschen.«

Sie schaut zu mir auf. »Aber nur der Wunsch nach einer Veränderung bewirkt nichts. Es muss auch möglich sein, diese herbeizuführen.«

»Daran arbeite ich, seit sich herausgestellt hat, dass ich … nicht der bin, für den die Fae mich gehalten haben.«

Vanya runzelt die Stirn. »Also arbeitest du bereits seit über zwanzig Jahren daran.«

Ein *»ohne etwas erreicht zu haben«* schwirrt deutlich in der Luft zwischen uns, auch ohne dass sie es aussprechen muss.

Ich wünschte, es wäre anders. Ich würde alles dafür geben, ihr eine Lösung präsentieren zu können, mit der sie die anderen Südganderinnen retten kann. Doch über diese Lösung verfüge ich nicht. Ich habe nichts als Fehlschläge vorzuweisen. Sackgassen. Tagträume. Zersprungene Hoffnungen.

»Wo ist das Buch, das ich dir gezeigt habe, bevor die Wachen mich holten?«, fragt Vanya plötzlich.

Nun ist es an mir, verwirrt die Stirn zu runzeln. Dunkel erinnere ich mich daran, dass ich mit ihrem Kleid aus dem Schloss zurückkam und sie mir ganz aufgeregt ein Buch unter die Nase hielt. Ich habe es keines Blickes gewürdigt, weil meine Gedanken um sie und Zahids harsche Worte kreisten. Ich habe es auch danach nicht beachtet, weil ich zu tief in Selbstmitleid versunken bin.

Es dauert einen Moment, bis ich wieder weiß, um welches Buch es sich handelt. Es ist eines von denen, die Paleia mir gegeben hat.

Ich mache mich von Vanya los und gehe zum Schreibtisch, wo das Buch, zusammen mit vielen anderen, auf einem Stapel liegt.

»Ja, das ist es«, sagt sie, als sie den Einband erkennt. »Bring es her.«

Nachdem ich ihr das Buch gereicht habe, blättert sie hektisch darin herum. Zwischendurch habe ich Angst um die alten, bereits vergilbten Seiten, doch ich ermahne sie nicht. Ihre Aufregung, deren Grund ich nicht kenne, springt auf mich über, ohne dass ich sagen könnte, warum.

»Da!«, jauchzt sie schließlich. »Da ist sie.«

Sie dreht das Buch so, dass ich die Zeichnung sehen und den Text darunter lesen kann.

»Nachtlilie«, murmele ich.

Turon, der sich neben Vanya auf das letzte freie Stück des

Sofas gequetscht hat, hebt bei dem Wort den Kopf. Auch von ihm geht plötzlich eine innere Unruhe aus.

Ich nehme Vanya das Buch ab. »›Eine im Dunkeln leuchtende Blume, die nur in den Höhenregionen Nordgands vorkommt.‹«

Höhenregionen. Die einzigen, die ich kenne, befinden sich in der Nähe der Grenze nach Südgand. Abgesehen von ihnen ist Nordgand ein nahezu flaches Land.

Ich lese weiter. »›Die Nachtlilie gilt als Wegweiser in der Dunkelheit. Es bringt Glück, diese seltene Blume zu finden. Es heißt, sie entstand, als die Göttin Nyx eine Träne wegen ihrer verlorenen Liebe vergoss, und verbreitete sich daraufhin in einigen Gebieten. Demjenigen, der eine Nachtlilie findet, erfüllt die Göttin aus Dankbarkeit einen Wunsch.‹« Ich schnaube. »Das ist Schwachsinn.«

Ein weiterer Fehlschlag. Eine weitere Sackgasse. Die Bücher, die sich in meiner Wohnung türmen, sind voll mit derlei Dingen und Geschichten über angebliche Glücksbringer.

Als ich meine Forschungen begann, ging ich ausnahmslos jedem Hinweis nach, in der Hoffnung, so schneller an mein Ziel zu gelangen und von den Fae wieder respektiert zu werden. Doch ich lernte bald, dass es Zeitverschwendung ist, an Wünsche und Träumereien zu glauben.

Ich will das Buch zuschlagen, doch Vanya legt ihre Hand flach auf die aufgeschlagenen Seiten. Der Blick, mit dem sie mich bedenkt, ist ernst und durchdringend.

»Wenn ich dir etwas verrate«, sagt sie langsam, als müsse sie über jedes Wort nachdenken, »darfst du mich nicht fragen, woher ich es weiß.«

Ich ziehe die Augenbrauen zusammen. »Was meinst du damit?«

»Keine Nachfragen, Kenric. Versprich mir das. Ich könnte es dir nicht sagen.«

»Na schön«, grummele ich. »Ich verspreche es.«

Vanya zieht die Hand zurück und richtet sich auf. »Ich habe diese Blume gesehen, als ich an einem Scheideweg stand. Und die Götter haben mir meinen Wunsch erfüllt. Sie haben mich hierhergebracht – nach Nordgand. Zu dir.« Sie deutet auf die Zeichnung der Nachtlilie. »Diese Blume ... Sie hat etwas Magisches an sich. Ich weiß nicht, ob sie wirklich aus den Tränen einer Göttin besteht, aber sie ist ... keine normale Blume.«

»Nachtlilien sollen nur in Nordgand vorkommen«, sage ich. »Wie kannst du ...?«

Schnell hebt sie die Hand und schneidet mir das Wort ab. »Keine Nachfragen. Du hast es versprochen. Glaub mir bitte, ich *habe* diese Blume gesehen. Sie hat geleuchtet. Und ihr Leuchten ... hatte die Farbe deiner Augen.«

Nichts von dem, was sie sagt, ergibt einen Sinn. Wenn der Text korrekt ist, wachsen Nachtlilien lediglich in einem einzigen Gebiet in Nordgand – dem Gebiet, in dem ich geboren wurde.

»Gut, keine Nachfragen.« Meine Stimme klingt angespannt. »Aber selbst wenn du diese Blume gesehen hast. Und selbst wenn die Göttin einen Wunsch erfüllt, wenn man eine findet. Nichts davon bringt uns weiter. Nach dem Großen Krieg wachsen keine Blumen mehr in Nordgand. Wenn es einst diese Nachtlilien gab, sind sie schon vor unzähligen Jahren verrottet oder zu Staub zerfallen.«

Unruhig rutscht Vanya auf dem Sofa herum. »Wenn es ... eine Möglichkeit gäbe, an eine Nachtlilie zu kommen ... Was würdest du sagen?«

Sie benimmt sich derart seltsam, dass ich auf der Hut bin. »Ich kenne keinen Nordgander, der seit dem Großen Krieg eine lebende Pflanze gesehen hat.«

»Das mag vielleicht sein«, gibt sie zähneknirschend zu, »aber was, wenn die Pflanzen ... im Verborgenen wachsen?«

Ich reibe mir mit einer Hand über die Stirn. »Das ist Zeitverschwendung. Wenn es diese Blumen noch irgendwo gäbe, hätte sie schon jemand gefunden. Außerdem erfüllen Blumen keine Wünsche.«

»Die Geburt einer Prinzessin beendet auch keinen Fluch«, hält Vanya dagegen.

»Doch«, sage ich. »Sie müsste über die Magie verfügen, die das Gegenteil zum Fluch darstellt.«

Auf einmal wirkt Vanyas Gesicht blass. »Südgander besitzen keine Magie.« Ihre Stimme klingt dünn. »Wie soll die Prinzessin über Magie verfügen?«

Ich stoße den Atem aus. »Was weiß ich? Ich war nicht dabei, als die Flüche ausgesprochen wurden. Ich habe keinen Zugang zu den Überlieferungen, also muss ich mich auf das verlassen, was die alten Fae mir erzählen können. Ich weiß nur, dass die hundertste Prinzessin wohl oder übel unsere einzige Chance ist, denn so was«, ich hebe demonstrativ das Buch an, »ist ein Hirngespinst – keine Lösung. Selbst die Fae klammern sich offenbar nach all der Zeit an Wunder und Glücksbringer.«

»Aber wenn es wahr ist«, beharrt Vanya. »Es gibt diese Blume. Ich habe sie ...«

»Ihre Existenz bedeutet gar nichts. Vielleicht gab es sie einst in Nordgand. Vielleicht haben sich ein paar Samen bis nach Südgand verbreitet. Aber diese Blume wird keine

Wünsche erfüllen. Weil sie nichts weiter als eine verdammte Blume ist!«

»Wir arbeiten mit Pflanzen. Wir kennen ihre Wirkung. Hast du noch nie bei einer Behandlung gedacht, dass ihre heilende Wirkung an ein Wunder grenzt?«

Ich presse die Lippen zusammen und drehe den Kopf weg. Für sie, eine Südganderin, muss es sich wie ein Wunder anfühlen. Für mich, der umgeben von magiebegabten Fae aufgewachsen ist, waren Kräuter nicht mehr als ein kümmerlicher Ersatz.

Meine Kräfte sind nicht heilend; sie bringen Patienten keine Linderung. Also musste ich auf etwas anderes zurückgreifen, wenn ich helfen wollte. Und das wollte ich.

Ich wollte zeigen, dass auch ich etwas ... richtig machen kann.

Dass ich nützlich sein kann.

Als die hoch geborenen Fae sich von mir abwandten, landete ich ganz unten. Ohne Familie, ohne Beziehungen hatte ich keinen Ort, an den ich gehen konnte. Ich sah Armut und Hunger und durch Magie oder Mana-Mangel ausgelöste Krankheit in den Straßen Evenors. Ich sah jene, die nicht stark genug waren – so wie ich. Und ich hatte Mitleid mit ihnen, obwohl mir niemand dieses Gefühl entgegenbrachte. Vielleicht wollte ich nur nicht so sein wie die Fae und die Südganderin, die mein junges Leben zerstört haben.

Während meiner Suche nach einer möglichen Aufhebung des Fluchs stieß ich auf die fast vergessene Heilkunst mit Kräutern und studierte sie nebenher. Viele Fae konnten sich die Behandlung der magisch begabten Heiler nicht leisten, also kamen sie zu mir. Andere wurden von den Heilern aufgegeben, weil diese ihre Leiden, die meist durch neidvolle andere Fae mittels Magie hervorgerufen wurden, nicht kurieren konnten. Mir gelang es – manchmal.

Und jedes Mal dachte ich, dass es an ein Wunder grenzte, was solch getrocknete Pflanzen vollbringen können.

»Ja«, gebe ich auf Vanyas Frage hin zu. »Aber wir reden nicht von der Heilung einer schwärenden Wunde. Hier geht es um einen Fluch, ausgesprochen von den Göttern selbst. Ich kann mir nicht vorstellen, dass eine einzelne Blume etwas daran ändern sollte.«

Vanya nimmt meine Hand. »Vielleicht existiert die Nachtlilie nicht mehr. Vielleicht hat sie keinerlei Wirkung. Aber was, wenn doch? Was haben wir zu verlieren?«

Einen Moment ringe ich mit mir, ehe ich murmele: »Nichts.«

Vanya nickt zufrieden. »Ich ... schaue mal nach, ob ich irgendwo in meinem Gepäck etwas zur Nachtlilie finde.«

Ich runzele die Stirn. »Du hattest kein Gepäck bei dir, als du nach Nordgand kamst.«

Ertappt zucken ihre Augenbrauen zusammen. »Nun, ich ...« Sie zieht ihre Hand zurück. »Vielleicht finde ich trotzdem etwas. Im ... Im Gepäck der Ausgewählten.«

Vanya hat sich schon in der Vergangenheit merkwürdig verhalten. Ich erinnere mich besonders an den Augenblick, als sie mit getrockneten Falbnelken vor meiner Tür stand; die Blumen haben uns sehr dabei geholfen, das richtige Mischverhältnis des im Schloss kursierenden Giftes herauszufinden. Auch da wollte – oder konnte – sie mir nicht sagen, wie sie so schnell an die Blumen gelangt ist.

Irgendetwas ist hier faul. Aber wenn ich sie direkt danach frage, wird sie mir ausweichen oder mir eine Lüge auftischen. Ich will nicht mit ihr diskutieren oder streiten; nicht jetzt, nachdem es zwischen uns so gut läuft. Also kann ich nichts anderes tun, als darauf zu vertrauen, dass sie mir die Wahrheit sagen wird, wenn sie so weit ist.

Ich greife wieder nach ihrer Hand und verschränke die Finger mit ihren. »Komm danach gleich zu mir zurück, wenn du alles aus dem Schloss geholt hast, was du brauchst. Versprich mir das.«

Lächelnd lehnt sie sich zu mir vor, bis ihre Stirn an meiner ruht. »Natürlich verspreche ich dir das. Aber zuerst ...«, ich kann förmlich hören, wie ihr Lächeln breiter wird, »könnte ich eine Dusche vertragen. Und ich bräuchte jemanden, der mir den Rücken wäscht.«

Ohne dass ich sie dazu auffordern muss, bewegen sich meine Füße, und ich folge ihr ins Bad.

Kapitel 14

✦

VANYA

Nachdem Kenric sich nicht bloß ausgiebig um meinen Rücken gekümmert hat, hilft er mir, das voluminöse Kleid anzuziehen. Der dazugehörige Schal verdeckt sowohl den Verlorenenbiss an meiner Schulter, als auch den kleinen ovalen Bluterguss an meinem Hals. Allein bei der Erinnerung an Kenrics Mund an dieser Stelle durchfährt mich eine warme Sehnsucht, die mich beinahe meinen Ausflug ins Schloss weiter aufschieben lässt. Und das, obwohl wir uns gerade geliebt haben.

Ich habe Mädchen und junge Frauen in meinem Alter nie verstanden. Ich habe nie begriffen, warum sie für einen kurzen Moment der Lust alles aufs Spiel setzten und Gefahr liefen, schwanger oder für andere potenzielle Ehemänner, die ihre Eltern für sie aussuchten, unattraktiv zu werden.

Nun verstehe ich sie. Bei Kenric und mir ist diese Sehnsucht nacheinander noch ausgeprägter als bei den Mädchen aus Südgand, denn wir dürfen Gefühle füreinander haben.

Meine Erziehung erlaubte ein solches Denken zu keiner Zeit. Mir wurde von klein auf eingetrichtert, dass Gefühle etwas Schreckliches sind, und Menschen, die sich einander körperlich hingaben, nicht besser als Tiere seien. Ein Zusammensein zwischen Mann und Frau war Eheleuten vorbehalten. Und selbst da ging es nicht um Spaß, sondern um das Zeugen von Nachkommen.

Zumindest dachte ich das, bis ich ins Dorf Korinth kam. Nicht nur Katinka suchte mich in der Hoffnung auf, ich könnte ihr bei einer ungewollten Schwangerschaft helfen. Das tat ich nie, weil es gegen die obersten Gesetze der Götter verstieße, aber ich weiß, dass längst nicht alle Heiler über so viel Skrupel oder Gottesfürchtigkeit verfügen wie ich.

Über jedes dieser Mädchen, die zu mir kamen und mich – mal unter Tränen, mal nach außen hin völlig gefühlskalt – um Hilfe baten, schüttelte ich damals den Kopf. Sie waren allesamt nicht dumm; sie wussten, wozu ihre Handlungen führen konnten. Auch innerhalb des einfachen Volkes gelten uneheliche Kinder als Bastarde, die es ihr Leben lang schwer haben. In adeligen Kreisen, aus denen ich stamme, ist es das gesellschaftliche Todesurteil und steht – auch für den Rest der Familie – auf einer Stufe damit, am Fluch zu sterben.

Ich stoße ein Schnauben aus, während sich meine Mundwinkel zu einem Schmunzeln heben. Wenn meine Eltern mich jetzt sehen könnten ... Nicht nur, dass ich mich verliebt habe. Derjenige, dem mein Herz gehört, ist noch dazu ein Nordgander und Bürgerlicher. Allein eine dieser Tatsachen würde ausreichen, dass meine Eltern der Schlag trifft.

Oft hatte ich das Gefühl, dass sie mich vergessen haben, nachdem sie mich nach Korinth schickten. Hin und wieder schrieben sie. Einmal im Jahr kamen sie mich zu meinem Geburtstag besuchen. Ich war froh darüber, ihre erdrückende Präsenz nicht mehr ständig um mich zu spüren und nicht mehr ihren unumstößlichen Regeln unterworfen zu sein. Trotzdem gab ich mir Mühe, in ihren Augen die Tochter zu sein, die sie sich wünschten. Fügsam. Sittsam. Liebenswürdig. Unterwürfig. Ich wollte all das sein, besonders nach Jaspers Tod. Ich wollte nicht, dass sie meinetwegen erneut litten.

Nun habe ich die – für meine Eltern – wohl größten Fehltritte begangen, die ich hätte begehen können. Und ich bereue es keine Sekunde lang.

Meine Eltern haben mich vergessen. Vielleicht wird es Zeit, dass ich sie ebenfalls vergesse und all das abstreife, was sie mir über Jahre hinweg eingetrichtert haben, wie einen zu kleinen Kokon, aus dem ich endlich entwachsen bin.

◆◆◆

»Lass mich dich begleiten.«

Darum bittet Kenric nicht zum ersten Mal, während ich mich anziehe, aber auch diesmal lehne ich ab.

»Ich will bloß das andere Kleid und meine wenigen Habseligkeiten holen«, sage ich. »Und Ausschau nach einer Nachtlilie halten.«

Er verzieht den Mund. »Mir ist nicht wohl dabei, dich allein gehen zu lassen.«

Ich trete zu ihm und lege ihm eine Hand an die Wange. Sofort schmiegt er sich in die Berührung. »Mir wird nichts passieren.«

Auch mir ist nicht wohl dabei, allein zu gehen. Nicht nur, weil sich da draußen ein weiterer Verlorener herumtreiben könnte, sondern auch wegen Zahid. Ich bete, ihm nicht über den Weg zu laufen.

Aber ich gehe nicht nur zum Schloss, um das andere Kleid zu holen; ich hätte kein Problem damit, fortan nur noch Kenrics Hemden zu tragen.

Mir geht die Nachtlilie nicht aus dem Kopf. Kenric hält sie für ein Hirngespinst. Etwas, womit wir unsere Zeit nicht vertrödeln sollten. Doch ich habe sie gesehen, kurz bevor ich den Entschluss fasste, nach Nordgand zu reisen. Ich kenne ihre Wirkung, die defintiv nicht die einer normalen Blume ist. Ihren violett leuchtenden Blüten wohnt ein Zauber inne, den ich bis damals nicht kannte. Wenn es nur die kleinste Chance gibt, dass auch Kenric eine Nachtlilie sieht und ebenso denkt wie ich ...

Vielleicht bringt sie uns nicht die Lösung des Problems, aber eine neue Sichtweise. Kenric befasst sich mit der Aufhebung des Fluchs seit gut zwei Jahrzehnten und hat keine Erfolge vorzuweisen. Dafür mache ich ihm keinen Vorwurf, doch ich bin der Meinung, dass es Zeit wird, in neue Richtungen zu denken.

Deshalb werde ich alles daransetzen, ihm eine Nachtlilie zu präsentieren. Es ist mir ein Mal gelungen, eine zu erschaffen. Es wird mir auch ein weiteres Mal gelingen. Ich werde sie trocknen müssen, wie damals die Falbnelken. Gut möglich, dass die Nachtlilie dadurch ihre Wirkung verliert, doch darum werde ich mich kümmern, wenn es so weit ist.

Dann könnten wir hier, in der Sicherheit seiner Wohnung, herausfinden, was an den Gerüchten dran ist.

Als ich bereits an der Tür bin, greift Kenric nach meiner Hand und hält mich zurück.

»Nimm wenigstens Turon mit«, bittet er.

Der große schwarze Hund springt sofort vom Sofa auf, als er seinen Namen hört, und trottet zu mir.

Ich runzele die Stirn. »Hat Zahid nicht damit gedroht, ihn an seine eigenen Haustiere zu verfüttern, wenn Turon noch mal durchs Schloss stromert?«

»Er wird davor warten und sicherstellen, dass du heil dort ankommst und schnell wieder zu mir zurückkehrst.«

Turon gibt ein zustimmend klingendes Brummen von sich, als hätte er jedes einzelne Wort verstanden. Umgehend setzt er sich aufrechter hin und drückt die Brust raus.

Ich kann nicht anders als zu lächeln. »Na schön. Aber er bleibt vorm Schloss. Ich will nicht riskieren, dass ihm etwas geschieht.«

Kenric umschließt mit beiden Händen mein Gesicht und beugt sich zu mir herab. »Um ihn mache ich mir keine Sorgen, sondern um dich.« Sanft streicht er mit seinem Mund über meinen. So sanft, dass sämtliche Nerven in meinen Lippen nach mehr schreien. »Du weißt nicht, wann es besser für dich ist, diesen hübschen Mund zu halten.«

Das Kribbeln in meinen Lippen verblasst. »Dir wäre es ... lieber, wenn ich still wäre?«

Er stupst mit der Nasenspitze gegen meine. »Götter, nein! Als du inmitten meiner Schatten Zahid die Stirn geboten hast ... Wäre ich nicht bereits in dich verliebt gewesen, wäre ich dir in dem Moment mit Haut und Haar verfallen.«

Beruhigt stoße ich den angehaltenen Atem aus.

»Ich will niemals, dass du still bist«, murmelt er, ehe er mich erneut küsst. Fester diesmal. Ich kralle die Hände in sein Hemd, um Halt zu finden. »Ich will, dass du immer sagst, was du denkst. Aber diese Einstellung vertreten nicht alle Fae. Gerade in den Augen der höher geborenen bist du bloß eine Südganderin – eine Sterbliche ohne Magie. Ein falsches Wort könnte sie dazu veranlassen, dir schaden zu wollen.« Er zieht mich näher zu sich. »Und es geht gegen all meine Instinkte, wenn ich dann nicht bei dir sein und dich vor diesen verbohrten Idioten beschützen kann.«

Ich hätte nie gedacht, dass Männer wie Kenric außerhalb von erdachten Geschichten existieren. Selbst mein Bruder Jasper, den ich als das Sinnbild eines Mannes vergöttert habe, hatte im Gegensatz zu Kenric verstaubte Ansichten über das Verhalten von Frauen.

»Niemand wird bemerken, dass ich im Schloss war«, verspreche ich. »Ich bin so schnell wie möglich zurück.«

Kapitel 15

KENRIC

Kaum dass Vanya und Turon die Wohnung verlassen haben, kann ich vor Anspannung nicht mehr stillsitzen. Alles in mir schreit danach, ihnen zu folgen und auf sie aufzupassen. Die Tatsache, dass der Marktplatz und das angrenzende Schloss nur wenige Steinwürfe von meiner Wohnung entfernt sind, spielt keine Rolle.

Aber Zahid wird es nicht gefallen, wenn ich schon wieder ohne Grund durch sein Schloss streife. Er sucht bloß nach einem Vorwand, um mir das Leben schwer zu machen – und das kann ich gerade nicht gebrauchen. Ich brauche nichts, was die Leichtigkeit vertreibt, die zwischen Vanya und mir herrscht. Wenn ich könnte, würde ich die gesamte verdammte Welt aussperren. Sollen sie doch sehen, wie sie zurechtkommen! Ich wäre zufrieden, nur Vanya und Turon zu haben.

Aber Vanya wird das nicht wollen. Sie besitzt mehr Ehrgefühl als ich und kann die gefesselte Südganderin nicht sich selbst überlassen. Ein Teil von mir bewundert sie dafür. Der andere möchte sie am liebsten anflehen, alles zu vergessen, was nichts mit uns zu tun hat.

Ich weiß nicht, welcher Teil der größere ist.

Fast mein gesamtes Leben habe ich damit verbracht, nach einer Aufhebung des Fluchs zu forschen. Ich habe allem anderen entsagt und so lange geforscht und gelesen und kombiniert und die Anzeichen für meine Erschöpfung ignoriert, bis mein Körper mir den Dienst verweigerte. Ich brach zusammen. Irgendwer – wahrscheinlich Paleia – rief die königlichen Heiler, die mich mit einer Mixtur wieder auf die Beine brachten, die wohl verdünntes Südganderblut enthielt.

Das war das einzige Mal in meinem Leben, dass ich Blut kostete.

Wie ich Zahid kenne, gestand er mir nur einen Tropfen, verdünnt mit einem ganzen Fass Wasser zu, aber ich spürte die Wirkung trotzdem. Und ich begriff, warum die Fae auf diese Energie angewiesen waren. Selbst mir, der stets übervoll von Mana ist, kam es wie ein Rausch vor. Ich fühlte mich stärker, ausdauernder.

Unbesiegbar.

Ich brauchte Tage, bis dieser Rausch mir nicht mehr die Sinne vernebelte und ich nach mehr schrie. Ich wollte nicht so enden wie die anderen Fae: abhängig von südgander Blut.

Um dieses Schreien zu überwinden, stürzte ich mich erneut in meine Forschungen. Die Götter allein wissen, welch abstrusen Theorien ich nachgegangen bin, weil ich nach Jahren verzweifelte. Als ich meine Verzweiflung bemerkte, machte ich umso verbissener weiter.

Bis Vanya in mein Leben trat.

Es sollte sie nicht geben. Sie sollte nicht hier sein, denn sie wurde nicht ausgewählt. Und doch ist sie da. Sie war plötzlich überall dort, wo auch ich war. Und wenn sie es nicht war, wollte ich dort sein, wo sie sich aufhielt.

Zum ersten Mal in meinem Leben wurde mir etwas wichtiger als meine Forschungen, die ich zunehmend mehr vernachlässigte, weil ich lieber mit einer vorlauten Südganderin fachsimpelte. Oder sogar mit ihr für die Sterne tanzte. Ich will es heute wieder tun, hier in meiner Wohnung. Ich will, dass sie die Sterne sieht, auf die sie so lange bereits verzichten muss und nach denen sie sich bestimmt sehnt.

Vorhin, als sie mir ihre These mit der Nachtlilie präsentierte, habe ich ihr zwar widersprochen, aber ich würde alles für sie tun. Das beinhaltet auch, mich auf die Suche nach einer nicht existenten Blume zu begeben. Nicht weil ich ihr beweisen will, dass sie falschliegt, sondern weil ich sie glücklich machen will.

In jeder Hinsicht.

Kapitel 16

✦

VANYA

Turon und ich gelangen ohne Zwischenfälle zum Schloss. Ich kann vor dem Hund nicht verbergen, dass ich erleichtert darüber bin. Sicher ist ihm aufgefallen, dass ich ständig über meine Schulter schaute, wenn ich mir ein Geräusch eingebildet habe. Oder wenn ich dachte, das leise Klackern seiner Krallen auf dem Kopfsteinpflaster wäre das Scharren eines Verlorenen.

Am Tor kraule ich ihn zum Abschied hinter den Ohren, während die Wachen das Tor für mich öffnen. Sie beäugen Turon skeptisch, belassen es aber dabei, als er mir nicht nach drinnen folgt.

Hastig eile ich, begleitet von Fünkchen, durch die Gänge, um niemandem über den Weg zu laufen, der mich daran hindern könnte, schnell zu Kenric zurückzukehren.

Die Entscheidung, hierherzukommen, habe ich erst getroffen, nachdem ich mit Kenric über die Nachtlilie gesprochen habe. Vorher hätten mich keine zehn Pferde zurück ins Schloss gekriegt.

Aber ich glaube an die Macht der Nachtlilie. Ob sie tatsächlich aus den Tränen einer Göttin entsprungen ist, vermag ich nicht zu sagen, doch es haftet ihr eindeutig etwas Magisches an.

Nachdem ich das ausladende Ballkleid gegen das mit den aufgestickten Sternen am Saum in meinem Zimmer getauscht habe, werfe ich einen letzten Blick zurück. Bis auf das Kleid gibt es hier in diesem Zimmer nichts, was ich mitnehmen könnte. Nichts, was mich hält. Bloß der Wunsch nach Hilfe.

Wie viele Südganderinnen wohl bereits wie Marthel an der Wand hingen? Es müssen unzählige gewesen sein ... Ich könnte dieses Leid ein für alle Mal beenden. Die Nordgander harren auf die Geburt der hundertsten Prinzessin, die bereits geboren ist. Ich könnte alle Südganderinnen vor diesem Schicksal bewahren. Ich könnte den Nordgandern die Sonne und das Leben zurückbringen.

Aber das wird nicht einfach sein.

Niemand kann mir genau sagen, wie die Fluchaufhebung vonstattengeht. Wahrscheinlich werde ich mein Leben dabei verlieren. Vor nicht allzu langer Zeit hätte mich dieser Gedanke nicht derart in Angst und Schrecken versetzt wie jetzt. Doch die Vorstellung, zu sterben und nie wieder mit Kenric zusammen sein zu können, lässt mich vor Angst erstarren.

Wann bin ich nur derart selbstsüchtig geworden?

Ich habe mein Leben der Heilung anderer verschrieben. Ich habe stets geholfen, wenn es mir möglich war und ich es mit meinem Gewissen vereinbaren konnte. Nun könnte ich so viele retten.

Vielleicht.

Es besteht die Gefahr, dass sofort ein neuer Großer Krieg ausbricht, sobald die Nordgander die Grenze nach Südgand wieder überqueren können, ohne Konsequenzen zu fürchten.

Es ist also möglich, dass ich ganz Südgand dem Untergang weihe, wenn ich mich falsch entscheide.

Ich schlinge die Arme um mich, um das Zittern zu dämpfen, das mich erfasst hat. Ohne Erfolg. Die Last und Verantwortung, die auf meinen Schultern liegen, scheinen mich zu

Boden zu drücken. So sehr, dass meine Knie fast unter mir nachgeben.

Ich bin eine südgander Prinzessin. Demnach ist es bloß logisch, dass ich das Beste für mein Land erstreiten sollte. Das Beste für Südgand wäre es, alles beim Alten zu belassen und die Opfer der Ausgewählten weiter hinzunehmen. Wahrscheinlich bin ich die einzige Südganderin – noch lebende Favoritinnen ausgenommen –, die davon weiß, denn sogar Merill, die selbst eine Ausgewählte war, kann sich nicht an die Zeit in den Katakomben erinnern.

Doch kann auch ich so tun, als wüsste ich von nichts?

Ich musste beinahe mein ganzes Leben meine Abstammung verleugnen. Gut möglich, dass ich keine richtige Prinzessin mehr bin. Im Herzen jedenfalls nicht. Mein Herz schlägt auch nicht mehr für mein Land, sondern für einen Nordgander, dem ich so gern die Sonne zeigen würde, anstatt sie ihm bloß zu beschreiben.

Zerrissen zwischen Pflicht und Gefühlen stehe ich hier, ohne zu wissen, was ich tun soll.

Mir ist klar, dass sich meine Gedanken im Kreis drehen. Dass ich etwas opfern muss, egal, wofür ich mich entscheide. Der egoistische Teil von mir will Kenric und die Zeit mit ihm auf keinen Fall opfern, also kann ich nicht zugeben, dass ich die hundertste Prinzessin bin, auf die die Nordgander bereits so lange warten.

Meine Hoffnungen ruhen auf der Nachtlilie, ebenso wie auf der Möglichkeit, dass Zahid keinen neuen Krieg vom Zaun brechen wird. Dass er zu beschäftigt mit dem Wiederaufbau seines Reiches sein wird, um die Hand gierig nach Südgand auszustrecken. Doch wie lange wird dieser Zustand anhalten? Eine Generation? Zwei? Für Fae-Verhältnisse ist das nichts weiter als ein Wimpernschlag. Selbst wenn es mir gelänge, Zahid das Versprechen abzupressen, Südgand nicht anzugreifen, wird er irgendwann darauf pfeifen – spätestens wenn ich tot und verrottet in irgendeiner Gruft liege. Ich würde das Problem nur auf kommende südgander Generationen abwälzen.

Ich brauche einen Plan – so schnell wie möglich. Früher oder später wird mir ein Fehler unterlaufen. Oder Kenric durchschaut meine Lügen und Halbwahrheiten. Irgendetwas wird geschehen, was mich enttarnt.

Und dann werde ich nicht auf Zahids Wohlwollen hoffen können. Er wird schneller handeln, als ich reagieren kann.

◆◆◆

Ich verlasse mein Zimmer und begebe mich in die Kammer daneben, in der ich vor einiger Zeit die Falbnelken erschaffen habe.

Angespannt lasse ich mich auf dem Holzboden nieder. Wie es mir gelingen soll, eine Nachtlilie herbeizuzaubern, weiß ich nicht so recht. Wahrscheinlich so, wie ich es auch bei der Falbnelke vollbracht habe.

Falbnelken sind Blumen, die hier in Nordgand nicht heimisch sind. Deshalb fielen sie wenige Augenblicke nach ihrer Erschaffung dem Fluch zum Opfer und zerbröselten zu Staub.

Nachtlilien jedoch sind heimisch. Zwar sind auch alle heimischen Blumen verdorrt und seit Generationen verschwunden, aber vielleicht trifft das nicht auf eine Blume zu, der eine magische Kraft innewohnt. Andernfalls werde ich versuchen, sie ebenfalls zu trocknen. Ob sie dann noch über ein Leuchten oder Magie verfügt, kann ich nicht sagen.

Ich stoße ein Seufzen aus. Ich wünschte, ich wüsste mehr

und könnte mehr beitragen. Hoffentlich wird die Nachtlilie Kenric eine Hilfe sein. Das ist alles, was ich will: eine neue Möglichkeit. Ein Erfolg nach so vielen Misserfolgen, selbst wenn es nur ein kleiner Lichtblick ist. Für Kenric wird er aber von ungeheurer Bedeutung sein und ihm neue Kraft geben.

Wie auch das letzte Mal, greife ich nach der Axt, die beim Feuerholzstapel liegt, und schneide mir in den Zeigefinger. Blut tropft herab und fällt zu Boden, wo ihm ein einziges Staubkorn ausreicht, um eine Blume entspringen zu lassen. Ich schließe die Lider und fokussiere meine Gedanken auf die Nachtlilie. Auf ihre Farbe. Ihre Blütenblätter. Ihr Leuchten.

Ich sehe sie deutlich vor mir, aber als ich die Augen wieder öffne, ist dort eine andere Blume gewachsen, die keinerlei Ähnlichkeit mit der Nachtlilie hat. Kaum dass ich meinen Magiefluss nicht mehr auf sie konzentriere, fällt sie in sich zusammen, wird welk und zerbirst schließlich zu Asche.

Ich runzele die Stirn. Bei den Falbnelken fiel mir das Erschaffen leicht; es war bloß schwer, sie am Leben zu erhalten, bis sie trockneten.

Doch jetzt gelingt es mir nicht, eine Nachtlilie hervorzurufen. Auch der zweite und dritte Versuch schlagen fehl.

Schweiß rinnt mir in Strömen den Nacken hinab. Mich bewusst auf meine Magie zu konzentrieren, habe ich nie gelernt, und nun, wo ich auf sie zurückgreifen muss, verweigert sie sich mir. Oder gebärdet sich so widerspenstig, dass es beinahe wehtut, wie sie unter meiner Haut umherhuscht. Es ist nicht das normale Kribbeln, auch nicht das ausgeprägtere, wenn sie mich beschützen will. Es ist eher … ein Kratzen und Aufbäumen, als würde ich einen Fehler begehen.

»Sag es mir«, presse ich hervor. »Sag mir, was ich falsch mache.«

Aber meine Magie bleibt stumm. Ich habe nie wirklich eine Verbindung zu ihr gefunden. Zwar bin ich ihr dankbar für die Male, die sie mich beschützt hat – erst vor Casimir und dann vor dem Verlorenen –, doch eine Zusammenarbeit gab es nie zwischen uns.

Für den siebten Versuch drücke ich meinen Daumen fester gegen die Axtklinge, bis ich die Zähne zusammenbeißen muss, um keinen Laut von mir zu geben. Mehrere dicke Blutstropfen fallen zu Boden. Ganz genau sehe ich die Nachtlilie vor meinem inneren Auge und konzentriere mich so fest auf ihre Einzelheiten, dass mir schwindelig wird. Vor meinen Füßen bildet sich allerdings nichts weiter als eine Rose.

Mit einem unwirschen Knurren unterbreche ich den Magiefluss und schaue der Rose beim Verwelken zu.

Was mache ich falsch? Ich gehe doch genauso wie bei den Falbnelken vor … Gelingt es mir nicht, weil die Nachtlilie eine nordgander Blume ist?

Aber in meinem Turm habe ich sie doch auch erschaffen – und das war in Südgand.

Seufzend lehne ich mich zurück und umklammere die mit Schnitten übersäte rechte Hand mit der linken.

Als mir die Nachtlilie erschienen ist, war ich verzweifelt. Ich wusste weder ein noch aus. Ich dachte, mein Leben sei vorbei. Damals rief ich sie nicht bewusst herbei, sondern sie war einfach da, geboren aus Zufall, Angst und Verzweiflung.

Sie kam zu mir als weisendes Leuchten in der Dunkelheit.

Heute kann ich nicht sagen, ob ich ohne die Nachtlilie den Entschluss gefasst hätte, nach Nordgand zu gehen. Ob ich den benötigten Mut für diesen Schritt hätte aufbringen können.

An einem solchen Punkt befinde ich mich nicht. Wenn ich die Ausnutzung der Ausgewählten für einen Moment beiseitelasse, war ich noch nie glücklicher. Ich brauche keine Weisung. Zwar befinde ich mich inmitten von Dunkelheit, aber ich habe eine andere Art von Licht gefunden.

Wenn die Nachtlilie tatsächlich magisch ist, kann ich sie in meinem jetzigen Zustand nicht hervorrufen.

Ich versuche es trotzdem erneut. So lange, bis all meine Finger mit Schnitten überzogen sind und ich aus vielen kleinen Wunden blute. Selbst ich rieche das Blut in der Luft. Es wird nur eine Frage der Zeit sein, bis es auch einem Nordgander auffällt; einer Wache, die zufällig an der Tür vorbeipatroulliert. Und dann habe ich ein gewaltiges Problem.

Widerstrebend reiße ich das Tuch, das beim Ballkleid meine Schulter bedeckt hat, auseinander und wickele die kleineren Stoffstücke um meine Hände.

Meine Beine sind vom langen Knien eingeschlafen, deshalb schwanke ich, als ich umständlich auf die Füße komme. Ich fühle mich schwach und ausgezehrt. Noch schlimmer ist aber das Gefühl, versagt zu haben. Es hilft nicht, dass ich mir einrede, alles probiert zu haben.

Ich habe versagt. Ich konnte Kenrics Forschungen keine Hilfe sein. Ich kann *niemandem* eine Hilfe sein.

Dieser Gedanke verletzt mich am meisten. Egal, wie vehement ich mich gegen ihn wehre, er setzt sich in mir fest. Am liebsten würde ich meine Frustration hinausschreien, doch ich presse die Lippen aufeinander. Es wurmt mich, erneut an einem Punkt angelangt zu sein, wo ich mich hilflos fühle und auf andere vertrauen muss, ohne selbst etwas beitragen zu können. So wollte ich mich nie wieder fühlen.

Wütend starre ich auf meine verbundenen Hände und verfluche meine Kraft dafür, dass sie mir nicht gehorcht hat. Ich hatte stets den Verdacht, dass sie unnütz ist, doch nun weiß ich es mit Sicherheit. Ebenso wie meine andere Kraft, im Boden nach Pflanzen und den passenden Nährstoffen suchen zu können.

Ich zucke zusammen und schnappe zeitgleich nach Luft. Ich kann Pflanzen aufspüren! Warum habe ich nicht eher daran gedacht? Wahrscheinlich weil sich diese Kraft – bis auf einige Hilfestellungen beim Ackerbau in Korinth – nie als nützlich erwiesen hat.

Als ich hier in Nordgand ankam, war ich erschrocken über das Fehlen jeglicher Pflanzen, dass ich kurz die Hände in den kargen Boden gegraben habe. Doch mit Kenric im Nacken, der uns an der Grenze abgeholt hat, wagte ich nicht, meine Kraft ausgiebig einzusetzen, aus Angst, er als Nordgander könnte meine Magie spüren.

Seitdem habe ich nicht mehr an diese Fähigkeit gedacht. Aber nun könnte sie nützlich sein. Mit ihrer Hilfe könnte ich eine Nachtlilie finden – sofern sie noch in Nordgand wächst. Die Chance ist verschwindend gering. Gäbe es irgendwo eine lebende Blume, hätte sie bestimmt bereits jemand gefunden.

Aber was, wenn sie an einem solch unzugänglichen Ort wächst, dass noch niemand dort hingegangen ist? Stand im Buch nicht etwas von Höhenregionen? Wenn die Nordgander wegen der Verlorenen ihre befestigten Städte nicht verlassen, könnte eine Nachtlilie als Wegweiser in der Dunkelheit irgendwo existieren.

Doch um das herauszufinden, müsste ich ebenfalls die Stadt verlassen.

Allein beim Gedanken daran kann ich kaum noch atmen. Ich bin fast an einem Verlorenen gescheitert. Wie soll ich mich da gegen ganze Horden behaupten, die dort draußen umherstreifen?

Ich kaue auf meiner Unterlippe. *Kenric.* Er schafft es alle drei Jahre zur Grenze und mitsamt der Ausgewählten wieder zurück zur Hauptstadt. Außerdem gibt es Händler, die mit Südgandern verkehren und auch irgendwie sicher zur Grenze und zurück kommen müssen.

Es ist also möglich.

Fragt sich bloß, wie einfach es tatsächlich ist. Oder schwer.

Kenric wird mir die Antworten darauf liefern können. Er wird versuchen, mir die Idee auszureden. Er wird mir äußerst bildlich und detailliert beschreiben, wie es da draußen zugeht. Welche Gefahren dort lauern, die ich mir bisher nicht vorstellen kann. Ich werde ihm am liebsten zustimmen wollen und die Sache auf sich beruhen lassen. Doch am Ende werde ich es versuchen wollen, weil ich mir sonst bis an mein Lebensende vorwerfe, nicht alles unternommen zu haben.

Und Kenric wird mich begleiten. Mit ihm an meiner Seite verliert jeder Schrecken seine Wirkung.

Kapitel 17

✦

VANYA

Bevor ich die Kammer verlasse, versichere ich mich, dass all meine Wunden verbunden sind und aus keiner sichtbar Blut hervortritt.

Kaum dass ich die Tür hinter mir geschlossen habe, taucht plötzlich Katinka neben mir auf. Ich war derart in Gedanken versunken, dass ich sie nicht bemerkt habe. Nun mache ich erschrocken einen Schritt zur Seite.

»Katinka«, presse ich atemlos hervor, während ich eine Hand auf mein wild klopfendes Herz drücke.

Ihr entgeht diese Bewegung nicht. Aufmerksam mustert sie die Verbände um meine Finger, ehe ihr Blick zu meinem Gesicht zurückkehrt. Ein liebliches Lächeln erscheint auf ihrem, bei dem es mir eiskalt den Rücken hinunterläuft.

»Ich habe gehofft, dich zu treffen«, sagt sie mit süßlicher Stimme.

Unwillkürlich mache ich einen weiteren Schritt von ihr weg. Das letzte Mal, als wir uns begegnet sind, war während des Festes der Tanzenden Sterne. Ich sagte Zahid gerade rundheraus, dass er sich eine andere Favoritin erwählen soll und schlug ihm Katinka vor, die mehr als willens gewesen wäre, diese Aufgabe zu übernehmen.

»Was gibt es?«, frage ich vorsichtig.

Sie neigt den Kopf. In einer anderen Situation würde diese Bewegung wohl niedlich wirken. »Ich möchte dir dafür danken, dass du dich für mich eingesetzt hast. Nach allem, was in letzter Zeit geschehen ist ... Die Sache mit Aleria ... Ich hätte nicht gedacht, dass du dich auf meine Seite stellen würdest.«

Ich winke ab. »Ich wollte von Anfang an nicht Zahids Favoritin sein. Er hat mich mit seiner Wahl überrumpelt. Und wegen Aleria ... Wahrscheinlich haben wir uns beide in ihr getäuscht. Ihr Tod ist grausam, aber wir können nichts daran ändern.«

Katinka nickt bedächtig. »Ich habe etwas für dich.«

Sofort bin ich auf der Hut. Als Marthel mir zuletzt etwas zeigen wollte, versuchte sie, mich in den Katakomben in eine Falle zu locken. »Danke, aber ich habe es wirklich eilig.«

Als ich mich abwende, packt Katinka mein Handgelenk. Nicht fest genug, um mir wehzutun, aber fest genug, dass ich mich versteife.

»Ich habe nach Hause geschrieben«, sagt sie. »Und ich habe Antwort erhalten.«

Langsam drehe ich mich zu ihr um und runzele dabei die Stirn. Es ist allgemein bekannt, dass die Ausgewählten hin und wieder nach Hause schreiben. Auch Merill sagte, sie hätte ihren Eltern geschrieben und irgendwann von einem der Nachbarn einen Brief bekommen, dass diese gestorben wären.

Mir kam es bisher nie in den Sinn, meine Eltern wissen zu lassen, wo ich bin und dass es mir gut geht. Ein Teil von mir schämt sich dafür und schimpft mich eine furchtbare Tochter. Ich mag nicht immer derselben Meinung wie meine Eltern sein und ihnen nicht sonderlich nahestehen. Nichtsdestoweniger sind sie meine Eltern.

»Ich habe Briefe aus Korinth«, sagt Katinka, als sie mein Zögern bemerkt. »Es sind auch welche für dich dabei.«

Ich horche auf. Kurz schießt der Gedanke durch meinen Kopf, woher jemand wissen soll, dass ich hier bin. Wahrscheinlich hat der Kutschfahrer geplaudert, der uns von Korinth aus zur nordgander Grenze brachte. Oder Katinka hat es in ihrer Unwissenheit erwähnt. Ich gebe mich mit diesen Erklärungen zufrieden, denn die Neugier auf die Briefe ist stärker als mein Misstrauen.

Vielleicht sind die Briefe von Emillia, die mich mit Vorwürfen überschüttet, wie ich den armen Casimir nur ablehnen konnte. Ich könnte ihr antworten und sagen, dass ihn abzulehnen, die beste Entscheidung meines Lebens war, und ich ihr alles Gute mit ihrem ungeliebten Ehemann wünsche. Ich könnte ihr sagen, dass ich froh darüber bin, nicht enden zu müssen wie sie: gefangen in einer lieblosen, wegen des Fluchs arrangierten Ehe.

Ich könnte sie bitten, unseren Eltern auszurichten, dass es mir gut geht und an nichts mangelt. Das würde mein Gewissen beruhigen und ich müsste mich nicht mehr als furchtbare Tochter beschreiben. Ich hätte meine Schuldigkeit getan, könnte mit meiner Vergangenheit abschließen und mich voll und ganz auf meine Zukunft konzentrieren.

»Ich würde gern die Briefe für mich sehen«, sage ich und folge Katinka in das Zimmer, das wir eine Weile gemeinsam bewohnt haben.

◆◆◆

Kaum dass ich das Zimmer betreten habe, wird die Tür hinter mir zugeschlagen. Bei dem lauten Knall kneife ich die Augen zusammen und komme mir wie eine Närrin vor.

Ich hätte es wissen müssen ... Ich hätte mich auf mein Bauchgefühl verlassen sollen.

Aber ich bin ein Kopfmensch und treffe rationale Entscheidungen, wie ich es über die Jahre als Heilerin gelernt habe – zumindest wenn es dabei nicht um Kenric geht.

So sagte mir mein Kopf auch diesmal, dass es eine gute Gelegenheit sei, mit meiner Vergangenheit reinen Tisch zu machen, während mein Bauch schrie, dass hier etwas nicht stimmt.

Langsam, ohne nach außen hin meine Verunsicherung zu zeigen, drehe ich mich um und entdecke Lorienne, die sich hinter der geöffneten Tür versteckt hat und nun den Schlüssel herumdreht.

Wie immer ist ihr Auftreten tadellos, doch zum ersten Mal fühle ich mich nicht klein und minderwertig in ihrer unmittelbaren Gegenwart. Anders als zuvor habe ich nicht das Bedürfnis, den Blick abzuwenden und vor Scham über mich zu Boden zu sinken. Stattdessen erwidere ich ihr Starren und falsches Lächeln ungerührt mit gerecktem Kinn.

»Was willst du?«, frage ich möglichst unbeeindruckt.

Mit einer eleganten Armbewegung wirft sie sich das blonde Haar über die Schulter. »Zu Ende bringen, was ich angefangen habe.«

Ich verdrehe die Augen. »Ich habe keine Zeit, um deine Rätsel zu entschlüsseln, Lorienne.«

Ihr strahlendes Lächeln verblasst zusehends. Offenbar hat sie damit gerechnet, dass ich in ihrer Gegenwart den Mund nicht aufkriege. Dass ich wimmere und flehe.

Aber darauf kann sie lange warten. Diese Zeiten sind vorbei.

Als sie mir nicht antwortet, mache ich einen Schritt auf

die Tür zu. »Wenn ihr beide mich jetzt entschuldigen würdet … Ich habe noch eine Menge zu tun.«

Lorienne macht einen Ausfallschritt zur Seite und versperrt mir mit verschränkten Armen den Ausweg.

Ich neige den Kopf. »An deiner Stelle würde ich Platz machen.«

»Deine Drohungen interessieren mich nicht, kleine Favoritin«, spottet sie.

Ihre Herablassung ruft ein Kribbeln in meinen Adern hervor. Meine Magie scheint bemerkt zu haben, dass ich mich in einer gefährlichen Situation befinde. Anders als vorhin, als ich eine Nachtlilie erschaffen wollte, scheint sie nun gewillt zu sein, mit mir zusammenzuarbeiten und mich zu beschützen. Am liebsten hätte ich darüber geschnaubt, doch im Moment nehme ich jede Hilfe, die ich kriegen kann.

Lorienne winkt Katinka herbei, die eine Tasse mit dampfendem Tee in der Hand hält. Als der Duft zu mir herüberweht, weiche ich einen Schritt zurück. Subtil, unter dem herben Duft des Tees, nehme ich eine mir bekannte Mischung wahr.

Eine Mischung aus Falbnelken und Juniperblatt.

Das Gift, das hier im Schloss schon einige Opfer gefordert hat.

»Du?«, grolle ich Lorienne an. »Du bist für die Giftmorde verantwortlich?«

»Nein«, gibt sie zurück. »Nur für einen. Und das war eher ein unglücklicher Zufall.«

Mein Blick huscht zwischen ihr und Katinka hin und her. »Was meinst du damit?«

»Aleria sollte nicht sterben.« Sie sagt es völlig nüchtern, ohne eine Spur von Reue in ihrer Stimme. »Der Tee war für dich bestimmt. Du hättest als Favoritin im Saal sein sollen. Aber du musstest unbedingt mit dieser furchtbaren Schneiderin durch die Stadt schlendern.«

Ich schlucke angestrengt. Wenn Paleia mich nicht zu Merill und Eruk gebracht hätte, wäre anstatt Aleria ich es gewesen, die tot auf dem Marmorboden gelegen hätte.

Ich wende mich an Katinka. »Und du machst da mit? Du tötest andere Südganderinnen, weil eine wie sie«, mit dem ausgestreckten Arm zeige ich auf Lorienne, »es dir befiehlt?«

Die Tasse in Katinkas Hand zittert so sehr, dass ein paar Tropfen der Flüssigkeit über den Rand schwappen und zu Boden fallen. Um die Nase ist die Ausgewählte merklich blass geworden. »I-Ich … habe keine Wahl. Sie hat gesagt, wenn ich ihr nicht helfe, sorgt sie dafür, dass ich keinen Fae bekomme. Dass ich dem hiesigen Fluch anheimfalle und früh sterbe. Ohne einen Pakt …«

Ich verdrehe die Augen. »Verdammt, Katinka! Lorienne ist nichts weiter als eine Favoritin. Sie kann die Wahl der Fae nicht beeinflussen. Höchstens der König kann das. Benutz deinen Kopf, wenn er schon auf deinen Schultern sitzt!«

Meine Worte mögen harsch sein, aber ich bin nicht in der Verfassung, sie nett zu verpacken. Ich hätte Katinka mehr Intelligenz zugetraut. Und weniger Egoismus. Offenbar habe ich mich geirrt.

»Ich habe mehrmals deutlich gemacht, dass ich keine Favoritin sein will«, knurre ich. »Ich bin keine Konkurrenz für euch. Ich bin auch nicht auf Zahids Pakt angewiesen, und seine verfluchte Weihe kann mir erst recht gestohlen bleiben!«

Lorienne gibt ein glockenhelles Lachen von sich. »Auf irgendeinen Pakt musst du angewiesen sein, wenn du hier überleben willst. Und ich kann mir vorstellen, auf wen deine Wahl gefallen ist.«

Ich balle unwillkürlich die Hände zu Fäusten, als sie näher zu mir tritt.

»Soll ich dir verraten, wie es sich anfühlt, mit Kenric einen Pakt einzugehen?«, raunt sie. »Soll ich dir sagen, was wir dabei getan haben?«

Meine Fäuste zittern vor Verlangen, sie mit Gewalt zum Schweigen zu bringen. Ein solches Verlangen verspürte ich noch nie; ich verabscheue Gewalt und war nie in einer Situation, in der ich auf sie hätte zurückgreifen müssen. Aber jetzt schreit alles in mir danach, Loriennes weiße Zähne einzuschlagen, damit sie aufhört zu reden.

Es kostet mich meine gesamte Willenskraft, mich wieder Katinka zuzuwenden. »Stell die Tasse weg. Und dann verschwinde aus diesem Zimmer.«

»Hör nicht auf sie!«, zischt Lorienne, als Katinka die Tasse bereits auf der Kommode neben ihr abstellen wollte. »Sie hat hier gar nichts zu befehlen.«

»Genauso wenig wie du!«, schnappe ich. »Du magst eine Favoritin sein, aber das macht dich noch lange nicht zur Königin von Nordgand.« Ein Muskel zuckt unter ihrem Auge, und ich kann mir ein Grinsen nicht verkneifen. »Aber das weißt du selbst, nicht wahr?«

Lorienne bleckt die Zähne und hat auf einmal mehr Ähnlichkeit mit einem wilden Tier denn der schönen Favoritin. Offenbar habe ich einen wunden Punkt getroffen. Ich freue mich ungemein darauf, noch mehr Salz in die Wunde zu streuen.

»Wie lange versuchst du schon, Zahid davon zu überzeugen, dass er dich zur Königin macht?«, frage ich.

»Das geht dich überhaupt nichts an!« Loriennes Stimme überschlägt sich beinahe vor Wut.

»So lange schon, ja?« Ich gebe ein schnaubendes Lachen von mir. »Und du bist keinen Schritt weitergekommen. Schlimmer noch: Zahid wollte eine neue Favoritin dir vorziehen.« Ich mache einen Schritt auf sie zu. »Wie fühlt sich das an? Warte, du musst nicht antworten. Aber präge dir dieses Gefühl gut ein, denn es wird dem Schmerz ähnlich sein, den du Kenric zugefügt hast.«

»Du miese kleine …«

Ich lenke ihren Hieb um und sie gerät ins Straucheln, weil sie zu viel Schwung in ihren schlecht gezielten Angriff gelegt hat. Leider tut sie mir nicht den Gefallen und geht zu Boden.

»Ich will nicht Zahids Favoritin sein«, sage ich. »Für keinen Preis der Welt. Nicht einmal, um dir einen Bruchteil der Schmerzen und der Schmach zuzufügen, die Kenric wegen dir erdulden musste. Du hast ihn fallen lassen, um dich einem mächtigeren Mann zuzuwenden. Ich will mir gar nicht vorstellen, was du seitdem alles getan hast, um in Zahids Gunst weiter aufzusteigen und dich so lange als seine amtierende Favoritin halten zu können. Die fabelhafte Ausführung deiner Pflichten wird dabei keine große Rolle gespielt haben. Und wie hat Zahid es dir gedankt?«

»Sei still!«, kreischt sie.

Dabei wirbelt sie herum und geht erneut auf mich los. Diesmal erwischt sie mich; ihre Hand schließt sich um meinen Unterarm und sie gräbt ihre Fingernägel in meine Haut. Ich verziehe schmerzerfüllt das Gesicht, gebe aber keinen Ton von mir. Stattdessen kralle ich die freie Hand in ihr blondes Haar und ziehe so fest daran, dass sie aufschreit und mich loslässt.

Mein Blut kribbelt. Wahrscheinlich wird es nicht mehr lange dauern, bis meine Magie der Meinung ist, einzugreifen. Also muss ich die Sache schnell beenden.

An ihren Haaren zerre ich Lorienne beiseite und lasse sie los. Jammernd sackt sie gegen die Wand.

»Du hast alles, was sich eine Ausgewählte wünschen kann«, grolle ich. »Du hast einen Pakt mit dem König und wirst dadurch ewig jung und schön sein. Du verfügst über einen Landsitz, auf dem du schalten und walten kannst, wie es dir beliebt. Aber du wirst nie – niemals – eine Königin sein. Hör auf, andere in deine Machtspielchen reinzuziehen! Und wenn ich noch einmal sehe, dass du dich Kenric gegen seinen Willen näherst, werde ich dir deine Haare büschelweise ausreißen, ist das klar? Und danach nutze ich meinen ungewollten Einfluss als Favoritin und sorge dafür, dass Zahid sich von dir lossagt. Dass er dir dein Landgut wegnimmt und den Pakt mit dir löst, so wie du ihn einst überredet hast, deinen Pakt mit Kenric aufzulösen.«

Mit ängstlich aufgerissenen Augen schaut sie zu mir auf und sinkt bei jeder Drohung weiter in sich zusammen, bis sie beinahe am Boden kauert.

Für einen Moment weide ich mich an ihrem bemitleidenswerten Anblick. Doch tatsächlich Mitleid zu empfinden, verbiete ich mir. Sie hatte auch keins mit Kenric. Oder mit Aleria, die nur wegen eines dummen Zufalls ihr Leben lassen musste.

Am liebsten würde ich Zahid von Loriennes Giftanschlag auf mich erzählen. Aber dann könnte es passieren, dass ich gleich der Göttin geweiht werde und ihren Platz einnehmen muss. Zahid kennt meine Schwachstelle, und wenn er keine amtierende Favoritin mehr hat, wird er nicht davor zurückschrecken, Kenric gegen mich einzusetzen. Das darf ich nicht zulassen. Es widerstrebt mir, aber ich muss noch eine Weile warten, bis ich Alerias Mörderin bestrafen kann. Kenric und ich werden Zeit brauchen, um die Nachtlilie zu suchen. Zeit, die wir nicht hätten, wenn mir Zahid ständig im Nacken säße, um mich zu seiner neuen Favoritin zu weihen.

»Verschwinde«, knurre ich.

Hastig rappelt Lorienne sich auf und stürzt zur Tür, wo sie eilig den Schlüssel herumdreht.

»Und vergiss nicht«, rufe ich ihr nach, als sie schon fast auf dem Korridor ist. »Ich kenne die Wahrheit. Solltest du Kenric oder mir noch ein einziges Mal schaden, werde ich dich nicht so einfach davonkommen lassen.«

Sie wirft mir über die Schulter einen letzten hasserfüllten Blick zu, bevor sie von der Schwärze des Korridors verschluckt wird.

Als ihre Schritte verklungen sind, sacke ich auf die Knie, weil meine Beine mich keine Sekunde länger tragen. Das Zittern erfasst nun meinen gesamten Körper und schüttelt mich, bis ich kaum noch Luft kriege.

Heilige Götter, was ist da eben geschehen? War das wirklich ich, die Lorienne furchtlos die Stirn geboten und ihr gedroht hat?

Ein blubberndes Lachen entringt sich meiner Kehle. Das habe ich noch nie geschafft. Ich konnte noch nie für mich oder diejenigen einstehen, die mir wichtig sind. Doch eben war es so einfach wie atmen. Und ich wäre noch weiter gegangen, wenn es keine Konsequenzen bedeutet hätte.

Ich kann nur hoffen, dass der Dämpfer, den ich ihr verpasst habe, uns ein wenig Zeit verschafft.

»Ist alles in Ordnung?«, fragt Katinka schüchtern neben mir.

»Ja.« Ich komme wieder auf die Füße. »Du solltest dich von Lorienne fernhalten. Sie hat Aleria getötet. Zwar nicht bewusst, aber sie hat ihren Tod in Kauf genommen.«

Katinka senkt den Kopf. »Es tut mir leid. Ich hätte nicht ... Aber ich hatte solche Angst. Die habe ich auch jetzt noch.« Sie hebt den Kopf und schaut mir ins Gesicht. »Wie kommt es, dass du keine hast?«

»Ich habe Angst, allerdings nicht aus den gleichen Gründen wie du.«

Meine Vorstellungen von Furcht sind von Verlorenen bevölkert oder von der Möglichkeit, doch Zahids Favoritin werden zu müssen. Die Angst vor der allgegenwärtigen Dunkelheit habe ich – nicht zuletzt dank Fünkchen – schon lange abgelegt. Lorienne hat nach eben ihren Schrecken für mich verloren. Aber Katinka scheint noch keine erfreulichen Erfahrungen hier in Nordgand gemacht zu haben.

»Beim nächsten Fest«, sage ich, »solltest du dir deine Tanzpartner bewusst aussuchen. Ich weiß, sie tragen alle Masken, aber trotzdem ... Vielleicht fühlst du etwas, wenn du mit einem von ihnen tanzt. Wenn das der Fall sein sollte und er ebenfalls etwas fühlt, solltest du mit Zahid reden. Er mag der König sein, Gedankenlesen kann er jedoch nicht. Und sonderlich feinfühlig ist er auch nicht. Deshalb solltest du ihn direkt darum bitten, dir einen Fae-Ehemann zu suchen.«

Ein kleines Lächeln stiehlt sich auf ihre Lippen, ehe sie nickt. »Und was ist mit dir?«

Ich lächele ebenfalls. »Ich habe meinen Fae gefunden.«

»Habt ihr bereits einen Pakt?«, fragt sie aufgeregt.

»Nein, wir … sind noch nicht so weit.«

Katinka runzelt die Stirn. »Aber du solltest bald …«

»Ich weiß«, sage ich schnell.

Mir ist klar, dass mir nicht ewig Zeit bleibt. Noch mag mich Zahids Magie vor dem nordgander Fluch bewahren. Vielleicht würde das auch meine eigene Magie schaffen, aber ich weiß es nicht mit Sicherheit und ich werde es nicht auf einen Versuch ankommen lassen.

Fakt ist, dass der Fluch früher oder später mein Leben fordern wird. Oder ich ganz einfach altern und sterben werde. Nur ein Pakt mit einem Fae kann mich davor bewahren.

Aber ich will Kenric nicht direkt darum bitten. Die Narben, die er nach seinem letzten Pakt mit sich herumträgt, sind äußerlich zu sehen und innerlich zu spüren. Ich kann ihn unmöglich unter Druck setzen.

Ich konzentriere mich wieder auf Katinka. »Pass auf dich auf.«

Sie nickt. »Und du auf dich.«

»Ich werd's versuchen.«

♦♦♦

Turon erwartet mich schwanzwedelnd am Tor. Viel zu schnell huscht sein golden glühender Blick zu meinen verbundenen Händen, die ich wie zufällig in den Falten meines Rockes verstecke.

»Lass uns zurückgehen«, sage ich zu ihm.

Er folgt mir, nicht ohne ständig meine Hände zu beobachten.

Auch Kenric werden die Schnitte nicht verborgen bleiben. Mir sollte schnell eine glaubhafte Ausrede einfallen, ebenso wie eine schlüssige Argumentation, um ihn davon zu überzeugen, dass wir uns auf die Suche nach einer wild wachsenden Nachtlilie begeben. Mir wird es guttun, Evenor und dem Hof der Ewigen Mitternacht eine Weile den Rücken zu kehren.

Wären da nicht die zahllosen Verlorenen, die jenseits der Mauer lauern ...

Kapitel 18

✦

VANYA

»Bist du völlig übergeschnappt?«

Ich habe kaum meine Bitte, die Stadt zu verlassen und nach einer Nachtlilie zu suchen, zu Ende formuliert, da zweifelt Kenric bereits an meinem Geisteszustand.

Ich seufze. »Bitte versteh doch. Wenn wir eine Nachtlilie finden, können wir ...«

»Es *gibt* keine Nachtlilien«, fällt er mir ins Wort. Grummelnd fährt er sich mit einer Hand durch sein schwarzes Haar, bis es nach allen Seiten absteht. »Ich begreife nicht, warum du dich so sehr an dieses Hirngespinst klammerst und dabei vergisst, welche Gefahren da draußen lauern. Ganz abgesehen von der Tatsache, dass Zahid uns diesen kleinen Ausflug niemals erlauben wird.«

»Wir müssen ihn ja nicht fragen«, werfe ich ein.

Kenrics Augenbrauen schießen in die Höhe. »Und wie gedenkst du zu den Höhenregionen zu gelangen? Etwa zu Fuß?«

»Als du uns an der Grenze abgeholt hast, hatten wir eine Kutsche und ...«

»Eine Kutsche, die dank Zahids Magie gefahren ist. Wie du dich vielleicht erinnerst, haben wir hier in Nordgand keine Pferde.«

Ich kaue auf meiner Unterlippe. »Ich dachte, es wäre deine Magie gewesen, die die Kutsche bewegt hätte.«

Kenric schüttelt den Kopf. Mit einer Handbewegung ruft er

seine Schatten hervor, die er sogleich, ehe sie sich nach mir ausstrecken können, zu pferdeähnlichen Wesen werden lässt.

»Ich kann zwar meine Magie nach Belieben formen«, sagt er, »aber auch dann hat sie keinen Einfluss auf Gegenstände.«

Mit einem Wink gibt er einem der Schattenwesen zu verstehen, nach dem Bücherstapel links von mir zu treten. Sofort wirbelt es herum, holt mit dem Hinterhuf aus und ...

Sein Huf löst sich in die Schatten auf, aus denen es besteht, die anschließend zu beiden Seiten des Stapels vorbeigleiten, ohne auch nur ein Buch zum Wackeln zu bringen.

Ich stoße den Atem aus. Zwar könnten wir die Schattenwesen vor eine Kutsche spannen, doch sie könnten sie nicht ziehen.

»Aber durch Zahids Magie könnten wir eine Kutsche bewegen?«, frage ich.

»Alle drei Jahre nutzt er seine Magie, um eine Kutsche von Evenor zur Grenze zu bewegen, ja. Ich bin dafür verantwortlich, sie vor Gefahren zu schützen.« Kenrics Miene verdüstert sich. »Von denen es da draußen eine ganze Menge gibt.«

Ich verziehe den Mund. »Die Händler und sogar Paleia müssen irgendwie zur Grenze. Und sie kehren zurück.«

»Nicht immer und nicht alle«, hält er dagegen. »Die Reise zur Grenze ist keine Spazierfahrt. Nur die mächtigsten Fae wagen sie. Und sie gehen allein, um möglichst wenig Aufmerksamkeit zu erregen. Einem allein gelingt es leichter, sich an den Nestern der Verlorenen vorbeizuschleichen.«

Ein eisiger Schauer rinnt mir den Rücken hinab beim Gedanken, dass diese Viecher in Nestern leben. Vielleicht zu Dutzenden. Oder Hunderten. Bereits einer hat mich übel zugerichtet und fast getötet.

»Weißt du durch deine Reisen zur Grenze, wo sich diese Nester befinden?«, frage ich. »Könnten wir sie umgehen?«

Kenric zögert. »Möglicherweise. Für dich ist es trotzdem viel zu gefährlich.«

Ich wische seinen Einwand mit einer Handbewegung beiseite. »Wenn du die Ausgewählten abholst, kannst du drei von ihnen samt Kutsche verbergen. In meinem Fall sogar vier.«

»Na schön. Wenn es dir so wichtig ist, werde ich in die Höhenregionen gehen und dort nach einer Nachtlilie suchen. Allein.«

»Du brauchst mich dazu«, sage ich. »Wer von uns beiden kennt sich mit frischen Blumen besser aus?«

Natürlich ist das nicht die ganze Wahrheit, aber die kann ich Kenric nicht verraten, ohne ihm zu erklären, dass ich die hundertste Prinzessin bin.

»Vanya.« Er streckt die Hände nach mir aus und umschließt sanft mein Gesicht. »Verlange nicht von mir, dich wegen eines Hirngespinsts in Gefahr zu bringen. Das kann ich nicht.«

Ich schmiege meine Wange gegen seine warme Handfläche. »Ich bin nicht in Gefahr, wenn du und deine Schatten bei mir seid.«

Hinter mir gibt Turon ein empörtes Schnauben von sich.

»Und Turon, natürlich«, füge ich hinzu. »Wie könnte mir da etwas geschehen?«

Kenric lässt mein Gesicht los und beginnt, ziellos durchs Wohnzimmer zu laufen. »Zu Fuß wird es eine halbe Ewigkeit dauern. Wir bräuchten eine Menge Proviant für euch und müssten regelmäßig da draußen Pausen machen und …«

Er hält inne und bedenkt mich mit einem traurigen Blick,

der mir durch und durch geht. Ich eile zu ihm und schließe ihn in die Arme. Nach kurzem Zögern erwidert er die Umarmung.

Nah an meinem Ohr klingt seine Stimme rauer als sonst. »Wenn dir oder Turon etwas geschehen sollte, würde ich mir das nie verzeihen.«

Ich umarme ihn fester. »Uns wird nichts passieren.«

Ich bin kurz davor, die Reise abzusagen, denn ich verstehe, was in ihm vorgeht. Er glaubt nicht daran, dass wir eine Nachtlilie finden, und selbst wenn, hilft sie uns möglicherweise nicht bei den Forschungen. Die Reise, die Strapazen und die Gefahren, die wir auf uns nehmen, könnten völlig sinnlos sein.

Aber was, wenn nicht? Was, wenn wir dank meiner Magie eine Nachtlilie oder etwas anderes aufspüren, was bisher vor aller Augen verborgen blieb?

Wegen der Verlorenen trauen sich nur wenige Fae nach draußen. Die Chance, in den Weiten Nordgands etwas zu entdecken, ist so viel größer als hier in der Stadt, wo zwangsläufig jemand in all den Jahren seit des Großen Krieges über eine Lösung gestolpert wäre. Vor Kenric werden bereits andere nach einer Möglichkeit, den Fluch zu brechen, gesucht haben. Vielleicht suchen sie auch gerade jetzt danach – irgendwo in einem dunklen Kämmerlein, umgeben von Büchern.

Aber das ist nicht der richtige Weg.

Eine Nachtlilie zu suchen, ist ebenfalls nicht der richtige Weg, das ist mir klar. Es gibt bloß einen Weg, wenn ich den Überlieferungen glaube.

Und der beinhaltet mein Opfer.

Erneut droht mich die Last auf meinen Schultern zu Boden zu drücken.

Ich löse mich so weit von Kenric, dass ich meine Stirn gegen seine lehnen kann. »Wenn wir … die Nachtlilie nicht finden … und auch keinen anderen Weg, den Fluch zu brechen, werde ich dir alles sagen.«

Ich spüre sein Stirnrunzeln. »Was meinst du mit ›alles‹?«

Ich bleibe ihm eine Antwort schuldig, weil sich mein Hals plötzlich wie zugeschnürt anfühlt. Mit ganzem Herzen wünschte ich, dass ich es ihm einfach sagen könnte, doch mein Verstand sträubt sich dagegen. Erst wenn ich die letzte Möglichkeit ausgeschlossen habe, wird auch er davon überzeugt sein, dass es keinen anderen Weg gibt.

Aber könnte ich mich opfern – abgesehen von den unbekannten Konsequenzen für Südgand? Könnte ich auf den Mann in meinen Armen und die Freunde, die ich hier gefunden habe, verzichten?

Ich habe keine Antwort darauf. Deshalb werde ich Kenric die Wahrheit sagen, wenn unsere Suche fehlschlägt. Ich vertraue ihm voll und ganz. Er wird mir bei meiner Entscheidung helfen.

Kapitel 19

✦

KENRIC

Unsere Reise scheitert beinahe an fehlendem Proviant für Vanya und Turon.

Ich wünschte, sie würde scheitern. Ich hoffe sogar, dass sie es wird.

Schon jetzt weiß ich, dass wir nichts erreichen werden, aber ich komme nicht gegen das Leuchten in Vanyas Augen an, wann immer sie von der Reise zu den Höhenregionen spricht. Ich erkläre mir ihren Enthusiasmus damit, dass sie es als Südganderin nicht gewohnt ist, so lange an einem Ort eingesperrt zu sein; in ihrem früheren Leben konnte sie sich frei bewegen, ohne sich vor Gefahren fürchten zu müssen. Meine Wohnung muss ihr wie ein einengendes Gefängnis erscheinen.

Dank der unfreiwilligen Aufgabe, die Ausgewählten an der Grenze abzuholen, kenne ich den Weg und auch die Nester, die sich in der Nähe befinden. Da sich die Höhenregionen nah an der Mauer, die die beiden Reiche voneinander trennt, erstrecken, werde ich nicht weit von dem mir bekannten Weg abweichen müssen.

Wir könnten es schaffen.

Sorgen bereitet mir jedoch die Tatsache, dass Vanya regelmäßig auf Schlaf angewiesen ist. In einer Kutsche hätte sie schlafen können, während wir weiterfahren, aber so müssen wir rasten. Inmitten eines gefährlichen Gebiets.

Ich kann nur hoffen, dass die Verlorenen die Sicherheit ihrer Nester bloß in einem gewissen Umkreis verlassen.

Um den benötigten Proviant aufzutreiben, schleiche ich mich sogar ins Schloss und plündere die Küche. Die Händler in der Stadt haben bisher keine neue Lieferung erhalten.

Ein ungutes Gefühl kriecht bei dieser Tatsache in mir hoch. Seit ich in Evenor lebe und Nahrung für Turon besorgen muss, kam es noch nie vor, dass ich nirgends welche bekam. Natürlich hatte der eine oder andere Händler Lieferschwierigkeiten, aber spätestens beim zweiten wurde ich fündig. Dass nun keiner von ihnen etwas zu verkaufen hat und er das, was er noch hatte, unter Wert an den Hof abtreten musste, macht mich stutzig. Ebenso wie die Tatsache, dass keiner der Händler eine schlüssige Erklärung dafür hat.

Doch mir fehlt die Zeit, der Sache auf den Grund zu gehen. Vielmehr muss ich mich auf die Reise konzentrieren.

Als ich gerade aus dem Vorratsraum schleichen will, nehme ich plötzlich einen mir vertrauten Geruch wahr.

Das Gift! Es muss hier irgendwo gelagert werden ...

Nachdem ich prüfend in den Gang gespäht habe, mache ich mich daran, die Kräutermischung zu finden. Mit Vanya habe ich meine Suche auf die Küchen beschränkt. Auch weil ich nicht riskieren wollte, dass sie sich Zahids »Weinkeller« nähert.

Von Paleia habe ich gehört, dass es sich schlecht auf den Geist der Südganderinnen auswirkt, wenn sie von vornherein wissen, was ihnen bevorsteht. Sie meinte, es gab einige Jahrgänge, in denen die Ausgewählten lieber den Freitod gewählt haben, anstatt an der Wand zu landen. Und Zahid konnte nichts dagegen tun. Das müssen schlimme Jahre gewesen sein. Jahre, in denen unzählige Fae den Kampf gegen ihre

Sucht verloren haben. Seitdem trifft Zahid weitreichendere Vorkehrungen, wie auch einen stärkeren Zauber, den er über den Geist der Ausgewählten legt.

Ich spähe in verschiedene Tiegel und Fässer. Fast alle sind leer. Die wenigen Lebensmittel, die ich gefunden habe, habe ich schnell in meinen Beutel gesteckt. Lange wird Zahid auch die jetzigen Ausgewählten nicht mehr versorgen können. So gesehen ist es vielleicht ein Segen, dass eine von ihnen tot ist.

Ich schließe die Augen und verlasse mich auf meinen ausgeprägten Geruchssinn, um das Versteck des Giftes zu finden.

Seit Jahren grübele ich darüber nach, wer für die Anschläge verantwortlich ist. Mein erster Verdacht fiel natürlich auf Zahid, doch er ist zu direkt, um zu so etwas wie Gift zu greifen. Um seine Widersacher zu vernichten, bedient er sich lieber seiner Blitze. Ich halte ihn auch nicht für intelligent genug, um ein solches Verhältnis zu ersinnen, das nicht sofort tödlich ist.

Zeitweilig hatte ich sogar Paleia in Verdacht, obwohl ich mich für den bloßen Gedanken schämte. Sie hatte Kontakt zu vorherigen Ausgewählten und unterhält ein Netzwerk an Informationen, das sich über die gesamte Hauptstadt erstreckt. So viele Fae schulden ihr einen Gefallen; ich habe nie nachgefragt, wofür. Wenn jemand an all die Kräuter hätte gelangen können, dann Paleia. Aber mir fiel nie ein Grund ein, warum sie so weit gehen sollte. Es springt nichts für sie dabei heraus, wenn sie diejenigen tötet, die dasselbe wollen wie sie – ein vom Fluch befreites Nordgand. Wäre sie die Täterin, hätten sich die Anschläge auf Zahids Speichellecker beschränkt, die unseren Forschungen immer wieder Steine in den Weg legen.

Es muss also jemand sein, der fest zu Zahid steht und der sich nicht zu fein ist, die Drecksarbeit für seinen König zu erledigen.

Versteckt hinter mehreren Fässern finde ich einen Korb, über dem ein Tuch ausgebreitet ist. Unter dem Tuch entdecke ich getrocknete Falbnelken. Sie sehen genauso aus wie die, die Vanya mit in meine Wohnung gebracht hat. Ob sie sie hier unten durch Zufall gefunden hat?

Ich stelle den Korb zurück und setze meine Suche fort. Die Geruchsmischung des fertigen Gifts kitzelt mir in der Nase. Es *muss* hier sein.

Ein hoch gefährliches Gift in einem Vorratsraum zu verstecken, ist mehr als fahrlässig und dumm. Und gleichzeitig klug. Sollte jemand ohne Wissen über den Tiegel mit dem Gift stolpern, würde er keinen Verdacht schöpfen. Anders sähe es aus, wenn der Tiegel in einem Schlafzimmer versteckt wäre.

Ich erstarre mitten in meiner Suche, als ich im Gang Schritte von mehreren Personen höre. Schnell zwänge ich mich hinter ein Fass und hülle mich in meine Schatten.

»Ich kann immer noch nicht glauben, dass ihr beide versagt habt«, donnert eine tiefe Männerstimme. »Und hör endlich auf zu flennen!«

»Wie sollte ich denn wissen, dass sie mit dieser verdammten Schneiderin unterwegs ist?«

Ich schnappe nach Luft. Das ist eindeutig Loriennes Stimme. Und mit Schneiderin kann sie nur Paleia meinen. Sie wird doch nicht …

Drei Personen betreten den Vorratsraum: zwei Fae und Lorienne.

»Und was ist deine Ausrede?«, herrscht der Mann mit der tiefen Stimme.

Irgendwo bin ich ihm bereits begegnet. Ich glaube, er gehört zu Zahids engsten Vertrauten. Da ich jedoch nie Zugang zu diesem Kreis hatte, kenne ich seinen Namen nicht.

»Ich habe keine«, entgegnet ein anderer Mann kühl. Ihn habe ich noch nie zuvor getroffen – seiner feinen Kleidung und der Art nach, wie er Zahids Vertrautem scheinbar unbeeindruckt die Stirn bietet, muss er einer der höher geborenen Fae sein, die in einem anderen Stadtteil Evenors leben, den ich nur selten betrete. »Es hat sich einfach nicht ergeben.«

»Aber sie war in deinem *Haus!* Wie soll es sich da nicht ergeben haben?« Der Vertraute stößt ein genervtes Seufzen aus. »Erspart mir das. Ich erwarte Ergebnisse. Ihr wisst, was euch sonst blüht! Und wagt es nicht, erneut zu versagen. Das letzte Mal hat es mich schon meine neue Südganderin gekostet. Wenn die andere auch noch draufgeht, werden entweder du oder deine Frau dafür herhalten müssen.«

»Verstanden«, knurrt der andere Mann.

»Natürlich«, murmelt Lorienne. So kleinlaut habe ich sie noch nie erlebt.

Meine Schatten zittern. Lange kann ich den Zauber, der mich vor ihren Blicken verbirgt, nicht mehr aufrechterhalten.

Zahids Vertrauter rauscht aus dem Vorratsraum; die anderen beiden bleiben zurück.

Lorienne wischt sich mit den Händen über die tränenverschmierten Wangen und legt ihr jammervolles Äußeres genauso schnell ab, als würde sie die Kleidung wechseln. Ich knirsche mit den Zähnen. Hätte ich doch nur früher durchschaut, wie manipulativ sie ist …

»Wer von uns wird es tun?«, fragt sie an den Mann gerichtet.

»Du hast jetzt schon zweimal versagt«, erwidert er. »Meinst du, du schaffst es beim dritten Versuch?«

Lorienne gibt einen abschätzigen Laut von sich und verschränkt die Arme. »Ich muss jedes Mal hoffen, dass sie an den Hof kommt. Was nur noch selten passiert, seitdem sie sich diesem erbärmlichen Fae an den Hals wirft.«

Am liebsten würde ich meine Tarnung fallen und meine Schatten auf Lorienne loslassen. Denn nun weiß ich mit Gewissheit, dass sie von Vanya sprechen. Dass sie mich beleidigt, kümmert mich nicht; ihre Meinung über mich ist mir herzlich egal. Aber ich kann nicht zulassen, dass sie Vanya bedroht.

Lediglich die Anwesenheit des anderen Fae hält mich davon ab, mein Vorhaben in die Tat umzusetzen. Ihn kenne ich nicht, deshalb kann ich auch seine Kraft nicht einschätzen. Wenn er ebenfalls zu Zahids engsten Vertrauten gehört, könnte er über genug Mana verfügen, um mir gefährlich zu werden.

»Und warum gehst du dann nicht zu diesem erbärmlichen Fae und bringst es dort zu Ende?«, verlangt der Fae zu wissen.

Lorienne strafft die Schultern. »Weil sie dort niemals allein ist. Selbst wenn er nicht da ist, ist es garantiert sein widerliches Vieh von Hund, das mich noch nie leiden konnte.«

Der Fae schnaubt. »Ein *Hund* hält dich davon ab, deine Ziele zu verwirklichen?«

»Was weißt du schon?«, zischt Lorienne. »Ich bin von uns beiden wenigstens diejenige, die ein Ziel hat.«

»Oh, ich habe auch ein Ziel«, erwidert er. »Es ist nur nicht so hoch gegriffen wie deines.«

»Stimmt.« Nun gleicht Loriennes Stimme einem Schnurren. »Du musstest ja nur deine Seele verkaufen, um die Frau zu bekommen, die du wolltest. Ich werde es nie begreifen, wie jemand so dumm sein und sich von Gefühlen leiten lassen kann. Das bringt nichts als Ärger. Und von Ärger habe ich fürs Erste genug, deshalb überlasse ich dir den nächsten Zug. Ich muss mich um Zahid kümmern, ehe er misstrauisch wird.«

Ohne dem Fae die Gelegenheit einer Erwiderung zu geben, schreitet sie aus dem Raum. Erst als sie außer Hörweite ist, stößt der Fae ein Seufzen aus und murmelt: »Miststück.«

Ich lasse meine Deckung fallen. »Dem kann ich bloß zustimmen.«

Der Fae wirbelt zu mir herum und greift instinktiv an seine Hüfte, wo aber kein Schwert steckt. Nicht viele Fae werden im Führen von Waffen ausgebildet. Einerseits weil es keinen Grund dazu gibt, wenn niemand die befestigten Ortschaften verlässt. Andererseits weil wir Fae im Normalfall auf viel mächtigere Zauber als Waffen zurückgreifen können. Doch bei dem Fae mir gegenüber scheint es sich um einen der Wachmänner zu handeln, die Zahids Hof verteidigen sollen.

Ich gehe kein weiteres Risiko ein, sondern sende meine Schatten nach ihm aus. In Windeseile umklammern sie seine Arme und Beine, und ich schleudere ihn mit dem Rücken gegen die nächste Wand. Beim Aufprall gibt er ein dumpfes Keuchen von sich. Unzählige Gläser klirren in den umstehenden Regalen.

Meine übrigen Schatten umgeben mich zuckend, als ich langsam auf ihn zuschreite und mich an seinem erschrockenen Gesichtsausdruck weide.

»Du hast genau einen Versuch, mich davon zu überzeugen, dass sich das Gespräch eben nicht um Vanya drehte«, grolle ich, als ich einen weiteren Schritt auf ihn zu mache.

Er runzelt die Stirn. »Wo kommst du plötzlich her?«

Ich verenge die Augen. »Meine Geduld schwindet.«

Betont langsam ziehen sich meine Schatten auf meinen stummen Befehl hin fester um seine Arme und Beine. Einzelne kriechen seinen Hals empor.

»Warte!« Vergeblich versucht er, seinen Kopf außer Reichweite meiner Schatten zu bringen. »Bist du ihr Fae? Vanyas, meine ich.«

Meine Magie erstarrt. »Und wenn es so wäre?«

»Ich kenne Vanya«, sagt er. »Zwar nur flüchtig, aber sie hat viel von dir gesprochen.«

»Woher kennst du sie?«, will ich wissen.

»Sie kam ... zu mir nach Hause. Mit Paleia. Sie haben meine Frau Merill besucht.«

Merill. Der Name sagt mir nichts. Vanya hat ihn nie erwähnt.

»Du lügst«, knurre ich.

Meine Schatten legen sich fester um seinen Hals.

»Halt! Woher sollte ich wissen, dass sie sich wegen ihres Fluchs um deine Sicherheit sorgte, wenn ich lügen würde? Sie und Paleia waren kurz vor dem Beginn des letzten Festes bei uns.«

Zeitlich könnte es hinkommen. Der Anschlag auf die Ausgewählte geschah unmittelbar vor dem Fest. Ich wurde an den Hof gerufen, um das Opfer zu untersuchen. Anschließend kam Vanya, gefolgt von Paleia, in den Saal, als ich schon dort war. Wenn sie bei Hofe gewesen wäre, wäre sie bereits im Saal gewesen, weil keine Macht dieser Welt, nicht einmal Zahid, Vanya davon abhalten könnte, einem Geheimnis auf die Spur zu gehen. Und sie würde es nie zulassen, dass jemand, der ihre Hilfe braucht, länger als nötig leidet.

Vanya muss sich also woanders als am Hof der Ewigen Mitternacht aufgehalten haben, als der Anschlag geschah.

Doch das ändert nichts an der Tatsache, dass der Kerl ihr schaden wollte.

»Was hattest du mit ihr vor?«, grolle ich. »Was wolltest du ihr antun?«

»Ich erzähle es dir, wenn du deine Schatten zurückrufst. Sie machen mich nervös.«

Ich ziehe die Schatten um seinen Hals enger. »Das sollen sie auch.«

Er gibt ein Röcheln von sich, woraufhin ich meine Magie etwas lockere. »Rede. Oder ich töte dich auf der Stelle.«

Ich habe noch nie einen Fae getötet. Ich habe es mir bloß ausgiebig vorgestellt. Vor allem damals im großen Saal, als sie grinsend dabei zusahen, wie Loriennes Name auf meinem Handgelenk durchgestrichen und ich vor Schmerzen beinahe wahnsinnig wurde. Hätte Zahids Magie meine nicht im Zaum gehalten, hätte ich ein Gemetzel angerichtet. Keine Ahnung, ob ich es hinterher bereut hätte.

Genauso wenig weiß ich, ob ich den Tod des Faes vor mir bereuen würde. Wahrscheinlich nicht.

Resigniert schließt er für einen Moment die Augen, als ich kein Erbarmen zeige. Vielleicht bemerkt er auch die Entschlossenheit in meinem Blick und dass ich notfalls meine Drohung wahr mache. »Ich gehörte einst zu Zahids Wachen. Bis ich mich in eine der Ausgewählten verliebte. Aber einem einfachen Wachmann wie mir hätte er nie eine seiner kostbaren Ausgewählten zur Frau gegeben, ganz gleich was beide empfunden hätten.«

Ich ziehe meine Schatten ein Stück von seinem Hals zurück, woraufhin er weiterspricht.

»Ihr Name ist Merill«, sagt er. »Ich liebte sie und sie liebte mich, aber das war nicht genug. Um sie zu bekommen, musste ich einen Pakt mit Jeontin eingehen, Zahids engstem Vertrauten.« Er windet sich im Klammergriff meiner Magie, bis ich auch diese um seine Arme ein wenig lockere, sodass er mir seinen rechten nun entblößten Unterarm zeigen kann, auf dem Jeontins Name eingeritzt ist. »Jeontin versprach mir, dass Merill und ich zusammen sein können, wenn ich ihm zu Diensten bin.« Umständlich zerrt er den Ärmel seines Hemdes zurück nach unten, um den Namen zu verstecken. »Ich bin ehrlich: Ich wäre mit jedem einen Pakt eingegangen, um mit ihr zusammen zu sein.«

In seiner Miene suche ich nach Anzeichen einer Lüge, finde aber keine. Der Blick aus seinen grünblau glühenden Augen ist klar und unnachgiebig.

Ich rufe meine Schatten gänzlich von seinen Armen zurück, bis nur noch die Beine gefesselt sind. »Das verstehe ich.«

Wenn ich die Möglichkeit und soziale Stellung gehabt hätte, hätte ich auch alle Hebel in Bewegung gesetzt, um mit der Frau zusammen sein zu können, die ich liebe. Das würde ich jetzt ebenfalls tun, wenn ich nicht von vornherein wüsste, dass Zahid mir meinen Wunsch verweigern würde. Aber der Fae vor mir gehörte zu Zahids Wachen. Er war zwar keiner seiner engsten Vertrauten, bewegte sich dennoch am Hof und ging einer geachteten Aufgabe nach. Trotzdem benötigte er die Fürsprache von Jeontin, der sich diese mit einem Pakt bezahlen ließ.

Ein Pakt, der den Fae dazu zwingt, Jeontin zu gehorchen.

»Merill ist anders als Vanya«, sagt er. »Sie war weder Zahids Favoritin noch hatte sie den Mut, frei ihre Gefühle zu äußern. Sie war eher wie ein verschrecktes Reh, als sie hier in Nordgand ankam. Ein Reh, das ich mit aller Macht beschützen wollte. Ganz gleich, was es mich kostete.«

»Und ihr konntet dank des Paktes mit Jeontin zusammen sein?«, frage ich, als er schweigt.

Schützend legt er die rechte Hand auf den linken Unterarm. »Ja. Und ich danke den Göttern jeden Atemzug dafür.«

Eine warme Sehnsucht durchflutet mich, als ich auf seine Hand starre. Auf seinem linken Handgelenk muss Merills Name stehen. Über meines ziehen sich Brandnarben, die meine Dummheit überdecken. Ich wünschte, Vanyas Name würde sich dort befinden. Ich würde ihn ebenso schützen wie der Fae Merills Namen. Ebenso wie ich die Person, auf deren linkem Handgelenk mein Name steht, mit allen Mitteln beschützen würde. Ganz gleich, was es mich kostete oder wie weit ich gehen müsste.

»Merill ist das Licht meines Herzens«, sagt er. »Ich habe nie bereut, dass ich einen Pakt mit Jeontin eingegangen bin, weil ich sie habe. Nie habe ich gezögert, wenn er von mir verlangt hat, das Gift jemandem zu verabreichen, der sich gegen ihn oder den König erhob. Ich stellte keine Fragen, auch aus Angst, dass er mir Merill wegnehmen könnte. Und diese Querulanten … Anstatt dass sie froh sind, dass Zahid einen Weg gefunden hat, um sie alle zu retten, schreien sie nach Veränderungen. Nach dem Ende der Auswahlen.« Er schüttelt den Kopf. »Ich habe es nie verstanden. Denn ich habe mein Glück dank der Auswahlen gefunden. Ohne sie wäre ich Merill nie begegnet.«

Ich runzele die Stirn. »Aber du weißt, was Zahid mit den Ausgewählten macht, oder? Wie die Rettung aller Fae vonstattengeht?«

Er nickt und wirkt dabei gefasst. »Auch Merill musste ihre Aufgabe erfüllen. Auf sie zu warten, während sie in den Katakomben war ... Nicht zu ihr zu dürfen über einen solch endlos langen Zeitraum ... Das war das Schlimmste, was ich je erdulden musste. Aber ich tröstete mich mit dem Wissen, dass wir danach für immer zusammen sein könnten. Als sie zu mir zurückkam, konnte sie sich nicht an die Zeit in den Katakomben erinnern. Ihr südgander Körper war geschwächt und sie brauchte eine Weile, um sich zu erholen. Doch sie war sie selbst – die Merill, die ich in Erinnerung hatte. Und sie war bei mir. Etwas anderes verlangte ich nicht.«

»Warum war Vanya bei euch?«, will ich wissen.

»Die Schneiderin hat sie zu uns gebracht. Mit ihr ist Merill gut befreundet. Paleia bringt ihr hin und wieder ein paar Stoffe aus Südgand mit, mit denen sie unser Haus dekoriert. Die ganzen dunklen Stoffe, die es hier in Nordgand gibt, würden sie deprimieren, sagt Merill. Ich lasse ihr freie Hand, solange es sie glücklich macht. Sie ist eine der wenigen ehemaligen Ausgewählten, die noch in Evenor lebt. Vielleicht hat die Schneiderin Vanya deshalb zu uns gebracht. Vanya wollte mit jemandem aus Südgand über ihren Fluch reden. Darüber, dass er hier in Nordgand keine Wirkung hat.« Er neigt den Kopf. »Sie hatte Angst, einem anderen Fae als Zahid mit ihrem Fluch schaden zu können. Seinen Namen erwähnte sie nicht.«

»Ich hoffe, Merill konnte sie davon überzeugen, dass Vanya sich nicht fürchten muss.«

Er nickt. »Aber sie schien weiterhin vor etwas Angst zu haben. Ich denke, sie hat sich vor deiner Reaktion gefürchtet. Ein wenig hat sie mich an Merill erinnert, kurz nachdem sie in Nordgand ankam. Südganderinnen wissen mit Gefühlen nichts anzufangen, weil sie für sie verboten sind. Sie besitzen keinerlei Erfahrung in solchen Dingen.«

»Aber sie können lernen zu fühlen«, sage ich.

Ein warmes Lächeln umspielt seine Mundwinkel. »Ja, das können sie.«

Beinahe bin ich gewillt, ihn komplett freizugeben und von dannen ziehen zu lassen. Doch dann fällt mir wieder ein, dass er nicht nur einen Pakt mit Jeontin hat, sondern auch Vanya schaden sollte; nicht aus eigenem Antrieb, aber auf Befehl desjenigen, der ihm das Zusammensein mit seiner Frau ermöglicht hat.

»Warum will Jeontin Vanyas Tod?«, verlange ich zu wissen.

Der Blick des Faes verdüstert sich. »Ich kenne seine genauen Pläne nicht. Bisher ging es ihm darum, alle Fanatiker auszulöschen. Warum er sich diesmal auf die Südganderin eingeschossen hat, weiß ich nicht. Lorienne will ihren Platz als Favoritin nicht aufgeben, deshalb war sie Jeontins erste Wahl für diese Aufgabe. Aber als Lorienne mehrere Male versagte, rief er mich zu sich. Ich war froh, als er mich und unseren Pakt scheinbar vergessen hatte. Es ist eine Weile her, seit ich einem Fanatiker den Trank verabreichen musste. Das tat ich stets, ohne zu zögern, aber eine Südganderin und noch dazu die neue Favoritin des Königs zu töten, ging zu weit.«

»Warum?«, frage ich, nach wie vor misstrauisch.

Er zuckt mit den Schultern. »Ich diene König Zahid seit Ende des Großen Krieges. Es steht mir nicht zu, über seine Entscheidungen zu urteilen. Genauso wenig steht es jemandem wie Jeontin zu, sich über die Wahl des Königs hinwegzusetzen. Ich habe verstanden, dass die Fanatiker eine Gefahr sind, und ich stimmte ihm in diesem Punkt zu. Aber eine Südganderin zu töten? Noch dazu die neue Favoritin? Das konnte ich nicht.«

»Du hast einen Pakt mit Jeontin«, sage ich kühl. »Du kannst dich seinen Befehlen nicht widersetzen.«

»Das stimmt. Also entschied ich, dieser neuen Favoritin aus dem Weg zu gehen, sodass mich der Pakt nicht zum Handeln zwingen konnte. Ich schob vor, dass meine Frau sich nicht wohlfühlte und ich deshalb nicht am Hof sein konnte. Doch dann klopfte Paleia mit Vanya im Schlepptau an meine Tür. Und ich schwöre, Paleia war kurz davor, mich zu durchschauen. Diese Frau ist mir unheimlich … Ich habe einen Teil des Gifts zu Hause, bloß für alle Fälle. Ich hätte es Vanya in den Tee mischen können, als sie völlig ahnungslos in unserem Wohnzimmer saß, doch ich konnte es nicht. Sie war so … arglos. Und verwirrt. Und ängstlich. Sie erinnerte mich so sehr an Merill, als sie hier ankam, dass ich ihr nicht schaden konnte.«

»Und der Pakt?«, hake ich nach. »Du hättest Schmerzen haben müssen, wenn du dich wissentlich gegen einen Befehl gestellt hättest.«

»Oh, glaub mir, die hatte ich«, grummelt er. »Ich dachte, ich würde von innen heraus aufgefressen, so fühlte es sich an. Ausgehend von Jeontins Namen schoss Schmerz über Schmerz meinen Arm hinauf, bis ich nicht mehr klar denken konnte. Also musste ich ihm beichten, dass ich versagt hatte. Ich hatte Glück im Unglück: Lorienne hatte ebenfalls versagt und – noch schlimmer – versehentlich die Ausgewählte getötet, die Jeontin zur Frau nehmen sollte. Sein Zorn fokussierte sich daher auf die alte Favoritin, weniger auf mich.« Er zieht die Augenbrauen zusammen. »Aber ich werde nicht noch einmal so glimpflich davonkommen. Jeontin hat angedroht, dass er notfalls meine Merill zu seiner Frau macht, wenn ich mich erneut seinem Befehl verweigere.«

Ich blecke die Zähne. »Er würde sich gegen euren bestehenden Pakt stellen?«

»Ich befürchte, ja. Für Jeontin bin ich nur eine Spielfigur, die er nach Belieben einsetzen kann, solange es dem Erreichen seiner Ziele dient. Er würde nicht zögern, mich aus dem Weg zu räumen, wenn er darin einen Vorteil sieht. Deshalb kann ich mir keinen weiteren Fehltritt leisten.«

Meine Schatten zucken um mich herum. »Wenn du Vanya auch nur ein Haar krümmen solltest, ist Jeontin der Letzte, um den du dir Sorgen machen müsstest. Dann kriegst du es mit mir zu tun.«

Mit einem Schnauben, das ich nicht deuten kann, wendet er den Blick ab. »Ich habe Geschichten über dich gehört, Nachtfae. Gerüchte. Von einigen wüsste ich gern, ob sie wahr sind.«

Ich straffe die Schultern. »Da du mit Lorienne unter einer Decke steckst, kann ich mir den Inhalt dieser Gerüchte denken.«

Er verzieht den Mund. »Die Göttin Nyx möge mich davor bewahren, dass ich jemals mit diesem Miststück gemeinsame Sache mache! Ich kann nichts dafür, dass sie ebenfalls mit Jeontin einen Pakt hat.«

Ich stutze. Diese Information ist mir neu. Bisher ging ich davon aus, dass Lorienne lediglich einen Pakt mit Zahid besitzt. Einen, der sie aneinanderbindet, damit sie dem hiesigen Fluch nicht zum Opfer fällt oder so schnell altert, wie es für eine Südganderin normal ist.

Einen Pakt, für den sie unseren weggeworfen hat.

Heute weiß ich, dass sie bloß auf einen mächtigeren Fae als mich gewartet hat. Sie warf mich in dem Moment weg, als Zahid ihr Gehör schenkte. Sie mag damals nicht verstanden haben, was die Auflösung des Pakts für mich bedeutet hat – abseits der Schmerzen, die ich dabei empfand.

Einen Pakt einseitig aufzulösen, ist eines der schlimmsten Vergehen hier in Nordgand. Lorienne schaffte es nur, indem sie Zahid und alle anderen, die ihr zuhörten, davon überzeugte, ich hätte sie zu dem Pakt gezwungen.

»Lorienne nimmt Pakte nicht ernst«, sage ich möglichst ruhig, obwohl es in mir brodelt – wie immer, wenn die blonde Südganderin ihre Finger im Spiel hat und ich mich an meine vergangene Dummheit erinnere. »Sie wird sich gegen Jeontin stellen, sobald es ihr dienlich ist.«

Der Fae schüttelt den Kopf. »Aus diesem Pakt kann sie sich nicht herauswinden. Außerdem ist ihre Stellung bei Zahid längst nicht mehr so gut, wie sie es einst war. Zahid hat eine neue Favoritin und für Lorienne keine Verwendung mehr – außer sie an einen seiner engsten Vertrauten als Frau zu geben.«

Nun verstehe ich, worauf Jeontins Drohungen, die ich vorhin belauscht haben, hinausliefen.

»Entweder will er deine Frau«, sage ich, »oder Lorienne. Hauptsache eine Südganderin, die noch lebt, nachdem die, die er bekommen sollte, tot ist.«

Er nickt. »Für Lorienne wäre Vanyas Tod, als würde sie zwei Fliegen mit einer Klappe schlagen. Sie entgeht der Ehe mit Jeontin und steht wieder an erster Stelle in Zahids Gunst. Sie käme nie auf die Idee, sich gegen Jeontins Befehle zu stellen, so wie ich es tue. Nicht, wenn sie dabei eine Konkurrentin aus dem Weg räumen kann.« Er senkt die Stimme.

»Wenn ich du wäre, würde ich Vanya schnellstmöglich aus der Stadt bringen.«

Auf diese Idee bin ich bereits selbst gekommen. Nur leider landen meine Überlegungen diesbezüglich stets in einer Sackgasse. Wohin wir auch gehen, Zahid wird uns finden. Selbst wenn wir ihn wie durch ein Wunder dazu bringen, uns ziehen zu lassen, so wie es dem Fae mir gegenüber gelungen ist, sind Vanya und ich völlig mittellos. Fae sind nur in seltenen Ausnahmen auf die Behandlung mit Kräutern und Tinkturen angewiesen; damit könnten wir unseren Lebensunterhalt nicht verdienen. Und ich brauche Geld, um Vanyas und Turons Nahrung zu bezahlen, an die ich in einer der Kolonien abseits Evenors noch schwerer herankäme als jetzt schon.

Sie würden hungern müssen. Hätten vielleicht kein Dach über dem Kopf, weil wir uns keine Wohnung leisten können.

Sie würden leiden – meinetwegen. Weil ich sie nicht beschützen und versorgen kann.

Meine Stimme klingt angespannt, als ich sage: »Wir können nicht gehen.«

»Ist an den Gerüchten doch etwas dran?«, hakt der Fae nach.

Mein Körper verkrampft sich. »Ich habe keine Ahnung, wovon du redest.«

Die habe ich sehr wohl, aber ich werde dieses Thema nicht mit einem Fremden besprechen. Schon gar nicht mit einem, der dieses Wissen gegen Vanya und mich verwenden könnte, sobald seine Frau in Gefahr ist.

Ich mache ihm deswegen keinen Vorwurf; ich täte dasselbe. Ich ginge sogar einen verdammten Schuldpakt mit Zahid ein, wenn er dafür Vanya und mich in Frieden lässt.

Aber diese Möglichkeit habe ich nicht. Denn es gibt nichts, was ich Zahid im Gegenzug bieten könnte.

»Weißt du«, sinniert er, »ich habe mich schon mehrmals gefragt, warum du noch nicht in Jeontins Visier standest. Warum ich oder einer der anderen seiner Paktfae nie den Auftrag bekommen haben, dich aus dem Weg zu räumen. Es ist kein Geheimnis, dass du keine hohe Stellung beim König hast und den Hof nur auf Anweisung betreten darfst.« Seine Augen leuchten eine Spur heller. »Es sei denn, du schleichst dich heimlich hier rein. So wie jetzt. Trotzdem erfreust du dich bester Gesundheit. Warum ist das wohl so?«

Ich befehle meinen Schatten, sich an seinen Beinen hinaufzuschlängeln, bis sie seinen Bauch umschließen. Das Leuchten schwindet ein Stück weit aus den Augen des Faes.

»Das ist nur eine freundliche Erinnerung daran, dass ich hier derjenige bin, der die Oberhand hat.«

Er senkt den Kopf. »Verzeih mir meine Neugierde.«

»Einen Teil deiner Frage kann ich dir beantworten«, sage ich, ohne den Griff meiner Schatten zu lockern. »Meine Bemühungen beschränken sich nicht darauf, die Auswahlen zu verbieten. Auch wenn ich nicht von ihnen profitiere, verstehe ich ihre Notwendigkeit. Ja, es gibt Fae, die sich danach sehnen, nicht mehr vom Blut der Südganderinnen abhängig zu sein. Ich kann mir nur ausmalen, wie schlimm diese Sucht sein muss, die nie ganz befriedigt werden kann. Aber solange der Fluch besteht, müssen die Auswahlen weitergehen. Meine Forschungen beschränken sich einzig und allein auf die Aufhebung des Fluchs und sind sogar von König Zahid gebilligt.«

Er wendet den Blick ab. »Diese Sucht ist … furchtbar. Sei dankbar darüber, dass du ihre Auswirkungen nicht kennst.«

Ich schnaube. »Du bist der Mann einer Südganderin. Wenn einer an der Quelle sitzt, dann ja wohl du.«

Zu meiner Verwunderung schüttelt er den Kopf. »Es ist nicht so, dass ich es nicht versucht hätte. Mit Merills Einverständnis, natürlich. Aber ihr Blut ... Es hatte keine Wirkung. Beinahe so, als wäre all seine Kraft aus ihm gesogen worden, als sie ein Jahr in den Katakomben war.«

»Gut möglich«, murmele ich. »Das könnte auch der Grund sein, warum sich kein Fae an einer der hier gebliebenen Südganderinnen vergreift.«

Darüber habe ich bisher nie nachgedacht, aber es klingt logisch. Andernfalls würden die Südganderinnen in ständiger Gefahr schweben. Nicht nur Verlorene würden sich an ihnen vergehen, sondern auch normale Fae, um ihre Sucht zeitweise zu stillen.

Während ich den Gedanken weiterspinne, gefriert mir das Blut zu Eis. Lorienne musste als Favoritin kein ganzes Jahr in den Katakomben zubringen, wenn ich richtig informiert bin. Ihrem Blut sollte noch Kraft innewohnen, aber niemand ist so dumm und stellt sich gegen Zahid, der der Einzige sein wird, der sich an ihrem Blut bedienen darf.

Aber Vanya ... Sie war nicht in den Katakomben und muss hoffentlich nie dorthin. Ihr Blut ist mächtig; das habe ich eindrucksvoll am eigenen Leib erfahren. Und wenn es ihr gelingen sollte, dass Zahid sie nicht mehr als Favoritin will, könnte sie in Gefahr schweben – mehr noch als sowieso schon. Eine Unachtsamkeit, ein kleiner Schnitt in ihrer Haut könnte ausreichen, um alle umstehenden Fae in blutgierige Bestien zu verwandeln.

Bisher habe ich mich gegen die Suche nach der Nachtlilie und die damit verbundene gefährliche Reise gestellt. Ich dachte sogar, dass es besser wäre, allein zu gehen. Doch nun begreife ich mehr und mehr, dass Vanya unmöglich auf Dauer hier in Evenor bleiben kann, erst recht nicht ohne meinen Schutz.

Ich rufe meine Schatten zurück. »Geh nach Hause zu deiner Frau.«

Er runzelt die Stirn. »Du lässt mich gehen?«

»Vorerst, ja. Sollte ich dich aber noch einmal in Vanyas Nähe sehen, werde ich nicht so gnädig sein.«

Der Fae richtet sein Hemd, ehe er mir wieder ins Gesicht blickt und mir die ausgestreckte Hand hinhält. »Ich danke dir, Kenric. Bitte pass gut auf Vanya auf.«

Zögerlich schlage ich ein. Meine Muskeln sind dabei angespannt, als erwarte ich einen Angriff aus dem Hinterhalt. Doch der bleibt aus.

»Warum hast du mir all das erzählt?«, frage ich, immer noch misstrauisch. »Aus Angst?«

»Ich gebe zu, dass deine Magie durchaus eindrucksvoll ist«, sagt er. »Erst recht, wenn man seit Ewigkeiten keine Magie mehr gesehen hat. Aber nein, das ist nicht der Grund. Ich habe Vanya nur kurz kennengelernt, aber ich mag sie. Viel wichtiger ist noch, dass meine Frau sie mag und sie Vanya sogar gebeten hat, uns bald wieder zu besuchen. Unter keinen Umständen will ich, dass meine Merill irgendwann erfährt, dass ich ihre Freundin getötet habe.«

Ich lasse seine Hand los. »Dann danke … schätze ich.«

»Was wirst du jetzt tun?«

Geräuschvoll stoße ich den Atem aus. »Etwas, was ich schon längst hätte tun sollen. Vanya für eine Weile hier wegbringen.«

Kapitel 20

✦

KENRIC

Mir raucht der Kopf, als ich mich auf den Rückweg mache. Der Fae – ich habe ihn nicht nach seinem Namen gefragt – kam mir vertrauenswürdig vor. Zumindest zweifele ich nicht an seinen Worten, denn sie ergeben alle Sinn. Ich hätte mir nie träumen lassen, dass Vanya in solch großer Gefahr schwebt. Noch habe ich nicht verstanden, was Jeontin sich davon erhofft, aber ich werde es in Erfahrung bringen. Notfalls mit Gewalt. Nun muss ich aber dafür sorgen, dass Vanya eine Weile die Stadt verlässt.

Außerhalb der Mauern lauern zwar nicht weniger Gefahren, doch mit diesen komme ich besser zurecht als mit feigen Giftmördern. Vielleicht hat sich die Lage bis zu unserer Rückkehr beruhigt und Jeontin hat sich auf ein neues Opfer eingeschossen.

Mit einigen Lebensmitteln bepackt, die hoffentlich für Vanya und Turon reichen werden, steige ich die Stufen zu meiner Wohnung hinauf. Von drinnen höre ich bereits die Stimmen zweier Frauen. Kurz verspanne ich mich, bis ich die andere Stimme als Paleias erkenne. Vanya muss ihr geöffnet haben. Ich seufze. Nein, Vanya hierzulassen wäre die schlimmste Idee überhaupt. Ich liebe sie für ihre Warmherzigkeit, aber sie ist mit den Intrigen und Gefahren, die hinter jedem freundlichen Lächeln lauern können, nicht vertraut. Gut möglich, dass sie einem weiteren von Jeontins Paktfae in die Hände liefe.

»Ah, da bist du ja endlich«, begrüßt mich Paleia, als ich die Wohnungstür aufziehe und den Beutel mit dem Proviant aufs Sofa stelle.

Vanya schenkt mir ein strahlendes Lächeln, dass ich trotz der dunklen Erkenntnisse, die ich machen musste, von Herzen erwidere. Sie inspiziert gerade ein Bündel Kleidung, das Paleia ihr mitgebracht hat. Ich habe der Schneiderin mitgeteilt, dass Vanya eine Hose und ein Hemd benötigt – Kleidung, in der sie sich ungehindert und schnell bewegen kann. Notgedrungen musste ich Paleia auch in unsere Pläne, nach der Nachtlilie zu suchen, einweihen.

»Hast du versucht, es ihr auszureden?«, fragt Paleia mich, während Vanya damit beschäftigt ist, im Schlafzimmer ihre Habseligkeiten zu packen. »Diese Reise wird keine Spazierfahrt.«

»Wie ich dich kenne«, sage ich, »hast du bereits versucht, Vanya zum Hierbleiben zu überzeugen, und bist gescheitert.«

Die Schneiderin verschränkt die Arme. »Woher willst du das wissen? Vielleicht war ich ja erfolgreicher als du, diesem sturen Mädchen etwas auszureden.«

Ich schüttele den Kopf. »Nein, warst du nicht. Ich sehe es in ihren Augen. Sie werden dunkler, wenn sie etwas betrübt. Und Vanya wäre betrübt, wenn sie die Reise absagen müsste.« Mit einem Schmunzeln füge ich hinzu: »Also ist dein Einfluss auf sie doch sehr begrenzt.«

»Junge.« Sie stellt sich vor mich und pikst mir mit dem Zeigefinger gegen die Brust. »Das hat nichts mit Einfluss zu tun. Ich mag euch beiden hin und wieder einen Schubs in die richtige Richtung gegeben haben, aber du bist derjenige, den sie liebt. Und ich bin fest davon überzeugt, dass Vanya verstanden hat, wie gefährlich die Reise wird. Sie geht diese Risiken nicht grundlos ein, sondern weil sie dir helfen will.«

Resigniert schließe ich für einen Moment die Augen. »Ich weiß.«

Zu einem ähnlichen Schluss bin ich bereits selbst gekommen. Doch auch als ich Vanya bat, diese Reise nicht meinetwegen zu unternehmen, blieb sie stur.

Dafür liebe ich sie noch mehr. Gleichzeitig möchte ich ihr den Hals umdrehen für ihre Starrköpfigkeit.

»Pass nur gut auf sie auf«, murmelt Paleia, während sie meine Schulter drückt.

»Das habe ich vor.«

Die Schneiderin neigt den Kopf. »Ist das alles, was du vorhast? Du wirkst in dich gekehrter als sonst, als würde dir noch mehr auf dem Herzen liegen.«

Ich tue ihre Besorgnis mit einem Lächeln ab, das sie jedoch dazu veranlasst, die Stirn zu runzeln. »Ich mache mir bloß wegen der Reise Sorgen, das ist alles.«

Sie glaubt mir nicht, das spüre ich. Paleia konnte ich noch nie etwas vormachen.

Notgedrungen erzähle ich ihr von dem, was ich in der Küche des Hofs erfahren habe, lasse allerdings den Umstand aus, dass es sich bei dem Fae um einen Bekannten von ihr gehandelt hat. Bei jedem Wort presst Paleia fester die Lippen zusammen, bis sie nur noch ein weißer Strich sind.

»Während wir weg sind«, sage ich, »solltest du dich darum kümmern, dass unsere speziellen Freunde sich für eine Weile bedeckt halten. Jeontin hat sich auf sie eingeschossen und wird erst ruhen, bis der Letzte von ihnen tot ist.«

»Dieser verdammte Jeontin«, zischt Paleia. »Ihm ging es schon immer nur um sich.«

»Was meinst du damit?«

Sie vollführt eine abwertende Handbewegung. »Ihm geht es – wie uns übrigen Fae – nicht nur um das Blut der Südganderinnen, sondern auch um die Frauen an sich. Als Zahids engster Vertrauter bekommt er regelmäßig … *Nachschub.* Noch nie ist er einen Pakt mit einer der jungen Frauen eingegangen, sondern entledigt sich ihrer, wenn sie ihm zu alt werden. Und das soll recht schnell passieren, habe ich gehört. Sobald sie ein bestimmtes Alter überschreiten oder erste Alterserscheinungen zeigen, findet er Mittel und Wege, sie aus dem Weg zu räumen, um eine neue Braut zu erhalten.«

Ich runzele die Stirn. »Er lässt sie verschwinden?«

Paleia nickt. »Angeblich handelt es sich stets um bedauerliche Unfälle. Aber daran glaube ich nicht. Er wird …«

Sie bricht ab, als Vanya aus dem Schlafzimmer kommt, gekleidet in eine enge dunkle Hose und ein ebenfalls dunkles Hemd, das sie sich in den Hosenbund gesteckt hat. Sie sieht völlig anders aus, als ich es gewohnt bin, dennoch schlägt mein Herz bei ihrem Anblick – wie immer – schneller.

Paleia seufzt. »Ich lasse euch jetzt allein. Versprecht mir nur, dass ihr auf euch aufpasst, ja?«

Sie zieht erst Vanya und dann mich in eine Umarmung, die ich steif erwidere, ehe sie aus meiner Wohnung rauscht.

Sanft berührt Vanya mich am Arm, als ich auf die geschlossene Tür starre. »Alles in Ordnung?«

Ich zwinge mich zu einem Lächeln. »Jetzt wieder.«

Wie immer bemerkt sie, dass ich nicht ehrlich bin, genauso wie ich es stets bei ihr bemerke.

Sie schlingt einen Arm um meine Mitte und lehnt den Kopf gegen meine Schulter. »Es wird alles gut gehen. Und wer weiß? Vielleicht finden wir eine Möglichkeit, den Fluch zu brechen.«

Ich nicke, weil ich nichts darauf erwidern kann. Schon vor langer Zeit habe ich aufgehört, an Wunder zu glauben. Wir werden keine Möglichkeit finden, nur weil wir es uns fest erhoffen.

Zumindest dachte ich das bisher. Vanyas Zuversicht und ihre Furchtlosigkeit scheinen auch auf mich überzuspringen. Abgesehen von den Gefahren freue ich mich sogar ein Stück weit darauf, mit ihr eine Reise zu unternehmen.

Ich wünschte nur, diese Reise würde uns nicht so weit nach Süden führen ...

Paleia gegenüber habe ich nicht die ganze Wahrheit gesagt. Natürlich mache ich mir Sorgen wegen der Verlorenen, die jenseits der Mauern ihr Unwesen treiben. Und ich habe Angst um Vanyas Sicherheit – sowohl hier in Evenor als auch während der Reise.

Aber es gibt da noch etwas, was mich bedrückt. Unsere Reise führt uns nah an die Grenze zu Südgand. Nah an Vanyas Heimat, in die sie zurückwill. Wird sie gehen, wenn sie die Chance dazu hat?

Und könnte ich sie gehen lassen, ohne sie auf Knien anzuflehen, bei mir zu bleiben?

◆◆◆

Nachdem Vanya und Turon geschlafen haben, machen wir uns auf den Weg. Vanya und ich tragen je einen Rucksack mit Proviant, einer Decke und Wechselkleidung.

Durch das südliche Tor gelangen wir einfacher als gedacht. Der Wachmann kennt mich und glaubt mir, dass ich Kräuter an der Grenze abholen will. Für Vanya, die sich die Kapuze ihres Umhangs tief ins Gesicht gezogen hat, hat er lediglich einen flüchtigen Blick übrig, ehe er uns durchwinkt.

»Sollten sie nicht besser aufpassen?«, fragt Vanya, als wir das Tor hinter uns gelassen haben. Mit einer Handbewegung ruft sie Fünkchen herbei.

Ich zucke mit den Schultern. »Wir haben einen guten Zeitpunkt gewählt. Während des Festes der Tanzenden Sterne herrscht ein reges Kommen und Gehen in Evenor.«

»An das Fest habe ich nicht mehr gedacht«, gibt sie zu. Im nächsten Moment nimmt sie meine Hand und verschränkt die Finger mit meinen. »Ich hätte sie gern gesehen, die Sterne.«

»Das wirst du«, verspreche ich. »Das heißt, wenn Zahid seine Untertanen weiterhin für sie tanzen lässt.«

Und das wird er. Ein Ausbleiben des letzten verbliebenen Lichtes würde seiner Stellung als Herrscher schaden. Sein Ruf hat in letzter Zeit einige Schrammen bekommen – nicht zuletzt wegen einer Südganderin, die sich hartnäckig weigert, seine Favoritin zu werden.

Vanyas Gedanken scheinen in eine ähnliche Richtung zu driften. »Wird er nach mir suchen?«

»Wahrscheinlich. Wie ich Zahid kenne, hat er jemanden damit beauftragt, meine Wohnung im Auge zu behalten. Es kann gut sein, dass er in diesem Augenblick erfährt, dass wir weg sind. Und er wird nicht froh darüber sein, dass du die Stadt verlassen hast.«

Vanya nickt. »Dann sollten wir so viel Strecke wie möglich zwischen uns und Evenor bringen.«

Entschlossen und ohne meine Hand loszulassen, schreitet sie neben mir her. Hinein in die Dunkelheit Nordgands, die hier, abseits der Stadtmauern, noch undurchdringlicher ist.

Kapitel 21

✦

VANYA

Seit meiner Ankunft in Nordgand fiel es mir ohne die Sonne schwerer und schwerer, Zeitabstände einzuschätzen. Aber nun verliere ich jedwedes Zeitgefühl.

Wir rasten bloß, wenn es sich nicht vermeiden lässt. Beispielsweise wenn mein Magenknurren so ohrenbetäubend wird, dass Kenric befürchtet, es könnte alle Verlorenen im Umkreis auf uns aufmerksam machen. Oder wenn ich vor Müdigkeit eher stolpere, als dass ich gehe.

Während meiner Zeit am Hof der Ewigen Mitternacht und auch in Kenrics Wohnung habe ich dank meines Schlafrhythmus einigermaßen abschätzen können, wie viel Zeit vergangen ist. Doch hier draußen, mit ständigen Gefahren im Nacken und der ungewohnten körperlichen Anstrengung, gelange ich an meine Grenzen.

Deshalb kann ich unmöglich sagen, wie lange wir unterwegs sind.

Manchmal höre ich ein Huschen und Scharren in der pechschwarzen Dunkelheit um uns herum, gegen die Fünkchens Licht kaum ankommt. Dann hüllt uns Kenric in seine Schatten, bis das Geräusch verstummt ist.

Turons Nase steht nur selten still. Er ist es, der uns abseits der Wege führt.

Als ich Kenric frage, warum wir uns nicht auf den Wegen fortbewegen, verdüstern sich seine violett glühenden Augen.

»Es kann sein, dass Zahid Wachen ausgesandt hat, um nach dir zu suchen«, lautet seine Antwort. »Sie halten sich stets auf den Wegen. Und wenn Turon der Meinung ist, wir sollten sie für eine Weile meiden, stelle ich das nicht infrage.«

»Wäre Zahid tatsächlich so viel daran gelegen, mich hier draußen aufzuspüren?«

»Ihm fehlt bereits eine Ausgewählte«, sagt Kenric. »Einen weiteren Verlust kann er sich nicht leisten, ohne das Leben der noch verbliebenen Ausgewählten zu gefährden.«

Ich erzähle ihm von meinem Zusammenstoß mit Lorienne. Davon, dass sie für Alerias Tod verantwortlich ist, weil sie dachte, es würde mich treffen.

Kenrics Miene wird wutverzerrt. »Ich weiß«, knurrt er. »Und dafür wird sie bezahlen.«

Ich habe keine Zeit, ihn zu fragen, wie er bereits davon wissen kann. Schatten peitschen aus ihm hervor und zucken aufgebracht. Sie beruhigen sich erst, als ich nah zu ihm trete und sein Gesicht mit meinen Händen umfasse.

»Mir ist nichts passiert«, erinnere ich ihn. »Ich stehe hier, direkt vor dir.«

Er schließt kurz die Augen und stößt den Atem aus. Als er mich wieder anschaut, ist die Wut aus seiner Miene verschwunden. Locker legt er die Arme um meine Mitte und zieht mich zu sich, bis ich den Kopf an seine Brust legen kann.

»Als könnte ich dich je übersehen«, murmelt er, bevor er mich auf den Scheitel küsst. »Und gerade deshalb geht es gegen all meine Instinkte, wenn du in Gefahr bist und ich nicht bei dir bin.«

»Aber jetzt bist du bei mir«, sage ich. »Mehr brauche ich nicht.«

Turon gibt ein Grummeln von sich.

Ich schmunzele. »Und dich natürlich, Turon.«

Er grummelt erneut, tiefer und drohender diesmal. Die Härchen in meinem Nacken stellen sich bei diesem Geräusch auf. Kenric spannt die Muskeln an und zieht mich näher zu sich.

»Keinen Mucks«, flüstert er so leise, dass ich ihn kaum verstehe.

Nur einen Wimpernschlag später spüre ich seine Schatten, die er über uns drei ausgebreitet hat.

Dann höre ich es: das Scharren von langen Krallen auf den Felsen und das Klackern von spitzen Zähnen.

Ich klammere mich an Kenric, während ich versuche, meine Atmung unter Kontrolle zu halten. Da ich nicht durch seine Schatten hindurchsehen kann, muss ich mich auf die Geräusche verlassen. Sie stammen eindeutig von mehr als einem Verlorenen.

Und sie kommen näher.

◆◆◆

Ich wage nicht, Luft zu holen, während ich auf all die nahenden Geräusche jenseits der Schatten lausche.

Bitte geht weiter, flehe ich stumm. *Bemerkt uns nicht.*

Turon drängt sich an unsere Beine. Auch er wirkt angespannt.

Als Kenrics Körper zu zittern anfängt, weiß ich, dass er den Schutzzauber um uns nicht mehr lange aufrechterhalten kann. Ich hebe den Kopf und begegne seinem sorgenvollen Blick. Das Violett seiner Fae-Augen flackert, ebenso wie die Schatten um uns herum. Schnell dimme ich Fünkchens Licht auf ein absolutes Minimum.

Doch ich mache mir nichts vor: Sobald Kenrics Schutz fällt,

werden die Verlorenen uns wittern. Ich konnte mich mit Ach und Krach gegen einen behaupten; gegen eine ganze Horde werde ich untergehen.

»Es tut mir leid«, wispert Kenric.

Im nächsten Moment bricht sein Zauber in sich zusammen.

In Fünkchens schwachem Licht schaue ich mich zögerlich um.

Und wünschte sofort, ich hätte es nicht getan.

Zischend und fauchend scharen sich Verlorene um uns. Zwanzig. Vielleicht dreißig. Vielleicht noch mehr.

Und sie haben uns als ihre Hauptspeise auserkoren.

Beinahe hätte ich vergessen, wie furchtbar sie aussehen. Gedrungen wirkende Wesen, die sich in hockender Haltung vorpirschen. Gräuliche, papierartige Haut, die straff über ihre knochige Gestalt gezogen ist. Nadelspitze Zähne und riesige lichtlose Augen, die mich an bodenlose schwarze Seen erinnern, die jeden in die Tiefe ziehen, der dumm genug ist, sich in ihr Gewässer zu wagen.

Ich bin zu keinem klaren Gedanken fähig, während mein Herz viel zu schnell gegen meine Rippen hämmert. Mein Körper schreit nach Flucht, doch Kenrics fester Griff hält mich von dieser Dummheit ab. Zu genau erinnere ich mich daran, was der Verlorene das letzte Mal mit mir gemacht hat, als ich fliehen wollte.

»Turon«, knurrt Kenric. »Bring sie von hier weg. Zur Grenze.«

Turon gibt ein Schnauben von sich und sieht sich um.

»Was?« Meine Stimme klingt atemlos. »Ich gehe nicht weg.«

Ohne auf meinen Protest zu achten, stößt Kenric mich von sich. Ich taumele und wäre um ein Haar hingefallen, so überrascht bin ich. Sogleich lenkt Kenric die Aufmerksamkeit der zischenden Ungeheuer auf sich, indem er seine Schatten auf sie loslässt.

Wie erstarrt stehe ich da, gefangen zwischen dem Urinstinkt zu fliehen und meiner Sorge um Kenric.

Mit einem Fauchen, das aus mehreren Kehlen kommt, stürzen sich die Verlorenen auf ihn.

»Kenric!«, schreie ich.

Am liebsten würde ich die Augen schließen, doch ich bin wie erstarrt. Unter meiner Haut prickelt bereits meine Magie; ich meine, die Dornen spüren zu können, als stünden sie kurz davor, gewaltsam aus mir hervorzubrechen. Nie zuvor wollte meine Magie jemand anderen als mich beschützen, doch jetzt ist sie da. Und ich bin bereit, sie zu nutzen, auch wenn es bedeutet, mein Geheimnis zu offenbaren.

Einige Verlorene wenden sich zu mir um. Jeder weitere Laut bleibt mir im Hals stecken. Als sie auf mich zupirschen und sich genüsslich über die lippenlosen Mäuler lecken, springt Turon vor mich. Das Nackenfell gesträubt und die Zähne gebleckt, knurrt er die ausgemergelten Wesen an. Doch die zeigen sich völlig unbeeindruckt. Zwei von ihnen stürzen sich auf den schwarzen Hund, der Rest lässt mich nicht aus den Augen.

Als Turon ein hohes, qualvolles Jaulen von sich gibt, erwache ich endlich aus meiner Starre und haste nach vorn.

Es ist mir egal, dass Kenric meine Magie zu sehen bekommt und die richtigen Schlüsse zieht. Ich werde keine Sekunde länger zitternd danebenstehen, während er und Turon für mich kämpfen.

Aber ehe sich die Dornenranken um meine Arme winden können, sind Kenrics Schatten zur Stelle. Einige durchbohren die Verlorenen, andere fegen sie zur Seite, bis nur noch einer übrig ist, dem Turon an die Kehle springt. Mit einem schaurigen Röcheln sackt er zu Boden.

Ich eile zu Turon. Über seinen Rücken ziehen sich mehrere Kratzer, die allerdings nicht tief zu sein scheinen. Zum Glück habe ich einige von Kenrics Kräutern mitgenommen, mithilfe derer ich später seine Wunden behandeln kann.

Mein Kopf ruckt nach oben. Krampfhaft versuche ich, Kenric zwischen all den Verlorenen ausfindig zu machen, die sich auf ihn stürzen. Er verschwindet gänzlich unter den gräulichen Leibern. Panik schnürt mir die Kehle zu.

Dann ertönt ein Knall und die Verlorenen werden zur Seite geschleudert. Einige stehen nicht mehr auf. Andere prallen so hart auf dem kargen Boden auf, dass ich das schaurige Geräusch von berstenden Knochen höre. Ein paar wenige humpeln in die Dunkelheit davon.

Doch für sie habe ich keinen Blick übrig.

Dort, wo eben noch Kenric stand, sind bloß noch schwarze, zuckende Schatten. Keine Spur von meinem Fae, als sei er völlig von seiner Magie verschlungen worden.

Einer der Verlorenen, der einige Meter zur Seite geschleudert wurde, rappelt sich auf und wagt einen erneuten Angriff. Mit weit aufgerissenem Maul stürzt er sich auf die Schatten. Aber er kommt nicht einmal in ihre Nähe. Wie zu einem Schwert geformt, stoßen sie vor und durchbohren den Körper des Angreifers. Das feuchte Geräusch, das die Schatten verursachen, als sie sich ruckartig aus dem Körper des Verlorenen ziehen, verursacht mir eine Gänsehaut, doch ich bin außerstande, wegzuschauen. Leblos bricht der Verlorene zusammen.

Für einen schrecklich langen Moment herrscht gespenstische Stille. Dann kommt Bewegung in die übrigen Verlorenen, die rings um die wabernde Masse aus Schatten verstreut liegen.

Diejenigen, die sich noch auf den Beinen halten können, suchen ihr Heil in der Flucht, aber die Schatten lassen sie nicht entfliehen. Einen nach dem anderen packen sie und zerren ihn zurück. Ihr ängstliches Geschrei endet in einem abrupten Gurgeln.

Die Stille, die sich anschließend über uns senkt, ist kaum zu ertragen. Sie wird nur unterbrochen durch meinen wilden Herzschlag.

Langsam kriechen die Schatten über den Boden hinweg, als tasteten sie die Umgebung nach weiteren Überlebenden ab. Sie strecken sich so weit aus, dass ich befürchte, sie könnten auch Turon und mich finden.

Kenrics Schatten kamen mir nie zuvor bedrohlich vor. Doch nachdem ich ihrer Kaltblütigkeit beiwohnen musste, kann ich die unterschwellige Angst in mir nicht zum Schweigen bringen. Vielleicht ist sie ein Überbleibsel des Angriffs; jedenfalls schreit sie nach wie vor lautstark danach, dass ich verdammt noch mal die Beine in die Hand nehmen und verschwinden sollte.

Dabei ist die Gefahr doch vorüber. Oder?

Als die Schatten sich weiter auf ihrer Suche ausbreiten, erhasche ich endlich einen Blick auf Kenric.

Oder vielmehr das, was Kenric sein müsste.

Denn dort, inmitten der zuckenden Dunkelheit, steht nicht mein Fae, sondern ein mir völlig unbekanntes Wesen.

»Ken…ric?«

Unsicher setze ich einen Fuß vor.

Das Wesen richtet seine Aufmerksamkeit auf mich. Selbst aus mehreren Metern Entfernung kann ich das meiste von ihm erkennen. Die violette Farbe seiner Augen ist geblieben, doch sie wirken größer und heller – fast so, als wären keine Pupillen mehr vorhanden, die das Leuchten schmälern. Seine Haut besteht aus schwarzen Schatten, unterbrochen von grell violetten Mustern, die sich um seine Arme und Beine winden. Die Hände enden in langen Krallen, die mich an die der Verlorenen erinnern. Und sein sowieso pechschwarzes Haar peitscht in absoluter Windstille hin und her, als bestünde es nun aus seiner zuckenden Magie.

Hastig wendet sich das Wesen, das Kenric ist, ab, als es bemerkt, dass ich es ansehe.

Wie von selbst setze ich mich in Bewegung. Verschwunden ist die Angst, die eben noch einen Teil von mir bevölkerte. Ich *weiß*, dass er es ist, auch wenn er gerade anders aussieht, als ich es gewohnt bin.

Nach nur einem Schritt schnappt Turon nach mir und packt mich am Hosenbein, als wolle er mich zurückhalten.

»Es ist in Ordnung«, sage ich zu ihm und warte geduldig, bis er mich loslässt. In seinen golden glühenden Augen tanzen Zweifel, die ich jedoch nicht an mich heranlasse.

Als ich einen weiteren Schritt auf das Wesen, das Kenric sein muss, zu mache, stellen sich mir seine Schatten in den Weg. Wie eine wütend zuckende Mauer schirmen sie ihn vor meinen Blicken ab.

Beinahe wäre ich vor ihnen und der abgrundtiefen Kälte, die sie abstrahlen, zurückgewichen. Doch ich strecke die Hand aus und sage: »Ich bin's. Vanya. Ihr kennt mich. Und ich habe keine Angst vor euch.«

Das Zucken ebbt ab. Ein Schatten streckt sich nach meiner Hand aus, bleibt aber einen Hauch von meiner Haut entfernt. Er benimmt sich wie ein Hund, der an mir schnüffelt. Selbst auf die leichte Entfernung spüre ich die Kälte, die mir fremd ist. Kenrics Schatten sind normalerweise herrlich kühl, aber nie so kalt, dass es fast körperlich wehtut. Trotzdem lasse ich meine Hand nicht sinken, sondern ertrage die Kälte, ohne mit der Wimper zu zucken.

»Lasst mich zu ihm«, verlange ich.

Der einzelne Schatten zieht sich zurück, verschmilzt mit den übrigen, die erneut eine Mauer bilden. Aber das beeindruckt mich nicht.

»Ihr sollt mich zu ihm lassen!«, knurre ich.

Als die Schatten mich nicht passieren lassen, mache ich entschlossen einen Schritt auf die Mauer zu. Und auch wenn sie sich nicht vor mir teilt, ist sie nicht undurchdringlich.

Beinahe drehe ich mich um, als ich ihre Kälte spüre. Sie sind so eisig, dass es sich anfühlt, als würden sie mir die Haut vom Leib brennen. Selbst unter meine Kleidung kriechen sie. Ich beiße die Zähne zusammen, um keinen Schmerzlaut von mir zu geben, und setze meinen Weg fort. Es ist alles andere als einfach. Meine Beine zittern und ich komme nur langsam voran. Doch ich bleibe nicht stehen und halte den Kopf oben. Ein leichtes violettes Leuchten, das von Kenric ausgehen muss, weist mir den Weg.

Als ich ihn endlich erreiche, bin ich innerlich fast erstarrt, und mein Körper kommt mir vor, als würde er gleich auseinanderbrechen.

Ich zögere einen Moment. Den Kopf in den Nacken gelegt schaue ich zu dem Gesicht des Wesens auf. Kenric ist nun um einiges größer als ich. Wie vermutet haben sich seine Pupillen zu schmalen Schlitzen gewandelt. Alles an ihm wirkt gefährlich, abweisend und einschüchternd. Irgendwie brutal.

Doch ich weiß, dass dies eine der Masken ist, die er der Welt sein ganzes Leben lang zeigen musste.

Ich stelle mich auf die Zehenspitzen, strecke die Hände aus und umschließe sein Gesicht. Es ist genauso eisig wie seine Schatten, dennoch weiche ich nicht zurück.

»Die Gefahr ist vorüber«, sage ich sanft, während ich mit dem Daumen über seine Wange streichele. »Bitte komm zurück zu mir.«

Das Wesen bläht die Nasenflügel, als schnuppere es an mir. Als es den Mund öffnet, entblößt es zwei Reihen nadelspitzer Zähne, mit denen es meinen Hals mit Leichtigkeit zerfetzen könnte. Trotzdem halte ich es nicht auf, als es sich vorlehnt und vorsichtig, beinahe zärtlich mit der Nase über meine Halsseite streicht, unter der wild mein Puls hämmert.

Die Hände in seinem Nacken verschränkt, flüstere ich: »Ich bin es. Ich bin hier. Und es geht mir gut.«

Offenbar sind dies genau die Worte, die das Wesen hören wollte. Die rohe Anspannung schwindet aus seinem Körper, ehe es sich verändert. Das Schwarz seiner Haut zieht sich, ähnlich wie seine Schatten, zurück, ebenso die violetten Wirbel, und es schrumpft mehrere Zentimeter auf die gewohnte Größe zusammen. Unter meinen Fingern spüre ich wieder die vertraute Weichheit seiner rabenschwarzen Haare. Zuletzt verändern sich seine Augen und werden wieder zu dem bekannten violetten Leuchten, das mich von unserer ersten Begegnung an gefesselt hat und in derselben Farbe erstrahlt wie das Mal auf seiner Stirn.

Vor mir steht wieder Kenric, der mich mit einer Mischung aus Panik, Überraschung und völligem Unverständnis anstarrt.

»Was …?«, bringt er rau hervor.

Ich lächele ihn an und wispere: »Du bist zurück.«

Seine Schatten, die nun wieder die gewohnt angenehme Temperatur haben, schlängeln sich um meine Arme und streichen mir über den Nacken, als wollten sie sichergehen, dass ich hier bin und sie mir nicht geschadet haben. Ich schmiege meine Wange an den Schatten, der sich am weitesten vorwagt und mir, einer stummen Entschuldigung gleich, über die Haut streicht.

Es dauert einen Moment, bis Kenrics Hände den Platz seiner Schatten einnehmen. Unendlich vorsichtig umschließt er mein Gesicht und mustert mich eingehend.

»Bist du unverletzt?«, fragt Kenric, nachdem er sich von seinem ersten Schreck erholt hat.

Ich nicke. »Turon hat ein paar Kratzer abgekriegt, aber sie sind nicht tief. Abgesehen davon geht es uns gut. Dank dir.«

Ich drehe den Kopf, sodass ich ihm einen Kuss auf die Handfläche hauchen kann. Unter meinen Lippen spüre ich die leichten Erhebungen seiner Brandnarben.

Er schluckt angestrengt und ich spüre, dass seine Hände zittern. »Du hättest niemals zu mir kommen dürfen, solange ich ...«

Ich gebe ein Schnauben von mir. »Alle haben sich mir in den Weg gestellt, erst Turon und dann deine Schatten. Aber keiner von ihnen konnte mich aufhalten. Ich *musste* zu dir.«

»Hattest du ... keine Angst?«

»Vor dir? Nein.« Ich überbrücke den letzten Abstand zwischen uns und schmiege den Kopf an seine Brust. »Um dich? Ja. Du hast fast alle Verlorenen im Alleingang besiegt. Ich hatte wahnsinnige Angst um dich. Sie sind an dir hochgeklettert, bis ich dich nicht mehr sehen konnte.« Ich verbleibe kurz in dieser Position, bevor ich abermals den Kopf hebe, um ihn zu betrachten. »Doch du hast sie alle besiegt und uns gerettet.«

»Nein.« Seine Stimme klingt krächzend, als hätte er Mühe zu sprechen. »Das war ich nicht. Das war ... etwas, was du nie hättest sehen sollen.«

Ich runzele die Stirn. »Was meinst du damit?«

Sein Blick huscht wild umher und streift mich wie zufällig.

»Kenric.« Wieder lege ich beide Hände an seine Wangen und warte, bis er mich anschaut. »Du bist hier und ich bin hier. Uns geht es gut. Es gibt keinen Grund für deine Furcht.«

Er zieht die Augenbrauen zusammen. »Wie kannst du hier sein? Nachdem du mich so erlebt hast ...?«

»Ich war überrascht«, gebe ich zu. »Und ja, ich hatte Angst. Aber nicht wegen dem, was ich gesehen habe. Ich wusste, dass du es warst. Und vor dir hätte ich niemals Angst.« Ich stelle mich auf die Zehenspitzen und lehne die Stirn gegen seine. Dabei gibt er einen erleichterten Laut von sich. »Ich hatte Angst *um dich*. Ich war fast wahnsinnig vor Sorge.«

»Ich habe dich gespürt«, flüstert er. »Und gehört. Und gerochen. Das ist vorher nie passiert, wenn ich in diesem Zustand war. Normalerweise müsste ich immer noch eine Bestie sein. Ein Ungeheuer, das mehr Ähnlichkeit mit einem Verlorenen denn einem Fae hat. Aber du bist zu mir durchgedrungen und hast mich zurückgeholt.«

Ich möchte ihn so vieles fragen. Über diese andere Form. Ob auch die übrigen Fae über eine andere Erscheinung verfügen. Was in ihm vorgegangen ist, als ich vor ihm stand.

Aber das hat Zeit. Deshalb sage ich das Einzige, was *jetzt* zählt.

»Ich werde immer da sein, wenn du mich brauchst.«

Er schlingt beide Arme um meine Mitte und presst mich so fest an sich, dass ich kaum noch Luft bekomme. Aber das ist mir egal; wenn es möglich wäre, könnte ich ihm noch näher sein, ohne dass es nah genug ist. Auch ich lege die Arme um ihn und halte ihn fest.

»Wir sollten von hier verschwinden«, raunt er mir nach einer Weile ins Ohr.

Ich nicke, ohne mich völlig von ihm zu lösen.

Kapitel 22

✦

KENRIC

Nachdem wir uns beide davon überzeugt haben, dass es Turon gut geht und die Kratzer auf seinem Rücken kaum der Rede wert sind, setzen wir unsere Reise fort.

Ich lasse Vanyas Hand keinen Moment los. Doch anders als zuvor halte ich meine Sinne geschärft. Das sind sie sowieso, nachdem ich in meine andere Form wechseln musste.

Früher, wenn es passierte, hat es mich gestört, da ich Turons Atmen fast ohrenbetäubend laut hören konnte und mich selbst das kleinste Staubkorn in den Wahnsinn getrieben hat, das am Rand meines Sichtfelds entlangschwebte.

Nun brauche ich diese messerscharfen Sinne, um die zu beschützen, die mir wichtig sind.

Es beruhigt mich, Vanyas und Turons Atem zu vernehmen. Diese gleichmäßigen Geräusche erinnern mich daran, dass die beiden unbeschadet und wir mit dem Schrecken davongekommen sind.

Schon als ich bemerkte, dass uns mehr als zwei Verlorene angriffen, war mir klar, dass ich nicht in meiner normalen Form würde kämpfen können. Im Vergleich zu anderen Fae bin ich zwar stärker und leide nicht unter Mana-Mangel, aber Verlorene sind … anders. Sie sind keine Fae mehr und verlassen sich daher nicht auf ihre Magie, sondern nur auf ihre physische Stärke und Geschwindigkeit.

Und es ging nicht nur um mich. Ich trage die Verantwortung für zwei weitere Leben, die keinerlei Kräfte wie ich besitzen. Wäre ich allein, hätte ich einfach meine Schatten entfesseln können. Doch mit Vanya und Turon in unmittelbarer Nähe musste ich auf sie Rücksicht nehmen. Im Eifer des Kampfes hätten ihnen meine Schatten schaden können.

Das hätte ich mir niemals verziehen.

Während wir unseren Weg fortsetzen, spüre ich unentwegt Vanyas Blick an meiner Seite, als warte sie darauf, dass ich mich wieder verändere. Es ist nur eine Frage der Zeit, bis sie den Mund öffnet. Und da ich sie mittlerweile besser kenne als mich selbst, ist mir klar, was sie wissen will, bevor sie ein Wort hervorbringt.

Ihre Stimme klingt zögerlich. »Was ist da vorhin mit dir passiert?«

Es ist nicht lange her, da hätte ich mich bei dieser Frage versteift und den neugierigen Fragesteller entweder angeknurrt oder mit Nichtachtung gestraft – je nachdem, um wen es sich gehandelt hätte. Nie hätte ich freiwillig über meine andere Form gesprochen. Zum Glück kam sie erst zweimal zum Vorschein; nun zum dritten Mal. Danach fühlte ich mich jedes Mal schrecklich. Es ist, als zöge diese andere Gestalt jedwede Kraft aus mir heraus, und normalerweise verschwindet sie erst, wenn sie mich völlig leer gesaugt hat. Über einen längeren Zeitraum bin ich dann zu nichts anderem fähig, als apathisch im Bett zu liegen – gefangen zwischen Wachzustand und Delirium – und unfähig, einen Finger zu rühren.

Doch die Nachwirkungen blieben diesmal aus – dank Vanya. Meine rohe Kraft, die ich normalerweise in mir einschließe, zog sich freiwillig zurück, als Vanya sie darum bat. Sie gehorchte, zufrieden damit, alle beschützt zu haben. Anders als sonst, gierte sie nicht nach mehr und mehr Macht, bis ich kraftlos zusammensackte.

Danke, flüstere ich stumm der dunklen Magie zu, die in meinem Herzen pulsiert. Wie als Antwort flackert sie auf.

Das ist das erste Mal, dass ich bewusst versuche, mit ihr zu kommunizieren. Bisher war sie eines der Dinge, die ich am liebsten für immer vergessen hätte.

So wie meine Herkunft.

Ohne anzuhalten, sage ich auf Vanyas Frage hin: »Es ist das wahre Gesicht meiner Magie. Ihre rohe, ungefilterte Kraft.«

»Ich habe sie noch nie zuvor gesehen«, murmelt Vanya.

»Das solltest du auch nicht. Sie herauszulassen, ist mit einigen Einschränkungen verbunden. Deshalb unterdrücke ich sie. Aber vorhin ... ging es nicht anders. Meine Schatten, wie du sie kennst, wären nie und nimmer gegen all diese Verlorenen angekommen.«

»Verfügen alle Fae über eine solch wahre Form ihrer Magie?«

Ich zögere mit einer Antwort. »Ich denke nicht. Zumindest habe ich noch nie einen anderen Fae darüber reden hören.«

Bisher habe ich es gehasst, dass ausgerechnet ich über dieses »Privileg« einer wahren Form der Magie verfüge. Es machte mich in den Augen der anderen Fae bloß noch widernatürlicher. Nicht nur, dass ich mit der Schattenmagie geschlagen bin – ich kann mich obendrein in ein Wesen verwandeln, das mehr Ähnlichkeit mit einem Verlorenen hat als mit einem Fae.

Gäbe es Kinder in Nordgand, würde es mich nicht wundern, wenn ich der Stoff ihrer Schauergeschichten wäre.

Vanya drückt meine Hand und reißt mich damit aus meinen dunklen Gedanken. Als ich ihr einen Seitenblick zuwerfe, sagt sie: »Es war ... eindrucksvoll.«

Ich bleibe so abrupt stehen, als wäre ich gegen eine unsichtbare Wand gelaufen, und drehe mich gänzlich zu ihr um.

»Was hast du gesagt?«, krächze ich.

Sie tippt sich mit dem Zeigefinger der freien Hand gegen das Kinn. »Deine Schatten waren pechschwarz und eiskalt. Das war nicht so toll. Aber der Rest ... Es sah aus, als würden die Schatten dich völlig vereinnahmen. Oder als stecktest du mittendrin. Die einzigen Lichtpunkte bildeten deine Augen, dein Mal und einige violette Wirbel, die sich um deine Arme und Beine wanden. Fast als würde dieses lila Leuchten durch deine Adern fließen.« Sie schmunzelt. »Wäre ich ein Verlorener, hätte ich mir vor Angst bestimmt in die Hose gemacht. Also, wenn ich als Verlorener Hosen tragen würde ...«

Ihr Schmunzeln ist so ansteckend, dass sich meine Mundwinkel von ganz allein heben. Ein Gefühl puren Glücks strömt durch meinen gesamten Körper.

»Du bist unglaublich«, sage ich etwas atemlos.

»Das fällt dir erst jetzt auf?«, gibt sie mit einem Lachen zurück.

Am liebsten würde ich sie erneut an mich ziehen und festhalten. Sie zu spüren, gibt mir die Gewissheit, dass sie wirklich hier ist. Dass sie *echt* ist. Und nicht bloß eine Wunschvorstellung, die sich mein vor Einsamkeit verkümmertes Hirn einbildet.

Doch ich beherrsche mich. Wir müssen weiter. Meine Sinne sind zwar nach einer Wandlung geschärft, aber das hält nicht ewig an. Bis dahin muss ich Vanya und Turon irgendwo hingebracht haben, wo es sicher ist und sie sich ausruhen können. Wo sie beruhigt schlafen können, während ich über sie wache.

Mit einem sanften Ruck ziehe ich Vanya weiter.

»Paleia hat meine andere Form ein einziges Mal gesehen«, sage ich nach einigen Schritten. »Und sie war von ihr nicht so begeistert wie du.«

Ihr angsterfüllter Blick verfolgte mich lange. Wenn sie in meiner Nähe war, hatte ich stets das Gefühl, als beobachte sie mich, weil sie befürchtete, ich könnte mich gleich wieder wandeln.

Und zu einem Ungeheuer werden, über das ich kaum Kontrolle habe.

Doch damals hatte ich mir freiwillig Loriennes durchgestrichenen Namen aus der Haut gebrannt – das würde ich nie mehr tun müssen. Da zeigte sich meine andere Form zum ersten Mal; ich wusste gar nicht, dass ich sie in mir hatte. In diesem Moment begrüßte ich das Gefühl, die Kontrolle abgeben zu können. In meinem Kopf herrschte nur dunkle Leere, und am liebsten hätte ich diesen Zustand für immer festgehalten.

Aber meine Schatten sind in der anderen Form noch gefährlicher als gewöhnlich. Ich konnte froh sein, dass ich mich in einer unbelebten Seitenstraße verkrochen hatte und für niemanden eine direkte Gefahr darstellte. Paleia schnappte sich Turon und sorgte aus sicherer Entfernung dafür, dass sich mir niemand näherte.

Ich habe sie nie gefragt, wie lange es gedauert hat, bis ich wieder normal wurde. Für mein Empfinden ging es zu schnell, denn als die Schatten aus meinem Kopf verschwanden, verschwand auch die Leere. Zurück kam die Realität, die Schmerzen an meinem Handgelenk und das Wissen, dass ich keinen Platz in dieser Welt habe. Ich weiß nicht, was danach geschah. Paleia und Turon müssen mich irgendwie in meine Wohnung gebracht haben, wo ich tagelang im Bett gelegen bin und mich aufgrund von viel zu viel Zeit selbst bemitleiden konnte.

Abgesehen davon brach meine wahre Form noch einmal hervor, als ich herbe Rückschläge in meiner Forschung hinnehmen musste. Zum Glück war ich dabei allein in meiner Wohnung; Turon flüchtete ins Schlafzimmer, wo ich ihm nicht versehentlich schaden konnte.

Ich kann meine andere Form nicht wirklich kontrollieren. Vielleicht weil ich es nie gelernt habe.

Ich spüre Vanyas musternden Blick auf mir. Sie mag meine Magie nicht verletzt haben, aber das bedeutet nicht, dass ich mich bei anderen zurückhalten könnte.

Neben Paleia und Turon und jetzt Vanya ist wohl Zahid der Einzige, der noch von meiner anderen Gestalt und der damit einhergehenden Kraft weiß. Es würde mich nicht wundern, wenn er sich bereits ausmalte, wie er meine Macht einsetzen kann, sollte endlich der Fluch gebrochen werden. Denn dass er dann seine Hände gierig nach Südgand ausstreckt, steht außer Frage. Ich würde mich jedoch weigern, gegen Südgander zu kämpfen, sollte es irgendwann wieder zu einem Krieg kommen. Wenn der Fluch gebrochen wird, würden andere Fae ihre Magie benutzen, ohne Skrupel dabei zu empfinden. Es gäbe keine Grenze mehr, die die Fae nicht überschreiten können. Es gäbe genug Mana, dass sie ihre Magie nutzen und Tod und Verderben bringen können.

Denn das täten einige von ihnen. Mit Zahid an der Spitze. Er giert schon seit Anbeginn seiner Herrschaft nach den fruchtbaren Landen Südgands, die übervoll mit ungenutztem Mana sind.

»Was ist los?«, fragt Vanya, wobei sie den Kopf neigt.

Ich öffne den Mund, kann ihr jedoch nicht antworten. Ein Teil von mir weigert sich, die Worte auszusprechen, denn dann wären sie wahr. So kann ich mir einreden, dass sie nur eine Möglichkeit sind.

Bisher habe ich alles darangesetzt, den Fluch zu brechen, um mein Ansehen zurückzuerlangen. Um dazuzugehören. Südgand und seine Bewohner waren mir völlig egal. Ich habe nicht einen Gedanken daran verschwendet, was mit ihnen geschehen könnte, wenn der Fluch sie nicht mehr vor den Fae schützt.

Nun bekomme ich das Bild, wie Horden von Fae über das südliche Reich herfallen wie ein verheerender Schwarm und alles auf ihrem Weg vernichten, nicht mehr aus dem Kopf.

Ist es das, was während des letzten Großen Krieges geschehen ist? Ob südgander Schauergeschichten auch nach so langer Zeit noch voll sind von den mordenden Fae, denen das magielose Volk nichts entgegenzusetzen hat?

Der Drang, Vanya zu bitten, die ganze Reise und die Fluchaufhebung abzublasen und zurück nach Evenor zu gehen, ist beinahe übermächtig. Doch was dann? Ich kann unmöglich von ihr verlangen, für immer mit mir in der Dunkelheit meiner kleinen Wohnung zu leben. Denn nichts anderes würde uns erwarten. Zahid wird nicht gestatten, dass ich meine Forschungen einfach hinwerfe, und mir vielmehr untersagen, eine andere Arbeit aufzunehmen. Aber die gibt es für mich nicht, schließlich existiert nichts, was ich besonders gut kann. Ohne Zahids restliches Wohlwollen würde ich alles verlieren – meine Wohnung, meine wenigen Kontakte, jedwede Habe. Ich könnte nicht für Vanya und Turon sorgen.

Doch genauso wenig will ich dafür verantwortlich sein, dass ein neuer Krieg ausbricht und Vanya dabei zusehen muss, wie alles, was sie je gekannt hat, vernichtet wird. Sie könnte ich beschützen, aber was ist mit ihrer Familie, die noch irgendwo in Südgand ist?

Seufzend reibe ich mir mit der freien Hand über die Stirn und versuche, Vanyas besorgtes Stirnrunzeln nicht zu nah an mich heranzulassen. Ich hasse das Gefühl, wenn sich meine Gedanken im Kreis drehen, aber ich finde keine Lösung, die alle zufriedenstellt.

Es gibt bloß eine, und dabei werde ich der Leidtragende sein.

»Alles in Ordnung«, sage ich, als Vanyas fragender Blick bohrender wird. Ihr werde ich nie etwas vormachen können, und ich bin froh darüber. »Wir sollten weiter.«

Als wir unseren Weg fortsetzen, schwöre ich mir stumm, dass dies das letzte Mal ist, dass ich einer Überlieferung nachjage. Wenn wir die Blume nicht finden, werde ich Vanya zur Grenze bringen, von wo aus sie nach Hause gehen kann. Zu ihrem Turm mit dem Kräutergarten. Und ich werde meine Forschungen einstellen.

Denn um nichts in der Welt will ich, dass sie meinetwegen etwas verliert, was ihr wichtig ist.

♦♦♦

Wir gelangen an ein längst verfallenes und verlassenes Dorf, das ich schon einige Male gesehen habe, wenn ich die Ausgewählten von der Grenze abholte.

Zwar sind die Gebäude teilweise eingestürzt, aber wir finden eine Hütte, die noch gut in Schuss ist.

»Du kannst dich dort drüben ausruhen«, sage ich und

deute auf eine Nische, in der zuvor vielleicht ein Bett stand. »Ich bewache die Tür.«

Vanya zieht die Augenbrauen zusammen. »Du musst auch irgendwann schlafen.«

Ich winke ab. »Es geht noch.«

Als Fae bin ich auf weit weniger Schlaf angewiesen als sie, aber irgendwann wird auch mich die Müdigkeit übermannen. Doch momentan spüre ich sie nicht. Nur Vanyas Lider wurden die letzte Zeit über schwerer. Ihre Augen sind mittlerweile rot gerändert.

Ich habe nie erfahren, wie lange ein Tag ist. Oder eine Nacht. Wie die Sonne aussieht. Oder der Mond. Deshalb vergesse ich, dass Vanyas Körper andere Bedürfnisse hat als meiner. Egal, wie oft ich mir sage, dass ich auf Anzeichen achten muss, übersehe ich sie trotzdem manchmal.

Jetzt erkenne ich allerdings deutlich, dass meine Südganderin dringend Ruhe braucht.

Ich lege ihr eine Hand an die Wange. »Schlaf, Liebste. Ich werde über Turon und dich wachen.«

Vanya schmiegt sich in meine Handfläche. »Ich verstehe, dass du uns bewachen willst. Ich würde nur sehr viel besser schlafen, wenn du neben mir liegst.« Sie stellt sich auf die Zehenspitzen, um sich einen schnellen Kuss zu stehlen. Als sie wieder zu mir aufsieht, wirken ihre braunen Augen dunkler als gewöhnlich. »Wenn wir zu Hause sind, werden wir eine Menge nachzuholen haben.«

Wie gern würde ich sie einfach an mich ziehen und dem Kribbeln in meinem Bauch nachgeben, hervorgerufen durch ihre Worte. Es erscheint mir wie ein halbes Leben, seit ich ihre Berührungen auf meiner Haut und ihre Wärme zuletzt gespürt habe.

Doch es ist etwas anderes als das Verlangen nach ihr, was sich in meinem Kopf festsetzt.

Nie zuvor hat Vanya Evenor oder gar meine Wohnung als ihr »Zuhause« bezeichnet. Oder als etwas, wohin sie zurückkehren will.

Ich spüre sie, die verdammte Hoffnung, die wieder Wurzeln in mir schlägt. Dabei ist es falsch zu hoffen, denn Vanya hat in der Vergangenheit mehrmals gesagt, dass sie zurück nach Südgand will. Zurück zu ihrem Turm. In ihr altes Leben.

Sie scheint von meinem inneren Zwiespalt nichts mitzukriegen. Ihr Lächeln ist warm und voller Vertrauen, als sie sich von mir losmacht, um sich neben Turon auf ihren ausgebreiteten Umhang zu legen.

Vom Eingang aus lausche ich auf ihre gleichmäßigen Atemzüge, während ich die Umgebung im Auge behalte.

Der Drang, sie zu fragen, ob sie bei mir bleiben will, wird ständig stärker. Bisher hielt mich die Erinnerung an Loriennes Verrat davon ab, diesen Schritt zu wagen. Als ihr Name schmerzhaft auf meinem Handgelenk durchgestrichen wurde, schwor ich mir, nie wieder dumm zu sein und einen anderen so nah an mich heranzulassen.

Doch Vanya ist mir mehr als nur nah. Sie ging mir schon unter die Haut, bevor ich überhaupt wusste, wie ich für sie empfinde. Mittlerweile ist sie ein Teil von mir – ob mit oder ohne ihrem Namen auf meiner Haut.

Ich lege meine rechte Hand auf das Lederarmband, das die schlimmsten Brandnarben meines linken Arms verbirgt.

Ich versuche zwar, mir einzureden, dass alles, so wie es ist, gut ist, aber das stimmt nicht. So sehr wünsche ich mir, dass ihr Name dort steht und den Anblick der Narben halbwegs erträglich macht. Sie mag es nicht verstehen, doch für mich als Fae ist diese Art von Verbindung, dieser heilige Pakt, ein essenzieller Bestandteil unserer Beziehung. Ohne ihn fühlt es sich … unvollständig an. Fast so, als wäre sie mir nicht wichtig genug. Als würde ich zögern.

Nichts könnte von der Wahrheit weiter entfernt sein.

Doch was, wenn sie ablehnt? Oder schlimmer: wenn sie den Pakt mit mir eingeht, dann aber beschließt, nach Südgand zurückzukehren?

Ich wüsste nicht, was ich dann tun soll.

Kapitel 23

VANYA

Ich werde aus einem tiefen und dringend benötigten Schlaf gerissen, als mich jemand sanft an der Schulter berührt. Noch ehe ich die Augen öffne, weiß ich, dass mir keine Gefahr droht. Dennoch hätte ich gern weitergeschlafen.

Meine Lider sind schwer, als ich mich mühsam aufsetze.

»Entschuldige, dass ich dich wecke«, murmelt Kenric. »Aber ich möchte dir etwas zeigen.«

Er reicht mir die Hand und hilft mir auf. Er lässt sie auch nicht los, als er mich zur Tür der Hütte führt. Dankbar für seine Stütze lehne ich den Kopf an seine Schulter und wäre um ein Haar wieder weggedämmert.

»Sieh nach oben.«

Es kostet mich eine Menge Anstrengung, den Kopf zu heben und in den pechschwarzen Himmel zu schauen. Nie kann ich sagen, ob Tag oder Nacht ist, aber mittlerweile denke ich nicht mehr in diesen Intervallen. Ich habe beinahe vergessen, was ein Morgen oder Abend ist.

Doch nun werde ich wieder daran erinnert.

Eine Sternschnuppe huscht über den Himmel, gefolgt von einer weiteren. Und noch einer.

Unzählige Sternschnuppen tanzen über das schwarze Firmament und bringen diesem Reich, das kein natürliches Licht mehr kennt, einen Funken Hoffnung zurück. Selbst ich spüre diesen Funken, obwohl ich erst seit Kurzem hier bin.

Während ich in den Himmel starre und das Schauspiel mit weit aufgerissenen Augen verfolge, begreife ich, warum es Zahid so wichtig war, dass seine Untertanen für die Sterne tanzen. Vielleicht hätten die Sterne sich auch ohne die Tänze gezeigt, aber was, wenn nicht? Sogar für mich, die nicht ihr ganzes Leben abgeschnitten von Sonne, Mond und Sternen verbracht hat, ist dies ein besonderes Ereignis. Wie muss es sich dann erst für die Fae anfühlen, die bereits ein halbes Zeitalter ohne Himmelsgestirne ausharren?

Kenric tritt hinter mich, legt einen Arm um meine Schultern und hüllt mich in seinen Umhang ein. Mit einem wohligen Seufzen schmiege ich mich in seine lockende Wärme, ohne den Blick zu senken.

»Es ist wunderschön«, hauche ich.

»Ja«, raunt er, wobei seine Lippen mein Ohr streifen. »Wunderschön.«

Ein verheißungsvoller Schauer durchfährt mich, als er mit dem Mund meinen Hals und Nacken liebkost, anstatt sich den Sternen zuzuwenden, auf deren Anblick er weitere zehn Jahre warten muss. Ich wünschte, er würde sie sich anschauen und dieselbe Hoffnung spüren wie ich. Doch ich schaffe es nicht, ihm das zu sagen. Viel zu sehr genieße ich die zarten Berührungen seiner Lippen.

Wenn wir nur in seiner Wohnung geblieben wären … dann hätte ich nicht einen Moment darauf verzichten müssen.

Nein. Sofort schäme ich mich für diesen Gedanken. Wir sind hier, damit die Nordgander mehr als nur alle zehn Jahre eine vage Hoffnung erhalten.

Doch je länger ich eng umschlungen mit Kenric hier stehe, desto mehr wird mir klar, dass er seine eigene Hoffnung gefunden hat – abseits von den seltenen Sternen. Und ich könnte nicht glücklicher darüber sein, dass seine Wahl auf mich gefallen ist.

Die Sternschnuppen werden weniger. Nach und nach verschwinden sie ganz. Bis eine letzte – die hellste – quer über das Firmament schießt, ehe auch ihr Leuchten versiegt.

Dunkelheit hüllt uns ein, nur spärlich durchbrochen von Kenrics leuchtenden Augen und dem Mal an seiner Stirn.

»Vanya, ich ...«

Als er nicht weiterspricht, neige ich den Kopf, bis er mir mit seinem entgegenkommt. Mit einem zufriedenen Seufzen stößt er die Luft aus.

»Danke, dass du sie mir gezeigt hast«, sage ich. »Die Sterne. Ich hatte schon fast vergessen, wie hell sie sind.«

Ich spüre, wie er sich hinter mir versteift.

»Vermisst du ihren Anblick?«, fragt er zögerlich.

Bei seiner Frage erinnere ich mich an mein Gespräch mit Merill. Sie sagte, dass sie vieles aus ihrem alten Leben vermisst, aber trotzdem ihr Glück gefunden hat. Genauso geht es mir. Die vielen Sternschnuppen waren wundervoll, dennoch bin ich nicht mehr auf sie angewiesen.

»Etwas zu vermissen«, sage ich, »bedeutet, dass man es noch nicht vergessen hat. Es bedeutet nicht, dass man es zwingend in seinem Leben braucht.«

Ich drehe mich in seinen Armen und verschränke die Arme in seinem Nacken.

»Als ich hier ankam, habe ich die Wärme der Sonnenstrahlen auf meiner Haut vermisst. Aber ich habe dank deiner Berührungen einen Ersatz gefunden, der noch besser ist als die Wärme der Sonne. Wenn deine Schatten über mich streichen, erinnern sie mich an den kühlen Wind in den nördlichen Gebieten Südgands.« Ich bewege die Hand, um Fünkchen hervorzurufen. »Und du hast mir mein persönliches Licht geschenkt, das immer für mich da ist, sodass ich nicht auf irgendwelche Himmelsgestirne angewiesen bin.«

Kenrics Seufzen klingt erleichtert, während er die Stirn gegen meine lehnt.

»Ja, ich vermisse Dinge aus meinem alten Leben«, flüstere ich. »Doch das heißt nicht, dass ich blind für die Dinge bin, die ich jetzt habe. Ich kann auf warme Sonnenstrahlen verzichten, aber nicht auf das Gefühl deiner Hände auf meiner Haut.« Ich klammere mich fester an ihn. »Bitte ... Egal, was geschieht, lass mich nie auf dieses Gefühl verzichten müssen.«

»Niemals«, verspricht er.

Kapitel 24

VANYA

Nachdem ich noch eine Weile geschlafen habe, setzen wir unseren Weg fort. Mein Magen knurrt so laut, dass ich befürchte, er könnte die Aufmerksamkeit sämtlicher Verlorenen auf uns lenken, doch Kenric rationiert Turons und mein Essen eisern. Den Grund dafür habe ich nicht wirklich verstanden. Aber als wir aufgebrochen sind, habe ich mich darüber gewundert, wie wenig Proviant Kenric eingepackt hat. Ich dachte, dass die Reise bestimmt nicht lange dauern kann.

Doch ich werde eines Besseren belehrt. Mein Zeitgefühl hat sich schon vor Ewigkeiten verabschiedet – fast gleich, nachdem ich einen Fuß nach Nordgand setzte – und auch mein Schlafrhythmus ist ein völlig anderer als in Südgand, deshalb kann ich nur schätzen, wie lange wir unterwegs sind. Mehrere Tage auf jeden Fall. Mit der Kutsche hat sich die Strecke nicht so weit angefühlt. Die Blasen an meinen Füßen erinnern mich daran, dass ich nichts mehr gewohnt bin. Aber ich beiße die Zähne zusammen; nicht ein Wort des Jammerns kommt über meine Lippen. Ich war es, die auf diese Reise bestanden hat, also werde ich sie auch durchziehen.

Natürlich entgehen mir Kenrics prüfende Blicke nicht. Ständig versucht er abzuschätzen, wie es um meine Müdigkeit oder meinen Hunger bestellt ist, da ich seine Nachfragen meistens mit einer wegwerfenden Handbewegung abtue und stur einen Fuß vor den anderen setze.

Immer wieder huschen meine Gedanken zu seiner Wohnung, wo es warm und heimelig ist und überall nach alten Buchseiten, getrockneten Kräutern und Hund riecht. Eine Mischung, die ich mittlerweile mehr mit »zu Hause« assoziiere als den Duft meines Kräutergartens in Südgand.

Als mein Magen abermals ein lautes Knurren von sich gibt, beäugt mich Kenric von der Seite. »Wir können hier nicht rasten. Schaffst du es noch ein Stück, ohne uns die Verlorenen auf den Hals zu hetzen?«

Ich gebe vor, entrüstet über seinen gut gemeinten Spott zu sein, und nicke so hoheitsvoll, wie es mir möglich ist.

»Warum nennt ihr sie eigentlich ›Verlorene‹?«, frage ich.

»Weil sie den Kampf gegen ihre Sucht verloren haben und nie wieder so werden, wie sie einst waren«, antwortet Kenric.

»Nie wieder? Wäre es nicht möglich, dass sie normal werden, sobald die Sonne zurückkehrt und es überall Mana für sie gibt?«

Kenric schüttelt den Kopf. »Daran glaube ich nicht. Sie haben all das aufgegeben, was sie einst als Fae ausgemacht hat. In ihnen existieren bloß noch niedere Instinkte. Einen Weg zurück wird es für keinen von ihnen geben. Aber wenn der Fluch aufgehoben wird, muss niemand mehr zu einem Verlorenen werden.«

Eine eisige Gänsehaut breitet sich auf meinen Armen aus, als ich an meine erste Begegnung mit einem Verlorenen zurückdenke. Es stimmt, dieses Wesen, das mich in der Gasse nach dem Fest der Tanzenden Sterne angefallen hat, wurde lediglich durch seinen Hunger nach meinem Blut angetrieben. Ich konnte es nur dazu bringen, von mir abzulassen, indem ich ihm dank meiner Dornenranken einige Knochen zerschmetterte.

Ich verstehe, dass jeder Fae sich davor fürchtet, zu einem solchen Ungeheuer zu werden. Für sie geht es ums Überleben; kein Wunder also, dass sie sich wünschen, der Fluch wäre gebrochen. Dank des Blutes der Ausgewählten haben sie zwar eine Übergangslösung, trotzdem kann ich mir nicht vorstellen, dass das Blut für alle reicht. Zahid wird eine Verteilung vornehmen müssen. Und wie fast immer werden es die Armen und die ohne weitreichenden Einfluss sein, die das Nachsehen haben.

»Warum verlangt Zahid eigentlich nicht mehr Ausgewählte?«, frage ich, um mich von dem klaffenden Loch in meinem Bauch abzulenken.

»Es heißt, das hat er mal versucht«, sagt Kenric. »Doch mehr Ausgewählte bedeutet auch mehr Südganderinnen, die er irgendwie unter Kontrolle halten muss. Du erinnerst dich, dass die meisten ihr neues düsteres Heim nicht allzu gut finden? Anders als du, meine ich. Während all der Jahre, in denen ich die Ausgewählten bereits an der Grenze abhole, wart ihr die ersten, die nicht sofort geweint und gejammert haben.«

Ich nicke mit einem Seufzen. »Und wenn sie bei Hofe ankommen und von unzähligen leuchtenden Augenpaaren angestarrt werden, wird es nicht besser geworden sein.«

»Ganz recht.« Nun seufzt auch Kenric. »Nicht wenige versuchten zu fliehen. Oder sie standen derart neben sich, dass sie in Ohnmacht fielen. Zahid mag mächtig sein, aber auch seine Macht kennt Grenzen – vor allem, wenn er lange kein frisches Südganderblut mehr hatte. Bevor es eine neue Auswahl gibt, reichen seine Vorräte manchmal nicht. Deshalb schafft er es nur, drei Südganderinnen mit seinem Zauber zu belegen und ihre Gedanken zu steuern.« Er mustert mich aus den Augenwinkeln. »Diesmal hat er es bei vier geschafft. Wobei ich mir bei dir nicht sicher bin. Dein Geist war von Anfang an viel zu wach und fokussiert, um unter Zahids Zauber zu stehen.«

Möglichst lässig zucke ich mit den Schultern. »Wahrscheinlich funktioniert mein Gehirn anders und Zahids Zauber konnte mit mir nichts anfangen.«

Heilige Götter, Kenrics Verstand ist viel zu scharf. Ich hätte nicht gedacht, dass ihm meine Unempfänglichkeit für Zahids Magie aufgefallen ist. Ich erinnere mich noch gut an das Gefühl, als der Zauber des Königs versuchte, sich über meinen Geist zu legen. Meine eigene Magie protestierte mit aller Macht dagegen, und beinahe wäre ich mitten im Thronsaal vor Schmerzen in die Knie gesunken. Ich verdanke es bloß der jahrelangen strengen Erziehung meiner Mutter, dass es mir gelang, keine Miene zu verziehen. Denn das war genau das, was die Fae um mich herum erwarteten.

Danach allerdings stromerte ich durch die Hauptstadt, um Katinka zu helfen, die auf den Zauber mit einem Fieberschub reagierte. Und dabei stolperte ich über Kenric. Das hätte ich nicht tun dürfen ... Ich hätte mich wie die anderen Ausgewählten in meinem Zimmer aufhalten und apathisch vor mich hin vegetieren müssen ...

»Ich hatte nie viel mit den Ausgewählten zu tun, nachdem ich sie am Hof abgeliefert hatte«, sagt Kenric, ohne mich aus den Augen zu lassen. »Aber ich wusste schon damals, dass du anders bist. Bereits als du mir an der Grenze sagtest, dass du auf jeden Fall mitkommen würdest, wusste ich es.«

Froh darüber, dass sich das Gespräch in eine andere Richtung entwickelt, sage ich: »Ich fasse das als Kompliment auf.«

Er schmunzelt. »Als solches war es auch gedacht.«

Ehe ich eine weitere Frage über die Verlorenen stellen

kann, beginnt plötzlich der Boden unter unseren Füßen zu beben. Turon stellt sich knurrend und mit gesträubtem Nackenfell neben mich, während Kenric sofort seine Schatten herbeiruft. Mir bleibt nichts anderes übrig, als mich mit wild klopfendem Herzen umzusehen. Unter meiner Haut kribbelt meine Magie, als spürte sie ebenfalls eine drohende Gefahr.

»Was war das?«, frage ich leise, als das Beben genauso abrupt aufhört, wie es eingesetzt hat.

»Nichts Gutes«, grollt Kenric, den Blick fest auf unsere Umgebung gerichtet. »Wir sollten schnellstens von hier verschwinden, bevor ...«

Etwas bricht durch den trockenen Erdboden, und Kenric und ich werden auseinandergeschleudert. Mir entweicht ein Keuchen, als ich unsanft auf dem trockenen Boden aufschlage. Hastig rappele ich mich auf.

Mein Herz setzt für einen Schlag aus. Denn in Fünkchens schwachem Licht nehme ich die Umrisse eines riesigen Wesens wahr, das mich am ehesten an eine gigantische Made erinnert.

Kenric stößt einen Fluch aus, ehe er brüllt: »Lauft!«

Doch meine Beine scheinen mit der Erde verwachsen zu sein. Wie erstarrt stehe ich da, unfähig, auch nur einen Muskel zu rühren.

Bereits die Verlorenen habe ich als Ungeheuer bezeichnet. Zu diesem Wesen passt lediglich das Wort »Monster«.

Es ist riesig, bestimmt drei oder vier Meter groß, und hat den gedrungenen Körper einer Fliegenmade. Das fast kreisrunde Maul ist mit spitzen Zähnen bespickt. Als ich mich zwinge, genauer hinzusehen, erkenne ich einige Verlorene, die sich in den Chitinfalten des Monsters festkrallen, als würden sie es als unterirdisches Fortbewegungsmittel nutzen. Allein bei der Vorstellung möchte ich mich übergeben. Behände rutschen sie an der Haut des Monsters hinab und beginnen uns zu umkreisen, wobei sie pausenlos ihre schaurigen Zisch- und Fauchgeräusche ausstoßen.

Da ich mich immer noch nicht rühren kann, sind es Kenrics Schatten, die mich vor dem Angriff des Verlorenen bewahren, der sich am weitesten vorgewagt hat. Sie durchbohren ihn, bis er mit einem Gurgeln zusammensackt.

»Verschwindet endlich!« Kenrics Stimme kommt kaum gegen das Zischen und Fauchen der Verlorenen an.

Ich will seinem Befehl folgen. Hastig schaue ich mich um. Wir befinden uns auf freiem Feld. Nirgends entdecke ich in Fünkchens Licht eine Felsspalte oder einen sonstigen Ort, an dem Turon und ich uns verstecken können.

Ich bin ein Mal vor einem Verlorenen davongelaufen und nicht weit gekommen. Hier, ohne die geringste Deckung, wird es mir erst recht nicht gelingen.

Mir bleibt nichts anderes übrig, als zu kämpfen.

Ich habe gehofft, meine Magie nie vor Kenric einsetzen zu müssen. Doch jetzt habe ich keine Wahl. Um sein, Turons und mein Leben zu beschützen, werde ich mein Geheimnis preisgeben. Die Konsequenzen sind mir egal.

Ich stelle die Beine ein Stück weit auseinander, während die ersten Ranken aus meinen Fingern schießen und sich langsam meinen Oberarm hinaufarbeiten.

Als sich ein weiterer Verlorener auf mich stürzen will, springt Turon ihm direkt an die Kehle und verbeißt sich in ihm. Mehrmals wirft er den Kopf hin und her. Das Knacken von Knochen ertönt, als er ihm das Genick bricht und sich anschließend mit blutüberströmter Schnauze den übrigen Verlorenen zuwendet.

Aus den Augenwinkeln sehe ich, dass Kenric in seine andere Form gewechselt ist. Die Verlorenen, die ihn umzingelt haben, kann er problemlos auf Abstand halten – jedoch nicht das Madenmonster, das in immer enger werdenden Kreisen um ihn herumschlängelt. Zwar geizt Kenric nicht mit seiner Magie, dennoch scheint es, als würden die Schatten dem Monster nichts anhaben können. Wenn die Made einer von Kenrics Angriffen streift, schüttelt es bloß seinen gedrungenen, massigen Körper, als wolle sie ein lästiges Insekt verjagen, bevor es sein Opfer weiter umkreist.

Mehrere Verlorene gehen auf Kenric los, sodass seine Aufmerksamkeit auf ihnen ruht. Diesen Moment nutzt das Monster, um sich mit weit aufgerissenem Maul auf ihn zu stürzen.

»Kenric!«, schreie ich. Meine Stimme klingelt schrill in meinen Ohren wider.

Irgendwie gelingt es Kenric, die Made mit etwas auf Abstand zu halten, was mir von hier aus wie ein konzentrierter Schattenblitz erscheint. Was auch immer dieser Angriff war, die Made weicht zurück und schüttelt sich, wobei ihr gesamter Körper wackelt.

Blind für alles andere außer meinem Fae sehe ich den Angriff des Verlorenen nicht kommen. Erst als sich lange Krallen in meinen Rücken bohren, erinnere ich mich wieder an die Bedrohung, die mir am nächsten ist.

Ich kreische vor Schmerzen auf.

Laut genug, dass Kenric sich zu mir dreht. Seine violett leuchtenden Augen sind panisch geweitet.

Diese Ablenkung nutzt die Monstermade gnadenlos aus. Sie wirbelt herum – sehr viel schneller, als ich es ihr je mit diesem wabbeligen Körper zugetraut hätte – und schleudert Kenric mit ihrem kurzen, aber stachelbewehrten Schwanz zur Seite.

Beinahe erscheint es mir, als würde Kenric eine Ewigkeit durch die Luft fliegen, ehe er mit einem dumpfen Laut aufprallt, sich mehrmals überschlägt und dann reglos liegen bleibt.

Ich wage nicht zu atmen. Ich kann nur auf ihn starren. Auf seine Schatten, die sich zurückziehen, als hätten sie jede Kraft verloren. Auf seinen Arm, der seltsam verdreht ist. Auf das ausbleibende Heben und Senken seines Brustkorbs.

Lediglich am Rande kriege ich mit, dass Turon sich um den Verlorenen kümmert, der mich eben angegriffen hat.

In aller Ruhe gleitet die Made mit leichten Schlängelbewegungen auf Kenric zu.

»Bleib weg von ihm!«

Es fühlt sich an, als würde ich innerlich auseinanderbrechen und mich anschließend neu zusammensetzen. Ein unnachgiebiger Zorn steigt in mir auf, überlagert sogar die Angst und den Schmerz, und lässt mich handeln, ohne darüber nachzudenken.

Ich balle die Hände fest zu Fäusten und nutze die Dornen meiner Ranken, um mir in die Handfläche zu schneiden, bis Blut fließt. Dann grabe ich die Hände in den staubig-trockenen Boden und überlasse der Magie, die ich bisher als Belastung gesehen habe, alles Weitere.

Ranken, dicker als mein Oberschenkel und über und über mit Dornen bespickt, brechen aus dem Boden hervor und rasen auf die Made zu, die sich gerade über Kenric hermachen will. Sie reagiert zu spät. Sobald meine Ranken sie erreichen, winden sie sich um sie. Zwar wehrt sie sich gegen den Klammergriff, indem sie ihren Körper hin und her wirft, doch sie kann mir nicht entkommen.

Kleinere Ranken huschen zu den Verlorenen in ihrer Nähe

hinüber, die klugerweise auf Abstand gegangen sind. Offenbar können sie meine Magie nicht zuordnen, weshalb sie sie aus sicherer Entfernung beäugen. Meine Aufmerksamkeit ruht aber auf dem Monster, das Kenric angegriffen und verletzt hat.

So sehr, dass er sich bisher nicht geregt hat.

Immer wieder huscht mein Blick zu ihm, während ich ihn stumm über die Entfernung anflehe, sich endlich zu bewegen oder irgendein Lebenszeichen von sich zu geben. Doch er bleibt reglos liegen.

Die Made kreischt erbost auf und windet sich ohne Unterlass gegen meine Ranken.

In einem merkwürdig klaren Moment bin ich froh darüber, dass das wütende Pochen meiner Magie meine Panik um Kenric überlagert. Stattdessen fokussiere ich meine Wut auf das Monster. Ich blecke die Zähne und bewege meine Hände in der Erde, sodass noch mehr Blut herausfließt.

»Das wirst du mir büßen!«

Mein Blut pulsiert vor Zorn, und mit jedem Pulsieren ziehen sich meine Ranken enger um den Körper der Made. Ihr schrilles Brüllen übertönt lediglich schwach meinen Herzschlag, der in meinen Ohren so laut wie das Hämmern in einer Schmiede widerhallt.

Ich habe noch nie bewusst getötet. Doch nun befehle ich meiner Magie, das Ungeheuer in Stücke zu reißen, und sie befolgt willig meinen Befehl.

Es kostet mich alle Kraft, die ich aufbringen kann, aber das ist es mir wert. Wie gebannt sehe ich dabei zu, wie sich meine Ranken an mehreren Stellen tiefer und tiefer in das weiche Fleisch der Made graben. So tief, bis sie mit einem letzten schaurigen Schrei in drei Teile zerfällt. Zuerst trennen meine Ranken ihr den Schwanz ab, mit dem sie Kenric fortgeschleudert hat. Dann fällt ihr Kopf mit dem grässlichen Maul.

Keuchend, aber ohne einen Funken Reue knie ich in der nun ohrenbetäubenden Stille und schaue dabei zu, wie das grünlich-graue Blut der Made den rissigen Boden tränkt.

Erst ein Huschen, das ich in den Augenwinkeln wahrnehme, erinnert mich daran, dass die Gefahr noch nicht vorüber ist.

Vier Verlorene sind dumm genug, sich auf mich zu stürzen. Vielleicht halten sie mich für leichte Beute, da ich auf dem Boden knie und ihnen den Rücken zuwende. Doch meine Magie ist zur Stelle. Dornenbewehrte Ranken brechen aus der Erde hervor, bevor die Verlorenen zum Sprung ansetzen. Den Widerstand ihrer Körper spüre ich im Vergleich zu dem der Made nur minimal, ehe meine Ranken sie zerquetschen. Ihr Blut spritzt mir gegen den Rücken, und irgendwo in meinem Kopf erschauere ich, weil ich weiß, dass es hier weit und breit keine Dusche gibt, um mir diese Sauerei abwaschen zu können.

Betont langsam erhebe ich mich. Zuckend ziehen sich meine Ranken aus der Erde heraus oder zerfallen an Ort und Stelle zu Staub, nachdem sie ihr Werk vollbracht haben. Einige winden sich wie eine lebende Rüstung um meine Arme, während ich mich zu den verbliebenen Verlorenen umwende.

»Ich weiß nicht, ob ihr mich verstehen könnt«, grolle ich mit einer tiefen Stimme, die sich nicht anhört wie meine. »Aber falls ihr es könnt, solltet ihr verschwinden und uns nie wieder behelligen. Das nächste Mal werde ich nicht nachsichtig sein.«

Kaum dass ich fertig gesprochen habe, türmen die Verlorenen in die Dunkelheit.

Zurück bleibt Turon, der mich mit weit aufgerissenen Augen und fassungslosem Ausdruck im Hundegesicht anstarrt.

Es ist dieser Blick, der mich zurückbringt und das Pulsieren meiner Magie abebben lässt.

Aller Kraft beraubt, sacke ich erneut auf die Knie, kraftlos diesmal. Es ist, als würde sich die ganze Welt um mich herum drehen. Um nicht völlig das Gleichgewicht zu verlieren, kralle ich beide Hände in den Boden, bevor ich zu Turon aufsehe. Nachdem ich mich halbwegs unter Kontrolle habe, hebe ich eine Hand und führe den Zeigefinger an die Lippen.

Ich weiß nicht, warum ich das tue. Turon ist ein Hund; er kann mein Geheimnis nicht verraten. Aber die Art, wie er mich anschaut ... Fast so, als hätte er etwas gesehen, was unmöglich ist.

Ich stemme mich zurück auf die Füße und wanke so schnell ich kann zu Kenric.

Um ihn verteilt liegen mehrere Verlorenenleichen, und die zerfetzte Made verbreitet sogar auf einige Meter Entfernung einen entsetzlichen Gestank.

Doch ich habe nur Augen für Kenric. Nun, ohne das Pulsieren meiner Magie, habe ich keinen Schutz gegen die aufsteigende Panik, die mich bei seinem Anblick befällt.

Er ist noch immer in seiner anderen Gestalt, doch das normalerweise hell-violette Leuchten, das sich durch seine Adern an Händen und Hals zieht, ist kaum noch vorhanden. Sein rechter Arm und das rechte Bein sind merkwürdig verdreht. Die Heilerin in mir erkennt sofort, dass sie gebrochen sind. Krampfhaft schlucke ich die Magensäure hinunter, die mir den Hals hinaufkriecht. Hier draußen, mitten im Nirgendwo, werde ich diese wahrscheinlich komplizierten Brüche nicht fachgerecht versorgen und schienen können. Allein der Gedanke, dass Kenric seine rechte Seite vielleicht nie wieder normal wird benutzen können …

Hastig wende ich mich ab, weil ich würgen muss. Als ich mir mit der Hand den Mund abwischen will, erstarre ich jedoch. Noch immer quillt Blut aus den offenen Schnitten in meiner Handfläche hervor.

Kenric ist kein Südgander. Er ist ein Fae, und ein sehr mächtiger noch dazu. Bisher weiß ich bloß, dass die Fae nach Südganderblut gieren, weil es für sie ein Mana-Ersatz ist. Aber was, wenn ich mittels meines Blutes, das auch nicht so schwach wie das einer normalen Südganderin ist, mehr bewirken könnte, als ihn nur mit Mana zu versorgen?

Ich zögere nicht länger, sondern rutsche wieder an Kenric heran. So sanft und vorsichtig wie möglich hebe ich seinen Kopf und bette ihn auf meinen Schoß, wobei ich die eisige Kälte seiner Schatten ignoriere, die mich bei jeder Bewegung streifen.

Ich muss es auf einen Versuch ankommen lassen. Danach kann ich mir immer noch Gedanken darüber machen, wie ich seine schweren Wunden auf herkömmliche Weise versorgen soll.

Mit der linken Hand kratze ich die Wunden in der rechten Handfläche weiter auf, ungeachtet des Schmutzes und der Dreckklumpen, die nach dem Angriff auf die Made unter meinen Fingernägeln hängen. Eine Blutvergiftung ist gerade meine geringste Sorge.

Als genügend Blut hervorquillt, halte ich die Hand über Kenrics Lippen und balle sie zur Faust.

»Bitte, bitte, *bitte*«, flüstere ich heiser, während Tropfen um Tropfen meines Blutes in seinen Mund fällt.

Als Kenric sich immer noch nicht regt, balle ich entschlossen die Faust fester. Wenn es sein muss, presse ich jeden einzelnen Tropfen aus mir heraus, solange ich ihn dadurch retten kann.

Irgendwann, es kommt mir wie eine Ewigkeit vor, beginnt er zu schlucken. Ich halte die Luft an.

»Kenric?«, wispere ich.

Abrupt reißt er die Augen auf. Sie sind ein Strom aus gleißend hellem Violett; die Pupille ist nicht mehr als ein schmaler Schlitz, so dünn, dass ich sie kaum ausmachen kann. Schneller, als ich es ihm in diesem Zustand zugetraut hätte, packt er mit der unverletzten Linken mein Handgelenk und zieht es näher zu seinem Mund. Doch er riecht nur kurz daran.

Danach finde ich mich auf dem Rücken liegend wieder, während er über mir kniet. Das rechte Bein hat er seitlich abgeknickt. Bloß flüchtig kann ich einen Blick darauf werfen, erkenne aber Brüche an mehreren Stellen. Wenn wir Pech haben, hat auch seine Hüfte etwas abgekriegt.

Schatten peitschen aus seinen Schultern und seinem Rücken empor und fesseln meine ganze Aufmerksamkeit, als er über mir aufragt wie eine drohende Gefahr. Für einen winzigen Moment setzt mein Herzschlag aus, nur um anschließend mit halsbrecherischer Geschwindigkeit weiterzuhämmern.

Noch nie habe ich mich vor ihm gefürchtet; das tue ich auch jetzt nicht. Auch wenn er gerade eine völlig andere Aura verströmt als normalerweise. Sogar umgeben von Schatten kann ich nach wie vor meinen Fae erkennen.

Wieder greift er nach meinem Handgelenk. Sein Griff ist fest und unnachgiebig, doch er tut mir nicht weh. Als er meine Hand erneut zu seinem Mund führt, nehme ich zum ersten Mal bewusst seine spitzen Zähne wahr.

Ein wenig flau wird mir bei ihrem Anblick schon, dennoch sage ich leise: »Es ist in Ordnung.« Langsam, um ihn nicht zu erschrecken, hebe ich die andere Hand und lege sie an seine Wange. »Nimm dir, so viel du brauchst.«

Etwas verändert sich in seinem Ausdruck. Er wirkt klarer, weniger wild, und seine Pupillen werden breiter. Dann stößt Kenric lang gezogen den Atem aus.

»Nur ... was nötig ... ist«, bringt er stockend hervor. Seine Stimme klingt dunkel, als würden auch über ihr seine Schatten liegen.

Ich nicke, während ich ihm mit dem Daumen über die Wange streichele.

Einen Moment gibt er sich dieser kleinen Liebkosung hin, ehe er erstaunlich behutsam die Zähne in meine malträtierte Handfläche schlägt. Ich merke ihr Eindringen kaum; im Vergleich zu meinen Ranken fühlt es sich nicht schmerzhafter als ein Mückenstich an.

Als er beginnt zu saugen, entfährt ihm ein Stöhnen.

Dieser Laut klingt völlig falsch in dieser Umgebung und Situation, dennoch trägt er dazu bei, dass ich mich komplett entspanne. Mein Körper wird weich und schwer, genau wie während anderer Momente, in denen er diese Laute ausgestoßen hat.

Beruhigend streiche ich ihm einige Haarsträhnen aus der Stirn, während er sich an meinem Blut labt und dabei verzückt die Augen schließt.

Nach einer Weile verzieht er jedoch das Gesicht, als hätte er Schmerzen. Ehe ich fragen kann, was los ist, höre ich seine Knochen knacken. Kenric windet sich und keucht, als sich seine rechte Schulter plötzlich verschiebt und mit einem schaurigen Knirschen ins Gelenk zurückspringt. Kurz darauf folgt ein weiteres Knacken. Gebannt sehe ich dabei zu, wie sein verdrehter rechter Arm sich Stück für Stück richtet und in seine Ursprungsform zurückfindet.

Schweiß perlt von Kenrics Kinn und sein Atem geht rasselnd.

»Du hast es bald geschafft«, sage ich ruhig.

Flüchtig öffnet er die Lider, um mir einen entschuldigenden Blick zuzuwerfen, bevor er weitertrinkt. Das nächste Knacken. Ein erneutes Keuchen von ihm.

Er fällt vornüber und kann sich geradeso mit der linken Hand abfangen; die rechte schont er weiterhin. Auch ohne seinen Griff halte ich meine Hand gegen seinen Mund und beobachte, wie er das rechte Bein ausstreckt. Unter seinen zuckenden Schatten, die ihn in dieser Form auch dort umgeben, verschiebt sich etwas und springt mit einem Knirschen an seinen Platz zurück.

Kenrics gequältes Keuchen wird lauter. So gut es mir in dieser Position möglich ist, richte ich mich auf, bis ich die Stirn gegen seine lehnen kann.

»Ich bin hier«, flüstere ich. »Du darfst jetzt nicht aufgeben, hörst du?«

Er atmet einige Male tief durch, bevor er einen erneuten tiefen Schluck meines Blutes nimmt. Langsam, aber sicher bekomme ich die Auswirkungen des Blutverlusts zu spüren. Ein Kribbeln nistet sich in meinen Füßen ein und springt auf meine Beine über, meine Sicht wird trüb. Doch um nichts in der Welt werde ich ihm sagen, dass er aufhören soll.

Als schließlich auch sein rechter Fuß wieder in die richtige Haltung springt, zieht Kenric sofort die Zähne aus meiner Haut. Nur einen Herzschlag später bricht er auf mir zusammen. Ich kriege unter dem vollen Gewicht seiner anderen

Form kaum Luft, trotzdem streiche ich ihm sacht über den Rücken.

Seine eisigen Schatten treten den Rückzug an, und ich spüre, wie sich Kenrics Gestalt verändert und er wieder zu meinem Fae wird.

Mühsam richtet er sich auf. Seine Bewegungen wirken steif, vor allem als er sich auf den rechten Arm stemmt. Doch es scheint, als könne er ihn ohne weitere Beeinträchtigungen bewegen. Als er über mir kniet, werfe ich außerdem einen Blick auf sein Bein, das er wie das linke anwinkeln kann.

Tränen purer Erleichterung schießen mir in die Augen, doch ich blinzele sie hastig zurück. Aber Kenric hat meine wässrigen Augen bemerkt. Zum Glück ist es keiner Träne gelungen, meine Augen zu verlassen, denn dann hätte er die Blütenblätter gesehen, die ich weine.

Vorsichtig zieht er mich in eine sitzende Position, ehe er mit beiden Händen mein Gesicht umschließt.

»Bist du unverletzt?«, fragt er rau.

Ich nicke, während ich mich in die Wärme seiner Berührung schmiege.

Kenric drückt mich an sich und schlingt beide Arme um mich. »Ich hatte solche Angst um dich. Ein Verlorener hat dich angegriffen und danach … Danach erinnere ich mich an nichts mehr.«

Den Angriff des Verlorenen habe ich beinahe vergessen. Doch jetzt, wo das Adrenalin gemeinsam mit meiner Magie aus meinen Adern schwindet, spüre ich das Ziepen am Rücken, wo er seine Krallen in mich geschlagen hat. Wahrscheinlich hat er mich nur gestreift. Ich bin zu erschöpft, um mich darum zu kümmern.

Sanft legt Kenric mir einen Finger unters Kinn und wartet,

bis ich ihn anschaue. Die Stirn hat er sorgenvoll gerunzelt, während er seinen Blick über mich gleiten lässt. Was auch immer er sieht, es scheint ihm nicht zu gefallen. Er lehnt sich ein Stück zurück, nimmt meine rechte Hand und fährt vorsichtig mit dem Daumen über die winzigen Bissspuren, die seine spitzen Zähne hinterlassen haben.

»Ich habe zu viel genommen«, murmelt er, ohne den Kopf zu heben. »Verzeih mir.«

Ich lege die andere Hand auf seinen Arm. »Du hast dir so viel wie nötig genommen. Ich habe es ernst gemeint, als ich zu dir sagte, ich würde dir sogar meinen letzten Tropfen Blut geben. Also mach dir keine Gedanken. Es geht mir gut.«

Er glaubt mir kein Wort, das macht sein Gesichtsausdruck deutlich. Aber ich bin zu schwach, um mit ihm zu diskutieren. Der Blutverlust und die Nutzung meiner Magie nehmen mich stärker mit, als ich vermutet hätte. Ich würde meine Seele für ein weiches Bett und eine Mütze Schlaf eintauschen.

Kenrics Stirnrunzeln vertieft sich, während er mit dem Daumen über die tieferen Wunden in meiner Handfläche streicht. »Was ist dir hier zugestoßen?«

Ich schlucke angestrengt. »An wie viel kannst du dich erinnern?«

Sein Blick gleitet ins Leere. »Nur noch an deinen Schrei. Danach weiß ich, wie gesagt, nichts mehr.«

Ich atme verstohlen auf. »Deine Schatten haben das Vieh erledigt und die Verlorenen in die Flucht geschlagen.«

Hinter mir gibt Turon, den ich bis jetzt völlig vergessen habe, ein Husten von sich, das verdächtig nach einem »Das glaubst du doch wohl selbst nicht« klingt. Aber das muss ich mir einbilden; er ist schließlich bloß ein Hund.

Kenric schaut über meine Schulter zu seinem treuen Begleiter, wobei unterschiedliche Stadien von Verwirrung über seine Miene huschen.

Ich beschließe, dass es das Beste ist, weiterhin vorzugeben, dass Kenric es war, der das Madenmonster besiegt hat.

»Du hast deine Schatten gegen das Ungeheuer geschleudert und dabei eine Art Druckwelle erzeugt«, sage ich. »Die war so stark, dass sie auch mich von den Füßen gerissen hat. Beim Sturz muss ich mir die Hände aufgeschürft haben.«

Vor nicht allzu langer Zeit meinte Kenric, ich sei gut im Lügen. Wenn ich nun seine zweifelnde Miene betrachte, muss ich diese Fähigkeit verloren haben. Er glaubt mir kein Wort. Ich würde mir auch nicht glauben, aber das war die beste Erklärung, die ich mir auf die Schnelle aus den Fingern saugen konnte.

Mit einem resignierten Seufzen hebt er meine Hand zu seinem Mund und beginnt, das restliche und teilweise bereits verkrustete Blut wegzulecken. Bei jeder Berührung seiner Zunge mit meiner Haut zucke ich zusammen. Nicht weil es wehtut, sondern wegen der kribbelnden Hitze, die sich ausgehend von meiner Hand in meinem restlichen Körper verteilt.

Ich wünschte, er würde ewig damit weitermachen.

Aber dafür haben wir keine Zeit. Zwar glaube ich, dass die Verlorenen meine Drohung verstanden haben, aber ich bezweifele, dass sie sich daran halten und uns in Ruhe lassen. Bald werden sie zurückkehren. Vielleicht mit einem weiteren Madenmonster. Oder zwei.

Kenric scheint zum selben Schluss gelangt zu sein. Er erhebt sich und reicht mir die Hand, um mir aufzuhelfen.

Ich mustere sein rechtes Bein, das vor Kurzem noch mehrere Brüche aufwies. »Wird es gehen?«

Er schmunzelt, während er mit der rechten Schuhspitze auf den Boden tippt. »So gut wie neu. Ich habe noch nie mehr als einen Tropfen Südganderblut zu mir genommen, aber ich begreife jetzt, warum Zahid es so eisern unter Verschluss hält und stets ein Auge auf seine Ausgewählten hat. Eine solche Kraft habe ich noch nie gespürt.«

»Ich bin froh, dass ich dir helfen konnte«, sage ich. »Hier draußen, ohne die richtigen Kräuter, die dir zumindest Linderung verschafft hätten, hätte ich nicht gewusst, was ich tun soll.«

Das Lächeln schwindet von seinen Lippen. »Ich werde mich nie gut dabei fühlen, wenn ich dir Schaden zufüge.«

»Es geht mir blendend.«

Seine Augenbrauen zucken, doch er erspart uns beiden einen Kommentar. Auch ohne, dass er es anspricht, kann ich mir vorstellen, wie ich aussehe. Blass, abgekämpft und geschunden. Wahrscheinlich haben sich unter meinen Augen bereits dunkle Ringe gebildet. Vor Erschöpfung und Hunger kann ich kaum noch aufrecht stehen.

»Turon«, sagt Kenric. »Du kennst den Weg. Bring uns zur Hütte.«

»Hütte?«, echoe ich, während der schwarze Hund sich bereits in Bewegung setzt. »Welche Hütte?«

Kenric nimmt meine Hand. »Die Hütte, in der ich geboren wurde.«

Kapitel 25

✦

KENRIC

Ich spüre, wie Vanyas Blut in mir pulsiert. Ich strotze vor Kraft und Energie.

Und ich verachte mich dafür, wann immer ich Vanyas stolpernde Schritte neben mir bemerke.

Sie hat recht: Ich habe nur so viel genommen, wie nötig war, um meine Verletzungen zu heilen. Ich konnte aufhören, obwohl sich all meine Sinne dagegen gesträubt haben. Allein bei der Erinnerung an den Geschmack ihres Blutes läuft mir das Wasser im Mund zusammen.

Offenbar habe ich noch mehr Ähnlichkeit mit einem Verlorenen, als ich bisher dachte …

Ich bringe dieses Verlangen in mir rigoros zum Schweigen. Während ich mich Vanyas Geschwindigkeit anpasse, rede ich mir ein, dass es die einzige Möglichkeit war. Andernfalls wäre ich gestorben. Damit hätte ich niemandem geholfen.

Trotzdem reicht es nicht, um meine Verachtung vor mir selbst verblassen zu lassen.

Nachdem wir eine Weile unterwegs sind, geben Vanyas Beine unter ihr nach. Sofort hebe ich sie auf die Arme und trage sie weiter.

»Lass mich runter«, protestiert sie schwach.

Heilige Nyx, wie viel Blut habe ich ihr genommen, dass sie derart kraftlos ist? Wie bittere Galle steigt das schlechte Gewissen erneut in mir auf.

»Wir können hier nicht rasten«, sage ich. »Es ist nicht mehr weit.«

Anstatt mich, wie üblich, in eine Diskussion zu verstricken, lehnt sie den Kopf gegen meinen Hals und lässt sich von mir tragen.

»Diese Hütte, zu der wir gehen«, murmelt sie leise, »ist es da sicher?«

»Du wirst dich dort so lange ausruhen können, bis es dir besser geht«, verspreche ich. »Und wir sind ganz in der Nähe der Grenze. Vielleicht kann ich ein paar unserer Habseligkeiten gegen neuen Proviant eintauschen.«

In Evenor mag es keine Lebensmittel mehr gegeben haben, aber an der Mauer werden Händler anzutreffen sein. Und sie werden mit mir handeln. Irgendetwas werde ich schon finden, wofür sie mir Essen für Vanya und Turon geben.

Notfalls werde ich nicht davor zurückschrecken, sie dazu zu zwingen.

Ich vertrete den Grundsatz, dass ein Handel zum Vorteil beider Parteien sein sollte. Doch ich werde nicht danebenstehen und zusehen, wie Vanya und Turon hungern, weil wir keine Münzen mitgenommen haben.

◆◆◆

Als die Hütte, die sich auf einem kleinen Hügel befindet, in Sichtweite gerät, werden meine Schritte langsamer. Immer mal wieder passieren wir Skelette, die zu Tieren gehören müssen, die irgendwie durch die Mauer gelangt sind. Hier, in der Nähe der Grenze, kommt es vor, dass sie noch einige Zeit leben, bevor der Fluch sie holt.

»Lass mich runter«, verlangt Vanya mit schwacher Stimme. »Ich bin viel zu schwer.«

Ich verstärke den Griff um sie. »Das ist es nicht. Nur ... ich dachte nicht, dass ich je hierher zurückkehren würde.«

Vanya hebt den Kopf und sieht sich um, nachdem sie Fünkchen gebeten hat, heller zu leuchten.

Ich versuche, die Hütte mit ihren Augen zu betrachten. Sie ist ungewöhnlich gut in Schuss, dafür, dass niemand dort wohnt. Kein Fae bei Verstand würde einen Fuß in diese Hütte setzen, denn sie war einer besonderen Fae vorbehalten. Als dieses Land noch fruchtbar war, muss die Aussicht vom Hügel aus wunderschön gewesen sein. Mir wurde erzählt, dass die Fae einen weitläufigen Garten um die Hütte errichtet hätte, den sie mit Hingabe pflegte.

Und dass sie mit Vorliebe Nachtlilien züchtete, weil dies die heiligen Blumen der Göttin seien.

Es ist seltsam, dass ich so viel über diese Fae weiß, obwohl ich ihr nie begegnet bin.

Hinter dem Hügel erstrecken sich die Höhenregionen Nordgands – Ausläufer der Berge Südgands, die sich bis in unser Reich ausbreiten.

Einst muss dies ein idyllischer Ort gewesen sein. Nun ist es bloß noch eine verlassene Hütte und ein kahler Garten ohne eine einzige Blume. Lediglich die Erinnerungen sind geblieben, die mich sofort befallen, als ich die Aussparung durchschreite, die in den hölzernen Zaun eingelassen wurde.

Behutsam stelle ich Vanya auf die Füße, einen Arm weiterhin um sie geschlungen, falls sie schwanken sollte. Doch sie sieht sich nur aufmerksam um.

»Hier wurdest du geboren?«, fragt sie zögerlich.

Ich nicke. »Irgendwie, zumindest. Richtiger wäre wohl, dass ich hier seit dem Großen Krieg existiert habe.«

Vanyas Blick kehrt zu mir zurück. »Ich verstehe nicht.«

Ich streiche ihr eine Haarsträhne aus der Stirn. »Du solltest dich zunächst ausruhen. Meine Geschichte ist lang und nicht sehr schön.«

Sie verschränkt die Finger ihrer Hand mit meinen. »Dann erzähle mir einen Teil jetzt, bis ich nicht mehr wach bleiben kann. Oder sind wir hier in Gefahr?«

»Ich glaube nicht.« Mit der freien Hand deute ich nach Süden, wo ich inmitten der Dunkelheit Nordgands eine Mauer aus tiefschwarzem Stein ausmachen kann. »Die Grenze ist gleich dort drüben. Die Verlorenen trauen sich nur selten so nah an sie heran. Wir dürften hier sicher sein.«

Vanya verstärkt den Druck ihrer Finger. »Dann möchte ich deine Geschichte hören.«

Ich musste sie erst zwei Fae erzählen: Paleia, die Turon und mich ganz in der Nähe fand und nach Evenor brachte, und Zahid, der wenig erfreut über mein Auftauchen war.

Was ich ihm nicht verdenken kann.

»Dies war ein Ort, über den kein Fae öffentlich sprach«, sage ich, während ich Vanya in die Hütte führe.

Das Innere sieht noch genauso aus, wie ich es in Erinnerung habe. Staub bedeckt zentimeterdick die Oberflächen, aber es gibt keine Löcher im Dach, und das Bett steht nach wie vor in einem der angrenzenden Räume. Ich breite meinen Umhang darüber aus und warte, bis Vanya sich hingelegt hat. Turon springt ebenfalls sofort aufs Bett und rollt sich neben ihr ein. Für mich bliebe zwar noch genug Platz, aber dank Vanyas Blut bin ich viel zu aufgekratzt, um ruhig liegen zu können. Also ziehe ich mir einen dreibeinigen Schemel heran, damit ich mich neben das Bett setzen und Vanyas Hand weiterhin halten kann.

»Hier lebte eine Fae, die …« Ich suche nach den richtigen Worten. »Nun, sie war von der Gesellschaft nicht anerkannt.«

»Warum?«

»Weil sie eine Geliebte war«, sage ich. »Die Geliebte eines sehr mächtigen Fae. Des mächtigsten überhaupt. Hier lebte die Geliebte des alten Königs Zauriel.«

Vanyas Augen werden groß. »Des ... alten Königs?«

Ich nicke. »Zahid war nicht immer der König. Er kämpfte zwar bereits während des Großen Krieges in den Heeren der Fae, aber bis zu dem Zeitpunkt war er nur der Kronprinz. Der alleinige Thronerbe, denn er hatte keine Geschwister. Seine Mutter, die Königin, starb früh an einer Krankheit, die ihr angeblich eine Konkurrentin an den Hals gewünscht hat. König Zauriel heiratete nicht erneut, weil das für Fae, die einen Liebespakt eingegangen sind, nicht üblich ist. Aber es heißt, er fühlte sich zu einer Fae hingezogen, die er schließlich zu seiner Geliebten machte.«

»Ich habe nicht viel Erfahrung mit so etwas«, sagt Vanya. »Sicherlich gibt es auch in Südgand Geliebte und Mätressen, allerdings weiß ich nicht, ob ich je einer begegnet bin.«

»Sie haben selten eine hohe gesellschaftliche Stellung«, gebe ich zu. »Bei der Fae, die hier gelebt hat, muss es ähnlich gewesen sein. Sie hielt es offenbar nicht mehr aus, in Evenor zu leben, wo man ihr bloß mit Spott und Häme begegnete, deshalb ließ der König diesen Landsitz für sie bauen.«

Vanya richtet sich halb auf. »Warte einen Moment.« Ich kann förmlich sehen, wie es hinter ihrer Stirn arbeitet und sich ihre Gedanken überschlagen. »Wenn das der Landsitz der Geliebten des alten Königs ist und du hier geboren wurdest, bedeutet das ... die Fae war deine Mutter? Und du bist ... ein Königssohn? Ein Prinz? Und ... Zahids Bruder?«

»*Halb*bruder«, sage ich. »Er besteht auf diesen Zusatz. Aber der Rest stimmt.«

»Aber du ... Wenn du ein Prinz bist, dann ... Wie kannst du ...?«

Mit sanftem Druck gegen ihre Schulter bringe ich sie dazu, sich wieder hinzulegen. »Warum ich als Prinz in einer kleinen Wohnung in einem weniger gut betuchten Umgebung Evenors lebe und meinen kümmerlichen Lebensunterhalt als Heiler verdiene, wolltest du fragen?«

Sie nickt mehrmals hintereinander.

»Weil niemand meine Abstammung anerkennt«, sage ich. »Und mir ging es auch nie darum.«

»Aber du bist ein Prinz«, wiederholt Vanya. »Du müsstest ... Keine Ahnung ... An Zahids Seite regieren und ...«

»Das ist ein ganz gefährliches Terrain«, unterbreche ich sie. »Der alte König starb, bevor ich geboren wurde. Er konnte mich also nicht anerkennen. Natürlich wussten einige Eingeweihte von meiner Mutter und dass sie ein Kind erwartete. Und viele sagten mir, ich wäre ihr wie aus dem Gesicht geschnitten. Aber es gibt keinen *Beweis.* Meine Eltern sind beide tot.« Ich seufze. »Ich wurde schon einmal für etwas gehalten, was ich nicht bin. Das will ich nicht erneut durchmachen.«

Turon hebt den Kopf und gibt ein Grummeln von sich.

»Ich weiß«, murre ich. »Es ist wahr. Trotzdem ... sträubt sich alles in mir dagegen, dieses Geburtsrecht zu nutzen. Neben denen, die gegen Zahids Machenschaften mit den Ausgewählten aufbegehren, gab es auch einige, die mich an seiner statt auf den Thron setzen wollten. Keiner von ihnen lebt mehr. Es ist für alle gesünder, wenn ich weiterhin so tue, als wäre ich ein Niemand.«

Wieder stößt Turon ein Grummeln aus.

Ich verdrehe die Augen. »Ich weiß, dass du damit nicht einverstanden bist. Aber das ist der einzige Grund, warum wir beide noch leben. Hätte ich je versucht, gegen Zahid zu intrigieren, wäre ich schneller als Hochstapler hingerichtet worden, als mir lieb gewesen wäre. Denn ich kann nichts beweisen.«

Vanyas Blick huscht zwischen Turon und mir hin und her. »Redet ... ihr beide gerade miteinander?«

»Mehr oder weniger«, gebe ich zu. »Turon war über viele Jahrhunderte der Einzige, den ich hatte. Er brachte mir alles bei, was ich als Fae wissen musste. Aber damit ich tatsächlich ... *geboren* werden konnte, musste er seine gesamte Magie opfern.«

»Du hast dich bereits öfter seltsam ausgedrückt, wenn es um deine Geburt ging. Wie muss ich mir das vorstellen?«

Ich zögere mit einer Antwort. Die Umstände meiner Geburt sind kompliziert; so kompliziert, dass selbst ich sie nicht völlig begreife. Paleia hat es irgendwann aufgegeben, alles verstehen zu wollen. Und Turon, der von Anfang an dabei war, kann ich nicht fragen. Wir haben zwar über die Jahre einen Weg gefunden, miteinander zu kommunizieren, aber es ist kein wirkliches Reden. Ich kann ihm keine Fragen stellen, die er mir detailliert beantworten kann, egal, wie gern ich das tun würde.

»Es war während des Großen Krieges«, sage ich schließlich. »Wann immer der König es einrichten konnte, kam er meine Mutter hier besuchen. Sie weigerte sich, ihr Heim zu verlassen, ganz gleich, wie sehr der König darauf drängte. Er wollte sie in Evenor in Sicherheit wissen. Aber sie sagte, dass ihr Bruder, ein sehr fähiger und mächtiger Fae, sie beschützen würde, wenn sie in Gefahr wäre. Ihr Bruder, mein Onkel, zog ebenfalls hier ein und wich meiner Mutter während der Schwangerschaft nicht von der Seite. Und das war gut so, denn es gab mehrere Versuche, sie aus dem Weg zu schaffen.«

Vanya schnappt nach Luft. »Jemand hat versucht, deine mit dir schwangere Mutter zu ermorden?«

Ich nicke. »So wurde es mir zumindest von meinem Onkel erzählt.«

»Aber wer sollte so etwas Schreckliches tun?«

»Es ist allgemein Brauch, dass ein Fae, der einen Liebespakt eingegangen ist, keinen neuen Pakt eingeht, auch nicht, wenn sein Partner verstorben ist. Trotzdem wird es einige Frauen in Evenor gegeben haben, die sich zumindest eine Position als Mätresse des Königs ausgemalt haben.« Ich verziehe den Mund. »Aber er nahm sich eine Bürgerliche zur Geliebten, anstatt eine der Töchter eines seiner Berater.«

Ich habe meine Mutter nie kennengelernt, doch ich kann mir nicht vorstellen, dass sie einfach so aus der Hauptstadt wegziehen wollte. Vor allem nicht, wenn ein Krieg an den Grenzen tobte. Ich kann nur spekulieren, was sie bereits durchmachen musste, bis der König zustimmte, ihr ein Refugium zu bauen. Doch auch hier war sie nicht sicher, wie sich schnell herausstellte.

»Um diese Hütte soll es einen herrlichen Garten gegeben haben«, sage ich. »Er war übervoll mit Nachtlilien.«

»Nachtlilien?«, wiederholt Vanya. »Vielleicht finden wir hier eine und …«

Ich schüttele den Kopf. »Es gibt hier keine Blumen mehr. Aber darauf wollte ich nicht hinaus. Obwohl ich nie mit Nachtlilien gearbeitet habe, kenne ich aus Überlieferungen ihre heilende Wirkung. An der Front gab es während des Krieges zwar Fae mit Heilmagie, trotzdem konnten sie nicht alle Verletzten versorgen. Einige schleppten sich hierher zu meiner Mutter, die sie mit einer Nachtlilientinktur wieder aufpäppelte. Aber einige von ihnen ... gaben bloß vor, verletzt zu sein. Sie versuchten, meine Mutter hinterrücks zu ermorden.«

Vanya reibt sich mit einer Hand über den Mund. »Ich kann mir das gar nicht vorstellen ... Was ist nur in diesen Fae vorgegangen?«

»Sie sahen in meiner Mutter eine Konkurrentin«, sage ich. »Und in mir einen möglichen Thronräuber. Bevor der König meine Mutter zur Geliebten nahm, gab es lediglich einen einzigen Erben.«

Wie gewohnt, erkennt Vanya sofort, worauf ich hinauswill. »Zahid? Du glaubst, er hat die Anschläge auf deine Mutter angeordnet?«

Ich zucke mit den Schultern. »Es würde mich nicht wundern. Doch auch dafür habe ich keine Beweise. Und selbst wenn es so wäre, würde es nichts an meiner Situation ändern. Zahid ist der legitime Nachfolger und König, während ich ...« Beinahe hätte ich erneut mit den Schultern gezuckt, kann mich aber gerade noch davon abhalten. »Es würde nichts an meiner Situation ändern«, wiederhole ich nur. »Und, wenn ich ehrlich bin, will ich nicht, dass sich etwas ändert. Jetzt nicht mehr.«

Damit entlocke ich Vanya ein warmes Lächeln.

Was ich gesagt habe, ist die Wahrheit. Bevor ich ihr begegnet bin, habe ich ununterbrochen mit meinem Schicksal gehadert. Pausenlos habe ich mich mit Zahid, meinem großen Bruder, verglichen und gab mir die größte Mühe, so zu werden wie er. Vielleicht würden dann die Fae erkennen, dass auch ich etwas wert bin, dachte ich. Aber neben ihm würde ich stets der Junge sein, der sich in den Schatten herumdrückt und von niemandem beachtet wird. Er ist als Prinz geboren und zum König gekrönt worden. Ich trage nur durch Zufall königliches Blut in mir, weil meine Mutter die Aufmerksamkeit des Königs erregt hat. Ich habe weder eine Ausbildung genossen, noch könnte ich mich je so weltgewandt geben wie Zahid.

Früher wollte ich all das. Ich wollte die Aufmerksamkeit, die Weltgewandtheit. Ich wollte aus meinen Schatten ins Licht treten.

Nun habe ich mein eigenes Licht und bin auf das anderer, die mir sowieso nichts Gutes wollen, nicht mehr angewiesen.

Ich lehne mich vor und küsse Vanya auf die Stirn. »Schlaf, Liebste. Dir fallen schon die Augen zu.«

»Aber ich will noch so vieles wissen!«, protestiert sie, wobei sie einen Schmollmund zieht.

»Ich werde dir deine Fragen beantworten, sobald du aufwachst«, verspreche ich.

Sie lächelt wieder. »Es ist so schön, mehr über dich zu erfahren. Dich *wirklich* kennenzulernen. Nicht, dass ich das unbedingt brauche. Schließlich habe ich mich in dich verliebt, ohne etwas über dich zu wissen. Aber es ist trotzdem schön.«

Aus den Augenwinkeln sehe ich, dass Turon Vanya einen aufmerksamen Blick zuwirft, als warte er darauf, dass sie noch etwas sagt. Doch Vanya umschließt meine Hand fester und dreht sich auf die Seite.

»Ich weiß, was du meinst«, murmele ich, während meine Schatten sich nach ihr ausstrecken, um ihr sanft übers Gesicht und den Nacken zu streichen. »Auch ich wüsste gern mehr über dich.«

Mit bereits geschlossenen Lidern zieht sie die Augenbrauen hoch. »Meine Eltern wären ganz aus dem Häuschen, wenn sie erführen, dass du ein Prinz bist.«

Ich schmunzele über ihre Aussage. Welche Eltern wären nicht froh, wenn ihre Tochter mit einem Prinzen – *Halb*prinzen, verbessere ich mich – zusammen ist? »Vielleicht erzähle ich das nur, um Eindruck auf dich und sie zu machen.«

Sie öffnet die Lider einen Spaltbreit. »Dazu hättest du keinen Grund.«

Den hätte ich tatsächlich nicht. Allein schon deswegen, weil Vanya ihre Eltern bisher kaum erwähnt hat. Ich weiß bloß, dass ihr Verhältnis ziemlich schwierig ist und dass sie auch mit ihrer Schwester nicht gut auskommt. Abgesehen davon hat Vanya kein Wort über ihre Eltern verloren. Ich habe meine nie gekannt und mich bei jeder Hürde meines Lebens nach ihrem Rat gesehnt. Vanya hingegen meistert ihr Leben, ohne auf ihre Eltern Rücksicht zu nehmen.

Ich weiß nicht, ob ich sie dafür bewundern oder bemitleiden soll.

Als ihr Atem kurz darauf gleichmäßig und ruhig geht, erhebe ich mich. »Bleib bei ihr«, weise ich Turon an. »Ich werde schnell zur Grenze reisen, um etwas Proviant für euch aufzutreiben.«

Turon bettet den Kopf auf Vanyas angewinkelten Beinen.

Als ich aus der Hütte trete, sehe ich in der Entfernung einen hellen Himmel. Heller zumindest, als ich es gewohnt bin. Ob das die Sonne ist, die Vanya mir während des ersten Festes der Tanzenden Sterne beschrieben hat?

Kapitel 26

VANYA

Als ich aufwache, bin ich mit Turon allein. Doch ich mache mir keine Sorgen. Stattdessen rolle ich mich im Bett herum, bis ich es vor Langeweile nicht mehr aushalte. Tausend Fragen gehen mir im Kopf herum. Fragen, auf die ich am liebsten sofort eine Antwort erhalten will.

Begleitet von Turon und Fünkchen mache ich mich daran, die Hütte, in der Kenric geboren wurde, und die direkte Umgebung zu erkunden.

Ich weiß, dass Lorienne ebenfalls über einen Landsitz verfügt, auf den sie sich zurückzieht, wenn keine Auswahlen stattfinden. Zahid hat mir auch einen angeboten, wenn ich seine Favoritin werde. Ob diese Landsitze ebenso klein wären wie dieser?

Über die Jahre sind Teile der Hütte verrottet, und alles, was nicht niet- und nagelfest war, wurde herausgerissen und gestohlen. Doch selbst davor muss diese Hütte klein und sehr beengt gewesen sein, auch für eine Person. Entweder hat Kenrics Mutter nichts auf weltlichen Besitz gegeben oder der König war nicht sonderlich spendabel. So wie sein Sohn; meine Unterkunft bei Hofe glich bestenfalls einer Abstellkammer.

Aber vielleicht war es hier einst gemütlich. Vielleicht hat Kenrics Mutter ebenfalls wie ich hier in der Tür gestanden und nach Süden zur Grenze geblickt. Als die Flüche noch nicht verhängt waren und es noch Licht in Nordgand gab, hatte sie von hier bestimmt eine wundervolle Aussicht.

Hinter der Hütte befindet sich ein verfallener Schuppen und daneben eine noch kleinere Hütte, die einst wohl nur aus einem einzigen Raum bestanden hat. Turon schnüffelt am eingestürzten Eingang herum, ehe er zur Rückseite der Hütte läuft.

»Turon!«, rufe ich ihm nach.

Da er nicht reagiert, eile ich ihm hinterher und gelange zu einer ebenen Fläche, die einst eine Wiese gewesen sein muss. In der Mitte ragt ein vertrockneter Baum empor, den schon vor langer Zeit jedes Leben verlassen hat. Vor vielen Jahren hatte er bestimmt eine große Krone, die einen kühlen Schatten auf die drei Gräber zu seinen Wurzeln geworfen hat.

Turon setzt sich vor das Mittlere der Gräber. Ich gehe neben ihm in die Hocke. Zwei der Gräber besitzen Grabsteine, auf denen Namen stehen; das dritte hat keinen.

Ich lese den Namen auf dem mittleren Stein. »Nadia.« Mit der linken Hand kraule ich Turon hinter den Ohren. »War das Kenrics Mutter?« Mein Blick fällt auf den anderen Grabstein. »Zauriel«, lese ich vor. »König Nordgands und aller Fae.«

Noch während die Worte meinen Mund verlassen, runzele ich die Stirn. Warum ist der König hier, mitten im Nirgendwo, begraben?

Einem Monarchen steht ein prunkvolles Staatsbegräbnis zu. Mein Bruder wurde in allen Ehren bestattet, obwohl er an den Folgen des Fluchs gestorben ist – was meine Familie geheim hielt. Falls König Zauriel an der Front während des Großes Krieges gefallen ist, hätte er trotzdem in der Hauptstadt beigesetzt werden müssen. Oder wollte er neben seiner Geliebten begraben werden?

Das bringt mich zurück zur Frage, wie genau die beiden verstorben sind. Darüber hat Kenric nichts erzählt; er sprach bloß von den Anschlägen auf seine Mutter. Bei denen er als Ungeborener ebenfalls beinahe gestorben wäre.

Erstaunlich geschickt für einen Hund befreit Turon das dritte namenlose Grab von einigen vertrockneten Ästen und Klumpen Erde.

»Wer da wohl begraben ist?«, murmele ich vor mich hin, während ich ihm zusehe.

Kenric sagte etwas von dem Bruder seiner Mutter, der hier lebte, um sie zu beschützen, wenn der König an die Front musste. Ob es sein Grab ist?

»Es ist das Grab meines Onkels.«

Ich bin nicht erschrocken, denn ich erkenne Kenrics Stimme sofort. Dennoch bin ich erstaunt darüber, wie leise er sich anschleichen kann.

Ich erhebe mich, klopfe mir den Staub von der Hose und wende mich ihm zu. Ihn in Fünkchens Licht zu sehen, vertreibt auch das letzte beklemmende Gefühl, das irgendwo in mir herumschwirrte. Über der Schulter trägt er ein Bündel.

»Da ist hoffentlich etwas zu essen drin«, sage ich, während er auf mich zukommt und dabei dieses schiefe Grinsen zeigt, das mich ein ums andere Mal um den Verstand bringt.

»Und was, wenn nicht?«, will er mit einem Schmunzeln in der Stimme wissen. »Stehen Turon und ich dann auf deinem Speiseplan?«

Ich recke das Kinn. »Vielleicht. Du weißt, dass ich für nichts garantiere, wenn ich Hunger habe.«

Er befindet sich nun direkt vor mir und senkt den Kopf. Ich stelle mich auf die Zehenspitzen, um ihm näher zu kommen. Unseren Kuss spüre ich bis in die Fingerspitzen. Meine

Lider flattern, während ich mich ihm so weit wie möglich entgegenrecke, um nie aufhören zu müssen, ihn zu küssen.

Seit wir auf diese Reise gegangen sind, hatten wir keine Zeit für uns. Wenn ich Ruhe brauchte, hielt Kenric Wache. Ansonsten sind wir gelaufen. Immer nur gelaufen. Und waren stets auf der Hut, besonders nach unserem ersten Aufeinandertreffen mit den Verlorenen.

Ich habe beinahe vergessen, wie es ist, von ihm geküsst zu werden.

Ein sehr egoistischer, aber gerade äußerst lauter Teil von mir würde am liebsten die Reise und die Suche nach der Nachtlilie hinwerfen und sich um andere Dinge kümmern, in denen nur Kenric und ich vorkommen.

Doch ich weiß, dass ich mir das nie verzeihen könnte. Wenn wir unsere Suche beendet haben – egal, wie sie auch ausgehen mag –, werden wir genug Zeit für uns finden.

Nachdem Kenric sich ein Stück zurückgezogen hat, streicht er sacht mit der Nasenspitze an meiner entlang und spricht die Worte aus, die auch mir im Kopf herumgehen. »Ich wünschte, wir hätten meine Wohnung nie verlassen.«

Ein Lächeln zupft bei seinen Worten an meinen Mundwinkeln. »Ich bin ebenfalls kurz davor, mir das zu wünschen. Aber anstatt uns aufs Wünschen zu beschränken, sollten wir alles dafür tun, um schnell in deine Wohnung zurückkehren zu können.«

Kenric senkt den Kopf weiter, fährt federleicht mit den Lippen über meine Wange, hinab zu meinem Kinn und schließlich zur Seite meines Halses. Mein gesamter Körper bebt vor heller, heißer Aufregung, und ich muss beide Hände in die Vorderseite seines Hemdes krallen, damit ich nicht das Gleichgewicht verliere.

»Wenn wir zurück sind«, murmelt er gegen meine Haut, »werden wir für niemanden die Tür öffnen.«

»Für niemanden«, stimme ich leise zu.

Wie zur Antwort saugt er an der empfindlichen Stelle meines Halses, wo mein Puls heftig hämmert. Meine Beine zittern so sehr, dass ich mich gegen ihn lehnen muss. Nie hätte ich gedacht, derart empfinden zu können. Liebe und alles, was damit zu tun hat, galt für mich als verboten und verdorben. Als etwas Todbringendes. Und nun stehe ich hier und verzehre mich nach jeder noch so kleinen Berührung meines Geliebten, während ich alles andere um mich herum vergesse.

Um nichts in der Welt will ich in mein altes Leben zurück und Liebe wieder als etwas Furchtbares ansehen.

♦♦♦

Nachdem es uns gelungen ist, uns voneinander zu lösen, gehen wir zurück in die Hütte, wo Kenric sich sogleich um ein Feuer im Kamin kümmert.

»Du warst an der Grenze?«, frage ich.

Kenric lässt sich mit einer Antwort Zeit und wühlt stattdessen in dem Bündel. Mir entgeht nicht, dass er sich bei meiner Frage ein wenig verspannt. Ich schmunzele darüber, wie leicht es mir mittlerweile fällt, ihn einschätzen zu können, und wie sehr ich es genieße, auf die winzigen Veränderungen in seiner Körperhaltung oder seiner Stimme zu achten, die mir früher nie aufgefallen wären.

»Ja«, sagt er schließlich. »Unsere Vorräte gingen zur Neige.« Als ich darauf nichts erwidere, hält er im Durchwühlen des Bündels inne, hebt den Kopf und schaut zu mir. Das Violett seiner Augen flackert. »Hättest du mich gern begleitet?«

Ich spüre, dass in dieser scheinbar simplen Frage mehr steckt, als er eigentlich wissen will. Deshalb lasse ich mir mit einer Antwort ebenfalls Zeit. Auch, weil ich nicht weiß, was ich darauf erwidern soll.

Hätte es mich glücklich gemacht, für einen kurzen Moment Licht zu sehen? Ich erinnere mich, dass auch das Gebiet um die Grenze in ein düsteres Zwielicht getaucht ist. Als ich mit Katinka und den anderen Ausgewählten zur Grenze reiste, kam es mir düster und einengend vor; heute, nachdem ich mich an die allgegenwärtige Dunkelheit Nordgands gewöhnt habe, wäre es vielleicht gleißend hell. Hätte es mir Freude bereitet, mit einem südgander Händler zu reden? Wahrscheinlich nicht. Ich hätte mich sowieso im Hintergrund halten müssen, denn eine Südganderin auf der falschen Seite in Begleitung eines Nordganders hätte Fragen aufgeworfen.

Und bei meinem Glück wäre der Händler jemand, der mich erkannt hätte.

»Nein«, sage ich deshalb auf Kenrics Frage hin. »Ich brauchte dringend Schlaf und bin froh, dass du mich nicht geweckt hast.«

Aufmerksam beobachtet er mich aus den Augenwinkeln, während er die mitgebrachten Lebensmittel auf einem niedrigen Tisch vor dem Kamin ordnet. Als ich den Kopf wie zu einer stummen Frage neige, öffnet Kenric den Mund, schließt ihn jedoch wieder, ohne etwas zu sagen. Stattdessen konzentriert es sich auf den Proviant, als würde sein Leben davon abhängen.

Ich spüre die Veränderung zwischen uns. Auch ohne dass er es ausspricht, merke ich, dass es etwas Wichtiges ist, was ihm auf dem Herzen liegt. Etwas, was er jedoch nicht in Worte fassen kann.

Ich beschließe, ihn nicht zu drängen, sondern wechsele wenig geschickt das Thema.

»Das dritte Grab, das sich hinter der Hütte befindet ... Als du vorhin dazukamst, sagtest du, es wäre das Grab deines Onkels. Er muss dir sehr nahegestanden haben.«

Kenrics Haltung entspannt sich ein wenig. »Das ist richtig. Er steht mir immer noch sehr nahe. Es ist Turons Grab neben denen meiner Eltern.«

Ich runzele die Stirn. »Aber Turon ist ...«, ich werfe einen Blick zur Seite, wo er sich neben meinem Stuhl auf den Boden gelegt hat und nun mit gold-glühenden Augen zu mir aufsieht, »... ein Hund. Und lebendig.«

Kenrics Mundwinkel zucken. Ohne dass er zu Turon und mir schaut, sagt er: »Jetzt mag er ein Hund sein, doch das war er nicht immer.«

»Nicht?«, echoe ich. »Aber ...«

»Turon ist der Bruder meiner Mutter, also mein Onkel.«

Nachdem er fertig mit dem Sortieren der Lebensmittel ist, wirft er einige davon in einen Topf, den er ebenfalls dem südgander Händler abgekauft haben muss.

»Du hast deinen Hund nach deinem Onkel benannt?«, hake ich nach, weil ich den Zusammenhang nicht verstehe. Und das macht mich wahnsinnig. Genauso wahnsinnig wie Kenric, der in aller Ruhe das Essen zubereitet und mich wissentlich weiter im Dunkeln tappen lässt.

Erst als das Essen köchelt, erhebt er sich und dreht sich zu Turon und mir um. Eine Weile betrachtet er mich, ehe er zum Tisch herüberkommt, sich einen Stuhl hervorzieht und sich setzt.

»Willst du den Rest meiner Geschichte hören?«, fragt er in einem Tonfall, als hätte er Angst vor meiner Antwort.

»Natürlich«, sage ich.

Die Anspannung weicht aus seiner Miene, als er lang gezogen den Atem ausstößt. »Turon ist der Bruder meiner Mutter, der hier gelebt hat, um sie und ihr ungeborenes Kind zu beschützen, während da draußen der Krieg tobte. Nur selten gab es Scharmützel direkt an der Grenze, aber dieser Landsitz war alles andere als sicher. Doch es war weder der Krieg noch ein Südgander, der meine Mutter tötete.«

»Sondern?«, hake ich nach.

»Ich weiß es nicht, denn ich war nicht dabei.«

Turon gibt neben mir ein abschätzig klingendes Grummeln von sich, woraufhin Kenric die Augen verdreht.

»Turon ist der Meinung, er wüsste, wer meine Mutter getötet hat, obwohl auch er nicht dabei war.«

Ich blinzele mehrmals. »Ich dachte, er wäre hier gewesen, um deine Mutter zu beschützen.«

Kenric nickt. »Richtig. Aber wenn der König anwesend war, zog er sich zurück.«

»Oh.« Ich runzele die Stirn. »Du meinst, der König ...«

»Nein«, sagt Kenric. »Turon vermutet allerdings, dass es derjenige war, den der König als Begleitung bei sich hatte.«

»Und wer war das?«

Kenric hält meinen Blick gefangen. »Zahid.«

Ich schlucke angestrengt. »Er ... war hier?«

»Turon meinte, er kam öfters in Begleitung des Königs hierher.« Kenrics Stimme klingt angespannt. »Um seinen guten Willen zu zeigen. Offiziell würde meine Mutter nie Königin sein, doch der König hätte mich jederzeit als sein Kind anerkennen können. Wäre ich eine Tochter gewesen, wäre es vielleicht anders verlaufen. Aber als Sohn wäre ich nach meiner Anerkennung der Zweite in der Thronfolge.«

»Du meinst, Zahid hat deine Mutter ...?«

Er schüttelt den Kopf. »Ich weiß es nicht. Eigentlich traue ich ihm das nicht zu. Ja, Zahid herrscht mit eiserner Hand, aber es ist eine Sache, seine Gegner zu bekämpfen, und eine völlig andere, eine schwangere Frau zu töten. Ich mag nicht immer einer Meinung mit ihm sein oder viel von ihm halten, doch ich glaube nicht, dass er derart skrupellos ist. Trotzdem ist sich Turon sicher. Bis auf Zahid haben den König nur die üblichen Wachen und Gefolgsleute begleitet. Alle blieben außerhalb der Hütte. Bloß der König und Zahid waren mit meiner Mutter darin. Dennoch glaube ich nicht, dass er es war. Denn an dem Tag starb nicht nur meine Mutter, sondern auch der König.«

Ich schnappe nach Luft. »Der König wurde ebenfalls ermordet?«

Kenric nickt. »Er wurde zumindest so schwer verletzt, dass er seinen Wunden später erlag. Zahid hatte keinen Grund, seinen Vater zu töten. Er war sein Erstgeborener. Irgendwann hätte er seinen Platz eingenommen. Es macht keinen Sinn, den Herrscher inmitten eines tobenden Krieges zu töten. Erst recht nicht, wenn der Krieg für unser Volk gut lief. Der König war ein fähiger Befehlshaber. Ihn zu töten, bevor der Sieg errungen war, wäre ein Schnitt ins eigene Fleisch. Zahid befehligte zwar damals schon eigene Truppen, aber er war kein herausragender Heerführer. Ihm fehlte die Erfahrung. Und ich halte ihn weder für skrupellos noch für größenwahnsinnig.«

»Wofür hältst du ihn dann?«, frage ich.

Kenric steht auf, geht wieder hinüber zum Kamin und rührt im Topf herum. Es riecht jetzt schon köstlich, und ich habe Mühe, mich auf unser Gespräch zu konzentrieren. Seit wir aufgebrochen sind, hat Kenric Turons und meine Mahlzeiten eisern rationiert und wir konnten nur hastig essen, wenn wir uns sicher fühlten. Die letzte ruhige Mahlzeit, bei der ich so viel essen konnte, wie ich wollte, scheint endlos lange her zu sein. Mein Magen ist derselben Meinung. Sein Grummeln und Knurren ist fast lauter als die unbeantworteten Fragen, die in meinem Kopf herumschwirren.

»Ich verachte Zahid«, sagt Kenric schließlich, ohne im Rühren innezuhalten. »Für viele Dinge. Dinge, die er mir angetan hat. Die er dir antun wollte. Aber ich halte ihn für einen gerechten König. Vielleicht sogar den besten, den die Fae in dieser schweren Zeit haben können. Und ich halte ihn nicht für den Mörder meiner Eltern.«

»Und wenn … er es doch war? Wenn du dich irrst?«

»Was spielt das für eine Rolle?«, hält er dagegen. »Meine Eltern sind tot und ich werde sie niemals kennenlernen. Wenn es wirklich Zahid war und ich die Chance hätte, mich an ihm zu rächen, würde das nichts an meiner Situation ändern. Sie wären immer noch tot und ich immer noch allein.«

Sofort hebt Turon den Kopf und stößt ein Grummeln aus, das von meinem Protest übertönt wird. »Du bist nicht allein.«

Als Kenric zu uns herübersieht, liegt ein Lächeln auf seinen Lippen, bei dessen Anblick mir das Herz flattert. »Ich weiß. Und dafür bin ich zutiefst dankbar. Ohne Zahid … Ohne seine Idee, die Auswahlen stattfinden zu lassen, wäre ich dir nie begegnet. Ich schulde ihm also etwas.«

Ich stimme ihm nicht in allen Punkten zu. In meiner Zeit hier in Nordgand habe ich Zahid durchaus als skrupellos kennengelernt. Zusammen mit seiner recht sorglosen Ansicht, was den Umgang seiner Ausgewählten miteinander betrifft, halte ich ihn sogar für gefährlich. Und das, obwohl ich wahrscheinlich nicht einmal einen Bruchteil seiner Macht mit eigenen Augen gesehen habe. Ich werde nie vergessen, wie er diese Dienerin mittels eines Fingerzeigs getötet hat. Ein gerechter König tut so etwas nicht – jedenfalls nicht da, wo ich herkomme.

Aber im Endeffekt hat Kenric recht: Niemand kann Zahid etwas nachweisen, und selbst wenn – wer würde uns glauben? Ich bewundere meinen Fae dafür, dass er den Tod seiner Eltern scheinbar gelassen hinnimmt und sich damit abgefunden hat, dass sein einziges noch lebendes Familienmitglied ihn ablehnt. Ich war selten einer Meinung mit meiner Schwester und brach schier unter den Anforderungen meiner Eltern zusammen, doch wir hatten einander. Ich wusste, dass da jemand war, zu dem ich gehörte und zu dem ich gehen konnte, wenn es hart auf hart kam. Ob mich dieser Jemand dann verstand, wäre eine andere Frage gewesen.

»Ich habe lange versucht, Zahid zu hassen«, sagt Kenric unvermittelt. »Nicht nur für das, was er vielleicht getan hat, sondern auch wegen der Herablassung, mit der er mich behandelt hat. Ich erinnere mich noch genau an den Zeitpunkt, als Paleia mich an den Hof brachte. Sie wusste, wer ich war, oder glaubte es zu wissen. Als ich den Saal betrat, begannen die anwesenden Fae zu tuscheln. Einerseits weil ich ein unbekanntes Gesicht war, andererseits weil sie meinten, ich sähe meiner Mutter ähnlich. Es dauerte nur wenige Augenblicke, bis sie die richtigen Schlüsse zogen – noch bevor ich genug Mut gesammelt hatte, um den Mund aufzumachen. Wäre lediglich Zahid im Saal gewesen … Ohne Zeugen hätte er mich vermutlich aus dem Weg räumen lassen.«

Ich runzele die Stirn. »Aber hast du vorhin nicht gesagt, dass du ihn nicht für derart skrupellos hältst?«

Er nickt. »Ich sagte, er würde nicht so weit gehen und eine

wehrlose schwangere Frau ermorden. Bei einem erwachsenen Halbbruder und möglichem Konkurrenten um den Thron sieht die Sache ganz anders aus.«

Ich seufze. Was bin ich froh, dass ich fernab des Hofes des Immerwährenden Frühlings aufgewachsen bin und nie mit solchen Intrigen in Berührung kam …

»Zahid hat dich also bloß am Leben gelassen, weil einige andere Fae vermutet hatten, wer du bist«, sage ich. »Sonst hätte er … was? Dich von der Mauer geworfen?«

»Gut möglich«, erwidert Kenric leichthin. »Vorher hätte er aber noch wissen wollen, wie ich so lange überleben konnte. Schließlich war das Ende des Großes Krieges bereits Hunderte von Jahren her, als ich bei Hofe auftauchte.«

Ich lehne mich vor. »Auf die Frage hätte ich auch gern eine Antwort.«

»So? Hättest du?«

»Kenric«, grummele ich. »Ich wusste die ganze Zeit nicht, wie ich dieses Thema ansprechen soll. Und wenn ich es getan habe, bist du mir ausgewichen. Aber jetzt platze ich fast vor Neugier!«

Er lacht. »Das kann ich natürlich nicht verantworten.«

Der Drang, ihm die Zunge herauszustrecken, ist beinahe übermächtig. Kenric brachte von unserer ersten Begegnung an die schlechtesten Angewohnheiten in mir zum Vorschein. Gleichzeitig machte er mich auch zu einem besseren Menschen, der sich wohl in seiner Haut fühlt.

»Als meine Mutter getötet wurde«, sagt er endlich, nachdem er mich noch eine Weile auf die Folter gespannt hat, »konnte ich nicht allein überleben. Sie war vielleicht im fünften oder sechsten Monat. So genau wusste Turon es nicht. Jedenfalls hatte ich keine Überlebenschancen. Mein Vater wurde im selben Moment angegriffen wie meine Mutter, aber seine Verletzung war nicht sofort tödlich. Er musste mit ansehen, wie seine Geliebte in seinen Armen starb, ohne dass er etwas dagegen tun konnte. Aber für mich ... für sein ungeborenes Kind konnte er etwas tun. Er wusste, dass er ebenfalls bald sterben würde, also nutzte er seine verbliebene Magie und konzentrierte sie auf mich. Mithilfe der Nachtlilien, die überall um Mutters Hütte wuchsen und denen mehr Mana innewohnte als irgendeiner anderen Pflanze, erschuf er ... eine Art künstlichen Brutkasten.«

Ich neige den Kopf. Brutkästen kenne ich aus dem Dorf Korinth, allerdings nicht für menschliche Kinder. Vielmehr wurden in ihnen Hühnereier ausgebrütet. Wahrscheinlich ist das Prinzip aber ähnlich.

»Ich konnte Turon nie nach den Details fragen«, sagt Kenric, »und auch wenn ich es gekonnt hätte, hätte ich es vermutlich nicht getan ... Aber irgendwie gelang es dem König, mich aus dem Bauch meiner Mutter zu holen und in diesen Brutkasten zu legen, der wie eine übergroße Wasserblase aussah. Im Inneren war er übervoll mit dem Mana der Nachtlilien und der restlichen magischen Kraft meines Vaters. Davon ... ernährte ich mich über einen sehr, sehr langen Zeitraum hinweg.«

»Wie lange ... warst du in diesem Brutkasten?«

»Meine Eltern wurden getötet, kurz bevor die Flüche verhängt wurden.«

»Und du hast zwei Mal die tanzenden Sterne gesehen, bis du an den Hof kamst«, füge ich hinzu.

Diese Zeitspanne ist mir als Südganderin unbegreiflich. Es muss sich um Hunderte, wenn nicht gar Tausende Jahre handeln. Unsere Aufzeichnungen sind derart lückenhaft, dass selbst die weisesten Gelehrten nicht sagen können, wann der Große Krieg stattgefunden hat – geschweige denn wie die Fluchverhängung vonstattenging.

Und die ganze Zeit über war Kenric in dieser Blase.

»Ich wuchs nur langsam«, sagt er. »Sehr, sehr langsam. Das Mana der Nachtlilien reichte bloß, um mich am Leben zu erhalten. Es war nicht genug, damit ich mich entwickeln konnte.«

»Aber du lebst. Und bist erwachsen.«

Er nickt zögerlich. »Dank Turon. Er war der Einzige, der während all der Zeit bei mir war und mich mit so viel Mana versorgte, wie es ihm möglich war. Aber auch das reichte nicht. Wahrscheinlich bin ich deshalb anders als die übrigen Fae, weil ich von klein auf mit verschiedenen Arten von Mana und Magie in Berührung kam. Ich erhielt nicht nur das Mana durch den Mutterleib, sondern auch das meines Vaters, das der Nachtlilien und Turons. Jedenfalls wuchs ich langsam, aber irgendwann wurde der Brutkasten zu klein. Deshalb habe ich das hier.« Er tippt sich mit dem Zeigefinger gegen die Stirn, direkt auf das violett leuchtende Muttermal. »Ich konnte mich nicht drehen oder bewegen. Und als ich eine gewisse Größe erreicht hatte, drückte meine Stirn die ganze Zeit gegen die schützende Außenhülle der Blase.«

»Konntest du den Brutkasten nicht verlassen, nachdem du … eigenständig hättest leben können?«, frage ich.

»Vielleicht«, antwortet Kenric. »Aber Turon gelang es nicht, die Membran der Blase zu durchdringen. Ich war da drin … gefangen. Ich konnte mich nicht rühren, doch ich hörte seine Stimme. Er sprach unentwegt mit mir. Er erzählte mir von meinen Eltern. Von der Welt, in der ich mich befand.

Von den Hierarchien der Fae. Alles, was ich in meinem Alter hätte wissen müssen, brachte er mir bei. Ich konnte nie mehr tun, als ihm zuzuhören.«

Ein wenig erinnert mich seine Geschichte an meinen Bruder Jasper und mich. Auch ich war mehrmals eingesperrt und er war meine einzige Verbindung zur Außenwelt. Ich erinnere mich, dass diese Tage, die ich in einer dunklen Kammer verbringen musste, das Schlimmste waren, was mir je passiert ist. Wie furchtbar muss es für Kenric gewesen sein, über all die Jahre in dieser Blase gefangen zu sein, ohne sich bewegen oder mitteilen zu können? Turon muss ihm wie ein Lichtstrahl im Dunkeln vorgekommen sein, und ich danke ihm von Herzen dafür, dass er sich um seinen Neffen gekümmert hat. Ich wünschte, ich hätte ebenfalls für ihn da sein können.

»Turon hielt lange durch«, sagt Kenric unvermittelt. »Er wich bloß selten von meiner Seite, um sich irgendwo Mana zu besorgen. Ich weiß nicht, wie es ihm gelungen ist, aber er leitete es fast komplett an mich weiter.«

Ich habe eine Vermutung, wie er so nah an der Grenze an Mana gekommen ist … In Südgand gibt es immer wieder Gerüchte von Fae, die sich nah an der Grenze herumtreiben und ahnungslose junge Frauen ins Verderben locken. Ein Grund, warum niemand bei klarem Verstand sich in die Nähe der Mauer wagt. Ich sollte dieses Vorgehen verurteilen, doch ich kann mich nicht dazu durchringen. Und ich habe keine Beweise, dass es tatsächlich so war.

»Aber irgendwann«, Kenrics Blick gleitet zu dem schwarzen Hund, der neben mir liegt, »versiegte Turons Magie. Er hatte über einen zu langen Zeitraum zu viel gegeben. Unsere Fae-Körper sind zäh, doch wir sind nicht unverwundbar. Die jahrhundertelange Anstrengung forderte ihren Preis. Als

Turon wusste, dass sein Ende gekommen war, leitete er alles Mana, das er noch in sich trug, an mich weiter.«

Ich schlucke angestrengt. »Er ... starb, um dich am Leben zu erhalten.«

»Der Rest seiner Magie reichte aus, damit ich endlich diesem verdammten Brutkasten entfliehen konnte. Es war furchtbar. Meine Lunge schmerzte, als ich Luft holte. Meine Augen brannten, als ich sie zum ersten Mal öffnete. Die Geräusche ... Sie klangen so anders als die, die ich die ganze Zeit über in der Blase hörte. Lauter. Härter. Und es war eisig kalt.« Er reibt sich mit beiden Händen über die Arme, als könnte er die Kälte, die er damals empfunden hat, erneut fühlen. »Es gab einen Teil von mir, der in die Blase zurückwollte. Fast die ganze Zeit hatte ich sie als mein Gefängnis angesehen und gehasst. Ich wollte aus ihr raus. Wollte frei sein und leben. Aber als es so weit war, hatte ich ... Angst. Alles war anders, als ich es mir vorgestellt hatte. Aber als ich mich an die wirkliche Welt gewöhnte und zu mir kam, stieß Turon gerade seinen letzten Atemzug aus.«

Ich drücke eine Hand gegen meinen Mund und unterdrücke ein Schluchzen.

»Doch das Schlimmste war, dass er dabei lächelte«, sagt Kenric leise. »Er lächelte mich an, als sei er ... glücklich. Das konnte ich nicht begreifen. Und ich konnte es nicht zulassen. Es war, als würde ich seine Seele sehen, während sie seinen Körper verließ. Aus einem Impuls heraus, streckte ich die Hände nach ihr aus und hielt sie fest. Ich *wollte* ihn nicht gehen lassen, dabei konnte ich seine Seele nicht zurück in seinen geschundenen und leeren Körper stecken. Dazu war er ... zu sehr in Mitleidenschaft gezogen.« Sein Blick gleitet zur Tür. »Ich hörte, wie etwas oder jemand vor der Tür herumlief. Ich dachte nicht nach. Ich stolperte nur durch die Hütte auf Beinen, die mich noch nie tragen mussten, riss die Tür auf und da war ... ein schwarzer Hund.«

Ich schnappe nach Luft, während mein Kopf zur Seite ruckt und ich auf Turon starre. »Der ... der Hund ...«

Kenric kommt zu uns herüber, geht vor Turon in die Knie und lehnt den Kopf gegen den des schwarzen Hundes. »Jetzt mag er nur wie ein Tier aussehen, aber er trägt die Seele meines Onkels in sich. Die Seele des einzigen Lebewesens, das sich je um mich gekümmert und gesorgt hat.«

Mein Hals ist wie zugeschnürt, während ich die beiden beobachte. So innig. Voller Vertrauen. Mir ist bereits früher aufgefallen, dass Kenric und Turon mehr verbindet als ein normaler Hundehalter und sein Haustier. Aber ich wäre nie auf die Idee gekommen, dass sich so viel mehr hinter dieser Verbindung verbergen könnte.

Als er sich wieder von Turon löst, wirft mir Kenric einen entschuldigenden Blick zu. »Nun kennst du meine komplette Geschichte. Sie ist lückenhaft, weil ich Turon keine Fragen mehr stellen kann. Trotzdem habe ich sie noch nie jemandem mit allen Details erzählt. Gegenüber Paleia und Zahid habe ich mich auf das Wichtigste beschränkt.«

Ihnen gegenüber hätte er nie seine Schwäche und Angst zugegeben, weil ein Fae solche Regungen nicht zeigen darf, wenn er in dieser verfluchten Welt bestehen will. Aber mir gegenüber hat er sie nicht versteckt. Und ich wäre nicht im Traum darauf gekommen, deswegen geringer von ihm zu denken.

Ich stehe auf, knie mich ebenfalls neben Turon und schlinge beide Arme um seinen Hals. Das Gesicht in sein weiches Fell vergraben, murmele ich: »Danke. Dafür, dass du dich um ihn gekümmert hast. Dass du einen Fae aus ihm gemacht hast, auf den seine Eltern mit Sicherheit stolz wären.« Als Turon mir über die Wange leckt, verstärke ich meinen Druck. »Danke, dass du so lange auf ihn aufgepasst hast, bis ich ihm begegnen konnte.«

Kapitel 27

KENRIC

Ich hätte mir nie träumen lassen, dass eine solche Last von meinem Herzen fällt, sobald ich Vanya alles erzähle. Die ganze Zeit über habe ich die Wahrheit vor mir hergeschoben und bin ihr ausgewichen. Jetzt wünschte ich, ich hätte ihr alles früher gesagt. Das Verständnis in ihren braunen Augen, gepaart mit dem Vertrauen und der Dankbarkeit, ist das Schönste, was ich je gesehen habe.

Die Angst, dass sie geringer von mir denken könnte, wenn sie erfährt, wie ich geboren wurde und aufgewachsen bin, war unbegründet. Doch wegen all der anderen Fae, die auf ähnliche Weise reagiert haben, nachdem sie nur einen winzigen Bruchteil meiner Geschichte hörten, steckte die Angst wie ein Stachel in mir, den ich nicht herausziehen konnte.

Nun klafft an der Stelle, wo der Stachel saß, eine leicht pulsierende Wunde. Ich kann nicht sagen, ob sie sich jemals schließen wird. Ob ich je das, was mir widerfahren ist, überwinden und frei von Angst sein kann. Vielleicht kann niemand völlig angstfrei durchs Leben gehen. Aber Vanya gibt mir nicht das Gefühl, dass ich mich wegen dieser oder meiner anderen Wunden schämen muss.

Ich beobachte sie und Turon beim Essen, wie ich es immer tue. Jedes Mal durchfährt mich eine warme innere Ruhe, wenn sie lacht und schäkert und mein Essen lobt, während Turon bekräftigend nickt. Ich könnte ewig hier mit ihnen sitzen, doch ich habe nicht vergessen, dass wir eine Aufgabe haben.

»Die Höhenregionen Nordgands erstrecken sich gleich hinter der Hütte«, sage ich, nachdem ich das Geschirr zusammengeräumt habe, welches ich ebenfalls dem Händler an der Grenze abgekauft habe.

Ich hatte riesiges Glück, dass der Unterhändler des Hofs der Ewigen Mitternacht noch nicht angekommen und sämtliche Vorräte aufgekauft hat. Die Auswahl, die der südgander Händler mir präsentierte, war alles andere als groß, dennoch genügte sie, um Vanya und Turon jetzt und die nächste Zeit versorgen zu können.

Was wir danach tun sollen, weiß ich nicht. Die Nahrungsknappheit wird die meisten Fae nicht kümmern – mich hingegen schon. Wenn wir zurück nach Evenor gehen, werde ich nicht garantieren können, stets etwas zu essen für Vanya und Turon besorgen zu können. Hier, in der Nähe der Grenze, würde es mir leichter fallen. Aber Mutters Hütte ist nicht für die Bedürfnisse einer Südganderin eingerichtet; sie hat weder eine Küche noch ein Badezimmer – im Gegensatz zu meiner Wohnung, in der früher eine Ausgewählte gelebt hat. In ganz Evenor gibt es solche Wohnungen und Häuser, in denen die Südganderinnen zurechtkommen.

In dieser Hütte würde Vanya jedoch nicht zurechtkommen. Das sehe ich bereits jetzt, während sie sich nach einem Wasserhahn umschaut, um das schmutzige Geschirr zu spülen. Den wird sie hier jedoch nicht finden, ebenso wenig wie fließendes Wasser. Die Leitungen in Evenor werden aus Grundwasser gespeist, doch hier, weit abseits der Hauptstadt, gibt es keine Rohre, und oberirdisches Wasser gibt es lediglich in der Nähe der Grenze. Zum Glück habe ich für Vanya und Turon einige Flaschen mit der kristallklaren Flüssigkeit gefüllt, die ich allerdings nicht fürs Geschirrspülen verschwenden will.

»Lass es einfach stehen«, sage ich.

Vanya verzieht den Mund. »Aber wenn wir wiederkommen, brauchen wir …«

»Ich weiß«, unterbreche ich sie, weil mir keine Lösung für dieses Problem einfällt. »Aber darum kümmern wir uns später. Wir sollten jetzt aufbrechen und eine Blume suchen, die nicht mehr existiert.«

Sie verdreht die Augen. »Ein bisschen mehr Glaube an unsere Mission stünde dir gut.«

Ich will an das Gelingen unserer Mission glauben. Ich hoffe mit aller Kraft. Denn wenn es uns gelingt, den Fluch zu brechen, hat Vanya keinen Grund mehr, Nordgand den Rücken zu kehren, um in das Reich mit der Sonne und dem Wind und dem Leben zurückzukehren.

◆◆◆

Nachdem wir ein wenig Proviant eingepackt haben, begeben wir uns in Richtung der Höhenregionen. Hinter uns, im Süden Nordgands, erstreckt sich die Mauer aus dunklem Gestein, während vor uns kahle Hügel aufragen, die in felsige Berge übergehen. Ich gebe mich nicht der Illusion hin, dass befestigte Wege auf uns warten, auf denen wir uns halten können. Wahrscheinlich hat sich seit dem Großen Krieg niemand mehr in die Nähe dieser Berge gewagt, weil es keinen Grund dafür gibt.

Wir werden also klettern müssen.

Ich werfe einen zweifelnden Seitenblick auf Vanya und Turon.

Noch bevor ich den Mund öffnen kann, stößt meine Südganderin ein abwertendes Schnauben aus. »Wehe, du sagst jetzt, dass es besser wäre, wenn Turon und ich zurück zur Hütte gehen.« Beide Hände in die Hüften gestemmt, reckt sie das Kinn. »Das vergisst du am besten gleich wieder.«

Ich kann nicht anders, als zu schmunzeln. »Ich wäre niemals auf diese Idee gekommen.«

Sie rollt mit den Augen. »Nein, natürlich nicht.«

Anstatt auf ihren Sarkasmus einzugehen, suche ich nach einem Pfad, dem wir zumindest eine Weile folgen können. Dürres Gestrüpp und Geröll erschweren unser Fortkommen, doch ich höre keinerlei Klagen, weder von Vanya noch von Turon, der die Nachhut bildet. Ich kann mir zwar nicht vorstellen, dass es in diesem zerklüfteten Felsgebiet Verlorene gibt, trotzdem werde ich kein Risiko eingehen. Das letzte Mal ist es mir zwar irgendwie gelungen, die Verlorenen und ihr Monster unschädlich zu machen, doch dieses Wunder werde ich nicht erneut vollbringen können.

♦♦♦

Schnell wird der Aufstieg beschwerlich. Steine und Geröll rutschen unter unseren Füßen und Pfoten weg, während wir versuchen, Halt zu finden. Nicht nur einmal greife ich nach hinten, um Vanya davor zu bewahren, auf die Nase zu fallen. Wir zwängen uns durch Felsspalten und klettern Vorsprünge hinauf, die Turon zum Glück mit einem gezielten Sprung bewältigen kann.

Als Vanya an einem Vorsprung abrutscht, schrammt sie sich die Hand auf. Nicht tief – höchstens ein Bluttropfen dringt hervor –, doch es genügt, um meine Fae-Sinne verrücktspielen zu lassen. Allein die Ahnung ihres Blutgeruchs reicht aus, damit ich mich an seinen Geschmack erinnere.

An die unglaubliche Stärke, die ihm innewohnt. Sogar jetzt, eine ganze Weile, nachdem ich mich dank ihres Blutes geheilt habe, spüre ich diese Stärke in mir zirkulieren. Die Götter wissen, wie gern ich einen weiteren Schluck kosten würde.

Stattdessen drehe ich mich zur ihr um, ziehe ihr das Hemd aus dem Hosenbund und reiße zwei Streifen vom Saum ab. Vanyas Protest verstummt, als ich ihr den Stoff um beide Hände wickele.

»Wir wollen doch nicht, dass du uns die Verlorenen auf den Hals hetzt«, sage ich, während ich die Enden verknote.

Sie lächelt. »Mein Bedarf an Begegnungen mit diesen Viechern ist fürs Erste gedeckt.« Verstohlen schaut sie nach links und rechts in die dunklen Felsspalten, die sogar Fünkchen nicht ausleuchten kann. »Meinst du, hier oben gibt es welche?«

Ich schüttele den Kopf. »Falls ja, wären sie sehr dumm, denn hier oben finden sie keine Nahrung. Mit Ausnahme von Verrückten wie uns, die freiwillig hier raufklettern.«

Das scheint sie zu beruhigen und wir setzen unseren Weg fort.

Kapitel 28

✦

VANYA

Als wir schließlich ein Plateau erreichen und eine kurze Pause einlegen, habe ich das Gefühl, dass meine Beine mich keine Sekunde länger tragen. Dankbar lasse ich mich auf den blanken, ebenerdigen Stein fallen, der sich angenehm kühl unter meinen erhitzten Muskeln anfühlt.

Zwar bin ich durch meinen Kräutergarten Arbeit im Freien gewohnt, aber nie hätte ich mir das Bergsteigen derart anstrengend vorgestellt. Selbst im Sitzen und mit von mir gestreckten Beinen pulsieren meine Muskeln in den Ober- und Unterschenkeln protestierend.

Kenric scheint der Aufstieg nicht gefordert zu haben. Mit einem etwas mitleidigen Blick schaut er zu mir herab, während ich garantiert ein Bild des Jammers abgebe.

»Wie weit ist es noch?«, entfleucht es mir, ehe ich die Frage aufhalten kann.

Ich will nicht jammern. Ich will es wirklich nicht. Ich bin so weit gekommen und habe nicht vor, jetzt umzudrehen. Aber wie heißt es so schön? Der Geist ist willig, das Fleisch ist schwach.

Und mein Fleisch ist im Moment verdammt schwach.

Kenric legt den Kopf in den Nacken und sieht sich um. Dank seiner leuchtenden Fae-Augen kann er unsere Umgebung viel besser einschätzen als ich. Dank Fünkchen muss ich glücklicherweise nicht befürchten, in irgendeine Felsspalte zu treten und in den sicheren Tod zu fallen, trotzdem habe ich keinen Überblick, wie weit wir bereits gekommen sind – und wie viel wir noch vor uns haben.

»Ein wenig wird es noch dauern«, sagt er nach einer Weile.

Ich hasse es, dass es hier in Nordgand keine genauen Zeitangaben gibt. »Eine Weile« könnte eine halbe Tagesreise sein – oder eine Woche.

Seufzend erhebe ich mich, obwohl meinen Muskeln das ganz und gar nicht gefällt. Kenric streckt instinktiv den Arm nach mir aus, falls ich das Gleichgewicht verlieren könnte. Doch als er sieht, dass ich allein stehen kann, zieht er seinen Arm wieder zurück. Dankbar lächele ich ihm zu. Ich liebe ihn dafür, dass er da ist, um mich aufzufangen, sobald ich strauchele, aber mir genügend Freiraum lässt, wenn ich allein zurechtkomme.

»Sag Bescheid, wenn du eine Pause brauchst«, sagt er, als wir uns wieder in Bewegung setzen.

Ich nicke. »Es geht noch.«

Wie immer erkennt er meine Lüge, doch er belässt es dabei.

♦♦♦

Noch nie habe ich mir so sehr die Himmelsgestirne herbeigewünscht wie jetzt. Dann wüsste ich, wie lange dieser zermürbende Aufstieg bereits dauert. Ich könnte mit Stolz zurückblicken und sagen, dass ich bereits zwei oder drei Tage durchhalte – so fühlt es sich zumindest an. In Wirklichkeit war es sicher nicht länger als ein halber Tag oder gar noch weniger.

Doch ich beiße fest die Zähne zusammen, wann immer ein Jammern meinen Mund verlassen will. Ich gebe zu, dass es oft der Fall ist. Körperliche Anstrengung ist etwas, woran ich mich niemals gewöhnen will. Sollte unsere Reise irgendwann vorbei sein, werde ich Kenrics Wohnung nur noch verlassen, wenn irgendwer im Sterben liegt. Ich werde in seinem Bett bleiben und mir das Essen dort hinbringen lassen und mich so wenig wie möglich bewegen.

Nach einer schier endlosen Zeit, die ich zusammengekauert auf dem harten Boden, nur notdürftig in einen Umhang eingewickelt oder auf dem halb verfallenen Bett in der Hütte geschlafen habe, klingt allein die Vorstellung seines weichen Bettes himmlisch.

Ich verdränge den Gedanken daran aber, wann immer er aufkommt. Er senkt meine Laune bloß noch weiter.

Diese Reise war meine Idee. Ich werde nicht diejenige sein, die sie nun abbläst, nur weil ich außer Puste bin.

So schleppe ich mich weiter und gebe vor, Kenrics besorgte Blicke nicht zu bemerken.

♦♦♦

Irgendwann – ich habe mittlerweile das Gefühl, dass meine Beine komplett aus Pudding bestehen – gelangen wir endlich wieder auf ein Plateau, das sich, anders als das letzte, so weit erstreckt, wie Fünkchen es ausleuchten kann.

»Sind wir … da?«, frage ich mit banger Hoffnung.

»Sieht so aus«, antwortet Kenric.

Seine Haltung wirkt angespannt. Wenn uns jetzt eine Horde Verlorene anfiele, wäre ich außerstande, mich zu verteidigen. Also versuche ich es gar nicht erst. Dennoch widerstehe ich dem Drang, mich flach und keuchend auf dem Stein auszubreiten, sondern suche eine Stelle zwischen den Felsen, in die ich meine Hand schieben kann. Nachdem ich sie von den provisorischen Bandagen befreit habe, schließe ich die Augen und sende meine Magie aus.

Ich bin mir der Blicke in meinem Rücken bewusst. Kenric wird sich fragen, ob die Luft hier oben zu dünn für mich ist, weil ich meine Hand in eine Felsspalte schiebe.

Mehr Sorgen mache ich mir tatsächlich wegen Turon. Nun da ich weiß, dass er mehr als ein normaler Hund ist, wird er verstanden haben, dass ich über Magie verfüge. Schließlich habe ich mit meinen Ranken die Monstermade unschädlich gemacht. Und er hat meine Blütentränen gesehen, als Kenric aufbrach, um ein Kleid für mich aus dem Schloss zu holen. Turon wird begriffen haben, dass weder Ranken noch Blütentränen für eine Südganderin typisch sind.

Und wenn ich ganz viel Pech habe, zieht er die richtigen Rückschlüsse.

Doch davon darf ich mich nicht einschüchtern lassen! Nicht nachdem wir bereits so viel geschafft haben …

Weiter und immer weiter sende ich meine Magie aus. Anders als wenn ich meine Hand in weiche Erde stecke, hat sie Probleme, die richtigen Signale im harten Stein zu finden. Mehrmals stoße ich auf Hindernisse, um die ich sie umständlich herumschicken muss.

Zusätzlich zu meiner körperlichen Schwäche verlangt mir dieses exzessive Nutzen meiner Magie alles ab. Schweiß rinnt mir die Schläfen und den Nacken hinab. Mein Körper zittert ob der ungewohnten Anstrengung.

Als dunkle Punkte vor meinem Sichtfeld tanzen, bin ich kurz davor, die Hand aus der Felsspalte zu ziehen und es an einem anderen Ort erneut zu versuchen – nachdem ich geschlafen und etwas gegessen habe. Doch da spüre ich ein warmes Prickeln in den Fingerspitzen. Ich schnappe nach Luft.

»Was ist los?«, fragt Kenric, der sogleich neben mir in die Hocke gegangen ist.

»Dort drüben.« Vage deute ich in die Richtung, aus der ich das Prickeln vernommen habe. »Dort … könnte eine Nachtlilie sein.«

Auf jeden Fall ist dort irgendetwas – eine lebende Pflanze, die sich den Widrigkeiten Nordgands widersetzt hat. Das kann nur eine Nachtlilie sein! Keiner normalen Blume wäre dies je gelungen.

Bitte, Götter, lasst es eine Nachtlilie sein …

Meine Hand zittert, als ich sie aus der Felsspalte ziehe. Ich hebe den Kopf, um Kenrics durchdringendem Blick zu begegnen.

»Keine Fragen«, sage ich, als er den Mund öffnet. »Du hast es versprochen.«

Geräuschvoll stößt er die Luft aus. »Wenn wir in dieser Richtung wirklich eine Nachtlilie finden, werde ich eine Menge Fragen haben …«

Ich verziehe das Gesicht. »Ich weiß.«

An seiner Stelle hätte ich vermutlich einen ganzen Haufen Fragen und wäre weit weniger geduldig. Ich bin ihm unendlich dankbar dafür, dass er nicht sofort Antworten erwartet, sondern mir aufhilft.

»Brauchst du jetzt eine Pause?«, will er wissen.

Ich schüttele den Kopf. »Lass uns weitergehen.«

♦♦♦

Schon nach wenigen Metern wünsche ich mir, ich hätte auf eine Pause bestanden. Doch ich zwinge mich weiterhin, einen Fuß vor den anderen zu setzen.

Mehrmals halte ich an, wenn ich eine Felsspalte im Boden

entdecke. Anders als zuvor weiß ich nun, in welche Richtung ich meine Kraft aussenden muss, deshalb fällt es mir leichter. Anstrengend ist es trotzdem. Noch nie musste ich diese Form meiner Magie so oft und so gezielt einsetzen.

»Wir kommen näher«, presse ich nach dem vierten Aufspüren der lebenden Pflanze hervor.

Ich wage nicht mehr, Kenric ins Gesicht zu sehen. Das muss ich auch nicht, um seinen musternden Blick auf mir zu spüren. Er bohrt sich schier in mich hinein, als wolle er all die Geheimnisse in meinen Inneren aufdecken.

Aber das kann ich nicht zulassen. Nicht, ehe wir erfolgreich waren.

♦♦♦

Bereits aus einiger Entfernung nehme ich das sanfte violette Leuchten wahr, das weder von Fünkchen noch von Kenrics Augen stammt. Wie damals, als ich unwissentlich eine Nachtlilie in meinem Turm erschaffen habe, wirkt diese Farbe beruhigend auf mich. Ich habe sogar das Gefühl, dass sie einen Teil meiner körperlichen Schwäche von mir nimmt. Vielleicht ist es aber auch nur die Freude, dass wir endlich am Ziel sind, die mich schneller laufen, beinahe rennen lässt.

»Pass auf!«

Ruckartig werde ich am Arm zurückgerissen und pralle gegen Kenrics Brust. Beide Arme um mich geschlungen, zieht er mich einige Meter zurück. Als ich vorsichtig über die Schulter nach hinten spähe, entdecke ich einen Abhang, der in gähnende Schwärze mündet und der mir vorher nicht aufgefallen ist. Wenn ich dort hineingefallen wäre ...

Kraftlos lasse ich mich gegen Kenric sinken. »Danke ...«

»Ich weiß, dass du diese Reise hinter dich bringen willst«,

raunt er, während er mich fester an sich drückt. »Ich habe zwar nicht verstanden, wem du etwas beweisen willst, aber ich bin trotzdem hier. Und ich passe auf dich auf. Doch bitte … Mach es mir nicht unnötig schwer.«

»Ich will niemandem etwas beweisen«, nuschele ich gegen seine Brust. »Ich will …« Tatsächlich dauert es einen Moment, bis ich meinen Wunsch richtig formulieren kann. »Ich will, dass du die Sonne siehst. Dass die Fae keine Südganderinnen mehr brauchen, um zu überleben. Ich will, dass die Menschen in Südgand sich wieder verlieben können, ohne dass sie Angst um ihr eigenes Leben und das des anderen haben müssen. Und ich will, dass … niemand mehr auf die hundertste Prinzessin warten muss.«

»Hohe Ziele«, murmelt er, »bedeuten, dass man sehr tief fallen kann.«

Ich hebe den Kopf. »Was meinst du damit?«

»Deine Ziele mögen ehrenhaft und aus dem richtigen Grund getroffen worden sein. Aber du und ich … Wir sind nur eine Südganderin und ein Fae. Wir sind niemand Besonderes. Ich habe mich lange an den Glauben geklammert, dass ich etwas bewirken kann. Dass ich … zu etwas Besonderem werden kann. Jemand, zu dem die Fae aufblicken. Aber das ist mir nicht mehr wichtig. Genauso wenig, wie mir die Sonne wichtig ist. Mir reicht, wenn du mir beschreibst, wie sie aussieht und wie sie sich anfühlt. Doch wenn du …« Er bricht ab und ringt sichtlich nach Worten. »Wenn du das nicht mehr kannst, weil dir etwas zugestoßen ist, während du deinen hehren Zielen nachjagst, würde ich das nicht überstehen.«

Ich will protestieren, aber er verschließt meinen Mund mit einem Kuss, der mich gleichermaßen verzehrt und belebt. Mit beiden Händen umfasst er vorsichtig mein Gesicht, als sei ich zerbrechlich, während ich die Finger in sein Hemd kralle. Beide brauchen wir den Halt des anderen, um standhaft zu bleiben.

»Bitte«, flüstert er gegen meine Lippen.

Ich fühle mich an unseren ersten Kuss während des Festes der Tanzenden Sterne erinnert, als er mich bat, weiter für ihn zu lügen und meine Gefühle zu leugnen. Ich wollte ihm und mir diesen Gefallen tun, um nicht noch länger auf seine Berührungen und Küsse verzichten zu müssen. Ich redete mir ein, dass ich jederzeit aufhören könnte. Dass ich mich umdrehen und gehen und nichts dabei empfinden könnte.

Wie falsch ich doch lag. Und ich bin froh darüber.

Ich stelle mich auf die Zehenspitzen, um mit meiner gegen seine Nase zu stupsen. »Bitte was?«, flüstere ich.

Aus halb geschlossenen Lidern sieht er mich so flehentlich an, als wäre ich im Begriff, mich direkt vor seinen Augen aufzulösen.

»Bitte hör auf, bei deinen Zielen nur an andere zu denken.«

Ich runzele die Stirn, doch wieder lässt er mir keine Gelegenheit, ihm zu widersprechen.

»Es ehrt dich, dass du dich für andere einsetzt und für diejenigen, die nicht für sich selbst einstehen können, etwas erreichen willst. Aber vergiss dich dabei nicht selbst.«

»Das tue ich nicht!«

Kenric neigt den Kopf. »Ich habe bei keinem deiner Ziele irgendeinen Wunsch für dich gehört. Nichts, was du *für* dich erreichen willst. Es ging dir nur um andere.«

»Aber du willst doch auch die Aufhebung des Fluchs«, halte ich dagegen.

»Das wollte ich, ja. Doch ich habe erkannt, dass ich mich und meine eigenen Bedürfnisse aus den Augen verliere, wenn ich mich bloß um die Bedürfnisse anderer kümmere. Glaub mir, das macht dich über kurz oder lang kaputt.« Sanft streichelt er mit den Daumen über meine Wangen. »Beinahe hätte ich dich nicht gesehen, weil ich zu sehr mit dem Studium uralter Schriften beschäftigt war. Fast wäre mir das Beste in meinem Leben durch die Finger geglitten, weil ich andere Dinge an die erste Stelle gesetzt habe.«

»Was redest du da?«, flüstere ich. »Du klingst, als hättest du Angst, dass ich nicht mehr da sein könnte, sobald du dich umdrehst. Das eben, das war dumm von mir. Aber ich wäre bestimmt nicht in den Abgrund gefallen, sondern hätte mich irgendwie ...«

Fest drückt er die Stirn gegen meine. »Es geht nicht um den verdammten Abgrund!«

Ich blinzele verwirrt. »Sondern?«

Seufzend macht er sich von mir los. »Ich liebe deinen klugen Verstand, aber manchmal bist du schwer von Begriff.«

Mein Mund klappt auf. »Wie bitte?«

Er wendet sich ab. »Vergiss dieses Gespräch und lass uns die Blume finden.«

Ich verschränke die Arme vor der Brust. »Erst wenn du mir sagst, was du meintest.«

Kenric ist mir zwar ausgewichen, trotzdem werde ich das Gefühl nicht los, dass etwas Wichtiges hinter diesem Gespräch steckt. Etwas, was er genauso wenig in Worte fassen kann wie ich.

Mit geschlossenen Augen ringt er mit sich, ehe er sagt: »Wir setzen dieses Gespräch fort, wenn wir die Lilie gefunden und von diesem Berg heruntergestiegen sind, in Ordnung?«

»Wieso erst dann?«

Betont langsam gleitet sein Blick über mich. »Weil es passieren könnte, dass es anders verläuft, als ich es mir erhoffe. Und dann ... wäre ich nicht mehr in der Lage, mich auf das Wichtige zu konzentrieren.«

♦♦♦

Mit dem Kopf voll unbeantworteter Fragen folge ich Kenric, der zügig einen Weg um den Abgrund herum findet, damit wir uns wieder auf die Pflanze zubewegen können. Die ganze Zeit über öffne und schließe ich den Mund, ohne dass ein Ton ihn verlässt. Ich will ihn so vieles fragen, und ich werde das Gefühl nicht los, dass ich etwas Wichtiges übersehe.

Oder nicht wahrhaben will.

Heilige Götter, will er sich etwa von mir trennen, sobald wir zurück in Evenor sind? Habe ich ihn oder seine bisherigen Erfolge bei der Fluchauflösung irgendwie beleidigt? Ich kann mich erinnern, dass mein Bruder immer abweisend reagiert hat, wenn ihn jemand in seiner Ehre gekränkt hat.

Doch letztendlich finde ich nicht den Mut, Kenric direkt darauf anzusprechen. Er war sehr deutlich, als er sagte, dass das Gespräch erst fortgeführt wird, wenn wir von diesem verdammten Berg runter sind.

Was eine gefühlte Ewigkeit dauern wird.

Und auch wenn ich keine Erfahrung im Bergsteigen habe, bin ich mir ziemlich sicher, dass es hinauf schneller geht als hinab – es sei denn, man will sich sämtliche Knochen brechen.

Da ich nicht mehr unsere Richtung mittels meiner Magie überprüfen muss, sondern wir lediglich dem Lichtschein folgen müssen, kommen wir schnell voran. Akribisch achte ich auf meine Umgebung, um nicht doch noch in eine der zahlreichen Felsspalten zu treten.

Je weiter wir uns der Pflanze nähern, desto ausgeprägter wird das violette Leuchten, das sie abstrahlt.

Als wir schließlich vor ihr stehen, sagt keiner von uns ein Wort. Wir starren nur auf die etwa kniehohe Blume, deren Blütenblätter im selben Farbton wie Kenrics Augen leuchten.

Bei keinem anderen Fae, dem ich in Nordgand begegnet bin, habe ich ein ähnliches Leuchten gesehen. Nachdem ich seine komplette Geschichte kenne, glaube ich, dass die Farbe von den Nachtlilien herrührt, die sein Vater mangels einer Alternative in den Brutkasten gespeist hat. Wahrscheinlich hat Kenric sich über all die Zeit ihre Farbe zu eigen gemacht.

Behutsam geht er vor der Blume in die Hocke.

»Das ist unmöglich.« Seine Stimme klingt rau. »Das muss ... eine Halluzination sein.«

»Ich sehe sie auch.« Sanft lege ich eine Hand auf seine Schulter. »Sie ist tatsächlich hier. Selbst nach all der Zeit.«

Kenric schaut zu mir auf. »Aber wie kann das sein?«

»Ich weiß es nicht«, gebe ich zu.

In Fünkchens Schein blicke ich mich um, entdecke aber nirgends einen Tropfen Wasser oder einen anderen Grashalm, der sich einen Weg durch den kargen Fels gebahnt hat. Es sollte auch für die Nachtlilie unmöglich sein, hier zu wachsen und zu überleben.

Dennoch ist sie da, allen Widrigkeiten zum Trotz.

»Vielleicht hat eure Göttin sie extra hier zurückgelassen«, sage ich. »Als Hintertür, um den Fluch auch ohne die hundertste Prinzessin zu brechen. Und all die Jahre hat sie hier darauf gewartet, dass sie jemand findet.«

»Dieses Wunder ist ausgerechnet uns gelungen.«

Kenric klingt angespannt, beinahe bissig. Ich höre ihm deutlich an, dass er sich mit meiner Erklärung nicht zufriedengibt. Sobald wir zurück sind, werde ich mich auf ein paar Fragen gefasst machen müssen, die ich ihm nie beantworten wollte. Aber diesmal werde ich nicht ausweichen. Wenn der Fluch gebrochen ist und ich nicht mehr fürchten muss, bei der Aufhebung mein Leben zu verlieren, werde ich ihm alles erklären.

Und hoffen, dass er sich daraufhin nicht von mir abwendet.

»Wir waren eben hartnäckiger als alle anderen«, sage ich auf seinen bissigen Kommentar hin. »Jetzt sollten wir uns überlegen, wie wir weiter vorgehen.« Ich werfe einen Blick in den pechschwarzen Himmel. »Die Nachtlilie bloß zu finden, hat den Fluch nicht aufgehoben. Vielleicht müssen wir ...«

Vorsichtig streckt er die Hand nach der Blume aus. In meinem Kopf sehe ich den Moment vor mir, als ich in meinem Turm die Nachtlilie erschaffen habe. Auch ich wollte diese wunderschöne, fremdartige Blume berühren, und als ich es tat, da ...

»Nein, Kenric, fass sie nicht an!«

Doch es ist zu spät. Noch ehe er die Hand zurückziehen kann, streichen seine Fingerspitzen über die violett glühenden Blütenblätter.

Und im nächsten Augenblick zerbirst die Nachtlilie zu Staub.

Kapitel 29

✦

VANYA

Ohne einen Laut von mir zu geben, beobachte ich, wie die Staubkörner zu Boden rieseln. Da kein Wind weht, verbleiben sie als kleines Häufchen Asche, das uns zu verhöhnen scheint.

Wo eben noch ein sanftes violettes Glühen herrschte, ist nun nichts mehr. Nur Fünkchens Leuchten und das leichte Licht, das Kenrics Augen und das Mal an seiner Stirn abgeben, bleiben bestehen.

Mein Herzschlag dröhnt mir in den Ohren, während Panik in mir hochkriecht.

Wir haben sie gefunden. Bestimmt hätten wir mit der Nachtlilie irgendwie den Fluch brechen können. Aber sie ist …

Was sollen wir jetzt tun?

Kenric ballt die Hand, die er immer noch nach der Nachtlilie ausgestreckt hat, zur Faust und rammt sie gegen den Fels. »Verdammt, verdammt, verdammt!«, knurrt er ohne Unterlass.

Ich stürze vor und fange seine Faust mit beiden Händen in der Luft ab, bevor er sie weiter malträtieren kann. Die Fingerknöchel sind bereits abgeschürft; Blut quillt aus einigen oberflächlichen Wunden. Sein Gesicht ist wutverzerrt und in seinen violetten Augen blitzt es vor Zorn.

»Es ist nicht deine Schuld«, murmele ich, weil ich genau weiß, dass sein Zorn sich auf ihn selbst bezieht.

»Ach nein?«

Kenric versucht mir seine Faust zu entreißen, doch ich lasse sie nicht los.

»Nein.«

Er schnaubt. »Wessen Schuld ist es denn dann? Ich habe sie angefasst. Dabei habe ich doch keinerlei Erfahrung mit echten … *lebenden* Pflanzen. Ich hätte nicht …«

Ich rutsche näher zu ihm heran, um ihn in die Arme zu schließen. Es dauert eine Weile, bis er seine angespannte Haltung so weit aufgibt, dass er den Kopf gegen meine Schulter drückt.

»Es tut mir leid«, wispert er undeutlich.

Ich lasse meine Hand durch sein rabenschwarzes Haar gleiten. »Das muss es nicht. Ich hätte es dir vorher sagen sollen. Aber jetzt können wir nichts mehr daran ändern.«

Turon kommt ebenfalls zu uns und stupst Kenric mit der Schnauze an.

»Niemand macht dir einen Vorwurf«, sage ich. »Wir müssen jetzt nach vorn sehen.«

»Vorn?«, wiederholt er spöttelnd. »Du meinst, wir sollten uns damit abfinden, dass alles so bleibt, wie es ist.« Er richtet sich ein Stück auf. »Oder findest du – wie auch immer du es anstellst – hier eine weitere Nachtlilie?«

»Nein, aber …«

Er erhebt sich abrupt. »Dann sollten wir gehen.«

»Kenric.«

Die Muskeln an seinem Kiefer spannen sich an. Ich habe ihn schon oft genervt oder in Alarmbereitschaft erlebt, jedoch nie so verzweifelt wie jetzt. Anfangs hat er zwar an meiner Theorie, dass es irgendwo eine lebende Pflanze gibt, gezweifelt, aber als er sie mit eigenen Augen gesehen hat, muss auch er daran geglaubt haben, dass wir es schaffen können.

Dass wir beide den Fluch brechen und allen, die an uns gezweifelt haben, beweisen können, dass wir etwas wert sind.

Nicht nur den Fae wäre geholfen, auch das Leben der Südgander hätte sich grundlegend verändert. Meine Schwester hätte sich von ihrem Mann trennen und sich einen suchen können, für den sie mehr als Widerwillen empfindet. Und meiner Mutter hätte ich gezeigt, dass ich etwas bewegen kann.

Aber wir haben sie enttäuscht – alle Fae und alle Südgander.

Diese Frustration und Verzweiflung, die in mir wüten, sind lediglich ein Bruchteil der Gefühle, die in Kenric toben müssen. Für ihn steht sehr viel mehr auf dem Spiel als für mich. Die Südgander haben sich mit dem Fluch arrangiert. Ihre Leben mögen zwar nicht perfekt sein, trotzdem kommen sie zurecht. Die Nordgander haben einen Weg gefunden, ihre Sucht nach Mana zumindest in Schach zu halten. Es funktioniert seit Jahrhunderten und wird auch weiterhin funktionieren.

Aber Kenric ging es nie darum, das Leben der anderen erträglicher zu machen. Es ging ihm darum, in ihren Augen etwas wert zu sein und einen festen Platz zu haben, der sich nicht am völligen Ende der Gesellschaft befindet. Dort sollte er nicht stehen. Dort sollte *niemand* stehen, er am allerwenigsten. Nicht mit seiner Abstammung und den Rückschlägen, die er bereits erdulden musste.

Ich trete zu ihm und schiebe vorsichtig meine Hand in seine. Als er sie nicht zurückzieht, verschränke ich unsere Finger miteinander.

»Es spielt keine Rolle«, sage ich.

Kenric dreht den Kopf zu mir. Sein Gesicht wirkt wie aus Stein gemeißelt. Wie die ersten Male, die wir uns über den Weg gelaufen sind und er keines seiner Gefühle preisgeben wollte. Ich darf nicht zulassen, dass er sich erneut hinter seine Mauer zurückzieht und mich außen vor lässt.

Ich drücke seine Hand. »Wir haben alles versucht. Niemand kann uns vorwerfen, dass wir nicht alles gegeben haben. Welcher Fae kann schon von sich behaupten, dass er freiwillig die Sicherheit seiner befestigten Stadt verlassen und sich Horden von Verlorenen und Monstermaden gestellt hat? Welcher Fae ist auf einen Berg geklettert? Sie alle haben aus sicherer Entfernung nur zugesehen, anstatt etwas zu unternehmen. Ja, wir sind gescheitert, aber kaum einer wäre so weit gekommen wie wir.«

Resigniert schließt Kenric die Augen. »Ich hasse es zu scheitern. So werde ich nie ...«

»So wirst du nie ... was?«, falle ich ihm ins Wort. »Die Anerkennung dieser Idioten erlangen, die dich ihre Drecksarbeit machen lassen?«

Er wirft mir einen vernichtenden Blick zu, presst aber die Lippen zusammen.

»Geht es dir wirklich nur darum?«, hake ich nach. »Denn du bist wohl der Letzte, der sich nach dem Ende des Fluchs sehnt. Ich würde dir gern die Sonne zeigen, anstatt sie dir zu beschreiben, doch nicht, wenn du eigentlich bloß deinen Fehler von damals wiedergutmachen willst. Damit magst du die Fae und Zahid vielleicht eine Weile besänftigen, aber sie werden nie *mehr* in dir sehen. Sie werden nie sehen, wer du wirklich bist.«

»Denkst du das von mir? Dass es mir nur darum geht?«

Ich stutze. »Worum denn sonst?«

Mit der freien Hand fährt er sich durchs Haar. »Gut möglich, dass es mir früher darum ging. Aber jetzt ... ist es anders.«

Verwirrt runzele ich die Stirn.

Kenric stößt einen verzweifelt klingenden Laut aus – eine Mischung aus Knurren und Seufzen. »Verstehst du es wirklich nicht? Oder stellst du dich absichtlich dumm?«

»Ich habe keine Ahnung, wovon du –«

»Es geht um dich, verdammt noch mal!«

Ich klappe geräuschvoll den Mund zu. Unfähig, mich zu rühren, kann ich ihn bloß anstarren. Seine vor Frustration und Zorn weit geblähten Nasenflügel. Das Blitzen in seinen Augen. Seine angespannte Haltung. Die Art, wie er die Luft anhält, um keinen Ton, den ich von mir geben könnte, zu verpassen.

Doch ich kann nichts sagen. Kein Wort. Keinen Ton. Nichts. Ich starre ihn nur an, nehme jedes Detail seiner Haltung wahr. Jedes Detail des Faes, der mir vertrauter ist als irgendwer sonst.

Nach einer halben Ewigkeit fällt seine angespannte Haltung in sich zusammen. Er reibt sich mit der Hand übers Gesicht. »Würdest du bitte endlich etwas dazu sagen? Oder willst du mich bis zum Ende aller Zeiten mit deinem Schweigen quälen?«

Mein Mund ist wie ausgetrocknet. Ich schlucke angestrengt, aber das macht es nur noch schlimmer. Als ich ihn öffne, dringt lediglich ein Krächzen daraus hervor. Es scheint, als wäre mir die Gabe, logisch zu denken und verständliche Sätze zu bilden, abhandengekommen. Mein Kopf ist leer. Beinahe könnte ich mir einreden, dass Kenric eben nichts zu mir gesagt hat. Wäre da nicht mein wild wummerndes Herz, das selbst bei der kleinsten Erinnerung an seine Worte einen Zahn zulegt.

»Es geht … um mich?«, bringe ich mühsam und krächzend hervor.

Kenric weicht meinem Blick aus. Sämtliche Frustration ist aus seiner Miene verschwunden; nur die Verzweiflung ist geblieben.

»Meinetwegen?«, wispere ich. »Meinetwegen hast du zugestimmt, diese Reise zu unternehmen?«

»Nicht diese Reise.« Er klingt resigniert. »Ich will dich schon seit Längerem etwas fragen, aber das kann ich erst tun, wenn der Fluch gebrochen ist.«

»Warum?«

Seufzend schließt er die Augen und kneift sich mit Daumen und Zeigefinger in die Nasenwurzel. Ich wünschte, ich wüsste, worum es hierbei geht, aber ich tappe absolut im Dunkeln.

»Was willst du mich fragen?«, hake ich nach, als er beharrlich schweigt. »Und was hat es mit dem Fluch zu tun?«

Ahnt er es etwa? Dass ich die hundertste Prinzessin bin? Habe ich mich irgendwie verraten? Ich spüre, wie mir sämtliches Blut aus dem Gesicht weicht. Vor diesem Moment habe ich mich mein ganzes Leben lang gefürchtet. Meine Eltern haben mir pausenlos eingetrichtert, dass nie jemand erfahren darf, dass ich über magische Fähigkeiten verfüge. Und nun weiß es Kenric, ein Nordgander. Ich denke nicht, dass er mir schaden würde, aber ... Er versucht fast sein ganzes Leben lang, den Fluch zu brechen. Nun hat er die Lösung direkt vor der Nase. Er könnte alles erreichen, was ihm bisher verwehrt geblieben ist.

Unwillkürlich mache ich einen Schritt von ihm weg. Ich fürchte mich nicht davor, dass er mir etwas antun würde. Oder dass er mich tatsächlich dazu benutzt, den Fluch mit allen Mitteln zu brechen.

Ich habe Angst vor der Art, wie er mich ansehen könnte.

Seit wir uns kennen, habe ich ihm eine ganze Menge verheimlicht. Wenn er nun mein größtes Geheimnis herausfindet, wird er mich nie wieder auf die gleiche Weise ansehen wie bisher.

»Ich will das nicht hier sagen.« Kenrics Geste, als er die Arme ausbreitet und unsere triste Umgebung einschließt, wirkt noch frustrierter als zuvor. »Ich hatte das ... anders geplant. Es sollte ...«

Als er den Atem ausstößt, krampft sich mein Herz bei diesem resignierten Laut zusammen. Und ich beginne zu glauben, dass sich dieses Gespräch nicht um mein Geheimnis dreht. Ein wenig entspanne ich mich, ohne zu meiner gewohnten Ruhe zurückzufinden, die ich empfinde, wenn ich bei Kenric bin.

»Bitte«, flüstere ich, beide Hände gegen meine Brust gedrückt, um mein Herz zu beruhigen. »Sag mir, was los ist. Wenn es nicht um die Nachtlilie geht, was ...?«

»Es hat mit der Nachtlilie zu tun, aber sie ist ... nicht der Grund.« Er wendet sich wieder komplett mir zu. Selten habe ich diesen Ausdruck von Schmerz auf seinem Gesicht gesehen. »Ich liebe dich, Vanya.«

Ich presse meine Hände fester gegen meine Brust. »Ich liebe dich auch.«

Er schenkt mir ein Lächeln, das jedoch nicht die Sorge und die Verzweiflung aus seiner Miene vertreibt. »Für einen Fae wie mich ... reichen diese Bekenntnisse nicht. Ich will ... Ich wünsche mir, dass ...« Er legt die rechte Hand auf seinen linken Unterarm, der wie immer von einer breiten ledernen Armschiene verdeckt wird.

Und endlich verstehe ich.

»Der Liebespakt«, murmele ich. »Darum geht es?«

Kenric nickt zögerlich. »Ich wollte dich fragen. Ich will es schon so lange. Aber ich … hatte Angst davor. Einerseits dass du Nein sagen könntest. Andererseits weil ich dich damit an ein Leben kette, dass du nicht führen willst.«

Ich blinzele mehrmals. »Und welches Leben soll das sein? Eines mit dir?«

»Auch«, gibt er nach einer Pause zu. »Vor allem jedoch ein Leben in Dunkelheit hier in Nordgand. Ich wollte diesen verdammten Fluch so dringend brechen, damit du auf nichts verzichten musst, was du bisher kanntest. Ich will, dass du hier glücklich werden kannst und dich nicht nach der Sonne und dem Wind sehnst. Oder nach lebenden Blumen und …«

Mit drei Schritten bin ich bei ihm und schlinge die Arme um seinen Hals. »Ich frage mich gerade, wer von uns beiden der größere Dummkopf ist. Ich *bin* glücklich. Ich bin glücklich, weil ich dich habe. Und Turon. Und weil ich auch ohne wachsende Blumen hier meiner Arbeit nachgehen kann. Ich brauche nichts anderes.«

Kenric senkt den Kopf und lehnt die Stirn gegen meine. »Ich fürchte mich davor, dass du das irgendwann anders sehen könntest. Dass du aufwachst und zurück nach Südgand willst. Dass ich und Turon und deine Arbeit nicht mehr genug sein könnten.«

Ich recke mich ein Stück, um ihn sanft zu küssen. In diesen Kuss lege ich all meine Gefühle und Sehnsüchte, die allesamt mit dem Fae vor mir zu tun haben.

Meinem Fae.

»Ihr werdet immer genug sein«, wispere ich gegen seine Lippen.

Kapitel 30

✦

VANYA

Der Abstieg ist einfacher als befürchtet. Nun, da ich nicht mehr meiner Magie folgen muss, können wir uns einen Weg suchen, bei dem wir uns nicht bei einem falschen Schritt den Hals brechen. Und wir lassen uns Zeit.

Nach seinem Geständnis und meiner Zusicherung, dass es nichts gibt, was meine Ansichten ändern könnte, hielten wir uns noch eine ganze Weile in den Armen, ohne ein Wort zu sagen. Ich brauchte seine Nähe und er brauchte meine.

Kenric reicht mir die Hand, um mir beim Abstieg zu helfen. Als das geschafft ist, hält er meine Hand weiterhin fest. Ich sehe zu ihm auf. Behutsam streicht er mit dem Zeigefinger über die empfindliche Haut an meinem Handgelenk.

»Ich will nicht, dass du dich dazu gezwungen fühlst, den Pakt mit mir einzugehen.«

»Das tue ich nicht«, sage ich. »Wenn es diesen Vorfall mit Lorienne nicht gegeben hätte, hätte ich dich bereits selbst gefragt.«

Sein Blick ruckt zu mir. »Hättest du?«

Ich nicke. »Aber ich wollte dich nicht in eine Situation bringen, die dir vielleicht unangenehm wäre. Ich hätte es auch verstanden, wenn du wegen Lorienne niemals wieder einen Pakt eingehen willst.« Ich neige den Kopf. »Ist es nicht üblich, dass Fae, die ihren Partner oder Partnerin verloren haben, nie mehr …«

»Ich habe sie nicht verloren«, unterbricht er mich. »Sie hat den Pakt einseitig aufgelöst. Ich trauere nicht um sie und habe es auch nie getan. Da war nur ... Wut und Unverständnis in meinem Herzen und meinem Kopf. Und die Frage, was so furchtbar an mir ist, dass mir so etwas widerfährt. Aber niemals Trauer.«

Ich verschränke die Finger mit seinen. »An dir ist nichts furchtbar. Das war es auch nie. Lorienne ist einfach eine durch und durch intrigante Person, die bloß das sah, was alle Fae in dir sahen. Das und die Tatsache, dass du ein Prinz bist.«

Seine Mundwinkel zucken belustigt. »Das scheint dir ebenfalls zu gefallen.«

Ich wiege den Kopf hin und her. »Sagen wir, meine Eltern wären über diese Tatsache ziemlich aus dem Häuschen. Mich hingegen erschreckt es, dass du trotz deines Titels so wenig Privilegien hast.«

Wir setzen uns wieder in Bewegung.

»Welche Privilegien sollte ich denn deiner Meinung nach haben? Ein Schloss?«

»Nein, ich mag deine Wohnung.«

Als er schweigt, schaue ich zu ihm hinüber und bemerke seine skeptisch hochgezogene Augenbraue.

»Wirklich«, beteuere ich.

»Ich wohne in einem der heruntergekommensten Viertel Evenors. Und meine Wohnung ist winzig.«

»Ich mag sie trotzdem. Sie hat eine Küche und ein Badezimmer und es riecht in ihr nach Büchern und Tinte und Kräutern. Und nach dir.«

Turon gibt neben uns ein Schnauben von sich.

»Nach dir natürlich auch«, füge ich hinzu, als ich mich hinablehne, um ihm über den Kopf zu streicheln.

»Du bist leicht zufriedenzustellen«, sagt Kenric geradeheraus.

Ich zucke mit den Schultern. »Aus deinem Mund klingt es, als wäre das etwas Schlechtes.«

»Nein, nur unerwartet.«

Mit dem Daumen fahre ich über seinen Handrücken. »Hätte ich mir Mühe gegeben, hätte ich den König haben können. Ebenso wie einen eigenen Landsitz, wenn er ... meiner überdrüssig geworden wäre. Luxus wäre mir jedenfalls sicher gewesen, wenn ich gewollt hätte. Trotzdem kam ich immer wieder zu dir und verbrachte meine Zeit mit dir in deiner Wohnung.«

Er verstärkt den Druck seiner Finger. »Und ich danke dir für jeden Augenblick.«

Die Wunde, die Lorienne ihm zugefügt hat, sitzt tief. Mittlerweile dürfte sich eine Narbe gebildet haben, doch selbst diese bereitet Kenric Probleme. Wie eine Verletzung, die bei der kleinsten falschen Bewegung ziept, wird auch er ständig an den Moment erinnert, in dem Lorienne ihn verraten hat. Ich verstehe seine Zurückhaltung. Wären unsere Rollen vertauscht, würde es mir ganz genauso ergehen. Es ist meine Pflicht und mein Privileg, ihm zu zeigen, dass es auch anders geht. Dass er all die Liebe verdient, die ein anderer Mensch ihm geben kann.

Und ich schätze mich mehr als glücklich, dieser Mensch sein zu dürfen. Ich werde meine Sache gut machen. In unserem Pakt wird er keine Sekunde das Gefühl haben, ich würde ihn nur ausnutzen, während ich nach einem Besseren Ausschau halte.

Als ich Kenrics Hand halte und an seiner Seite den Berg hinabsteige, erinnere ich mich an Merill und Eruk. An die

Art, wie gelöst und selbstverständlich sie miteinander umgegangen sind.

Ganz genau das wünsche ich mir für Kenric und mich. Und ich weiß, dass wir zu einem solchen Paar werden können.

♦♦♦

Einige Zeit und ein paar Pausen später erreichen wir die Hütte seiner Mutter.

Ich bin körperlich am Ende, doch ich will mich nicht sofort ins Bett verkriechen. Vor allem nicht allein. Kenric benötigt längst nicht so viel Schlaf wie ich, trotzdem braucht auch er Ruhe.

Und ich brauche ihn.

Die kurze Zeit, die wir beide ungestört in seiner Wohnung hatten und in der wir uns bloß um uns beide kümmern konnten, scheint endlos weit weg zu sein. Mein ganzer Körper, jede einzelne Zelle sehnt sich nach Kenrics Aufmerksamkeit. Nach seinen Berührungen und seiner Zuneigung.

Nach *ihm*.

Ich werfe Turon einen kurzen Blick zu, den er sofort versteht. Anstatt mit uns die Hütte zu betreten, dreht er sich um und trollt sich in die Dunkelheit. Ich nehme mir vor, ihn dafür später mit Extrastreicheleinheiten zu belohnen.

Als auch Kenric auffällt, dass ich die Tür bloß hinter uns beiden schließe, verändert sich seine komplette Haltung. Seine Augen strahlen heller. Die Anspannung und der Rest Verzweiflung, die nach unserem Fehlschlag verblieben sind, verschwinden völlig aus seiner Ausstrahlung. Zurück bleiben lediglich die warme Begierde und die grenzenlose Liebe, die ich ebenfalls in mir spüre.

Ohne ein Wort zu sagen, führe ich ihn zum Bett, wo er mir

aus meiner Kleidung hilft. Auch ich zerre an seinem Hemd, bis ich es ihm endlich über den Kopf streifen kann.

Meine Haut prickelt, sobald er mit den Händen darüberstreicht und sie an den Stellen versengt, an denen er knabbert und saugt.

Unser erstes Zusammenkommen nach einer langen Pause ist hastig. Wir halten uns nicht mit Vorspiel auf, sondern wollen den anderen so dringend spüren, dass es innerhalb von Minuten vorbei ist. Kraftlos und schwer atmend halten wir uns in den Armen.

Beim zweiten Mal lassen wir uns mehr Zeit damit, den Körper des anderen zu erkunden und ihm so viel Lust und Freude wie möglich zu bereiten. Kühle Schatten, die in starkem Kontrast zu Kenrics warmen Händen stehen, liebkosen jeden Zentimeter meiner Haut. Ich werde mich nie an Kenrics leuchtenden Augen sattsehen können, wann immer ich ihn berühre. Beinahe scheint es mir, als hätte das noch nie eine andere zuvor getan. Dabei schenkt mir die Lust, die ich bei ihm hervorrufen kann, mehr eigene Befriedigung, als ich es je für möglich gehalten hätte. Zusammen mit den gekonnten Bewegungen seiner Finger, dem heißen Gefühl seines Mundes und schließlich während unserer Vereinigung schwebe ich schier auf Wolken. Mein Körper verkrampft sich ein ums andere Mal, nur um sich kurz danach aufzulösen und herrlich weich zu werden.

◆◆◆

Als ich so ausgeruht wie schon lange nicht mehr aufwache, finde ich Kenric neben mir schlafend vor. Er wirkt derart friedlich, dass ich mich am liebsten wieder neben ihm eingerollt hätte, doch zunächst muss ich mich um andere Bedürfnisse kümmern. Also küsse ich ihn auf die Stirn, direkt auf sein Geburtsmal, womit ich ihm ein winziges Lächeln entlocke, hülle mich in den Umhang und schleiche nach draußen, wo ich mich in der Nähe der Hütte erleichtere.

Erneut sehne ich mich nach den für mich eigentlich selbstverständlichen Annehmlichkeiten von Kenrics Wohnung. Doch da Fae keine gewöhnliche Nahrung zu sich nehmen, brauchen sie auch keine Toiletten.

Turon entdecke ich hinter der Hütte bei den Gräbern. Er liegt vor dem mittlerem – dem von Kenrics Mutter. Flüchtig blitzt das Gold seiner Augen auf, als er sie öffnet, doch er schließt sie gleich wieder, als er mich erkennt.

»Danke«, wispere ich ihm zu, ehe ich wieder in die Hütte husche.

Als ich die Tür hinter mir zuziehen will, bleibt meine Aufmerksamkeit an einem schwachen Licht in der Ferne hängen. Dort muss sich die Grenze befinden. Das Licht ist alles andere als hell; trotzdem vermute ich, dass gerade Tag in Südgand ist. Ich lehne mich mit der Schulter gegen den Türrahmen und beobachte das Licht der Sonne, das ich wohl nie wieder sehen werde. Ich warte darauf, dass sich irgendeine Art von Melancholie einstellt, doch sie bleibt aus. Zwar werde ich die Sonne vermissen, aber ich habe gelernt, ohne sie zurechtzukommen.

Hinter mir höre ich das Tapsen nackter Füße. Kurz darauf legt Kenric beide Arme um meine Mitte und zieht mich mit dem Rücken gegen seine Brust. Sanft fährt er mit den Lippen über meine Schläfe, mein Ohr und schließlich hinab zu meinem Hals. Ich neige den Kopf, während ich mich an ihn schmiege.

»Ich stelle diese Frage nun zum letzten Mal, versprochen«,

murmelt er, nachdem er mich auf die Schulter geküsst hat. »Aber ich brauche diese Gewissheit. Willst du zurück in deine Heimat?«

Ich werfe einen letzten Blick auf das vertraute Leuchten jenseits der Grenze, ehe ich mich in Kenrics Armen zu ihm umdrehe. »Nein«, sage ich, wobei ich ihm fest in die Augen schaue. »Ich will nicht zurück.«

Die leichte Anspannung weicht aus seiner Miene. Dann beugt er sich zu mir herab und küsst mich. Erst sanft, fast fragend, dann fester und inniger, als würde er erst jetzt begreifen, dass es mir tatsächlich ernst ist. Dass ich hierbleibe und nicht gehen werde.

»Erlaube mir eine letzte Frage«, murmelt er nur einen Hauch von meinen Lippen entfernt.

»Jede«, flüstere ich.

»Erweist du mir die Ehre und gehst einen Pakt mit mir ein?«

Ich spüre, wie sich ein seliges Lächeln auf meinen Lippen ausbreitet. »Nichts lieber als das.«

Kapitel 31

✦

KENRIC

Mein Herz quillt über vor lauter Empfindungen, die ich nicht begreifen kann.

Nachdem nicht nur die Fae, sondern auch Lorienne sich von mir abgewandt haben, gab es kein Glück in meinem Leben. Keine Freude. Mein Leben bestand einzig und allein aus Arbeit und dem brennenden Wunsch, dazuzugehören.

Diesen Wunsch habe ich nun komplett abgelegt. Ich bin nicht auf die Anerkennung fremder Fae angewiesen, die mich sowieso nur ausnutzen wollen. Ich brauche bloß Vanya und Turon und Paleia in meinem Leben. Alle anderen können meinetwegen als Verlorene enden, ohne dass ich ihnen eine Träne nachweine.

Ob ich weiterhin versuchen werde, den Fluch zu brechen, kann ich nicht sagen. Ich glaube Vanya, dass sie bei mir bleibt, auch wenn in Nordgand niemals die Sonne scheinen wird. Aber wer weiß? Sobald Vanya einen Pakt mit mir eingeht, sind unsere Leben miteinander verbunden. Vielleicht existieren wir beide lange genug, um die Geburt der hundertsten Prinzessin und die Fluchauflösung zu erleben.

»Was muss ich tun, um einen Pakt mit dir einzugehen?«, fragt Vanya.

Mit gerunzelter Stirn schaue ich zu ihr hinab. »Jetzt? Hier?«

Sie neigt den Kopf. »Wann denn sonst? Ich habe keinen

Grund, noch länger zu warten. Es sei denn, du bist dir doch unsicher.«

Ich küsse sie auf die Nasenspitze. »Das bin ich nicht. Ich dachte nur, du würdest es lieber in meiner Wohnung tun. Einer Umgebung, die du kennst. Es ist … nicht so angenehm, wie du es dir vielleicht vorstellst.«

Etwas verändert sich in ihrer Miene. »Nun, ich … Lorienne meinte, dass ihr beide dabei …«

Auch wenn sie es nicht ausspricht, weiß ich, was sie meint. »Wie kommst du darauf?«

»Sie hat es mir gesagt.«

Ich kann ein Lachen nicht unterdrücken, was mir einen Hieb gegen die Brust einhandelt.

»Das ist nicht witzig!«, begehrt Vanya auf.

»Nein, ist es nicht. Aber die Vorstellung …« Ich ziehe sie fester an mich. »Nichts ist dabei passiert. Ich musste Lorienne die ganze Zeit über festhalten, weil sie geschrien hat und den Pakt mittendrin unterbrechen wollte.«

Vanya wird bleich. »Was?«

»So schlimm ist es eigentlich nicht, wirklich, aber …«, versuche ich sie zu beruhigen.

Doch sie schüttelt vehement den Kopf, ehe sie mit den Händen sanft mein Gesicht umschließt. »Es tut mir leid. Götter, wenn ich mir vorstelle, wie es dir dabei ergangen sein muss …«

Ich klappe den Mund zu und schmiege mich dankbar in die Wärme ihrer Hände. Ich dachte nicht, dass es sich so gut anfühlen könnte, von einem anderen Wesen verstanden zu werden. Wir beide scheinen auf eine ganz besondere Weise verbunden zu sein, auch ohne Pakt. Aber für mich gehört er dazu, und ich danke Vanya aus tiefstem Herzen, dass sie ihn mit mir eingehen will, auch wenn sie als Südganderin seine Bedeutung für mich möglicherweise nicht versteht.

»Bist du dir sicher, dass du es jetzt tun willst?«, frage ich. »Wir können warten, bis wir zurück in Evenor sind und …«

»Wenn du mich noch ein Mal fragst, ob ich mir bei irgendwas sicher bin, nehme ich das persönlich«, grummelt sie und bringt mich damit zum Schmunzeln. »Sag mir, was von mir erwartet wird. Wie es abläuft. Und worauf ich mich einstellen muss.«

Ich drehe den Kopf ein Stück zur Seite und hauche einen Kuss in ihre Handfläche. »Für dich gibt es nicht viel zu tun. Ich spreche den Zauber, wobei ich meine linke Hand auf dein Herz lege und du deine linke Hand auf meines legst. Während des Paktes wird mein Name dann auf deinem Handgelenk erscheinen. Es tut weh, das will ich dir nicht verheimlichen, aber es ist auszuhalten.«

»Erscheint der komplette Name?«, fragt sie.

»Ja. Wieso?«

Sie lässt die Hände sinken. »Dann wird auf deinem Handgelenk ›Elavanya‹ stehen. Das ist mein vollständiger Name, den aber nur meine Eltern und meine Schwester benutzen, wenn sie wütend auf mich sind. Was meistens der Fall ist.«

Diese neue Erkenntnis trifft mich härter, als sie sollte. Dass Vanya Dinge vor mir verheimlicht oder es einige Vorkommnisse aus ihrer Vergangenheit gibt, über die sie nicht mit mir reden will, habe ich mittlerweile akzeptiert. Aber wusste ich etwa in der Zeit, die wir uns kennen, nicht einmal ihren richtigen Namen? Und über ihre Eltern und ihre Schwester hat sie auch so gut wie noch nie gesprochen …

Es dauert jedoch bloß einen kurzen Moment, bis mir aufgeht, dass nichts davon wichtig ist oder eine unmittelbare Bedeutung für uns hat.

»Mir ist egal, wie der Name lautet, der auf meinem Handgelenk steht, solange es deiner ist.«

Mit einem dankbaren Lächeln stößt sie den Atem aus. »Wie wird es für dich sein?«

Vanya nimmt meine linke Hand und öffnet die Schnürungen der Armschiene, um meinen Unterarm freizulegen, der mit Brandnarben übersät ist. Behutsam fährt sie mit ihren Fingern über die leichten Erhebungen meiner Haut. Es fühlt sich anders als an meinem rechten unversehrten Arm an, jedoch nicht weniger angenehm.

Ich weiß, worauf sie mit ihrer Frage abzielt. Als Heilerin hat sie sicherlich eine Menge Verletzungen gesehen und behandelt, darunter auch Brandnarben. Ihr ist klar, dass die Schmerzen für mich weitaus höher sein werden als für sie.

»Ich werde zurechtkommen«, sage ich und meine es auch so.

Die Schmerzen, die ich bei unserem Pakt empfinden werde, werden nichts im Vergleich zu denen sein, als Loriennes Name Buchstabe für Buchstabe durchgestrichen wurde.

Ich bin versucht, Vanya erneut zu fragen, ob sie sich sicher ist. Nicht, weil ich an ihren Absichten zweifele, sondern weil ich nicht begreifen kann, dass es wirklich passiert. Dass sie tatsächlich dazu bereit ist, einen Pakt mit mir einzugehen, wenn sie einen mit Zahid haben könnte. Zwar keinen Liebespakt, aber für sie als Südganderin und Nicht-Fae wird es keinen großen Unterschied bedeuten. Bei Zahid müsste sie sich um nichts sorgen, wohingegen ich ihr nichts bieten kann.

Ich wünschte, ich könnte diese dunklen Gedanken ein für alle Mal abstreifen und hinter mir lassen. Vielleicht wird mir das irgendwann gelingen; vielleicht auch nicht. Doch bald wird ein Blick auf mein Handgelenk genügen, um zu wissen, dass es eine Südganderin gibt, deren Gefühle für mich echt sind. Und mit ihrer Hilfe werde ich irgendwann meine Selbstzweifel besiegen können.

Ich freue mich auf diesen Moment ebenso wie auf all die anderen, die dorthin führen werden.

In meinem Leben ist fast alles schiefgelaufen, was schieflaufen konnte. Doch nun habe ich zum ersten Mal das Gefühl, dass alles gut werden könnte.

Ich nehme Vanyas linke Hand und küsse ihren Handrücken. Dann führe ich sie zurück zum Bett. Nachdem ich mich auf die Kante gesetzt habe, schaue ich zu ihr auf. Mein Herz klopft wie verrückt. Für einen Fae ist dieser Moment einzigartig und einmalig. Für mich ist er das nicht, dennoch spüre ich bereits jetzt die Unterschiede. Die Ruhe, die mich trotz meines wilden Herzschlags erfasst und nur von einer innigen Gewissheit herrühren kann. Die grenzenlose Liebe für die Frau vor mir, die sie auch mir bedingungslos entgegenbringt.

Mit Lorienne wollte ich einen Pakt, um mit ihrer Schönheit und Aufmerksamkeit angeben zu können.

Mit Vanya will ich einen Pakt, weil sie mein Gegenstück darstellt. Sie akzeptiert mich, wie ich bin, aber treibt mich auch gnadenlos aus meiner Komfortzone, wenn es nötig ist. An ihrer Seite kann ich ich selbst sein und gemeinsam mit ihr wachsen.

Ohne den Blick von meinem zu lösen, lässt Vanya sich mit gespreizten Beinen auf meinem Schoß nieder. Das Hämmern meines Herzens verstärkt sich.

»Darf ich eine Bitte äußern?«, fragt Vanya leise.

»Jede.«

»Lass deine Schatten raus.«

Kaum dass sie fertig gesprochen hat, brechen sie aus mir hervor, als hätten sie nur darauf gewartet. Wie immer entwickeln sie ein Eigenleben, das ich bloß bedingt steuern kann, sobald es um Vanya geht. Aber da sie mir nie das Gefühl gab, sie würde die Aufdringlichkeit meiner Magie stören, rufe ich meine Schatten nicht zur Ordnung. Mir gefällt es ebenfalls besser, sie gewähren zu lassen und zusätzlich das wohlige Kribbeln in meinem Nacken zu spüren, das sie an mich weiterleiten.

»Ich bin erstaunt«, murmelt Vanya, nachdem sie sich ausgiebig von meinen Schatten hat streicheln lassen.

»Worüber?«

»Dass du mich nicht erneut fragst, ob ich mir sicher bin.«

Ich lehne mich vor, um sie zu küssen. »Vielleicht habe ich Angst, dass du diesmal einen Rückzieher machen könntest.«

Das stimmt natürlich nicht. Wenn ich etwas über Vanya gelernt habe, dann, dass sie ihr Fähnchen nicht nach dem Wind hängt. Wenn sie einmal eine Entscheidung getroffen hat, lässt sie sich von nichts und niemandem davon abbringen.

»Bist du bereit?«, frage ich.

Sie nickt, ohne zu zögern.

Diesmal zittert meine Hand, als ich ihre linke ergreife und sie auf meine nackte Brust, direkt über mein wild klopfendes Herz lege. Ihre Finger sind kühl und ihre Berührung ruft einen leichten Schauer in mir hervor. Mit meiner rechten Hand halte ich ihre an Ort und Stelle, während ich meine linke auf ihr Herz lege, das mindestens genauso schnell schlägt wie meines. Auch Vanyas rechte Hand ist kühl, als sie sie über meine linke legt.

Die Stirn an ihre gelehnt, wispere ich: »Ich liebe dich.«

»Und ich liebe dich.«

Nachdem ich mehrmals tief durchgeatmet habe, spreche ich den Zauber, der jedem Fae innewohnt und der bei jedem anders klingt. Wir müssen ihn nicht lernen; er ist ein Teil von uns. Wir sprechen ihn nur bei solchen einmaligen und einzigartigen Gelegenheiten. Den Rest unseres Lebens verbleibt er in uns. Manche Fae sprechen ihn nie. Manche, wie ich öfter, als sie sollten. Doch daran kann ich nichts mehr ändern. Diesmal werde ich es besser machen. Diesmal wird es das letzte Mal sein, dass ich diesen Zauber spreche.

Nachdem ich den ersten Teil des Zaubers rezitiert habe, verspannt Vanya sich auf mir. Stumm weise ich meine Schatten an, sie wieder zu streicheln, um ihr die Schmerzen erträglich zu machen. Sie zuckt nicht, sie schreit nicht, doch ich spüre es an ihrer Haltung. An der Art, wie sie atmet. An ihrem für einen Moment aussetzenden Herzschlag.

Nachdem ich den zweiten Teil des Zaubers aufgesagt habe, beginnt es auch bei mir. Ich gerate ins Stocken, als ich spüre, wie der erste Buchstabe ihres Namens in meine geschundene und vernarbte Haut geritzt wird. Es geschieht durch Magie; dabei fließt kein Blut, trotzdem fühlt es sich echt an.

Paleia sagte einmal, dass dieser Schmerz symbolisch für die Höhen und Tiefen einer Partnerschaft stehe und dass jeder Fae sie durchstehen müsse, um sich seiner Partnerin oder seines Partners als würdig zu erweisen.

Vanya verstärkt den Druck um meine linke Hand, als sich mein Körper verkrampft. Mit sorgenvoll gerunzelter Stirn schaut sie mich an.

»Keine Sorge«, presse ich hervor und zwinge mich zu einem Lächeln. »Halb so schlimm.« Mein Blick fällt auf ihre fest zusammengepressten Lippen. »Und bei dir?«

»Ich steh das durch«, sagt sie.

»Genau wie ich.«

Wie gern würde ich einen Arm um sie legen, sie an mich drücken und ihr durchs Haar streichen. Doch meine Hände werden anderweitig gebraucht. Selbst wenn die Welt in diesem Augenblick auseinanderbräche, würde ich sie nicht zurückziehen.

Ich bin froh, dass ich die Zauberformel nicht mehr sprechen muss. Nun muss ich es nur noch durchstehen.

Bei Vanya ist der Pakt früher vollzogen als bei mir, weil mein Name kürzer ist und weniger Zeit benötigt. Trotzdem bewegt sie ihre Hände nicht. Erst als das letzte A ihres Namens in meiner Haut steht, fällt sämtliche Anspannung von mir ab und ich kann wieder normal atmen.

Mein erster Blick nach dem vollzogenen Pakt gilt natürlich Vanya. Sie ist blasser als gewöhnlich, dennoch hat sie während der Prozedur keinen Ton von sich gegeben. Ich könnte nicht stolzer sein, sie zur Partnerin zu haben. Wir beide haben uns als würdig füreinander erwiesen.

Zögerlich lässt sie meine linke Hand los und wischt mir mit den Fingern einige Schweißperlen von der Stirn. »Alles in Ordnung?«

Ich lege einen Arm um sie. »Es ging mir nie besser.«

Das ist die Wahrheit. Da ist etwas Neues in mir, und ich warte auf den Moment, in dem Vanya es ebenfalls bemerkt. Es dauert lediglich einen Augenblick, bis sie verwirrt blinzelt und sich mit der Hand über die Brust reibt.

»Was ... ist das?«

»Spürst du es?«, frage ich.

»Ja, aber ... was ist das?«

»Ist es unangenehm?«

Sie neigt den Kopf, als müsse sie über meine Frage nachdenken. Erst als sich ein Lächeln auf ihren Lippen ausbreitet, entspanne ich mich.

»Es ist beruhigend«, sagt sie, wobei sie die Augen schließt.

»Ich habe es auch.« Ich führe ihre Hand erneut zu meiner Brust.

Vanya öffnet die Augen und konzentriert sich auf das Gefühl unter ihren Fingerspitzen. »Es fühlt sich beinahe wie ein zweiter Herzschlag an.«

»Genau das ist es. Mein Herz neben deinem.«

»Es ist ungewohnt«, gibt sie zu. »Aber ich habe mich noch nie so ruhig und zufrieden gefühlt wie jetzt.«

Sie hebt den linken Arm und betrachtet ihr Handgelenk, auf dem nun in Großbuchstaben mein Name prangt. Die Haut rundherum ist leicht gerötet. Behutsam lege ich ihr meine lederne Armschiene um und schnüre sie zu.

»Sobald wir zurück in Evenor sind, bekommst du eine eigene«, verspreche ich. »Bis dahin kannst du meine haben.«

»Gibt es einen Grund, warum Fae ihren Pakt verstecken?«, fragt sie, während ich die letzten Schnürungen festziehe. »Merill und Eruk trugen ebenfalls Armschienen.«

»Es geht weniger ums Verstecken als darum, dass die Haut dort immer leicht empfindlich sein wird. Durch Magie ist diese Stelle, wo mein Name steht, die direkte Verbindung zu meinem Herzen.«

Schützend legt Vanya die rechte Hand auf die Armschiene. »Ich werde gut darauf achtgeben.«

Ich lehne mich vor und küsse sie auf die Stirn. »Ich weiß, dass mein Herz bei dir in besten Händen ist. Dafür werde ich immer dankbar sein.«

Kapitel 32

✦

VANYA

Wir verkriechen uns eine Weile in der Hütte. Ich nenne es bewusst »verkriechen«, weil es nichts anderes ist.

Die Zeit mit Kenric und Turon ist wunderschön und ich möchte sie um nichts in der Welt missen. Es fühlt sich dennoch wie Weglaufen an.

Weder Kenric noch ich sprechen unser Scheitern bei der Fluchauflösung an. Wir reden auch nicht darüber, ob wir überhaupt weiterhin versuchen wollen, den Fluch zu brechen.

Mehrmals geht Kenric zur Grenze und lässt mich eine Weile mit Turon allein. Ich weiß in dieser Zeit nichts mit mir anzufangen. Meistens schlafe ich aus Langeweile. Einmal kehrt Kenric neben Lebensmitteln mit Hammer und Meißel zurück.

»Wofür sind die?«, frage ich neugierig.

»Turon verdient einen ordentlichen Grabstein«, erhalte ich zur Antwort.

Sofort spitzt der schwarze Hund die Ohren und klopft mit dem Schwanz auf den Boden.

»Also bleiben wir noch eine Weile hier?«

Kenric wirft mir aus den Augenwinkeln einen Blick zu, während er den mitgebrachten Proviant sortiert. »Möchtest du gehen?«

»Nein. Ich habe … hier nur nichts zu tun. Es gibt keine

Bücher, die ich lesen könnte. Keine Pflanzen, die ich trocknen könnte.«

Er deutet auf den Tisch vor sich. »Das sind die letzten Lebensmittel, die ich dem Händler an der Grenze abkaufen konnte. Damit müssen wir auch unseren Rückweg bestreiten. Also nein, wir bleiben nicht mehr lange hier. Ich will bloß Turon einen anständigen Grabstein gravieren. Dann brechen wir auf.«

Einerseits bin ich erleichtert darüber. Andererseits stelle ich mir die Frage, was wir in Evenor tun werden. Zahid wird nicht glücklich darüber sein, dass Kenric und ich einen Liebespakt eingegangen sind. Wahrscheinlich wird er ihm in seiner Wut alle Zugeständnisse entziehen.

»Du zerbrichst dir schon wieder den Kopf«, tadelt Kenric mich.

Ich seufze. »Ich kann nichts dagegen tun. So bin ich nun mal.«

»Ich weiß und es stört mich nicht. Ich wünschte nur, ich könnte dir irgendeine Sicherheit bieten. Aber ich habe ebenfalls keine Ahnung, was passieren wird, wenn wir zurück nach Evenor gehen.«

»Und wenn wir es nicht tun?«

Kenric hält im Sortieren der Lebensmittel inne und hebt den Kopf.

»Wenn wir nicht nach Evenor zurückkehren«, sage ich. »Es gibt da draußen doch noch andere Siedlungen der Fae, oder?«

Kenric stößt den Atem aus. »Die gibt es. Und nein, dorthin werde ich dich nicht bringen.«

»Wieso? Wir sind beide Heiler. Wir könnten …«

Seine leuchtenden Augen verengen sich. »Es sind Fae, Vanya. Sie brauchen keine Heiler. Und falls doch, kämen wir in den Siedlungen nicht an Kräuter heran, weil die Versorgung mit solch unwichtigen Dingen noch schlechter ist als in Evenor. Aber das ist nicht der Hauptgrund.«

Ich recke das Kinn. »Sondern?«

Er gibt ein frustriertes Knurren von sich, als er sich vom Tisch abstößt und mit zwei Schritten vor mir steht. Das violette Glühen seiner Augen ist derart intensiv, dass mir der Mund trocken wird.

»Der Hauptgrund«, grollt er, als er den Kopf senkt und flüchtig, aber mit Nachdruck mit den Zähnen über meine Halsseite fährt, »bist du, Liebste. Die Mana-Versorgung in den Provinzen ist unterirdisch. Was, glaubst du, wird passieren, wenn ich eine Südganderin dort hinbringe? Noch dazu eine mit solch mächtigem Blut, wie es in dir zirkuliert? Sie würden sich auf dich stürzen.«

Ich schlucke angestrengt. »D-Daran habe ich nicht gedacht.«

Das intensive Glühen seiner Augen schwächt ab. »Ich wollte dir keine Angst machen. Glaub mir, ich zermartere mir die ganze Zeit über schon den Kopf. Vorerst haben wir allerdings keine andere Wahl, als nach Evenor zurückzukehren und zu hoffen, dass Zahid gute Laune hat. Wenn das der Fall ist, werden wir danach alles tun, um nicht aufzufallen, bis die nächste Auswahl ansteht und er dich vergessen hat.«

An die Auswahlen habe ich auch keinen Gedanken mehr verschwendet. Für das Wohl aller Fae werden sie weiter stattfinden müssen.

»Und wenn … Zahid keine gute Laune hat?«, frage ich zögerlich.

Kenric verzieht den Mund. »Dann werden wir uns etwas einfallen lassen müssen.«

♦♦♦

Ich gebe mir alle Mühe, sämtliche Gedanken an unsere Zukunft beiseitezuschieben. Kenric und ich lieben uns, wann immer es möglich ist. Danach liegen wir eng umschlungen im Bett, bis mein Hunger uns hinaustreibt oder Turon uns von draußen grummelnd mitteilt, dass er nicht mehr ausgesperrt sein will.

In der Nähe findet Kenric einen fast ovalen, etwa kniehohen Stein, den er zu den Gräbern hinter der Hütte trägt. Ich sehe ihm dabei zu, wie er anschließend Turons Namen einmeißelt. Turon sitzt neben mir, und ich meine, einen stolzen und dankbaren Ausdruck in seinem Hundegesicht zu erkennen.

So fließt die Zeit dahin. Seit unserem Pakt muss ich sie nicht mehr fürchten, denn ich werde nicht altern. Abgesehen davon genieße ich unseren Pakt in vollen Zügen. Kenrics Herzschlag neben meinem zu spüren, ist ein unbeschreibliches Gefühl, an das ich mich hoffentlich nie gewöhnen werde.

♦♦♦

Als wir aufbrechen müssen, weil unsere Vorräte bis nach Evenor reichen sollen, fällt es mir schwer, die Hütte hinter mir zu lassen. Zwar habe ich mich hier oft gelangweilt, wenn Kenric mich allein lassen musste, aber ich verbinde auch wunderschöne Erinnerungen mit ihr. Die Wahrheit über Kenrics Herkunft. Unseren Pakt. Und alles, was dazwischen geschehen ist.

»Wenn Zahid keine gute Laune hat«, sage ich, als ich mein Bündel schultere, »können wir dann hierher zurückkommen?«

Kenric, der bereits an der Tür auf mich wartet, schaut mich überrascht an. »Hierher? Du willst … *hier* leben?«

»Warum nicht?«

Stirnrunzelnd sieht er sich um. »Weil du hier noch weniger Annehmlichkeiten hättest als in meiner Wohnung in Evenor. Keine Küche, kein Bad, kein …«

»All das könnten wir bauen«, halte ich dagegen. »Oder zumindest … ersetzen.«

Dass es hier keine unterirdischen Abwasserkanäle wie in Südgand oder auch in Evenor gibt, ist mir klar. Doch das heißt nicht, dass wir es uns nicht wohnlich einrichten könnten.

»Die Grenze ist näher«, sagt Kenric nach einer Weile. »Ich könnte einfacher Lebensmittel für euch besorgen.«

Nur die Frage, wovon wir diese auf Dauer bezahlen sollen, schwebt wie ein drohendes Unheil über uns. Keiner von uns wagt, diese Bedenken auszusprechen; wir kennen sie auch so.

◆◆◆

Die Hütte wird schnell von der Dunkelheit verschluckt, als wir uns von ihr entfernen. Hier draußen senke ich Fünkchens Licht auf ein Minimum. Je weiter wir uns von der Grenze entfernen, desto größer ist die Gefahr, erneut von Verlorenen angefallen zu werden. Darauf könnte ich dankend verzichten.

Auch Kenric und Turon wirken angespannt und spähen unentwegt nach links und rechts, als könnten sie mit ihren leuchtenden Fae-Augen die lauernde Gefahr bereits erkennen. Ein eiskalter Schauer durchzuckt mich bei diesem Gedanken.

Doch es ist kein Verlorener und auch keine Monstermade, die uns überraschen, nachdem wir eine Weile unterwegs sind.

Sondern ein lauter Knall, gefolgt von einer Druckwelle.

Ich werde von den Füßen geholt und lande im Staub.

Sofort kniet Kenric neben mir. »Bist du in Ordnung?«

Meine Ohren klingeln, doch ich nicke. Wackelig komme ich auf die Beine. »Was war das?«

Kenrics Blick huscht nach Süden. Sogleich verspannt er sich neben mir. Als ich ebenfalls nach Süden schaue, erkenne ich, warum.

Für mich, die nicht über Fae-Augen verfügt, ist es unmöglich, die Mauer zu erkennen. Alles, was ich bisher sah, wenn ich von der Hütte aus Richtung Grenze schaute, war ein leichter Lichtschein. Etwas Helleres als die allumfassende Dunkelheit Nordgands.

Und jetzt ist dieses Licht noch heller geworden.

»Die … Die Mauer«, bringt Kenric stockend hervor. »Sie ist … weg.«

KAPITEL 33

✦

KENRIC

»Weg?«, echot Vanya. »Was meinst du mit ›weg‹?«

Ich bin unfähig, ihr darauf zu antworten. Ich kann nur nach Süden starren, wo sich die Mauer aus schwarzem Gestein wie eine dunkle Festung erhoben hat. Es heißt, sie wurde nach dem Ende des Großes Krieges von beiden Seiten gebaut. Und kein Fae, den ich kenne und der bei klarem Verstand ist, würde je auf die Idee kommen, die Mauer zu überqueren – oder sie gar einzureißen.

Aber dort, wo sich einst die Mauer erhob, klafft ein Loch. Sie ist nicht völlig verschwunden, doch sie wurde an einer Stelle eingerissen.

Ein Fae hätte das zustande bringen können, bloß aus welchem Grund? Wir können das südgander Reich nicht betreten, weil uns die fremde Sonne versengen würde.

Aber die Südgander … Sie können nach Nordgand, ohne dass ihnen sofort etwas geschieht.

Ich packe Vanya am Arm und ziehe sie in die entgegengesetzte Richtung. »Wir müssen weg.«

Sie sträubt sich, doch ich lasse sie nicht los.

»Wovor hast du solche Angst?«, fragt sie.

»Ich habe keine Angst«, sage ich, ohne stehen zu bleiben.

Vanya reißt sich los. »Doch, hast du.« Als ich mich zu ihr umdrehe, reibt sie sich mit besorgtem Gesichtsausdruck über die Brust. »Ich spüre es ganz deutlich.«

Ich fahre mir mit beiden Händen durchs Haar. »Wir müssen verschwinden, Vanya. Nur Südgander können die Mauer eingerissen haben. Wie auch immer sie das vollbracht haben mögen. Aber ich will nicht hier sein, wenn sie mit ihren Truppen einmarschieren.«

Vanya zieht die Augenbrauen zusammen. »Truppen? Einmarschieren? Warum sollten die Südgander das tun?«

»Was weiß ich?« Hilflos zucke ich mit den Schultern. »Irgendwas werden sie sich schon dabei gedacht haben. Ich will jedoch nicht zwischen die Fronten geraten, wenn die Verlorenen sich auf sie stürzen.«

Meine Südganderin schnappt nach Luft. »Wenn es wirklich Truppen sind, wissen sie nichts von den Verlorenen. Wir müssen sie warnen!«

»Wie bitte?«

Ich verstehe, dass es ihre Landsleute sind und Vanya nicht will, dass sie den Verlorenen unvorbereitet in die Arme laufen. Aber wenn tatsächlich Truppen an der Grenze warten, werde ich Vanya nicht dorthin bringen. Die Gefahr für sie wäre viel zu groß. Gut möglich, dass die Südgander alle jenseits der Mauer für Fae halten und keine Fragen stellen.

»Wir *müssen* sie warnen!«, beharrt Vanya. »Als ich zum ersten Mal einem Verlorenen gegenüberstand, hatte ich so große Angst, dass ich mich kaum bewegen, geschweige denn wehren konnte.«

»Hoffentlich kriegen sie so viel Angst, dass sie schnurstracks wieder in ihr Südgand zurückrennen und die Mauer hochziehen.«

Vanyas braune Augen scheinen Blitze zu schießen. »Warum hasst du die Südgander so?«

»Ich hasse sie nicht. Aber sie haben gerade die verdammte Mauer niedergerissen! Das ist eine offene Kriegserklärung, und wenn Zahid Wind davon bekommt ...« Ich zwinge mich dazu, tief durchzuatmen. »Zahid hat mittlerweile bestimmt davon erfahren. Es ist bloß eine Frage der Zeit, bis er mit seinen eigenen Truppen zur Grenze eilt. Und glaub mir, die können sich schneller fortbewegen als wir, denn Zahid wird in dieser Situation nicht mit Mana und Magie geizen. Wir müssen hier weg, Vanya.«

»Ich könnte ... mit den südgander Truppen reden«, hält sie dagegen. »Vielleicht ziehen sie sich dann zurück. Oder vielleicht ist alles nur ein großes Missverständnis. Wir können nicht riskieren, dass es wegen eines Missverständnisses zu einem erneuten Krieg kommt. Das könnte alles gefährden – auch die Fae. Während eines Krieges wird es keine Auswahlen geben.«

Es fehlt nicht viel, dass ich sie packe und mir über die Schulter werfe. »Warum bist du so dermaßen stur?«

Ein Lächeln stiehlt sich auf ihre Lippen. »Du liebst mich für meine Sturheit.«

Ich reibe mir mit einer Hand übers Gesicht. »Im Moment bin ich mir da nicht so sicher ...«

Sobald Zahid hier eintrifft, wird es ein Gemetzel geben. Das heißt, sollten die Verlorenen nicht schneller sein als er. Und im Augenblick befinden wir uns mitten zwischen den Fronten. Selbst wenn wir jetzt nach Evenor eilen, könnten wir unterwegs auf die Truppen des Königs treffen. Zahid wird darauf bestehen und mich notfalls dazu zwingen, dass ich für ihn in den Krieg ziehe, denn ich bin der einzige Fae, dessen Magie nicht auf eine schwindende Mana-Ressource angewiesen ist. Ich müsste gegen Südgander kämpfen und sie töten.

Danach könnte ich Vanya nicht mehr in die Augen sehen – sofern ich überlebte.

Mit einem Knurren stoße ich die Luft aus. »Ich gebe dir einen einzigen Versuch, mit den Truppen zu reden. Sollte es nicht klappen oder sonst irgendetwas schieflaufen, werde ich dich zur Not von dort wegschleifen. Hast du verstanden?«

Sie schlingt die Arme um meinen Hals und stellt sich auf die Zehenspitzen, um sich einen schnellen Kuss zu stehlen. »Wenn es möglich wäre, würde ich dich dafür noch mehr lieben.«

Ich gebe lediglich ein Brummen von mir.

◆◆◆

Alles in mir begehrt dagegen auf, dass wir uns direkt auf eine drohende Gefahr zubewegen. Meine Instinkte, die nach unserem Pakt noch ausgeprägter sind als zuvor und sich auf Vanya fokussieren, schreien mir zu, dass ich sie verdammt noch mal von hier wegbringen soll.

Ich weiß selbst nicht, warum ich weitergehe. Weiter auf die zerstörte Mauer zu.

Wahrscheinlich weil ich Vanyas Sorge um ihre Landsleute verstehe. Aber sie waren es, die die Mauer aus freien Stücken zerstört haben. Meinetwegen hätten sie den Verlorenen für diese Dummheit in die Arme laufen können …

Wir sind eine Weile unterwegs. Ich habe mich in letzter Zeit öfters zur Mauer aufgemacht, um Vorräte zu kaufen. Vorräte, die von Mal zu Mal teurer und weniger wurden, weshalb ich mich nicht länger mit Vanya in der Hütte verkriechen konnte. Für mich ist der Anblick der Mauer nichts Besonderes. Vanyas Schritte hingegen werden langsamer, je weiter wir uns ihr nähern. Den Kopf in den Nacken gelegt, bleibt sie schließlich stehen.

»Wie hoch ist sie?«, fragt sie.

»Das weiß niemand«, antworte ich. »Hoch genug, damit niemand darüberklettern kann – weder Fae noch Südgander.«

Ihr Blick fällt auf das Loch, das im dunklen Gestein klafft. Es ist riesig. Ich habe keine Ahnung, wie es den Südgandern gelungen ist, die Mauer zum Teil niederzureißen.

»Kanonen«, murmelt Vanya.

»Was?«

Sie wirft mir einen Seitenblick zu. »Es heißt, im Großen Krieg waren Kanonen die einzigen Waffen, die den mächtigen Fae etwas anhaben konnten. Ich wusste nicht, dass es noch welche gibt. Entweder haben die Südgander sie hervorgekramt oder neue gebaut.«

»Das Loch sieht aus, als hätte eine ganze Gruppe Feuerfae ihre Magie auf einen Punkt konzentriert.«

Vanya nickt. »So ähnlich musst du es dir vorstellen. Wir sollten uns von den Kanonen fernhalten.«

»Wir sollten uns *von allem* hier fernhalten.«

»Ich beeile mich, versprochen.«

Es ist eine dumme Idee. Wir sollten nicht hier sein. Erst recht nicht, wenn die Südgander über Waffen verfügen, von denen ich bisher nichts gehört habe. Waffen, die mächtig genug sind, die Mauer niederzureißen.

»Vanya, wir sollten …«

Als ich nach ihrer Hand greifen will, zieht sie sie zurück.

»Wir können nicht umkehren«, sagt sie.

Ich runzele die Stirn. »Wieso?«

Ihr Blick huscht unstet umher. »Ich … glaube, dass …« Sie bricht ab und schüttelt den Kopf. »Nicht so wichtig. Lass mich einfach kurz mit den Kommandanten reden.«

Die Frage, warum Kommandanten einer Armee einer Südganderin aus der Provinz zuhören sollten, liegt mir bereits auf der Zunge, doch etwas hält mich davon ab, sie zu stellen. Vielleicht ist es die Entschlossenheit in Vanyas Blick. Oder ihre leicht veränderte Haltung. Im Moment kommt sie mir nicht vor wie eine Heilerin aus einem fast vergessenen Dorf. Jetzt wirkt sie ... erhaben. So, als wüsste sie genau, dass die Kommandanten ihr Gehör schenken werden.

Diese und ähnliche Veränderungen an ihr sind mir bereits öfter aufgefallen. Meistens wenn sie sich zwischen den hochgeborenen Fae bewegen oder im Saal mit dem König tanzen musste. Wann immer sie sich zwischen Adligen oder Höhergestellten bewegte, wirkte sie ... anders. Nicht mehr wie die Vanya, die auf meinem Sofa lümmelte und durch meine Bücher blätterte. In diesen Momenten war sie eine von *denen* – den Adligen und Hochgeborenen.

Ich habe diesen Gedanken stets beiseitegeschoben und mir gesagt, dass sie eine Rolle spielte, weil sie zwischen den gefährlichen Fae überleben musste. Aber nun gelingt es mir nicht, den Gedanken zu verdrängen. Nun betrachte ich meine Südganderin an, als sähe ich sie zum ersten Mal.

»Was ist?«, fragt Vanya, als sie meine musternde Miene bemerkt.

»Als du in Südgand warst«, setze ich vorsichtig an, »hast du da wirklich allein in einem Turm gelebt?«

Für den Bruchteil eines Augenblicks entgleiten ihr ihre Gesichtszüge, doch sie hat sich so schnell wieder unter Kontrolle, dass ich ihren Ausdruck nicht beschreiben kann.

»Natürlich«, sagt sie mit einem gezwungen wirkenden Lächeln. »Und wenn es uns irgendwann gelingt den Fluch zu brechen, werde ich dir meinen Turm zeigen. Er wird dir gefallen.«

Ich hasse es, dass ich ihre Lügen und Halbwahrheiten heraushören kann. Mit ganzem Herzen wünschte ich, ich könnte ihr glauben und es dabei belassen.

Aber das kann ich nicht. Vor allem jetzt nicht mehr, denn ich spüre ihr ertappt schlagendes Herz neben meinem. Jeder einzelne Schlag versetzt mir einen Stich. Was ist so schlimm, dass sie mir nicht die Wahrheit sagen kann? Ich habe gehofft, dass wir über mangelndes Vertrauen längst hinweg wären.

Seufzend schließt sie für einen Moment die Augen, ehe ich meine nächste Frage stellen kann. »Kenric, ich verspreche, dass ich dir die Wahrheit sagen werde, sobald wir unter uns und in Sicherheit sind. Ich schwöre es auf unseren Pakt. Aber nicht hier. Nicht jetzt. Lass uns zunächst diese Bedrohung abwenden.«

Ich will wissen, wie sie auf die Idee kommt, dass sie dazu in der Lage ist, einen drohenden Krieg zu verhindern. Was an ihr so wichtig ist, dass sie eine Armee zum Umkehren bewegen kann.

Aber jede Frage bleibt mir im Hals stecken, als ich ihr weiter Richtung Mauer folge.

♦♦♦

Sobald wir in Sichtweite der Zerstörung sind, werfe ich einen Verschleierungszauber über uns und ziehe Vanya und Turon hinter einen felsigen Hügel, von wo aus wir unsere Umgebung beobachten können.

Das Loch in der Mauer ist riesig. Groß genug, dass mehrere Truppen samt Verpflegung hindurchpassen. Die Zerstörung, die diese Kanonen angerichtet haben, ist jedoch desaströs. Wie Vanya gesagt hat, stelle ich es mir vor wie die Magie von Feuerfae. Als sie das Gestein der Mauer sprengten, müssen einzelne Brocken unkontrolliert durch die Luft geflogen sein. Einige Unglückliche wurden unter ihnen begraben, wie mir die Arme und Beine verraten, die neben den Brocken hervorschauen. Diesem Umstand haben wir wahrscheinlich zu verdanken, dass die Truppen noch nicht losmarschiert sind.

»Haben die Südgander diese Kanonen seit dem Großen Krieg benutzt?«, frage ich.

»Nicht, dass ich wüsste.«

Kein Wunder also, dass sie Fehler machen. Fehler, die wir zu unserem Vorteil nutzen können. Suchend lasse ich meinen Blick über die verstreut stehenden Soldaten huschen, die sich zum Großteil auf südgander Seite der Mauer befinden. Nur ein paar Einzelne haben sich in die Dunkelheit Nordgands gewagt, die durch das Loch geschmälert wird. Für südgander Augen ist es allerdings nach wie vor dunkel, weshalb sie mit Fackeln bewaffnet sind. Ihr Licht brennt in meinen empfindlichen Augen.

»Ist da draußen was?«, verlangt einer der Soldaten, offenbar ein Befehlshaber, von der sicheren Seite aus zu wissen.

Ein armer Tropf, der wahrscheinlich beim Stöckchen ziehen verloren hat und deshalb auf die andere Seite geschickt wurde, hält zitternd seine Fackel höher. »I-Ich weiß nicht …«

Ich gebe ein Schnauben von mir. Und gegen so etwas hat mein Volk äonenlang Krieg geführt? Einen solch verheerenden Krieg, dass die Götter selbst eingreifen mussten und die Flüche verhängt haben. Wenn ich es darauf anlegen würde, könnte ich die ganze Truppe mit meinen Schatten auslöschen.

Aber die Südgander haben einen entscheidenden Vorteil: Ihre Zahl ist größer als unsere. Sie können sich fortpflanzen und neue Soldaten heranziehen, während ein gefallener

Fae einen herben und unersetzbaren Verlust in unseren Reihen bedeutet.

Ein Donnergrollen zerreißt die Stille, die sich über den feindlichen Truppen ausgebreitet hat. Ängstlich zucken sie zusammen. Ich hingegen schließe resigniert die Augen.

»Was war das?«, flüstert Vanya neben mir.

»Zahid«, antworte ich. »Er ist fast hier.«

Kapitel 34

✦

VANYA

Ich wage nicht, Luft zu holen. »Wie kann Zahid so schnell hier sein?«

Kenric zuckt mit den Schultern. »Wenn ich mich einer Bedrohung und offenen Kriegserklärung gegenübersähe, würde ich sicherstellen, meine Gegner mit einem Schlag zu vernichten. Zahid wird seine kampffähigen Fae um sich geschart und sie mit Mana vollgepumpt haben. Derart gestärkt ist es für sie ein Leichtes, die Strecke zur Grenze schnell zurückzulegen.«

Ich schlucke angestrengt. *Vollgepumpt mit Mana.* Das bedeutet, dass Marthel ... dass sie vielleicht ... Ich balle die Hände zu Fäusten und schlage auf den Felsen vor mir ein. Verdammt! Wenn Zahid der armen Marthel sämtliches Blut entzogen hat, werde ich ihm das nie verzeihen!

Ich mahne mich zur Ruhe. Im Augenblick kann ich Marthel nicht helfen, aber ich kann dafür sorgen, dass kein weiteres Blut vergossen wird. Darauf muss ich mich jetzt konzentrieren; auf nichts anderes.

Ich erhebe mich und verlasse Kenrics schützende Schatten, was mir ein wütendes Fluchen meines Faes einbringt. Doch davon lasse ich mich nicht abhalten. Mit gerecktem Kinn und von mir gestreckten Händen, um zu zeigen, dass ich unbewaffnet bin, nähere ich mich den Truppen. Fünkchen befehle ich, heller zu leuchten, damit sie mich aus einiger Entfernung sehen können.

Als sie mich entdecken, werden Befehle gebellt, die ich über meinen wild klopfenden Herzschlag, der in meinen Ohren dröhnt, nicht verstehen kann. Es schlägt nur wenig schneller als Kenrics. Seine Angst vermischt sich mit meiner, trotzdem bleibe ich nicht stehen.

»Ich bin eine von euch«, rufe ich über den Tumult hinweg, den mein Auftauchen ausgelöst hat. »Ich bin hier, um zu reden.«

Der Soldat, der bereits auf nordgander Territorium war, hastet schnell zurück hinter die Mauer und verschmilzt mit dem Rest der Truppen, die nun einen schützenden Wall am klaffenden Loch erschaffen.

»Wer bist du?«, verlangt einer der ranghöheren Offiziere barsch zu wissen.

Vor dieser Frage habe ich mich gefürchtet. Ich spüre, dass Kenric ganz in der Nähe ist. Wahrscheinlich versteckt er sich in seinen Schatten, um die Südgander nicht zu beunruhigen, doch ich weiß, dass er da ist.

Und er wird mich hören.

Aber ich darf nicht zurückweichen. Wenn ich nichts tue und mein Geheimnis wahre, könnte ein erneuter Krieg ausbrechen. Ich habe die Möglichkeit, das zu verhindern.

Ich räuspere mich und recke das Kinn. »Ich bin Ela–«

Neben mir schlägt ein gleißender Blitz ein. Seine Druckwelle holt mich von den Füßen und schleudert mich ein Stück zur Seite. Aus den zuckenden Blitzen erhebt sich ein Mann und starrt die feindlichen Truppen nieder.

Zahid ist wahrlich durch und durch ein König. Stünde ich auf der südgander Seite, würde ich mir allein bei seinem Anblick in die Hosen machen.

Eine warme Hand legt sich auf meine Schulter, und nur

einen Sekundenbruchteil später höre ich Kenrics vertraute Stimme. »Bist du in Ordnung?«

Ich rappele mich mit seiner Hilfe auf. »Nichts passiert.« Eilig schaue ich zu Zahid. »Aber wir müssen ihn aufhalten.«

Kenric folgt meinem Blick. »Wenn die Südgander schlau sind, bleiben sie auf ihrer Seite der Grenze. Dort kann ihnen kein Fae etwas anhaben.«

Ich kenne nicht den genauen Grund, warum die Truppen an die Grenze marschiert sind und die Mauer niedergerissen haben, aber sie werden nicht dort bleiben. Sie sind hier, um zu kämpfen.

Hinter uns treffen immer mehr Fae ein. Einige werden von magischen Kutschen gebracht, andere erscheinen – ähnlich wie Zahid – aus wirbelnder Magie. Unzählige Augenpaare leuchten im Dunkeln. Sie alle sind auf ihre Feinde, die Südgander, gerichtet.

»Wir müssen hier weg«, raunt Kenric eindringlich. »Wenn die Sache unschön wird – und das *wird* sie –, werde ich nicht zulassen, dass du zwischen die Fronten gerätst.«

Er packt mich am Arm und will mich wegschleifen. Ein Teil von mir will hier verschwinden. Ich spüre das Knistern von Magie, das in der Luft liegt. Ich schaue in die Gesichter der Fae, die bloß darauf warten, nach einer schieren Ewigkeit endlich wieder ihre Magie einsetzen zu dürfen.

Dieser Kampf wird in einem Gemetzel enden. Und die Südgander werden unterliegen, sobald sie dumm genug sind, die Grenze zu überqueren.

»Was bringt euch hierher?«, donnert Zahids Stimme über das Raunen der Anwesenden hinweg. Sofort verstummen alle. Auch ich, obwohl ich gerade Kenric sagen wollte, dass wir unmöglich gehen können.

Als keine Antwort von südgander Seite kommt, blicke ich hinüber zur Grenze. Im fahlen Zwielicht, das jenseits der Mauer herrscht, erkenne ich meine Eltern. Scharf ziehe ich den Atem ein. Sie sitzen zu Pferd und halten sich hinter den ersten Truppen.

»Ich muss zur Grenze«, bringe ich hervor und wende mich an Kenric. Seine Miene wirkt fassungslos. »Du musst mich dort hinbringen. Ich kann diesen Wahnsinn noch aufhalten.«

»Nein, ich werde dich von hier wegbringen!«

Ich kralle beide Hände vorne in sein Hemd. »Bitte, Kenric! Du musst mir vertrauen. Es wird mir nichts geschehen. Ich kann auf mich aufpassen.«

»Wenn eine Seite den Angriff eröffnet, dann …«

»Dann bringst du mich weg«, falle ich ihm ins Wort. »Aber solange es noch nicht dazu gekommen ist, können wir diesen sinnlosen Kampf verhindern.«

Mit einem unwirschen Knurren breitet Kenric seine Schatten über uns aus. »Ich werde nicht zulassen, dass dir etwas zustößt. Aber ich kann auch nicht zulassen, dass meine Landsleute aus einer Laune heraus abgeschlachtet werden.«

Ich bin eher der Meinung, dass meine Landsleute gegen die Magie der Fae den Kürzeren ziehen werden, dennoch lasse ich mich nicht zu einer Diskussion hinreißen, sondern folge ihm im Schutz seiner Schatten direkt zur Mauer.

Als ich schon beinahe den schwarzen Stein berühre, murmelt Kenric: »Näher kann ich dich nicht ranbringen.«

Ich stelle mich auf die Zehenspitzen und küsse ihn, bevor ich seine Schatten verlasse.

Im selben Moment hat einer der Kommandanten genügend Mut gesammelt, um auf Zahids Frage, was dieser Angriff zu bedeuten hat, zu antworten.

»Wir sind hier«, sagt er mit krächzender und vor Angst zitternder Stimme, »weil ihr dreckigen Fae uns unseren wichtigsten Besitz geraubt habt.«

Während ich an der Mauer entlangschleiche und mich so positioniere, dass meine Eltern hoffentlich auf mich aufmerksam werden, grübele ich darüber nach, von welchem Besitz er sprechen könnte, gelange aber zu keinem Ergebnis. Als meine Mutter ihren Blick in meine Richtung schweifen lässt, hebe ich hastig die Arme und wedele mit ihnen. Ihre Augen werden groß, doch es ist ein Soldat ganz in meiner Nähe, der zuerst reagiert.

»Eine Südganderin!«, ruft er erstaunt, als er meine runden Ohren bemerkt. Schon im nächsten Moment hat er mich am Arm gepackt. »Bist du wahnsinnig? Was machst du auf der falschen Seite der Mauer?«

Ich will protestieren, aber er zerrt mich mit einem Ruck, der mich ins Straucheln bringt, auf südgander Territorium.

Dann geschieht so vieles gleichzeitig, dass ich die Übersicht verliere.

Von irgendwo her höre ich noch Mutters harschen Befehl, dass ich auf der Stelle zu ihr gebracht werden soll.

Sobald ich versuche, einen Schritt in Südgand zu machen, explodieren solche Schmerzen in meiner Brust, dass ich schreiend zusammensacke.

Kapitel 35

✦

KENRIC

Vanya zur Mauer zu bringen, während um uns herum die Vorstufe eines Kampfes brodelt, ist die dümmste Idee, der ich je zugestimmt habe. Aber wie immer, wenn es um sie geht, bin ich außerstande, ihr die Stirn zu bieten. Sobald ich das entschlossene Funkeln in ihren tiefbraunen Augen bemerke, kann ich nicht anders, als ihr zu helfen.

Nervös behalte ich unsere direkte Umgebung in Augenschein, während Vanya an der Mauer entlangschleicht und versucht, irgendwen auf sich aufmerksam zu machen. Mein ganzer Körper ist angespannt; meine Muskeln jederzeit bereit zuzuschlagen, wenn es nötig werden sollte.

Doch als es darauf ankommt, bin ich abgelenkt.

Nur kurz mustere ich Zahids Truppen und entdecke sowohl Paleia als auch Lorienne unter ihnen. Verwundert darüber, was die beiden an der Grenze zu tun haben, achte ich einen winzigen Moment nicht auf Vanya.

Das Nächste, was ich wahrnehme, ist ein versengender Schmerz an meinem linken Handgelenk. Hastig lege ich die rechte Hand darüber, bemüht, die Qualen, deren Ursprung ich nicht kenne, irgendwie zu mindern. Aber es hilft nichts. Dann setzt mein Herz für einen Schlag aus, als mir aufgeht, dass Vanya nicht mehr an der Mauer ist.

Sie ist in Südgand.

Ihr Schreien wird durch das Jubeln der südgander Truppen beinahe erstickt, doch als ich es höre, erwache ich endlich aus meiner Schockstarre.

»Vanya!«

So schnell mich meine Füße tragen, eile ich die wenigen Meter zur Grenze, wobei ich wieder und wieder ihren Namen brülle. Ich kann sie zwischen all den Menschen nicht ausmachen, trotzdem höre ich sie.

Ich wünschte, das würde ich nicht tun, denn ihre qualvollen Schreie sind mehr, als ich ertragen kann.

Mit ausgestreckten Armen will ich die südgander Truppen wegstoßen, die einen Wall an der zerstörten Mauer gebildet haben und sich gänzlich auf den Fae-König konzentrieren. Mich nehmen sie so gut wie nicht wahr; offenbar denken sie, dass ihnen von mir keine Gefahr droht. Um es dabei zu belassen, schärfe ich meinen Schatten ein, sich zurückzuhalten. Sie begehren gegen diesen Befehl auf, doch darum kann ich mich momentan nicht kümmern. Ich weiß nur, dass ich zu Vanya muss – auf der Stelle! – und dass ich dabei keine Magie nutzen darf, um nicht der Funke zu sein, der einen neuen Krieg entfacht.

Als die südgander Soldaten mich weiterhin nicht passieren lassen wollen, schiebe ich sie gewaltsam beiseite. Mit dem rechten Arm komme ich auf die andere Seite. Zum ersten Mal spüre ich die Wärme der Sonne, die sich jedoch sofort in ein schier unerträgliches Brennen wandelt.

Mit einem Aufschrei ziehe ich den Arm zurück. Da ich Vanya meine Armschiene für ihr rechtes Handgelenk überlassen habe, übersäen nun Brandblasen die ungeschützte Haut.

Mit Schrecken schaue ich auf den Schaden, den dieser winzige Moment in Südgand bei mir ausgelöst hat, ehe mein Blick wieder zu Vanya fliegt.

Nun entdecke ich sie. Sie ist umgeben von einigen Soldaten und Menschen auf Pferden, die mit einer Mischung aus Verwirrung und Entsetzen auf sie hinabsehen, während sie sich auf dem Boden krümmt und ohne Unterlass schreit.

Dann verstummt ihr Schreien plötzlich, und für einen schrecklich langen Augenblick spüre ich ihren Herzschlag nicht mehr in meiner Brust.

Nun kann ich meine Schatten nicht mehr im Zaum halten. Und ich will es auch nicht. Sie brechen beinahe gewaltsam aus mir hervor, kriechen in mir empor und rufen meine andere Gestalt auf den Plan. Normalerweise wehre ich mich dagegen, doch diesmal heiße ich sie willkommen.

Umgeben von wabernden Schatten stürme ich in feindliches Gebiet.

♦♦♦

Panisch machen mir die Soldaten in vorderster Reihe Platz. Einige reißen in ihrer Hektik diejenigen, die neben ihnen stehen, von den Füßen. Ich kümmere mich nicht darum. Ich kümmere mich um gar nichts. All meine Sinne sind auf Vanya fokussiert, die regungslos im Schlamm liegt.

Dank meiner Schatten bin ich vor der Sonne geschützt, doch ich spüre, dass sie sich Stück für Stück durch meinen Schutz hindurchfrisst. Lange werde ich nicht durchhalten, ohne zu verbrennen. Ich beschleunige meinen Schritt.

Eine Frau auf einem weißen Pferd entdeckt mich als Erste. Nur kurz sehe ich ihr ins Gesicht und schaue in braune Augen, die mich entfernt an Vanyas erinnern. In denen der Frau befinden sich jedoch weder Güte noch Wissbegierde. Sie sind von einem kalten, starren Holzbraun, das sich für nichts und niemanden erwärmen kann.

Meine Schatten fegen die umstehenden Soldaten beiseite, als ich endlich bei Vanya ankomme. Die beiden Pferde scheuen und buckeln und versuchen, ihre Reiter abzuwerfen. Ich beuge mich über meine Südganderin, hülle sie in meine Schatten ein und hebe sie auf die Arme. So schnell ich es in meiner anderen Gestalt vermag, trage ich sie zurück über die Grenze nach Nordgand. Keiner der Soldaten ist so dumm, sich mir erneut in den Weg zu stellen.

»Haltet ihn auf!«, höre ich die Frau hinter mir rufen.

Doch niemand rührt sich.

Als ich die Grenze überschreite, bin ich mir der Blicke der Fae mehr als bewusst, doch ich blende sie aus. Stattdessen lege ich Vanya so vorsichtig wie möglich ab. Turon ist sogleich neben mir und stupst Vanya winselnd mit der Schnauze gegen die Wange. Irgendwie gelingt es mir, meine andere Gestalt zurückzurufen; lediglich meine Schatten bleiben. Sanft streichen sie über meine leblose Südganderin, als wollten sie sie aufwecken.

Nachdem ich wieder in mein normales Ich geschlüpft bin, löst sich Paleia aus den Reihen der Fae und kniet sich neben mich.

»Ist sie ...?«

»Nein«, knurre ich.

Dabei stelle ich mir die Frage selbst. Ich habe noch nicht genug Mut gesammelt, um Vanyas Atmung zu überprüfen. Krampfhaft konzentriere ich mich auf das schwache, kaum wahrnehmbare zweite Schlagen in meiner Brust.

»Bitte«, murmele ich, während ich ihr eine Haarsträhne aus der Stirn streiche. »Du musst aufwachen.«

Turon gibt ein hohes Fiepen von sich, ehe er sich neben Vanya legt und den Körper gegen ihren drückt.

»Wir brauchen einen Heiler!«, ruft Paleia. Ich zucke beinahe bei ihrer lauten Stimme zusammen. »Sofort!«

»Kein Heiler kann die Auswirkungen des Fluches heilen«, sagt Zahid in einem ruhigen Tonfall, der zusätzlich an meinen gespannten Nerven kratzt. »Das wisst ihr genauso gut wie ich.«

Ich weiß, dass er recht hat. Gäbe es einen Heilzauber gegen die Flüche, wären all unsere Probleme gelöst. Aber keine Magie dieser Welt kommt gegen den Willen der Götter an.

Ich ziehe Vanya in die Arme und lehne die Stirn gegen ihre. »Du kannst mich hören, oder? Wag es ja nicht, mich allein zu lassen! Du musst wieder aufwachen.«

Ihre Lider flattern. Ich halte die Luft an. Dann gibt sie ein Keuchen von sich, bevor sie die Augen öffnet. Ich bin derart erleichtert, dass ich sie fest an mich drücke.

»Mach das nie wieder!«, raune ich ihr ins Ohr.

»Keine Sorge«, krächzt sie. »Hab ich nicht vor.«

Turon bettet den Kopf auf ihren Schoß, während Paleia ihr eine Hand auf die Schulter legt.

»Geht es dir gut, Kind?«, fragt die Fae-Schneiderin.

Ich helfe Vanya in eine sitzende Position.

»Ging schon mal besser«, murmelt sie. Mit einer Hand reibt sie sich über die Brust. »Dass der südgander Fluch derart schlimm ist, hätte ich mir nicht vorgestellt ...«

Als ich meinen Arm zurückziehen will, damit sie allein sitzen kann, fällt ihr Blick auf die verbrannte Haut. Vanya holt scharf Luft. Schnell verberge ich den Arm hinter dem Rücken.

»Was ist da passiert?«, will sie sogleich wissen.

»Wird schon wieder«, sage ich schnell.

»Das ist der nordgander Fluch«, sagt Paleia. »Zumindest

ein Teil davon. Sonne – auch wenn es nur solch wenige Strahlen wie in diesem Zwielicht sind – ist tödlich für uns.« Ihr Blick zuckt zu mir. Ihre grünen Augen funkeln. »Du kannst von Glück reden, dass du deine Schatten hast, Junge. Einer von uns anderen Fae hätte der Sonne nichts entgegenzusetzen.«

Ich zucke mit den Schultern. »Ewig hätte ich mich auch nicht mehr auf der südgander Seite aufhalten können, denn ...«

Hinter uns wird ein Tumult laut. Die Härchen in meinem Nacken stellen sich auf, als ich überdeutlich die Worte »Monster« und »Ungeheuer« als Raunen aus den südgander Reihen höre. Auch Vanya entgeht es nicht, wie mir ihr wütender Gesichtsausdruck beweist. Sie rappelt sich auf und kann ohne meine Hilfe stehen. Dennoch lasse ich einen Arm um sie geschlungen. Ihr Herz wieder kräftig neben meinem schlagen zu spüren, genügt mir nicht; ich muss sie berühren, um sicher zu sein, dass es ihr gut geht.

Vanya versteift sich, als ich Hufgetrappel hinter mir höre. Erst da drehe ich mich um. Die südgander Truppen haben sich neu formiert. Anstatt sich auf den Fae-König und dessen Truppen zu konzentrieren, starren sie mich an. An vorderster Front stehen nun die beiden Reiter. Vorhin hatte ich nur einen flüchtigen Blick für sie übrig. Nun geht mir auf, dass es sich bei ihnen um das Königspaar Südgands handeln muss. Sie tragen goldene Rüstungen, die im Zwielicht schimmern, ebenso wie die Kronen auf ihren Häuptern.

»Du Monster!«, zischt die Frau, deren Blick mich zu erdolchen versucht. »Du wagst es, unseren wertvollsten Besitz zu rauben?«

Ich blinzele verwirrt ob dieser Anschuldigung. Dann fällt

mir die entfernte Ähnlichkeit der Frau zu Vanya wieder ein. Ob Vanya ihre Tochter ist? Aber wenn es sich bei den beiden Reitern wirklich um das südgander Königspaar handelt, dann wäre Vanya ...

Zögerlich betrachte ich sie von der Seite. Zwar klammert sie sich an meinen Arm, aber ich sehe deutlich an ihrer Haltung, dass sie sich auf eine Konfrontation einstellt.

Nein, sage ich mir. Es kann nicht um sie gehen. Die Frau spricht von dem wertvollsten Besitz der Südgander. Ich liebe Vanya von ganzem Herzen, aber sie ist eine normale junge Frau. Unmöglich, dass sie ...

Vanya macht sich von mir los, geht einen Schritt auf die Reiterin zu und reckt das Kinn. Noch bevor sie den Mund öffnet, weiß ich, dass gleich etwas geschieht, was mich bis in die Knochen erschüttern wird. Ich strecke die Hand aus, um sie zu mir zurückzuziehen. Um sie daran zu hindern, etwas zu sagen, doch ich bin wie erstarrt.

»Ich bin freiwillig hier«, sagt Vanya laut genug, dass sowohl die Fae als auch die Südgander in vorderster Reihe sie hören können. »Und ich werde nicht zurückkehren.«

»Du dummes Ding!«, zischt die Frau.

Vanya zuckt unter dieser barschen Erwiderung zusammen. Sofort bin ich an ihrer Seite, um ihr allein durch meine Anwesenheit neue Stärke zu verleihen.

Der bohrende Blick der Frau fällt auf mich. »Wenn du sie noch einmal anrührst, werde ich dafür sorgen, dass du nie wieder etwas anrührst, Monster!«

Ich gebe ein Grollen von mir, doch Vanya hält mich zurück. »Er ist kein Monster«, sagt sie erstaunlich ruhig. »Und du hast ihm gar nichts zu befehlen.«

Die Frau schnaubt. Auch dieser Laut erinnert mich irgendwie an Vanya. Die Anzahl der Unterschiede ist sehr viel größer, dennoch fallen mir mehr und mehr Kleinigkeiten auf, die die beiden Südganderinnen verbinden.

»Es steht dir nicht zu, mir zu widersprechen«, schilt sie. Es klingt, als hätte sie das schon sehr oft gesagt. »Du hast zu gehorchen. Sei ein fügsames Kind.«

»Selbst wenn ich das wäre«, entgegnet Vanya, greift dabei nach meiner Hand und verschränkt die Finger mit meinen, »wäre es mir unmöglich, zurück nach Südgand zu gehen. Du siehst, ich bin freiwillig hier und habe nicht vor, daran etwas zu ändern.«

»Aber Blümchen.«

Zum ersten Mal meldet sich der Mann zu Pferd zu Wort. Er ist von untersetzter Statur, und es würde mich nicht wundern, wenn ihm drei Männer dabei helfen mussten, in den Sattel zu kommen. Im Gegensatz zur Frau wirkt sein Gesicht weich; ihm fehlen die Härte und Schärfe im Ausdruck.

Vanyas Hand zittert bei der vertraulichen Anrede. *Blümchen.* Ich verspürte nie das Bedürfnis, Vanya einen Kosenamen zu geben. Ihr Name und »Liebste« reichen mir völlig. Aber wenn ich einen hätte wählen müssen, wäre »Blümchen« wohl einer der letzten, der mir in den Sinn gekommen wäre. Zwar arbeitet Vanya liebend gern mit Blumen und Kräutern, aber diese Verniedlichung passt nicht zu der starken, unnachgiebigen und sturen jungen Frau, die mir mein Herz gestohlen hat. Vielmehr lässt »Blümchen« sie klein und schutzlos wirken.

Der Mann streckt begütigend die Hand aus, als wolle er einen Hund zu sich locken. »Blümchen, es ist noch nicht zu spät. Wir haben lange nach dir gesucht. Du musst zurück nach Hause. Seit du weg bist, ist alles … anders.«

»Was meinst du mit ›anders‹?«, fragt Vanya nach einem kurzen Zögern.

»Hör nicht auf sie!«, grolle ich.

Wütend starre ich die beiden Reiter nieder. Am liebsten würde ich auf sie losgehen, damit sie Vanya nie wieder irgendwelche Schuldgefühle einreden können.

Der Blick der Königin fällt auf mich, dann auf unsere verschlungenen Hände, ehe er zu meinem Gesicht zurückkehrt. »Tötet das Ungeheuer«, befiehlt sie in einem ruhigen, beinahe geschäftigen Tonfall ihren Soldaten.

»Nein!« Vanya reißt sich von mir los und stellt sich mit ausgebreiteten Armen vor mich. »Ich werde nicht zulassen, dass du ihm etwas antust.«

Doch die Königin zeigt sich unbeeindruckt. »Und bringt mir meine Tochter. Mit allen Mitteln.«

Tochter. Also ist Vanya tatsächlich eine Prinzessin Südgands? Aber wieso sollte eine Prinzessin freiwillig nach Nordgand reisen?

Einige Soldaten bringen eiserne Vorrichtungen in Position, bei denen es sich um die Kanonen handeln muss. Sie richten die kreisrunden und pechschwarzen Mündungen auf die versammelten Fae.

»Kommst du freiwillig zurück, Elavanya?«, fragt die Königin. »Ansonsten zwingst du mich, das Feuer zu eröffnen.«

Vanyas Kopf ruckt zu den Fae herum. Zu Paleia. Zahid. Und all den anderen, die sie flüchtig kennt. »Ich *kann* nicht zurück«, sagt sie leise.

»Dann lässt du mir keine Wahl.«

Die Königin hebt die Hand, woraufhin die Soldaten riesige Kugeln herbeitragen, die sie in die Mündungen der Kanonen stopfen.

Panisch huscht Vanyas Blick von den Fae zu mir. »Es tut mir leid.«

Bevor ich sie fragen kann, was sie damit meint, entwendet sie mir meinen Dolch, den ich in einer Scheide am Gürtel trage, und stürzt nach vorn – direkt auf das Loch in der Mauer zu. Ich setze ihr nach, um sie davon abzuhalten, erneut die Grenze zu überschreiten, doch sie stoppt auf der nordgander Seite der Mauer. Hastig kniet sie sich hin und schneidet sich in beide Hände. Der Geruch ihres Blutes lässt mich straucheln. Hinter mir wird ein Zischen laut, als auch die anderen Fae Vanyas Blut riechen. Gefangen zwischen dem Drang, Vanya von was auch immer abzuhalten und mich den Fae entgegenzustellen, bleibe ich für einen kurzen Moment stehen. Fieberhaft überlege ich, welche Gefahr die größere ist. Doch bevor ich eine Antwort finde, gräbt Vanya beide Hände in die lockere Erde direkt an der Grenze.

Im nächsten Augenblick schießt eine verzweigte Dornenhecke aus dem Boden empor.

Bis auf das Knarzen der Hecke, die sich um das Loch in der Mauer stärker verzweigt, und das panische Wiehern der beiden Pferde in der vordersten Reihe, herrscht eine totengleiche Stille.

Reglos sehe ich dabei zu, wie die Hecke – ausgehend von Vanyas Händen in der Erde – weiter emporwächst, bis sie die Sicht auf die feindlichen Truppen nahezu komplett abschirmt und das Loch, das die Kanonen in die Mauer gerissen haben, verschließt.

Ich kann nicht glauben, was sich da gerade abspielt. Ich kenne die Einzelheiten – Südganderin, Prinzessin und nun eine Dornenhecke, die zweifelsohne durch Magie erschaffen wurde –, aber mein Kopf weigert sich vehement, die einzig richtige Schlussfolgerung zu ziehen. Es *kann* nicht wahr sein. Vanya ist unmöglich …

»Die hundertste Prinzessin.«

Ich weiß nicht, welcher Fae es ausspricht. Vielleicht Zahid selbst. Ein Zittern erfasst mich, als die Wahrheit in mein Bewusstsein sickert und ich sie tatsächlich begreife. Glauben kann ich sie immer noch nicht.

Vanya erhebt sich und dreht sich langsam zu uns um. Ihr erster Blick gilt mir. Stumm flehe ich sie an, irgendetwas zu sagen. Irgendetwas vorzubringen, um den Vorwurf, sie sei die hundertste Prinzessin, zu entkräften. Aber ihre Augen wirken leer, ihre Miene ist resigniert und ihre Haltung jeglicher Willensstärke beraubt.

»Sie war die ganze Zeit über hier.«

Diesmal erkenne ich Zahids Stimme. Und endlich weiß ich, was ich zu tun habe.

Ich stelle mich breitbeinig zwischen Vanya und die Truppen der Fae, den Blick fest auf Zahid gerichtet. Turon nimmt knurrend neben mir Aufstellung.

»Um sie zu kriegen«, grolle ich, »müsst ihr erst an mir vorbei.«

Zahid verzieht spöttelnd den Mund. »Sei nicht dumm, Junge.«

Beinahe muss ich darüber lachen. Vor nicht allzu langer Zeit habe ich mir geschworen, nie wieder dumm zu sein. Mich nie wieder auf jemanden einzulassen, um nicht erneut verletzt zu werden. Nun stellt sich heraus, dass die Frau, die ich liebe und mit der ich einen Pakt eingegangen bin, die Einzige ist, die die Flüche brechen kann.

Kurz höre ich in mich hinein, doch da ist keine Stimme, die mir zuflüstert, dass ich dumm sei oder einen weiteren

Fehler gemacht hätte. Ich stehe hier, aus freiem Willen, weil es das einzig Richtige ist.

Wenn es sein muss, werde ich Vanya bis zum letzten Atemzug beschützen.

Und dass es dazu kommen wird, steht außer Frage. Dazu muss ich bloß einen Blick in die Mienen der Fae werfen, die Vanya beäugen, als wollten sie sich sofort auf sie stürzen. Befeuert durch den Geruch ihres Blutes, der noch schwer in der Luft liegt und in uns Fae unsere finstersten Abgründe hervorbringt, heizt sich die Spannung weiter auf.

»Wenn ihr sie anrührt ...«, meine Stimme wird fast von meinen Schatten verschluckt, als ich in meine andere Gestalt wechsele, »... werde ich euch Stück für Stück auseinandernehmen.«

Normalerweise überlagert meine Magie in dieser Form völlig meinen Geist. Ich bin zum Zuschauen verdammt, während meine Schatten meine Bewegungen und mein Handeln steuern. Doch wie vorhin, als ich meine andere Form nutzte, um Vanya aus Südgand zurückzuholen, ist mein Geist auch jetzt völlig klar. Meine Schatten und ich existieren nebeneinander, ohne dass einer von beiden den anderen in den Hintergrund drängt.

Einige meiner Schatten strecken sich nach hinten aus und sind erst zufrieden, als sie Vanyas Berührung spüren. Sie zittert, und ich kann es ihr nicht verdenken. Würde uns nicht eine verdammte Armee aus zischenden und nach ihrem Blut gierenden Fae gegenüberstehen, würde ich sie an mich ziehen, um sie zu beruhigen, während ich gleichzeitig mit ihr schimpfe, warum sie es mir nicht früher gesagt hat. Ob sie befürchtete, ich würde sie ausliefern? Der Gedanke setzt mir so sehr zu, dass ich mit den Zähnen knirsche.

Hinter uns ertönt ein schier ohrenbetäubender Knall. Ich wirbele herum. An einigen Stellen glimmt Glut in der Hecke und Rauch tritt zwischen den Ästen hervor, doch sie hält einem Kanonenbeschuss stand. Wie *lange* sie halten wird, wenn die Südgander sie weiter beschießen, ist eine andere Frage.

Meine Aufmerksamkeit richtet sich schließlich auf Vanya, die etwa einen Meter hinter mir steht. Blut tropft von ihren Fingern. Um ihre Füße hat sich ein kleines Blumenmeer gebildet, dessen Farbe auf dem kargen Boden schier leuchtet.

»Mein König«, säuselt Jeontin, Zahids engster Vertrauter, als er sich neben ihn stellt. »Seht Ihr das auch? Mit ihrem Blut erschafft sie neues Leben. Wir sollten jetzt jeden Tropfen vergießen, um den Fluch zu brechen.«

Ich wirbele zu ihm herum und lasse meine Schatten auf ihn los. Der feiste Berater reagiert zu langsam, sodass ich ihn zu fassen kriege. Kreischend versucht er, meine Schatten abzuschütteln, aber auch ohne meinen direkten Befehl winden sie sich enger um ihn und drücken ihm zusehends die Luft ab.

»*Niemand* rührt sie an.« Meine Stimme bebt vor unterdrücktem Zorn.

»Du willst ihr Leben schützen und dafür uns alle verdammen?«, fragt Zahid laut genug, damit jeder anwesende Fae ihn verstehen kann.

Die Gesichter der Fae verfinstern sich. Selbst Paleia mustert mich mit einer Mischung aus Unverständnis und Widerwillen.

Dass die anderen Fae mich ablehnen, ist für mich nichts Neues, aber ihre Zurückweisung trifft mich. Sie war so etwas wie eine Mutter für mich und ich hatte stets den Eindruck, dass sie Vanya mag und sich für uns freut. Schließlich war es

Paleia, die Vanya und mir einen Schubs in die richtige Richtung gegeben hat – mehrmals.

Obwohl in dieser Gestalt mein Körper fast von Schatten verschlungen wird, leuchtet Vanyas Name in einem hellen Violett auf meinem linken Handgelenk.

»Wir haben einen Pakt«, sage ich, während ich die rechte Hand schützend auf ihren Namen lege. »Es ist mir egal, wer oder was sie ist. Oder was ihr in ihr seht. Ich werde niemals zulassen, dass ihr etwas geschieht. Es ist meine Pflicht, sie vor jedem Unheil zu bewahren. Diesen heiligen Pakt werde ich nicht brechen – auch nicht für die hundertste Prinzessin.«

»Dann hast du gerade dein eigenes Todesurteil unterzeichnet.«

Ohne mir die Möglichkeit zu einer Erwiderung zu lassen, schießt Zahid einen Blitz auf mich ab. Aus der Tatsache, dass ich diesem Angriff leichtfüßig ausweichen kann, schließe ich, dass es ein Warnschuss war, bevor er mich tatsächlich angreifen wird.

»Letzte Chance, mir aus dem Weg zu gehen, kleiner Bruder.«

Ich blecke bei dieser Anrede die Zähne, stelle die Füße ein Stück weiter auseinander und stelle mich auf den ersten wahren Angriff ein.

Ich schaue zu Paleia, die in der vordersten Reihe steht. Ich kann ihre Miene unmöglich deuten, aber etwas darin ist anders als zuvor. Als sich unsere Blicke kreuzen, forme ich stumm mit den Lippen ein Wort: *Bitte.* Sie zögert, ringt mit sich, doch schließlich nickt sie.

»Du gehst mit Paleia und versteckst dich«, sage ich an Vanya gerichtet, ohne Zahid aus den Augen zu lassen. »Turon, du begleitest sie und passt auf sie auf.«

Mein Hund kläfft zustimmend. Bloß von Vanya kommt Protest, aber damit habe ich gerechnet.

»Ich werde dich nicht allein lassen!«

Ich habe nicht die Zeit, um mit der sturtsten Person zu diskutieren, die ich kenne. Stattdessen nutze ich meine Schatten dazu, sie einige Meter weit wegzuschleudern. Sie umschließen Vanya und fangen ihren Sturz ab.

»Holt sie euch«, befiehlt Zahid seinen Untergebenen, ehe er sich auf mich stürzt.

Kapitel 36

VANYA

Ich verfluche Kenrics Schatten, die mich weggeschleudert haben. Zwar wurde ich dabei nicht verletzt, aber es geschah gegen meinen Willen. Nun muss ich aus der Ferne dabei zusehen, wie Zahid seine Blitze auf Kenric niedergehen lässt. Die Druckwelle des ersten Angriffs spüre ich selbst hier. Das Blut gefriert mir in den Adern, während ich ängstlich die Hände ringe.

Am liebsten wäre ich zu ihm gerannt. Keine Ahnung, ob ich ihm eine Hilfe wäre. Doch hilflos zu beobachten, wie Kenric sich diesem übermächtigen Gegner stellt, ist schlimmer als alles andere.

Turon zerrt an meinem Hosenbein und will mich in die entgegengesetzte Richtung ziehen – weg von Kenric. Meine Füße bewegen sich nicht. Wie in Schockstarre bleibe ich stehen und kann den Blick nicht von dem tobenden Kampf an der Grenze abwenden. Ich erkenne kaum etwas – bloß zuckende Blitze und tosende Schatten –, trotzdem weiß ich, dass Kenric gerade wegen mir diesen sinnlosen Kampf ausfechten muss.

Er wird womöglich sein Leben verlieren, weil ich zu viel Angst hatte, ihm die Wahrheit zu sagen.

Tränen fließen heiß über meine Wangen, ehe sie sich in kühle, zarte Blütenblätter verwandeln und langsam zu Boden segeln.

Ich umklammere mein linkes Handgelenk, wo sein Name unter der ledernen Armschiene verborgen ist. *Meinetwegen.* Es ist alles meine Schuld. Weil ich zu feige war. Weil ich unwürdig bin. Weil meine Schultern nicht stark genug sind, um die Last der Schicksale beider Reiche zu tragen.

Ich hätte ihm viel früher die Wahrheit sagen sollen. Ich hätte viel früher etwas gegen die Flüche unternehmen sollen, wie es meine verdammte Pflicht als hundertste Prinzessin ist.

Stattdessen habe ich mich gegen dieses Schicksal gewehrt und verzweifelt nach einem Besseren gesucht. Schlussendlich habe ich es gefunden.

Und nun muss ich aus der Ferne bezeugen, wie mein gefundenes Schicksal – der Mann, den ich von ganzem Herzen liebe – meinetwegen kämpft und vielleicht ... stirbt.

Jemand reißt an meinem Arm. Das Nächste, was ich wahrnehme, ist eine schallende Ohrfeige, die meinen Kopf zur Seite rucken lässt.

»Wenn du dann damit fertig bist zu flennen und dich selbst zu bemitleiden, sollten wir von hier verschwinden.«

Eine Hand an meine heftig pochende Wange gelegt, schaue ich zu Paleia auf, die mich schier mit ihrem finsteren Blick erdolcht. Ich sinke darunter noch mehr zusammen.

»Du hilfst niemandem, wenn du hier rumstehst wie auf dem Präsentierteller.« Ihre Stimme ist gnadenlos. »Kenric am allerwenigsten. Er kämpft dort drüben für dich. Er riskiert sein verdammtes Leben. Was glaubst du, wie es ihm gehen würde, wenn du hier bloß rumstehst und darauf wartest, dass die anderen Fae dich schnappen? Dann wäre sein Opfer umsonst.«

Ich schlucke angestrengt, doch mein Hals ist wie zugeschnürt. *Sein Opfer.* Glaubt Paleia etwa auch, dass Kenric keine Chance hat? Dass er ... meinetwegen ...?

Krampfhaft konzentriere ich mich auf die Fae-Schneiderin. »Aber ... was soll ... ich ...?«

»Reiß dich zusammen, verdammt noch mal!« Sie packt mich an beiden Schultern und schüttelt mich so heftig, dass ich mit den Zähnen klappere. »Ich habe vorhin mit eigenen Augen gesehen, wie du eine riesige Mauer aus Dornenranken erschaffen hast. Du bist alles andere als wehrlos. Aber hier wird uns weder deine noch meine Kraft etwas nützen.«

Ich schaue hinter Paleia. Schätzungsweise zwanzig, vielleicht auch mehr Fae haben zu meiner Verfolgung angesetzt. Die übrigen umringen Kenric und Zahid und schirmen ihre Magie mit einer Art Schutzschild ab, damit die beiden mächtigen Kämpfer nicht die gesamte Umgebung in Schutt und Asche legen und vielleicht sogar meine Dornenmauer niederreißen.

Meine Verfolger sind bereits ganz nah ... Ich taumele einen Schritt zurück und sehe mich um. Das Gebiet ist zwar hügelig, allerdings entdecke ich nirgends eine Höhle oder ein sonstiges Versteck.

»Lauf«, sagt Paleia. »Ich werde sie eine Weile beschäftigen.«

Sie dreht sich um. Im nächsten Moment lässt sie einen Schwall Wasser auf unsere Verfolger niedergehen. Ich erinnere mich dunkel daran, dass sie mir einst erzählt hat, über Wassermagie zu gebieten – damals als es noch genügend Mana für alle Fae gab.

Turon drückt seinen Körper gegen meine Beine und bringt mich damit dazu, mich endlich zu bewegen. Ich haste herum und renne in die entgegengesetzte Richtung – weg von Paleia und den anderen Fae.

Bei jedem Schritt wirft mir eine fiese Stimme vor, dass ich nun einen weiteren Fae in Gefahr bringe. Noch dazu meine einzig wahre Freundin, die ich während meiner Zeit in Nordgand gefunden habe.

Die Stimme wird zunehmend lauter, als ich vergebens nach einem Versteck suche. Tief in mir weiß ich, dass es nirgendwo eines gibt, in dem ich mich vor den Fae verbergen kann. Nun, da sie zeitweilig über Mana verfügen, werden sie mich überall aufspüren. Sie werden nicht aufgeben, denn ihnen ist klar, was für sie auf dem Spiel steht.

Wenn sie mich sowieso früher oder später kriegen ...

Ich bleibe stehen. Turon knurrt mich an, als wolle er mir sagen, dass ich gefälligst die Beine in die Hand nehmen soll, doch ich schüttele den Kopf.

»Nein«, wispere ich. »Das ist ... Das ist falsch. Ich sollte nicht davonlaufen. Ich sollte nicht zulassen, dass andere für mich den Kopf hinhalten – erst recht nicht diejenigen, die mir wichtig sind.« Ich balle die Hände zu Fäusten. Der Schmerz der Schnitte in den Handflächen schießt meine Arme hinauf und bringt mich endlich zur Vernunft. »Ich bin noch nie davongelaufen. Und ich werde jetzt nicht damit anfangen.«

Ich drehe mich um und entdecke Paleia, die von einigen Fae eingekreist wurde. Die anderen haben sich von der Gruppe getrennt, um mir hinterherzujagen. Es sind sieben.

Sieben magiebegabte Fae. Ich werde keine Chance gegen sie haben. Dennoch ist jede Angst aus meinem Inneren verschwunden, als hätte sie sich mit der ausgesprochenen Wahrheit in Luft aufgelöst. Ich recke das Kinn und greife nach

Kenrics Dolch, den ich mir vorhin in aller Eile in den Gürtel gesteckt habe. Die Wunden in den Handflächen habe ich schnell wieder genug geöffnet, damit frisches Blut auf den ausgedörrten Boden tropfen kann.

Die Fae verlangsamen ihre Schritte, als sie die frischen Blumen entdecken, die meine Füße umgeben und sich von den immer neuen Blutstropfen nähren. Ich balle die Hände zu Fäusten, unterbreche das stetige Tröpfeln, woraufhin sie nach und nach eingehen und zu Staub zerfallen.

»Ich warne euch«, rufe ich den Fae zu, die mit offenen Mündern angehalten haben. Einige lecken sich hungrig über die Lippen. In ihren Augen blitzt die blanke Gier. »Ich werde es euch nicht leicht machen.«

»Das kümmert uns nicht«, entgegnet ein Fae, den ich noch nie zuvor gesehen habe.

Kaum dass er fertig gesprochen hat, schleudert er mir einen Feuerball entgegen. Ich hechte zur Seite und rolle mich im Staub ab. Zähneknirschend rappele ich mich auf. *Feuer.* Die denkbar schlechteste Magie, um meinen neu gefundenen Mut auf die Probe zu stellen.

Es gibt einen Teil von mir, der von meinem Mut alles andere als überzeugt ist. Der mich anfleht, endlich zu verschwinden und irgendwo Schutz zu suchen. Der nicht verstanden hat, dass es keinen Schutz gibt. Und keine Zukunft für mich, sollte Kenric etwas zustoßen. Trotzdem drängt dieser Teil sich in den Vordergrund und bringt mein Herz dazu, wie wild zu schlagen. Ich wünschte, es würde langsamer schlagen. Kenric wird es ebenfalls spüren und vielleicht dadurch abgelenkt sein, weil er denkt, dass ich in Schwierigkeiten bin.

Das bin ich zweifelsohne. Aber ich werde nicht darauf warten, dass er mich rettet.

Ich werde alles mir Mögliche unternehmen, um mich selbst zu retten.

Mit einem verschlagenen Grinsen beschwört der Fae einen weiteren Feuerball, der zuckend über seinen ausgestreckten Fingern tanzt. Die anderen ebenfalls grinsenden Fae beobachten uns aus sicherer Entfernung. Es ist, als warteten sie bloß darauf, dass ich weinend und flehend zusammenbreche.

Aber darauf können sie lange warten.

Als der Feuerfae einen Schritt auf mich zu macht, gehe ich in die Hocke und grabe die Hände in den lockeren Boden. Zielgenau führe ich meine Ranken zu dem Punkt, wo sein Fuß eine Sekunde später auftritt.

Meine Dornenranken schießen aus dem Boden, zerfetzen seinen Fuß und sein Bein und schleudern ihn zurück. Schreiend bleibt er liegen; sein Feuerball verpufft.

Als Heilerin wird mir zum Glück nicht schlecht beim Anblick des ganzen Blutes und der offenen Haut, trotzdem fühle ich mich hundeelend. Es ist meine Aufgabe, die Leiden anderer zu lindern – nicht ihnen welche zuzufügen. Allein das Wissen, dass die Fae über herausragende Heiler verfügen, die diese Verletzung in Windeseile vergehen lassen, hindert mich daran, völlig in Schuldgefühlen zu versinken.

Ranken winden sich meine Arme hinauf, als ich mich vom Anblick des Verletzten losreiße und zu den anderen Fae schaue. »Wer ist der Nächste?«

Ich bin stolz darauf, dass meine Stimme nicht zittert und nichts von meinem inneren Zwist preisgibt.

Wieder ertönen Kanonenschläge. Ihr Knallen klingt aus der Entfernung gedämpft, dennoch mache ich den Fehler und schaue zur Mauer, aus Angst, meine Hecke könnte den Angriffen nicht mehr standhalten. Diesen Augenblick nutzen die anderen Fae, um mir ihre Magie entgegenzuschleudern.

Ich weiche Windböen aus und kontere das Beben unter meinen Füßen mit meinen Ranken. Einer der Fae scheint über die Gabe der Schnelligkeit zu verfügen, denn er ist plötzlich hinter mir. Er packt mich und dreht mir die Arme auf den Rücken.

»Ich hab sie!«, ruft er triumphierend seinen Kumpanen zu.

»Träum weiter«, knurre ich.

Meine Ranken springen auf ihn über, legen sich um seine Hände und die Unterarme und schneiden ihm ins Fleisch. Bei seinem Kreischen habe ich Angst um mein Trommelfell, doch ich befehle meiner Magie, noch vehementer vorzugehen, bis ich spüre, wie die Dornen über einen festen Widerstand schaben. *Knochen.* Erst dann lasse ich von dem Fae ab, der wie der Feuerfae zuvor schreiend zu Boden sinkt.

Ich hebe den Blick und taxiere die fünf Angreifer, die übrig sind. Sie scheinen nun verstanden zu haben, dass ich alles andere als wehrlos bin. Auch wenn ich nie die Möglichkeit hatte, eine Einheit mit meiner Magie zu bilden, schlagen wir uns bisher ganz gut. Wir haben ein gemeinsames Ziel: Kenric, Turon und Paleia zu retten. Um alles andere – die Rettung der Welt – kümmere ich mich, wenn mein Geliebter, unser treuer Begleiter und meine Freundin in Sicherheit sind.

Und keine verdammte Sekunde vorher.

»Geht mir freiwillig aus dem Weg«, grolle ich, während die Dornenranken meine Arme bis hinauf zur Schulter einhüllen, »oder spürt die Konsequenzen.«

Drei der Fae sind klug genug, den Rückzug anzutreten. So schnell sie ihre Füße tragen, hasten sie zurück Richtung

Mauer, wo nach wie vor der Kampf zwischen Kenric und Zahid tobt.

Nur zwei Fae bleiben zurück. Sie werfen sich unsichere Blicke zu, als ich ihnen erneut meine Aufmerksamkeit schenke. Mir spielt in die Hände, dass auch die Fae seit langer Zeit auf ihre Magie verzichten mussten und nun nicht völlig mit ihr in Einklang sind.

Als die beiden zum Angriff übergehen, schicke ich meine Ranken im Boden aus. Zielsicher kriegen sie die Fae zu fassen.

»Ihr hättet verschwinden sollen«, sage ich.

Ich ziehe die Ranken fester um sie und blende ihre Schreie aus. Töten werde ich sie jedoch nicht. Das könnte ich nicht, selbst wenn mein eigenes Leben davon abhinge. Aber ich vergewissere mich, dass sie mich nicht hinterrücks angreifen können, sobald ich sie hier zurücklasse.

Nachdem ich meine Ranken von ihnen zurückgezogen habe und sie wimmernd und übersät von Wunden im Staub liegen, eile ich zu Paleia, die bereits Unterstützung von Turon bekommen hat. Zähneknirschend stürzt der schwarze Hund sich auf die Fae, die Paleias Wasserzaubern entgehen.

Als ich neben ihr auftauche, schaut sie mich erschrocken an. »Was, bei allen Göttern, machst du hier, Kind?«

»Wonach sieht es denn aus?«, entgegne ich und kümmere mich im selben Atemzug um den Angreifer, der mir am nächsten steht. »Euch helfen, natürlich.«

»Aber du solltest verschwinden!«

»Und euch und Kenric eurem Schicksal überlassen?« Meine Ranken fegen einen feindlichen Fae von den Füßen; die Dornen reißen ihm nicht nur die Hose, sondern auch die Unterschenkel auf. »Ich bin zwar bloß eine Südganderin, aber ich werde euch beschützen, so gut ich kann.«

Mit einem Wasserschwall stößt Paleia drei Angreifer zurück, ehe sie zu mir herumwirbelt und mich an den Schultern packt. Beinahe befürchte ich, erneut von ihr geschüttelt und ausgeschimpft zu werden, doch ihre grünen Fae-Augen leuchten vor Stolz heller als gewöhnlich.

»Du bist mehr als eine Südganderin«, sagt sie.

Ich schnaube. »Ja, die hundertste Prinzessin bin ich dummerweise auch.«

Zu meiner Verwunderung schüttelt Paleia den Kopf. »Das meine ich nicht. Du bist Kenrics Partnerin. Seine Frau. Ein Fae würde seine Partnerin oder seinen Partner niemals im Stich lassen, auch nicht im Angesicht des sicheren Todes. Da du aber keine Fae bist, dachte ich … Ich dachte, es wäre besser, dich wegzubringen. Doch du, Kind«, sie legt mir einen Finger unters Kinn und drückt meinen Kopf nach oben, »hast deinen Wert mehr als bewiesen. Da ich so was wie Kenrics Mutter bin, gebe ich euch mit Freuden meinen Segen.«

Ohne wirklich in die Richtung zu schauen, aus der sich uns ein feindlicher Fae nähert, schicke ich meine Ranken aus, um ihn zu Fall zu bringen. Ich will den Blick nicht von Paleias strahlenden Augen abwenden. Von dem Stolz, den ich darin erkenne. Meine eigene Mutter hat mich nie auf diese Weise angesehen und wird es vermutlich auch nie tun. Deshalb bedeutet mir dieser Blick von Paleia – die irgendwie Schwiegermutter ist – unglaublich viel. Mehr, als ich in Worte fassen kann.

Ich blinzele gegen Tränen an. Diesmal sind es Tränen der Freude. Ebenfalls etwas, was ich bisher nicht kannte.

Dann sehen Paleia und ich uns um. Die Fae, die mir hinterhergeschickt wurden, liegen besiegt und jammernd am Boden oder haben das Weite gesucht.

Ich zögere dennoch. Selbst aus der Entfernung spüre ich die unbeschreibliche Kraft, die beim Kampf zwischen Kenric und Zahid freigesetzt wird. Einer solchen Kraft habe ich nichts entgegenzusetzen. Ich stünde nur im Weg. Aber was kann ich …?

Noch ehe ich den Gedanken zu Ende denken kann, zerschellt meine Dornenhecke unter erneuten Kanonenschlägen. Ich knirsche mit den Zähnen. Die südgander Armee, angeführt von meinen Eltern, hätte ich beinahe vergessen.

Sogleich ziehen sich die Fae in Windeseile weiter zurück. Weit genug, dass ein folgender – zum Glück nicht ausgeführter – Kanonenschuss sie nicht erreichen könnte. Mehrere hundert Meter trennen sie nun von der Grenze.

Doch sobald sie in Sicherheit sind, beginnt der Kampf zwischen Kenric und Zahid von Neuem.

»Geh«, sagt Paleia. »Turon und ich halten euch den Rücken frei.«

Hastig umarme ich die Fae-Schneiderin und den schwarzen Hund. Dann eile ich zurück zur Mauer, wo die südgander Truppen gerade den Überresten meiner Mauer mit Schwertern zu Leibe rücken.

Kapitel 37

✦

KENRIC

Zahids magische Kraft ist überwältigend. Ich wusste, dass er stark ist; allein wegen seiner Abstammung hätte er sich in diesen schwierigen Zeiten nie so lange auf dem Thron gehalten. Das Ausmaß seiner Kraft übersteigt meine Vorstellungen bei Weitem. Ich bin größtenteils damit beschäftigt, mich zu verteidigen, anstatt selbst anzugreifen.

Einige Fae haben eine magische Kuppel um uns errichtet, die unsere Angriffe vor der Umgebung abschirmen. Ich hätte kein Problem damit, meine Schatten auf Zahids Truppen zu hetzen. Doch nun kann ich mich bloß ihm stellen.

Zahid benötigt keine andere Form wie ich, um sich kraftvoll und schnell zu bewegen. Beinahe leichtfüßig weicht er meinen Schattenangriffen aus. Er ist auch so eine Erscheinung, wenn er kämpft. Dabei wirkt Zahid sogar noch erhabener. Noch mächtiger. Noch mehr wie der König der Ewigen Mitternacht.

Zuvor, als er mich »kleiner Bruder« nannte, entging mir nicht das Keuchen aus den Reihen der Fae. Sicherlich gab es Gerüchte, aber die Bestätigung aus dem Mund des Königs selbst zu hören, muss für viele ein Schock gewesen sein.

Ebenso wie die Tatsache, dass sie über längere Zeit hinweg ihre wahre Erlöserin als eine Südganderin, die nicht in Nordgand hätte sein dürfen, direkt vor der Nase hatten.

Zahid lässt seine Blitze auf mich los. Vorhin hat mich einer seiner Angriffe gestreift. Seitdem kann ich die Schulter nicht mehr richtig bewegen.

Vorhin, als Vanyas Herz neben meinem panisch schlug.

Ständig konzentriere ich mich auf ihren Herzschlag, um herauszufinden, ob sie in Sicherheit ist. Ob es ihr gut geht. Ob sie entkommen konnte. Ich verdränge den Gedanken, wohin sie gehen soll, wenn das hier vorbei ist. Wenn ich ... unterliege. Auch Paleia wird sie nicht ewig vor den anderen verstecken können, ganz gleich wie viele Gefallen ihr andere Fae noch schulden.

Ich schleudere meine Schatten auf Zahid, doch er weicht meiner Attacke behände aus.

»Ich hätte mehr von dir erwartet«, tönt er aus sicherer Entfernung. »Du besitzt die Stärke unseres Vaters, aber alles, was du zustande bringst, ist ... ein solch läppischer Angriff.« Mit einem bedauernden Seufzen schüttelt er den Kopf. Sein blondes Haar umzuckt seinen Kopf wie lebendige Blitze. »Er hätte dich niemals in die Welt setzen sollen. Er hätte dieser Frau niemals verfallen sollen.«

Ich schnaube. »Du hast keine Ahnung, wie es ist, jemanden zu lieben. Wie viele Namen stehen bereits auf deinem linken Arm? Wie viele Favoritinnen hattest du, für die du rein gar nichts empfunden hast, außer bloßes Interesse?«

Zahids Mundwinkel heben sich zu einem grotesken Grinsen, bei dem es mir eiskalt den Rücken hinunterläuft. »Und weiter? Als könntest du mir etwas von Liebe erzählen! Du, dessen linker Arm von Brandnarben verschandelt ist.«

Lass seine Worte nicht an dich heran, schärfe ich mir ein. Ein Blick auf mein linkes Handgelenk genügt, um diesen Vorsatz umzusetzen. *Elavanya* leuchtet dort violett inmitten von schwarzen Schatten.

»Ich weiß sehr viel mehr davon als du«, gebe ich zurück.

Ich springe zur Seite, um Zahids erneutem Angriff auszuweichen. Diesmal fällt es mir leichter als die Male zuvor. Täusche ich mich oder verlieren seine Attacken an Vehemenz? Ich runzele die Stirn, während ich meinen Gegner fixiere. Zahid wird sich vor dem Aufbruch aus Evenor das meiste Mana eingeflößt haben. So viel, wie es ihm möglich war. Früher oder später werden Zahids Mana-Reserven jedoch erschöpft sein – egal, wie viel Südganderblut er getrunken hat.

Und hier, abseits seiner »Weinkeller«, kann er – im Gegensatz zu mir – seine Reserven nicht wiederauffüllen.

Ich muss bis dahin irgendwie durchhalten und ihn dazu bringen, sich weiterhin zu verausgaben.

Leider ist Zahid nicht dumm. Auch er wird bemerkt haben, dass ihm langsam, aber sicher die Kräfte ausgehen. Deshalb ist sein nächster Angriff wieder stärker als der vorherige, um mich ein für alle Mal zu besiegen. Es gelingt mir erst im letzten Moment, ihm auszuweichen. Trotzdem streifen mich seine Blitze am Arm. Der Gestank von verbrannter Haut steigt mir in die Nase und beschwört den Augenblick meines Lebens herauf, den ich am liebsten aus meinem Gedächtnis tilgen würde.

Den Augenblick, als ich eine schwelende Fackel gegen meinen Unterarm drückte.

»Du kannst gegen mich kämpfen, so viel du willst«, sagt Zahid mit gespielter Gelassenheit. »Am Ende wirst du stets unterliegen. In allem.«

Wäre Vanyas Wahl auf ihn – den einflussreichen und kultivierten König – gefallen, hätte er vermutlich recht. Fast mein ganzes Leben lang habe ich mich mit Zahid gemessen und stets den Kürzeren gezogen. Selbst wenn er es nicht darauf anlegte, gelang es ihm, mich zu erniedrigen. Neben ihm fühlte ich mich unbedeutend und ungewollt. Wie ein schlechter Scherz. Nicht nur ein Mal träumte ich davon, mich in einem offenen Kampf mit ihm zu messen, um ihm und allen anderen zu zeigen, wozu ich wirklich fähig bin.

Nun, da ich diesen Kampf bestreite, denke ich nicht mehr daran. Es geht mir nicht darum, Zahid oder die anderen Fae zu beeindrucken und sie davon zu überzeugen, dass auch ich etwas wert bin.

Es geht mir nur darum, meine Frau zu beschützen. Und dafür gebe ich alles, was mir möglich ist.

Ohne auf Zahids Stichelei einzugehen, schleudere ich ihm erneut meine Schatten entgegen. Diesmal treffe ich. Kurz fixiert Zahid etwas außerhalb der Kuppel, weshalb er nicht schnell genug ausweicht. Es gelingt mir sogar, ihn von den Füßen zu holen – das erste Mal während unseres Kampfes.

So schnell ich kann, setze ich einen Angriff nach, den er jedoch mit seinen Blitzen kontert. Die daraufhin entstehende Explosion raubt mir in der engen Kuppel für einen Augenblick die Sicht und ich muss husten.

Genug Zeit für Zahid, um sich aufzurappeln und auf mich loszugehen.

Diesmal verzichtet er auf Magie, greift mich stattdessen mit seinen Fäusten an. Darauf bin ich nicht vorbereitet und reagiere zu langsam. Nach drei Hieben gegen Kiefer, Wange und Nase beginne ich zu taumeln. Zahid packt mich an der Schulter, wirbelt mich herum und presst mich mit dem Gesicht nach vorn gegen die Kuppel. Sie ist eisig kalt.

»Schau gut hin«, raunt er.

Im ersten Moment verstehe ich nicht, was er meint. Mühsam öffne ich die Augen, in denen dank des Nasentreffers Tränen stehen. Dann sehe ich sie, und mein Herz setzt für einen Schlag aus.

Vanya.

Kapitel 38

✦

VANYA

Ich muss die Hecke erneuern.

Das ist das Einzige, woran ich denken kann. Wenn es der südgander Armee gelingt, die Grenze zu überschreiten oder ihre Kanonen direkt auf die versammelten Fae zu richten, wird es in einem Blutbad enden. Während Paleia und Turon die anderen Fae beschäftigen, haste ich zur Mauer.

Meine Hecke konnte den Kanonenschüssen nicht standhalten. Die zweite wird es auf Dauer auch nicht können. Aber ich muss Kenric so viel Zeit wie möglich verschaffen.

Was dann mit mir geschieht, weiß ich nicht. Ich verbiete mir, darüber nachzudenken.

Mein ganzes Leben wurde mir eingebläut, dass niemals jemand mein Geheimnis erfahren darf. Jetzt wissen es alle. Und nahezu jeder giert danach, durch mich den Fluch seines Landes zu brechen. Auch die Südgander werden sich nun nicht mehr zurückhalten, da mich die Nordgander früher als sie in die Hände kriegen könnten. Und im Gegensatz zu den Südgandern wissen die Nordgander bestimmt, wie der Fluch durch mich gebrochen wird. Dass ich dabei mein Leben verlieren werde, steht außer Frage.

Alles, was ich jetzt noch tun kann, ist, die zu beschützen, die mir wichtig sind. Und die befinden sich ausnahmslos auf *dieser* Seite der Mauer.

Ich haste zum Loch, als die Südgander gerade ihre Kanonen nachladen. Mutter und Vater haben sich wieder in die hinteren Reihen zurückgezogen. Zum Glück kann ich sie bloß in der Ferne ausmachen. Trotz meiner Fortschritte lösen ihre Blicke nach wie vor eine Beklemmung in mir aus, die mich zögern lässt.

Als die südgander Soldaten mich sehen, schicken sie einige aus ihren Truppen aus, um mich zu fassen zu bekommen. Doch ich bin nicht so dumm und gelange in ihre Reichweite.

Aus sicherer Entfernung reiße ich die Wunden in meinen Handflächen auf.

Langsam, aber sicher macht mir der Blutverlust zu schaffen, dennoch beiße ich die Zähne zusammen. Aus der Erde lasse ich eine weitere Hecke entstehen – eine noch dickere und enger verästelte diesmal. Auch sie wird nicht ewig halten, doch sie verschafft mir Zeit. Jenseits der Hecke höre ich wütend gebellte Befehle; unter ihnen sind auch einige von meiner Mutter.

Als ich mich von der Hecke und dem Tumult dahinter abwende, fällt mein Blick auf die Versammlung der Fae. In der Kuppel, die ich über die Entfernung nur schwer erkennen kann, scheint der Kampf zum Erliegen gekommen zu sein.

Das kann nichts Gutes bedeuten.

Krampfhaft konzentriere ich mich auf das unstete Schlagen in meiner Brust. Kenrics Kräfte müssen erschöpft sein, doch er lebt! Ich muss auf der Stelle zu ihm.

Ich haste über die Ebene hinüber zur Kuppel, jederzeit bereit, mich gegen die Fae zu verteidigen. Doch sie beäugen mein Näherkommen lediglich mit einer perfiden Neugier – wie eine Katze, die geduldig wartet, bis die Maus aus ihrem Loch schlüpft.

Mir ist klar, dass ich die Maus bin. Dass meine Handlung vielleicht dumm ist. Aber sie ist das einzig Richtige.

Als ich mich nähere, sehe ich die Kuppel deutlicher. Mein Blick fällt direkt auf Kenrics Gesicht, das brutal gegen sie gedrückt wird.

Sämtliche logischen Gedanken lösen sich in meinem Kopf auf.

»Zahid!«, rufe ich laut genug, dass er mich hoffentlich auch in der Kuppel hören kann. »Ich will verhandeln.«

Zahid gibt einem anderen Fae mittels einer Handbewegung ein Zeichen. Im nächsten Moment verschwindet die Kuppel. Kenric bricht kraftlos zusammen. Seine Schatten ziehen sich zu ihm zurück, um ihn zu schützen, aber es sind weniger als zuvor. Alles in mir schreit danach, zu ihm zu rennen. Doch eine falsche Bewegung wird ihn und mich das Leben kosten.

Zahid beschwört seine Magie, die sich zuckend in seiner Hand sammelt, die er auf Kenric gerichtet hält. Ich schlucke angestrengt.

»Du willst verhandeln?«, tönt er. »Ich höre.«

Ich recke das Kinn. »Ich biete dir mein Leben für Kenrics.«

»Nein«, krächzt mein Fae undeutlich.

Zahid bringt ihn mit einem Tritt zum Schweigen. Kenric keucht auf und krümmt sich am Boden. »Hör nicht auf ihn. Er muss sich eine Weile ausruhen.«

Ich wünschte, ich verfügte über genug Kraft, um mich auf Zahid stürzen und ihm die Augen auskratzen zu können. Doch damit wäre niemandem geholfen. Also verharre ich an Ort und Stelle und gebe mein Bestes, mich nicht vom König der Fae einschüchtern zu lassen.

Kapitel 39

✦

PALEIA

»Wie es aussieht«, raune ich dem schwarzen Hund an meiner Seite zu, »liegt es wieder an uns beiden, die Sache zu richten.«

Er gibt ein Schnauben von sich, das beinahe genau wie das klingt, das er als Fae immer ausgestoßen hat, wenn er sich über etwas geärgert hat.

So vieles an diesem Hund erinnert mich schmerzhaft an den Fae, der er einst war.

Der Fae, den ich von ganzem Herzen geliebt habe. Der Einzige, mit dem ich je einen Liebespakt eingehen wollte.

Ich habe es stets vermieden, allein mit ihm zu sein, wenn ich Kenric besuchte. Seine Blicke gingen mir auch nach all der Zeit und trotz seines anderen Körpers durch und durch. Zu sehr schmerzte die Erinnerung an das, was wir verloren haben. Aber in letzter Zeit brauchte ich seine Unterstützung, denn ohne uns würden sich Kenric und Vanya nach wie vor im Kreis drehen.

Angesichts der jüngsten Entwicklungen wäre es vielleicht besser gewesen, wenn wir uns nicht eingemischt hätten. Wenn sie nicht zueinander gefunden hätten und Vanya irgendwann wieder gegangen wäre.

Ich schäme mich für diesen Gedanken, aber ich kann mir nicht vorstellen, dass es irgendwer von uns lebend aus dieser Sache herausschafft.

Ich hätte nicht herkommen sollen. Denn nun muss ich dabei zusehen, wie Kenric, der für mich fast wie ein Sohn ist, entweder sein Leben oder seine Liebste verliert.

Als Zahid durch seine Magie spürte, dass sich eine südgander Streitmacht der Mauer näherte, fackelte er nicht lange und rief alle Fae zusammen, um ihnen Süganderinnenblut einzuflößen. So viel, dass die Magie in uns erwachte. Ich bin nicht stolz darauf, aber in diesem Moment *wollte* ich es. Das Gefühl, als das Blut meine Kehle hinunterrann, war unbeschreiblich. Alles in mir kribbelte und prickelte. Es war wie ein Rausch, der immer weiter anschwoll. Obwohl ich übervoll mit Mana war, wollte ich mehr, mehr, *mehr*. Und ich war mit diesem Verlangen nicht allein. Zahids Wachen mussten einige Fae gewaltsam davon abhalten, sich an den Vorräten zu vergreifen.

Niemand fragte nach, woher plötzlich so viel »Wein« kam. Niemand scherte sich um das Schicksal der beiden verbliebenen Ausgewählten. Denn nur sie konnte Zahid benutzt haben; Lorienne erfreute sich bester Gesundheit und stand wie eine Königin ohne Krone neben ihm, als er seine Untertanen einschwor.

Jeder jubelte. Jeder gierte nach dem Blut der angreifenden Südgander. Jeder wollte unsere Niederlage während des Großen Krieges vergessen machen. Auch ich.

Und endlich – endlich! – bekamen wir unsere Chance dazu, weil die Südgander so dumm waren und sich freiwillig der Grenze näherten. Noch schlimmer: Sie rissen die Mauer ein. Auch das spürte Zahid. Eile war geboten, deshalb beschleunigte er die Schritte seiner Truppen mittels Windmagie. Schneller als ich es mir je hätte vorstellen können, kamen wir an der Mauer an. Wir legten innerhalb eines Wimpernschlags eine Strecke zurück, für die ich normalerweise fast zehnmal so lange brauchte.

Doch nicht nur die südgander Streitkräfte standen uns gegenüber: Kenric, Turon und Vanya waren ebenfalls da. Ich wusste, dass sie zu einer Reise aufgebrochen waren, allerdings hatte ich keine Ahnung, dass sie sich an der Grenze aufhalten würden.

Was dann geschah, übertraf alles, was ich mir hätte vorstellen können. Die südgander Truppen verkamen zu Nichtigkeiten, als Vanya mittels einer Magie, über die sie als Südganderin nicht verfügen dürfte, eine Dornenhecke im Loch der Mauer beschwor.

Obwohl unsere Köpfe vernebelt von Mana und halb vergessener Macht waren, konnten wir alle eins und eins zusammenzählen.

Vanya ist die hundertste Prinzessin.

Mein erster Blick galt Kenric, der über diese Entwicklung genauso fassungslos zu sein schien wie wir anderen. Doch er erholte sich schneller und stellte sich Zahid in den Weg.

Ich wünschte, er hätte es nicht getan. Ich hatte bereits Turon verloren. Ich wollte nicht auch noch Kenric verlieren.

Außerdem konnte ich nicht verstehen, dass er die hundertste Prinzessin beschützte. Sie ist es schließlich, auf die wir seit so langer Zeit warten. Sie ist es, die uns von unserem Leben in völliger Dunkelheit erlösen kann.

Es dauerte eine Weile, bis sich die Magie in meinem Kopf so weit verflüchtigte, dass ich nicht mehr die hundertste Prinzessin dort halb versteckt hinter Kenric stehen sah.

Sondern Vanya.

Die Südganderin, die mir durch ihre unerschrockene und forsche Art zu einer Freundin geworden ist. Die Südganderin, die ich mir von Herzen an Kenrics Seite wünschte.

Ich betrachtete ihre linken Unterarme. Und da begriff ich endgültig, in welchem Schlamassel wir steckten.

Während Vanya nun zur Mauer hastet, um eine weitere Hecke zu beschwören, damit die südgander Truppen nicht erneut einen Fuß auf unser Gebiet setzen können, ist es an Turon und mir, ihr die Zeit dafür zu verschaffen. Wie uns das gelingen soll, weiß ich noch nicht so recht. Aber wir müssen handeln, anstatt uns darüber die Köpfe zu zerbrechen. Während Kenric gegen Zahid antritt, müssen wir Vanya vor den anderen Fae beschützen.

Nie hätte ich es für möglich gehalten, noch einmal an Turons Seite zu stehen. Nicht auf diese Weise. Zwar ging ich öfters bei Kenric ein und aus, aber ich bemühte mich stets, Turon links liegen zu lassen. In seine golden glühenden Augen zu schauen, riss zu viele Wunden auf und beschwor zu viele Vorwürfe an die Oberfläche, die ich niemals aussprechen durfte, ohne Kenric dadurch zu verletzen. Denn ich weiß, dass es Kenric nicht geben würde, hätte Turon sich damals nicht für seine Familie und den Schutz seiner Schwester entschieden. Auch sie war mir eine gute Freundin – die beste, vielleicht –, deshalb flehte ich Turon nicht an dazubleiben. Ich verstand seine Beweggründe. Trotzdem wünscht sich ein kleiner Teil von mir, dass er stattdessen mich und eine gemeinsame Zukunft gewählt hätte.

Seite an Seite stürmen wir auf die hinteren Reihen der Fae zu, die uns keinerlei Beachtung schenken, sondern den Kampf zwischen Kenric und Zahid verfolgen.

Mittels eines Blickes verständigen Turon und ich uns. Mehr brauchen wir nicht, trotz der Zeit, die vergangen ist. Trotz seines Hundekörpers, in dem seine Seele nun steckt.

Bei der hinteren Reihe der Fae angelangt, trennen wir uns.

Turon zwängt sich zwischen den Beinen der Umstehenden hindurch und verursacht im Inneren des Pulks Verwirrung, während ich meine Wassermagie beschwöre.

Einst war ich eine fähige Magierin, die es vielleicht in die Armee geschafft hätte, wenn ich mir mehr Mühe gegeben hätte. Doch meine Interessen lagen woanders. Es erfüllte mich nicht mit Freude, auf einem schlammigen Schlachtfeld zu stehen und Tod und Verderben zu bringen. Stattdessen fand ich Gefallen an schimmernden Stoffen, gut sitzenden Kleidern und prunkvollen Accessoires. Während des Großen Krieges konzentrierte sich meine Arbeit zwar auf das Schneidern von Kampfmonturen und Lederanzügen, aber auch bei diesen versuchte ich, meine Überzeugung hineinzulegen. Es schmerzt meine empfindlichen Fae-Augen, nun die anderen Fae in Alltagskleidung hier stehen zu sehen. Wenigstens mache ich mir so keine Vorwürfe, dass meine Wasserzauber ein schönes Kleid verderben könnten.

Ich beschwöre meine Magie und lasse sie auf die hinteren Reihen niedergehen. Einige Fae werden weggespült, andere landen mit der Nase im Schlamm. Jedenfalls ist mir jetzt die Aufmerksamkeit der meisten von ihnen sicher.

Nur flüchtig wende ich mich zur Mauer, wo Vanya mittlerweile angekommen ist und ihr Bestes tut, um die entstandenen Risse auszubessern. Mir ist klar, dass wir die südgander Armee nicht ewig abhalten können. Doch wenn sie uns angreifen, müssen wir auf unserem Territorium kämpfen – als eine Einheit. Davon sind wir meilenweit entfernt. Momentan gieren alle nach Vanyas Blut und dem Ende des Fluchs; die Bedrohung jenseits der Mauer blenden sie aus.

Und das könnte uns zum Verhängnis werden.

Ich will hier ebenso wenig wie alle anderen den Tod

finden. Ich will ebenso wie alle anderen ein Ende des Fluchs.

Aber ob ich Vanya dafür benutzen könnte, weiß ich nicht.

Es hätte jede Südganderin sein können … Jede hätte die hundertste Prinzessin sein können.

Doch es ist ausgerechnet Vanya. Meine Freundin. Kenrics *meraelior.* Sie zu verlieren, wird ihn gänzlich zerstören.

Das muss ich um jeden Preis verhindern! Wie wir letztendlich den Fluch brechen … darüber mache ich mir später Gedanken.

Wütend wirbeln die Fae zu mir herum. Einige lassen ihre Magie auf mich los. Ich weiche Feuerbällen und Windböen aus, während ich erneut meine eigene Kraft beschwöre.

Mir geht es nicht darum, irgendwen zu verletzen. Ich muss sie bloß von Vanya ablenken. Sobald Kenric aufhört, gegen Zahid zu kämpfen, kann er sie in Sicherheit bringen.

Aus den Augenwinkeln sehe ich eine grelle Explosion in der Kuppel. Kenrics Schrei dringt bis zu mir.

Kein Fae bei klarem Verstand würde sich mit Zahid anlegen, aber wenn es einen gibt, der ihm ebenbürtig ist, dann ist es Kenric mit seiner Schattenmagie. Trotzdem scheint er dem Fae-König unterlegen zu sein. Ich will ihm helfen, was unmöglich ist. Ich habe Zahid nichts entgegenzusetzen, selbst wenn es mir gelänge, die Kuppel zu betreten.

Ich zögere einen Moment zu lange.

Mehrere Fae packen mich und verdrehen mir die Arme so auf den Rücken, dass ich keine Magie mehr wirken kann.

»Dachtest wohl, du könntest uns überrumpeln«, tönt der eine. Ich kenne ihn, aber sein Name will mir nicht einfallen.

»Sie ist bestimmt eine Südgander-Sympathisantin«, meint ein anderer.

Er könnte nicht weiter von der Wahrheit entfernt sein.

»Nein«, knurre ich.

Meistens hasste ich meine Arbeit, wenn ich mich um die Ausgewählten kümmern musste. Nur wenige Ausnahmen, wie Vanya und Merill, schloss ich während all der Jahre ins Herz. Aber das macht mich noch lange nicht zu einer Südgander-Sympathisantin! Diese Fae wünschen sich Frieden mit Südgand und sind der Meinung, dass dadurch der Fluch gelöst werden könnte. Blödsinn! Jeder weiß doch, dass allein die hundertste Prinzessin in der Lage ist, uns zu erlösen.

Es hat mich nie gestört, dass sie dabei ihr Leben verliert. Was ist schon ein Leben angesichts derer aller Fae? Ich hätte nie gedacht, dass ich zögern würde, wenn ich je der hundertsten Prinzessin gegenüberstünde.

Doch jetzt tue ich es. Ich versuche, sie zu beschützen. Ihr Zeit zu verschaffen. Und dafür wende ich mich sogar gegen mein eigenes Volk.

Macht mich das zu einer Südgander-Sympathisantin? Nein, sage ich mir. Es macht mich zu einer *Vanya*-Sympathisantin. Ich tue dies für *ihre* Sicherheit.

Und es ist mir herzlich egal, was die Fae deswegen über mich denken.

»Bringt die anderen«, befiehlt der Fae, der meine Arme gepackt hält. Dann beugt er sich zu mir vor und flüstert: »Alle Gefallen dieser Welt werden dich jetzt nicht mehr retten können.«

Ich knirsche mit den Zähnen, erspare mir jedoch eine Erwiderung. Während und seit dem Großen Krieg habe ich eine Menge Gefallen angehäuft. Ich wollte, dass mir so viele Fae wie möglich etwas schuldig waren. Ich stahl, belauschte, intrigierte. Anschließend nutzte ich viele dieser Gefallen, um Turon in der Hütte an der Grenze und später Kenric zu helfen.

Der Fae hat jedoch recht: Ich verfüge zwar über eine Menge Einfluss und uneingelöster Gefallen, aber keiner wird dumm genug sein, sie mir jetzt zu gewähren. Für sie bin ich eine Verräterin.

Genau wie die beiden, die sie nun anschleifen.

Mir zieht sich das Herz qualvoll zusammen, als sie Turon in den Schlamm vor meinen Füßen werfen und er ein Jaulen ausstößt. Sein Fell ist an einer Stelle angesengt und er scheint auch abgesehen von dieser Feuermagie eine Menge abgekriegt zu haben.

Der andere Fae, den sie gefesselt haben und dem sie einen Tritt in die Kniekehlen verpassen, damit er zusammensackt, ist Eruk. Als Mann und Partner einer Südganderin steht er natürlich oben auf ihrer Liste der Südgander-Sympathisanten.

»Warum bist du hier?«, zische ich ihm zu.

Ich weiß, dass er früher ein Soldat bei Hofe war, aber seit er den Pakt mit Merill eingegangen ist, hat er seine Waffen niedergelegt. Ihn hier zu sehen, verwirrt mich.

»Ich hatte keine Wahl«, gibt er undeutlich zurück. Es scheint, als hätte er einige Schläge ins Gesicht abgekriegt. »Sie bedrohten Merill.«

Ich gebe ein Schnauben von mir. Sie werden sie weiterhin bedrohen, wenn diese Sache hier vorbei ist. Ganz gleich, wie es ausgehen mag: Allen Südganderinnen in Nordgand blüht ein schlimmes Schicksal. Mit Ausnahme von Lorienne, vielleicht.

Ich mache die blonde Südganderin schnell in der Nähe der Kuppel ausfindig. Sie steht neben Jeontin und beobachtet beinahe gelangweilt den Verlauf des Kampfes. Weder um Kenric, mit dem sie einst einen Pakt eingegangen ist, noch um Zahid, der ihr aktueller Gunstgeber ist, scheint sie sich zu sorgen. Fast so, als hätte sie Vorkehrungen getroffen – egal, wie dieser Kampf und dieser drohende Krieg ausgehen mag. Ich traue diesem intriganten Miststück sogar zu, dass sie auf alle Eventualitäten eingestellt ist. Es würde mich nicht wundern, wenn sie es war, die …

Als dieser Gedanke durch meinen Kopf zuckt, schnappe ich nach Luft. Ich hatte nie viel mit Lorienne zu tun – den Göttern sei Dank! –, aber ich habe von den fahrenden Händlern, die mir meine Stoffe bringen, aufgeschnappt, dass Lorienne häufiger als gewöhnlich nach Hause schreibt. Bisher habe ich dieser Information nicht viel beigemessen – es war mir gleichgültig, was Lorienne tat oder nicht tat, solange sie mich, Turon, Kenric oder Vanya nicht belästigte. Aber nun … Sagte Vanya nicht, dass sie ohne das Wissen ihrer Familie nach Nordgand aufgebrochen ist? Könnte es sein, dass Lorienne es war, die den Südgandern gesteckt hat, dass Vanya hier ist? Und dass diese Armee nun deswegen jenseits der Mauer steht?

Ich schüttele den Kopf, um mich selbst zu beruhigen. Bestimmt traue ich Lorienne viel zu viel Intelligenz zu.

»Was machen wir jetzt?«, flüstert Eruk.

Das wüsste ich auch gern, hätte ich ihm am liebsten geantwortet.

Bevor ich etwas sagen kann, höre ich Vanyas Stimme über den Lärm der anderen. »Zahid! Ich will verhandeln!«

Resigniert schließe ich die Augen. Dieses verdammt dumme Ding! Sie sollte unauffällig agieren – und nicht die Aufmerksamkeit des Königs und aller Fae auf sich ziehen.

Unsanft reißen zwei Fae Eruk und Turon zurück auf die

Füße. Turon schnappt nach seinem Peiniger, was ihm einen Fußtritt einbringt.

»Hört auf!«, knurre ich. »Wenn ihr ihm wehtut, werde ich ...«

Ich werde mit einem Stoß in den Rücken zum Schweigen gebracht, der mich das Gleichgewicht verlieren lässt. Der Länge nach lande ich im Schlamm. Kalt und feucht frisst er sich durch mein Kleid und raubt mir sämtliche Wärme, die ich in mir hatte. Nur Turons kühle Nasenspitze, die ich kurz an meiner Wange spüre, bevor er wieder von mir weggeschleift wird, bringt einen Teil der Wärme zurück.

Ich werde grob zurück auf die Füße gezerrt, doch ich beiße mir auf die Zunge, um – wie Turon – keinen Schmerzenslaut von mir zu geben.

Worüber Vanya mit Zahid verhandeln will, kann ich nicht verstehen. Ist wahrscheinlich besser so, weil sonst das Verlangen in mir, Vanya zu schütteln, bis sie Vernunft annimmt, noch größer werden würde.

Die Fae bugsieren uns in Richtung des Königs. Die Kuppel ist mittlerweile verschwunden. Flüchtig erhasche ich einen Blick auf Kenric, der verwundet am Boden liegt. Wie weitreichend seine Verletzungen sind, kann ich nicht sagen. Aber sie sind groß genug, dass er sich nicht zwischen Zahid und Vanya stellt, die dem König mit trotzig gerecktem Kinn die Stirn bietet.

»Seid ihr alle blind?«, zische ich den Fae um mich herum zu. »Seht ihr nicht, was euer ach so verehrter König dort tut?«

Doch sie hören mir nicht zu. Viel zu gebannt hängen sie an Vanyas Lippen. Und als ich Turons und meinen Namen aufschnappe, tue ich das auch.

»Ihr müsst mir versprechen«, sagt sie angespannt, »dass

Kenric nichts passiert. Und Turon und Paleia darf ebenfalls kein Leid geschehen.«

»Wer waren die beiden noch gleich?«, sinniert Zahid. »Ach ja, die hier, nicht wahr?«

Er gibt einem seiner Berater mit einem Fingerzeig einen Befehl. Wieder tritt ein Fae Turon in den Bauch. Diesmal jault er. Ich entwinde mich meinem Häscher und ramme den Fae mit der Schulter. Doch viel zu schnell werde ich von ihm weggezerrt.

»Du Mistkerl!«, höre ich Vanya zischen. »Was hast du mit ihnen gemacht?«

Ich weiß nicht, ob der König ein weiteres Zeichen gibt. Jedenfalls werde ich mit Turon und Eruk zusammen durch die Menge getrieben. Bei Zahid angekommen, verpasst mir jemand einen Tritt in die Kniekehlen. Irgendwie gelingt es mir, vor ihm nicht auf den Boden zu sinken. Turon fletscht die Zähne und knurrt Zahid an, während Eruk nur blass neben uns kniet.

»Sie haben sich gegen ihren König aufgelehnt«, sagt einer der Fae neben mir. Ich bin ihm bereits mehrmals auf den Bällen begegnet, habe allerdings kaum ein Wort mit ihm gewechselt. »Dafür müssen sie bestraft werden.«

»Ein schöner König seid Ihr«, spotte ich.

Keine Ahnung, woher ich den Mut nehme, aber ich recke mich und lächele Zahid höhnisch an. Diesmal ist mir die Aufmerksamkeit der anderen Fae sicher. Ich werde jeden Moment davon nutzen und ihnen die Augen öffnen.

Anstatt an Zahid wende ich mich an die versammelten Fae. »Wie viele unserer höchsten Gesetze muss er noch brechen, bis ihr aufwacht?« Langsam lasse ich den Blick über sie schweifen. »Ja, er mag einen Weg gefunden haben, um einen Teil von uns vor dem Fluch zu bewahren. Dank ihm sind wir noch nicht alle zu Verlorenen geworden. Aber seht ihn euch an!« Gern würde ich auf ihn deuten, doch meine Arme sind hinter dem Rücken gefesselt. »Er vergießt wissentlich sein eigenes Blut – das seines Bruders.« Mein Blick kehrt zu Zahid zurück. Ein Muskel zuckt unter seinem Auge, was mein Lächeln bloß noch breiter werden lässt. »Zu Herrschaftszeiten seines Vaters wäre er dafür verbannt worden. Oder Schlimmeres.«

Flüchtiges Gemurmel erhebt sich. Ein paar Fae nicken.

Wir Fae leben so lange, dass eine Fehde innerhalb einer Familie verheerend sein kann. Deshalb ist das Vergießen des Blutes naher Angehöriger unter Strafe verboten. Konflikte werden von Unparteiischen geklärt, manchmal vom König selbst, aber nie im Streit. Unter keinen Umständen darf dabei jemand verletzt werden. Wer das Blut eines Angehörigen vergießt, gilt als Ausgestoßener. Je nachdem, wie schlimm die Verletzung war, die er dem anderen zugefügt hat, kann er auch mit dem Tod bestraft werden.

Als König müsste Zahid das wissen. Er ist mit diesen Gesetzen aufgewachsen und hat sie nach dem Tod seines Vaters selbst vollstreckt. Nun vergießt er das Blut seines Halbbruders. Noch dazu vor Zeugen.

Doch da die Fae lediglich Augen für Vanya und eine mögliche Fluchaufhebung haben, sind sie blind für Zahids Vergehen. Ich bin es jedoch nicht. Ich sehe sie alle, die jetzigen wie die vorherigen. Zahid hat sich eine Menge Schuld aufgeladen, und nun ist er dumm genug, zwei der schlimmsten Verbrechen, die ein Fae begehen kann, vor allen anderen zu demonstrieren.

»Aber was noch verheerender ist …«

Nun verstummt jedes Gespräch, jedes Murmeln. Alle Anwesenden wollen hören, was ich zu sagen habe.

»Wir alle wissen, wie viele Liebespakte ein Fae gleichzeitig haben sollte.«

»Einen«, antwortet ein Fae aus der Menge.

Ich nicke. »Euer König spuckt auf unsere wichtigste Tradition.« Mit einer abfälligen Kopfbewegung deute ich auf ihn. »Wie viele Liebespakte ist er eingegangen? Wie viele Namen stehen auf seinem linken Unterarm? Ich kann euch versichern, dass es mehr als einer ist. Mehr als zwei. Mehr als drei. Ich kenne die Südganderinnen, mit denen er einen Pakt eingegangen ist. Es sind mehr, als ihr euch vorstellen wollt. Mehr, als ein Fae haben sollte.«

Ich habe nur eine ungefähre Ahnung, wie viele Namen es tatsächlich sind, denn ich interessierte mich nie für die Südganderinnen und Favoritinnen, nachdem ich sie nicht mehr einkleiden musste – und selbst dann schenkte ich ihnen so wenig Beachtung wie möglich. Sie waren ein Mittel zum Zweck und als solches sah ich sie auch. Über die Zeit verschwammen ihre Gesichter. Aber ich bin mir sicher, dass es über zehn, wenn nicht gar zwanzig Namen sind, die auf seinem Unterarm verewigt sind. Loriennes war der letzte, der dazugekommen ist. Vanyas sollte hinzukommen, doch sie wollte einen anderen.

»Und gerade jetzt«, sage ich, wobei meine Stimme über die entstandene Stille hinweggetragen wird, »bedroht er ein Paar, das einen Pakt eingegangen ist. Er nutzt wissentlich ihre Gefühle füreinander aus, um zu kriegen, was er will. Diese Form des Paktes – ein Liebespakt – ist heilig, das wissen wir alle. Er ist ein Geschenk der Götter selbst, damit wir unsere lange Lebenszeit mit demjenigen verbringen können, dem unser Herz gehört. Niemand darf sich gegen diesen Pakt stellen – erst recht nicht der König, der unsere Traditionen und die Götter ehren sollte.«

Niemand rührt sich. Ich weiß nicht, was ich erwartet habe. Vielleicht, dass sich einige auf meine Seite stellen. Oder dass sie Zahid offen zeigen, dass sie seine Handlungen, die völlig gegen unsere Gesetze und Werte gehen, nicht tolerieren.

Doch nichts geschieht. Es herrscht bloß eine gespenstische Stille, die allein durch die Kanonenschüsse und knappen Befehle jenseits der Mauer unterbrochen wird.

Zahid verdreht die Augen. »Glaubst du ernsthaft, dass deine kleine Ansprache irgendetwas ändert?«

Mein Blick huscht hinter seine Schulter, und das beklemmende Gefühl, das sich angesichts der reglosen Fae in mir ausbreiten wollte, verflüchtigt sich. Ein Lächeln kehrt auf meine Lippen zurück.

»Nein«, antworte ich, überzeugt und enttäuscht gleichermaßen. »Aber sie hat den anderen Zeit verschafft.«

Verwirrt dreht Zahid sich um.

Hinter ihm hat Kenric ein Knie vor Vanya gebeugt, während seine Lippen an ihrer blutenden Handfläche liegen. Unerschrocken starrt die südgander Prinzessin uns entgegen. Wahrscheinlich fällt nur mir auf, wie blass sie ist. Kenrics Schatten umtosen die beiden; sie wirken nun kraftvoller als zuvor. Er nimmt noch einen letzten Schluck ihres dargebotenen Blutes, ehe er sich erhebt und für einen flüchtigen Moment die Stirn gegen Vanyas legt. Seine violetten Augen sprühen Funken, als er sich schließlich zu Zahid umwendet.

Auch seine Lippen, die von Vanyas Blut glänzen, heben sich zu einem Lächeln. »Bereit für die zweite Runde?«

Kapitel 40

✦

VANYA

Ich kann kaum noch gerade stehen. Trotzdem verbiete ich mir zu wanken oder anderweitig Schwäche zu zeigen. Nicht, wenn unzählige glühende Augenpaare auf mich gerichtet sind. Ich habe während meiner Ankunft in Nordgand keine Schwäche gezeigt und ich werde es auch jetzt nicht tun.

Wie lange ich mich noch gegen den Blutverlust behaupten kann, vermag ich nicht zu sagen. Ich habe Kenric eingeschärft, sich so viel Blut wie möglich zu nehmen. Ich hätte ihm noch mehr gegeben – zur Not jeden Tropfen, den ich in mir habe –, aber Paleia konnte die Fae nicht ewig hinhalten. Sie hat uns dennoch kostbare Zeit erkauft.

Zeit, die wir dringend brauchten, um den Hauch einer Chance gegen diese Übermacht zu haben.

Als Kenric sich wieder auf Zahid stürzt, der sichtlich langsamer reagiert als beim letzten Mal, will ich mich um die Hecke kümmern, die den Kanonenschüssen nicht mehr lange standhält. Doch bevor ich erneut meine Magie rufen kann, gräbt sich eine Hand in mein Haar. Mein Kopf wird schmerzvoll zurückgerissen und ein Schrei entweicht mir.

»Du hältst dich wohl für sehr schlau«, raunt Lorienne mir ins Ohr. Der verschlagene Klang ihrer Stimme ruft eine eisige Gänsehaut auf meinen Armen hervor. »Aber das bist du nicht.«

Zwei Kanonenschläge später bricht meine Hecke in sich

zusammen. Kaum dass sich der Rauch und Staub gelichtet haben, traben zwei Pferde in die vorderste Reihe der Armee. Auf ihnen sitzen meine Eltern.

Mutters gefühlskalter Blick lässt mich hart schlucken. »Ich sehe, du hast deine Aufgabe erfüllt.«

Es dauert einen Wimpernschlag, bis ich begreife, dass ihre Worte nicht mir, sondern Lorienne gelten.

Sie stößt mich nach vorn. »Ich bin eine treue Untertanin Südgands«, säuselt sie, ehe sie mich am Arm packt und weiterzerrt.

Ich versuche, in die entgegengesetzte Richtung zu gelangen – zu Kenric, Turon und Paleia –, doch Loriennes Griff ist unerbittlich. Oder ich bin zu geschwächt. Jedenfalls gelingt es mir nicht, mich zu befreien.

»Als Ihr mir sagtet, dass eine Eurer Töchter verschwunden ist, meine Königin«, sagt Lorienne, als wir beinahe an der Mauer angekommen sind, »war mir klar, dass die Ausgewählte, die es nicht hätte geben dürfen, die Prinzessin ist. Auch ihre Umgangsformen haben sie verraten. Deshalb konnte ich Euch mit Gewissheit sagen, dass sie hier in Nordgand ist.«

Mutter nickt knapp. »Du wirst deinen Lohn dafür erhalten. Ebenso für alle anderen Spionagedienste, die du deinem Vaterland seit deiner Auswahl geleistet hast. Wir werden … einen angemessenen Ersatz finden.«

Übelkeit kriecht meinen Hals hinauf. Mir war stets klar, dass Lorienne eine falsche Schlange ist, aber für eine Spionin hätte ich sie nie gehalten. Nur für eine Frau, die mit aller Macht das erreicht, was sie will. In ihrem Fall ist es eine Krone.

Aber es gibt keine Krone für sie. Zahid wird ihr klargemacht haben, dass sie nie die Königin Nordgands wird, und Südgand hat keinen Prinzen mehr. Mein Bruder Jasper ist tot.

Ich starre meine Mutter an. Ist es Jasper, von dem sie sprach? Ist er es, der »ersetzt« werden muss? Hätte Lorienne ... meinen Bruder heiraten sollen, um endlich die Krone zu bekommen, nach der es sie verlangt, und die Zahid ihr niemals geben wird?

Ich kann ein kaltes, freudloses Lachen nicht daran hindern, meinen Mund zu verlassen.

»Was ist so lustig?«, will Lorienne knurrend wissen.

»Noch nie ... nicht eine Sekunde lang war ich darüber froh, dass mein Bruder dem Fluch anheimgefallen ist.« Ich werfe ihr einen Seitenblick zu. »Nun bin ich es. Der Tod mit Liebe im Herzen ist allemal besser, als ein Scheusal wie dich zur Frau haben zu müssen.«

Lorienne packt mich an der Schulter, wirbelt mich zu sich herum und verpasst mir eine schallende Ohrfeige. Ich verziehe keine Miene.

»Sieh dich vor, kleine Prinzessin«, giftet sie. »Ich habe genug Macht, um dich zu vernichten.«

Daran zweifle ich nicht. Trotzdem habe ich keine Angst vor ihr.

»Nun bring sie schon her«, herrscht Mutter sie an, bevor ich etwas erwidern kann.

Augenblicklich ramme ich die Füße, so fest ich kann, in den Boden. »Nein! Wenn ich südgander Territorium betrete, werde ich ...«

Mutter vollführt eine wegwerfende Handbewegung. »Du glaubst, einen von diesen Fae zu lieben? Mach dich nicht lächerlich!«

Ich knirsche mit den Zähnen. »Du hast mich vorhin gesehen … Als die Soldaten mich zu dir brachten. Du hast meine Schmerzen gesehen. Hätte Kenric mich nicht gerettet, wäre ich …«

»Ach, papperlapapp! Du bildest dir nur ein, ihn zu lieben. Also wirst du auf der Stelle damit aufhören.«

Ich reiße die Augen auf. »Was?«

»Hör auf, dir einzureden, dass du ihn liebst, und komm nach Hause. Wir brauchen dich hier.«

Noch während des ersten Festes der Tanzenden Sterne habe ich versucht, meine Gefühle zu verleugnen. Ich habe es *wirklich* versucht. Ich wollte nichts für Kenric empfinden. Doch ich tue es. Meine Gefühle sind keine Einbildung. Und sie sind nicht falsch, wie die Lehren Südgands und nicht zuletzt meine Eltern es mir mein ganzes Leben über einreden wollten.

»Blümchen«, sagt Vater leise, der sich – wie immer – im Hintergrund hält. »Komm nach Hause.«

Sein flehend schwacher Tonfall trifft einen Nerv bei mir. »Ich *kann* nicht.«

»Du *musst* aber.« Mutters Stimme hingegen ist kalt wie Eis und unnachgiebig wie Stahl.

»Warum?«, presse ich hervor. »Wenn es um eure Nachfolge geht, dann setzt Emillia und ihren Mann auf den Thron. Ich werde keine Schwierigkeiten machen, das verspreche ich. Es gibt nichts, was ich von Südgand noch will.«

»Das mag sein«, sagt Mutter, »aber Südgand will etwas von dir.«

Ich runzele die Stirn. »Ich verstehe kein Wort.«

»Seit du fort bist«, sagt Vater versöhnlich, »verdorren unsere Ernten. Nichts blüht mehr auf unseren Wiesen. Unser Land vergeht. Nahrungsmittel werden knapp. Eine Hungersnot hat bereits erste Opfer gefordert.«

Ich blinzele verwirrt und will Vaters Worte als einen schlechten Versuch, mir Schuldgefühle einzureden, abtun. Es fällt mir schwer, das stets in voller Blüte stehende Südgand mit Vaters Beschreibungen in Einklang zu bringen. Seit ich denken kann, gab es noch nie Missernten oder Hungersnöte. Wir lebten im Überfluss und hatten genug, um es nach Nordgand zu verkaufen, wo Abnehmer wie Kenric und Eruk dankbar dafür waren.

Aber in letzter Zeit schien Kenric Schwierigkeiten zu haben, an Lebensmittel für Turon und mich zu gelangen ...

Obwohl langsam Zweifel in mir hochkriechen, straffe ich die Schultern. »Was sollen diese Missernten mit mir zu tun haben?«

»Du bist die hundertste Prinzessin.« Mutter klingt, als wäre sie es leid, mir das Offensichtliche erklären zu müssen. »Du trägst eine göttliche Magie in dir. Als du unser Land jedoch verlassen hast, hast du uns diese Magie genommen.«

Diesmal verfehlen ihre Worte ihr Ziel nicht. Ein schlechtes Gewissen setzt sich in mir fest und verursacht mir Übelkeit. »Das wollte ich nicht ...«

»Noch kannst du es wiedergutmachen.«

»Aber wie kann das so schnell geschehen sein?«, frage ich. »Ich bin doch erst ...«

Keine Ahnung, seit wann ich in Nordgand bin. Es könnten zwei oder drei Monate sein. Höchstens. Eine viel zu kurze Zeit, als dass alle Ernten vernichtet sein könnten.

»Du bist seit über einem halben Jahr verschwunden, Blümchen«, sagt Vater.

Über ein halbes Jahr? Egal, wie oft ich dies in meinem Kopf wiederhole, ich kann es nicht glauben. So lange kam es mir nicht vor ... Nicht einmal ansatzweise.

»Wir haben dich vermisst und gesucht«, fährt Vater fort. »Aber wir konnten dich nirgends finden. Als dann die Ernten schlechter wurden, mussten wir uns auf die Bedürfnisse unseres Volkes konzentrieren. Doch als wir merkten, dass es immer schlimmer wurde, je länger du weg warst, sahen wir keine andere Wahl. Wir mussten dich finden. Denn nur du kannst unser Reich vor dem Untergang retten.«

Ich zittere am ganzen Körper, als ich durch das Loch in der Mauer nach Südgand blicke. Unzählige Menschen leiden wegen mir … Weil ich selbstsüchtig war und das Land verlassen habe. Ich würde ihnen so gern helfen.

Aber das kann ich nicht, ohne mein Leben zu opfern. Was dann mit dieser göttlichen Magie geschieht, die ich dummerweise in mir trage, weiß ich nicht. Vielleicht stürze ich dadurch Südgand in ein noch größeres Unglück als sowieso schon.

Mutter gibt einen abschätzigen Laut von sich, als ich weiterhin zögere und mich gegen Lorienne wehre. »Dafür haben wir keine Zeit.«

Mit einem Wink gibt sie der blonden Südganderin zu verstehen, dass sie mich wieder packen soll. Ich wehre mich nach Leibeskräften, als Lorienne mich Richtung Mauer zerrt, aber ich komme nicht gegen sie an. Selbst meine Ranken, die sich in Gefahrensituation um meine Arme schlingen, zeigen sich nicht. Als Heilerin ist mir bewusst, dass meine Schwäche am Blutverlust liegt.

»Nein«, presse ich hervor, als die Mauer und damit die Grenze stetig näher rückt.

Zu gut erinnere ich mich an das, was vorhin geschehen ist, als ich sie überschritten habe. Ich dachte, ich müsse sterben. Ich wollte sogar sterben, denn diese Schmerzen … Es fühlte sich an, als würde etwas mit spitzen Klauen gewaltsam meinen Brustkorb aufbrechen und mir das Herz bei lebendigem Leib herausreißen. Noch nie in meinem Leben habe ich solche Schmerzen verspürt. Ich hätte alles dafür getan, dass sie aufhören; selbst den Tod hätte ich in Kauf genommen.

Aber meine Gefühle für Kenric hätte ich niemals verleugnet. Selbst wenn es etwas gebracht hätte, wäre ich nie auf die Idee gekommen. Zum Fest der Tanzenden Sterne habe ich begriffen, dass man sich über vieles belügen kann – nicht aber über die eigenen Gefühle.

Wie zu einem letzten Aufbäumen kribbelt das verbliebene Blut in meinen Adern. Es tut weh und fühlt sich an, als würden Abertausende Insekten unter meiner Haut entlangkrabbeln, doch ich lasse es zu.

Nicht nur ein Mal habe ich meine Magie verflucht und mir gewünscht, dass ich sie nicht hätte. Dass ich normal wäre. Nun brauche ich sie, um die zu retten, die mir wichtig sind.

Dornenbesetzte Ranken winden sich meine Arme empor. Sie sind dünner als gewöhnlich, aber sie sind da. Das ist das Einzige, was gerade zählt.

Lorienne lässt mich endlich los – kaum mehr als drei Meter von der Grenze entfernt. Ich wirbele herum und trete ihr die Füße weg. Mit einem Aufschrei schlägt sie der Länge nach hin.

Mit dreckverkrusteten Fingernägeln reiße ich mir die Schnitte in den Handflächen so weit auf, dass weiteres Blut herausfließt. Es ist dickflüssiger als zuvor, trotzdem genügt es, um eine neue Hecke zu erschaffen.

»Nein!«, brüllt meine Mutter, ehe sie hastig den Soldaten befiehlt, mich über die Grenze zu schleppen.

Doch sie kommen zu spät. Eine neue Hecke – die letzte,

zu der ich im Stande sein werde – windet sich um das Loch in der Mauer und versperrt mir die Sicht auf meine Eltern. Kraftlos und keuchend lasse ich mich gegen eines der abgesprengten Mauerteile sinken. Dunkle Punkte flirren vor meinem Sichtfeld, dennoch nutze ich den Moment, um nach Kenric zu suchen.

Obwohl er in einen Kampf mit Zahid verstrickt ist, dem ich wegen der Schatten und Blitze kaum folgen kann, huscht sein Blick immer wieder zu mir. *Konzentrier dich auf deinen eigenen Kampf, verdammt!*, würde ich ihm am liebsten zubrüllen. Ein weiteres Mal wird Zahid sich nicht ablenken lassen. Diesmal wird er es beenden wollen.

Ich wünschte, ich könnte ihm helfen. Aber alles, was ich tun kann, ist, ihm zuzunicken, als sein Blick meinen streift, und ihm dadurch zu sagen, dass es mir gut geht. Dass ich irgendwie zurechtkomme. Selbst auf die Entfernung meine ich zu sehen, wie die Spannung von ihm abfällt und er sich mit neuem Feuereifer auf Zahid stürzt.

Ich will gerade Paleia in der Menge an Fae ausfindig machen, als mich etwas am Bein packt. Ich gebe einen erstickten Laut von mir, dann verliere ich das Gleichgewicht.

»Dachtest du, du könntest mir entwischen?«, zischt Lorienne, die nun über mir aufragt. »Dann bist du noch dümmer, als ich dachte.« Sie fördert einen Dolch zutage und drückt ihn mir gegen den Hals. Ich recke den Kopf, soweit es mir möglich ist, um der spitzen Klinge zu entgehen. »Du wirst jetzt brav sein und deiner Magie sagen, dass sie mir nichts tun soll. Und lass diese verfluchte Hecke verschwinden!«

Ich gebe ein schnaubendes Lachen von mir. »Wie kommst du auf die Idee, dass meine Magie auf mich hört?«

Gelassen zuckt sie mit den Schultern. »Auch gut.«

Sie packt mich am Hemd und zerrt mich auf die Füße. Als ich wieder sicheren Stand habe, will ich zu ihr herumwirbeln, doch da ist wieder der kalte Stahl an meinem Hals. Diesmal richtet sie ihn auf meinen Nacken.

»Eine falsche Bewegung und du bist tot«, grollt sie viel zu nah an meinem Ohr.

Sie versetzt mir einen rüden Stoß zwischen die Schultern, woraufhin ich zwei Schritte nach vorn taumele – erneut in Richtung Grenze, wo Vater und Mutter bereits auf mich warten. Zumindest klingen ihre Befehle jenseits der Hecke mehr als nah.

»Ich werde sterben, sobald ich südgander Boden betrete«, sage ich möglichst ruhig, obwohl mein Herz viel zu schnell in meiner Brust hämmert.

»Denkst du, das kümmert mich?«, gibt Lorienne zurück, während sie mich weiterschubst. »Sobald du in Südgand bist, werde ich dir die Kehle durchschneiden. Das wird den Fluch brechen.«

Ich beiße fest die Zähne zusammen und versuche erst gar nicht, mit ihr zu diskutieren. Wenn mein vergossenes Blut ausreichen würde, um den Fluch zu brechen, hätte er schon vor langer Zeit gelöst werden müssen. Als Kind habe ich mir oft die Knie aufgeschlagen. Als Heilerin in Korinth bin ich mehrmals mit dem Messer abgerutscht, wenn ich Kräuter geschnitten habe. Selbst hier in Nordgand habe ich bei mehr als einer Gelegenheit mein Blut vergossen – und nichts ist geschehen.

Doch egal, was ich sagen würde, Lorienne würde mir kein Wort glauben. Niemand aus Südgand weiß, wie der Fluch gebrochen werden kann. Das ist vielleicht der einzige Grund, warum ich so lange leben durfte. Aber nun, da sie denken, ich sei Nordgand in die Hände gefallen, werden meine Eltern alles versuchen, um mich zu benutzen. Ihnen ist es mittlerweile egal, dass ich dabei mein Leben verliere. Es geht ihnen nur darum, dass es nicht die Nordgander sind, die triumphieren, und dass die Ernten in Südgand wieder besser werden.

Als ich gegen Loriennes Griff ankämpfe, bohrt sie die Spitze der Klinge in meinen Nacken. Nicht zu fest, aber fest genug, dass ich einen Schmerzenslaut unterdrücken muss und einige Blutstropfen spüre, die im Kragen meines Hemdes versickern.

Ich konzentriere mich auf meine Magie, doch sie ist nicht mehr als ein weit entferntes Flackern. Ihre Kraft ist aufgebraucht, genau wie meine.

So weit ich es wage, stemme ich mich gegen Lorienne. Ich traue ihr zu, dass sie mich auch an Ort und Stelle tötet und anschließend meinen ausblutenden Körper über die Grenze schleift.

»Mein Tod wird euch nichts nützen«, sage ich, als ich nur noch gute zwei Meter von der Grenze entfernt bin.

»Eine Favoritin weniger, um die ich mich kümmern muss«, entgegnet Lorienne.

Ich verkneife mir die Frage, um wie viele Favoritinnen sie sich bereits »gekümmert« hat.

Mit letzter Kraft stemme ich einen Fuß gegen einen Brocken dunklen Stein, der aus der Mauer gebrochen sein muss. Die Klinge des Dolchs bohrt sich weiter in meinen Hals. Mein Kragen ist mittlerweile feucht und klebt an meiner Haut.

Doch von jetzt auf gleich verschwindet die Klinge. Hinter mir höre ich einen erstickten Laut, gefolgt von einem Knurren. Ich wirbele herum.

Turon hat sich auf Lorienne gestürzt und sie zu Fall gebracht. Mit einem tiefen Grollen schnappt er nach ihrem hübschen Gesicht. Lorienne hat beide Hände in sein Fell gekrallt, wodurch sie ihn gerade so auf Abstand halten kann.

»Du Mistvieh!«, zischt sie.

Ich beginne zu taumeln, als ich Turon zu Hilfe eilen will. Mein Sichtfeld verschwimmt zusehends, trotzdem zwinge ich mich, bei Bewusstsein zu bleiben. Zu spät bemerke ich, wie Lorienne eine Hand von Turon löst und damit nach dem Dolch tastet, der in ihrer Reichweite zu Boden gegangen ist. Ich haste nach vorn, aber sie ist schneller. Mit zwei Fingern kriegt sie den Griff zu fassen, zieht den Dolch zu sich und rammt ihn Turon seitlich in den Hals. Turon jault auf. Der Laut geht mir durch Mark und Bein und erschüttert mich so sehr, dass ich stocksteif stehen bleibe. Mit einem Ruck zieht Lorienne den Dolch heraus, nur um ihn erneut in Turon zu stoßen – diesmal in seinen Bauch.

Endlich komme ich wieder zu mir. Ich zwinge meine Beine, sich zu bewegen, und meinen Blick, sich zu fokussieren. Bei Lorienne angelangt, trete ich nach ihr. Offenbar hat sie nicht damit gerechnet, dass ich mich einmische, denn ihre Aufmerksamkeit liegt einzig und allein auf Turon, der sich jaulend am Boden zusammenkrümmt. Eine immer größer werdende Blutlache bildet sich unter seinem schwarzen Körper.

Ich trete erneut zu und erwische diesmal Loriennes Hand. Der Dolch fliegt mehrere Meter durch die Luft und landet mit einem dumpfen Klirren.

»Turon«, wispert jemand hinter mir.

Auch ohne mich umzudrehen, erkenne ich Paleias Stimme, in der mehr Zuneigung und Verzweiflung liegen, als ich es je bei ihr gehört habe. Mehr, als ich ihr je zugetraut hätte.

Ich knie mich über Lorienne und drücke sie weiter zu Boden. Sie wehrt sich; lange werde ich sie nicht in Schach halten können. Meine Hände zucken vor Verlangen, sich um ihren Hals zu legen und zuzudrücken. Ich will es. Ich will dabei zusehen, wie jegliches Leben aus ihren Augen weicht.

Nie zuvor wollte ich einen Menschen töten oder jemandem schaden. Mein Eid als Heilerin verbietet es. Selbst gegen den Mann, der gegen meinen Bruder in einem Duell angetreten ist, hegte ich keinen solchen Groll wie gegen Lorienne. Sie hat Turon schwer verletzt. Sie hat Kenric auf ewig gezeichnet und gebrochen und anschließend die Scherben zurückgelassen. Niemand wird diesem intriganten Miststück eine Träne nachweinen, wenn ich ...

Mein Körper will sie töten, doch mein Kopf stellt sich trotz der vielen Gründe dagegen.

»Weg da.« Paleias Stimme hat sich merklich abgekühlt.

Ohne Lorienne freizugeben, drehe ich den Kopf in Richtung der Schneiderin. »Aber ...«

Ich ziehe scharf die Luft ein. Sie hat sich erhoben. Turon liegt am Boden, ohne einen Muskel zu rühren. Ich kenne mich zwar mit Hunden nicht aus, doch diese Menge an Blut, die nun in die trockene Erde sickert ... Sie wäre sogar für einen Menschen tödlich.

Stumm flehe ich Turon an zu atmen. Ich wünsche mir so sehr zu sehen, wie seine Flanken sich heben und senken, dass ich kaum bemerke, wie Paleia zu uns tritt. Nur die eisige, feuchte Kälte, die von ihrer bloßen Anwesenheit ausgeht, lässt mich erschauern und von Turon abwenden.

»Weg. Da«, wiederholt sie, schärfer diesmal, während sie auf Lorienne hinabstarrt.

Diesmal gehorche ich und gebe die Südganderin zögerlich frei. Kaum dass ich mich erhoben habe, stößt Lorienne mich zur Seite. Mit huschendem Blick sucht sie den Dolch, doch er liegt mehrere Meter entfernt. Mit dieser Waffe hätte sie Paleias Macht ohnehin nichts entgegenzusetzen.

Ich wage nicht, mich zu rühren, als Paleia mittels eines winzigen Fingerzeigs ihre Wassermagie beschwört.

»Du hast ihn mir genommen.«

Ihre Stimme ist kälter und unbarmherziger, als es die meiner Mutter je hätte sein können. Schnell mache ich einen weiteren Schritt zurück.

Lorienne blickt zwischen dem wirbelnden Wasser über Paleias ausgestreckter Hand und dem Gesicht der Schneiderin hin und her. »Er … Er hat mich zuerst angegriffen!«

»Ich habe genug von deinen Lügen. Deinen Intrigen. Du bringst nur Kummer und Verzweiflung, wo immer du bist. Erst Kenric. Und nun mein Turon.«

Meine Atmung gerät ins Stocken.

»Dafür wirst du leiden.« Paleia neigt den Kopf. In ihrer Miene herrscht nichts als kalte Leere, als wäre alles zerbrochen, was einst in ihr existierte. »Dein Tod wird alles andere als schnell sein.«

Mit einer Handbewegung bringt sie ihr Wasser dazu, auf Lorienne zuzuschweben. Hastig wirbelt die blonde Favoritin herum und rennt in Richtung Mauer, wo sie aber gegen meine Hecke prallt, die sie mit Händen und Füßen niederreißen will. Dornen kratzen ihr die Haut auf und zerfetzen ihre Kleidung. Paleias Wasserzauber schwebt beinahe gemächlich hinter ihr her, als hätte er alle Zeit der Welt.

Panisch schaut Lorienne immer wieder über die Schulter und versucht dann noch vehementer, sich einen Weg durch die Hecke zu bahnen. Doch mein Zauber hält stand.

Als Paleias Wassermagie bei Lorienne angelangt ist, legt

sie sich um ihren Kopf und hüllt ihn ein. Innerhalb eines Sekundenbruchteils verkommen ihre schrillen Schreie zu einem leisen Blubbern.

Erst jetzt wird mir klar, was Paleia vorhat und was sie damit meinte, dass Loriennes Tod nicht schnell sein wird.

Mit beiden Händen versucht Lorienne, den Wasserzauber von ihrem Kopf abzuschütteln, doch ihre Finger versinken in der Flüssigkeit. Sie beginnt, ziellos umherzurennen. Irgendwann schlägt sie den Kopf gegen die Hecke. Auch davon lässt sich Paleias Zauber nicht beeindrucken. Die Dornen durchdringen das Wasser und bohren sich in Loriennes Gesicht.

Ich weiß nicht, wie lange Paleia und ich reglos dabei zusehen, dass Lorienne die Luft ausgeht. Es fühlt sich an wie Stunden; wahrscheinlich sind es bloß wenige Minuten. Aber diese sind qualvoll. Manchmal dringt ihr Röcheln durch das Wasser hindurch, mit ihrem Flehen um Gnade. Doch Paleia ist unerbittlich. Auch ich habe kein Mitleid mit ihr, dennoch rebelliert ein Teil von mir gegen diese Form des Todes. Trotzdem sage ich nichts.

Irgendwann bricht Lorienne zusammen. Mehrmals krümmt sie sich auf dem Boden, während sie verzweifelt nach Luft schnappen will. Schließlich rührt sie sich nicht mehr. Erst dann ruft Paleia ihren Zauber zurück. Loriennes Gesicht ist gezeichnet von blutigen Striemen ihrer Fingernägel und den Wunden, die ihr meine Dornen zugefügt haben. Abgesehen davon ist ihre für gewöhnlich makellose Haut bläulich verfärbt und aufgedunsen.

Paleia wendet sich zuerst von diesem Anblick ab. Zögerlich geht sie zurück zu Turon und kniet sich neben ihn.

»Es tut mir leid«, wispere ich, als ich zu ihr trete.

Langsam knie auch ich mich neben Turon, damit ich ihn

hinter dem Ohr kraulen kann, wie ich es bereits unzählige Male getan habe. Diesmal werde ich jedoch nicht mit einem seligen Hundegrinsen und einem freudigen Schwanzwedeln belohnt. Nun begreife ich wirklich, dass er nicht mehr da ist. Dass er ... tot ist. *Meinetwegen.*

Paleia hebt den Kopf. In ihrer Miene sind so viele Emotionen, dass ich sie unmöglich alle begreifen kann. Trauer ist die Offensichtlichste. Verzweiflung. Wut.

Aber nicht auf mich.

»Er hat dich beschützt«, sagt sie, während sie behutsam über seine Flanke streichelt, die reglos bleibt. »Er kannte die Gefahren.«

Trotzdem!, will ich sagen, doch meine Lippen wollen dieses Wort nicht formen. Es ist meine Schuld. Wäre ich stärker ... Niemand hätte mich beschützen müssen, wenn meine Magie und ich nützlicher wären.

All das wäre nicht passiert, wenn ich nicht nach Nordgand gekommen wäre ...

»Feuer!«, brüllt Mutter jenseits der Hecke.

Ich zucke beim ersten Kanonenschlag zusammen. Meine Hecke beginnt an einigen Stellen zu brennen. Eine weitere werde ich nie und nimmer erschaffen können ...

Ich greife nach Paleias Hand und drücke sie. »Tust du mir einen Gefallen?«

Sie dreht den Kopf zu mir und runzelt die Stirn.

»Sag Kenric, dass ...«

»Nein«, fällt sie mir ins Wort. »Was auch immer du vorhast – nein! Wenn du ihm etwas sagen willst, wirst du das selbst tun müssen.«

Ich zwinge mich zu einem Lächeln. »Dazu werde ich nicht mehr die Gelegenheit haben.«

Ich habe versagt. Mein oberstes Ziel war es, die zu beschützen, die mir wichtig sind. Aber ich habe versagt, wie mir Turons regloser Körper beweist. Als Prinzessin gilt meine oberste Pflicht dem Schutz meines Reiches, doch auch dabei habe ich versagt. Weil ich meinen Eltern beweisen wollte, dass ich etwas wert bin und alleine zurechtkomme, habe ich meinem Reich den Rücken gekehrt und wollte nie zurück, nachdem ich Kenric näher kennengelernt habe.

Nun kämpft der Fae, den ich liebe, um mich zu beschützen.

Ihn darf ich nicht auch noch enttäuschen.

Es fühlt sich an, als würde mein Körper durch eine unsichtbare Magie zu Boden gedrückt werden. Dieses Gefühl der Schwere geht weit über meine Schwäche hinaus. Dennoch quäle ich mich auf die Füße und bewege mich in Richtung Mauer.

Kapitel 41

✦

KENRIC

Ich lag mit meiner Vermutung nicht daneben: Zahid geht langsam, aber sicher das Mana aus.

Mehrere Male versucht er noch, verheerende Angriffe gegen mich zu richten, doch frisch gestärkt mit Vanyas Blut gelingt es mir, ihnen auszuweichen oder sie mit meinen Schatten zu kontern. Wann immer unsere Kräfte aufeinanderprallen, explodieren sie in einem schier ohrenbetäubenden Knall, gefolgt von dichtem Rauch, der mir für einen Moment die Sicht nimmt.

Auch wenn Zahids Bewegungen langsamer und seine Attacken weniger kraftvoll werden, heißt das nicht, dass ich für einen Herzschlag unachtsam werden darf.

Ich weiß das, dennoch sucht mein Blick bei jeder kleinen Atempause nach Vanya. Das Gefühl, dass etwas ganz und gar nicht in Ordnung ist, krallt sich in meinem Magen fest und wächst ständig weiter an. Ich kann es nicht abschütteln. Durch Turons Jaulen, das ich sogar über das Knistern von Zahids Blitzen und den Anfeuerungsrufen der anderen Fae wahrnehme, verstärkt es sich nur noch, ebenso wie das merkwürdige Prickeln an meinem rechten Handgelenk meine Unruhe weiter schürt. Aber es gelingt mir nicht, Turon im Wirrwarr der Fae auszumachen. Ich verbiete mir sogar, mich auf Vanyas Herzschlag zu konzentrieren, sondern kontrolliere bloß, ob er noch da ist.

Als Zahid einen weiteren Angriff startet, reagiere ich schneller. Ich hätte es nie für möglich gehalten, dass ich mich je so schnell bewegen könnte, doch mit Vanyas Blut und in meiner anderen Form fühle ich mich unbesiegbar.

Kurz lässt Zahid seine Deckung so weit fallen, dass es meinen Schatten gelingt, sich sowohl um seine Beine als auch seine Arme zu winden. Es kostet mich eine Menge Kraft, aber ich schaffe es, ihn so weit nach unten zu ziehen, dass er auf den Knien landet.

Zahid kniend vor mir zu sehen, besänftigt einen Teil der Wut, die ich stets auf ihn hatte. Ich genieße diesen Anblick regelrecht. Nachdem ich mich mein ganzes Leben mit ihm verglichen habe, bin nun ich derjenige, der noch aufrecht steht.

Die Fae um uns herum sind mucksmäuschenstill. Ihre ruhige Anspannung springt auf mich über, doch ich zügele mich.

»Gib auf«, sage ich laut genug, damit alle mich verstehen können.

»Davon träumst du wohl!«, grollt Zahid, der sich verbissen gegen meine Schatten wehrt.

»Ich will dein Blut nicht vergießen, Bruder«, entgegne ich.

Es ist die Wahrheit. Nicht nur wegen des Gesetzes zögere ich, sondern auch weil Zahid der einzig lebende Verwandte ist, den ich noch habe. Wir standen uns nie nahe – und vermutlich werden wir das nie –, dennoch sind wir vom selben Blut.

Und das eigene Blut zu vergießen, ist eine der größten Sünden, die ein Fae begehen kann.

Dieses Verbrechens will ich mich nicht schuldig machen.

»Ihr müsst aufstehen, mein König!«, verlangt Jeontin aus

der vordersten Reihe der Gaffer. »Alle Augen sind auf Euch gerichtet.«

Zahid gibt ein unwirsches Knurren von sich. »Wir können gern die Plätze tauschen und du versuchst aufzustehen, während diese verdammten Schatten um dich geschlungen sind.«

»Aber mein König, wenn Ihr gegen ihn verliert ...«

»Ich werde *nicht* verlieren!«, stellt Zahid klar.

Davon lässt Jeontin sich jedoch nicht einschüchtern. »Wenn Ihr gegen ihn verliert, werdet Ihr auch den Thron an ihn verlieren.«

Nun bin ich derjenige, der einen unwirschen Laut ausstößt. »Sein Thron ist mir herzlich egal!«

Jeontin schaut betont langsam zu mir. »Du bist sein Bruder. Der Sohn unseres ehrwürdigen Königs Zauriel. Du hättest ein Anrecht.«

»Ich verzichte«, knurre ich. »Das Einzige, was ich will, ist, meine Frau zu beschützen.«

»Ah, die hundertste Prinzessin«, säuselt Jeontin. »Nun, da sieht die Sache etwas anders aus.«

Mein Blick bohrt sich förmlich in Zahids engsten Berater. »Wenn irgendwer von euch ihr auch nur ein Haar krümmt, werdet ihr alle meine Schatten zu spüren bekommen. Dann pfeife ich wie mein Bruder auf unsere Gesetze.«

»Du drohst uns?«, fragt Jeontin mit gespieltem Entsetzen.

»Nein. Das ist eine nett gemeinte Warnung.«

»Du willst also die hundertste Prinzessin für dich. Nun, das können wir nicht zulassen.« Jeontins Aufmerksamkeit verweilt auf mir. »Ich mache dir ein Angebot.«

Ich stoße ein freudloses Lachen aus. »Ich bin nicht interessiert.«

Er zuckt nicht einmal mit der Wimper. »Ich mache dich zum neuen König, wenn du uns die hundertste Prinzessin überlässt.«

»Hast du was mit den Ohren?«, grolle ich. »Ich habe vorhin schon gesagt, dass mich der Thron einen feuchten Dreck kümmert.«

»Du könntest doch noch zu dem Erlöser werden, der du so lange sein wolltest.« Seine Stimme gleicht dem Schnurren einer Katze. »Alle würden zu dir aufsehen. Du könntest unser Reich in eine glorreiche Zukunft führen. Alles nur im Austausch gegen das Leben einer einzigen Südganderin.«

Es ist nicht lange her, da hätte er mich mit diesen Versprechungen ködern können. Bevor Vanya in mein Leben getreten ist, hätte ich buchstäblich alles dafür getan, in den Augen der anderen Fae etwas wert zu sein.

Wieder ihr Erlöser zu sein, wie ich es einst für einen flüchtigen Moment war.

Aber diese Zeiten sind vorbei.

»Diese ›einzige Südganderin‹, von der du da sprichst und deren Leben du opfern willst«, knurre ich, »ist meine Frau. Mein *meraelior.* Für keinen Titel, für keine Anerkennung dieser Welt würde ich ihr Leben eintauschen. Ich komme in dieser Dunkelheit zurecht. Passt euch ebenfalls an oder geht daran zugrunde! Mir ist es gleich. Aber solltet ihr Vanya schaden wollen, müsst ihr erst an mir vorbei.«

Jeontin scheint von meiner Drohung unbeeindruckt zu sein. »Es ist eine Schande, dass Zauriels Söhnen so wenig an ihrem Volk liegt. Der eine hat sein Bestes versucht und ist gescheitert und der an–«

»Ich habe euch über *Jahrtausende* am Leben erhalten!«, begehrt Zahid auf und kämpft verbissener denn je gegen meine

Schatten an. »Ohne meine Methode wärt ihr alle zu hirnlosen Verlorenen geworden!«

»Ihr habt das meiste Blut für Euch behalten«, erwidert Jeontin. »Nur wer in Eurem engsten Kreise verkehrte, bekam genug.«

»So wie du«, werfe ich trocken ein.

»Ich habe mir meine Position erarbeitet und über all die Jahrhunderte gefestigt«, entgegnet der Berater. »Das war nicht immer einfach. Ich musste Entscheidungen treffen, die keiner von euch hätte treffen wollen. Als König Zauriel den Krieg beinahe wegen einer Frau vergessen hat, da ...«

Mein Kopf ruckt nach oben. »Was ›da‹?« Ich mache einen Schritt auf ihn zu. »Was hast du getan?«

Jeontin verzieht den Mund. »Zauriel war ein sturer alter Narr. Diesen Starrsinn hat er seinen Söhnen vermacht, wie mir scheint. Und seine Torheit, alles wegen einer einzigen Frau aufs Spiel zu setzen, ebenfalls.«

Er war es ... Er ist für den Tod meiner Eltern verantwortlich. Und beinahe auch für meinen. Nach Vanyas Leben hat er ebenfalls getrachtet und dafür Eruk und Lorienne benutzt. Dieser Fae kennt die Bedeutung des Wortes »Ehre« nicht. Er vergreift sich an all jenen, die seinen eigenen Zielen im Weg stehen – ganz gleich, ob es sich dabei um Frauen oder ungeborene Kinder handelt.

Bevor ich meine Drohung wahr machen und mich Jeontin widmen kann, beginnt die Erde unter unseren Füßen zu beben. Widerwillig entlasse ich Zahid aus der Umklammerung meiner Schatten und springe ein Stück zurück. Auch in die Fae, die unseren Schlagabtausch bisher stumm verfolgt haben, kommt Bewegung. Beinahe kopflos laufen sie durcheinander, in der Hoffnung, dem Beben zu entgehen.

Einige Meter von uns entfernt bricht die Erde auf und eine Monstermade bahnt sich ihren Weg an die Oberfläche. Ich habe beinahe vergessen, wie furchtbar ihr Anblick ist. Wie riesig ihre gedrungenen Körper sind, in deren Hautfalten sich Verlorene festklammern, die sich zischend bereits ihr Opfer aus der Menge aussuchen.

Zahid und ich stoßen zeitgleich einen Fluch aus.

»Was sind das für Viecher?«, grollt der König.

»So ganz genau weiß ich das auch nicht«, gebe ich zurück. »Aber gegen eine von denen konnte ich bereits gewinnen. Gib mir einen Moment, dann können wir unseren Kampf –«

Meine Worte gehen im Dröhnen der Erde unter, als zwei weitere Maden in einiger Entfernung aus dem Boden hervorstoßen.

Ich verziehe den Mund. »Vergiss, was ich sagen wollte.«

Gegen drei dieser widerlichen Kreaturen stehen unsere Chancen denkbar schlecht. Hinzu kommen die Verlorenen, die sich zischend auf die Fae stürzen. Von Jeontin fehlt jede Spur. Auch wenn ich keine Ahnung habe, worin seine magische Gabe besteht, wäre er sicherlich hilfreich gewesen. Aber ich hätte mir denken können, dass der Feigling sich lieber in Sicherheit bringt, anstatt zu kämpfen.

Obwohl es mir widerstrebt, wende ich mich an Zahid. »Ich sage das wirklich nicht gern, aber wenn wir das hier überleben wollen, müssen wir zusammenarbeiten.«

Stumm beobachtet Zahid, wie mehrere Fae ihre Magie gegen eine der Maden schleudern. Doch das Ungetüm schüttelt wenig beeindruckt seinen massigen Körper, ehe es einen der Fae verschlingt und einen weiteren unter seinem wogenden Leib zermalmt.

Zahids Miene wirkt angespannt, dann nickt er. »Wie lautet der Plan?«

Als ich das letzte Mal gegen eine dieser Monstermaden angetreten bin, meinte Vanya, ich hätte sie mit meinen Schatten besiegt. Mittlerweile glaube ich, dass sie es war, die dem Vieh den Garaus gemacht hat. Ihre Hilfe ist auch jetzt von unschätzbarem Wert. Zahid und ich sind wegen unserer Kämpfe bereits geschwächt. Die anderen Fae können sich geradeso gegen die Verlorenen behaupten. Doch obwohl sie nicht viel ihres Manas verbraucht haben, zeigen ihre Zauber keine Wirkung bei den Maden.

Eine Waffe gibt es allerdings, die den Fae während des Großen Krieges gefährlich werden konnte. Ich bete zu allen Göttern, die mir auf die Schnelle einfallen, dass sie auch bei den Maden verheerend sein werden.

Doch zunächst brauche ich Vanya an meiner Seite. Mit ihr wären wir zu dritt und könnten die Maden wenigstens so lange beschäftigen, bis die Südgander ihre Kanonen in Stellung gebracht haben.

Vorausgesetzt sie stimmen zu und richten sie nicht gegen uns. Das würde ich ihnen zutrauen.

Zähneknirschend beobachte ich, wie eine der Maden spielend leicht durch die Verteidigungslinie der Fae bricht. Wenn ich weiter zögere, werden alle den Tod finden.

»Den Plan willst du lieber nicht hören«, antworte ich auf Zahids Frage hin.

Selbst ich würde jeden, der mir diesen Plan unterbreitet, einen Narren schimpfen, doch mir will keine Alternative einfallen.

»Haltet sie in Schach, solange ihr könnt«, sage ich, als ich mich bereits abwende. »Ich hole Verstärkung.«

»Wusstest du es?«, fragt er, ohne sich mir dabei zuzuwenden. »Dass Vanya die hundertste Prinzessin ist, meine ich.«

Ich schüttele den Kopf, während sich mein Körper verspannt. »Bis sie vorhin die Hecke erschaffen hat, hatte ich keine Ahnung.«

Das ist nicht die volle Wahrheit. In letzter Zeit beschlich mich öfters das Gefühl, dass Vanya mehr ist, als sie zu sein vorgab. Aber dass ausgerechnet sie die hundertste Prinzessin ist ... Auf diesen Gedanken wäre ich nie gekommen. Und wenn er mir gekommen wäre, hätte ich ihn ganz weit weggeschoben, weil ich ihn nicht hätte wahrhaben wollen.

Zahid runzelt die Stirn, hält mich aber nicht zurück, sondern rückt der Made, die uns am nächsten ist, mit seinen Blitzen zu Leibe.

Ich wirbele herum und haste auf die Mauer zu. Aber ich komme nicht weit. Schon aus mehreren Metern Entfernung entdecke ich Paleia, die mir mit ausgestreckten Armen den Weg versperrt. Ihre Hände sind blutverschmiert. Ein riesiger Kloß bildet sich in meinem Hals. *Ist das ... Vanyas Blut?* Hastig konzentriere ich mich auf den zweiten Herzschlag neben meinem und stoße erleichtert die Luft aus, als ich ihn stetig und gleichmäßig spüre.

Ich eile zur Schneiderin und betrachte sie von oben bis unten. Sie scheint nicht verletzt zu sein, doch woher stammt das ganze Blut? »Wo ist Vanya?«

Paleias Miene nimmt weiche Züge an. »Ich verstehe, dass du sie aufhalten willst, aber du solltest es nicht tun.«

Ich erstarre mehrere Herzschläge lang, während sich meine Gedanken überschlagen. Mein Blick fliegt zur Mauer, dann wieder zurück zu Paleia. »Das kann nicht dein Ernst sein!«

»Sie versucht, uns zu retten und vor einem schlimmeren Schicksal zu bewahren«, entgegnet die Schneiderin.

»Das ist mir gleichgültig!«

Ich will mich an ihr vorbeischieben, doch sie klammert sich an meinem Arm fest.

»Sie wird weder dem einen noch dem anderen Reich helfen«, sagt Paleia. »Vanya ist klüger als wir alle zusammen. Sie weiß genau, dass das Reich, welches sich von seinem Fluch befreien kann, unweigerlich das andere zerstören wird. Ich verstehe, dass sie nicht der Auslöser für einen weiteren verheerenden Krieg sein will. Ihr geht es nur darum, die Probleme, die ihr Weggehen aus Südgand ausgelöst haben, aus der Welt zu schaffen.«

»Welche Probleme?«, frage ich.

»Die Südgander glauben, dass ihre Missernten und Hungersnöte damit zu tun haben, dass die hundertste Prinzessin ihr angestammtes Reich verlassen hat«, erklärt sie.

Die Nahrung, die ich bei keinem Händler in Nordgand mehr auftreiben konnte. Die kümmerlichen Lebensmittel, die mir selbst der Händler an der Grenze nur anbieten konnte. Soll das wirklich mit Vanya zusammenhängen?

Nichts davon kümmert mich im Augenblick. Ich stoße Paleia beiseite und renne auf die Mauer zu.

Kapitel 42

✦

VANYA

Der Kampf zwischen Kenric und Zahid tobt weit hinter mir. Ich versuche, mich nicht darauf zu konzentrieren. Ich bin mir sicher, dass mein Fae gewinnt. Ich weiß nur nicht, was er danach tun wird. Ich will nicht diejenige sein, die ihm sagen muss, dass sein Onkel und treuester Gefährte tot ist. Weil er mich beschützt hat. Ich will nicht die Wut und den Hass auf mich in seinen wunderschönen violetten Augen sehen, sobald auch ihm klar wird, dass es meine Schuld ist.

Er wird sich von mir abwenden. Und irgendwann wird es einem anderen Fae gelingen, mich für die Aufhebung des Fluchs zu nutzen. Denn ohne Kenrics Schutz werde ich kaum einen Tag länger in Nordgand überleben können, nun da alle wissen, was ich bin.

Ich habe schon zuvor mit der großen Last auf meinen Schultern gehadert, aber nun ist sie schier unerträglich.

Noch nie kam mir die Verantwortung für beide Reiche derart niederschmetternd vor wie jetzt. Zuvor handelte es sich um reine Gedankenspiele, die ich wieder und wieder durchging, wenn ich nach der richtigen Entscheidung suchte. Doch nun stehen sich beide Völker auf offenem Feld gegenüber – bereit dafür zu töten, um mich in die Finger zu kriegen.

Ich werde für den Tod von Unzähligen verantwortlich sein.

Turons Tod hat mich beinahe gebrochen. Selbst jetzt meine ich, sein freudiges Hecheln neben mir hören zu können. Aber ich werde es nie mehr hören. Werde nie mehr seinen warmen Körper an meinen Beinen spüren, wenn ich aufwache, oder seinen Kopf auf meinem Schoß, während ich lese.

Wenn ich mir vorstelle, dass noch mehr meinetwegen ihr Leben verlieren ... Mit diesem Wissen kann ich nicht existieren. Ich könnte nie wieder in den Spiegel schauen.

Doch am schlimmsten würde mich Kenrics Wut treffen ... Ob er es mittlerweile weiß? Paleia ist zurück zu den anderen Fae geeilt. Sie hat es ihm sicherlich erzählt ...

Direkt vor der brennenden Hecke bleibe ich stehen und zucke bei jedem Kanonenschuss zusammen. Doch ich weiche keinen Schritt zurück.

Es bedarf vier weiterer Kanonenschüsse, um meine Hecke niederzureißen. Eine fünfte Kanonenkugel fliegt über meinen Kopf hinweg und schlägt weit hinter mir ein. Hoffentlich reicht sie nicht aus, um einen handfesten Krieg auszulösen.

Sobald Rauch und Qualm sich einigermaßen gelegt haben, mache ich schnell meine Eltern auf ihren Pferden ausfindig. Sie haben sich weiter hinten postiert und sind drauf und dran, ihre Soldaten nach Nordgand auszusenden. Bevor sie jedoch den Befehl geben können, hebe ich beide Arme.

»Ich bin hier!«, rufe ich, so laut ich kann.

Ohne Rücksicht auf Verluste drängt Mutter ihr Ross in die vorderste Reihe. Einige Soldaten springen aus dem Weg, um nicht unter die Hufe zu geraten.

»Bist du endlich zur Vernunft gekommen?«, will sie wissen.

Obwohl sie mehrere Meter – zwanzig, vielleicht dreißig – von mir entfernt steht, spüre ich das kalte Schneiden ihrer Stimme, als stünde sie direkt vor mir und sähe auf mich herab. Wie sie es unzählige Male in meiner Kindheit getan hat. Ich war nie die Tochter, die sie sich gewünscht hat. Vielleicht war das Problem, dass ich eine Tochter und somit die hundertste Prinzessin war und nicht der zweite Prinz, auf den sie gehofft haben, und der nun Jaspers Platz hätte einnehmen können. Ohne einen männlichen Nachkommen bleibt meinen Eltern keine andere Wahl, als Emillias Mann zu ihrem Nachfolger zu ernennen.

Vielleicht hatte ich von Anfang an keine Chance, in den Augen meiner Mutter etwas wert zu sein. Aber das ist inzwischen egal. Es gibt Wichtigeres als ihre Anerkennung in meinem Leben. Freunde, die ich beschützen will. Meinen Mann, den ich vor weiterem Unheil bewahren will. All die Südgander, die meinetwegen Hunger leiden. Oder die ihre Soldatenuniform anziehen und zur Grenze in einen Kampf gegen magiebegabte Fae marschieren mussten.

Nichts davon wollte ich. Und nichts davon kümmerte mich bis jetzt. Aber nun, da ich es weiß, ist es meine Pflicht, mein Versagen wiedergutzumachen.

Ich recke das Kinn. »Ich bin hier, um Südgand zu altem Wohlstand zu verhelfen.«

»Du willst den Fluch brechen?«, hakt Mutter nach.

Ich schüttele den Kopf. Keines der beiden Völker darf seinen Fluch verlieren, wenn ich nicht den Untergang des jeweils anderen in Kauf nehmen will. »Ich werde dafür sorgen, dass die Ernten wieder besser ausfallen. Und dafür, dass niemand mehr hungern muss.«

Mutter schnaubt. »Und wie willst du das anstellen?«

Beinahe hätte ich ihr geantwortet, dass ich es selbst nicht so genau weiß. Aber wenn die Magie, die in mir lebt, tatsächlich für den Wohlstand Südgands verantwortlich ist, bleibt mir keine Wahl, als zurück nach Südgand zu gehen. Was mit meiner Magie geschieht, sobald ich sterbe, kann ich nicht sagen. Vielleicht springt sie auf jemand anderen über. Vielleicht auf die zweihundertste Prinzessin. Vielleicht verschwindet sie auch und mein Opfer war umsonst.

Aber ich muss es versuchen. Das ist das Einzige, was ich jetzt noch tun kann.

Ich wünschte, ich wüsste mehr über meine Magie. Doch mit meinem kümmerlichen Wissen kann ich bloß darauf vertrauen, dass der Gott des Frühlings, von dem ich sie erhalten habe, einen Ausweichplan für den Fall hat, dass ich mein Leben verliere, bevor ich einen der Flüche lösen kann.

Ich mache einen Schritt auf die Grenze zu. Dann noch einen und noch einen.

Anstatt die wartenden Soldaten anzusehen, starre ich in den Himmel, der mir, als ich zum ersten Mal hier in Nordgand ankam, dunkel und unheimlich und niederschmetternd vorkam. Nun, da ich so lange hier gelebt und mich an die Dunkelheit gewöhnt habe, erscheint er mir hell und tröstlich. Für die Augen der anderen Südgander ist er jedoch trotzdem dunkel, wie mir die vielen Fackeln beweisen.

Ich klammere mich an das Wissen, dass ich meinen Blick geändert habe. Dass ich lernen konnte, etwas mit anderen Augen zu betrachten. Es dauerte eine Weile und es war nicht einfach, aber irgendwie hat es funktioniert. Ich kann nur darauf hoffen, dass auch die Menschen und Fae in der Lage sind, irgendwann über ihre Differenzen hinwegzusehen. Vielleicht entdecken auch sie dann die Schönheit der anderen Reiche.

Wie die Helligkeit in einem Himmel, der eigentlich dunkel ist.

Als ich nur noch wenige Meter von der Grenze entfernt bin, geraten meine Schritte ins Stocken. Ich hasse mich dafür, dass meine Gedanken zu Kenric schweifen und mein Kopf mich mit Erinnerungen an unsere gemeinsame Zeit flutet. Als ich sie von mir schiebe, beginnt sein Name auf meinem Arm zu kribbeln. Schnell lege ich die rechte Hand darüber, um das Gefühl zu dämpfen. Tränen brennen in meinen Augen, doch ich halte den Kopf oben. Ich tue das Richtige, sage ich mir immer wieder. Es gibt nur diesen Weg.

Ich habe es noch nie geschafft, mich selbst zu belügen. Ich schaffe es auch diesmal nicht. Aber ich befehle meinen Füßen, sich zu bewegen. Einen Schritt vorwärts zu machen. Und noch einen.

Die Schmerzen, die ich empfinde, sobald ich südgander Boden betrete, werden mich in die Knie zwingen. Ich werde schreien, auch wenn ich es nicht will. Doch ich werde es durchstehen. Irgendwie. Für all die Menschen in Südgand, die hungern. Für Paleia. Und nicht zuletzt für Kenric.

Als mein Fuß dabei ist, den letzten Schritt zu machen, schlingen sich kühle Schatten um meine Mitte und ziehen mich zurück. Ich pralle gegen eine feste, warme Brust. Sogleich werden die Schatten um meinen Bauch durch zwei Arme ersetzt.

»Würdest du mir bitte erklären«, raunt Kenric in mein Ohr, »was, bei allen Göttern, du da gerade vorhattest?«

Ich schluchze auf. Ich war sicher, seine Stimme nie mehr zu hören. Seine Berührungen nie mehr zu spüren. Ihn nie mehr zu sehen. Doch er ist hier.

Als ich leicht über meine Schulter blicke, bemerke ich, dass er wieder in seiner normalen Gestalt ist.

»Ich wollte ...«, bringe ich undeutlich hervor, »das ... Richtige tun.«

Er gibt ein Knurren von sich. Dieser Laut bringt meinen ganzen Körper zum Kribbeln. »Wenn das hier vorbei ist, werden wir ein ernstes Gespräch über richtig und falsch führen.«

Beinahe hätte ich gelacht. Aber nur beinahe. Für mich wird es kein »später« oder »wenn es vorbei ist« geben. Mein Kopf weiß das. Aber mein Körper weigert sich, sich aus Kenrics Griff zu befreien. Stattdessen lehne ich mich nach hinten, lasse mich fast gänzlich gegen ihn sinken und genieße das Gefühl, gehalten und gestützt zu werden. Nicht selbst stehen zu müssen. Schwach sein zu dürfen.

Ich wünschte, ich könnte ewig von diesen tröstenden Gefühlen zehren.

»Ist das etwa der Fae, den du zu lieben glaubst?«, fragt Mutter und reißt mich damit aus meinem behaglichen Kokon, in dem es bloß Kenric und mich gab.

Mir wird wieder bewusst, wo ich mich befinde und wie viele Blicke auf mich gerichtet sind. Südgander Soldaten starren mich an, als warteten sie nur auf den Befehl, mich mit Gewalt den letzten Meter über die Grenze zu zerren.

Kenric löst die Arme von meiner Mitte und schiebt mich hinter sich. »Wir wurden einander noch nicht vorgestellt.« Er neigt den Kopf vor meinen Eltern. Ich schnappe überrascht nach Luft. »Mein Name ist Kenric. Und ich liebe Eure Tochter. Mehr noch – ich bin einen Pakt mit ihr eingegangen. Es tut mir leid, dass ich Euch vorher nicht um Erlaubnis gefragt habe, wie es sich gehört.«

Ich kann mich nicht daran erinnern, Mutter je perplex blinzeln gesehen zu haben, aber jetzt tut sie es. »Wie bitte?«

Kenric lässt sich davon nicht verunsichern. »Ich möchte keinen Streit mit Südgand, erst recht keinen Krieg. Und ich schwöre, dass ich alles dafür tun werde, dass Vanya in Sicherheit ist und ihr kein Leid geschieht. Aber …« Seine Schatten beginnen, sich bedrohlich zuckend in Richtung Grenze auszustrecken. Ängstlich weichen die Soldaten ein Stück zurück. »… ich werde nicht zulassen, dass sie erneut südgander Boden betritt, denn das wäre ihr Tod.«

Mit weit aufgerissenen Augen starrt Mutter auf Kenrics Schatten. »Du wagst es, uns zu drohen?«

Kenric schnaubt. »Ich dachte, ich hätte deutlich gemacht, dass ich nur das Beste für Eure Tochter im Sinn habe. Sie zu zwingen, nach Südgand zurückzukommen, wird unweigerlich ihren Tod bedeuten. Ich kann mir nicht vorstellen, dass Ihr als ihre Mutter das wollt.«

Mutters Miene ist kalt und unnachgiebig. Ohne dass sie den Mund aufmacht, weiß ich, dass ihre Worte mich treffen werden. »Als Königin bin ich zuerst meinem Land verpflichtet und erst dann meinem Blut. Der Wohlstand Südgands steht über Vanyas Leben. Außerdem ist es ihre eigene Entscheidung zurückzukehren.« Sie streckt die Hand in meine Richtung aus. »Nicht wahr?«

Ich schlucke angestrengt, als Kenric mir über die Schulter einen Blick zuwirft. Doch er schaut wieder nach vorn, ohne etwas zu mir zu sagen.

»Das kann ich nicht zulassen«, teilt er meiner Mutter mit.

Sie seufzt theatralisch. »Wie ich es mir dachte. Dann bleibt mir keine andere Wahl, als dich aus dem Weg zu räumen.«

Ich schnappe nach Luft. »Nein!«

Bisher hat keine der Parteien die andere direkt angegriffen. Es schwelte lediglich der Ausbruch eines möglichen Kampfes über uns. Wenn Mutter allerdings den Befehl zum Angriff auf Kenric gibt, ist das eine offene Kriegserklärung.

Kenric ruft mehr seiner Schatten hervor. »Ich möchte nicht für den Tod von Vanyas Familie verantwortlich sein, aber ich werde nicht zögern, sie und mich zu verteidigen.«

Seine Schatten überschreiten nicht die Grenze. Ich weiß nicht, ob sie es wegen des Fluchs nicht können oder ob Kenric versucht, doch noch eine friedliche Lösung zu finden.

»Hört mir zu!«, ruft Kenric laut genug, damit sowohl meine Eltern als auch die Soldaten ihn verstehen können. »Wir werden in diesem Moment von Wesen angegriffen, die wir nicht allein besiegen können.«

Mutter schnaubt. »Na, umso besser. Das erspart uns Arbeit.«

Kenric lässt sich nichts anmerken, während ich vor Wut über Mutters Art innerlich schäume. »Wesen, die dieses Loch in der Mauer nutzen können, um auch über Südgand herzufallen, wenn sie mit uns fertig sind.«

Ich runzele die Stirn. Bisher habe ich es vermieden, zurückzuschauen, weil ich nicht sehen wollte, was ich hinter mir lasse. Doch nun drehe ich mich halb zu den Fae. Undeutlich machen meine an die Dunkelheit gewöhnten Augen die Umrisse eines riesigen Wesens aus. Aber es genügt, um mein Blut vor Angst gefrieren zu lassen. Ein weiterer Umriss taucht auf, dann noch einer.

Kenrics Hand findet meine. »Wir brauchen deine Hilfe, Vanya. Und die Hilfe Südgands. Hast du noch genug Kraft in dir, um an meiner Seite zu kämpfen?«

Mein Körper fühlt sich wund und geschunden an. Noch nie war ich so erledigt wie jetzt. Dennoch schaue ich in Kenrics violette Augen und nicke, ohne zu zögern, woraufhin ich mit einem dankbaren Lächeln belohnt werde.

Ich trete hinter ihm hervor und begegne ungerührt dem

Blick meiner Mutter. »Wir setzen unsere Unterhaltung später fort. Jetzt geht es darum, beide Reiche zu retten.«

»Von welchen Wesen der Kerl auch immer faselt, sie können uns nichts anhaben!«, entgegnet Mutter. »Noch nie konnte etwas aus Nordgand südgander Boden betreten.«

»Bis auf vorhin«, wirft Kenric fast gelangweilt ein, »als ich Vanya zurückgeholt habe. Außerdem war jemand so dumm und hat ein Loch in die Mauer geschossen, die seit des Großen Krieges eine magische Barriere zwischen den Reichen bildete. Ich an Eurer Stelle würde nicht darauf hoffen, dass diese Monster jetzt noch etwas davon abhält, über Südgand herzufallen.«

Mutter verzieht den Mund, sagt jedoch kein weiteres Wort.

»Welche Reichweite haben die Kanonen?«, verlange ich zu wissen.

»Maximal sechzig Meter«, antwortet mir einer der Offiziere.

Ich nicke ihm dankbar zu. »Ladet sie und wartet auf unser Zeichen.« An Kenric gerichtet, sage ich: »Wir müssen sie ziemlich nah heranholen.«

»Hast du eine Idee, wie wir das schaffen sollen?«

Wieder nicke ich, ehe ich mich an die Soldaten in der vordersten Reihe wende. »Zieht eure Dolche und schneidet euch damit. Tief genug, dass Blut fließt.«

Kapitel 43

✦

KENRIC

Vanyas Plan funktioniert, aber etwas anderes habe ich von meiner Südganderin auch nicht erwartet. Sobald das Blut zu Boden tropft und sein Geruch sich über die Luft verteilt, heben die Maden, sowie die Verlorenen die Köpfe und schnüffeln. Zügig haben sie den Ursprung des verlockenden Geruchs ausgemacht.

Mittels seines Windzaubers ist Zahid so schnell bei uns, dass wir ihm kaum mit Blicken folgen können.

Zweifelnd huscht seine Aufmerksamkeit von Vanya zum Heer der Südgander, das lediglich einen Steinwurf von uns entfernt auf der anderen Seite der Grenze steht, und wieder zurück. Seufzend fragt er: »Ich will den Plan lieber nicht genau hören, oder?«

Ich zucke mit den Schultern. »Nein, lieber nicht.«

Ein letztes Mal wendet Vanya sich an die Soldaten, die die Kanonen laden. »Ihr wartet auf mein Zeichen. Keine einzige wird vorher abgefeuert! Und wenn ihr ›aus Versehen‹ einen Nordgander treffen solltet, werde ich ihn«, mit einer Kopfbewegung deutet sie auf mich, woraufhin meine Schatten deutlicher aus mir hervortreten, »nicht zurückhalten, klar?«

Die Soldaten murmeln kleinlaut eine Zustimmung. Ich muss mir ein stolzes Grinsen verkneifen, als Vanya zu uns tritt und sich zwischen uns postiert. Mutig starrt sie den heranschlängelnden Maden und den zischenden Verlorenen entgegen.

Ihre Stimme klingt gefasst, als sie sagt: »Wir haben einen einzigen Versuch.«

Zahid und ich nicken.

Die Maden kommen näher und näher. Bereits jetzt kann ich ein leichtes Beben unter meinen Füßen spüren. Zwischen ihren massigen Leibern hasten Verlorene mit gierig aufgerissenen Mäulern auf uns zu.

»Konzentriert euch nur auf die Maden«, weist Vanya uns an. »Um die übrig gebliebenen Verlorenen kümmern wir uns anschließend.«

Sie geht in die Hocke und kratzt die Wunden in ihren Handflächen auf. Ihr Blut ist dickflüssig, weshalb sie die Schnitte weiter aufreißt. Nichtsdestoweniger verströmt es einen lockenden Duft nach Stärke und Kraft, der mir beinahe die Sinne vernebelt.

Zahid ergeht es ähnlich. Sein Kopf ruckt zu Vanya herum und er bläht die Nasenflügel. In seinen Augen tanzt blanke Gier wie Blitze. Als er einen winzigen Schritt auf sie zu macht, schlingen sich meine Schatten um seinen Hals und drücken so lange zu, bis jedwede Gier aus seinem Gesicht verschwindet und unverhohlener Angst Platz macht.

»Denk nicht mal dran«, knurre ich, ohne mich von der Stelle zu rühren.

»Bleibt bei der Sache, ihr zwei!«, murrt Vanya, während sie die blutenden Hände in die Erde gräbt. Aus dem Klang ihrer Worte höre ich ihr Augenrollen heraus.

Hinter uns breitet sich plötzlich Panik aus, nun da die Maden auch im Schein der südgander Fackeln und im fahlen Licht des Himmels eindeutig zu erkennen sind. Wahrscheinlich waren sie für südgander Augen in der Ferne bisher nicht mehr als dunkle, sich bewegende Flecken. Wenn überhaupt.

»Ruhig!«, mahnt Vanya, ohne einen Moment den Blick von den herannahenden Gegnern zu nehmen. »Wartet auf mein Zeichen. Sie sind noch zu weit weg.«

»Für meinen Geschmack sind sie zu nah«, grummelt Zahid, als er seine Blitze beschwört.

Doch er feuert sie nicht ab. Wie auch meine Schatten warten sie angespannt, aber geduldig auf Vanyas Befehl.

Als ich bereits das Zischen der Verlorenen so laut höre, dass sich mir die Nackenhaare aufstellen, und die Monstermaden so nah sind, dass ich das Wabbeln ihrer Körper erkennen kann, ruft Vanya endlich: »Jetzt!«

Zeitgleich schleudern wir unsere Magie den Angreifern entgegen. Meine Schatten schlingen sich um die linke Made. Vanyas Ranken brechen aus dem Boden hervor und greifen sich die mittlere, während Zahids Blitze die rechte betäuben.

Hinter uns ertönen mehrere Kanonenschüsse, die in meinen empfindlichen Ohren widerhallen. Nur einen Wimpernschlag später schlagen die Kanonenkugeln begleitet vom schaurigen Geräusch berstenden Fleischs direkt dort ein, wo wir die Maden festhalten. Die Druckwelle reißt mich beinahe von den Füßen. Vanya, die am Boden gekniet hat, wird nach hinten geworfen. Einige meiner Schatten schlingen sich um sie und bewahren sie davor, mit dem Kopf irgendwo dagegenzuschlagen. Aus den Augenwinkeln sehe ich, wie blass und abgekämpft sie wirkt. Nicht zum ersten Mal überhäufe ich mich mit Vorwürfen, dass ich sie hätte wegbringen sollen.

Wenn das hier vorbei ist, schwöre ich mir, werde ich mich um sie kümmern. Um jeden Schnitt, den sie sich selbst beibringen musste. Ich werde sie für jeden Tropfen Blut um Verzeihung bitten, den ich nehmen musste, um gegen Zahid zu bestehen.

Vanya hebt den Kopf und blinzelt gegen den Staub der Explosionen an, der zu uns herüberweht. »Haben wir es geschafft?«

Verlorene springen kreischend aus der Staubwolke hervor und stürzen sich auf uns. Zwei durchbohre ich mit meinen Schatten, auf zwei weitere lässt Zahid seine Blitze niedergehen. Und ein fünfter, der sich mit weit aufgerissenem Maul direkt auf Vanya stürzen wollte, wird durch einen Wasserzauber so hart getroffen, dass er zur Seite geschleudert wird und nicht mehr aufsteht.

Ich schaue nach rechts und entdecke Paleia; über ihrer Hand schwebt bereits der nächste Wasserzauber. »Es ist noch nicht vorbei.«

Weiter hinten mache ich Eruk aus, der mit einem Langschwert einigen Verlorenen zu Leibe rückt, die die Explosionen überlebt haben oder außerhalb ihrer Reichweite waren.

Zahid wirft einen Blick auf Vanya und mich. »Kümmere dich um sie und halte die Verlorenen auf, die bis hierher durchdringen.«

Für einen Moment bin ich zu perplex, um ihm zu antworten, deshalb nicke ich nur.

Nachdem Zahid sich ins Getümmel gestürzt hat, helfe ich Vanya behutsam auf. »Geht es?«

Sie lehnt sich gegen mich, als hätte sie jedwede Kraft verlassen. Mit einem Arm halte ich sie fest, während ich ihr mit der anderen Hand einige wirre Haarsträhnen aus der Stirn streiche. Ich spüre kalten Schweiß unter den Fingerspitzen. Vanya muss sich dringend ausruhen. Aber hier, inmitten eines Schlachtfeldes, ist das unmöglich. Die Schuld, dass ich es zugelassen und sie hierher habe kommen lassen, frisst schier ein Loch in meine Eingeweide.

Aber ohne sie, ohne ihre Hecke und die Möglichkeit, mit den Südgandern für eine kurze Zeit einen Waffenstillstand zu schließen, wären alle anwesenden Fae tot und beide Reiche hätten einen weiteren Krieg vom Zaun gebrochen. Oder Südgand wäre von den Maden überrannt worden.

Ich lehne mich vor und küsse Vanya auf die Schläfe. »Du hast uns alle gerettet, Liebste.«

Sie stößt ein Seufzen aus.

Ich ziehe sie fester an mich. »Halte nur noch ein bisschen durch.«

Als ich darüber nachdenke, wie ich Vanya schnellstmöglich von hier fortschaffen kann, ertönt hinter mir die glasklare und eiskalte Stimme ihrer Mutter.

»Ladet die Kanonen nach!«

Kapitel 44

✦

VANYA

Augenblicklich winde ich mich aus Kenrics Umarmung, auch wenn mich jeder erschöpfte Muskel meines Körpers dafür hasst, und wirbele zur Grenze herum.

»Nein!«

Mein Schrei ist so laut, dass die Soldaten tatsächlich innehalten. Ihre Blicke huschen zwischen mir und meiner Mutter hin und her.

Meine Beine zittern vor Schwäche und Angst gleichermaßen, als ich einen Schritt auf das Loch in der Mauer zu mache. »Bitte. Bitte tu das nicht.«

»Das ist unsere beste Chance, den Nordgandern einen herben Schlag zu versetzen«, entgegnet Mutter. »Ihr König kämpft unter ihnen. Wenn er fällt, wird es das feindliche Reich ins Chaos stürzen. Ladet die verdammten Kanonen!«

Als die Soldaten sich anschicken, dem Befehl nachzukommen, stolpere ich weiter nach vorn. »Sie haben euch beschützt«, halte ich ihnen vor. »Sie haben diese Ungeheuer für euch aufgehalten. Sie kämpfen auch jetzt noch. Und das alles, nachdem ihr aus eigenem Antrieb zur Mauer marschiert seid und sie zerstört habt. Keiner von ihnen hat euch bedroht.« Ich recke das Kinn. »Alles ging von euch aus.«

»Du wagst es, so mit mir zu reden?«

»Das hätte ich schon viel früher tun sollen«, entgegne ich ungerührt. »Es tut mir leid, dass ich nicht der Sohn war, den du wolltest. Dass ich dummerweise die hundertste Prinzessin bin. Dass ich nie so wurde, wie du es gern gehabt hättest. Ich habe mich wirklich bemüht, aber jetzt schäme ich mich dafür, deine Tochter und eine Südganderin zu sein.«

Nur wenige Schritte trennen mich von dem Loch in der Mauer, sodass ich deutlich das Entsetzen in Mutters Miene erkennen kann.

»Ich wollte stets das Beste für dich«, begehrt sie auf.

»Nein, du wolltest das Beste für *dich!* Du warst all die Jahre blind für das, was du mir angetan hast. Und ich war nicht mutig genug, um mich dagegen zu wehren. Doch ich bin nicht mehr schwach und mutlos.« Ich schaue zu meinem Vater. »Ich bin nicht mehr das zarte Blümchen, das eures Schutzes bedarf.«

Vater zieht die Augenbrauen zusammen, aber seine Miene wirkt nicht wütend, sondern gekränkt. »Blümchen, was ...?«

Ich schneide ihm mit einem weiteren lauten »Nein!« das Wort ab und er verstummt. Dabei schaut er mich an, als sähe er mich zum ersten Mal. Vielleicht stimmt das auch.

Ich balle die Hände zu Fäusten, woraufhin ein paar vereinzelte Blutstropfen zu Boden fallen und Blumen sprießen lassen, während ich tief durchatme. Hinter mir spüre ich Kenric, der zu mir getreten ist und mir durch seine bloße Anwesenheit die Ruhe und Kraft gibt, die ich gerade dringend benötige.

»Ich verstehe, dass Südgand sich am Rande einer Katastrophe befindet«, sage ich, darum bemüht, meinen wütend-schnellen Herzschlag zu drosseln. »Ich wusste nicht, dass mein Weggehen solch verheerende Auswirkungen haben würde. Natürlich werde ich dafür Verantwortung übernehmen. Ich schwöre, dass ich eine Lösung finden werde.

Aber im Moment kann ich mich kaum allein auf den Beinen halten, geschweige denn klar denken. Gebt mir …«, ich stoße den Atem aus, »gebt mir ein paar Tage und zieht euch bis dahin zurück. Ich schwöre, ich werde Südgand nicht im Stich lassen.«

Meine Eltern wechseln einen Blick, den ich nicht deuten kann. Selbst aus Mutters Gesicht ist ein Großteil der sonst stets gegenwärtigen Härte gewichen.

Als sie sich mir erneut zuwendet, sagt sie in einem begütigenden Tonfall, den ich noch nie bei ihr gehört habe: »Zum ersten Mal sehe ich nicht meine wilde, eigensinnige Tochter vor mir, sondern eine Prinzessin Südgands.«

Ich weiß, dass dies das größte Lob und die beste Entschuldigung ist, die ich von meiner Mutter je zu hören kriegen werde, deshalb verkneife ich mir einen bissigen Kommentar und nicke stattdessen.

»Wir ziehen uns zurück!«, lautet ihr Befehl an die Soldaten, die ihn rasch in die Tat umsetzen.

Nachdem sie mit eigenen Augen Zeugen der Maden und Verlorenen wurden, kann ich es ihnen nicht verdenken, dass sie so schnell wie möglich hier wegwollen.

Nur Mutter und Vater verbleiben auf ihren Pferden direkt an der Grenze. Ich gehe zu ihnen, gefolgt von Kenric, der stets einen Arm nach mir ausgestreckt hält, falls ich schwanken sollte.

»Du warst großartig«, murmelt er, als wir anhalten.

Dankbar lehne ich mich gegen ihn. Nur am Rande bemerke ich, dass der Kampflärm hinter uns nach und nach abebbt. Die Fae haben sich gegen die Verlorenen behauptet. Ich bin so erleichtert, dass mir Tränen in die Augen steigen. Nicht nur, weil wir den Angriff abwehren konnten. Uns ist es auch gelungen, einen drohenden Krieg abzuwenden – zumindest vorerst.

Aufmerksam beobachtet meine Mutter uns. »Ich wurde in einer Welt geboren, in der es für Liebe keinen Platz gibt«, sagt sie schließlich. »Ich musste hilflos dabei zusehen, wie mir dieses verfluchte Gefühl meinen Sohn nahm. Auf keinen Fall wollte ich zulassen, dass auch meinen Töchtern dieses Schicksal blüht. Doch noch weniger wollte ich, dass du, Vanya, mit dieser Last auf den Schultern aufwächst. Deshalb habe ich ...«, sie dreht den Kopf zu Vater, »... haben *wir* beschlossen, dass du nie eine Prinzessin sein würdest. Wir konnten nicht riskieren, dass doch irgendwer die richtigen Aufzeichnungen findet und sie Nordgand zuspielt. Oder einem machthungrigen Südgander, der uns durch dich erpresst hätte. Ich war streng mit dir, aber ich tat es zu deinem Besten.«

»Wir hoffen«, murmelt Vater, »dass du uns eines Tages verzeihen kannst.«

»Das weiß ich nicht«, sage ich wahrheitsgemäß.

Zu tief saß der Stachel, nie gut genug zu sein, und über all die Jahre hat er sich weiter in mich gebohrt. Dank Kenric konnte ich ihn herausziehen, eine Narbe ist trotzdem geblieben. Eine Narbe, die ich zeitweilig vergessen kann, die mich aber immer dann schmerzt, wenn ich meinen Eltern gegenüberstehe.

Mutter nickt, als sei sie mit meiner Antwort zufrieden oder als hätte sie mit ihr gerechnet. »Wir kehren in drei Tagen zurück und hoffen, dass du dann eine Lösung für Südgands Problem hast.« Ihr Blick huscht zu Kenric. »Bis dahin vertraue ich dir meine Tochter an.«

»Sie ist bei mir in besten Händen«, entgegnet Kenric.

Ich traue meinen Augen kaum, als sich auf Mutters Lippen ein Schmunzeln abzeichnet. »Das sehe ich.«

Schlagartig verblasst ihr Lächeln jedoch, als sie etwas hinter uns anstarrt. Instinktiv drehe ich mich um, ein eisiger Schauer prickelt in meinem Nacken wie der zu nahe Atem eines Gegners.

Dann geht alles rasend schnell. Ich nehme nicht bewusst wahr, wer hinter uns steht oder wie er sich so lautlos anschleichen konnte. Ich sehe nur das gezogene Schwert. Kenric wirbelt ebenfalls herum und befindet sich dadurch direkt zwischen mir und der Waffe.

Ich denke nicht nach. Ohne zu zögern, strecke ich den Arm aus und stoße Kenric von mir. Im selben Moment formt er seine Schatten zu einer Art spitzen Lanze. Jeontin spuckt Blut, als Kenrics Schatten sich mit einem schaurigen Knirschen in seinen Körper bohren.

Doch der einstige Vertraute des nordgander Königs hat das Überraschungsmoment auf seiner Seite.

Ich spüre, wie seine scharfe Klinge meine Kleidung und meine Haut durchtrennt. Kurz ist da auch Schmerz, aber er verschwindet sogleich.

Meine Erfahrung als Heilerin sagt mir, dass das kein gutes Zeichen ist.

Das ist der letzte klare Gedanke, zu dem ich fähig bin.

Meine Beine geben unter mir nach. Ich versuche, es zu verhindern, aber meine Knie knicken ein. Ich schaffe es nicht einmal, mich mit den Händen abzufangen, sondern pralle hart auf der Erde auf – direkt an der Grenze. Die Beine der Pferde, die lediglich einen Steinwurf entfernt sind, verschwimmen und werden undeutlich.

Von weit her meine ich, Kenrics Stimme zu hören. Dann

wird es einen Augenblick dunkel und kühl. Selig stoße ich den Atem aus, denn ich erkenne die Berührung seiner Schatten.

Warme Hände legen sich um meine Schulter und drücken gegen meinen Bauch.

Das ist das Letzte, was ich wahrnehme, bevor ich es nicht mehr schaffe, die Augen zu öffnen.

Kapitel 45

✦

KENRIC

In mir zerbricht etwas. Ein Gefühl, an das ich mich bereits gewöhnt und das ich willkommen geheißen habe. Das zu einem Teil von mir geworden ist.

Es ist mir nicht möglich, meine Schatten zurückzuhalten. Sie brechen gewaltsam aus mir hervor und agieren als eigenständiges Wesen, während mein Blick wie erstarrt auf die reglose Vanya gerichtet ist. Blumen sprießen rings um sie aus der trockenen, leblosen Erde.

Ich stürze vor, falle neben ihr auf die Knie und schlinge so vorsichtig wie möglich einen Arm um sie, um sie zu stützen. Die Hand drücke ich gegen die Wunde in ihrem Bauch. Sofort quillt Blut zwischen meinen Fingern hervor. Ich presse sie fester dagegen.

»Nein«, grolle ich. Meine Stimme klingt roh und rau. »Vanya, rede mit mir.« Sanft ruckele ich an ihrer Schulter. »Sieh mich an, bitte!«

Entfernt höre ich hinter mir das hungrige Zischen der Fae, die Vanyas Blut ebenfalls gerochen haben. Als hätten meine Schatten es ebenfalls vernommen, ziehen sie sich zu mir zurück und bilden einen dunklen Schutzschild um uns.

In dem Moment, als Vanyas Kopf zur Seite rutscht, verschwindet das warme Gefühl in meiner Brust, das von Sekunde zu Sekunde schwächer wurde, gänzlich.

Ich weiß nicht, wie lange ich da sitze und auf sie hinabstarre und mich darauf konzentriere, das Gefühl ihres Herzens wieder in meiner Brust zu spüren. Es muss doch da sein …! Es *muss!*

Es war die ganze Zeit da, seit wir unseren Pakt eingegangen sind. Anfangs war es ungewohnt, aber es wurde schneller, als ich es für möglich gehalten hätte, zu einem Teil von mir.

Nun ist dieser Teil verschwunden. Es fühlt sich an, als hätte mir jemand gewaltsam ein lebenswichtiges Organ entfernt, ohne das ich nicht mehr existieren kann. Dieser Schmerz, der sich durch mich hindurchfrisst, ist nicht körperlich, aber so allumfassend, dass ich nicht mehr atmen kann.

Nicht mehr atmen *will.*

»Vanya«, wispere ich und lehne mich vor, um sanft die Stirn gegen ihre zu drücken. »Bitte. Bitte bleib bei mir.«

Kein Blut quillt mehr zwischen meinen Fingern hervor. Als ich die Hand hebe, die ich bis eben gegen ihren Bauch gepresst habe, prüfe ich kurz mein Handgelenk.

Wo zuvor die Buchstaben ihres Namens standen, ist nun nichts mehr.

Kapitel 46

✦

PALEIA

Wir haben gesiegt.

Die Ungeheuer wurden durch die Kanonenschläge in ihre Einzelteile zerfetzt, und um die übrigen Verlorenen haben wir Fae uns gekümmert. Nur wenige konnten ihr Heil in der Flucht suchen.

Unser Kampf glich einem Rausch. Ich habe nicht selbst während des Großes Krieges gekämpft, doch so ähnlich muss es gewesen sein. Das Gefühl, einer unumstößlichen Einheit anzugehören. Stärker zu sein als der Gegner.

Der Duft von Blut steigt mir in die Nase. Er ist so süß, so lockend, dass ich ihm nicht widerstehen kann. Auch die anderen Fae wenden sich um. Doch mein Hunger nach Mana verschwindet schlagartig, als ich Kenrics Gestalt entdecke. Er kniet zusammengekauert auf dem Boden und hält eine leblose Vanya in den Armen.

Die südgander Truppen haben sich weit hinter die Grenze zurückgezogen. Oder ihre vorderen Reihen wurden ausgelöscht. Auch jetzt zucken Kenrics Schatten wütend und halten jeden Fae auf Abstand, der dumm genug ist, sich ihnen zu nähern. Leider sind es einige, die dem lockenden Duft nicht standhalten können. Nicht alle überleben den Angriff, doch das scheint Kenric nicht zu kümmern.

Ich nähere mich ihm vorsichtig und stoppe außerhalb der Reichweite seiner Magie. »Kenric!«, rufe ich, so laut ich kann.

Doch er reagiert nicht. »Ich bin's, Paleia. Lass mich zu dir und sehen, ob ich helfen kann.«

Als er mir immer noch keine Beachtung schenkt, mache ich einen Schritt vor, werde aber sofort von seinen Schatten attackiert. Schnell bringe ich mich mit einem Satz nach hinten in Sicherheit.

Verdammt! Mein Blick gleitet wieder zu ihm und das Herz wird mir schwer. Ich habe ihn schon oft verzweifelt und hadernd gesehen. Aber jetzt wirkt er … gebrochen. Das kann nur bedeuten, dass Vanya …

Bevor ich den Gedanken zu Ende denken kann, zerreißt ein ohrenbetäubender Knall die Stille. Panisch schaue ich mich um, weil ich mit einem weiteren Kanonenangriff Südgands rechne – jetzt, wo Kenric am verwundbarsten ist.

Doch es ist kein Angriff, der plötzlich zwischen uns einschlägt.

Aus dem Nichts, aus der Dunkelheit selbst erscheint sie – eine Fae, schöner und anmutiger als alle, die ich während meines langen Lebens gesehen habe. Sie umgibt eine Aura von Stärke und Macht, die mir ebenfalls fremd ist und die sämtlicher Fae übersteigt, die ich allerdings bereits einmal gespürt habe.

An dem Tag, als die Flüche verhängt wurden.

Ich halte den Atem an, während ich die Fae betrachte. Ihre hoch gewachsene, schlanke Gestalt steckt in einem mitternachtsschwarzen fließenden Kleid, das ich nicht in meinen kühnsten Träumen besser hätte schneidern können. Auf dem Stoff funkeln kleine Steine. Es wirkt, als würde ich in den Nachthimmel blicken – bevor es nur noch Dunkelheit gab.

Auch die Kleider, die Vanya während des Festes der Tanzenden Sterne trug, habe ich aus meinen Erinnerungen erschaffen. Erinnerungen an die Sonne, an den Himmel, das Meer und die Wolken. All diese Erinnerungen ließ ich in meine Arbeit einfließen. Vielleicht berührt es mich deshalb so stark, dass mich das Kleid der Fae nun an den Nachthimmel erinnert, unter dem ich mich stets mit Turon getroffen habe, wenn er sicher war, dass das Kind im magischen Kokon schlief und ihn nicht brauchte. Es waren heimliche Treffen, von denen ich dachte, dass sie mich nicht erfüllten, weil wir weitab der Stadt waren. Weil ich mich stets zurückgestellt fühlte.

Heute weiß ich, dass das eine Lüge war. Unsere Treffen waren die schönste Zeit meines Lebens, und ich würde alles dafür tun, sie noch einmal zu durchlaufen.

Tränen fließen meine Wangen hinab. Trauer schnürt mir die Kehle zu. Ich sinke auf die Knie, weil mich meine Beine nicht länger tragen. All dies, ausgelöst vom Anblick eines Kleides.

Anmutigen Schrittes nähert sich die Fae Kenric. Ihr Haar, das sie zu einer kunstvollen Frisur aufgesteckt hat, ist ebenso nachtschwarz wie ihr Kleid. Ein Diadem in der Farbe des Mondes blitzt dazwischen hervor.

Ich will den Mund öffnen und sie warnen, dass sie sich den Schatten nicht nähern soll, doch ich bringe kein Wort hervor.

Ich weiß, wer sie ist. Als ich die unbegreifliche Macht spürte, die von ihr ausgeht, wusste ich es.

Vor mir steht Nyx, die Göttin der Nacht und der Toten und die oberste Schutzgöttin der Fae.

Die Göttin, der wir unseren Fluch verdanken.

Eine Bewegung jenseits der Grenze fesselt meine Aufmerksamkeit. Von dort nähert sich ein Südgander. Stünde ich nicht derart neben mir, hätte ich über diese Dummheit den Kopf geschüttelt. Niemand bei klarem Verstand sollte sich Kenrics

Schatten *und* einer herabgestiegenen Göttin nähern. Selbst die Fae, deren Geist bis eben von Vanyas Blutgeruch vernebelt war, sind zu derselben Ansicht gelangt und verharren reglos neben oder hinter mir, während sie die Göttin aus sicherer Entfernung anstarren.

Doch der Südgander nähert sich weiter. Als er fast an der Grenze und damit in Reichweite von Kenrics Schatten ist, halte ich die Luft an. Im nächsten Augenblick stürzt sich die tiefschwarze Magie auf den Südgander. Nur um sich einen Moment später in gleißendem Licht aufzulösen.

Ich weiche unwillkürlich einen Schritt zurück und schirme meine empfindlichen Augen vor der Helligkeit ab.

»Du kommst spät.«

Die Stimme der Göttin zu hören, beschleunigt meinen Herzschlag. Sie klingt so melodisch, als könnte sie sich auf die gebrochenen und schmerzenden Stellen in meinem Inneren legen, um sie zu heilen. Einige Fae neben wir fallen ebenfalls auf die Knie.

»Verzeih«, sagt der Südgander, sobald er die Grenze überquert hat.

Erst jetzt bemerke ich die Macht, die auch von ihm ausgeht, und mir ist klar, dass dies kein gewöhnlicher Südgander ist.

Optisch stellt er das komplette Gegenteil der Göttin Nyx dar: blondes Haar, ein heller, fast weißer Anzug, eine rote Rose in der Brusttasche des Jacketts.

Die Göttin nähert sich den Schatten, die ihr jedoch den Weg frei machen. Es wirkt nicht, als würden sie vor ihrer Macht zurückweichen, sondern als verneigten sie sich vor ihr.

Als beide Götter bei Kenric und Vanya angelangt sind, verschwindet Kenrics Magie.

Kapitel 47

✦

KENRIC

Mein Körper ist taub.

Betäubt von einer allumfassenden Leere, die von mir Besitz ergriffen hat und die zumindest einen Teil des Schmerzes abschirmt, der sich in mir sammelt. Ich fürchte mich vor dem Moment, an dem die Leere weichen muss. Denn dann werde ich nur noch aus Schmerzen bestehen. Schmerzen, die mich für den Rest meines Lebens verfolgen werden.

Es wird kein Augenblick vergehen, in dem ich nicht verzweifelt nach dem zweiten Herzschlag neben meinem suchen, ihn aber nie wieder finden werde.

Vanyas Körper in meinen Armen wird zusehends kälter. Ich ziehe sie näher an mich, um sie zu wärmen, während ich ihr beruhigende Worte zuflüstere, die keinen Sinn ergeben.

Als etwas meine Wange streift, öffne ich die Augen. Sie sind schwer vor Tränen, doch irgendwie gelingt es mir, die Lider zu heben, obwohl ich sie am liebsten für immer geschlossen ließe.

Ich schaue auf Vanyas strahlend helle Seele, die sich aus ihrem Körper gelöst und mir zum Abschied über die tränennasse Wange gestreichelt hat.

Ich weiß nicht, warum ausgerechnet ich neben meinen Schatten mit der Gabe geschlagen bin, die Seelen Verstorbener sehen zu können. Zum Glück nicht alle; so konnte ich nie die Seelen derer erblicken, die den Giftanschlägen zum Opfer fielen. Auch die Seele der Dienerin, die Zahid direkt vor meinen Augen tötete, blieb mir verborgen.

Turons Seele tauchte jedoch damals vor mir auf, als er mir den letzten Rest seines Manas gab, damit ich leben konnte. Und nun sehe ich Vanyas.

Wie auch damals bei Turon überkommt mich eine eiskalte Panik. Ich strecke die Hand aus und kriege ihre Seele zu fassen.

»Nein«, flehe ich rau. »Geh nicht.«

Ich weiß, dass ich sie nicht hierhalten kann. Niemand verfügt über diese Macht. Bei Turon ist es mir bloß gelungen, weil ich übervoll von Mana aus verschiedenen Quellen war. Dieses Wunder wird mir nicht erneut gelingen, auch wenn ich alles – wirklich *alles* – dafür täte.

»Halte sie gut fest«, sagt eine wohlklingende Frauenstimme hinter mir.

Ich zucke zusammen, gehorche aber. Ich hätte es sowieso getan, auch wenn es sinnlos ist.

Mein Kopf braucht viel zu lange, um sich mit der Frage zu beschäftigen, woher diese fremde Frau kommt. Und warum sie Vanyas Seele sehen kann …

Undeutlich nehme ich meine Umgebung wahr. Meine Schatten sind verschwunden. Ich runzele die Stirn. Wann ist das passiert?

Eine Hand legt sich auf meine Schulter. Ausgehend von dieser Berührung flutet eine sanfte Wärme mein Inneres und füllt einen Teil der Leere so weit, dass ich wieder einen tiefen Atemzug nehmen kann.

Als sich meine Sicht klärt, nehme ich einen Südgander wahr, der neben mir in die Hocke geht. Instinktiv will ich vor ihm zurückweichen, doch ich komme nicht weit, denn auf der anderen Seite steht die Frau, die ihre Hand nicht von meiner Schulter nimmt. Als ich zu ihr aufschaue, erkenne ich die abgrundtiefe Trauer in ihrem schönen Gesicht, die bis eben noch ungehemmt in mir wütete.

»Es tut mir so leid, mein Junge«, wispert sie. Dann gleitet ihr Blick zu dem Mann.

Er streckt die Hand nach der leblosen Vanya aus. Ich will sie fester an mich drücken, zögere jedoch. Sachte streicht er ihr eine wirre Haarsträhne aus der Stirn.

»Du warst tapfer, Tochter«, sagt er mit einem warmen Lächeln. »Du hast deine Aufgabe erfüllt.«

»Auf...gabe?«, krächze ich.

Er wendet sich mir zu. Seine Augen sind von einem solch hellen Blau, dass es fast schmerzt. »Ihre Aufgabe als hundertste Prinzessin.«

Ich schlucke angestrengt. Davon will ich nichts hören! Ich habe nicht bemerkt, dass Vanya die hundertste Prinzessin ist ... Wenn ich es früher gewusst hätte, vielleicht hätte ich dann ...

»Nein.« Die Stimme der Frau reißt mich aus meinen Gedanken. »Dieser Weg war ihr vorherbestimmt. Dass du sie auf einem Teil begleiten konntest, wusste sie zu schätzen. Aber das Ende ... hätte keiner von euch ändern können.«

»Es ist die Aufgabe der hundertsten Prinzessin, ihr Leben für das Reich zu geben, an dem ihr Herz hängt«, sagt der Mann.

In meinen Aufzeichnungen gibt es einen Part über den Hauptgott der Südgander. Ich glaube, sein Name ist Varondor, der Gott des Frühlings. Aber er kann kein Gott sein ... Ich glaube nicht an die Götter. Ich blinzele. Wenn er es aber doch ist ... Wäre dann die Frau ...?

Als könnte sie meine Gedanken hören, neigt sie mit einem traurigen Lächeln den Kopf, als ich zu ihr aufschaue. »Ich freue mich, dich endlich kennenzulernen.«

Ich runzele die Stirn und öffne den Mund, doch sie schneidet mir das Wort mit einem Kopfschütteln ab.

»Dazu fehlt uns jetzt die Zeit. Ihre Seele«, sie streckt die Hand nach Vanya aus, »kann nicht mehr lange hierbleiben.« Sie schaut zu dem Mann. »Wie bewerten wir ihre Aufgabe?«

Der Mann seufzt, als er aufsteht und sich umsieht. »Genau genommen hat sie ihr Leben nicht für eines der Reiche gegeben, sondern für einen Fae.«

Mein Hals fühlt sich an wie zugeschnürt. Soll Vanya meinetwegen ihre Aufgabe nicht erfüllt haben?

Die Frau drückt meine Schulter. »Aber das ist doch etwas Gutes. Sie hat beiden Flüchen getrotzt und ist trotzdem nicht von ihrem Weg abgekommen. Jetzt müssen wir nur noch entscheiden, welchem Reich sie mehr gedient hat.«

Der Mann nickt, während er einige Schritte an der Grenze auf und ab läuft.

»Da sie in Nordgand gestorben ist, schlage ich vor, dass wir den nordgander Fluch lösen«, sagt sie. »Außerdem war es ein Fae, für den sie sich geopfert hat.«

Ich gebe mein Bestes, meine Ohren vor ihren Worten zu verschließen, doch sie dringen trotzdem zu mir durch. *Gestorben. Geopfert.* Sie klingen so endgültig. Wie eine niederschmetternde Wahrheit, vor der ich bisher geflohen bin. Ich will mir diese Wahrheit nicht eingestehen, obwohl ich Vanyas Seele in der Hand und ihren leblosen Körper im Arm halte.

»Nicht so voreilig«, widerspricht der Mann, ehe er abermals genau an der Grenze in die Hocke geht. Mit den Fingern fährt er über die Erde. »Ihr Blut hat den Boden beider

Reiche getränkt. Einige Tropfen müssen während des Hiebs über die Grenze geflogen sein.«

Die Frau schnaubt ungöttlich. »Die paar Tropfen …«

Er erhebt sich und klopft sich den Staub von den Knien. »Nun lass mich dir doch erst mal einen Vorschlag machen, der dir gefallen dürfte, Nyx.«

Nyx. Also ist sie wirklich …? Aus den Augenwinkeln betrachte ich sie. Ja … Wenn ich mir die Göttin der Nacht und des Todes hätte vorstellen müssen, sähe sie aus wie diese Fae. Anmutig, aber distanziert. Gnadenlos, aber voller Mitgefühl. Gegensätze, die zu schwer zu begreifen sind, die sie jedoch in genau den richtigen Momenten zeigen würde.

Sie reckt das Kinn und erinnert mich dadurch schmerzlich an Vanya. »Ich höre, Varondor.«

Varondor. Tatsächlich, ich habe mich nicht getäuscht. Wo bin ich da nur hineingeraten? Ich, der nie an die Götter geglaubt hat, sitzt nun zwischen den beiden Hauptgöttern der verfeindeten Reiche. Doch ich verspüre keine Angst. Jedes Gefühl musste sich der Leere geschlagen geben. Das ist von Vorteil, ansonsten würde ich nicht derart ruhig bleiben können.

Der Gott des Frühlings schlendert zu uns zurück. »Glaubst du, unsere Völker haben es verstanden und ihre Lehren aus den Flüchen gezogen?«

Nyx runzelt die Stirn, während sie sich umsieht. »Ich bin mir nicht sicher. Beide haben sich in gewisser Weise angepasst und weitergemacht. Aber nicht alle haben begriffen, warum die Flüche notwendig waren.« Sie streicht mir mütterlich über den Kopf. »Auch du hast es nicht begriffen.«

Ich knirsche mit den Zähnen. »Nein, das habe ich beim besten Willen nicht.« Wütend starre ich die beiden Götter nacheinander an. »Wir leiden unter den Flüchen. Einige Fae tun dies bereits seit unzähligen Jahrhunderten. Und dann schickt ihr die hundertste Prinzessin und sie …« Ich schlucke angestrengt. »Und sie ist ausgerechnet … die Frau, die ich …«

»Uns ging es nie darum, unseren Völkern Kummer zu bereiten«, sagt Varondor begütigend. Am liebsten hätte ich ihn angeknurrt. Dass ich nicht lache! »Aber wir mussten ihnen das nehmen, was ihnen am wichtigsten war. Ansonsten hätten sie sich in ihren zahllosen Kämpfen gegenseitig ausgelöscht.«

»Die Südgander mussten ihre stetig wachsende Anzahl verlieren«, sagt Nyx, »mit der sie eine Bedrohung für Nordgand darstellten.«

»Und die Nordgander«, fügt Varondor an, »mussten ihre Macht verlieren, mit der sie Südgand überlegen waren.«

»Deswegen habt ihr Nordgand in Dunkelheit gestürzt und uns neues Leben genommen?«, grolle ich.

Nyx neigt erneut den Kopf. »Ich gebe zu, dass unsere Flüche nicht gut durchdacht waren. Auch wir Götter machen Fehler. Aber uns fehlte die Zeit für einen besseren Plan. Die Fronten waren verhärtet. Niemand – weder Volk noch Gott – wollte seine Niederlage eingestehen. Hätten wir nicht schnell eingegriffen, gäbe es heute weder Nord- noch Südgand. Jeder wäre gestorben. Und ohne unsere Schöpfungen wären auch wir irgendwann vergangen, weil es niemanden mehr gegeben hätte, der an uns glaubt.« Ein Lächeln zupft an ihren Mundwinkeln. »So wie du, mein Zweifler.«

»Mit den Flüchen haben wir euch eine Chance auf einen Neuanfang gegeben«, sagt Varondor. »Ja, ihr in Nordgand musstet auf neues Leben verzichten, aber ihr konntet euch neu sammeln. Neu strukturieren. Und einen Weg für euch finden, wie ihr ohne Krieg überleben könnt.«

»Mit dem Blut von Südgandern«, füge ich säuerlich hinzu.

»Alles hat seinen Preis«, sagt Nyx. »Auch die Südgander hatten mit ihrem Fluch zu kämpfen, denn sie starben, sobald sie ihren Gefühlen nachgaben.« Mit dem Finger fährt sie die spitze Form meines Ohres nach, wie Vanya es unzählige Male getan hat. »Es hätte auch einen Weg ohne südgander Blut gegeben, damit die Fae überlebt hätten.«

Ich schnappe nach Luft. »Tatsächlich?«

Sie nickt. Ihre Hand gleitet tiefer, über meine Schulter, meinen linken Arm, bis hinab zu meinem Handgelenk, wo nun kein Name mehr steht. »Ein Pakt hätte die Verwandlung in einen Verlorenen verhindert. Aber viele Nordgander sind zu stolz und zu vorsichtig, um sich einem anderen so weit zu öffnen, einen Pakt – einen wahren Liebespakt – einzugehen.« Sie schaut zum Gott des Frühlings. »Vanyas Seele hat keine Zeit mehr. Wie lautet unser Urteil?«

Varondors Blick verweilt so lange auf mir, dass ich mich unwohl darunter winde. »Er stammt aus deiner Linie, nicht wahr?«, fragt er an Nyx gewandt.

Die Göttin nickt. »Irgendwo in ihm fließt ein Tropfen meines Blutes. Wieso?«

»Weil Vanya aus meiner Linie stammt. Ich habe die Hoffnung, dass beide Völker vom Opfer unserer Nachkommen lernen können. Ebenso von der Verbindung zwischen ihnen. Aber das geht nur, wenn sie von den Flüchen befreit sind.«

»Du willst also *beide* Flüche aufheben?«

Varondor zuckt mit den Schultern. »Das wäre bloß fair, oder nicht? Immerhin ist er derjenige, für den meine Tochter ihr Leben gegeben hat. Nicht für ihr Land, wie sie es eigentlich hätte tun sollen. Auch nicht für Nordgand, in dem sie eine Zeit lebte. Sondern für *ihn*.« Ein Lächeln erscheint auf ihren Lippen. »Es ist anders, als wir es erwartet haben. Nicht nur Vanyas Entscheidung und ihre Aufgabe, sondern auch, dass du eine Rolle darin spielst.«

Eine Weile herrscht eine angespannte Stille, in der ich kaum zu atmen wage. Varondors Worte klingen wie eine Chance – zumindest für Nord- und Südgand. Was sie daraus machen, ist mir gleichgültig.

Ich halte *meine* Chance in den Armen und in Händen. Und sie wird nicht mehr lange bei mir bleiben können. Was danach mit mir geschieht ... Ich weiß es nicht und es kümmert mich auch nicht.

Es fühlt sich an, als wäre es nur einen Augenblick her, dass meine Zukunft erfüllt war von Wärme und Zuversicht. Vom Wissen, dass ich nicht allein bin und es jemanden gibt, der mich genauso akzeptiert, wie ich bin. Wenn ich jetzt einen vorsichtigen Blick in meine Zukunft werfe, ist da bloß Leere und eine gähnende Schwärze, die mich zu verschlingen droht.

Nyx dreht sich um und betrachtet das Schlachtfeld. »Ich weiß nicht, ob mein Volk so weit ist. Es fiel ihnen sehr viel schwerer als den Südgandern, sich an die neuen Gegebenheiten anzupassen. Und sie verloren das Wichtigste aus den Augen.« Ihre Aufmerksamkeit richtet sich wieder auf mich. »Bis auf dich. Du hast nicht vergessen, worauf es ankommt.« Sanft streicht sie über die Brandnarben an meinem Handgelenk. »Du hast neue Hoffnungen geschöpft, obwohl es alles andere als einfach für dich war. Du hast dich angepasst und weitergemacht und warst mutig genug, dein Herz erneut zu öffnen, obwohl du so bitterlich enttäuscht wurdest. Deshalb ... Darf ich meine eigenen Hoffnungen in dich setzen?«

Ich will ihr sagen, dass sie mit ihren Hoffnungen machen kann, was sie will, und dass es mich nicht kümmert. Dass ihre Worte mich nicht im Mindesten berühren. Dass sie verschwinden und mich allein lassen sollen, damit ich genug Mut sammeln kann, um Vanyas Seele ziehen zu lassen. Sie windet sich mittlerweile in meiner Hand, als hätte sie Schmerzen. Als würde ich ihr Leid damit zufügen, dass ich mich krampfhaft an sie klammere.

Ich will sie nicht loslassen. Aber noch weniger will ich ihr Schmerzen bereiten.

Ein letztes Mal ziehe ich das warme Leuchten zu mir. »Ich liebe dich«, wispere ich. »Und ich werde dich immer lieben, solange ich lebe.«

Was hoffentlich nicht mehr lange sein wird, füge ich im Stillen hinzu. Am liebsten würde ich ihr sofort folgen und keinen Atemzug mehr in einer Welt tun, in der sie nicht existiert.

Ich strecke den Arm aus und löse meinen Griff von ihrer Seele, um sie dorthin zu entlassen, wo immer sie nun hingeht. Ich hoffe, dass ich ihr bald dorthin folge und sie wiederfinde.

Und dass ich dann endlich mit ihr zusammen sein kann.

Einen Augenblick schwebt die Seele unschlüssig über ihrem Körper, ehe sie beginnt, ihr Leuchten zu verlieren. Je weiter sie verschwindet, desto größer wird die Angst in mir. Um mich davon abzuhalten, erneut nach ihr zu greifen, schlinge ich auch den zweiten Arm um ihren nun kalten Körper. Vanya war stets so herrlich warm ... So warm, dass meine Schatten sie im Schlaf herunterkühlten, nachdem sie die Decke von sich gestrampelt hat. So warm, dass ich sie nur berühren musste, um ein ähnliches Feuer in meinem Inneren zu spüren.

Bestimmt war sie wärmer, als es je eine fremde Sonne hätte sein können.

Inzwischen hat sich ihre Seele beinahe gänzlich aufgelöst, da streckt Nyx die Hand nach ihr aus.

»Wo willst du hin?«, fragt sie sanft. »Du würdest jemanden sehr traurig machen, wenn du jetzt einfach verschwindest.«

»Nicht«, bringe ich irgendwie hervor. »Sie ... hat Schmerzen. Lass sie gehen.«

Mit einer Hand hält sie Vanyas Seele fest, während sie mir mit der anderen über den Kopf streicht. »Ich weiß. Ich spüre es auch. Es tut mir leid, dass du auch diesen Teil meiner Gabe geerbt hast – nicht nur meine Schattenmagie, sondern auch die Gabe, die Seelen der Toten zu sehen, die dir wichtig sind. Das hätte ich dir gern erspart. Denn das ist alles andere als einfach.«

Eine Träne löst sich aus ihren pechschwarzen Augen und rollt ihre Wange hinab. Als sie von ihrem Kinn perlt, verwandelt sie sich in die Blüte einer Blume, die ich nur zu gut in Erinnerung habe.

Eine leuchtende Nachtlilie.

»Varondor, wenn du so freundlich wärst«, sagt sie.

Der Gott des Frühlings berührt die Nachtlilie, die durch Magie knapp über Vanyas Bauch schwebt. Daraufhin verstärkt sich ihr Leuchten, bis ich den Blick abwenden muss.

»Du hast deine Aufgabe mit Bravour erfüllt, Tochter«, sagt er. »Du hast das geschafft, was wir nicht konnten. Du hast über die Grenzen hinweg- und jenseits der Unterschiede beider Völker hinausgesehen.«

Als ich wieder die Augen öffne, verschwindet die Blume gerade in Vanyas Wunde. Der Heiler in mir will dagegen protestieren. Eine Blume unverarbeitet einfach in eine Wunde zu legen, kann schwere Schäden hervorrufen. Doch jeder Laut bleibt mir im Hals stecken, als Nyx Vanyas Seele ebenfalls zu der noch von der Nachtlilie leuchtenden Stelle führt und sie darin eintaucht.

Gerade als ich die Götter fragen will, was sie gemacht haben, spüre ich eine vertraute Wärme unter meinen Fingern. Die Wärme, die in Vanyas Körper zurückkehrt. Ehe ich mich überzeugen kann, woher diese Sinnestäuschung stammt, spüre ich das schmerzlich vermisste Schlagen in meiner Brust.

Ich löse eine Hand von Vanya und reibe mir damit über den Brustkorb. Ich muss es mir einbilden ... Das Schlagen wird gleich wieder verschwinden. Doch es bleibt bestehen, egal wie fest ich reibe.

Ein kurzer, heftiger Schmerz lässt mich aufkeuchen, als Vanyas Name von Neuem auf meinem linken Handgelenk erscheint.

Die Blumen, die bis vorhin um uns geblüht haben und die mit Vanyas Tod verwelkt sind, heben erneut die Köpfe und erstrahlen in Farben, für die ich keine Bezeichnung habe.

Genauso wenig wie ich nie eine für Vanyas Augenfarbe finden konnte. Augen von einem Braun, das unergründlich und hell und satt zugleich ist.

Augen, die nun mit leicht verschleiertem Blick zu mir aufschauen.

Ich beginne am ganzen Körper zu zittern. »Vanya ...«, hauche ich, während ich vorsichtig über ihre Wange streiche. Ihre Haut ist warm und weich, nicht kalt und fahl. »Das ... Aber wie ...?«

Sie blinzelt träge, als wäre sie aus einem langen Schlaf erwacht. »Wo ...?«

»Willkommen zurück«, sagt Varondor.

Vanya zuckt in meinen Armen zusammen, als sie den Fremden sieht.

Ich ziehe sie fester an mich. Am liebsten würde ich die beiden Götter anknurren, dass sie Vanya nicht derart bedrängen sollen, aber ich beiße mir schnell auf die Zunge und sage stattdessen: »Gebt ihr etwas Zeit, um wieder zu sich zu kommen.«

Varondor schmunzelt. »Ich sehe schon, sie ist bei dir in besten Händen. Ich verlasse mich darauf, dass du dich gut um sie kümmern wirst.« Er wendet sich zu Nyx. »Wir sollten nun die Flüche lösen.«

Doch die Göttin scheint abgelenkt. »Einen Moment noch.« Ihr Blick huscht über die Fae, die in sicherem Abstand auf die Knie gesunken sind. »Viele haben heute ihr Leben verloren, aber eine tiefe Trauer spüre ich ganz besonders stark.« Sie schließt die Augen, als würde sie sich konzentrieren. Dann streckt sie die Hand aus. Sofort schwebt eine leuchtende formlose Seele über ihrer Handfläche.

Ohne dass ich sagen kann, um wen es sich handelt, weiß ich es. Ich spüre es.

»Turon«, wispere ich.

Vanya versteift sich in meinen Armen. »Er ist tot«, flüstert sie. »Meinetwegen. Weil er mich beschützt hat.«

Ungläubig schaue ich auf meinen rechten Unterarm. Tatsächlich, Turons Name ist verschwunden. Es muss während meines Kampfes mit Zahid geschehen sein, weshalb ich es kaum bemerkt habe.

»Es tut mir leid, mein Junge«, sagt Nyx. »Aber ein erneutes Wunder können Varondor und ich nicht vollbringen. Eine Seele, die bereits zurückgebracht wurde, kann nicht ein weiteres Mal zurückkehren.«

Mein Herz zieht sich zusammen, als ich mich langsam erhebe und auch Vanya aufhelfe. Tränen, die sich schnell in rosafarbene Blütenblätter verwandeln, quellen aus ihren Augen hervor.

»Es ist meine Schuld«, schluchzt sie. »Er ist meinetwegen …«

Ich lehne mich vor und küsse zwei Tränen fort, ehe sie sich in Blütenblätter verwandeln können. »Du hast ihn nicht getötet. Es ist nicht deine Schuld. Vielmehr …«, ich wende mich zu Nyx und betrachte die Seele, die über ihrer Handfläche schwebt, »… muss ich mich entschuldigen. Meine Selbstsucht, mein trotziger Wunsch, nicht allein sein zu müssen, hat ihn an einen Hundekörper gefesselt. Ich habe ihm ein weiteres Leben aufgezwungen, obwohl er sein vorheriges bereits mir gewidmet hat.« Als ich leise Schritte hinter mir höre, weiß ich, wer sich nähert, auch ohne mich umzudrehen. Ich mache einen Schritt zur Seite, um Paleia vorzulassen. »Es ist meine Schuld, dass er nie so leben konnte, wie er es sich insgeheim gewünscht hat. Dass er nicht mit der Fae zusammen sein konnte, an der sein Herz hing.«

»Nein«, murmelt Paleia. »Es war seine freie Entscheidung. Und ich habe sie verstanden.« Sie stößt ein leises Lachen aus. »Ich habe ihn dafür gehasst, aber ich habe sie verstanden. Ist er hier?«

Erst jetzt erinnere ich mich, dass nur ich Seelen sehen kann. Ich und Nyx. Weil es als Totengöttin eine ihrer Gaben ist.

Die Göttin nickt und deutet auf ihre ausgestreckte Hand. »Für einen Moment kann er noch hierbleiben. Dann muss ich ihn mitnehmen.« Ihre Miene wirkt traurig, als sie die Mundwinkel hebt. »Er würde gern bleiben. Bei dir, Paleia. Und bei euch beiden, Kenric und Vanya. Ich kann euch versichern, dass er nichts bereut. Weder die Entscheidungen, die er als Fae getroffen hat, noch die, als er ein Hund war. Es gibt nichts, was ihr euch vorwerfen müsst.«

»Wird es … ihm gut gehen?«, fragt Paleia mit erstickter Stimme. »Dort, wohin du ihn mitnimmst.«

»Natürlich«, sagt Nyx. »Ich werde auf ihn achtgeben. So wie er über euch wachen wird, bis ihr irgendwann ebenfalls mein Reich betretet.«

Paleia wirkt erleichtert. »Welche Form wird er haben?«

»Die, die er möchte«, antwortet die Göttin, ehe sie die freie Hand nach der Schneiderin ausstreckt. »Eine Weile wird er ein Hund bleiben und als Begleiter an meiner Seite sein. Und sobald du die Reise in mein Reich antrittst, wird er als Fae auf dich warten.«

Tränen fließen Paleias Wangen hinab, doch sie gibt kein Schluchzen von sich. »Danke«, wispert sie.

Die Göttin nickt. Dann haucht sie sanft ihren Atem auf Turons Seele, wodurch sie sich Stück für Stück auflöst.

»Ich danke dir für alles, alter Freund«, murmele ich.

Es gibt so viel, wofür ich ihm dankbar bin, dass ich es unmöglich in Worte fassen könnte. Deshalb versuche ich es gar nicht erst. Sein Verlust wird ein spürbares Loch in meinem Leben hinterlassen, aber ich bin froh darüber, dass die Göttin sich um ihn kümmern wird. Und dass er nun er selbst sein kann, ohne sich ständig um mich zu sorgen.

Vanya verschränkt die Finger mit meinen und drückt den Kopf gegen meine Schulter.

»Nyx«, murmelt Varondor. »Uns bleibt nicht mehr viel Zeit.«

»Du hast recht«, sagt die Göttin, bevor sie sich wieder mir zuwendet. »Ich weiß, ich verlange viel von dir, mein Junge. Aber bist du bereit, dein Geburtsrecht anzunehmen?«

Ich runzele die Stirn. »Welches Geburtsrecht?«

»Du entstammst nicht nur meiner Linie, sondern bist auch

ein Prinz«, sagt sie. »Und Nordgand braucht in den kommenden Zeiten des Umbruchs einen neuen König.«

»Nein«, presse ich hervor. »Das kann nicht dein Ernst sein! Ich kann unmöglich …«

»Wir werden dafür sorgen, dass er seiner Aufgabe nachkommt«, fällt mir Paleia an die Göttin gewandt ins Wort.

Ich stoße ein Knurren aus. »Ich werde garantiert nicht …«

Die Schneiderin richtet den Blick ihrer stechend grünen Augen auf mich. »Oh doch, das wirst du. Keine Widerrede! Einen passenderen Kandidaten als dich gibt es nicht.«

Ich fühle mich an das Gespräch zwischen uns erinnert, als ich mich weigerte, zum Fest der Tanzenden Sterne zu gehen. Auch da ließ Paleia keinen meiner Einwände gelten.

»Außerdem hat Nordgand einen König!« Suchend wende ich mich nach Zahid um und entdecke ihn unweit unserer Gruppe. »Wir waren uns nicht immer einig, aber Zahid hat stets zum Wohl seines Volkes gehandelt.«

Varondor verzieht den Mund. »Darüber ließe sich sicherlich streiten.«

Ich kann nicht sagen, ob Zahid uns versteht, doch er scheint zu begreifen, dass wir über ihn reden. Seine Schritte wirken steif, als er auf uns zukommt. Vor den beiden Göttern neigt er ehrerbietig und furchtsam zugleich den Kopf.

»Zahid.« Nyx' Stimme klingt plötzlich kalt und unnachgiebig. »Du hast die uralten und von mir überlieferten Gebräuche der Fae missachtet. Du bist Pakt um Pakt zu deinem eigenen Vorteil eingegangen. Und du hast das Blut deines Blutes vergossen, indem du deinen Bruder offen angegriffen hast.«

Bei jedem Vorwurf sinkt Zahid weiter in sich zusammen, sagt jedoch nichts, um die Worte der Göttin zu entkräften.

»Aber«, bei diesem Wort hebt er vorsichtig den Kopf und

schaut die Göttin an, »abgesehen davon hast du dein Bestes getan, um die Fae vor einem schlimmen Schicksal zu bewahren. Ich gebe zu, dass weder Varondor noch ich die Existenz von Verlorenen in Betracht gezogen haben. Ihr, meine Kinder, musstet euch auf Widrigkeiten einstellen, die nicht abzusehen waren. Eure Vorgehensweisen mögen nicht immer korrekt gewesen sein, trotzdem darf ich die Tatsache nicht außer Acht lassen, dass ihr noch hier seid. Dass ihr noch nicht gegen den Fluch verloren habt.«

Hoffnung schimmert in Zahids Augen.

Nyx sieht zu mir. »Mit Kenric als König müsste ich mir keine Sorgen darüber machen, dass er meine Gebräuche mit Füßen tritt. Du würdest nicht leichtfertig Pakte eingehen und deine Gunst an jene mit einem gewinnenden Lächeln verschenken.«

Ich verziehe den Mund. »Niemals.«

Die Göttin nickt zufrieden. »Und wie viele Namen würden auf deinem linken Arm stehen?«

Ich verstärke den Druck um Vanyas Finger, ehe ich den Kopf zu ihr hinabneige, um die Stirn an ihre zu legen. »Einer.«

Ich werde mit einem seligen Lächeln belohnt.

»Ich kann mich ändern.« Zahids Stimme klingt leise. Gebrochen. Als hätte er bereits mit allem abgeschlossen.

»Tatsächlich?«, hakt die Göttin nach. »Beweise es.«

Ohne Zeit zu verschwenden, rollt Zahid nacheinander die Ärmel seines Hemdes nach oben und spricht einen Zauber, der sich völlig falsch in meinen Ohren anhört. Bevor ich fragen kann, was er da tut, sackt er schreiend auf die Knie, während nacheinander die unzähligen Namen auf seinen Armen Buchstabe für Buchstabe durchgestrichen werden.

Mit Schrecken erinnere ich mich daran, als ich diese Prozedur über mich ergehen lasse musste. Und bei mir handelte es sich lediglich um einen Namen. Auf Zahids Armen stehen zwanzig, vielleicht auch dreißig oder noch mehr.

Nyx zuckt nicht mit der Wimper, sondern verfolgt Zahids Agonie reglos, bis der letzte Buchstabe des letzten Namens durchgestrichen ist. Zahids Körper fällt zur Seite, doch er atmet noch.

»Lass dir das eine Lehre sein, König Nordgands«, sagt Nyx unheilschwanger. »Noch einmal werde ich dich nicht so einfach davonkommen lassen.«

Ich schlucke angestrengt und hoffe inständig, nie etwas zu tun, was die Göttin erzürnen könnte.

Kapitel 48

✦

VANYA

Ich war tot.

Ich weiß, dass ich es war. Ich habe gespürt, wie das Leben meinen Körper verließ. Wie ich gehen musste, obwohl ich bleiben wollte. Ich habe Kenrics Stimme gehört. Sein Flehen, ihn nicht allein zu lassen. Mit aller Kraft stemmte ich mich gegen das Verschwinden, doch irgendwann konnte ich es nicht mehr. Das, was von mir übrig war, wand sich vor Schmerzen, die zwar körperlos, aber so schrecklich waren, dass ich keine andere Wahl hatte, als zu verschwinden.

Dass ich zurück bin, verdanke ich den Göttern.

Gerade Varondor habe ich mein ganzes Leben lang dafür gehasst, dass er einst den Fluch verhängt und die hundertste Prinzessin dazu auserkoren hat, ihn zu brechen. Was ausgerechnet ich sein musste …

Nun, da ich ihm gegenüberstehe, verspüre ich keinen Hass. Nur Dankbarkeit.

Wäre ich nicht die hundertste Prinzessin, hätte ich mich nie auf den Weg nach Nordgand gemacht. Ich wäre Kenric nie begegnet. Ich hätte nie Freunde und einen Platz für mich gefunden.

Nyx seufzt. »Es ist eine Schande, dass keiner von euch beiden herrschen will«, murrt sie und klingt dabei nicht wie eine Göttin, sondern wie ein Kind, das keinen Nachtisch essen darf. »Mit euch hätte ich eine große Sorge weniger.«

»Sieh sie nicht als Herrscher, Nyx«, meint Varondor. »Sondern als Wächter.«

Die ganz in Schwarz gekleidete Göttin runzelt die Stirn. »Was meinst du damit?«

»Vanya und Kenric mögen keine Kronen tragen, dennoch sind sie von uns gesegnet. Sie haben beide Reiche gerettet. Jeder Anwesende weiß das und wird die Kunde in alle Winkel der Welt verbreiten. Sie haben gegen die amtierenden Oberhäupter gekämpft und sich behauptet, ebenso wie gegen eine ganze Horde Verlorener.« Varondor schenkt uns ein verschmitztes Lächeln. »Wer sich gegen diese beiden auflehnt, muss ziemlich dumm sein. Und ich glaube, dass sie den Herrschern nichts durchgehen lassen, falls es zu erneuten Verfehlungen kommen sollte.«

Eine Weile mustert die Göttin uns, ehe auch sie die Lippen zu einem Lächeln hebt. »Wächter. Das gefällt mir. Seid ihr damit einverstanden?«

Kenric und ich tauschen einen Blick. Wir brauchen keine Worte, sondern nicken gleichzeitig.

»Das hätten wir geklärt«, sagt Varondor, als er Zahid betrachtet, der sich mühsam zurück in eine kniende Position hievt. »Ich hoffe, du hast gut zugehört.« Anschließend gleitet seine Aufmerksamkeit zu mir. Seine Iriden sind eine wilde Mischung aus Grün und Gelb und Blau. »Nun zu dir, Tochter.«

Ich habe nicht begriffen, warum er mich als Tochter bezeichnet, doch ich widerspreche nicht.

»Du trägst einen wichtigen Teil meiner Magie in dir. Deine Anwesenheit lässt ein ganzes Reich erblühen.«

Ich neige den Kopf. »Ich verstehe nicht …«

»Wenn die Flüche aufgehoben werden«, sagt Varondor,

»wird auch Nordgand wieder erblühen können. Dazu braucht es dich. Genau wie Südgand dich braucht.«

Ich runzele die Stirn. »Ich kann mich aber nicht zweiteilen.«

»Das stimmt«, erwidert die Göttin Nyx. »Deshalb müssen beide Reiche lernen, Verzicht zu üben. Südgand wird nicht mehr das Land des Immerwährenden Frühlings sein. Genauso wie Nordgand nicht mehr das Land der Ewigen Mitternacht sein wird. Alles ist im Wandel. Sowohl Nordgander als auch Südgander müssen bereit sein, Veränderungen zuzulassen – um sich herum und in ihnen selbst.«

Varondor nickt. »Das Einfachste wäre wohl, wenn du dich ein halbes Jahr in Südgand und ein halbes Jahr in Nordgand aufhältst.« Bevor ich den Mund aufmachen und protestieren kann, fügt er mit einem Schmunzeln hinzu: »Dein Fae darf dich natürlich begleiten. Eine Grenze wie diese wird nicht nötig sein. Hoffe ich, zumindest.«

Nyx seufzt. »Ich habe auch keine Lust, wieder herabsteigen und Flüche verhängen zu müssen. Wir wären euch also sehr verbunden, wenn ihr es nicht vermasselt.«

»Äh …«, bringe ich wenig geistreich hervor. »Wir geben uns Mühe, versprochen.«

»Das Beste für Südgand wäre eine Herrscherin, die trotz des Fluchs gelernt hat zu lieben«, sagt Nyx. »Aber ich akzeptiere natürlich eure Entscheidung.«

Ich nicke bekräftigend. »Viel wichtiger als die Frage, wer die Krone trägt, ist doch, was mit den Reichen geschieht und wie sie sich entwickeln. Ich freue mich, wenn ich einen Teil dazu beitragen kann, dass sowohl Nord- als auch Südgand wieder erblühen können, aber …« Ich verstärke den Druck um Kenrics Finger und schaue zu ihm auf. »Wir wären immer zusammen, oder? Egal, in welchem Reich ich mich aufhalten muss.«

Er lehnt sich vor und küsst mich auf die Stirn. »Als ob mich irgendetwas davon abhalten könnte, bei dir zu bleiben.«

Erleichtert stoße ich den Atem aus, ehe ich mich an die Göttin wende. »Kann er denn Südgand betreten? Wegen der Sonne, meine ich. Er zieht sein Mana aus der Dunkelheit.«

Das Lächeln der Göttin wird breiter. »Dann sollte er eine Dunkelheit erhalten, die bei ihm bleibt, wenn er dir folgt, nicht wahr?«

Sie tritt vor Kenric, stellt sich auf die Zehenspitzen und haucht ihm einen Kuss auf die Wange. Ausgehend von dieser Berührung überzieht seine Haut ein dunkler Schatten, der gespickt ist von hell glitzernden Sternen.

»Diese Magie gehorcht nun deinem Willen«, sagt sie, nachdem sie sich zurückgezogen hat. »Rufe sie herbei, solange du dich noch nicht an die Sonne gewöhnt hast und wenn du neues Mana brauchst. Lass sie verschwinden, wenn du ihrer nicht bedarfst.«

Kenric runzelt die Stirn, als würde er sich konzentrieren. Im nächsten Moment zieht sich die Magie – ähnlich wie seine gewöhnlichen Schatten – in ihn zurück.

»Was ist eigentlich mit meinen Eltern?«, bringe ich hervor. »Sie sollten auch hören, wie es nun weitergeht.«

Ich spüre, wie sich Kenric neben mir versteift.

»Mach dir keine Sorgen, mein Junge«, sagt Nyx sanft. »Du hast ihren Eltern nicht geschadet. Sie leben und sind wohlauf. Varondor konnte sie rechtzeitig in Sicherheit bringen.«

»Ein Glück«, murmelt Kenric. »Ich weiß nicht, ob ich mit dieser Schuld hätte umgehen können.«

Ich verstehe nicht völlig, was er damit meint. Nur dunkel

erinnere ich mich an seine Schatten, bevor das Leben aus mir verschwand. Mir haben sie nicht geschadet.

»Wenn es anders wäre«, wirft Varondor ein, »gäbe es nur eine, die ich als neue Königin für Südgand anerkennen würde.«

»Euer Vertrauen ehrt mich, aber ich sehe mich dennoch nicht als Herrscherin«, werfe ich ein. »Und ich …« Ich schlinge beide Arme um mich. »Ich konnte meinen Eltern die Stirn bieten, als es um Kenric ging. Als es um etwas ging, was ich wirklich wollte. Aber eine Königin will ich nicht sein.«

Ich befürchte, wieder in alte Muster zurückzufallen, sobald ich meinen Eltern gegenüberstehe. Ich werde wieder damit anfangen, mich mit Mutter zu vergleichen. Und dann würde ich …

»Denke diesen Gedanken ruhig zu Ende, Tochter«, sagt Varondor. »Was würdest du dann?«

Ich blinzele, überrascht davon, dass er offenbar meine Gedanken lesen kann. »Ich würde …«

Wenn ich alles, woran ich mich bisher gemessen habe, außen vor lasse, kommen mir plötzlich Dinge in den Sinn, die ich besser machen könnte. Ich würde keine Bücher oder Lieder oder Theaterstücke mehr verbieten, in denen es um Liebe geht. Ich würde die Grenze öffnen und mit Kenrics Hilfe den Südgandern zeigen, dass die Nordgander nicht die blutrünstigen Wesen sind, als die sie in Erzählungen über den Großen Krieg hingestellt werden. Ich würde mit Vorurteilen aufräumen.

Und dadurch, dass ich nur ein halbes Jahr in Südgand verweile, würden die Südgander etwas sehr Wichtiges lernen: Verzicht und das zu schätzen, was sie haben.

Das ist eine Lektion, die ich schon früh lernen musste.

Mein Turm war stets mein Rückzugsort. Mein Zuhause. Wahrscheinlich hätte ich nie etwas an meinem Dasein geändert, hätten meine Eltern nicht darauf bestanden, mich zu verheiraten. Also verließ ich meinen Turm, um eine größere Freiheit zu erlangen.

Alles, was ich seitdem erreicht habe, weiß ich zu schätzen. Nichts nehme ich als selbstverständlich hin – erst recht nicht Kenrics Liebe.

»Außerdem«, sagt Nyx und deutet mit einer Kopfbewegung auf meine linke Hand, »habt ihr dank eures Paktes sehr viel Zeit. Mehr Zeit als irgendein anderer Südgander. Du musst weder heute noch morgen deine Eltern vom Thron stoßen oder deiner Schwester ihr Geburtsrecht streitig machen, deren Mann ihnen nachfolgen wird. Aber sollten sie versagen oder sollte kein geeigneter Thronfolger geboren werden, wärst du da. Und sowohl Varondor als auch ich setzen unser vollstes Vertrauen in dich – für beide Völker. Sowohl als Herrscher, als auch als Wächter, damit sich die Schrecken des Großen Krieges nicht wiederholen.«

Mein Hals fühlt sich an wie zugeschnürt. »Ich werde versuchen, euch nicht zu enttäuschen.«

Varondor nickt zufrieden. »Dann sollten wir jetzt die Flüche aufheben. Nyx, wenn du so freundlich wärst.«

Die schwarzhaarige Göttin schließt die Augen, ehe sie die Arme ausstreckt. Zuerst geschieht nichts. Dann verlässt die allgegenwärtige Dunkelheit den Himmel. Als würde die Schwärze von den Händen der Göttin angezogen werden, steigt sie herab und verschwindet, sobald sie auf Nyx' Handflächen auftrifft. Mehr und mehr Schwärze nimmt die Göttin in sich auf, bis auch das Zwielicht, das über einem Teil Südgands hing, sich in Luft auflöst.

Blinzelnd und mit Tränen in den Augen blickt Paleia zum blauen Himmel empor. Kenric ruft seine neuen Sternenschatten herbei, bevor auch er nach oben sieht.

»Ist das … die Sonne?«, fragt er stockend.

In seiner Miene liegen so viele Emotionen, dass ich sie nicht alle greifen kann. Erstaunen, ein wenig Angst, Freude und Unglauben sind die Vorrangigsten. Ich erinnere mich, dass er mich beim ersten Fest der Tanzenden Sterne bat, ihm die Sonne zu beschreiben.

»Ja«, wispere ich, während ich mich an seine Seite schmiege. »Und der Himmel. Und Wolken.«

Er neigt den Kopf so weit, dass er ihn gegen meinen lehnen kann. »Es sieht wunderschön aus.«

Die Fae um uns herum beginnen zu jubeln und die Göttin zu preisen.

Doch Nyx hebt abwehrend die Hände. »Nicht dank mir ist der Fluch gebrochen. Ohne Vanyas Einsatz … Ohne ihr Opfer wäre es mir nicht möglich gewesen, die Dunkelheit zurückzurufen. Wenn ihr jemandem danken wollt, dankt ihr. Und unterstützt sie und Kenric und auch Zahid auf ihrem Weg.« Ihre Miene verfinstert sich. Ein eisiger Schauer läuft mir über den Rücken, als sie die Fae nacheinander anstarrt. »Ein weiteres Mal werden Varondor und ich uns nicht mit Flüchen aufhalten. Sollten eure Reiche sich wieder gegenseitig nahezu auslöschen, werden wir uns hüten einzugreifen.«

Diese Warnung verhallt nicht ungehört. Schnell senken die Fae betreten die Köpfe.

»Wir werden auf beide Reiche achtgeben«, verspricht Kenric. »Oder uns zumindest Mühe geben.«

Nyx streckt die Hand aus und legt sie ihm an die Wange. »Und dafür danke ich dir von Herzen. Varondor und ich können uns beruhigt zurückziehen, da wir wissen, dass unsere Welt, unsere Schöpfung bei euch in guten Händen ist.«

»Werden wir euch wiedersehen?«, frage ich den Gott des Frühlings.

Varondor schüttelt den Kopf. »Das bezweifle ich. Es sei denn, ihr legt es darauf an, einen neuen Krieg vom Zaun zu brechen. Wir werden also ein Auge auf euch haben.«

»Eine Frage habe ich noch«, sage ich hastig.

Varondor sieht mich abwartend, aber mit einem Lächeln an.

»Wie ist es mir letztendlich gelungen, die Flüche zu brechen?«, will ich wissen. »War es ... doch mein Blut?«

»Nein, Vanya«, antwortet Nyx mit der warmen, verständnisvollen Stimme einer Mutter. »Durch deine Adern fließt Magie, das ist nicht zu leugnen. Aber dein Blut allein hätte nichts bewirkt. Es hätte keinem Reich genützt, wenn es dich geopfert hätte. Dein Opfer musste aus deinem freien Willen geschehen. Du musstest bereit und gewillt sein, dein Leben für eines der Reiche zu geben.« Ein wunderschönes Lächeln lässt ihr Gesicht erstrahlen. »Oder für einen Fae. Auch das haben wir gelten lassen.« Ihr Lächeln verblasst. »Du wusstest, dass du sterben würdest. Aber du hast nicht gezögert. Du, die du nicht hättest lieben dürfen, hast dich für einen Fae, der eigentlich dein Feind sein sollte, geopfert.«

Auch Varondors Lächeln wirkt warm. »Wenn das nicht ausreicht, um uns die Flüche lösen zu lassen, dann weiß ich auch nicht.«

»Wir sind euch ewig dankbar«, sagt Nyx. »Länger, als ihr es euch vorstellen könnt. Nun ist es an euch, das, was ihr gelernt und verstanden habt, auch den anderen Nord- und Südgandern beizubringen.«

Im nächsten Augenblick verschwinden sie und Varondor, als wären sie nie da gewesen. Nur der blaue Himmel über uns ist der Beweis, dass sie wirklich hier waren. Obwohl ich den Göttern nie etwas abgewinnen konnte, vermisse ich die beiden bereits jetzt. Ich hätte noch so viele Fragen an sie gehabt. Aber vielleicht habe ich dafür Gelegenheit, wenn meine Zeit in dieser Welt abgelaufen ist.

Was hoffentlich noch sehr, sehr lange dauern wird – dank des Paktes, den Kenric und ich haben.

Trotz der Aufgaben, die nun vor uns liegen, fühle ich mich geerdet. Als sei ich genau da, wo ich sein sollte.

An genau dem richtigen Ort. Mit genau dem richtigen Mann.

Ich wende mich Kenric zu. Im Sonnenlicht leuchten seine Augen weniger markant, als ich es gewohnt bin. Dennoch zieht mich das helle Violett wie eh und je in seinen Bann. Ich hoffe, dass sich das niemals ändern wird.

Als er meinen Blick mit so viel Liebe und Wärme erwidert, weiß ich, dass wir alles schaffen können. Dass wir allen aufkeimenden Widerständen trotzen können.

Solange wir einander haben.

✦ DANKSAGUNG ✦

Da ist es nun: das Ende von »Midnight Princess«. Kaum eine andere Geschichte hat mir so viel Kopfzerbrechen bereitet wie diese. Anfangs herrschte zwischen uns eine wahre Hassliebe, die sich erst im Laufe des Schreibprozesses aufgelöst hat – nicht zuletzt dank eines tollen Telefonats mit meiner wundervollen Lektorin Ute. Manchmal sehe ich den Wald vor lauter Bäumen nicht oder will mich verbissen an Vorgaben klammern, die der Geschichte aber nicht guttun. So wurde Vanya schnell von einem hilflosen Mädchen, das in der Ursprungsfassung hinter sicheren Schlossmauern gelebt hat, zu einer Heilerin, die auf eigenen Beinen stehen kann und nicht auf den Mund gefallen ist – eine Protagonistin, mit der ich sehr viel mehr anfangen kann, obwohl sie dem gängigen Jugendbuchklischee nicht entspricht.

Doch kommen wir zurück zur Danksagung. Meiner Lektorin Ute Scholer danke ich nicht bloß für die tollen Lektorate (und die unzähligen Streichungen des Wörtchens »nur«, das ich in diesem Satz bewusst zu »bloß« geändert habe!), sondern auch für ihre aufmunternden Worte, ihre vielen E-Mails und die Chancen, die ich dank ihrer Begeisterung erhalte. Für all das bin ich unendlich dankbar und nehme nichts davon als selbstverständlich an.

Danke an meine Agentin Cristina Bernardi von der Agentur Michael Meller für ihren unermüdlichen Einsatz und die Vermittlung dieser und hoffentlich vieler weiterer Geschichten!

Wann immer ich mit einer groben – und teilweise unausgearbeiteten – Idee daherkomme, müssen meine Testleserinnen ran. Ohne ihren Zuspruch und ihre Liebe gäbe es »Midnight Princess« heute nicht. Sie sind es, die mich aufrichten, wenn ich bereits in der ersten Schaffensphase alles hinwerfen will. Ich danke euch von Herzen, Mädels!

Besonders möchte ich meinen Unterstützerinnen auf Patreon danken, allen voran Juliet, Stefanie, Alicia, Caroline, Vivien, Linda, Corinna, Nicole, Jasmin, Vivian, Maria, Vanessa, Katharina, Birgit, Jennifer, Ngoc Anh, Angela, Marion, Anja, Sofia, Ann-Kristin, Yasmin, Linda, Klara, Diana, Sandra, Julia, Angela, Tanja und Deborah.

Wie immer gilt auch meinem Mann mein innigster Dank, auch wenn er diese Zeile niemals lesen wird.

Normalerweise würde ich an dieser Stelle meiner Hündin Hera danken, dass sie mich in regelmäßigen Abständen daran erinnert hat, dass Sauerstoff nicht überbewertet wird. Aber das kann ich nicht mehr. Hera hat den Kampf gegen den Krebs verloren, und ich musste sie im November schweren Herzens über die Regenbogenbrücke ziehen lassen. Ich kann nur hoffen, dass es ihr, wo auch immer sie nun ist, genauso gut geht wie Turon bei Nyx, und dass sie ebenfalls auf mich wartet, bis wir uns irgendwann wiedersehen. »Seelenhunde wohnen unter Deiner Haut, mitten in Dir drin und einen Zentimeter links vom Herzen.« (Severin Martens)

Und last but not least danke ich dir, liebe Leserin, lieber Leser, dafür, dass du Vanya und Kenric begleitet hast. Ich hoffe, du hattest beim Lesen genauso viel Spaß wie ich beim Schreiben. Vielleicht sehen wir uns ja in einer meiner anderen Geschichten wieder.

Bis dahin wünsche ich dir alles Liebe,

Asuka

AUCH ALS HÖRBUCH BEI SILBERFISCH

Lionera, Asuka
Midnight Princess
Wie der Tag so dunkel
ISBN 978 3 522 50775 2

Umschlaggestaltung: Alexander Kopainski
unter Verwendung von Bildern von Shutterstock.com: popovartem.com/
Joshua Small-Photographer/Michael Hinkle/963 Creation/mauluddin/
yevgeniy11/Chipmunk131/Karma3/tomertu/Anci Valiart/Allgusak/
AL-media stockhouse/Dzm1try/Michal Sanca/Subbotina Anna
Druck und Bindung: GGP Media GmbH, Pößneck

FSC
www.fsc.org
MIX
Papier aus verantwortungsvollen Quellen
FSC® C014496

Die deutsche Erstausgabe erschien bei Loomlight im Jahr 2022.

Dieses Werk wurde vermittelt durch die Michael Meller Literary
Agency GmbH, München.

Die Existenz der Nachtlilie wird unter führenden Experten bestritten. Angeblich wuchs sie vor mehreren Generationen in Nordgand, gilt heute aber als ausgestorben.

In alten Schriften, deren Wahrheitsgehalt nicht geklärt werden kann, wird erwähnt, dass die Nachtlilie im Dunkeln leuchten konnte. Außerdem soll sie zur Heilung mannigfaltiger Krankheiten und Leiden genutzt worden sein.

Angeblich entstand die erste Nachtlilie, als eine Träne der Göttin Nyx auf fruchtbaren Boden fiel.

Warum konnte ich eine Blume aus Nordgand, die als ausgestorben gilt, aus meinen Tränen erschaffen? Welche unbekannten Pflanzen wachsen noch in Nordgand?

Ich muss es herausfinden ...